山東京傳全集

第十一巻
合巻6

ぺりかん社

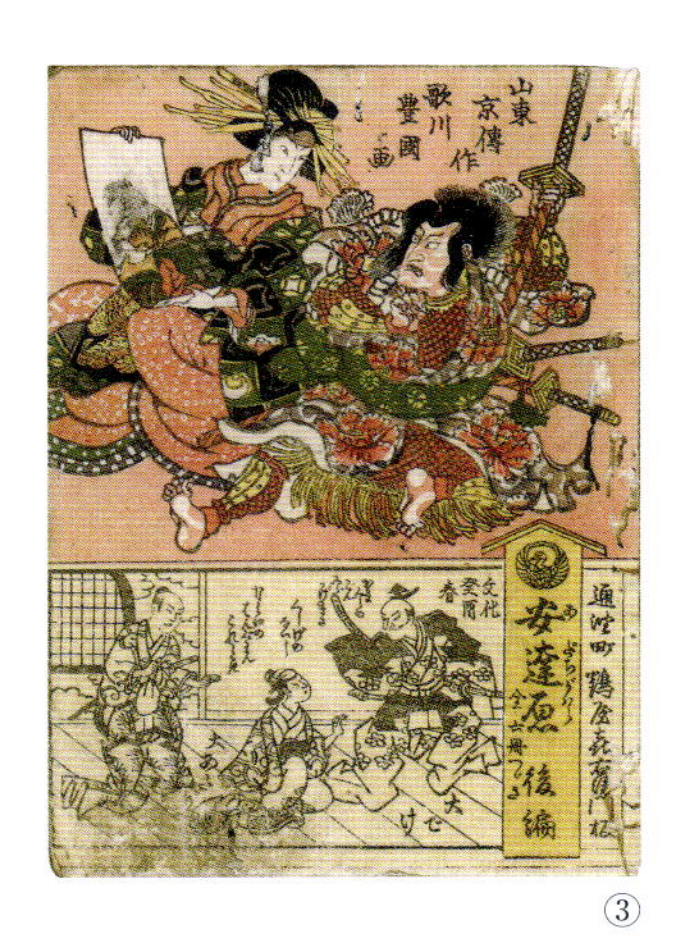

③

②

①

⑤

④

⑦

⑥

①『朝妻船柳三日月』
中本書型表紙前編
（鈴木重三氏蔵）

②③『安達原氷之姿見』
中本書型二冊本表紙
（肥田晧三氏蔵）

④⑤『重井筒娘千代能』
中本書型二冊本表紙
（鈴木重三氏蔵）

⑥⑦『ヘマムシ入道昔話』
中本書型二冊本表紙
（鈴木重三氏蔵）

山東京傳全集　第十一巻＊目次

[合巻6]

■造本設計——多川精一

凡例

一、原文はすべて翻字したが、読者の便宜に供するため漢字交じりに改めた。その際、原文の仮名は振り仮名として残した。ただし、仮名遣いはすべて原文のままとするも、たとえば〈このひとゝ〉↓〈この人と〉とする如く、反復用字においては若干の相違が生じた。なお、序文に関しては原文のまま翻字した。すべて図版を掲載したので、こうした細部については照合を願う次第である。

一、読み易さを旨とするため、適宜句読点を施した。また、本文の続きを示す記号（▲⧗等）は特別な場合をのぞいて割愛した。これらについても細部は図版との照合を願いたい。

一、図版と本文との照合を易くするために便宜上図版に算用数字を掲げ（同時に本文にも掲げた）、図版の方には丁付も付して使用の便に供した。

一、原文の漢字には新たにその読みを振ることを避けた。また、同時に振り仮名の付されているものについては、そのまま振り仮名をつけて記した。

一、原文に漢字を当てるに際し、できる限り統一することを旨としたものの、ときに漢字の表記に統一を欠くこともあり、これは校訂者の意図するところに従った。

一、異体文字はとくに必要のない限り、㒵（様）、ゟ（より）、〆（しめ）、[illegible]（参らせ候）、メ（して）、𪜈（とも）、などは（　）内のものとする。

一、原文の漢字のあて字などは原文のままとした。

一、原文には「ハ・ミ・ニ」等の片仮名が多く使われているが、とくに間投詞等の意識的に使っているもの以外は平仮名とした。ただし、片仮名表記で、たとえば「おきアがれ」や「なんすネ」「そうだナア」などはそのまとした。

一、反復記号の「〻」は「々」に、「ゝ」「〱」等はそのまま用いた。

一、本文中に□枠で書かれたものや、作者・画工署名においても枠内にあるものはその通りとした。

一、濁点は、明らかに誤・脱と思われるものについては補正した。

一、明らかに誤刻・誤記・脱字・衍字等と判断されるものについては〔　〕をもって補うか、または（ママ）として記述した。

一、本文・詞書等以外でも必要と認められる文字については、［　］を施して適宜翻字した。また、画面中にある京伝店などの広告等についてもすべて翻字した。

一、底本以外に使用した諸本には、編集委員の架蔵本も少なくない。これらの利用についてはその一々の説明を省いた。

一、こうした全集で合巻の影印・翻字は初めての試みである。したがって、翻字に際し誤謬・不備・不足等は避けられないことと思われ、四方の賢士に御垂教を賜り、もって今後の翻字の資としたいと願うものである。

なお、本巻の校訂は清水正男、棚橋正博が行い、深谷大に一部協力を仰いだ。作品解題は棚橋正博が担当し、清水正男が適宜校閲にあたった。翻字にあたっては、清水正男以下、井原幸子、鹿島美里、神田正行、長田和也、深谷大の諸氏の御協力を得た。底本については各解題に記したが、使用許可をいただいた諸機関に厚く御礼申し上げる。

山東京傳全集　第十一巻　合巻6

女忠信（をんなたゞのぶ）男子静（おとこしづか）

釣狐昔塗笠（つりぎつねむかしぬりがさ）

後醍醐天皇の御宇（建武の頃）

小野禅正
小野春風
（家臣）扇地紙之介
（家臣）粂寺元朝左衛門
（下部）妻平（上総七郎助国）
名月姫
（腰元）葛花
芦屋の大領笞村
（家臣）由留木三郎
（家臣）唐獅子牡丹之介（筋隈海老之介）
新田義貞
（家臣）五尺染五郎（三浦太郎助照）
（家臣）小原の鰐兵衛（弓削八郎）
勾当の内侍（女非人）
足利尊氏朝臣
（執事）高の師直
佐上入道高時
（妹）呉羽の前（蛍火）
（兄）佐上次郎俊行（壬生の小猿・八剣左衛門雲連）
（家臣）五大院の左衛門旨茂（神崎蜘内）
玉水判官
泥田棒九郎

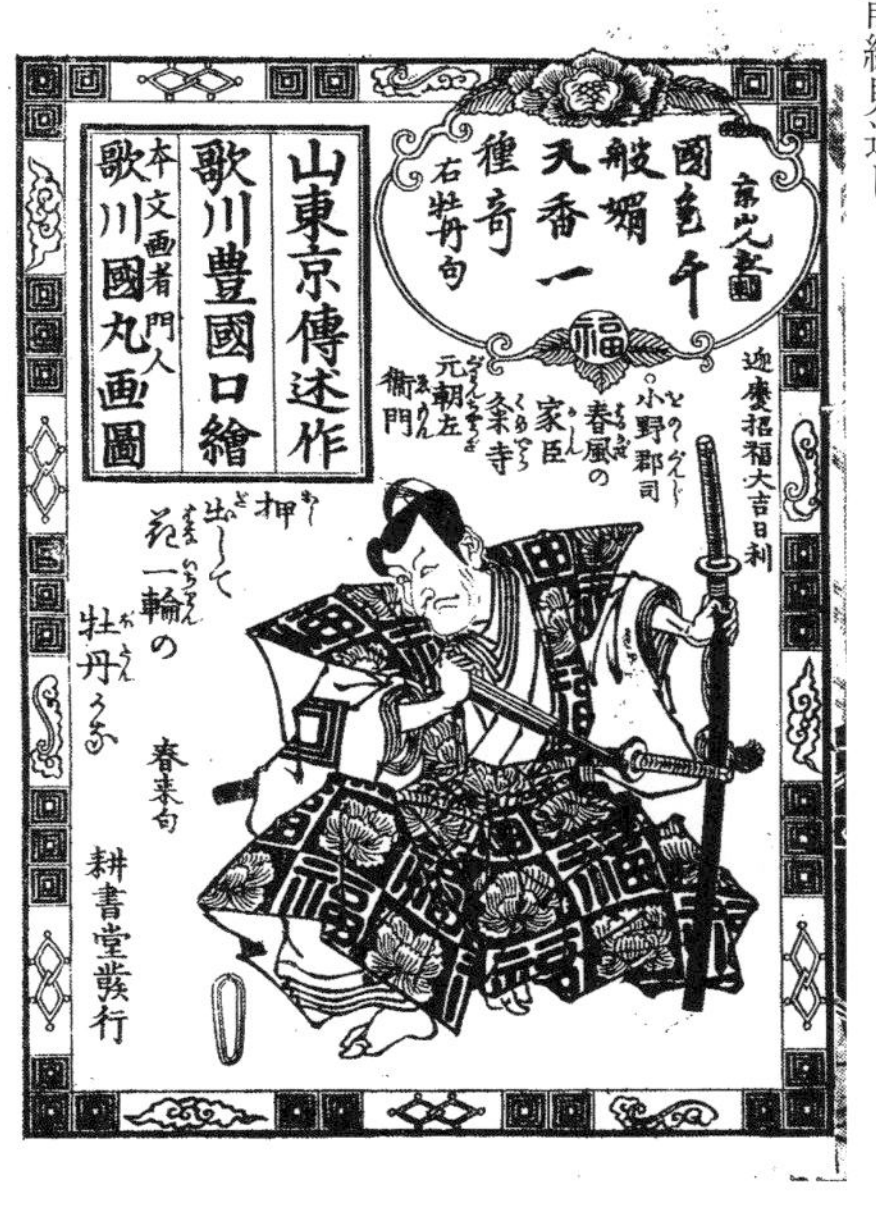

［前編見返し］

京山人書　［東山］

国色千般媚　天香一種奇

右牡丹句

山東京伝述作	歌川豊国口絵	本文画者門人 歌川国丸画図

迎慶招福大吉日利

小野郡司春風の家臣、粂寺元朝左衛門

押出して花一輪の牡丹かな　春来句

耕書堂発行

［前編］

［上］

（1）

我は化けたと思へども〳〵、人は何とか思ふらん。これは

（2）一ウ

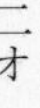

此所に住ゐ仕る古狐の骨頂。さるほどに、此山のあなたに猟師の候、我等の一門を釣平げる事にて候。何とぞして彼が釣らぬやうにと思ひ、すなはち彼が伯父坊主に、白蔵主と申てござるほどに、これに化けて参つて意見を加へ、殺生の道を思止まらせうと存ずる事でござる。

女忠信男子静　釣狐昔塗笠　全部六冊

江戸通油町　板元　蔦屋重三郎

文化八年辛未八月稿成
九年壬申春新絵草紙

山東京伝述㊞

（2）

金毛九尾小狐丸の剣の精霊

玉藻の鏡の精霊

(3)二ウ

三オ

(3)

きのふまで水にたてしが葛の葉の　梅翁宗因句

○河内国小野郡司春風の下部妻平、実は上総七郎助国

○嵯峨野の小女郎狐

草庵集

秋の野に尾花葛花咲しより

色のちくさに月ぞうつろふ

草いろ〳〵おの〳〵花の手柄かな　芭蕉句

○津の国神崎の侠客五尺染五郎、実は三浦太郎助照

(4)三ウ

(5)四オ

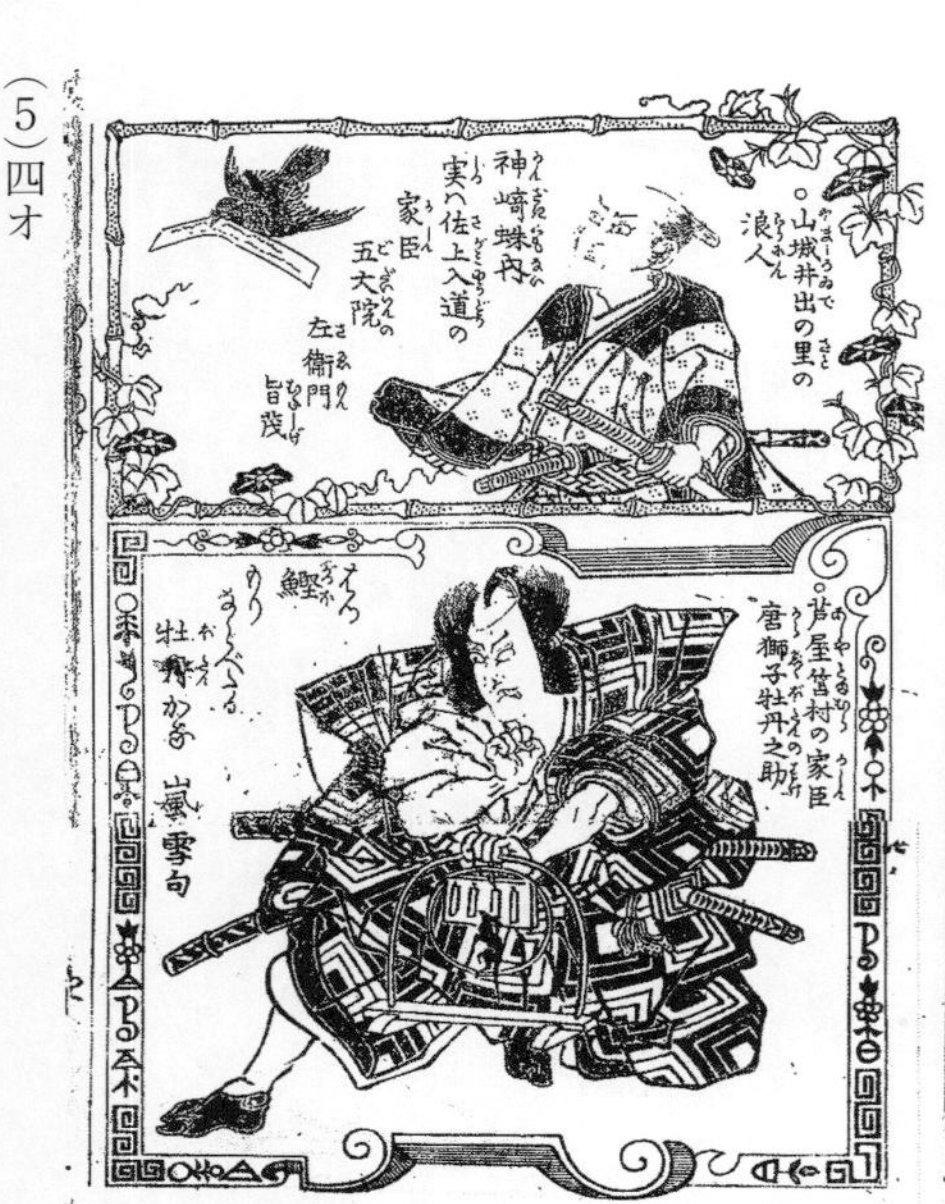

(4)

古今

我宿の池の藤波咲にけり

　山ほとゝぎすいつかきなかん

○八剣左衛門雲連

○金毛九尾小狐丸の名剣

○玉藻の鏡

(5)

○山城井出の里の浪人神崎蛛内、実は佐上入道の家臣五大院左衛門旨茂

○芦屋笘村の家臣唐獅子牡丹之助

初鰹もりならべたる牡丹かな　嵐雪句

（7）五オ

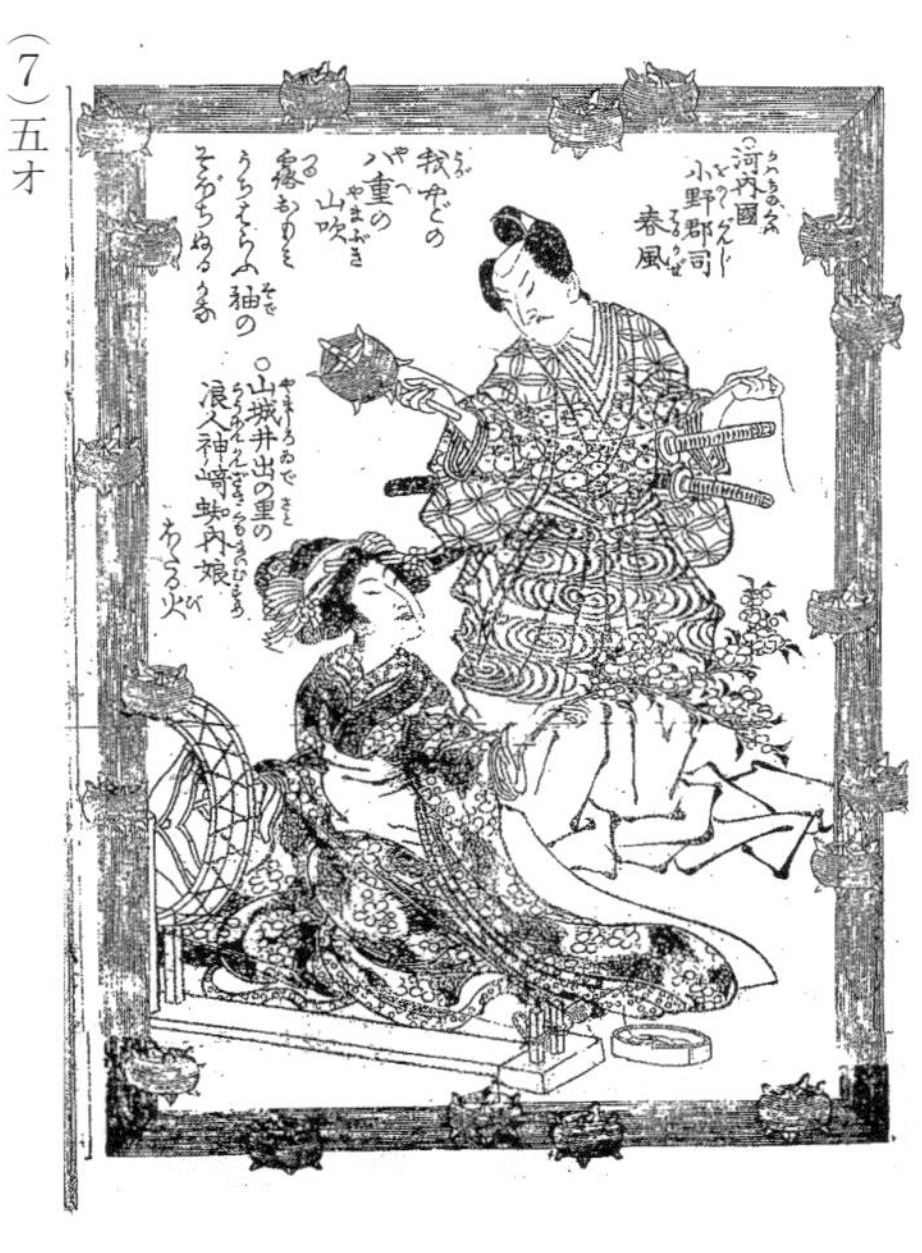

（6）四ウ

（6）

鐘入解脱衣

〽あゝ恨めしや、我は宵の稲妻のはかなく消へし身の上を、かわいと思ふてくれもせで、さがしき人の心やな。〽目には見へねどうばたまの闇路に迷ふあだしのゝ、恋しき人の見やば恥づかし此姿。〽声ばかりこそ松の風、梢に残る空蟬の、もぬけの衣うちかつぎ。〽ありしその夜のあだ夢を、思ひ出すもあぢきなや。

○悪七兵衛景清の亡魂

（7）

○河内国小野郡司春風

　我宿の八重の山吹露おもみ

　　うちはらふ袖のそぼちぬるかな

○山城井出の里の浪人神崎蜘内娘、蛍火

(8)五ウ

(8)

三浦太郎助照

上総七郎助国

これより末国丸画　口絵五張　豊国画

【中】

(9)前編中冊

発端 今は昔、後醍醐天皇の御宇、建武の頃とかや。大和の国芦屋の大領笘村の家の宝玉藻の鏡といふは、昔、鳥羽の院の御時、三国妖狐の化身なりし玉藻の前を照らし、その正体を顕せし名鏡なり。又、河内の国の小野郡司春風の家の宝金毛九尾小狐丸の剣といふは、その妖狐を退治したる名剣なり。

(9)六オ

然るにある年、芦屋の大領の息女名月姫、都見物に上り、数多の供人を連れて嵯峨野の辺を通りしに、狩人、狐を生捕りて持行くを、名月姫、憐れに思して、葛花といふ腰元に言ひ付け、狩人に価を遣はして狐を買取り、嵯峨野の叢に放しければ、狐はいと嬉しげに、見返り〳〵失せにけり。

○斯くて名月姫は、本国大和に帰り、折しも中秋の頃なりければ、御所街道の下館にて月を眺め、琴を調べて慰みける折しも、河内の国小野春風、長谷の観音へ参詣の帰るさ、下部妻平といふ者を連れて、此下館の門に馬を止め、笛を取出して姫の琴に吹合はせければ、小督の局を訪ねたる仲国の昔もかくやと思はるゝ。姫は笛の音色の妙なるを聞き、腰元葛花に言ひ付けて、春風をこなたへ通しけるに、春風姫に対面して曰く、「婦人ばかりの所へ推参はいかゞなれど、芦屋の息女とうけ給はり申し、通じたき仔細あつて、此所まで参りしが、不意に案内も乞はれねば、拙き笛を合はせて御遊を妨げ候なり。かねて御聞及びも候はん。

次へ続く

(10)六ウ

七オ

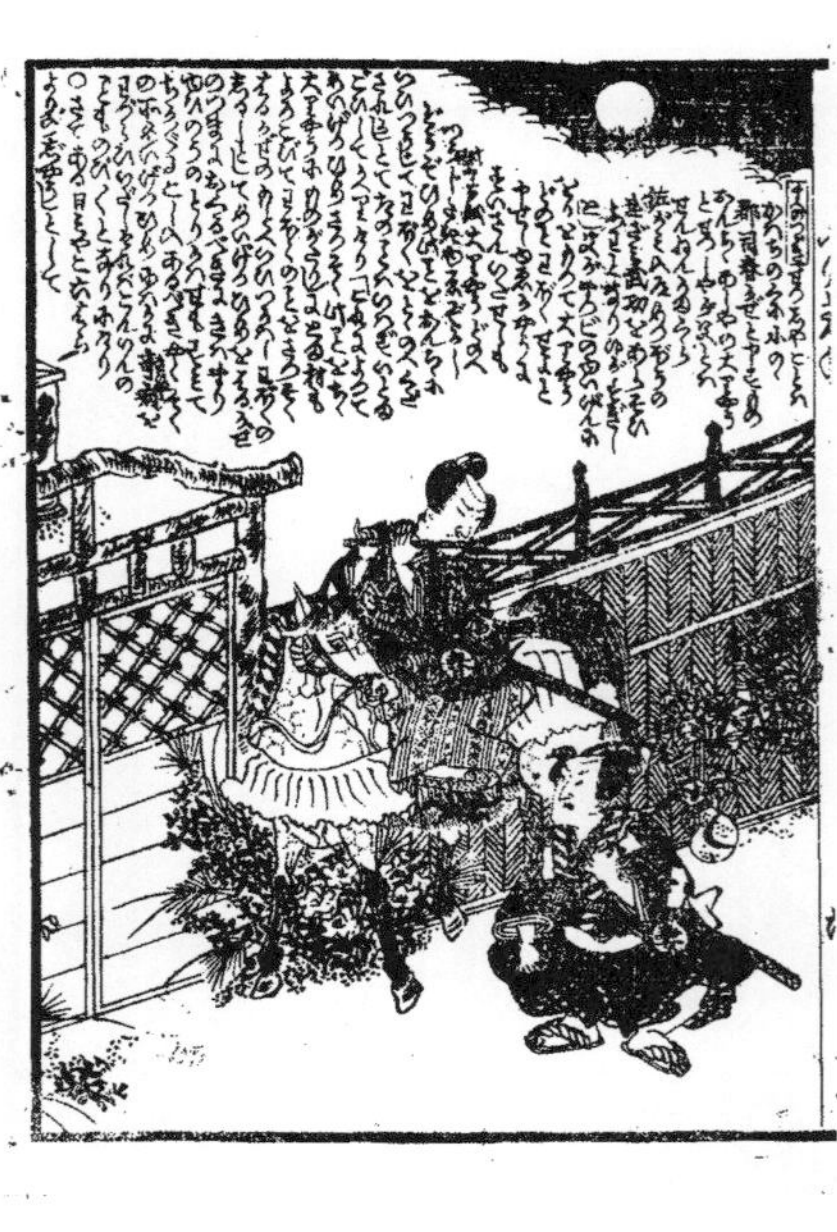

(10) 前の続き　拙者事は、河内の国小野郡司春風と申す者、御父芦屋の大領と拙者が父とは、先年、鎌倉佐上入道滅亡の刻、武功を争ひ不和となり候が、過ぎし年、父が末期の遺言に、折をもつて大領殿と和睦せよと申せしゆゑ、斯様に推参致せしも、此事を大領殿へ通じたき故ぞかし。どうぞ姫、此事を御父に言ひ通じて、和睦を調へ下されかし」とて、他の事は言はず、暇乞して帰りけり。

　これによつて名月姫、早速、此事を父大領に物語りしに、笘村も喜びて、和睦の事を早速、春風の許へ言ひ遣はし、和睦の印として名月姫を春風の妻に送るべきに極まり、結納の取交せも済みて、近々に輿入あるべき約束の所、名月姫、俄に奇病を患ひ出しければ、婚姻の事も延び〳〵となりにけり。

○さて、ある日、都六波羅よりの上使として、八剣左衛門雲連、芦屋の大領の館へ入来りければ、笘村の家臣

次へ続く

(11) 前の続き　由留木三郎、唐獅子、牡丹之介を連れて出

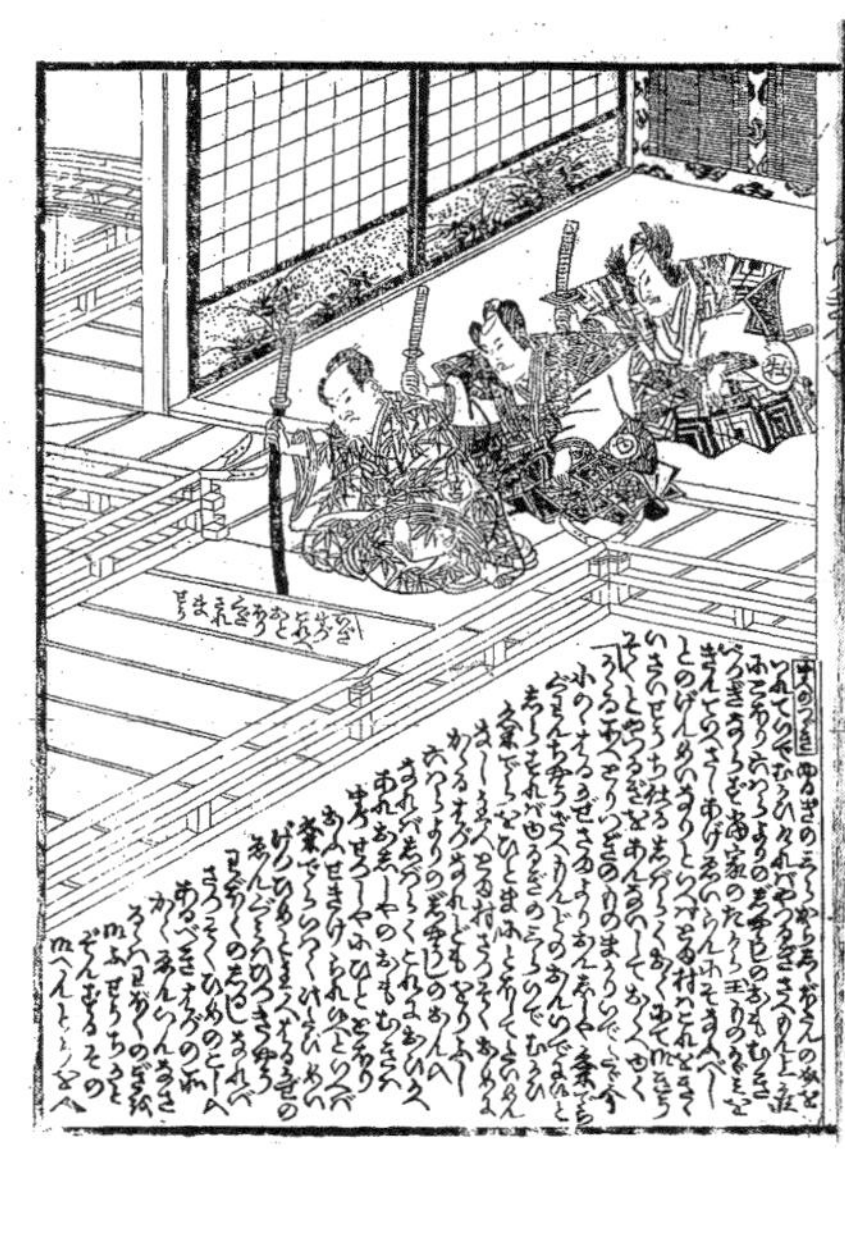

迎ひければ、八剣左衛門上座に通り、「六波羅よりの上使の趣、別儀ならず。当家の宝玉藻の鏡を禁庭へ差上げ、叡覧に備ふべしとの厳命なり」と言へば、笘村はこれを聞き、委細承知仕る。暫く奥にて御休息と、八剣を案内して奥へ行く。

斯かる所へ取次の者罷出で、たゞ今、小野春風様より御使者粂寺元朝左衛門殿、御出に候と知らすれば、由留木三郎出迎ひ、粂寺を一間に通して対面なし、「主人笘村、早速御目に掛かる筈なれども、折節、六波羅よりの上使の御入なれば、暫くこれに御控へあれ。御使者の趣は、まづ拙者にひと通り仰せ聞けられ候へ」と言へば、粂寺曰く、「此度、名月姫と主人春風の縁組は、畢竟和睦の印なれば、早速姫の輿入あるべき筈の所、斯く延引なさるゝは、和睦の儀を御不承知かと存ずる。その御返答をうけ給はらんため罷越しました」と言へば、由留木三郎これを聞き、左様に思すは御尤なれど、毛頭、和睦を不承知など、申す事には候はず。実は 次へ続く

(笘)「いざまづこれへ、御通り下されませう」

(12)八ウ

九オ

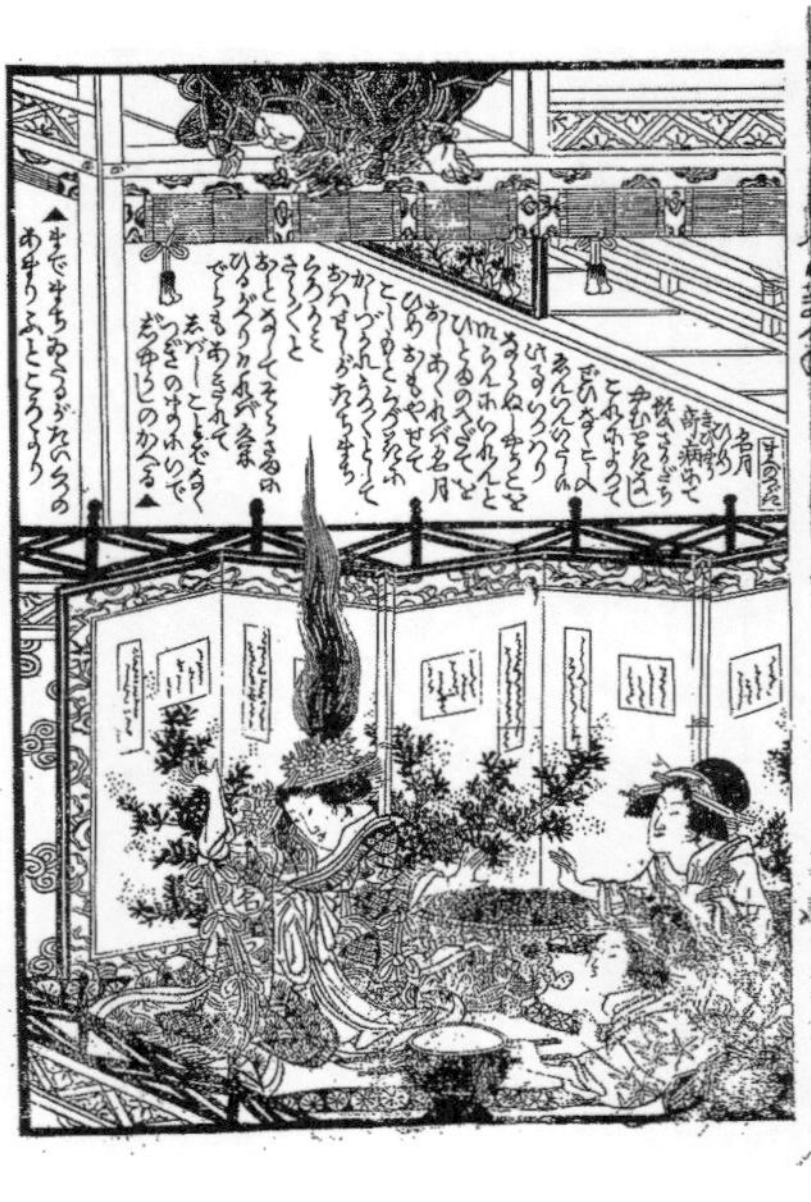

（剣）「上使なれば、上座は許し召されい」

(12) 前の続き 名月姫、奇病にて髪逆立ち止む時なし。これによつて是非なく輿入延引致し候。此事偽りならぬ証拠を御覧に入れんと、一間の隔てを押開くれば、名月姫、面瘦せて、腰元葛花にかしづかれ、鬱々としておはせしが、たちまち黒髪さら〳〵と音なして、空さまに翻りければ、粂寺も呆れて、しばし言葉なく、次の間に出で、上使の帰るまで待ち居たるが、退屈のあまり懐より毛抜を出して髭を抜き、ふと毛抜を畳の上に置きけるに、その毛抜、おのれと立つて動きければ、粂寺はこれをきつと見て、訝しさよと思ひしが、しばしあつて心に頷き、長押に懸けたる槍押取つて、天井を打守り、ひと突突くと、

次へ続く

(13) 前の続き そのまゝにどつさり落ちたる曲者は、強盗頭巾の黒装束、大きなる磁石を小脇に抱いて居たりけり。此物音に驚きて、芦屋の大領、由留木三郎、腰元

葛花立出けるに、粂寺は曲者を捕つて引寄せ声荒らげ、「おのれ何者に頼まれたるぞ。まつすぐに白状せよ」と責めたる折しも、八剣左衛門奥より立出で、刀を抜いて曲者の首をはつしと打落とす。粂寺は差寄つて、「なんぼ御上使なればとて、詮議のある此曲者を、何故、御手にかけられし」と言へば、八剣左衛門びくともせず、非情を守り、曲者を成敗なすは、六波羅検非違使の役目と知らずや。上使に向かつて無礼至極と決付ける。粂寺は訝しとは思ひながら、上使といふに歯向かひ難く、しばし猶予のその所へ、当家の勇士唐獅子牡丹之介、泥田棒九郎といふ者に縄をかけて引立来り、サア有様に白状致すべしと、刀の鐺で締上ぐれば、「ア、言ひます〳〵。斯う尻が割れたからは、みんなぶちまけてしまひます。何もかも、わしが呑込んで、髪の油に鉄の粉を入て名月姫に奉り、忍びを入れて天井にて、磁石の石を使はせ、髪を逆立たせて奇病と見せたも、それそこにござる八剣左衛門殿に頼まれてした事でござる」と白状すれば、粂寺はこれを聞き、さてこそ〳〵、毛抜のおのれと働きしも、

次へ続く

(14)十ウ

(14) 前の続き 磁石の奇特、それで読めた。最前より偽上使とは推量したれど、もしやと控へて居たるなり。もはや逃れぬ所だ、本名を名乗れ〱と詰寄すれば、さしもの八剣、歯噛をなし、ヲ、小賢しくも見出したり。今は何をか包むべき。八剣左衛門とは仮の名、実は伊勢の国鈴鹿山の賊首、壬生の小猿とは俺が事だは。棒九郎を頼んで姫を奇病と見せたるは、春風との縁談を妨げん為。今日又、上使と偽つて入込みしは、姫を奪つて我が閨の伽にせん為なり。斯うなるからは百年目、どいつもこいつも撫斬と、刀を抜いて仄かすと見へしが、片辺にありし玉藻の鏡を奪取つて、庭なる池に飛入りぬ。此時すでに日は暮れて、真の闇となりければ、松明、提灯辺りを照らし、そこよこゝよと尋ねつゝ、館の人々、上を下へと捏返して騒ぎける所へ、小野春風の家臣、扇地紙之介、大息吐いて馳来り、粂寺に向かひ、「昨夜、宝蔵へ曲者忍入り、

次へ続く

芦屋の大領、有合ふ楽の太鼓を打てば、これを合図に家来ども大勢、槍にて八剣を取巻く。

八剣左衛門働く。

(15)十一オ

【下】

(15) 前編下冊

前の続き 金毛九尾小狐丸の剣を奪取つて逃去つたり。これによつて館の騒ぎ大方ならず。疾く〳〵御帰り候へ」と言へば、粂寺はます〳〵驚き、此処も気遣ひ先も気遣ひ、是非なくも馬を飛ばせて帰りけり。

○斯くて八剣は、玉藻の鏡を口に咥へて樋の口よりぬつと出で、辺りを見回し立つたる所へ、芦屋の家来、大勢にて押取巻き、搦捕らんとひしめくを、八剣は死に物狂ひ斬払ひ〳〵、長谷街道の方へ行かんとしたるに、向ふより女非人出来り、すり違ひに怪しみつゝ、鐺を捉へて引戻す。八剣はこれを振払ひて、一散にこそ走行く。女非人はさてこそ今のは曲者と、 次へ続く

(16) 前の続き いよ〳〵怪しみ辺りを見れば、一通の書簡を落とし置きたるを拾取りたる後ろより、黒装束の忍

びの者、それやつてはと取付くを、女非人は身をかはし、もんどり打たせて膝に押敷き、かの一通を月影に透かして読まんとしたる折しも、ねぐらの雀飛立ちて、稲叢の陰より深編笠の浪人と思しき者ぬつと出で、かの一通を取らんと立寄る。こなたの女は渡さじと、しばらく挑争ひしが、此時、雨雲月を隠して、文目も分かぬ闇となりしを幸ひに、女非人は、かの一通を懐中し、行方も知れずなりにけり。

此所、いづれも無言の立回りなれど、女非人も浪人者も只者とは思はれず。此処では何者といふ事知れず、六冊目を読めば、詳しく分かるなり。

次の絵の訳 さる程に、芦屋の大領笘村は、玉藻の鏡を奪はれて言訳なしと、遂に切腹をぞなしにける。もと後醍醐天皇より給はりたる大切の宝なれば、言訳なしとて、斯く自殺に及びしなり。

名月姫は腰元葛花もろともに、父笘村に取付きて前後不覚に嘆きしが、父もろともに死出三途に赴かんと、すでに自害と見えたるを、葛花慌てて押止め、「御嘆きはさる事

ながら、今亡き身となり給ふとも、少しも甲斐はあるべからず。ひとまづ御館を落ち給ひて、小野春風様を力とあそばし、宝の詮議をあそばして、再び御家を興し給ふが

次へ続く

京伝作　豊国画　絵入読本○霧籬物語　全六冊
京伝著　骨董集　好古漫録の書也。来春出板仕候。

(17)　前の続き　肝要なり。女でこそあれ私が、命のあらん限りは何処までも付従ふて、御力となり侍るべし」と言葉を尽くしてやう〳〵宥め、姫を伴ひ泣く〳〵館を落行きぬ。

金毛九尾小狐丸の剣も後醍醐天皇より春風が父に賜りし物なれば、春風も申し訳なしと思ひ、すでに切腹の用意あるところへ、粂寺元朝左衛門、馬を飛ばせて帰来り、斯くと見るより押止め、とかく御命を長らへ給ひて、剣の詮議が肝要と、様々諫めて切腹を止めけり。

こゝに又、足利の執事高の師直は、かねて名月姫を見ぬ恋に焦がれ居たるに、小野春風が方へ縁組極まりしと聞

(18) 十三ウ

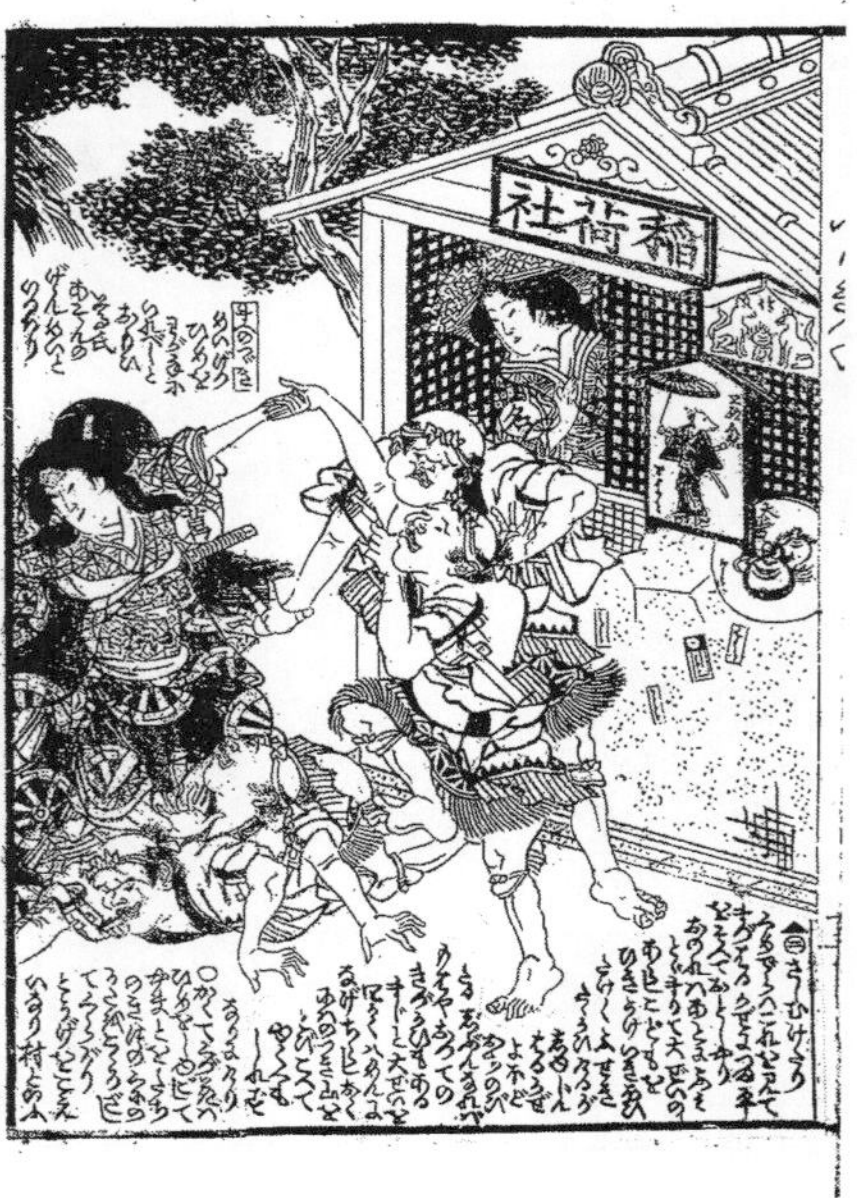

十四オ

き、無益しく思ひ居たる折節、芦屋と小野の両家の宝を奪はれし事を早く注進の者あつて聞き、これぞよき幸ひなり。春風を罪に落とし、[次へ続く]

(18) [前の続き] 名月姫を我が手に入れべしと思ひ、尊氏朝臣の厳命と偽り、大勢の荒子共を小野の館へ差向けたり。粂寺はこれを見て、まづ春風に妻平を添へて落としやり、おのれは後に踏止まりて、大勢の荒子共を引受け、勢ひ猛く防ぎ戦ひけるが、主人春風、よほど落延びたる時分なれば、もはや追手の気遣ひもあるまじと、大勢を四角八面に投散らし、奥庭の築山を飛越へて、行方も知れずなりにけり。

○斯くて葛花は、姫を守護して大和を立退き、津の国の方を志して、闇峠を越え、稲荷村といふ所に休らひ居たるに、師直が郎等大勢、荒子共を従へ追駆来りて押取巻き、姫を渡せとひしめいたり。葛花は女ながらも才覚ある者なれば、姫を傍らの稲荷の社に隠置き、大勢の荒子共を相手に華々しく働きければ、荒子共は敵はずして、む

(19)十四ウ

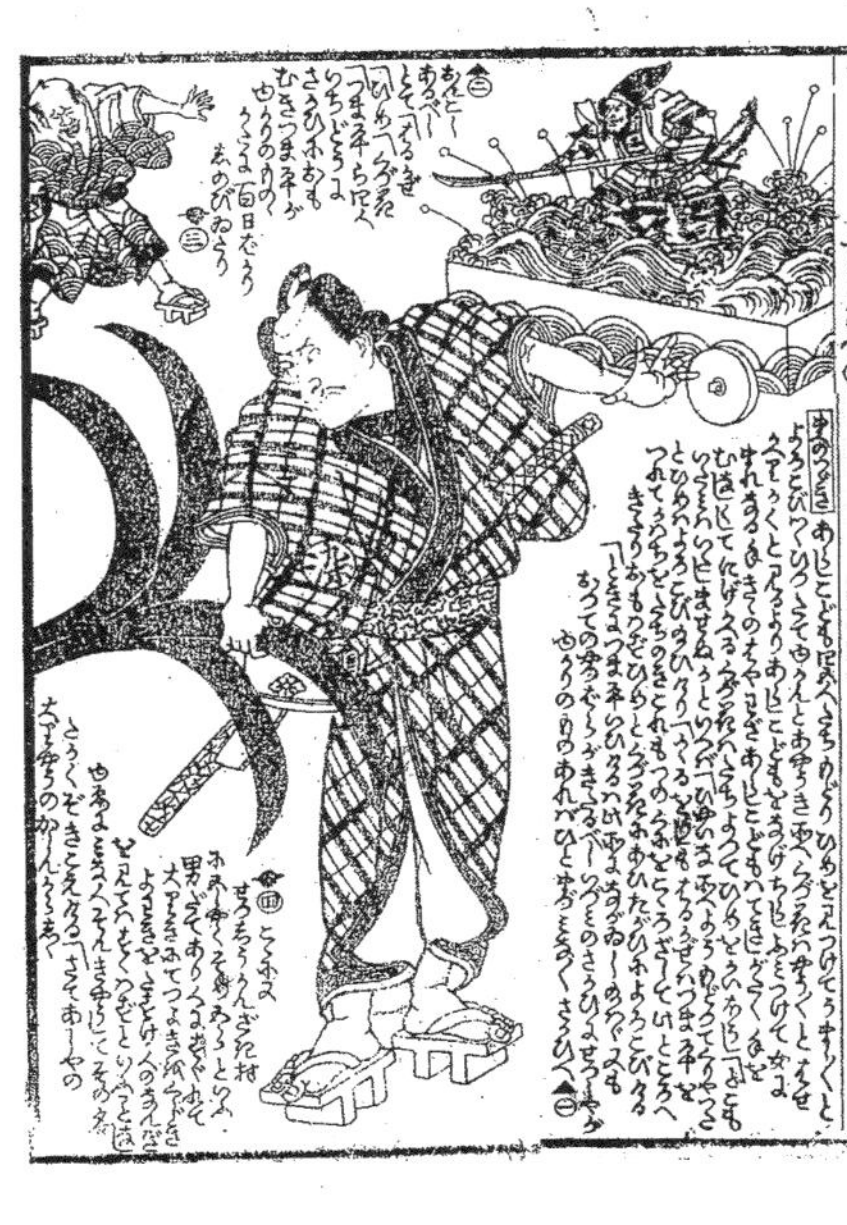

十五オ

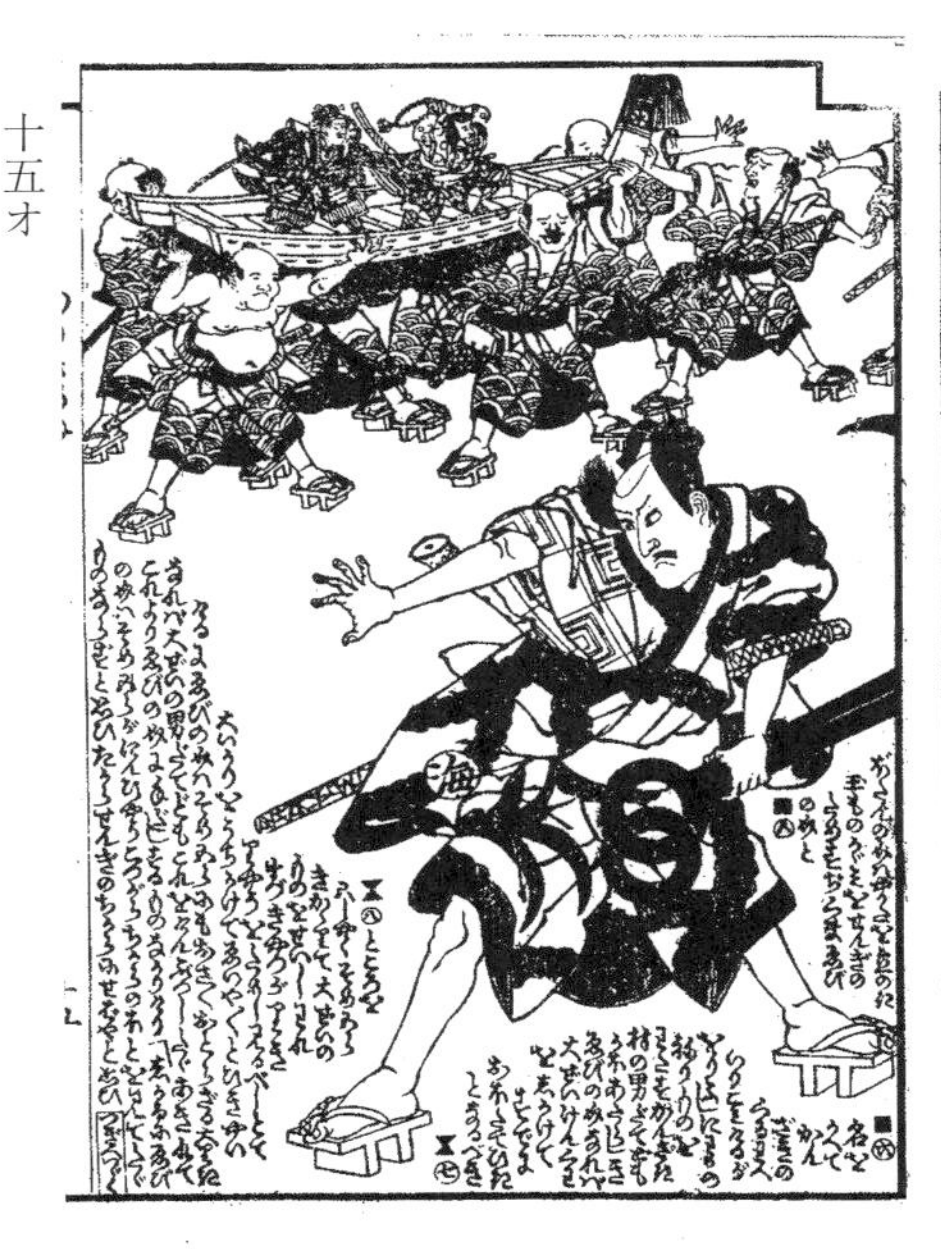

らく〳〵ばつと逃げて行く。葛花は何処までもと追行きしが、しばらく帰らざりければ、姫は気遣ひ社を出で、長追せずと、早う戻つてくれはせでと、伸上がり〳〵待ち居たるところへ、以前の［次へ続く］

［稲荷社］

(19) ［前の続き］荒子共四、五人立戻り、姫を見付けて、うまし〳〵と喜びつゝ、引立行かんと危うき所へ、葛花はやう〳〵と馳帰り、斯くと見るより荒子共を投散らし踏みつけて、女に稀なる手利の早業、荒子共は敵し難く、手を空しくして逃帰る。葛花は立寄つて姫を介抱し、「どこも痛みは致しませぬか」と言へば、非愛な所へ、よう戻つてくりやつたと、姫は喜び給ひけり。

斯かる折しも春風は、妻平を連れて河内を立退き、これも津の国を志して此所へ来り、思はず姫と葛花に遇ひ、互ひに喜びける。時に妻平言ひけるは、「此所に長居し給はゞ、又も追手の奴ばらが来るべし。和泉の堺に拙者が由縁の者あれば、ひとまづ皆々、堺へ御越しあるべし」とて、春風、姫、葛花、妻平ら四人、一同に堺に赴き、妻平が由縁の者の方に百日ばかり忍居たり。

こゝに又、摂州神崎村に五尺染五郎といふ男達あり。人に勝れて大力にて、強きを挫き弱きを助け、人の難義を見ては救はずといふ事なし。故に皆人尊敬して、その名高くぞ聞こえける。

さて芦屋の大領の家臣、唐獅子牡丹之介は、館を立退き、玉藻の鏡を詮議のため、筋隈海老之介と名を変へて神崎の廓へ入込みけるが、折節、俄の練物を渡す神崎村の男達ども、顔新しき海老之介なれば、大勢喧嘩を仕掛けて、すでに大達引となるべきところを、五尺染五郎来掛かりて、大勢の者を制し、我、まづ彼奴が力量を試し見るべしとて、大碇を打ちかけて、ゑいや〳〵と引合いけるに、海老之介は染五郎にも、おさ〳〵劣らざる大力なれば、大勢の男達ども、これを見物し、たゞ呆れて、これより海老之介に手出しする者なかりけり。

然るに海老之介は、染五郎が人表骨柄、力の程を見て、只者ならずと思ひ、宝詮議の力にせばやと思ひ、

次へ続く

(20)十五ウ

(20) 前の続き　これより兄弟分の因をぞ結びける。

さて又ある日、海老之介、神崎村を通りけるに、景清塚より景清が亡霊現れ出で、「汝、心を尽くして宝の詮議をなし、芦屋の家を再興せばやと思ふ忠義の心を我、深く感ずる間、汝が影身に付添ひて守り、押付け宝も手に入れべし。必ず疑ふ事なかれ」と告げて、掻消すやうに失せにけり。海老之介は奇異の思ひをなして、末頼もしく思ひ、塚を拝して帰りけり。

[景清塚]

豊国門人国丸画　山東京伝作㊞

山東京山製　十三味薬洗粉　水晶粉　一包一匁二分

いかほど荒性なるも、これを使へば、きめを細かにし、艶を出し色を白くす。常の洗粉とは別なり。皹・霜焼・疥・雀斑の類、自然と治る。御化粧第一の薬也。

取次所　京伝店

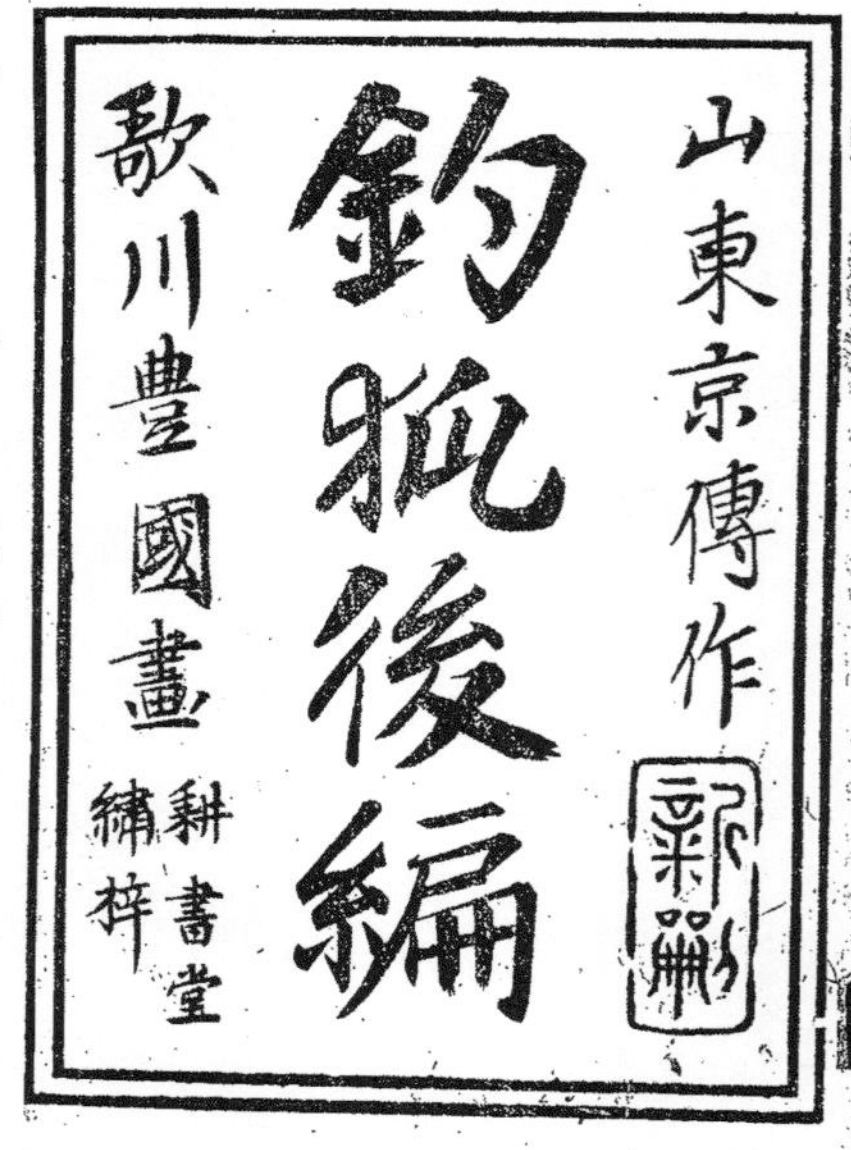

（21）十六オ

【後編見返し】

山東京伝作　新刪
釣狐後編
歌川豊国画　耕書堂繍梓

【後編】

【上】

（21）　後編上冊

玉藻(たまも)の鏡(かゞみ)の精霊(せいれい)

金毛九尾(きんもうきうび)小狐丸(こぎつねまる)の精霊(せいれい)

小野郡司春風(をのゝぐんじはるかぜ)

金毛九尾(きんもうきうび)小狐丸(こぎつねまる)の名剣(めいけん)

後編

（22）十六ウ

十七オ

（22）**読み始め** さる程に、名月姫、葛花、妻平等四人の者は、和泉の堺に百日ばかり忍居たるが、師直が郎等これを嗅出して、搦捕らんと馳向かひたるを、妻平追散らし、此所にも長居はならず。何処へも御供せばやと思ふところへ、海老之介訪来り、四人の者を同道して神崎に帰り、染五郎を頼み、御二方を匿ひもらひ、四人の者は暫く染五郎が家に忍び、春風と姫は二階に隠暮らせしが、ある夜、誤つて行灯を打倒し、油こぼれて二階より下屋に流れけるが、鼠出て、その油を舐めけるを、腰元葛花ちやつと見て、我を忘れて狐の身振をなしければ、染五郎・妻平の両人、これを見て怪しみける。折しも海老之介も此所へ来り、共に怪しみ思ひけり。

斯くて春風、姫を連れて二階より下来り、いかに葛花、そちがその有様は何事ぞと怪しみけるに、葛花はつと心づき、いと恥づかしき体にて、はるか下がつて蹲り、「ア、畜生の浅ましさ。油にまみれし鼠にて正体を 次へ続く

(23)十七ウ

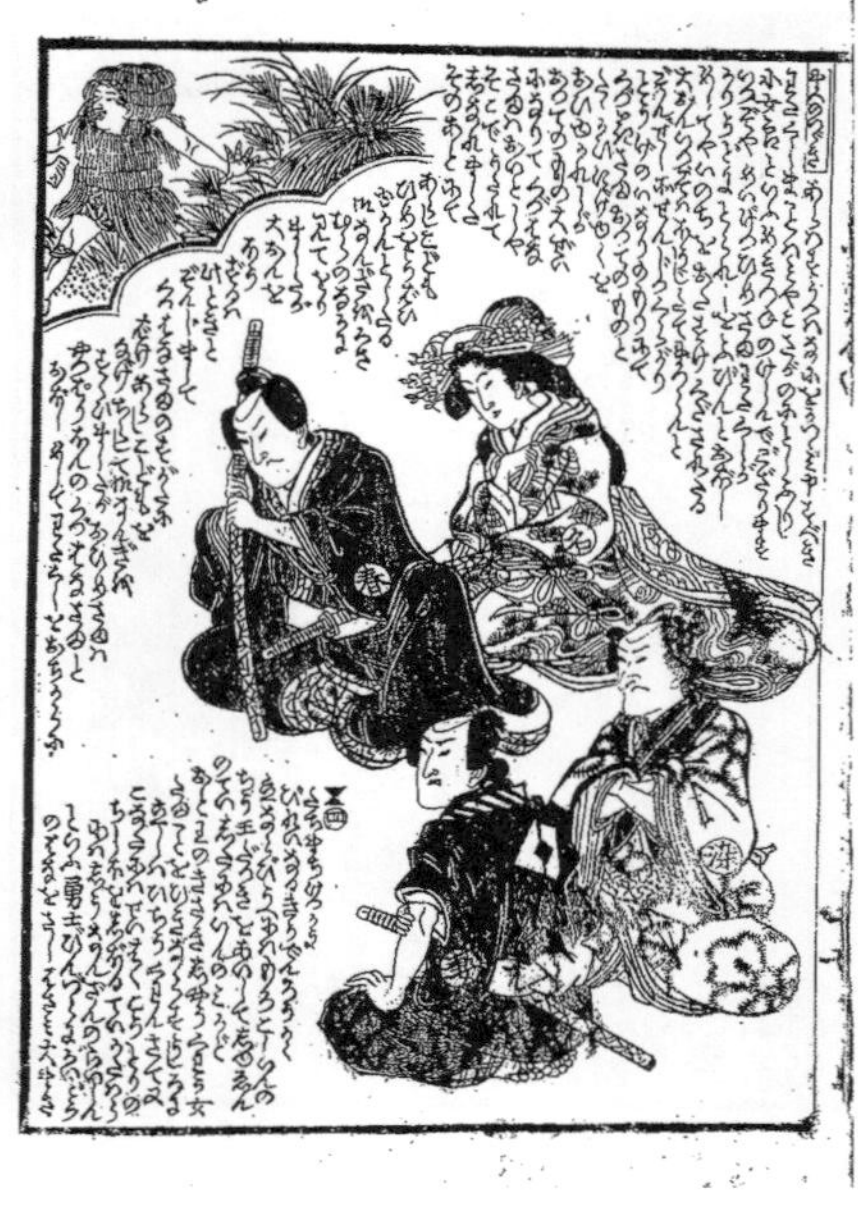

十八オ

（23）前の続き 顕す上は、何をか包み申すべき。私、実は都嵯峨野に年古りし小女郎といふ雌狐の化身でござります。何時ぞや名月姫様、私が狩人に捕られしを不憫と思召してや、命を御助け下されたる大恩、何時がては報じ奉らんと存ぜし所、先日闇峠の稲荷の森にて、葛花様、追手の者と戦ひ逃行くを追行かれしが、追手の者大勢になりて、葛花様はおいとしや、そこで討たれて死なれました。その後にて荒子共、姫を奪行かんとしたる御難義を、叢の中に見て居りましたが、大恩を報ずるは此時と存じまして、葛花様の姿に化け、荒子共を投散らして御難義を救ひましたが、御姫様は、やつぱり本の葛花様と思召して、私を御力になさるゆへ、御別れ申すが悲しくなり、今日までも御付添ひ申せしが、一度正体現せば、もはや人間の交はりならず。御名残惜しうは存じますが、私は元の古巣へ帰ります。紛失の二品の御宝も、押付け御手に入り、再び世に出給ふやうに影身に付添ひ守るべし。御別れ申す置土産に、私が術を以て金毛九尾小狐丸と、玉藻の鏡の故事来歴を、今日前に現して御目に掛け

ん」と言ひつゝ立つて、奥庭の障子を開けば、あら不思議や、常は野原の叢なるが、たちまち結構美麗なる宮殿楼閣立並び、上には唐土殷の紂王、妲己を愛して酒宴の体、下には殷の帝乙王の后正后女、玉琴を弾鳴らす。後ろに立しは飛仲官、さて又こなたには西伯侯、鳥の血潮を絞る体、傍らには終南山の雷震といふ勇士、鬢面に海棠の花を挿挾み、大鉞を振上げて立つたる姿。雲中には金毛九尾、白面の妖狐現れ出で、見ぬ唐土の昔語、小狐丸、玉藻の鏡の故事来歴、目前に見へければ、皆〳〵奇異の思ひをなし、目も離さずに見居たるに、折しもさつと風吹きて、霧に紛れて 次へ続く

高の師直が家来、荒子共、小女郎狐に化かされる。

（24）

前の続き

消失せて、元の野原となりにけり。

(24)十八ウ

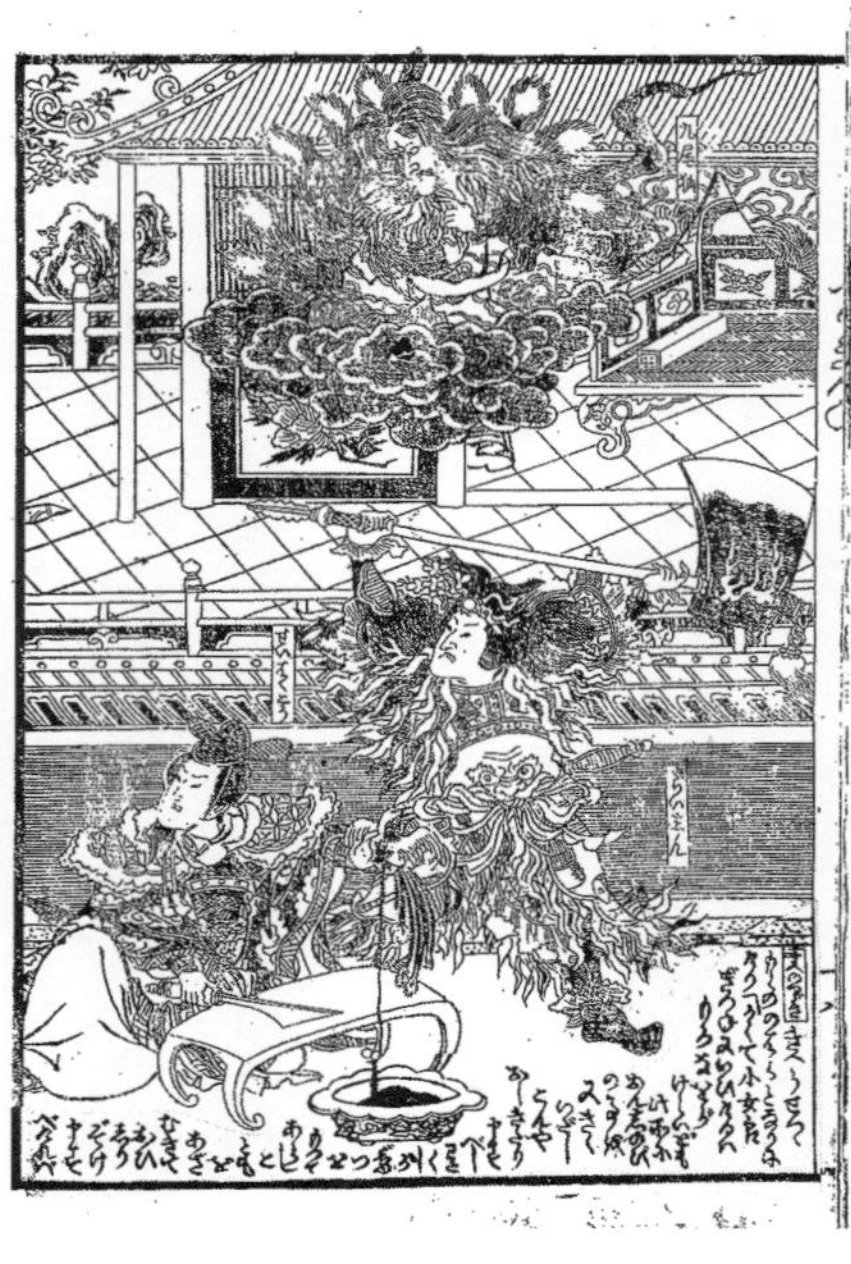

十九オ

斯くて小女郎狐、又言ひけるは、「師直が家来共、此所に御忍びの事を又聞出し、今夜押来り申すべし。私が術をもつて荒子共を欺きて、追退け申すべければ、今夜中に御二方、何処へなりと御立退きあるべし。ア、御名残惜しや、別れ難なや」と言ひつゝ、涙に掻闇れて振返り〳〵、叢に入りて姿は見えず、数多の 次へ続く

九尾狐

雷震

西伯侯

妲己

殷の紂王

飛仲官

正后女

(25) 前の続き 狐火、此処彼処に燃立ちぬ。

名月姫は、葛花が稲荷の森にて討たれし事を初めて聞き、嘆きに堪へずおはせしが、海老之介やう〳〵に慰め参らせ、「今、小女郎狐が申せし如くならば、今夜、師直が

討手の参るべし。まづ〳〵早く御二方は妻平を召連れ給ひて、此所を御立退きあるべし。拙者は後に残り、染五郎と二人にて、討手の奴輩を追散らし候べし。早く〳〵」と言ひければ、実に尤と妻平は、御二方の供をして、ひとまづ山城の国の方へぞ落行きぬ。

○それはさておき、こゝに又、山城の国井出の里に神崎蜘内といふ浪人あり。ある日、途中にて俄雨に遇ひ、とある非人小屋に走着き、「蓑があらば貸してくれよ」と言ふ声聞いて、莚戸を開けて出るは女の非人。しとやかに揉手して、よく〳〵御難義なればこそ、非人風情に蓑の御無心。ア、どうぞ御用に、ヲ、それと、立つて片辺に咲乱れたる山吹の枝を折り、蓑の御用と差出す。蜘内は手に取つて打眺め、借りやうといふ蓑は出さず、此一枝を蓑の返事に。ムウ実や、古歌に、七重八重花は咲けども山吹のみのひとつだになきぞ悲しき。スリヤ、蓑はないじやまで。御恥かしう存じます。いや恥かしからぬ見目形。和歌に

次へ続く

[大あたり]

(26)二十ウ

(26) 前の続き 心を寄せたるは、ハテしほらしき非人が有様。岸陰の岩間に咲ける山吹の色香含みて知る人ぞなき。寸志ばかりの蓑の返礼、幸い雨も晴れたれば、此まゝさらばと立帰る袖を控へて、いや申し、私風情の身にとつては有難い今の御歌、どうぞ一筆あそばしてと、矢立を出せば蜘内は、辞退もならず懐中より短冊を取出し、今の詠歌を筆早に書くも好める和歌の道、縁もあらばと手に渡し、別れて澄帰りけり。

斯くて往来も黄昏時、非人は小屋に、短冊をつく〲眺め居たりしが、何思ひけん、袂より呼子の笛を取出し、風に高音を吹反せば、傍らの松蔭より腰元数多付添ひて、夕日に煌く梨地の乗物、列を正して控ゆれば、非人の女は乗物へ、心静かに乗移れば、「御発ち」と呼ばはる腰元が

次へ続く

【中】

(27) 後編中冊 前の続き 声に従ひ、しと〲、試し少なき非人の

（27）二十一オ

体、訝しくこそ見えにけれ。
○春風と名月姫は、妻平を連れて山城の井手の里まで落来りけるに、師直が家来共、跡を追来り、搦捕らんとひしめきければ、妻平は大勢を相手に戦ひて、やう〳〵追返しけれども、数多深傷を負ひ、遂に息絶へ死したりければ、春風と姫と左右に取付き、悲嘆の涙に暮れ居たるところへ、かの浪人神崎蜘内通り掛かり、小野春風といふ名を聞き手をつかへて、拙者は御父、小野禅正様の御家来なりしが、故あつて浪人致し、今は神崎蜘内と名を変へ、当所に住居致します。御前様は未だ御幼年の御時ゆへ、拙者が顔は御見知りあるまじ。見ますれば、御供の奴殿が忠死の体、さぞ御難義、故主の御恩を贈るは此時、及ばずながら拙者めが御匿ひ申すべしと、二人を連れて家に帰りぬ。
○斯くて蜘内は、二人を連れて家に帰り、蛍火といふ娘にも言ひ含めて、万を頼もしくもてなしつゝ、二階に忍ばせ置きたりしが、その翌日、井手の里の白露寺といふより下男が使ひに来り、「都から御歴々の御侍が寺へ御出なされて、何か御会ひなされたいとの事。サア〳〵早う」と言ひければ、蜘内は心得ぬ事とは思へど、是非なく下男と連立ちて寺へ行き、暫くあつて立帰り、何か心の済まぬ顔、一人手を組み居たりけり。折しも表に廻国の修行者が佇みて、玉川の流れのもとに遊ぶ蛙の音を止めたるを考へて、ハテどふがなと思案の体、「アゝまゝよ」と言ひつゝ、鐘を打鳴らし、次の村へと行過ぎぬ。

さて、その後へ、小原の鰐兵衛といふ強請者来りて、蜘内に会ひ、懐より春風と名月姫の絵姿を取出し、「此代物、こなたに売らふと思つて持つて来たが、値段は三百両、ナント安いものじやが、買はしやらぬか」と言ふを聞いて蜘内は、とぼけた顔して、「そんなものは、こつちには望みにない。とつとゝ、持つて帰りおらふ」と言へば、鰐兵衛嘲笑ひ、コレお浪人、そんなで行く鰐兵衛じやないぞよ。此絵姿の二人の者、此家に匿つてある事は、俺がよく知つてゐる。これを買はふといふ気がなくは、手短に師直様の御家来に注進すれば、褒美の金は望み次第。たつて売らふといふじやないと、二階に匿ひある事を知つてつけ込む高飛車に、さしもの蜘内詮方なく、俄に言葉和らげて、三百両に買ふ約束に取極め、「その絵姿を買ふからは、

次へ続く

(28) 前の続き 何事も沙汰をして下さるな。三百両の金は後方までに渡さふほどに、それまでは隣村に待つて居て下され」と言へば、鰐兵衛頷き、「ヲ、呑込んだ。此絵姿を売るがすなはち、注進をせぬ証拠。そんなら後に三百両と此絵姿と引替だが、合点か」と、言葉を番へて立帰る。蜘内は、大枚の三百両に胸を痛めて居る所へ、納戸口より出来る娘の蛍火を片方に招き、今、鰐兵衛めが言ふた事、定めて聞いて居たであろ。三百両の金がなければ、たちまち御二方の御身の御難義。御救ひ申すは、そちが心ひとつと言ふその訳は、最前、白露寺へ行たところ、此里を領知せらる丶玉水判官殿より 次へ続く

回国の修行者、井出の蛙を見て思案する。

井出の山吹花盛り。

(剣)「此春に限りて、蛙の音を止めしと人や疑はん。ハテどふがな」

[井手の玉川]

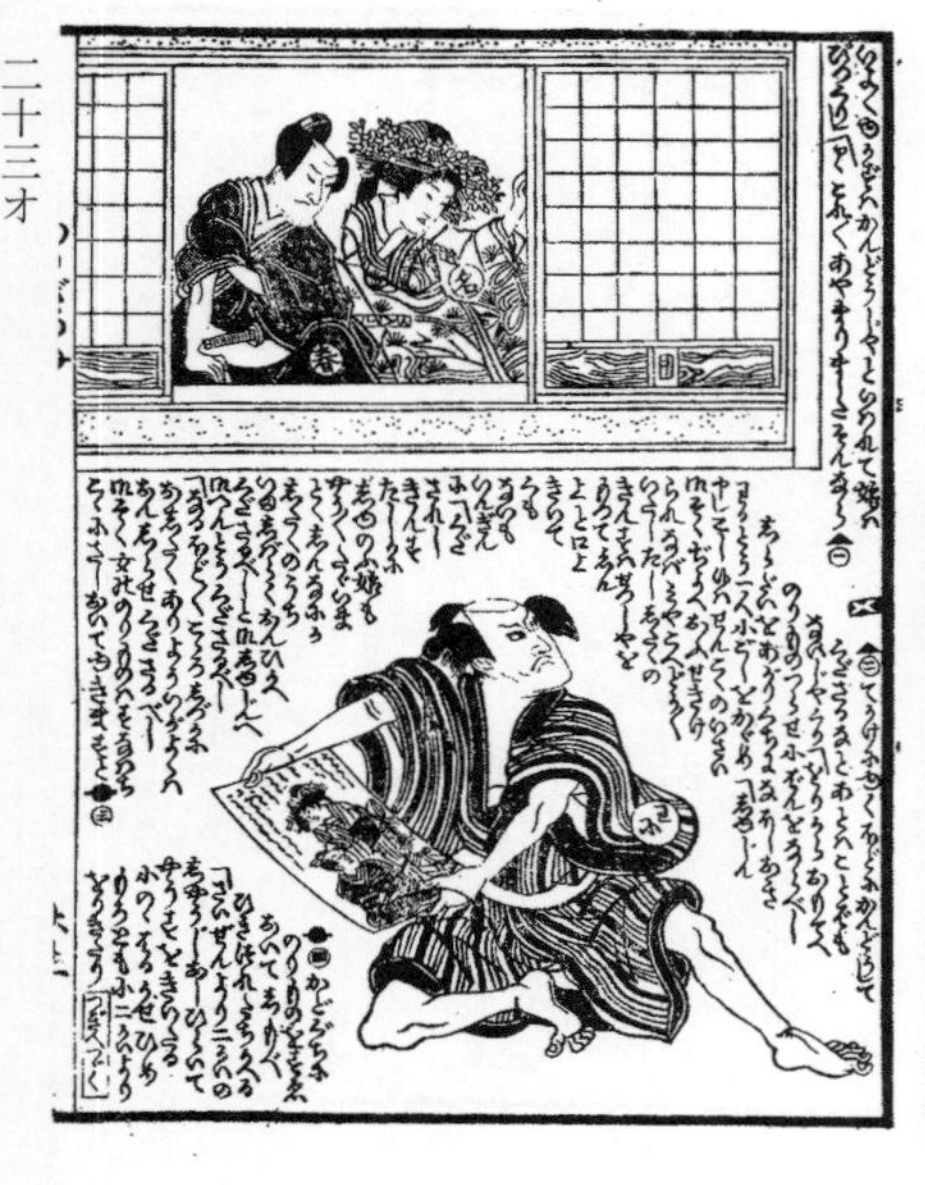

(29) 前の続き 御使者が寺まで御座なされて、俺を呼んで言はしやるには、「判官殿、その方が娘、美人の由聞こし召され、手回りにて召使はれんとの事、有難く存じ差上げよ。すなはち支度料として金三百両下置かるゝ。受取り帰れ」と頭圧し、「此事ばかりは親が意にも致されず。罷帰つて娘にとくと申し聞かせ、その上で御返答」と、言ふも言はせぬ領主の権柄、然らば早く立帰り、娘に此段言ひ聞かせよ。迎ひの乗物、金子とも、追つ付けそれへと、否応ならぬ無体の所望。あんまりな権柄と、思ふたも今の幸い、そちが判官殿へ行てくれると、支度金の三百両で鰐兵衛が口を塞ぎ、御二方の御難義はさらりと逃れる。そこをよう合点して、嫌であらふと行てくれよ。サア得心ならば用意せいと聞いて、と胸の娘が思ひ、御年寄られた父さんを、御一人置いてどこへマア、田舎育ちは野中が望み。玉の輿、わたしやいや／＼。こればつかりは許してと、手を合はせたる詫び涙。不憫と思へど蜘内は、わざと目に角、「ヤイ／＼、親に別れともないとはまだだしもじやが、御主人御二人のため、忠義といふ事を知りをら

ぬか。こりややい、忠義のためには君傾城の勤めをする者さへあるは。それにはまさる妾奉公、何で嫌じやと抜かすのじや。不忠者め。いよ〳〵行かずは勘当じや」と、言はれて娘はびつくり、「ア、これ〳〵誤りました。そんなら妾に行くほどに、勘当して下さるな」と、あとは言葉も泣いじやくり。

　折から表へ乗物吊らせ、小判を並べし白台を上がり口に直置き、若党一人小腰を屈め、「主人申し越し候は、先刻の委細、御息女へ仰せ聞けられなば、都へ同道致したし。支度の金子は拙者をもつて進上」と、口上聞いて蜘内も慇懃に、下されし金子確かに受納。娘もやう〳〵只今得心、何か支度の内、今しばらく、御控へ下さるべしと、御主人へ御返答下さるべし。なるほど〳〵、心静かに御支度あり、用意がよくは御知らせ下さるべし。御息女の乗物は、すなはち此処に差置いて行きますと、門口に乗物を据置いて、下部引連れ立帰る。最前より二階の障子押開いて、様子を聞いたる小野春風、姫もろともに二階より下来り、

次へ続く

二十四オ

(30)二十三ウ

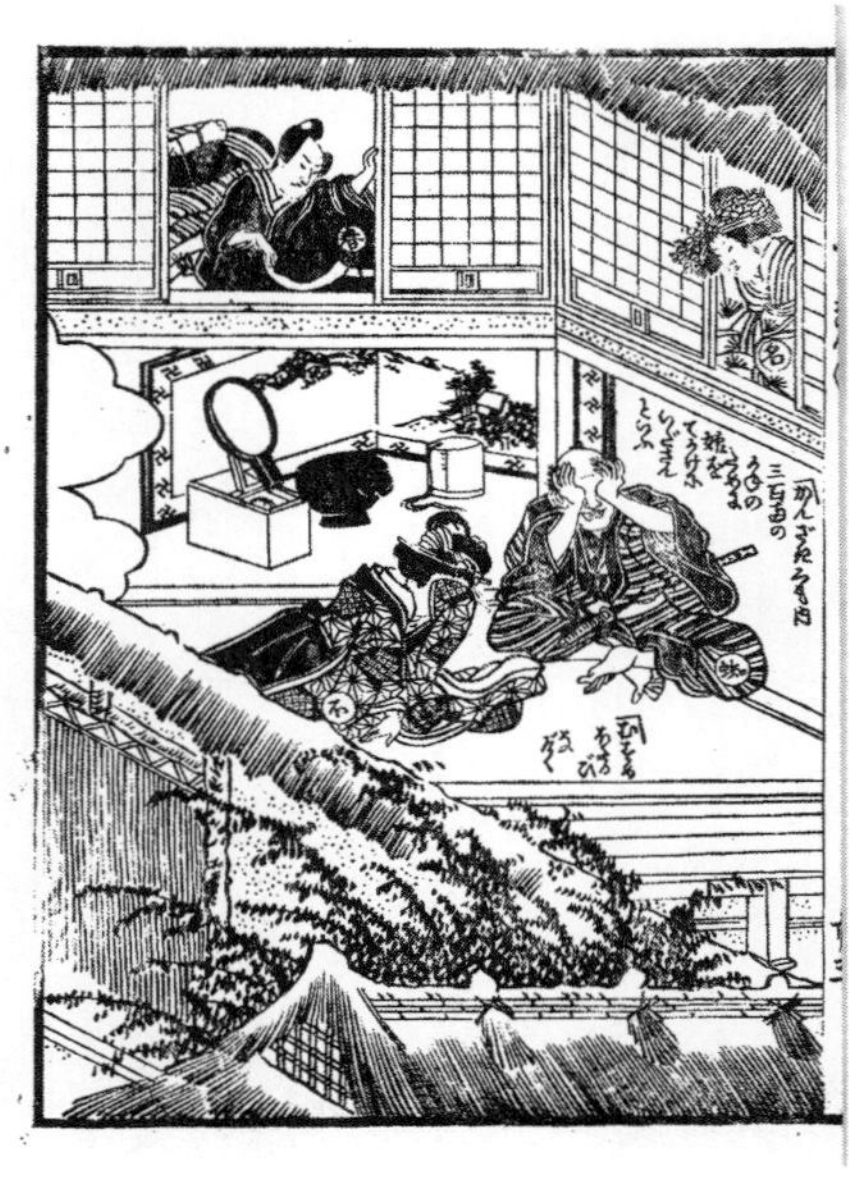

(30) 前の続き 蜘内過分〳〵。何を隠さふ、その方、我が父に仕へたる者とはいへど、我、顔を見知らねば、もしやと疑ひ思ひしところ、嫌がる娘を妾に出して、我々が難義を救ふ心底にて疑ひはさつぱり晴れた。次へ続く

神崎蜘内、三百両の金のために娘を妾に出さんと言ふ。

娘蛍火、嘆く。

（31）前の続き 薄の穂にも怖ぢる我々、新田義貞殿より預かつたる軍勢、催促の割符の板、我が肌に着置くも気遣はし。汝が心底見抜いたれば、再び世に出るまで、その方に預置くと、錦の袋に入たる割符の板を、懐中より取出して蜘内に渡しければ、蜘内は恭しく受取りて、御気遣ひなされますな。拙者が一命に賭けて、しつかりと預かりましたと、聞いて春風、安堵の思ひ。姫を伴ひ元の二階へ上りけり。蜘内は後打眺め、割符の板を押戴いて小声になり、「娘、もふよい、どつこへも行くに及ばぬ。鰐兵衛めが絵姿を売りに来たのを幸いに、そなたを妾にやらふと言ふたは、春風を欺いて此割符の板を取らうばつかり。玉水判官の方から迎ひが来れば、そなたが急病と言ひ立て日延べして、此三百両は義兵を挙ぐる軍用金。春風夫婦は仇ある奴ら、軍神の血祭にばらしてくれん。ちやつと二階へ行て 次へ続く

［井手の玉川］

(32)二十五ウ

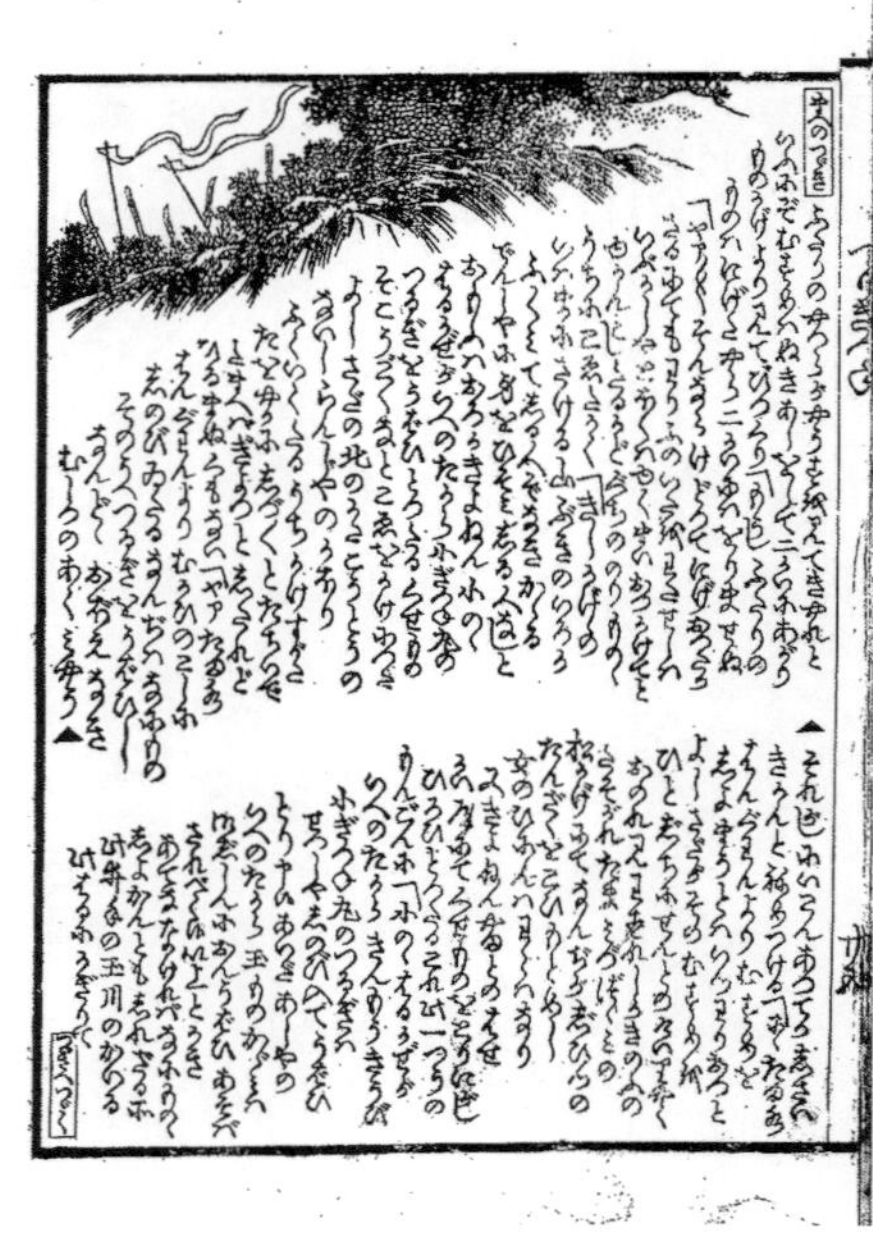

（32） 前の続き 二人の奴らが様子を見てきやれ」と言ふにぞ、娘は抜足をして二階に上がり、物陰より見てびつくり、申し二人の者は逃げたやら、二階には居りませぬ。ヤア〳〵、そんなら気取つて逃げおつたか。さるにても割符の板を渡せしは訝しや。遠くは行くまい追駆けてと、行かんとしたる門口の乗物の内に声高く、「岸陰の岩間に咲ける山吹の色香含みて知る人ぞなき。斯かる田舎に身をひそみ、知る人なしと思ふは愚か。去年、小野春風が家の宝、小狐丸の剣を奪取つたる曲者、そこ動くな」と声を掛け、新田義貞の北の方、勾当の内侍、蘭麝の香り馥郁たる打掛姿たをやかに、静々と立出給へば、ぎよつとしたれど怯まぬ蜘内、ヤア玉水判官より迎ひの輿に、忍び居たる汝は何者。その上、剣を奪ひしなんど、、覚えなき無実の悪名。某に遺恨あつてか、仔細聞かんと睨付ける。「ホ、玉水判官より娘を所望とは偽り、夫義貞が、その娘を人質にせんとの計略。おのれ見忘れしか。昨日の黄昏、玉水堤の松蔭にて、汝が自筆の短冊を乞求めし、女の非人は妾なり。又去年、大和の長谷街道にて、曲者を取

逃がし拾取つたる、これ此一通の文言に、小野春風が家の宝、金毛九尾小狐丸の剣は、拙者忍入て奪取り申候間、芦屋の家の宝、玉藻の鏡は御自身に御奪ひあそばされべく候以上と書き、宛名なければ何者の書簡とも知れざる所、此井手の玉川の蛙、此春に限りて

次へ続く

【下】

（33）後編下冊

前の続き

鳴かざるは、此川の水上に名剣を隠置く故ならん。小狐丸の盗賊は、此辺に隠住むに疑ひなしと推量の的を違へず、此一通と汝が書きし短冊と、引合はすれば紛れぬ同筆。去年、長谷街道にて出会ひし深編笠も汝に極まる。サ、これでも陳じ偽るか」と激しき言葉。

時に又、藪陰より小野の家臣扇地紙之介、現れ出て言ひけるは、「去年、芦屋の大領笘村の館へ六波羅よりの上使、八剣左衛門と名乗り来り、事顕れて鈴鹿山の壬

（33）二十六オ

後編下冊

生の小猿といひしも又偽り、実は佐上入道の一子佐上次郎俊行なりと、故あつてこれを知る。されば玉藻の鏡は佐上次郎が奪取り、小狐丸は汝が奪ひ隠置くべし。何と違ひはあるまひが」と詰寄する。勾当の内侍又曰く、「夫義貞、軍慮に暇なき故に、我、女ながらも後醍醐天皇の勅を受け、佐上入道が余類を詮議のため、非人にまで身をやつして心を尽くすも忠義のため。斯く分明の上からは、もはや逃れぬ。尋常に本名を名乗り、剣を渡して縄かゝれ」と宣へば、蜘内、につこと打笑ひ、「さすがは義貞の妻、女ながらもあつぱれ〳〵。汝が察せし如く、去んぬる正慶二年、義貞がために滅び給ふ佐上入道の家臣、五大院の左衛門旨茂とは我が事なり。佐上次郎俊行殿に力を合はせて義貞を討滅ぼし、入道殿の修羅の憤りを休めんと、斯く世に潜むは、かねての企て。芦屋と小野の両家は義貞に従ひて、御一族を討奉りし仇なれば、両家の宝を奪取り、家を絶やさんそのためなり。然るに、図らずも途中にて、小野春風、名月姫に出会し、我、元は小野の家来なりと偽り、我が家に泊めて虜となせしも、軍勢催促の割符

の板を奪取り、二人を討つて軍神の血祭をせん計略なり。汝は讐敵、義貞が妻なれども、女なれば相手にならず。汝が命は汝に取らす。疾く〳〵帰れ」と呼ばはつて、踏んぢがつたる顔形、さすが勇士の骨柄なり。勾当の内侍はちつとも臆せず、汝が実否を探らんと、示合はせし春風は、はや官軍に加はつたれば、もはや、そちたちが手には敵はぬ。最前、汝に渡せし割符の板はもとより偽物。又、下部妻平が深傷に死せしと見せたるも、汝を欺く計略なり。又、小原の鰐兵衛といふは、実は此方の家臣、弓削八郎といふ者、汝らが余類を詮議のために、かねて身をやつさせおいたり。此一通りを言ひ聞かすれば、此場に用なき、自らが死出の餞取らすべし。受取れやつ」と、

一枚置いて次へ続く

(34)

唐獅子牡丹之介、官軍を引連れて押寄来る。

井手の玉水より水気を発して、小狐丸を噴上ぐる。

小原の鰐兵衛　本名弓削八郎。

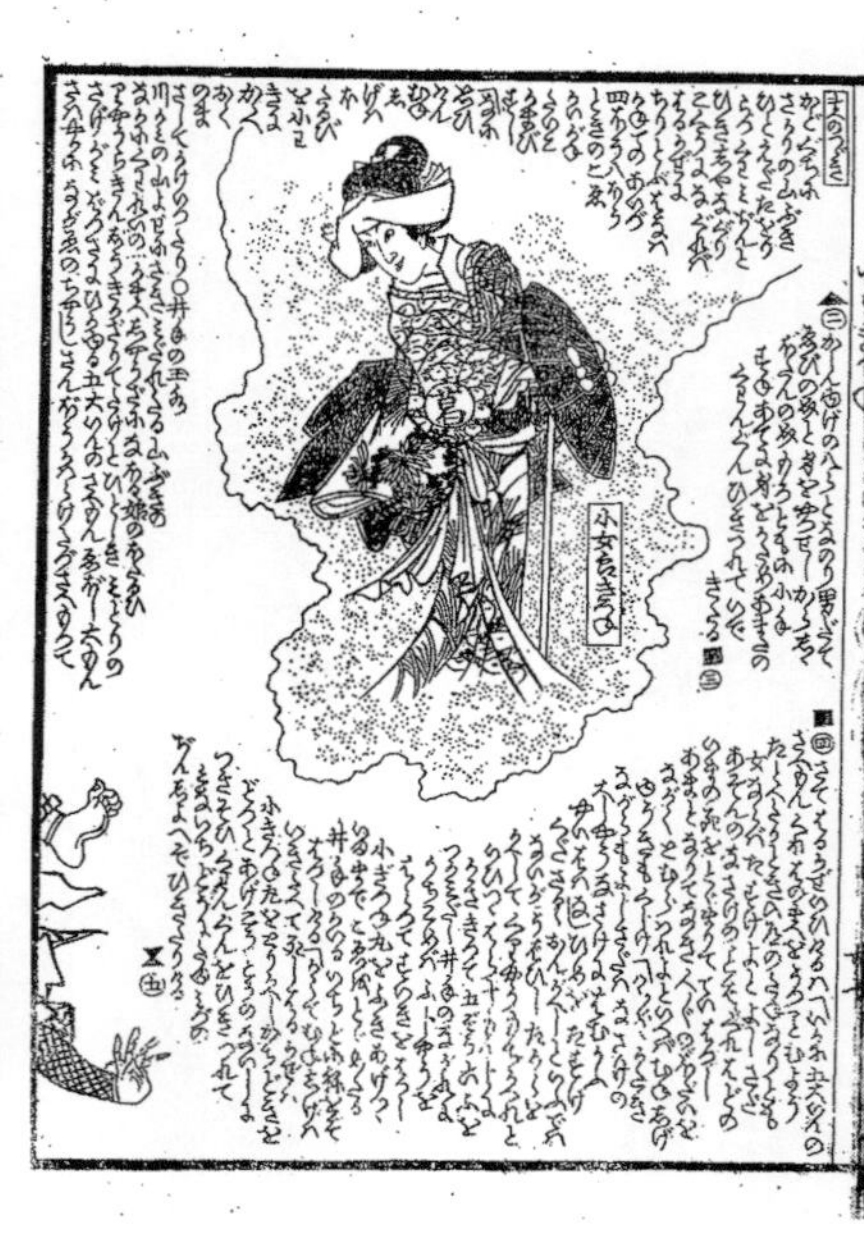

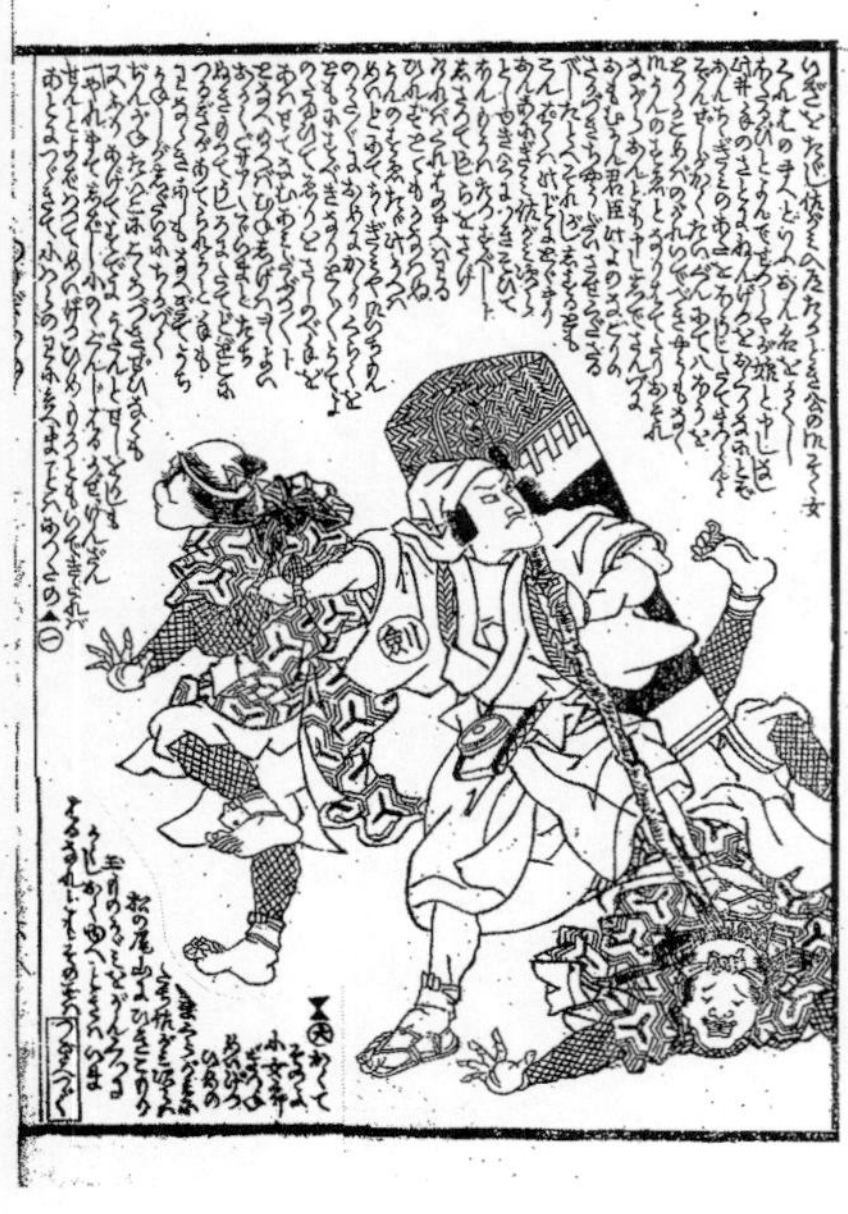

(35) 前の続き 門口に盛りの山吹一枝手折り、落花微塵と引きしやなぐり、虚空に投ぐれば、春風に散飛ぶ花は、かねての合図、四方八方鬨の声、貝鉦・太鼓かまびすし。何思ひけん旨茂は、蛍火を小脇に抱へ、奥の間さして駆入つたり。

○井手の玉水、川上の山寄せに咲乱れたる山吹の中に佳麗の一構へ、上座に直る娘の蛍火、綾羅錦繍着飾りて、丈と等しき緑の下髪。末座に控ゆる五代院の左衛門、烏帽子大紋爽やかに、長柄の銚子、三方、土器、携へ持つて威儀を正し、佐上入道高時公の御息女、呉羽の前といふ御名を隠し、蛍火と呼んで拙者が娘と申しなし、此井手の里に年月を送り、何とぞ御父君の仇を報じ奉らんと存ぜしが、斯く大軍にて八方を取囲めば、逃出べきやうもなく、御運の末となり果てたり。恐れながら御供申し、死出三途に赴かん。君臣此世の名残りの盃、頂戴させ下さるべし。たとへ某、死するとも魂魄は此土に留まり、御兄君、佐上次郎俊行公に付添ひて本望は達すべしと、退つて頭を下げければ、呉羽の前は悪びれず、「とても叶はぬ運の末。

たゞ此上は冥土にて父君や御一門の方々に御目に掛かり、苦楽を共にすべきなり。疾く〳〵打てよ」と宣ひて、襟を差伸べ手を合はせて、「南無阿弥陀仏〳〵」と唱へ給へば、旨茂は、ヲ、よい御覚悟、サア只今と、大刀抜持つて後ろに立てど、どこに剣が当てられうと、手もわなゝき、足も萎へきて打ちかねしが、次第に近付く陣鉦・太鼓に心付き、是非なくも又振上げて、すでに打たんとせし折しも、「やれ待て暫し。小野郡司春風、見参せん」と呼ばはつて、名月姫もろとも出来れば、後に続きて小原の鰐兵衛、実は新田の家臣、弓削八郎と名乗り、男達海老之介と身をやつせし唐獅子牡丹之介もろともに、小手脛当に身を固め、数多の官軍引連れて出来る。

さて春風言ひけるは、「いかに五大院の左衛門、呉羽の前を打つこと無用。たとへ高時入道の胤なりとも、女ならば助けよと、義貞朝臣の情けの言葉。呉羽殿、今の死を留まりて剃髪し尼となりて、亡き人々の菩提を長く弔はれよ」と言へば、旨茂勇気も挫け、「ハ、〳〵〳〵、敵ながらも義貞は情けの大将、情けに刃向かふ刃なし。姫を助け下さる、恩返しといふではないが、奪ひし宝を返してくりやう。持帰れ」と言ひつゝ、腹十文字に掻切つて、五臓六腑を摑出し、井手の流れに打込めば、不浄を払つて水気を発し、小狐丸を噴上げつゝ、今まで声を止めたる井手の蛙、一度に音をぞ発しける。

斯くて旨茂は息絶へて死し、春風は小狐丸を取返し勝鬨をどつと挙げ、勾当の内侍に付添ひ、官軍を引連れて、皆一同に玉水の陣所へぞ引きたりける。

斯くてその夜、小女郎狐、名月姫の枕上に立ち、「佐上次郎は松の尾山に引籠もり、玉藻の鏡を岩窟に隠置くゆへ、時は今、春なれども、その所は 次へ続く

小女郎狐

（36）**前の続き** 薄尾花の盛りなり。それを目印に押寄せ給へ。なほ私が火を灯して御案内致すべし」と告げたりけり。

然るに粂寺元朝左衛門も小女郎狐の告によりて、此陣所に来り。男達五尺染五郎といふは、実は新田の家臣三浦太郎助照といふ者にて、これも佐上入道の余類詮議のため身をやつし居たると語り、春風の下部妻平が本名は上総七郎助国と名乗り、両人狩装束に姿を改め、芦屋の家臣由留木三郎もろともに此陣所に集まり、皆々小女郎狐の告を語り、皆一同に松の尾山にぞ向かひける。

さる程に佐上次郎は、あるいは八剣左衛門と名乗り、又は壬生の小猿と名乗り、廻国の修行者に身をやつして味方を集め、松の尾山に引籠もり居たるが、井手の蛙音を発せしと聞いて、さては蜘内が素性顕れ、剣を敵へ取返されしかと訝り思ふ折しも、小野春風、三浦太郎、上総七郎、粂寺左衛門、由留木三郎、唐獅子牡丹之介等、一同に押寄来り、時ならず盛りなる薄尾花の内より玉藻の鏡を

次へ続く

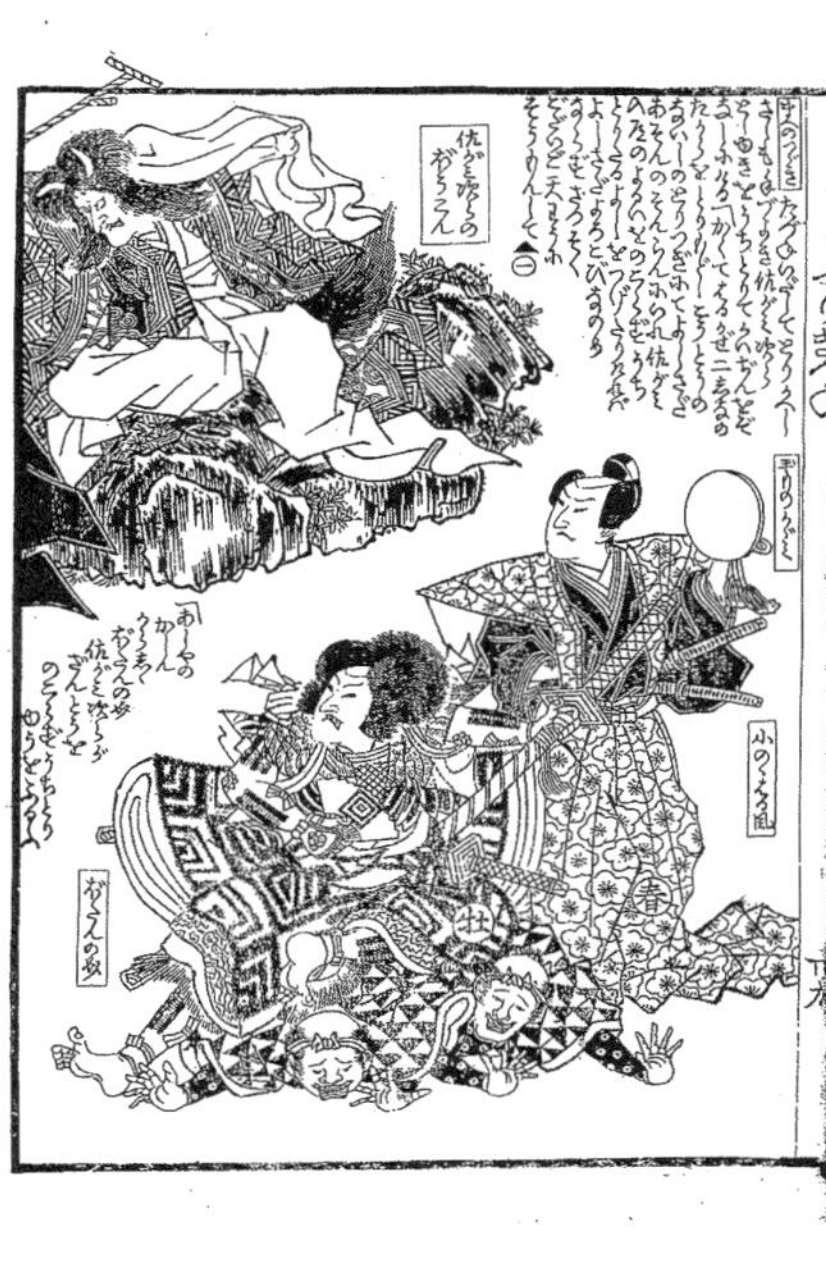

(37) 前の続き 尋出して取返し、さしも手強き佐上次郎俊行を討取りて、凱陣をぞなしにける。

斯くて春風、二品の宝を取戻し、勾当の内侍の取次にて、義貞朝臣の尊覧に入れ、佐上入道の余類を残らず討取りたる由を告げたりければ、義貞喜びなのめならず。早速、後醍醐天皇に奏聞して小野と芦屋の両家を興し、数多所領を増し給はりて、名月姫の喜びは、なか〳〵筆に尽くされず。

三浦太郎、上総七郎、粂寺元朝左衛門、唐獅子、牡丹之介、弓削八郎、由留木三郎、扇地紙之介、皆々それ〴〵に恩賞を厚く賜りければ、皆その恩を感じ、ます〳〵忠勤を励みけり。佐上入道の息女呉羽の前は尼となり、入道の髑髏を錦の袋に入れて首に掛け、諸国を修行なしければ、世の人、その志を感じ、髑髏の尼と名付けけり。

高の師直も、程なく滅び失せしとかや。

芦屋の家臣唐獅子、牡丹之介、佐上次郎が残党を残らず討取り勇を振るふ。

此絵草子は市川の家の芸、粂寺が毛抜の狂言に基づき、女忠信葛の葉の入事に、殺生石の面影を写し、木に竹を接ぐ拙作なれども、皆々様の御贔屓にて新板の数にも加はり候様、偏に〳〵願ひ上候。

佐上次郎の亡魂
玉藻の鏡
小野春風
牡丹之介
上総七郎
名月姫
由留木三郎

文化八年未十月後編稿成

鈴木栄次彫

(38) 斯くて小野春風、名月姫、世に又井出の玉川に再び咲かふ山吹の、黄金の色の富貴の台、婚姻首尾よく相済み

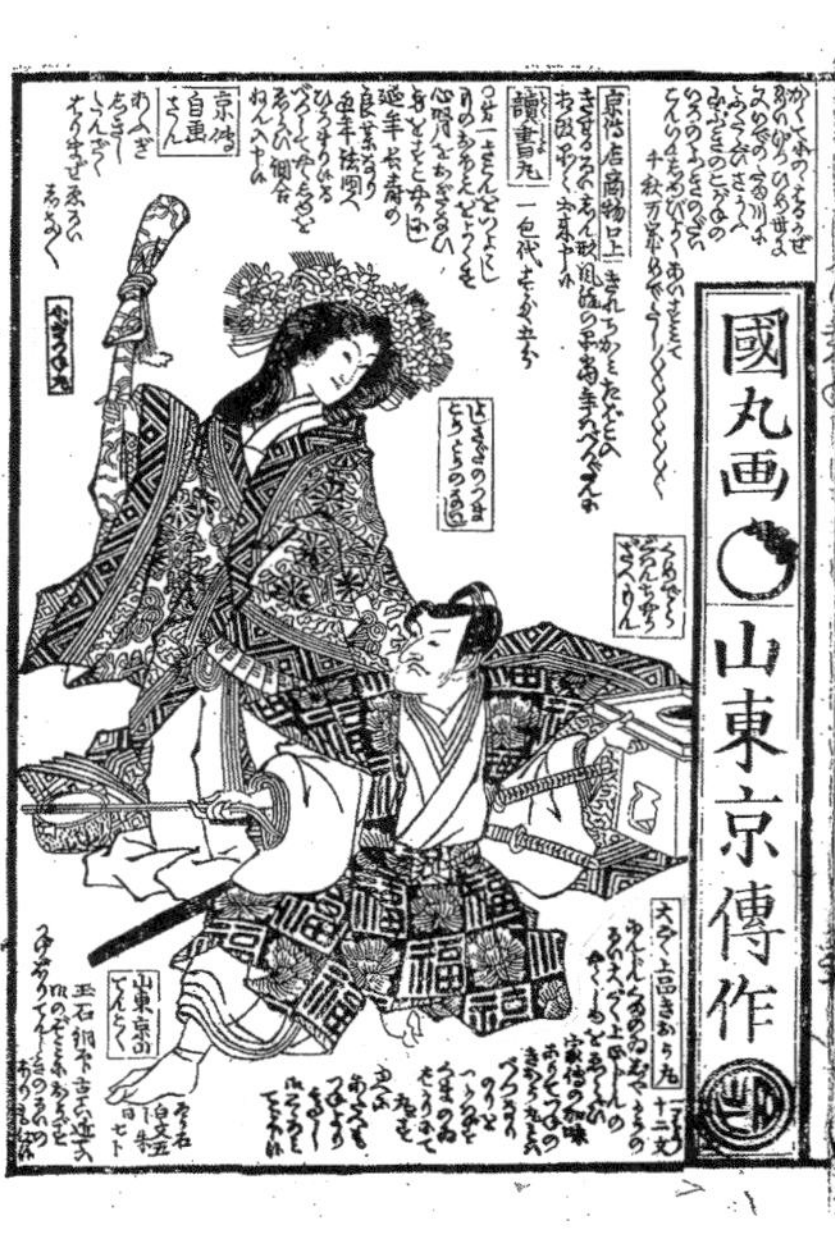
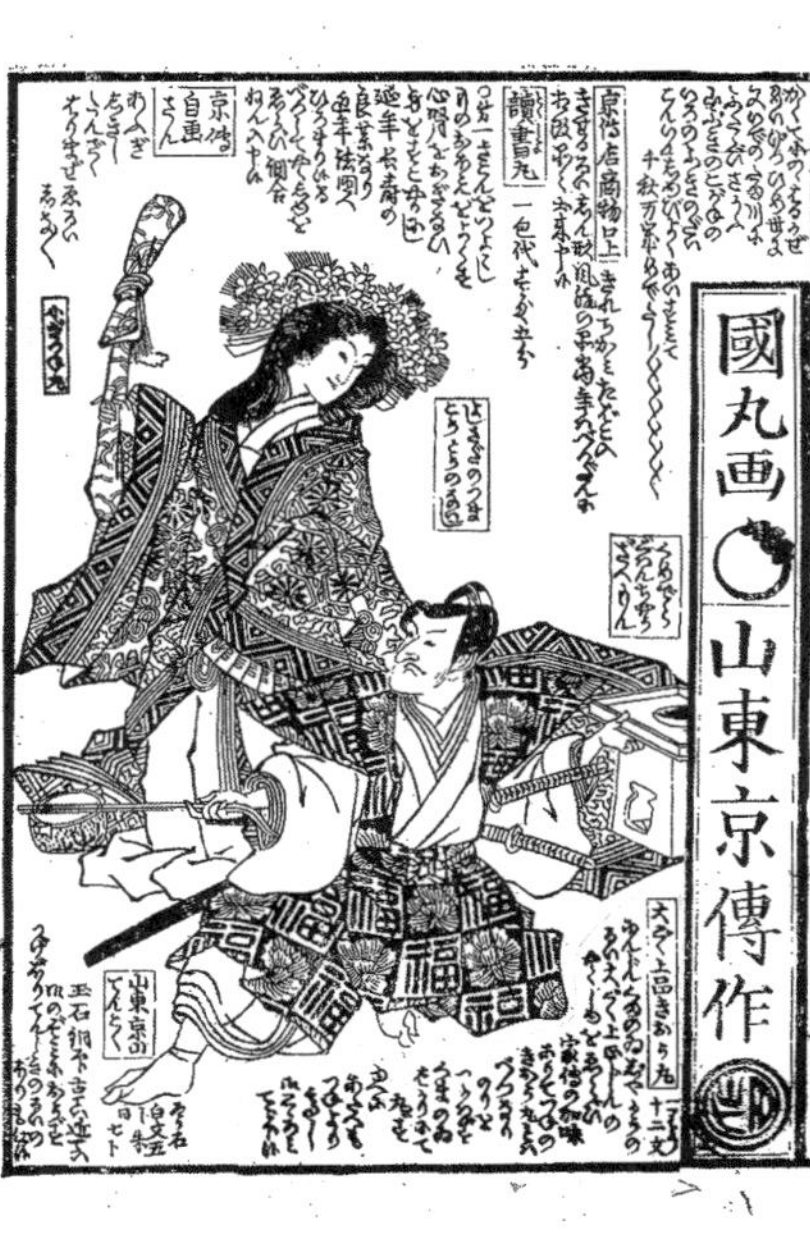

て、千秋万歳めでたし〳〵〳〵〳〵〳〵。

粂寺元朝左衛門

義貞の妻勾当の内侍

小狐丸

国丸画㊞　山東京伝作㊞

京伝店商物口上　布地、紙煙草入・煙管類、新形風流の品、当年は別段に相改、品々出来申候。

読書丸　一包代壱匁五分

○第一気根を強くし物覚えをよくす。心腎を補ひ身を健やかにし、延年長寿の良薬なり。近年諸国へ弘まり候間、別して薬種を選び調合念入申候。

京伝自画賛　扇・色紙・短冊・貼交絵類品々。

大極上品奇応丸　一粒十二文

人参・熊の胆・麝香の類、大極上正真の薬種を選び家伝の加味ありて、常の奇応丸とは別なり。糊を使はず熊の胆ばかりにて丸ず。故に価も常より高し。御試み可被下候。

山東京山篆刻　蠟石、白文五分、朱同七分、玉石銅印古体近体、御望みに応ず。黄楊彫、点式の類の彫も仕候。

金烏帽子於寒（きんゑぼしのおかん）
鍾馗判九郎（しやうきはんくらう）

朝妻船柳三日月（あさづまふねやなぎのみかづき）

延文の頃（足利義教の時代）

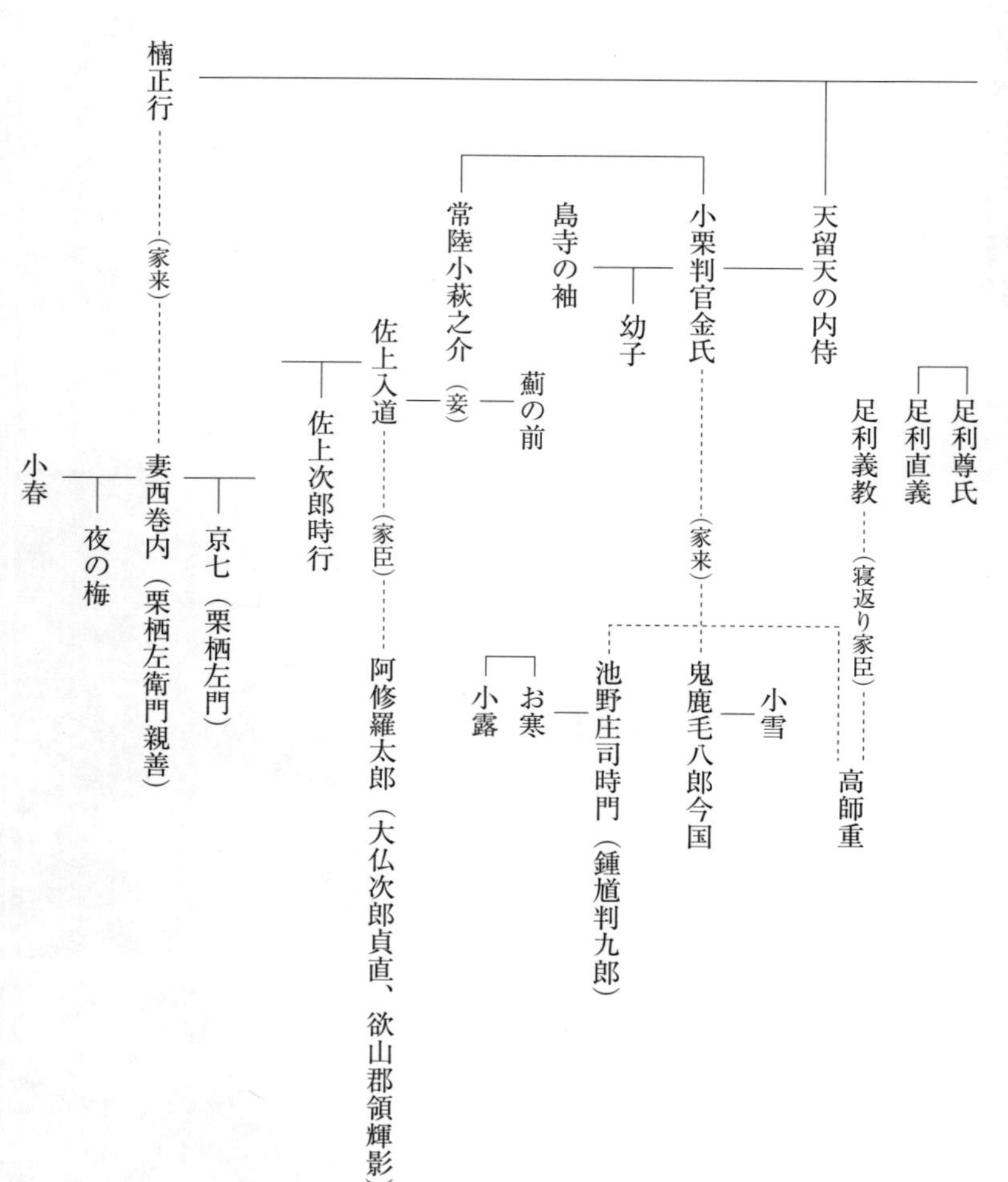

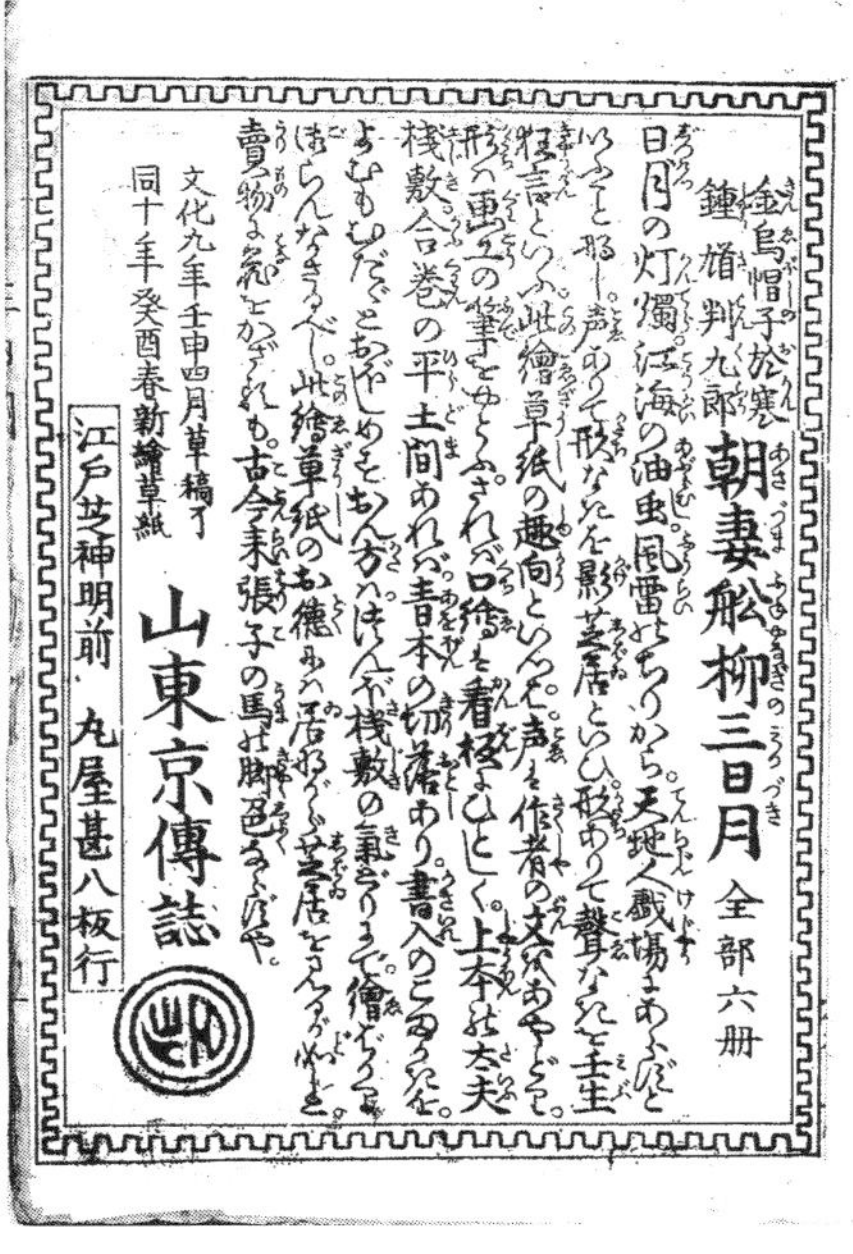

(1)一オ

【前編見返し】

山東京伝作
歌川豊国画
　烏羽玉のやみはあやなし梅のはな
　　いろこそ見へね香やはかくるゝ
栢枝大橋
筆硯万福

【前編】

【上】

（1）

金烏帽子於寒
鍾馗判九郎　朝妻船柳三日月　全部六冊

日月の灯燭。江海の油虫。風雷のちりから。天地人戯場にあらずといふことなし。声ありて形なきを影芝居といひ。形ありて声なきを壬生狂言といふ。此絵草紙の趣向といつぱ。声は作者の文をあやどり。形は画工の筆をやとふ。されば口絵は看板にひとしく。上本の太夫桟敷。合

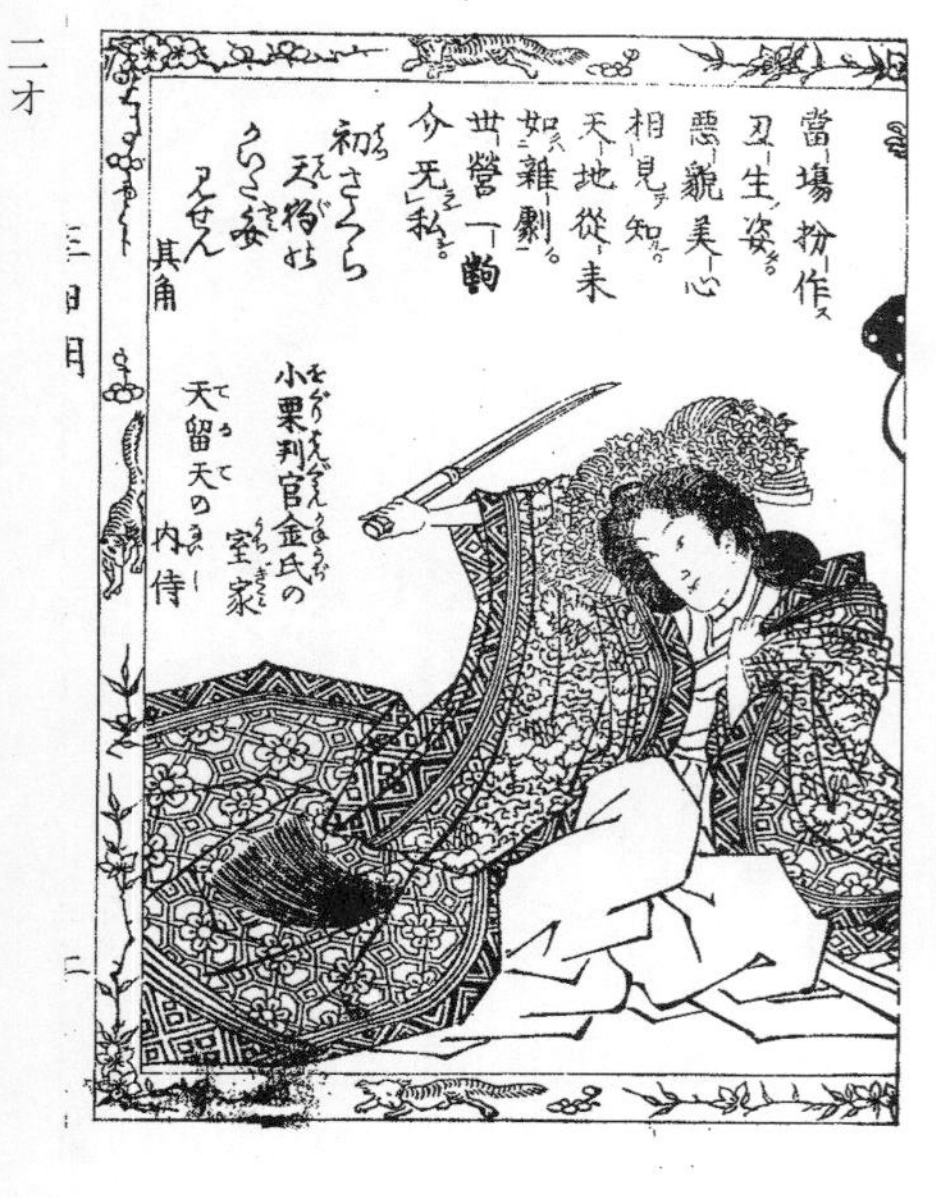

巻の平土間あれば。青本の切落あり。書入のこまかきを。よむもむだゞとおぼしめすおん方は。つんぼ桟敷の気どりにて。絵ばかり御らんなさるべし。此絵草紙のお徳には居ながら芝居を見るが如しと。売物に花をかざるも。古今来張子の馬の脚色ならずや。

山東京伝誌㊞

文化九年壬申四月草稿了
同十年癸酉春新絵草紙

江戸芝神明前　丸屋甚八板行

（2）

佐上入道高時

当場扮作丑生姿。
悪貌美心相見知。
天地従来如雑劇。
世営一齣介冗私。
初さくら天狗のかいた文見せん　其角

小栗判官金氏の室家　天留天の内侍

（3）二ウ

（4）三オ

（3）

小栗(をぐり)の家臣(かしん)　鬼鹿毛八郎今国(おにかげはちらういまくに)

みぞろが池(いけ)の大蛇(だいじや)

（4）

月(つき)の夜(よ)や石(いし)に出てなくきり〴〵す　千代尼
小栗判官(をぐりはんぐわん)の霊魂(れいこん) おもひ出て物(もの)なつかしき柳かな　才麿
妻西巻内(つまにしくわんない)の娘(むすめ)　夜(よ)の梅(うめ)

(5)三ウ

四オ

(5)

子のねふる朝妻船のあさからぬ
契りをたれにまたかはすらん

近江秋月の舟君
金烏帽子のお寒

○近江うつゝの里の俠客　鍾馗判九郎
○判九郎女房　お寒
秋ふかき隣は何をする人ぞ　芭蕉
似たものが女夫になるや二ツ星　貞徳
○巻内娘　夜の梅
○美濃国夢村の浪人　妻西巻内

美濃と近江の国境

（6）四ウ

五オ

（6）

○佐上次郎時行

おそろしや女の眼鏡としの暮　信徳

○佐上入道の妾　薊の前

(7)五ウ

(7)
相州足柄山の賊主　阿修羅太郎
顔見せや桟敷に灯すいつくしま　百万

大般若

【中】

(8) 前編中冊

発端 今は昔、延文の頃、小栗判官金氏は新田・楠と共に南朝に御味方して忠戦を励みしが、相模の国権現堂の宿にて毒矢に当たりて死しければ、その弟常陸小萩之介

（8）六オ

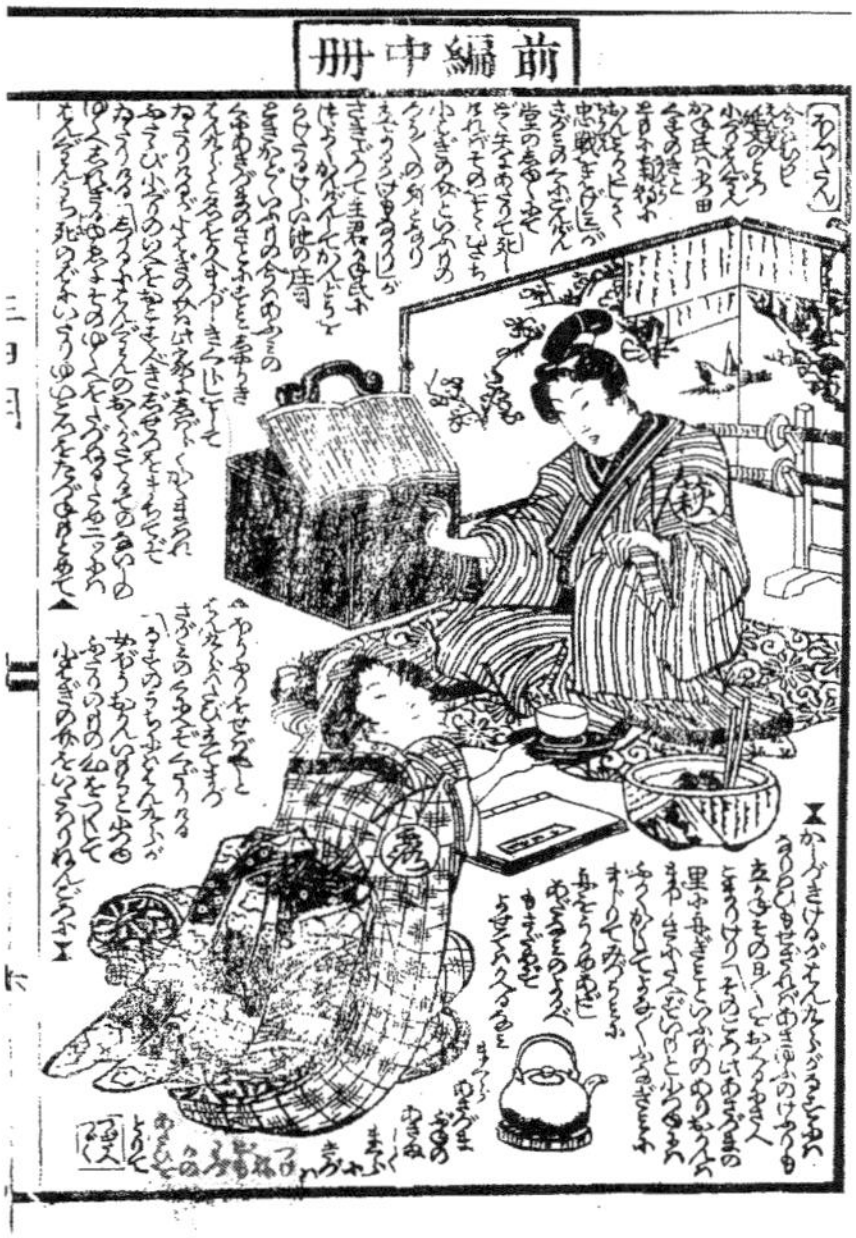

前編中冊

といふ者、浪々の身となり、立寄る影もなかりしが、先だつて主君金氏に強く諫言して勘当を受けたる家来池野庄司時門といふ者、今は近江の国朝妻の里に住み、鍾馗判九郎と名を変へ、貧しき暮しをしてゐたりけるが、小萩之介は此家に暫く匿はれ、再び小栗の家を興すべき時節を待ちてぞゐたりける。

然るに判官の奥方天留天の内侍の行方知れざる故に、その行方を尋ぬるため、一つには判官討死の場に到り、遺骨を尋求めて葬りをせばやと判九郎は旅立て、まづ相模の国へぞ下りける。留守の家には判九郎が女房お寒、妹小露、二人の者、心を尽くして小萩之介を労り、懇ろにかしづきけるが、判九郎が留守には活計もせざれば、朝夕の煙も立かね、その日〳〵を送るにさへ困りけり。

その頃、此朝妻の里に舟君といふ者あり。お寒は貧しさに耐へず、妹小露には深く隠して、夜な〳〵舟君に混じりて、湖に舟を浮かめ、徒し徒波の寄辺も定めず、寄せては返る波枕、朝妻船の浅ましく、枕に傷は付けねども、僅かの値を取りて 次へ続く

（9）前の続き　小萩之介を育む活計とし、舟印に金の烏帽子を出置きける故に、金烏帽子のお寒と異名を呼びにけり。お寒、苫舟に客を迎ふるといへども、肌身を汚すといふ事なく、会ふほどの客に主人を育むため、斯様の賤しき業を致せば、哀れと思召して情けを掛給はれかしと、我が身の悲しき事を人毎に語りければ、人に人鬼はなきものにて、いづれの客も皆、感涙を流し、枕も交さず、それ〳〵に身分相応の物を恵みて帰りければ、これにて小萩之介を心のまゝに育みぬ。

○斯くてある夜、荒子共大勢どや〳〵と来り、お寒が苫舟に近付き、「出おらふ、出ませい、出おらふ」と呼ばゝるにぞ、お寒は何事にやと、苫の内より立出れば、荒子共は左右より、お寒を捕へんと立かゝる。お寒は、かねて男勝りの女なれば、荒子共を右左に取つて投げのけ、「こは、何故の狼藉」と言葉激しく言ふ間も待たず、又取付くを、身をかはし、どつさり打込む波の中、ぱつと飛立つ小夜千鳥、友呼交はして荒子共、大勢集まり、総掛りにして引立て行かんと、お寒をやう〳〵取押さへ乗物の内に押入て、何方ともなく馳行きぬ。
小栗の家臣鬼鹿毛八郎今国

(10) ◯こゝに又、近江の国堅田の浦に足利の幕下、高師

八オ

(10)七ウ

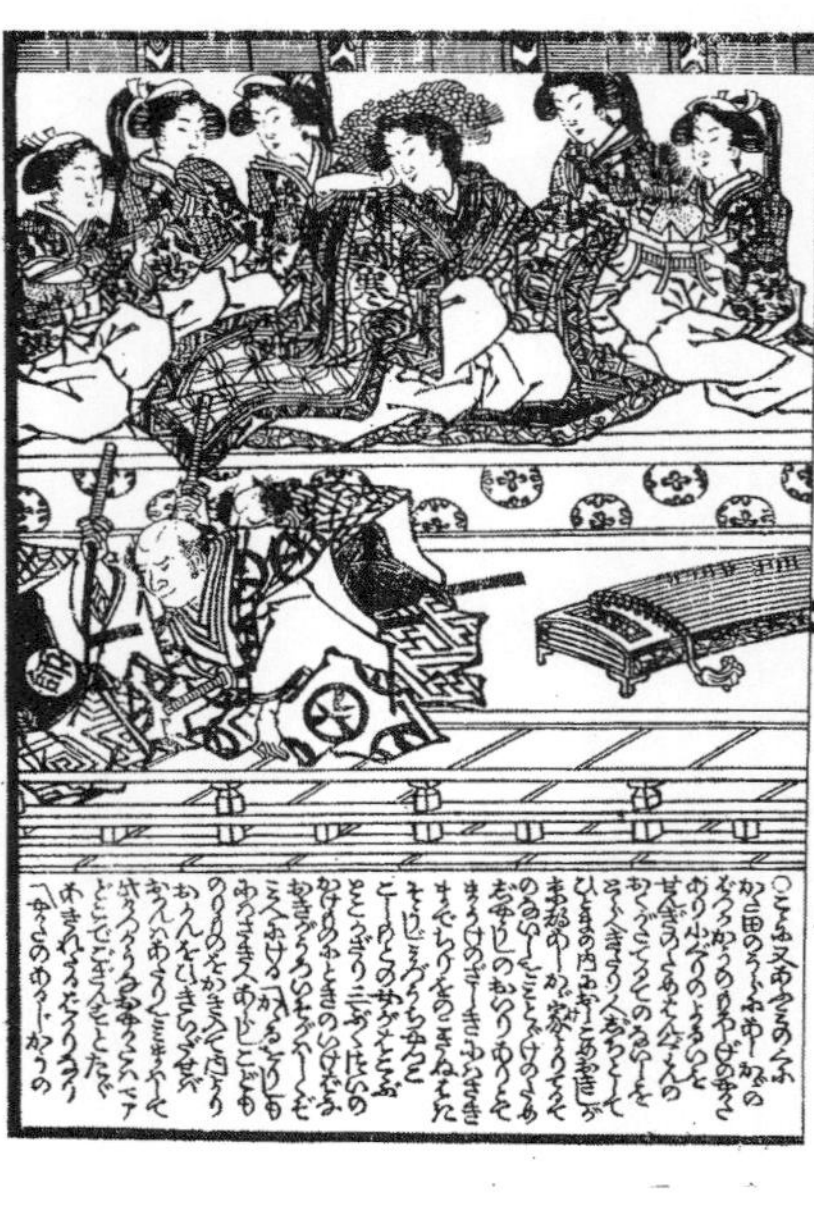

重の館あり。小栗の余類を詮議のため、判官の奥方天留天の内侍を捕へ来り、人質として一間の内に押込置きしが、東都足利家より天留天の内侍を見届けのため、上使の御入りありとて、設けの座敷、庭先まで塵を残さぬ掃帚除、水打奴、腰元の女が運ぶ床飾り、三幅対の掛物に時の生花、置香炉、忙がはしくぞ見へにける。

斯かる折しも、庭先へ荒子共、乗物を舁入て、内よりお寒を引出せば、お寒は辺りを見回して、此結構な御館はマアどこでござんすと、たゞ呆れたるばかりなり。

館の主高師重、一間を出てお寒に向かひ、「ヲ、さぞ訝しく思ふらめ。汝を捕へ来らせしは別儀にあらず。かねて我、小栗判官の妻天留天の内侍を捕へて人質に押込置きしが、此儀もし偽りかと足利殿の御疑ひあり。天留天の内侍を見届けのため、今日、都より上使の入来あり。それにつき、実の天留天を上使に会はせては、ちつとこつちに工面の悪い事があるゆゑ、昨日、上使の来駕あるとの沙汰を聞くとひとしく、如何にすべきと思案に暮れてゐたりしが、その方が面体、天留天の内侍によく似たる

(11)八ウ

九オ

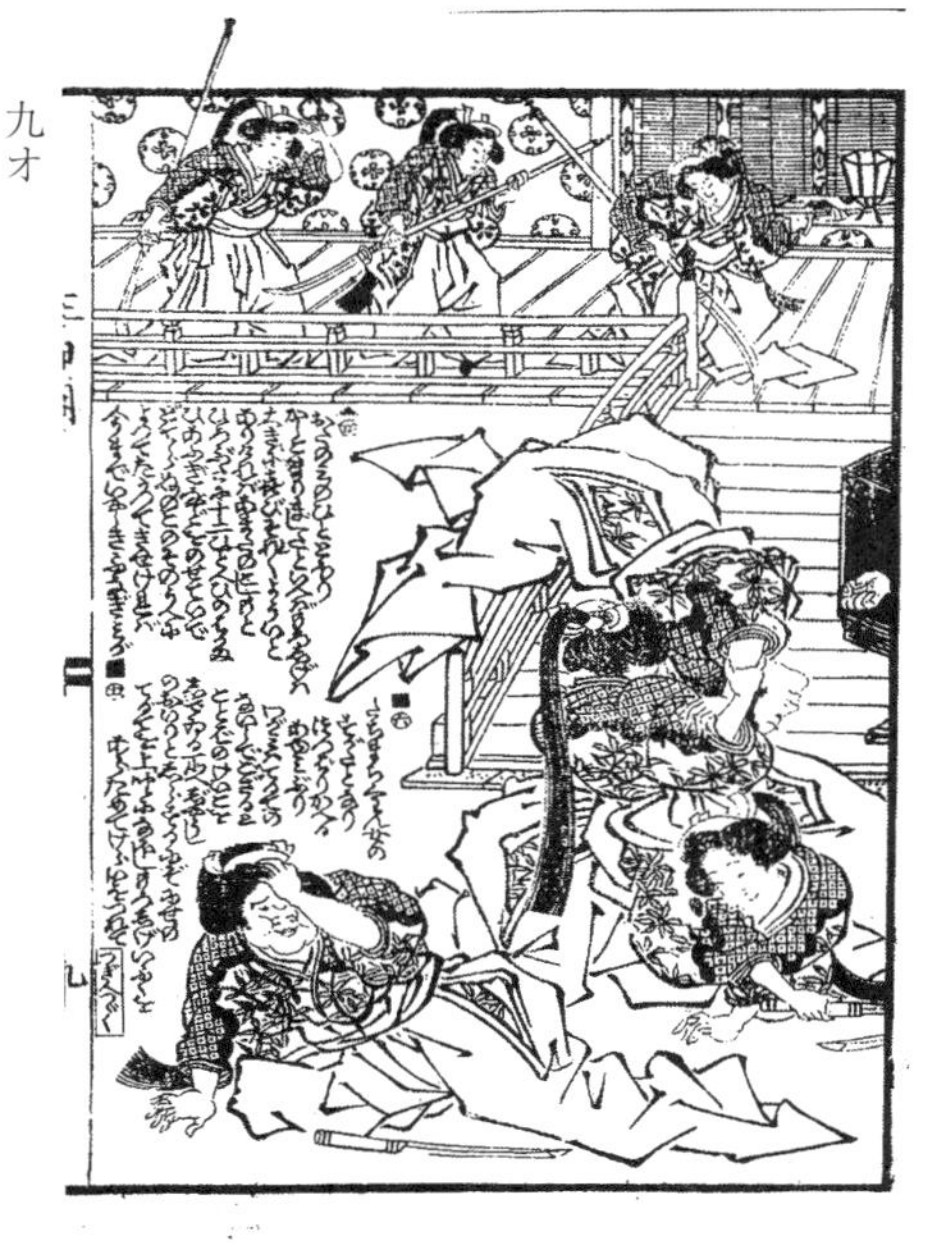

由、注進の者ありしゆゑ、これ幸ひと汝をこゝへ召呼びたり。 次へ続く

(11) 前の続き どうぞ、その方、暫しの間、天留天の内侍になり、上使の前を済ましてくれよ。此事を為済ましたらば、多くの褒美をとらせ、早速宿へ送り返すべし。頼む〳〵」と言ひければ、お寒は聞いてやう〳〵落着き、さては天留天の内侍様は此館に捕はれて居給ひしか。これこそ天の助けなり。此頼みを請合つて油断をさせ、隙間を窺ひ、天留天様を奪取つて帰るべしと心に企み、「お頼みの一通りかしこまりました」と言へば、師重は大きに喜び、それ〳〵用意とありければ、数多の腰元、広蓋に十二単衣、緋の袴、檜扇などを載せて出で、褞袍布子のその上に、寄つてたかつて着せければ、今まで卑しき舟君が、たちまち官女の姿となり、突張り反る歩みぶり、「我が身は天留天の内侍でござる」と言葉の稽古をしてゐる所へ、上使の御入りと知らするにぞ、偽の天留天を上坐に直し、師重、衣服を改めて家来を連れて 次へ続く

(12) 【前の続き】出迎へば、足利の上使欲山郡領輝影、長上下の衣紋を正し、白木の三方に足利殿の命書を載せて入来り、上使の趣を述べて後、天留天の内侍に対面し、

さては御身が判官の奥方天留天の。アイ、こんなに見へても内侍でござる。そんならいよ〳〵。「天留天の内侍でござる」と言葉の曇る偽内侍。こは心得ずと上使は怪しみ、よく〳〵見て、ヤアわりやア朝妻の舟君金烏帽子のお寒だな。そふ言ふこなたは、阿波津桂の野伏であらふがの。何を戯言、似た者はいくらもある。上使に対して無礼の一言、殊に天留天の内侍なんど、上使を偽る此家の主、立帰つて此通り聞こへ上げんと居丈高。師重は嘲笑ひ、最前からの言葉の端々、怪しいと思ひしに、さてこそ偽者、それ家来共、搦捕れ。かしこまつたと荒子共、矢衾作つて取巻けども、びくともせざる上使の不敵、辺りを睨んで奥庭の広場をさして歩行く。

折しも夜に入り、座敷々々に灯したる燭台の光当たるも昼の如くにて、提灯、松明灯しつれ、搦取らんとひしめきて、上を下へと返しける。お寒は此騒ぎを天の与へと喜びて、最前ちらと見ておいたる一間の内へ忍入り、天留天の内侍を奪出し、有合ふ葛籠の中に隠して、しつかと背負ひ、逃出んとしたる所に、数多の腰元取囲んで、懐剣逆手に突きかくるを、かねて手練のお寒が働き、敵しかねたる腰元共、奥の間さして逃行けば、お寒は一息ほつと吐き、奥庭より逃出で、一重の塀を切破つて潜出るその後より、続いて出る上使の曲者、宝蔵に籠在りし龍女丸の名剣を奪取り、小脇に抱へて潜出たる塀の外、文目も分かぬ闇なれば、両人共に抜足して、後合はせに突当たり、びつくりしたる後ろより、ぬつと出たる野伏の乞食、身に着たる薦をかなぐり、両人が腰をしつかと引止むる。

次へ続く

（13）前の続き物をも言はぬ黙んまりに、三人闇の立回り、互ひに暫く挑みしが、偽上使の曲者は振放して逃行く。後にはお寒と野伏が又暫く挑みしが、お寒が襟に野伏が手をかけて止むる拍子に、十二単衣脱げたるが、野伏の頬被りも一度に脱げ、折節出る月影に顔見合はせて、

(14)十一オ

前編下冊

(13)十ウ

ヤアお前はこちの人、判九郎殿ではないか。そふ言ふわりやァ女房お寒か。葛籠を背負つて此姿、ア、聞こへた。俺が留守の貧苦に迫り、わりやァ此館へ盗みをしに来たのだな。こりや、やい、渇しても盗泉の水を飲まずといふ戒めを知らないか。忠義を立てんと思ふ者が、盗みをしてすむか、やい、と怒りの面色。拳を上げて打たんとするを押止め、此姿を御覧じては疑はしやんすは尤もじやが、これを見て疑ひを晴らしてと、開くる葛籠の内よりも、実の天留天出給へば、思ひかけざる判九郎、どふしてこれはと驚けば、委細の訳は斯う〳〵と、詳しく語れば判九郎は、いち〳〵聞いて大きに喜び、我、旅立て相模の国へ下り、暫くかの地を徘徊して、

次へ続く

【下】

(14) 前編下冊

前の続き 天留天様の御行方を尋ねたれども知れず、人の噂を聞けば、高の師重が此館に虜となつておはすと聞き、その実否を質さんため、斯く野伏の非人に身をやつして

此館の近辺を徘徊し、思ひかけざる今宵の仕儀、夫婦一緒に守護すれば、たとへ追手がかゝるとも、もふ気遣ひはない。サア〳〵早うと、天留天の内侍を背中に負ひ、我が家をさして帰りけり。

◯さるほどに、判九郎は女房もろとも、天留天の内侍の御供して、常陸小萩之介に会はせければ、小萩之介、喜ぶ事限りなし。

　斯くて判九郎、これより天留天の内侍と小萩之介を我が家に匿ひ置きけるが、昔は玉垂の内にて数多の人にかしづかれ給ひし御身が、斯かる貧しき藁屋の住まひ、さぞ侘しく思ひ給ふらめ。せめては在りし昔の形ばかりも設ひて済ませ申さんと思ひ、人目に懸からぬ奥二階に蔀を下ろし、御簾を垂れ、几帳を立て、菊灯台の灯火も、在りし館の様を写し、下は貧家の下衆道具、破れ屏風に鍋釜の鋳掛も足らぬ欠徳利、擂木、擂鉢、貝杓子、壁に掛けたる切匙も、上から見れば鶯と、歌の種にもなりぬべし。女房お寒、妹小露も諸共に、猶も心を尽くしてぞ、かしづきける。

　さて、判九郎、先だつて相模の国に下り、小栗討死の場所、権現堂の深田の内より数多の髑髏を取帰りけるが、此内には必ず判官の髑髏あるべしと思へども、何れをそれと定め難く、まづ角盥に水を汲みて数多の髑髏を洗ひ清め、それかこれかと定めかねてゐたりけるに、小萩之介、二階より此体を見て、刀を抜いて腕を引きければ、血潮たら〳〵と流れて、判九郎が持ちたる髑髏の上にかゝるとひとしく、青き陰火ひら〳〵と燃上がりけるが、たちまち竈の上に小栗の姿、白糸威の鎧を着て彷彿と現れ出で、暫しありて煙の如くに消失せたり。判九郎これを見て、「あら奇妙や。小萩之介様の血潮、此髑髏に染込みしは、御兄弟の血潮の証拠、疑ひなし。ことさら御主人の御霊魂、御姿を現し給ふ不思議」と言ひ、御主人の御遺骨は此髑髏に極まりしと喜びぬ。この時、判官の家臣鬼鹿毛八郎今国、下部の形に姿をやつして此所へ尋来り、御二方に対面し、今の不思議を目前に見たりければ、実に争はれぬは御血筋なりと感涙を流しけり。

　斯くて判九郎は、かの髑髏をうや〳〵しく机に据へて、

(15)十一ウ

十二オ

香花を手向け、皆〳〵合掌念仏して、その霊魂を祀りけるが、判九郎言ひけるは、「拙者、相模の国権現堂に罷越し、彼の地の人に伝聞きし判官御討死のあらましを物語らん」と膝立直し、「さても過ぎつる初めの秋、南朝の御味方となり給ひ、楠木正行殿と合隊なして、鎌倉の一戦に御勝利なく落ちさせ給ひし御運の末、

次へ続く

(15) 前の続き 小栗判官金氏を討取れやつ、と諸軍勢射掛ける矢先は雨霰、猶繁かりし敵の中、唯一騎にて駆向かふ。さしも勇気の御大将も斬立てられて足利勢、立つ足もなく逃去つて、辺りに近付く者もなく、少し弛んで見へたるところ、されども味方は小勢にて、どつと寄せての勢ひ強く、搗合ふ太刀の鍔音は、空に応ゆる山彦の鳴止む暇も嵐につれ、飛来る毒矢に真向射られ、

次へ続く

小栗判官の霊魂

(16)十二ウ

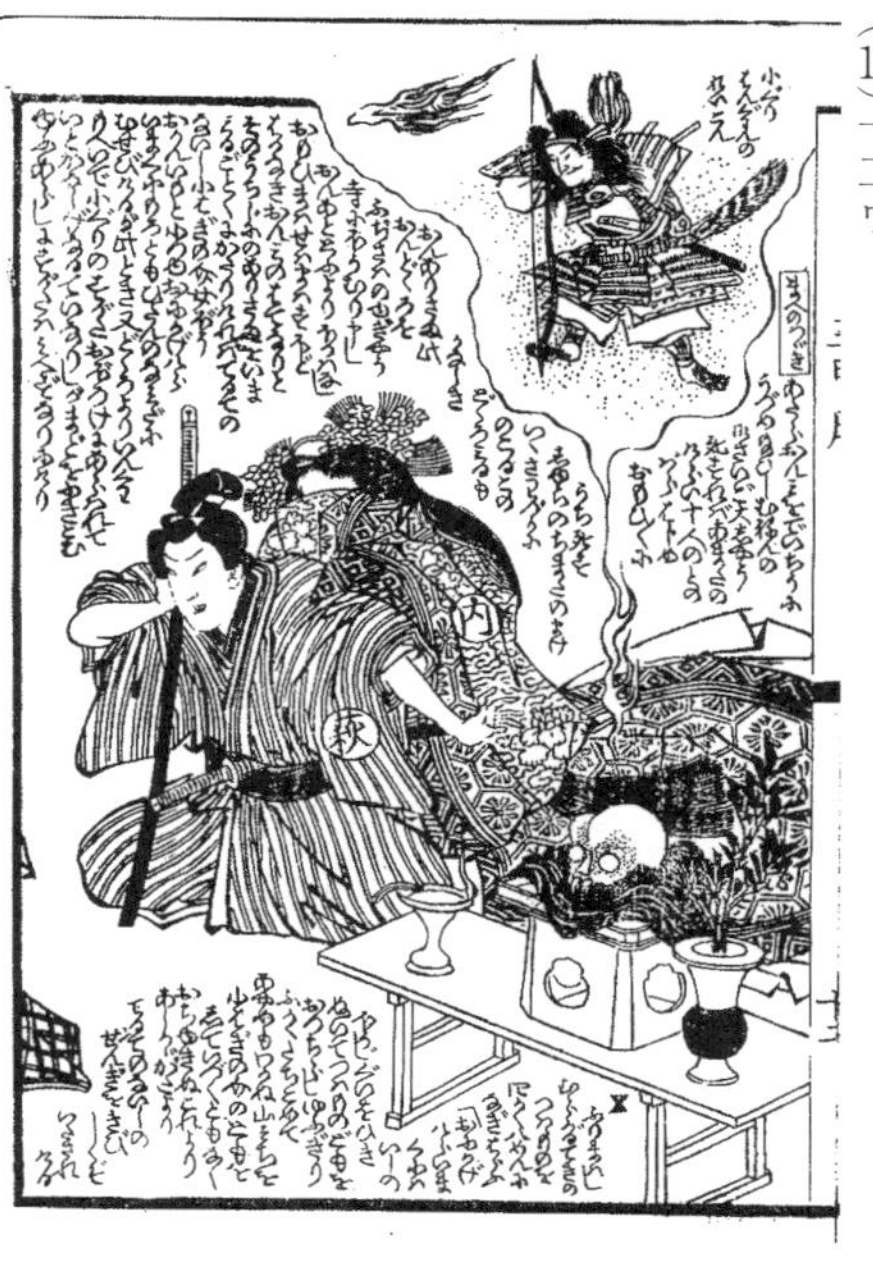

十三オ

(16) 前の続き　あたら御身を泥中に埋め給ひし無念の御最期、大将死すれば数多の家来、十人の殿ばらはじめ、思ひ〳〵に討死す。修羅の巷の負戦、僅かに残るこの髑髏、見るも悲しき御有様、此御髑髏を藤沢の遊行寺に葬り申し、御跡弔ふより外はなし。思ひ回せば回すほど、儚き御身の果てなり」と、その討死の有様を今見る如くに語りければ、天留天の内侍、小萩之介、女房お寒、妹小露、鬼鹿毛八郎今国もろとも、悲嘆の涙に咽びけるが、此時又、髑髏より陰火燃出で、小栗の姿朧気に現れて、いと悲しげなる体なりしが、窓を吹込む夕嵐に姿は見へずなりにけり。

○さるほどに、高師重は偽上使に龍女丸の名剣を奪はれたる上に、人質の天留天の内侍を奪はれて、足利殿へ言訳なしと大きに驚き、早速、舟君お寒が住処を訪ね、強者共を差向けて天留天を取返さんと取巻いたり。判九郎はこれを見て、天留天をしつかと背中に負ひ、一方を切抜けて美濃路の方へ逃行く。

　女房お寒は敵方より雨霰と射掛くる矢を両刀にて切払

(17)十三ウ

十四オ

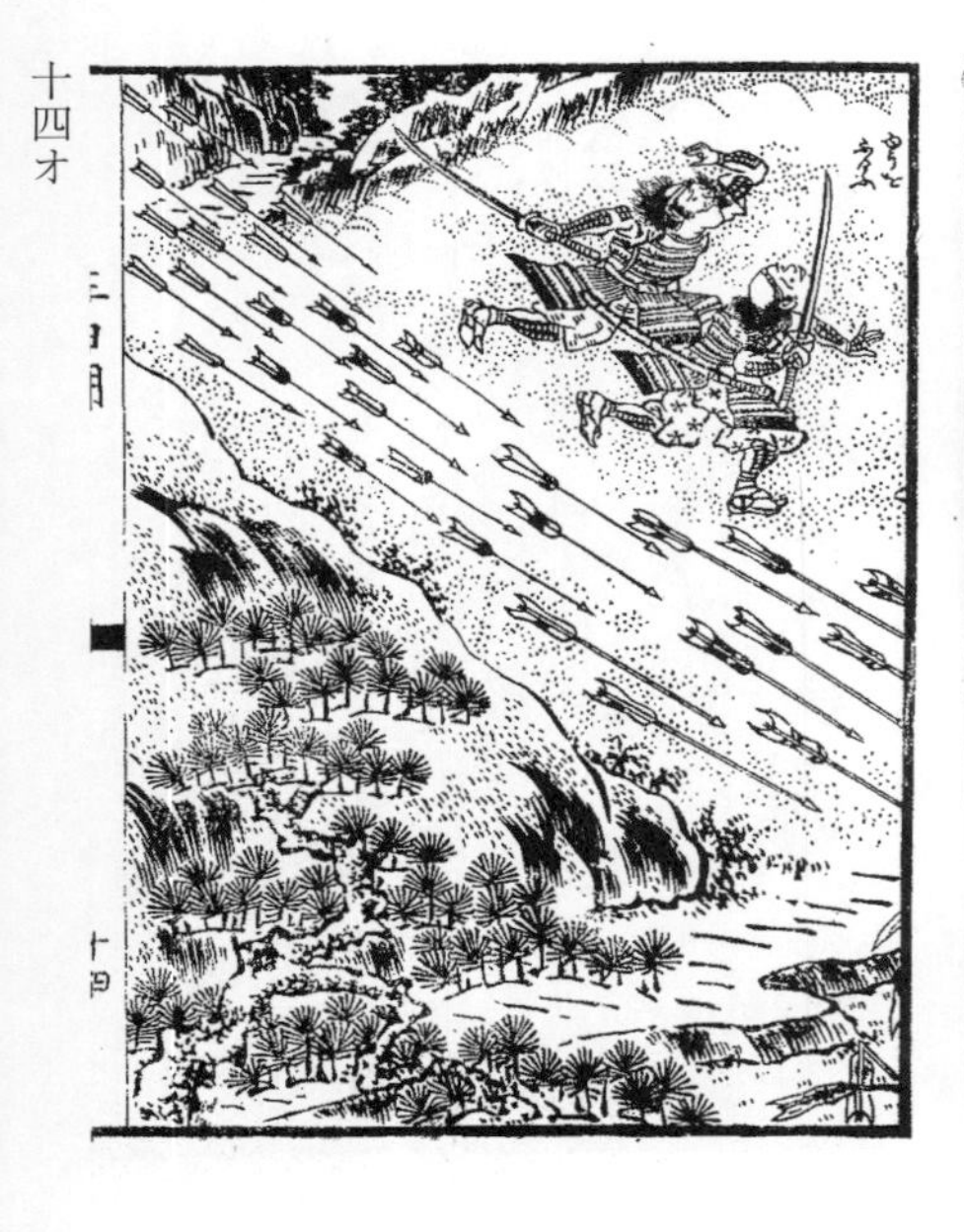

ひ、夫の跡を慕いてぞ落行きぬ。
小萩之介は馬上にて大長刀を振回し、群がる敵の強者を四角八面に薙払ふ。
鬼鹿毛八郎今国は石の牓示杭を引抜いて、強者共を追散らし、夕霧深く立込めて文目も分かぬ山道を、小萩之介の供をして、何方ともなく落行きぬ。これより足利方より天留天の内侍の詮議を厳しくぞ致されける。
小栗判官の霊魂

［栗］

○京伝随筆 骨董集 好古漫録の書
前編四冊来ル酉秋無相違出板仕候

(17) 常陸小萩之助、勇を奮ふ。

(18)十四ウ

十五オ

(18) ○それはさておき、こゝに又、相州足柄山の麓千年楠木の下に、錦の繦に包みたる捨子あり。龍頭の五枚兜を松の枝に吊りて、その子の上に覆ひけるが、色々の毒虫、捨子の側に這寄らんとせしが、たちまち兜より光を発し、毒虫はこれに恐れて逃去りぬ。

此時、楠木の洞より怪しき曲者現れ出で、此態を見て怪しむ様子。こなたには又、回国の修行者、佇みて此態を瞬きもせず見ゐたりしが、曲者は洞の中より歩出で、かの嬰児を抱上げ、だかよく\と揺すり上げ、泣く子を賺す子守唄、形に似合はぬ子煩悩、様子ありげに見へにけり。回国の修行者は松に吊るせし兜を取り、矯めつ眇めつ打眺め、何か心に一思案、笈を開いて兜を納め、彼の曲者の側へ寄り、耳に付いて囁きしが、彼の曲者は打頷き、捨子を肌にしつかと抱き、両人共に連立ちて、行方も知れずなりにけり。

[千年楠]

(19) 此捨子の仔細、兜の謂れ、曲者の素性、修行者の本名、兜より光を発せしは如何なる故と言ふ事まで、後編の末、大切に詳しく記置きぬ。

豊国画㊞　山東京伝作㊞

筆耕石原知道

板元　丸甚口上

これより二番目三冊、美濃と近江、隣合せの世話狂言始まり。左様に御覧下されましやう。

狂言の半ば、御邪魔ながら例の口上。

山東京山製　十三味薬洗粉

水晶粉　一包壱匁二分

いかほど荒性にても、これを使へば、きめを細かにし艶を出し自然と色を白くす。常の洗粉の類にあらず。皹・霜焼・疥・汗疹の類を治す。

売所　京伝店

京伝著　雑劇考古録　五冊

芝居に限りて古画古図を集め、それ〳〵に考を加へ、昔の芝居を今見る如き書也。

永寿堂近刻

後編見返し

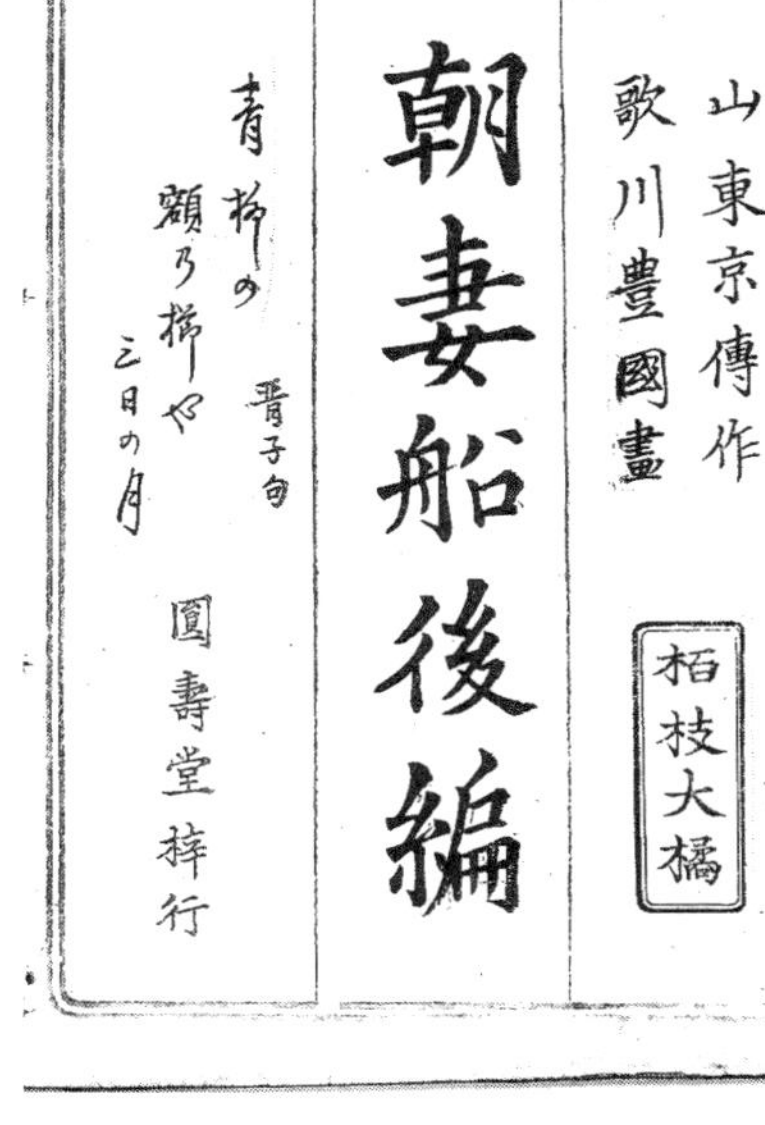

【後編見返し】

山東京伝作
歌川豊国画
栢枝大橋

朝妻船後編

青柳の額の櫛や三日の月　晋子句

円寿堂梓行

（20）十六オ

【後編】

【上】

（20）朝妻船後編上冊

読み始め　さるほどに、足利方より天留天の内侍の詮議厳しき故に、鍾馗判九郎は朝妻の里の住居なり難く、天留天を守護して、女房お寒、妹小露もろともに、かの里を去り、同じ近江の内なる現の里といふ所に住処を求めて、天留天の内侍を匿ひ置きぬ。

此所は美濃と近江の境にて、壁一重隣は美濃の国にて夢村といふ所也。世の諺に、美濃と近江の寝物語といふは、すなはち此所なり。

斯くて月日を過ごしけるが、ある日、村の歩きが慌たゞしく馳来り、村長殿が急用あるゆへ、呼んで来いとの言ひ付け。早く〳〵と急がせば、判九郎は傷持つ足の気遣はしく、鮫鞘一ト腰ぼつ込んで、歩きと連立ち村長方へ出行きぬ。

○壁一重隣は美濃の夢村とて、これも同じく侘住居、妻西巻内といふ浪人にて、六十ばかりの老人なるが、殊に

(21)十六ウ

十七オ

此頃、大病を見る目も悩む女房子が、ならぬ仲から看病に微塵疎かはなかりけり。娘の名をば夜の梅とて美しき生れなるが、父の看病ばた〳〵と煽ぐ団扇の薬鍋、母の小春は納戸を出で、「これ娘、お薬はまだ上がらぬか。兄の京七はどこへ行きやつた。お医者様の仰つた事、早う話して談合したい」。「サア兄様は谷汲の観音様へ、父様の病気本復の願参り、もふお帰りでござんしよ」と親子話の折柄に、京七は忙はしく立帰る我家の内、ヲ、京七、戻りやつたか。兄様お早いお帰りと、母も娘も喜べば、イヤ申、母者人、親父様の容態はな。イヤモ今日は、とりわけ様子も悪い。それにつけてお医者様の仰つた事もあれば、相談したい事がある。足洗やつたら納戸へおじやと、娘を連れて奥へ入る。後には一人京七が盥に水を汲入て

一枚次へ続く

(21)

(梅)「お母さん、烏鳴きが悪い。気に掛かります」

美濃近江／国境

(22)十七ウ

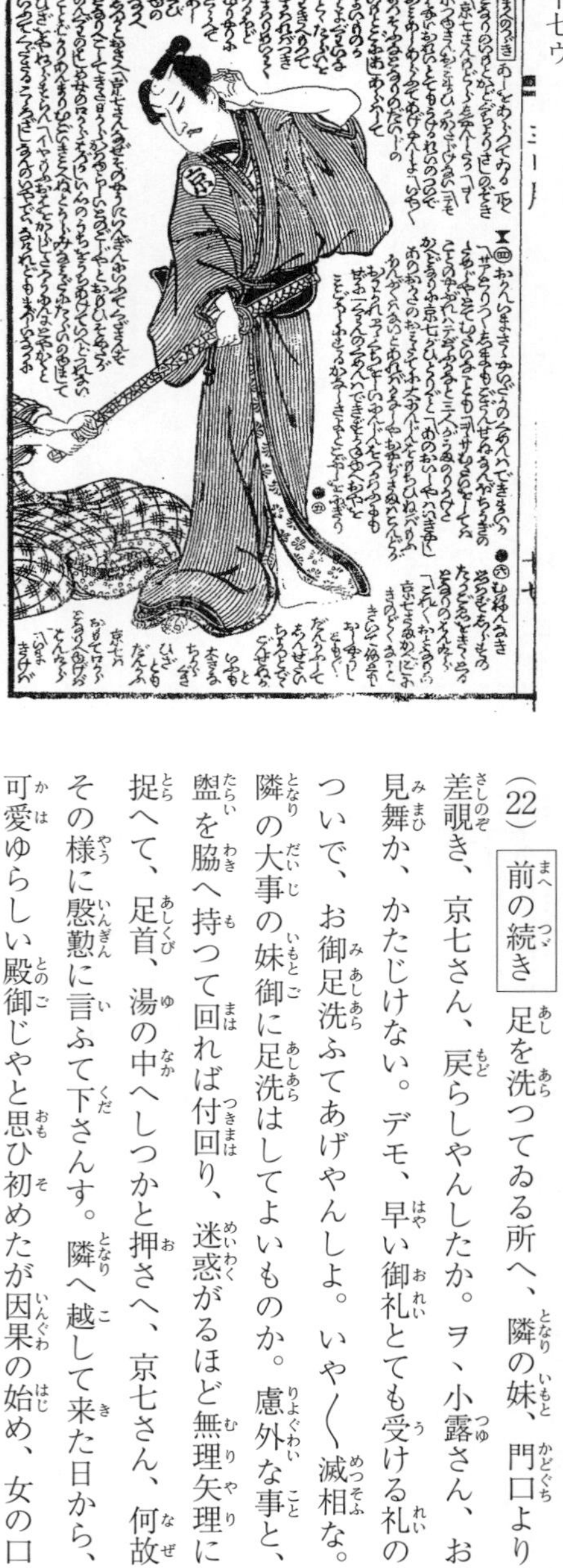

十八オ

(22) 前の続き 足を洗つてゐる所へ、隣の妹、門口より差覗き、京七さん、戻らしやんしたか。ヲ、小露さん、お見舞か、かたじけない。デモ、早い御礼とても受ける礼のついで、お御足洗ふてあげやんしよ。いや〳〵滅相な。隣の大事の妹御に足洗はしてよいものか。慮外な事と、盥を脇へ持つて回れば付回り、迷惑がるほど無理矢理に捉へて、足首、湯の中へしつかと押さへ、京七さん、何故その様に慇懃に言ふて下さんす。隣へ越して来た日から、可愛ゆらしい殿御じやと思ひ初めたが因果の始め、女の口から恥かしい心の内を打明けて言へど、つれないことばかり、あんまりむごい、聞こへぬと、怨涙に盥の湯、まして膝をや濡らすらん。「イヤもふ、尾羽を枯らした浪人に、とやかくと言ふて下さる志、何の嫌ではなけれども、貧しい中に親父様の患ひ、面白そふに、そんな所じやないはいの。天道様より親の罰、もふ〳〵思ひ切つて下んせ」と言ふうち、勝手に母の声、「京七〳〵、足洗やつたら早うおじや」。はい〳〵を幸ひに、振捨て勝手へ走行く。小露は折角手に持つた花をもがれと往に機会も投首しつゝ

立帰る。

◯隣の家には判九郎が妻のお寒、昼御膳を手に捧げて出来り、表の方を窺ひつゝ押入の戸を開けて、内に匿ふ天留天の内侍に昼餉を勧めゐる所へ、妹の小露が帰るを見て、ヲ、妹、隣の御病人はちつとも良いかや。イヤもふ日に増し悪いと言ふてじやわいな。それは気の毒。何方にも苦労はあるもの。先ほど村長殿から、こちの人を呼びに来たが、何の事じやか気遣ひなと、二人が案じ、時の間も長う短う待兼て見遣る表へ、やう〳〵と立帰る判九郎、屈託顔に手をこまぬき思案しながら内に入る。ヲ、こちの人、戻つてか。様子はどふじや。早う聞かしてくださんせ。「サア様子は悪い、これ斯う〳〵」と耳に口寄せ囁けば、妻も妹も聞いてびつくり、「ハテ臆病な。今更何を驚く事。命を先へ投出さねば、御主の難儀は救はれぬ」と兄の言葉に妹は、切ない恋のまゝならぬ世を味気なく見限りし胸を極めて膝摺寄せ、なるほど、そふでござんす。突詰めた火急の御難儀、天留天様の御身代りに、わしを殺して下さんせ。生きてゐたとて望みは叶はず、早う死んでしまふたら、人を助かる上、忠義も立たふ。殺して下んせ死にましやうと、恋と忠義と二道に、世を怨みたる妹が覚悟、見るも不憫と目を擦り、ヲ、しほらしい事、よく言つた。然りながら、そちが首は役に立たぬ。フウそりや何故にへ。肝心の顔が似ぬ。似てさへあるなら、そちでも母でも忠義のためには遠慮はない。とかく遠慮のあるは他人と他人。お寒、今囁いだ彼の工面は出来まいか。サア取付く島もござんせぬ。なんぼ忠義のためじやとて、無体なことも。ヲ、サ無体をしては事の破れ。ハテどふかなと、三人が馬乗りかけた壁隣に、京七が独り言、「あのお医者は生薬師、あのお方のお診立てに大人参を用ひねば、もふ本復はないとあれば、悲しや親父様は今度がお別れ。ヱ、口惜しい。人参を使はふにも銭一貫の工面は出来ず、金故、親を見殺しにする悲しさよ」と拳を握り無念泣き。思はず知らずの高声を聞取る隣の判九郎、「これ〳〵お隣の京七様、壁越しに気の毒な事聞いて何ともおしやうし、共々談合して進ぜたい。ちよつと出てごんせぬか」と言ふも大きな力草、膝とも談合。京七は表口から隣へ行けば、判九郎、今聞けば医者殿が人参さへ入ると助かると言ふげなが、しかとそふかな。ハイ朝鮮を入さへすりや請合つて快気さすと仰れど、次へ続く

(23) 前の続き 何を言ふても人参代が。あるぞへ、鼻の先にあるぞへ。ヌ、鼻の先にあるとはな。ハテ妹御の夜の梅殿、野上の里へ売つてやれば、百両は確かな代物。親の命には代へられぬでないか。御尤もでござります。拙者も疾うから、その心はついてあれど、今の母は親どもが後連、拙者めは先腹で妹とは腹変り、どふも売らふと言はれぬ義理合。なるほど。それでは尤もじや。そんならそれは退けて置いて、義理に無心があるが、何と聞いて下んすまいか。イヤモ御懇ろになされて下さります仲、身に適ふた事ならば。「それはマア忝い」と言ふて、他の事でもない。此妹めを此方様に進ぜたい。わしがこゝへ引越して来た時分から此小露、此方様に気のある様子、わしら夫婦が睨んだは違はぬ。不束な妹、此方様の気には入るまいが、そこが懇ろだけ押付けての頼み。好いた男に添はしてやりたい。不肖ながら女房に持つてやつて下んすまいか、頼む〳〵と、女房も共に手を擦る押付売。妹は今更恥かしさ、又改まる顔紅葉。京七はむつと顔。人参の談合と呼寄せて、面白そふに女房沙汰。「今にも知れぬ親の病気、そんな機嫌じやござらぬ」と言ひ捨て立つを引留め、これ待つた。これがやつぱり人参代の工面じや。とはどふしてな。ハテ此妹を嫁入らすからは、今日からは其方の物。舅は親なり、夫のため勤奉公に身を売つて、

此方の心を休めたいと、わしら夫婦へ妹が願ひ。これを無下にさんしては、此方さんの孝行も無になるぞへ。よう合点さつしやれと夫婦が勧める。小露も側へ擦寄つて、愛しいお前が気を揉んで苦にしやんすが、わしや悲しい。極めの年季を勤めたら、末は一緒に暮らすのを楽しみにしてする勤め、親御様への孝行と思ふてわしが此願ひ、聞入れて下さんせと歎く心のいぢらしさ。判九郎夫婦身を背け、涙隠せば壁一重、隣に立聞く母娘、身にかゝり来る貰泣き。親子囁き身を寄せて、泣声涸らせど腰張の糊も離る、ばかりなり。京七も目をしばたゝき、「御夫婦の御親切、小露殿の志、ヱ、忝い〳〵。此上、辞退は大きな不躾。いかにも女房に貰ひましよ。したが、仔細らしい事なれど、娶る時は父母に申すとやら、親の許しのないうちは、しつかりと返事もならず、マア帰つて親どもへ」と言ふを聞取る此方の母、壁越しに声をかけ、「問ふまでもない。わしは得心、父御も予て、その子をば貰ひたいと望みなれば、 次へ続く

(春)「隣の様子を聞きや。頼もしいお人じや」

二十オ

(24) 十九ウ

(24) 前の続き 誰憚ることもない。小露殿は貰ひました」。ヤアそふ仰るは母人様。すりや貰ふて下さるか。ヱ、忝いと礼も壁越し。「いへ〳〵礼はこちから。大事の妹御によう勤めさして下さる。忝いは百万言ふても飽足らぬ。御志を捨置かず、ちつとも早う奉公のありつき。幸ひ野上の里の轡屋が隣村まで来てゐれば、わしや一走り行て、何かの談合究めて帰らん。京七戻りや」と言ひ捨てゝ、忙しげに母親は隣村へと馳行きぬ。

判九郎夫婦の者は、ちつとも早いが手回しなれば、先へ〳〵と京七を往なして、すぐに嫁入の拵へ。女房そちは留守してゐよと、有合はす酒も肴もこつちから、妹と共に持参して連立行けば、隣の娘夜の梅は、心ばかりの待女郎。盆に乗せたる盃の、縁は欠けても二世の縁、鯣一枚塩魚、三〱九度の盃に、ざつと祝儀は済みにけり。時に判九郎言ひけるは、「マア不束な妹め、此上ながら頼みます。まづ嫁入は整ふたれば、又改めて一つの無心、妹を片付けたりや、夫婦共に頼りがないから、一家になつた上、幸ひな夜の梅女郎、わしが養子に貰ひたい。舅の望み、よもや否とは言はれまい。サアすぐに連れて行きたい」と義理かけられて、否とも言はれず、もとよりやつてもよい都合、「尤もな御望み。私は得心なれど、親共が何と申さふやら」と口ごもれば、イヤ〳〵苦しうない判九郎殿。娘を進ぜた、勝手に連れて帰られよと、病ふの床の唐紙を弱々と押開けて、病耄けたる妻西巻内、判九郎と小露に向かひ、「かね〴〵拙者望みの花嫁、縁があつて満足々々、此上ともに孝行頼む。ヤイ娘、隣へ養子にやるからは、今日の只今から此巻内は他人。判九郎殿御夫婦を真の親と孝行尽くせ」と言ふに娘は気の毒顔。サアわしはどふでも良けれども、ちつと母様と相談した事もあり。ハテこなやつは身が得心するに、母でも兄でも些細小細言はして置かふか。サア判九郎殿、連れてお帰り。ハアこれは〳〵、早速の御得心、近頃もつて忝い。左様ならば、御言葉に従ひ、此子は手前へ貰ひました。サア〳〵娘と引立てられ、心は済まねど、常々から厳しい親の気を兼ねて、そんなら父様、兄様、小露様も参りますと、入レ替りたる嫁養子、病家は立切る婿と嫁、今祝言して今別る、名残を昼の新枕、手を引き納戸へ入にけり。

○隣の女房は待兼ねて、愛しや養子に御座つたかと、わつとばかりに泣出す。夜の梅は呆れつゝ、「これ申し、何でその様に泣かしやんす。今から大事の私が母様、孝行にするほどに可愛がつて下さんせ」と、言はれて猶も泣くお寒、

次へ続く

(25)二十ウ

（25）**前の続き** 判九郎は睨みつけ、「ヤイ何をくど〳〵吠へるのじや。お主の為には心を鬼。ヤアこれ娘、そなたの様な孝行な子を貰ふたを喜んでの嬉泣き。構はずと泣かして置きや」と言ひつゝ、銚子取上げて、一つ注いだる盃を飲干して、親子の固めと差しければ、娘は取上げ押頂く。後ろへ回つて判九郎、用意の脇差抜放す、光にはつと飛びしさり、「ア、これ申し、何で私を斬らしやんす。何で〳〵」と、色青ざめて震へ声、気を鉄石の忠心にも、胴欲とも無惨とも思ひ回せば胸迫り、道理じや〳〵、びつくりする筈。様子短く言ふて聞かさふ。足利方より詮議厳しきお主の奥様を御匿ひ申せし所、此隠家を注進せし者あつて、捕手の人衆当村へ来り。先ほど俺を村長方まで呼寄せ、御首を打つて渡すか、踏込んで討取らふか、此辺の出口々々は大勢にて囲んだれば、逃走りは叶はぬと、退引きならぬ絶体絶命。一寸逃れに御首を打ち、追付け持参と請合つたも、かねてよう似たそなたの顔。まさかの時の御身代りと、人の大事の子をあてに無徳心な企み事。妹を餌場に義理をかけ、養子に貰へばこちの物と、そなたを今殺すのじや。定めて惨いと思やろが、御主のためじや死んでたも、と拝む片手に荒涙。女房はとかく泣倒れ、物も得言はず咽びゐる。

娘は涙の顔振上げ、浪人でも武士の種。御主のためとあるからは、見ず知らずでも見捨てぬ難儀、まして仮にも親子の結び、なんぼ死ぬるが悲しいとて、親の難儀を見てゐられふか。御用にさへ立つならば、早う殺して下さんせと、覚悟の体のいぢらしさ。ヲ、さすがは武士の種ほどある。亡き跡は二親達の悲しみ、歎き怨みを受くる夫婦が体、父御、兄御の存分に斬刻まれて後から行〔く〕、死出三途も三人が

次へ続く

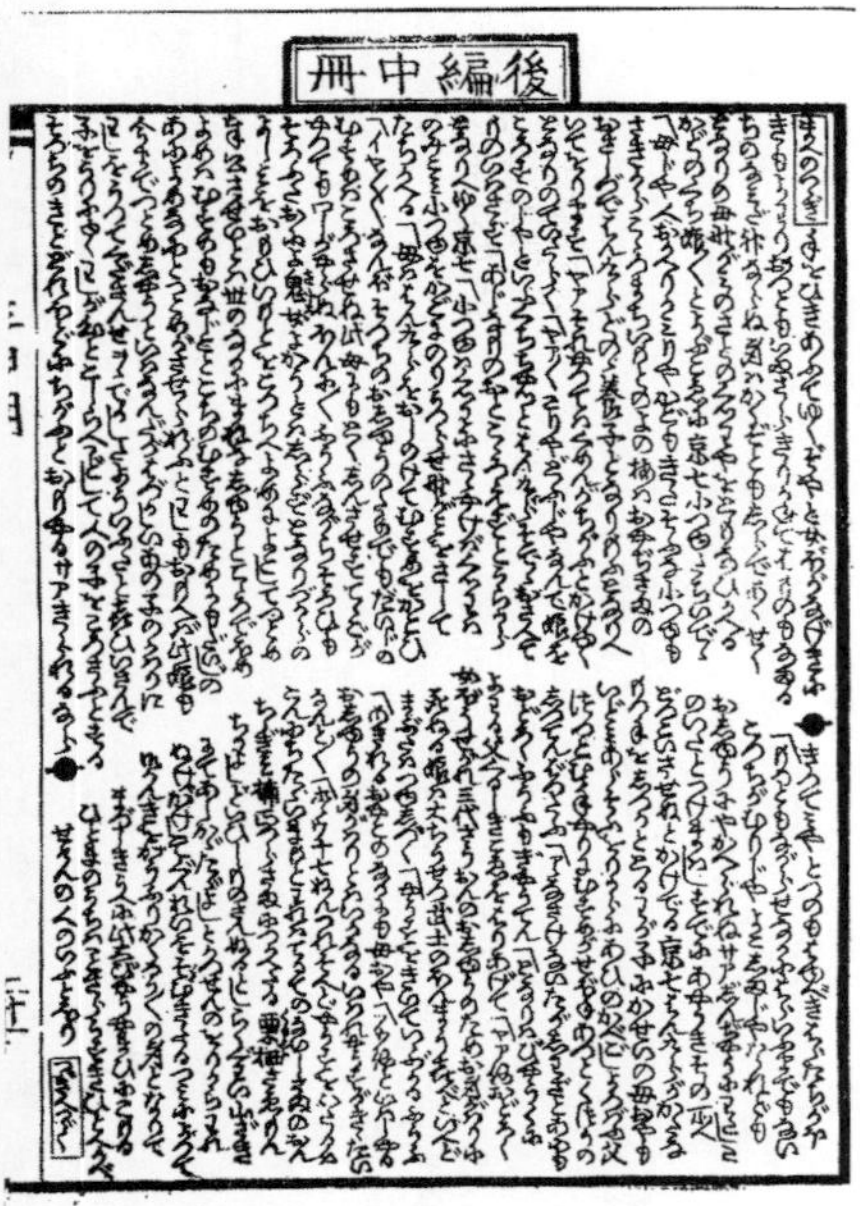

(26)二十一オ

【中】

(26) 後編中冊

前の続き 手を引合ふて行くぞやと、女房が歎きに気も弱り、夫も今更斬りかねて、刃物も鈍る血の涙、神ならぬ身は斯くぞとも知らで、あくせく隣の母、野上の里の轡屋を伴ひ帰る門の口、「娘〳〵」と呼ぶ声に、京七、小露立出て、母者人、お帰りか。見りや、駕籠も来たそふな。小露も先から心待ち、妹の夜の梅は親父様のお指図で判九郎殿の養子となり、もふ隣へ往てをります。ヤアそれやつては、工面が違ふと駆行く隣の体たらく、「ヤア〳〵こりやどふじや。なんで娘を殺すのじや」と言ふ口。ちやつと判九郎、袖で押さへて物言はさず、味な物音、心得ずと、裏から隣へ行く京七。小露は轡に囁けば、轡は飲込み小露を駕籠に乗移らせ、野上を指して立帰る。

母は判九郎を押退けて娘を囲ひ、イヤ〳〵なんぼ、そつちの御主の為でも大事の娘は殺させぬ。此母にも得心させず、父御がやつてもわしがやらぬ。ほんに〳〵夫婦ながら揃ひも揃ふた鬼よ鬼女よ。斯うとは知らず、隣づからの誼を思ひ、妹をこつちへ嫁に寄越して勤奉公させいとは、世の中に稀な舅心で誉め、嫁は娘も同じ事、こちの娘のためにも大事の兄嫁、何と勤めがさせられふと、わしも思へば此娘も、今まで勤めしやうと言はなんだが恥かしい。あの子の代りにわしを売つて下さんせ。ヲ、でかした、よう言ふたと、喜び勇んで子を売りに行くわしが心と拵事して、人の子を殺さふとするそつちの気と、どれ程に違ふと思やる。サア斬られるなら斬つてみやと、角も生ゆべき腹立ち顔。尤もながら背中に腹、言ふまでもない、こつちが無理じや邪じや、なれども御主にや代へられぬ。サア尋常に渡した退いたと付回し、すでに危きその所へ、どつこいさせぬと駆出る京七、判九郎が刀持つ手をしつかと取る。我が子に加勢の母親も、挑み争ふ折柄に、相の壁越し蹌踉ふ父、突込む手槍に娘が背骨、あつと苦痛の七転八倒。ア、情けない、誰が仕業と、兄も驚く夫婦も仰天。隣は病苦に弱る父、苦しき声を張上げて、「ヤア何驚く女房倅。三代相恩の御主の為、御身代りに死ぬる娘は大忠節、武士の本望喜べ」と言へど、瞼は露雫。様子を聞いて訝る夫婦、呆れる親子のなかにも母親、フウ何と言はしやる。御主の身代りとは如何なる謂れ、様子が聞きたい。何と〳〵。ホ、ウ十七年連添へど、様子を語るは今日只今。元我は天留天の内侍様の御父君、楠正行様に仕へたる栗栖左衛門親善と言ひし者。去んぬる年、洛外山崎にて足利直義と合戦の折柄、我、抜駆けして軍令を背きたる罪によつて御勘気を蒙り、斯く浪々の身となりて、貧しき上に此大病、病に籠る一間の内は殊更薄き一重壁、世間の人の言ふ通り、

次へ続く

(27)二十一ウ

二十二オ

(27) 前の続き 美濃と近江の寝物語も、寝られぬまゝに夜更けて聞けば、隣の主を鍾馗判九郎と言ふは仮の名前とは、小栗の御家来池庄司時門殿と初めて知り、御主人の奥方天留天様を匿ひある様子にて、御夫婦の物語に叶はぬ仕儀は、妹を御身代りと思へども、面体似ねば詮もなし。隣の娘は、瓜を二つに割つたる如くによく似たれども、人の大事の娘なれば、譬への節の隣の宝、何としやうどうしやうと、吐息つく〴〵相談を聞くと、そのまゝ埒明けて娘をやらふと思ひしが、隠す上にも隠す大事、女房子供に仔細を言はゞ、嘆きの余りに漏れもやせんと、とつおつつの思案のうち、妹を倅に突付けて、人参代にと義理掛けたは、娘を貰ふ下心、 次へ続く

(28) 前の続き ヱ、良くしたりと思ふから、何知らぬ体に嫁懇望も隣の恩を着ようため、生甲斐もない老の命、人参代に他人をば売るを聞いても聞かぬ顔、嬉しやまんまと為果せたと、養子の望みを聞入れたは、身代りに誘ふばつかり。つゞまる所は一人の娘殺すを喜ぶ、武士の身の忠義

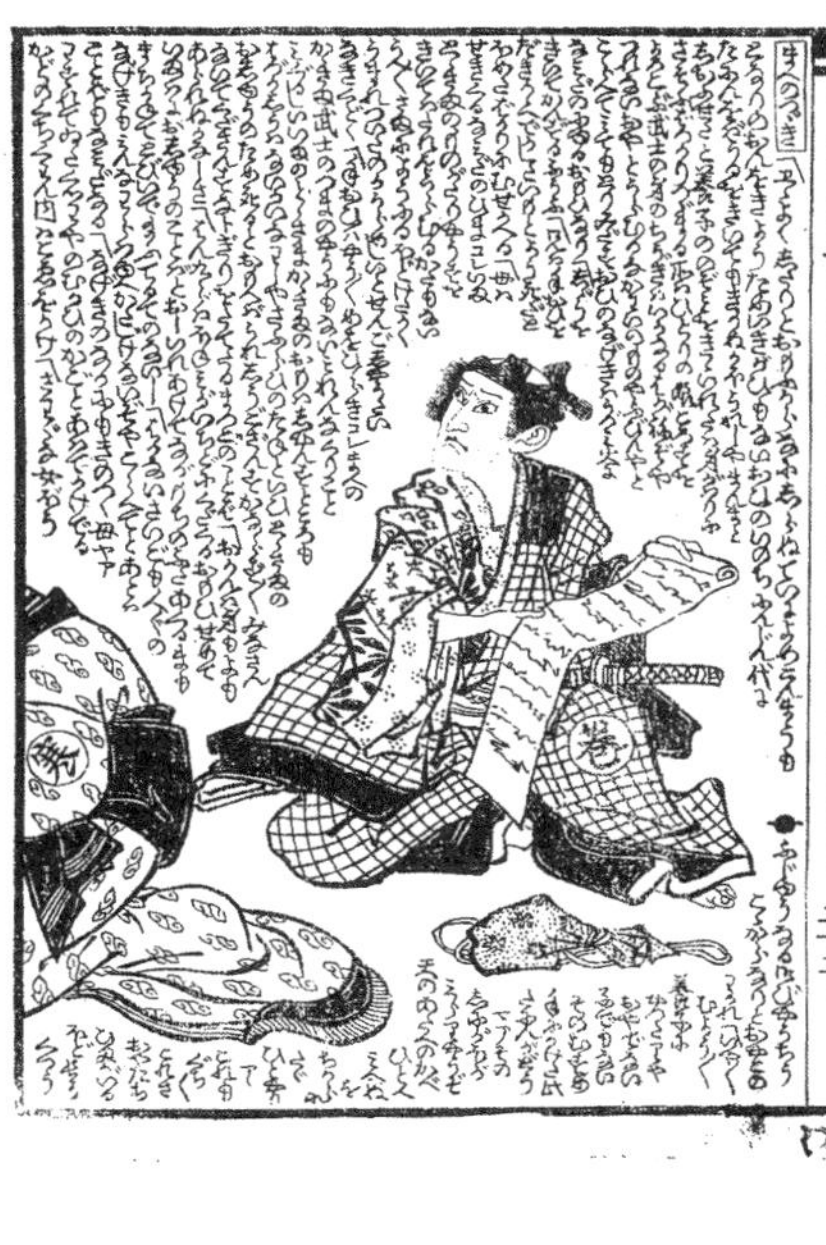

は如何なる鋼ぞや。つれない親と恨むるな、可愛の者や不憫やと堪へてみても取乱す、老の嘆きは埋火に、涙の煮ゆる思ひなり。始終を聞いて感ずる夫婦。兄は手負を抱抱へ、でかした妹、よう死だと誉めたばかりに咽返る。母は急来る涙の隙、「コレ今父様の物語、様子を聞いては誰を恨むる方もない。上々様に良う似るほど気高く生まれついたのが恨めしい」と、先後正体泣口説く。手負はやう〳〵目を開き、「コレ前の母様、武士の妻の様にもない。未練な繰言、見苦しい。今の父様、母様の思はしやんすところも恥かしうはないかいな。わしや侍の胤といひ、父様の御主の為、死ると思へば嬉しうござんす。必ず〳〵皆さん泣いて下さんすな」と、義理を立てたる末期の言葉。お寒は身も世もあられぬ悲しさ。判九郎は骨身が一度に砕くる思ひ。せめて今際に御主の言葉と、押入開けて長持の蓋開くる間も待兼て、飛出給ふ天留天の内侍、「儚い最期も人々の嘆きも、みんな妾ゆへ、忝いぞや堪へて」と、後は言葉も涙なる。嘆きのなかにも気のつく母、ヤア忘れてゐた轡屋の迎ひの駕籠と、慌て駆出る門の口、

巻内は声を掛け、「騒ぐな女房、最前より嫁の小露が見へぬのは察する所、轡屋を頼み野上の里へ身を売つたに違ひない。その証拠は、こゝに残した金と此一通、皆起来やれ」と押開き、「一筆残し参らせ候。姑御の御心底は、夜の梅様を野上の里へ遣はさるべき御心と察せしゅへ、我が身、轡屋を頼み、何かと捨置き参りまいらせ候。此身代の金にて人参を御求め、舅御様へ早く御上ケ下されべく候　かしこ」と読終はれば、母は驚き、ヤアそんならやつぱり小露殿が。いへ〳〵それは始めから覚悟の事。それでこそ、こちの人の妹御。命の御恩に勤めさするが、せめて夫の罪滅ぼし。をいやい此嘆きを見やうより、こゝに居らぬがあいつが仕合せ。ア、これ〳〵こちの人、もふ臨終に間がない。此世の名残、父御の顔を。ヲ、合点と、間の壁一尺ばかり斬破り、サア栗栖左衛門殿、立居不自由なる御病中、こゝからなりと親子の別れ。いや〳〵無用々々。養子にやつたりや親でない子でもない。その娘、手にかけた此他人が、どうマアその死顔が見らりやうぞ。天の与への壁一重、見へぬを力にたゞ一槍。ア、これも愚痴々々。これさ親達、暇がいるほど長う苦痛、村長方より催促ないうち早う〳〵。ハツト答へる仮の親、今ぞ別れと刃の引導。のう今暫しと両人は名残を惜しむ女心。兄ももろとも唱ふる念仏、

次へ続く

(29) 美濃の国野上の里の景色

前の続き

姿は見ねど父親は、壁に取付く蟋蟀の鳴くや霜夜の夢村に、儚き首を判九郎、麻小笥を仮の首桶に入れて抱へて立上がり、天留天の内侍の御首と敵を欺く忠義心、村長方へ出行きぬ。

斯くて判九郎は、夜の梅が首を天留天の内侍と偽りて、足利の家来に渡しければ、出口々々の囲みを解きて、皆々京都へ帰りけり。判九郎は為済ましたりと、まづ安堵はす

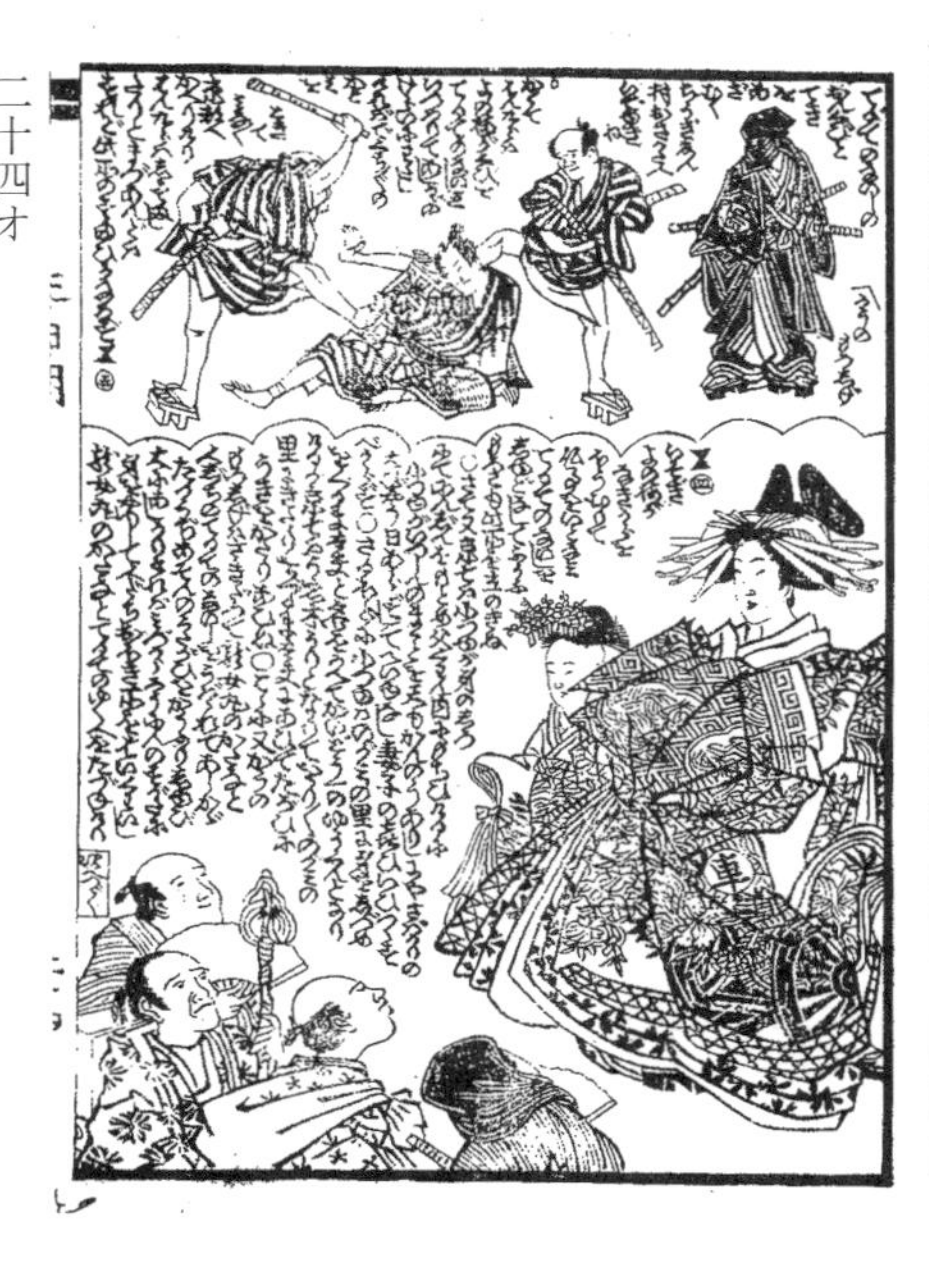

れど、此所の住ひ叶はず、急ぎ夜の梅が亡骸を葬りて仏事を営み、天留天の内侍を守護なして、夫婦もろとも此所を立退きぬ。

○さて又、京七は小露が身の代にて人参を求め、父巻内に用ひけるに、小露が一心の実を天も感応ありしにや、さばかりの大病、日あらずして平癒なし、妻子の喜び言ひ尽くすべからず。

○さるほどに小露は野上の里に身を沈め、尾車太夫と名を変へて、街道一の遊君となりけるが、京七は植木売となりて、折々野上の里に来り、尾車太夫に逢ひて互ひに憂きを語合ひぬ。

○こゝに又、高師重は先だつて龍女丸の刀と人質の天留天の内侍を奪はれて、足利尊氏朝臣の疑ひを蒙り、首尾大に悪しかりければ、自ら浪人の姿に身をやつして、人立ち多き所を徘徊し、龍女丸の刀と天留天の行方を尋ねけり。

次へ続く

高師重

［たばこ　神□桜］

(30)二十四ウ

二十五オ

(30) 前の続き　此師重は元来性質悪しき者にて、かねて天留天の内侍に恋慕し、人質と言ひなして我が閨の伽にせん企みなりしが、奪取られて、その望みを失ひ、一人胸を焦がせしが、判九郎が打つて出したる天留天の内侍の首を見れば、偽首なるゆへ、なほ実の天留天の行方を尋ねけるが、ふと野上の里に入込み、尾車太夫を見初め、しきりに恋慕ひて、天留天の内侍にも劣らざる美人と思ひ、龍女丸の詮議の事も他所にして、尾車が許に通ひ、数多の黄金を費やしけれども、尾車はひたすらこれを嫌ひて、一ト夜の添臥しもせざれば、いよ〳〵胸を焦がし、どふがなして手に入ればやと思ふ折節、人の語るを聞けば、植木売の京七といふ間夫の男ありといふにぞ、無益しく思ひ、ある日、京七、桜草を売りに野上の里へ来りしを見つけ、男達の悪者共を頼み喧嘩を仕掛けさせて散々に打擲させ、我は素知らぬ振りにて後ろの方に見ゐたりけり。

尾車は此事を聞きて、いよ〳〵師重を憎み忌嫌ひければ、師重は深くこれを憤り、これ皆、京七めがある故也。折を以て人知れず彼奴を打捨てばやと思ひゐたりしが、あ

（31）二十五ウ

る夜、野上の里の縄手道にて京七に出会ひしを幸ひにし、騙討に斬付けたり。京七は制札にてこれを受止め、いつぞや廓にて打擲に遭ひし時は、場所悪しければ、じつと無念を堪へしが、もはや堪忍なり難しと、一腰を抜放し、両人暫く打合ひぬ。斯かる折しも彼方に据ありし戸無駕籠の垂を上げて美しき若衆の侍、月影に師重を見つけて駕籠の中より飛出し、「それなるは高師重ならずや。汝は元、我が兄 次へ続く

（31） 前の続き 小栗判官金氏が幕下にてありながら、相模の国権現堂の戦ひの折、毒矢を以て兄小栗を射殺し、それを功にして北朝へ降参したる犬侍。斯く言ふ我は小栗の弟、常陸小萩之介なり。兄の敵、尋常に勝負をせよ」と呼ばはつたり。

京七はこれを聞いて手を止むれば、師重はから〳〵と打笑ひ、「小賢しき今の一言、そふ抜かすからは何にも隠すことはない。小栗を毒矢で射殺したは、天留天の内侍を俺が女房にしやうばつかり。われが様な細腕で歯の立つやう

な師重ではねへ。返討だ、観念せよ」と言ひつゝ、斬付くれば、小萩之介は望む所と刀を抜ひて斬結ぶ。京七は傍らに控へて、もし手に余らば助太刀をと、様子を窺ひゐたりけり。斯かるところへ師重に、かねて頼まれゐたる男達の悪者共、大勢駆付け、助太刀せんとしたる所に、稲村の陰より、鬼鹿毛八郎今国踊出で、悪者共を掻摑み、ぱらり〱と人礫、当たるを幸ひ張飛ばせば、悪者共は敵はずして、群々ばつと逃散つたり。さしも豪気の師重も小萩之介に斬立てられ、運命尽きて深手を負ひ、よろめく所を小萩之介、首を宙に打落とせば、鬼鹿毛八郎駆寄つて、出来た〱と煽立て、腰の手拭手早く持つて、刀の血潮を押拭へば、小萩之介、刀を鞘に納めたり。

京七は手を支へ、「未だ御見知りはあるまじけれども、拙者は天留天の内侍様の御父君楠正行様の御家来栗栖左衛門親善が一子、仮の名は京七 次へ続く

【下】

(32) 後編下冊

前の続き 本名は栗栖左門と申す者に候」と言へば、小萩之介はこれを聞き、栗栖左衛門といふは聞及びたる姓名也。さてはその方は栗栖が一子にてありけるか。思ひがけなき対面と喜べば、京七は天留天の内侍の身代りにて、隣合はせの一部始終を詳しく語れば、小萩之介は皆々の忠義を感じ、落涙袖を絞りけり。

斯くて小萩之介、左門に語りて曰く、「斯く兄の仇を報ひし上は、小栗の家を再び興すが先祖への孝行なり。それにつき、佐上入道の次男佐上次郎時行、密かに味方を集め、足利義教を討取りて四海を呑まんと謀る由、足利は敵方なれど、我、足利に敵対ふ佐上次郎を討取りて、それを功に南朝北朝の和睦を調へ、再び小栗の家を取立てばやと思ふ也。然れども佐上次郎、何処に隠住むやらん。住居確かならざれば、汝も共に力を添へ、行方を尋ねくれよ」と語りけり。

○こゝにまた相模の国足柄山の岩窟に、阿修羅太郎といふ山立の張本あり。数多の手下を従へて此山奥に引籠り、二歳ばかりの男の子を養育しおきけるにぞ、手下の山立

(32)二十六オ

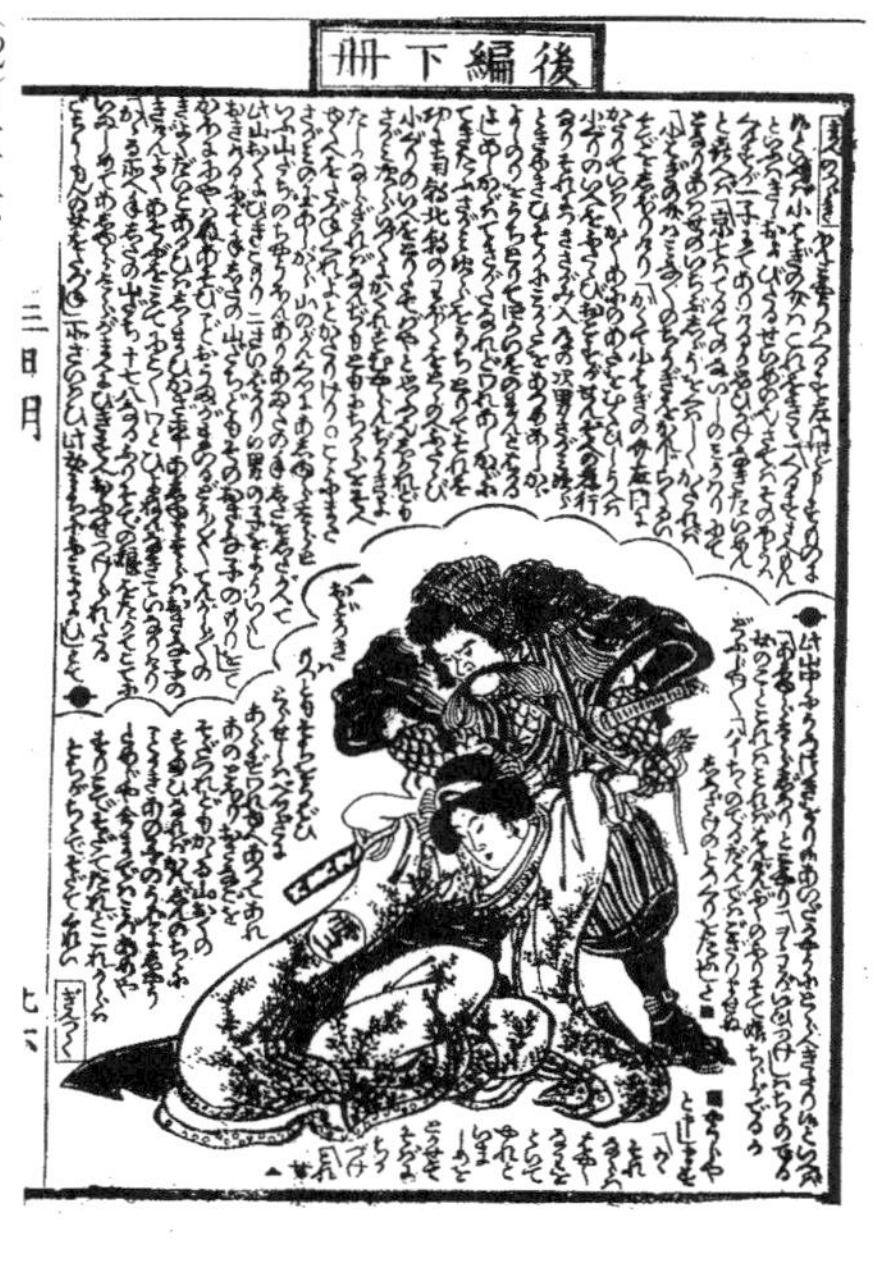

共、その幼子の守をして、顔に似合はぬ遊び事、お馬が参るどう〳〵、てんから〳〵の曲太鼓、或ひは獅子舞風車、阿修羅太郎は幼子の機嫌良く遊ぶを見て、にこ〳〵笑ひ、余念なき体なりけり。

斯かる所へ手下の山立、十七八なる振袖の娘を高手小手に縛めて、阿修羅太郎が前に引据へ、「仰付けられたる御注文の女を尋ねし所、幸ひ此女道に踏迷ひしとて、此山中にうろつき居り候間、斯様に捕らへ来り候」と言へば、阿修羅太郎じろりと見やり、ヲ、我が言ひ付けしは乳の出る女の事。これは見れば半元服の振袖娘。乳が出るか、どふじや〳〵。ハイ乳の出る段では御座りませぬ。白酒の徳利を倒したやうじやと申します。ウ、それならば早く縄を解いてやれと、縛めを解かせて側に近付け、これ女、驚きは尤も。そちを奪取らせしは別儀にあらず、我、故あつてあれあの通り、幼子を育つれども、斯かる山奥の住まひなれば、肝心の乳に事欠き、あの子の乳母にしやうためじや。今までは水飴や磨粉で育てたれど、これからはそちが乳で育てくれい。

［次へ続く］

（33）二十六ウ

二十七オ

（33）前の続き それも半年か一年で元の住処へ帰してやらふ」と言ひければ、女はやう〳〵震へをやめて少し安堵をなしければ、太郎は女の手を取りて、ハテ美しいそちが容貌、あの子の乳母を兼帯して俺が妾になる気はないか、どふじや〳〵と戯れつゝ、俄に酒宴を催して、かの女に酌を取らせ、数盃を傾け興じけり。

○斯かる折しも、この谷川の川下に、柴刈の若者、巌に腰を打掛けて、しばし安らひ居たりしが、不思議なるかな、鏡の様なる向ふの岩に龍の頭の影映りければ、柴刈は此体をきつと見て、さては此巌の下に我が尋ぬる一品埋めあるに疑ひなしと一人頷き、鉞にて土を掘らんと近寄りぬ。

○阿修羅太郎は数盃の大酒に酩酊し、かの女の膝を枕にして、前後を知らず伏したりしが、折節、辺りに人もなければ、かの女は太郎が寝息を考へ、懐剣を抜いて太郎が胸をたゞ一突と突掛けしに、次へ続く

(34)二十七ウ

二十八オ

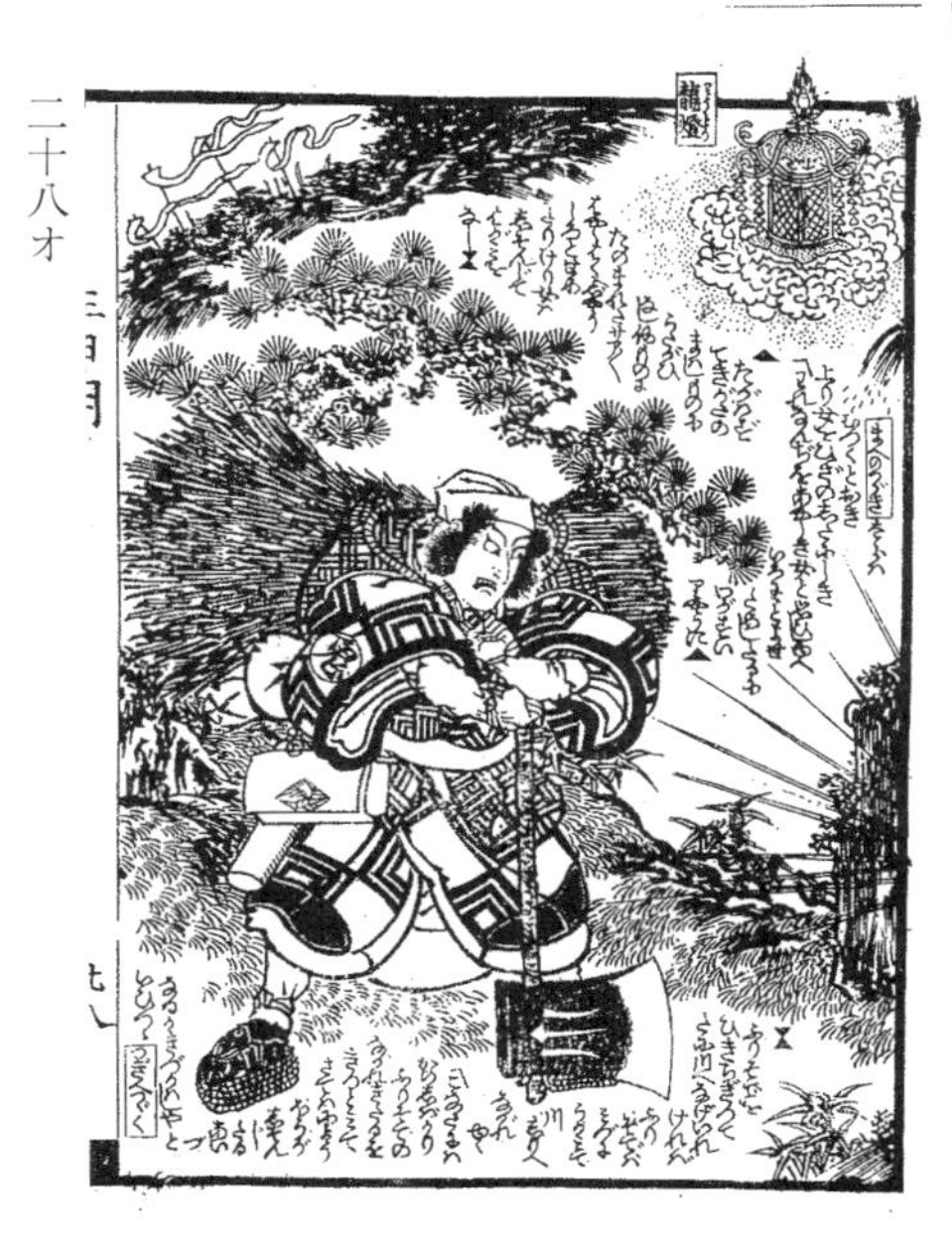

（34）前の続き 太郎はむつくと起上り、女を膝の下に敷き、我、汝を怪しき女と思ひしゆへ、色に事寄せ試したるに、我が推量に違はず、敵方の回し者に疑ひなし。何者に頼まれた、サア〳〵早く白状しろと責めたりけり。女は為損じて歯噛をなし、振袖を引きちぎつて谷川へ投入れければ、振袖は水に浮かみて川下へ流行く。此方には、かの柴刈、振袖の流来るをきつと見て、「さては女房が為損じたる合図なるか。気遣はしや」と言ひつゝ、次へ続く

龍燈

(35)二十八ウ

二十九オ

(35) 前の続き 巌によぢ登りかからんを、飛越へて阿修羅太郎を支へければ、太郎はから〱と打笑ひ、さては汝は此女が縁の者か。両人共に観念せよと、一腰を抜放せば、あら不思議や、剣より紫雲たなびき虚空に花降り音楽聴こへ、一つの龍頭現れて空に高く昇るとひとしく、陣鉦、太鼓、鬨の声、こだまに響き、山も崩るゝばかりにて、遥か向ふの山々に色々の旗翻り、凄まじかりける有様なり。阿修羅太郎はこれを見て、あら仰々しき金鼓の響き、たとへ何万騎にて取巻くとも、何程の事あらん、と嘲笑つてぞ立つたりける。かの柴刈は側近く詰寄せて、「我、此山奥に阿修羅太郎といふ山立ありと聞しゆへ、わざと此女を入込ませ、我はかく柴刈に身をやつし、此岩窟に近寄つたり。今、汝が抜いたる刀より龍頭の現れしは、先だつて失せたる龍女丸の刀に疑ひなし。その刀は元小栗判官、深泥が池の龍女より授かり給ふ名剣なるが、判官滅び給ひし刻、高師重奪取りて秘置きたる一ト腰也。それを渡して腕回せ。斯く言ふ我は、小栗の家臣鬼鹿毛八郎今国といふ者也」と言へば、かの女、「わらは事は今国が

女房小雪といふ者。此岩窟にて乳母を尋ぬると聞き、出もせぬ乳を偽りて、わざと捕らへられしは此所へ入込まん手立なり」と言ふ折しも、陣鉦、太鼓を又乱声に打鳴らし、鍾馗判九郎本名池野庄司時門と名なり、常陸小萩之介を守護なし、栗栖左衛門が一子左門もろともに入来り、阿修羅太郎を取巻いたり。

時に一間の御簾を引きちぎつて、佐上次郎時行、かの幼子を引摑みて出来り、大音声に言ひけるは、「いかに常陸小萩之介、我、此山に隠住むは、足利義教を討滅ぼし、四海を此手に握らんため也。此小倅は、先つ頃、此山の麓、千年楠の元にて拾ひたる捨子也」と言へば、阿修羅太郎、その言葉について曰く、「我その時、回国の修行者に身をやつして、麓に下りしが、龍頭の兜に見知りある故に、小栗が子と知り、人質のためにこれまで育置きたり。斯く言ふ我、阿修羅太郎とは仮の名、実は佐上入道の家臣大仏次郎貞直といふ者也」と言ふ。小萩之介は小栗の子といふ事を実ともせざりしが、今国が妻小雪曰く、「なるほど、その幼き御方は判官様の御胤に疑ひなし。その訳は、小栗様、鎌倉六浦の里の白拍子島寺の袖といふ女に契りを籠給ひて御胤を宿し、その白拍子は産後に空しくなり、その女の母、儘にて情けなき者なれば、小栗様の形見の龍頭の兜を添へて、その御子を此山の麓に捨てたる由、わらは、これを故ありて聞きぬ」と言へば、小萩之介をはじめ皆々、さては判官の御子なりと思ひけり。佐上次郎は打笑ひ、今聞く通り違ひはあるまひ。いかに小萩之介、某に降参して味方につけ、嫌だと抜かすと此餓鬼を芋刺と、刀を抜いて幼子の胸に当て、返答いかにと責めたりけり。

斯かる難儀の折こそあれ、判九郎が妻お寒、かの岩の下に隠してありし龍頭の兜を見出し、携へて駆来りて大仏次郎に向かひ、汝はいつぞや高師重が館へ、欲山郡領輝影と名乗つて偽上使に来り、龍女の刀を奪ひし曲者に疑ひなし。その時、天留天の内侍と偽りしは、わらはなり。その刀をこつちへ出せと詰寄せたり。佐上次郎は幼子を刺殺さんと危うき折しも、龍頭の兜より毘沙門天現れ給ひ、光を放し給ふとひとしく、佐上次郎が五体竦んで働か

(36) 二十九ウ

三十オ

れず。その隙に池野庄司駆寄つて、幼子を奪取り、者共来れと下知につれ、勢ひ猛き荒子共ぱら〳〵と取囲めば、

次へ続く

(36) 前の続き 佐上次郎は運命尽きて自殺すれば、大仏次郎も死出のお供と切腹す。龍女丸の刀は池野庄司もぎ取つて、兜と共に小萩之介に奉る。鬼鹿毛八郎は手下の山立共を残らず討取り、かの幼子を抱上げ、皆一同に凱陣をぞしたりける。

○さるほどに小萩之介、高師重を討つて、兄判官の仇を報ひ、一旦敵の手に入し太刀兜を取返し、足利に敵対ふ佐上次郎主従を滅ぼしたる大功を足利義教朝臣感じ給ひ、天留天の内侍の父楠正行と和談の上、南朝北朝和睦あり。これによつて小萩之介、小栗の家を再興し、天留天の内侍と共に判官の忘れ形見を守り育て、池野庄司夫婦、鬼鹿毛八郎夫婦共に抜群の忠義なれば、禄を多く給はり、大に出世をなし、益々忠義を励みければ、小栗の家、昔に倍して光を増し、万々歳とぞ栄ゑける。めでたし〳〵〳〵

〳〵。

龍頭（たつがしら）の兜（かぶと）の守護神（しゆご）

龍（りう）女丸の刀（かたな）の精霊（せいれい）

（37）○さて又、妻西巻（つまにしくわん）内本名（ほん）栗栖左衛門（くるすさゑもん）夫婦（ふうふ）、親子（おやこ）の忠（ちう）義（ぎ）抜群（ばつぐん）にて、例少（ためしすく）なき身代（みがは）りと、主君（しゆくん）楠正行（つら）、殊（こと）の外（ほか）称（しやう）美（び）あつて、栗栖左衛門（くるすさゑもん）が勘当（かんどう）を許（ゆる）し、元（もと）の如（ごと）く召使（めしつか）ひて禄（ろく）数多（あまた）取（と）らせければ、左衛門（さへもん）思（おも）へらく、我（わ）が病（やまひ）の癒（い）ゐたるは、まつたく小露（つゆ）が義心（ぎしん）の功（こう）也とて、小車（ぐるま）太夫を身請（うけ）して、悴左門に妻合（めあは）せけるが、程（ほど）なく三男二女をまうけ、次（し）第（だい）に富貴（ふつき）の身となり、親子夫婦（おやこふうふ）、長寿を保（たも）ちけるとかや。

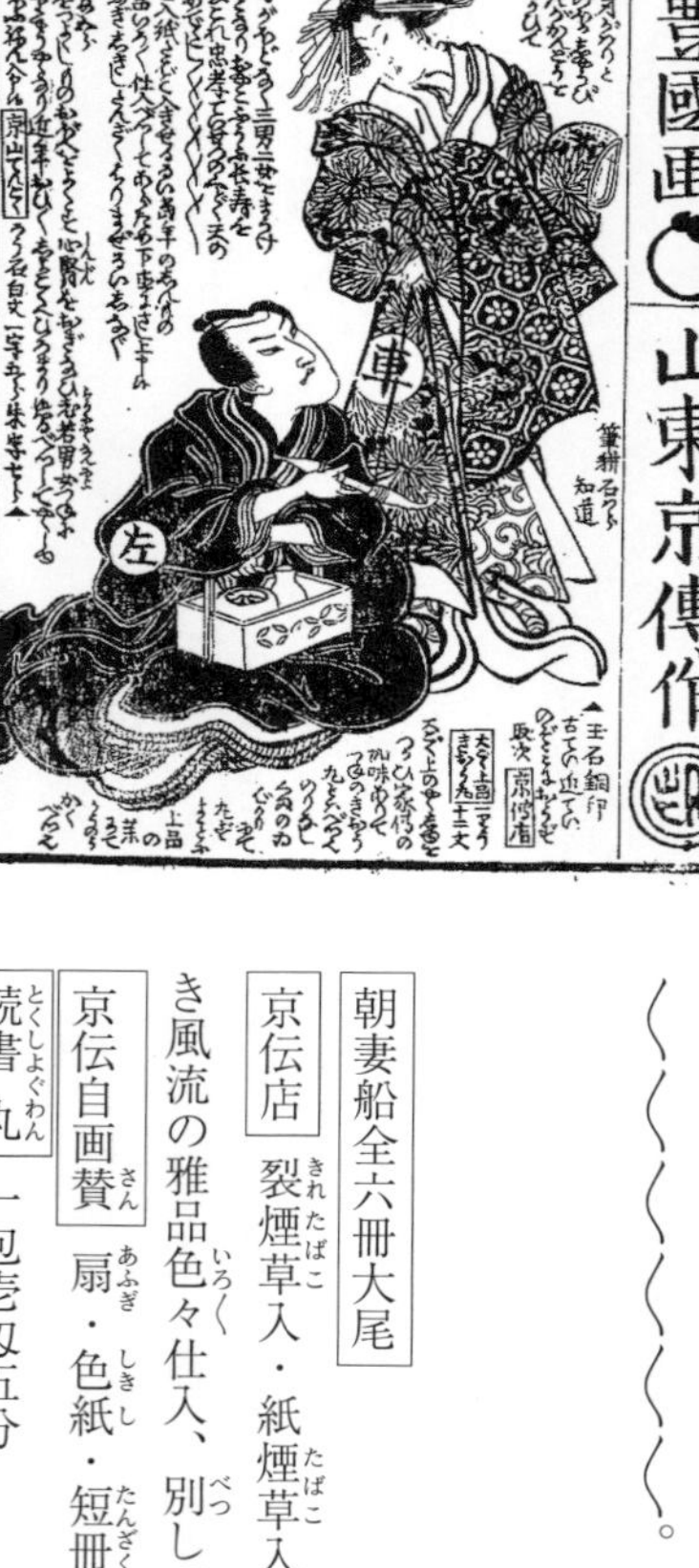

文化十癸酉春繪雙草紙目録

松風村雨 磯馴松金絲腰簑 全八冊 山東京傳作 歌川豊國画

朝妻船柳三月 全六冊 山東京傳作 歌川豊國画

忠孝傳 小六 薄雲櫻古跡晨明 全六冊 山東京山作 歌川國直画

五情染分 風流五忠氣娘 全七冊 山東京山作 歌川國直画

鶯娘梅相宿 全三冊 東西庵南北作 勝川春扇画

えぞうし といや 芝神明まへ 圓壽堂丸屋甚八

皆これ忠孝貞節の功徳、天の恵と知られたり。めでたし／＼／＼／＼。

豊国画㊞　山東京伝作㊞

筆耕石原知道

朝妻船全六冊大尾

京伝店 裂煙草入・紙煙草入・煙管類、当年の新物珍しき風流の雅品色々仕入、別して改め下直に差上申候。

京伝自画賛 扇・色紙・短冊・張交類品々。

読書丸 一包壱匁五分

○気魂を強くし物覚へを良くす。心腎を補ひ、老若男女常に用ひて延年長寿の良薬なり。近年追々諸国へ弘まり候間、別して薬種大極上を選び製法念入申候。

京山篆刻 蠟石白文一字五分、朱字七分。玉石銅印、古体近体、望みに応ず。

取次 京伝店

大極上品奇応丸 一粒十二文

大極上の薬種を使ひ家伝の加味ありて、常の奇応丸とは別也。糊なし熊の胆ばかりにて丸ず。まことに上品の薬にて効能格別也。

おそろしきもの
師走（しはす）の月（つき）

安達原氷之姿見（あだちがはらこほりのすがたみ）

後朱雀院の時代（康平五年）

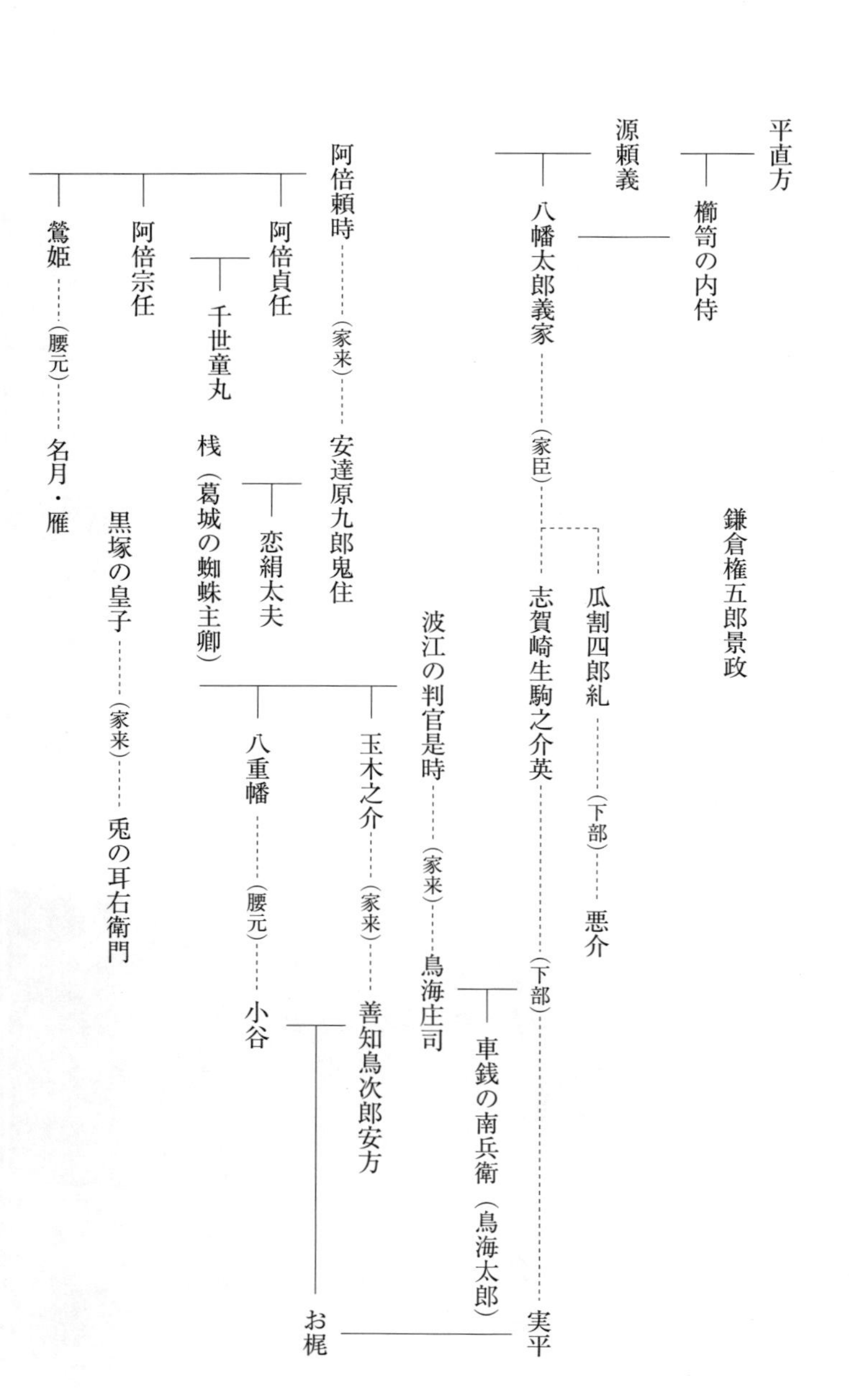

前編見返し

山東京傳作
歌川豊國画

栢枝大橋

おそろしきもの師走（しはす）の月（つき）
安達原氷之姿見（あだちがはらこほりのすがたみ）　前編
全部六冊

東都　僊鶴堂梓行

［前編見返し］

山東京伝作
歌川豊国画

栢枝大橋

おそろしきもの師走（しはす）の月（つき）
安達原氷之姿見（あだちがはらこほりのすがたみ）　前編

全部六冊

東都　僊鶴堂梓行

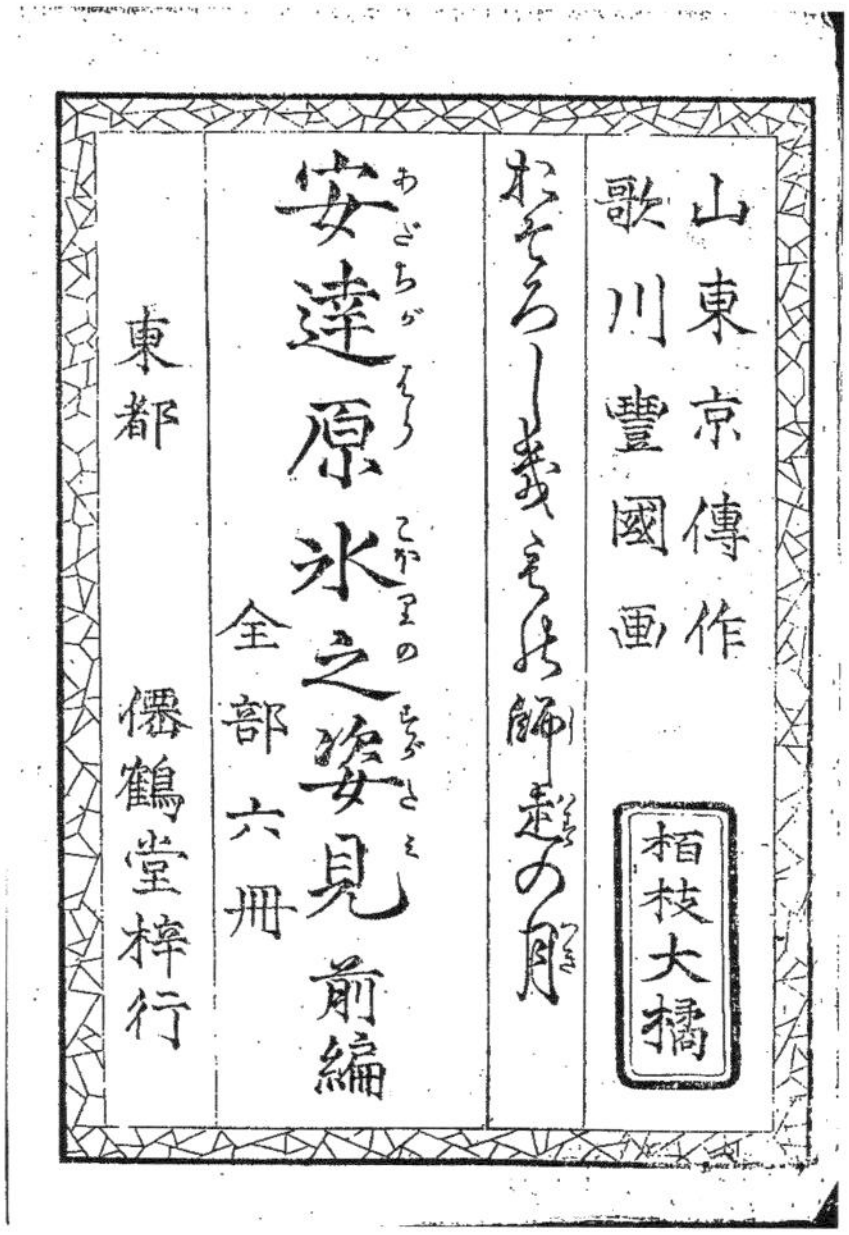

【上】

（1）自序　　江戸通油町　鶴屋喜右衛門板

西瓜くふ跡は安達が原なれやといへる。其角が句意さへ横ぐはへ。かの戯曲の切売を。喰ちらしたる筆ずさみ。師走の月のかけ乞よりなほおそろしきは板元のたて催促。手付のぢん金せめ手紙。へんぽんとして長〳〵と。十重廿重に巻紙の。理づめの文言むりならず。サアじんじやうに草稿を。渡すまいかとせめつけられ。ヱ、くちをしや残念や。我秀才にあるならば。たゞちに趣向も浮むべきに。子どもたらしの絵草紙を作るほどの智恵さへたらぬは。むねん〳〵とじだんだふみ。歯がみをなしてないちゑを。ふるつて見れば蚊はぶん〳〵蚤はしく〳〵。夜なべさへはかのゆかざる夏の夜の。みじかき才はせんかたなく。其角が西瓜をたねにして。やう〳〵案じた安達が原。鬼一口の口絵からしてまつかなうそ。十二支と絵の白髪の官女。正本のムり升スと。西瓜の目きゝは△の穴かしこ〳〵

文化　九年壬申五月草稿成
　　　十年癸酉春新絵草紙　　山東京伝㊞

（1）一オ

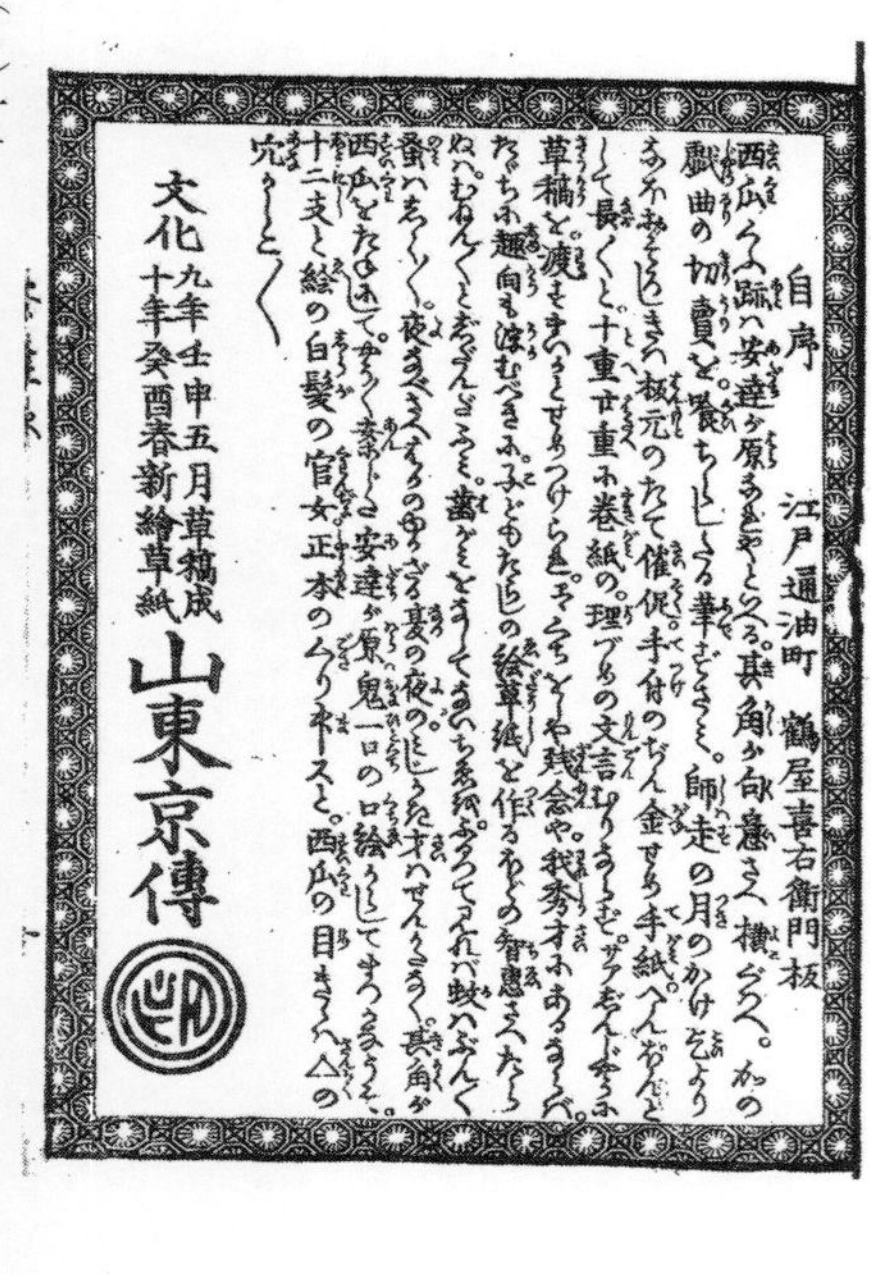

（2）一ウ

二オ

（2）

㋜

○三井(みゐ)の頼豪(らいがう)阿闍梨(あじやり)

㊘

厚地穿墉深得所

大倉食粟可玄飢

　からびたる三井の仁王や冬木立　晋其角

○宇治(うぢ)の橋姫(はしひめ)、丑(うし)の時参(ときまゐ)り

（3）二ウ

三オ

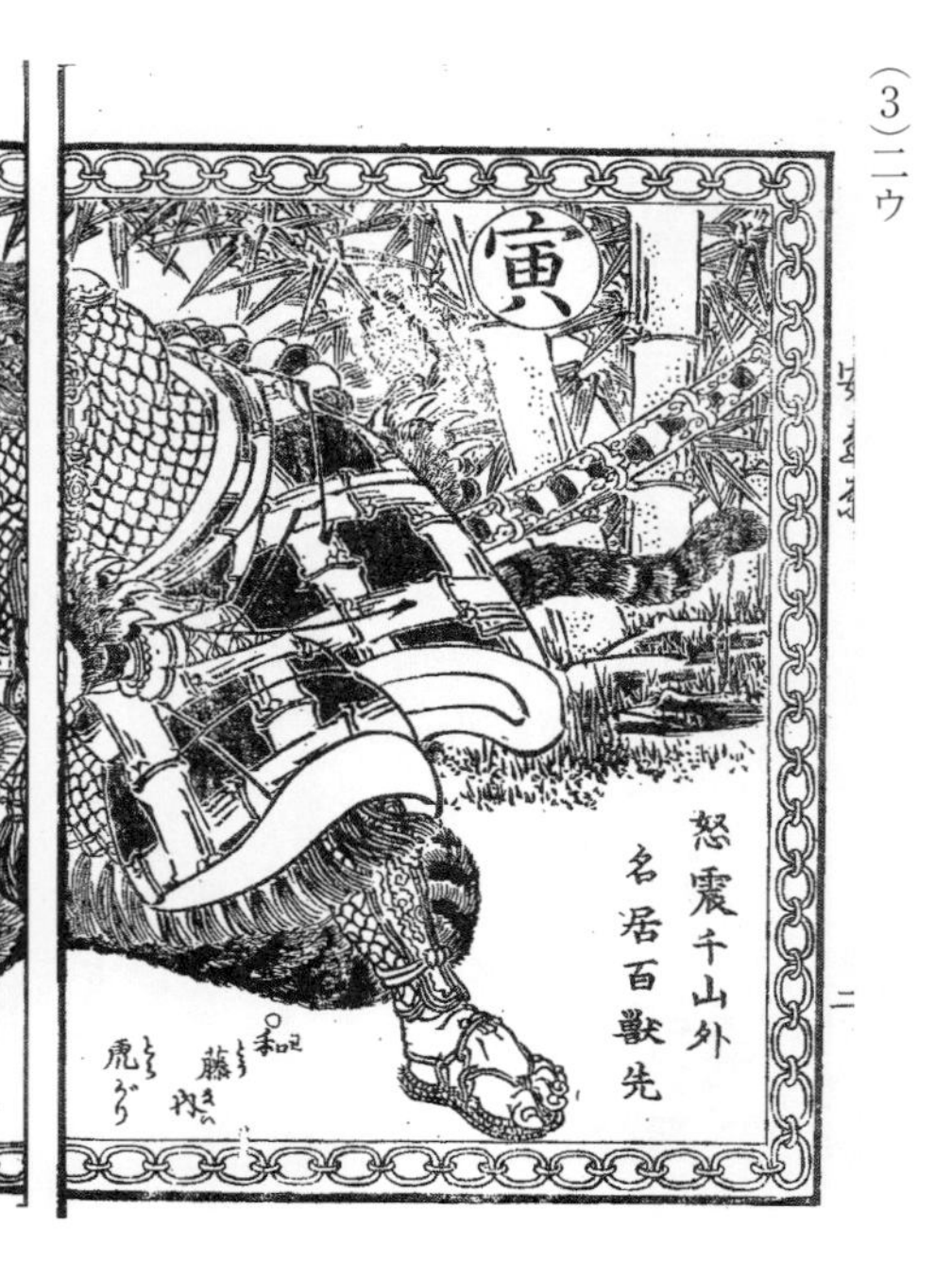

（3）

㊢寅

怒震千山外

名居百獣先

○和藤内（わとうない）、虎狩（とらがり）

一万度御祓

(4)三ウ

(5)四オ

(4)

卯

○池(いけ)の庄司之助(しやうじのすけ)

辰

みぞろが池の龍女

(5)

巳

○照君太郎義門(しやうくんたらうよしかど)

裾山や虹吐くあとの夕つゝし　　芭蕉

午

近江(あふみ)の力婦お金(かね)

（6）四ウ

五オ

（6）

㊌

○伝兵衛（でんべゑ）

㊅

○堀川（ほり）の猿回（さるまはし）与次郎（よじらう）

○お俊（しゆん）が文（ふみ）

○見世物（みせもの）の羊（ひつぢ）、文（ふみ）を食（く）ふ

酉

○垂尾（しだりを）七郎

○由良（ゆら）の湊（みなと）三庄太夫（さんしやうだいふ）鶏（にはとり）娘（むすめ）

○蓑毛（みのげ）の八郎

（7）五ウ

（7）

（戌）月の夜は犬もはしるや麦の浪　楼川

山畑の芋ほるあとに臥猪哉　其角

○讃岐村犬神太郎門守

（亥）これより二番目、安達原のやつし狂言始まり。

【中】

（8）前編中冊

発端 時は康平五つの年、後朱雀院の朝にあたつて、東夷みだりに逆意をふるひ王命に背きしかば、八幡太郎義家に征伐を勅せられけるにぞ、義家、父頼義と共に陸奥に下りて合戦し、阿倍の太夫頼時、その子貞任を討取りて、凱陣しければ、龍顔麗しく叡感の余り、八幡太郎を大内

（8）六オ

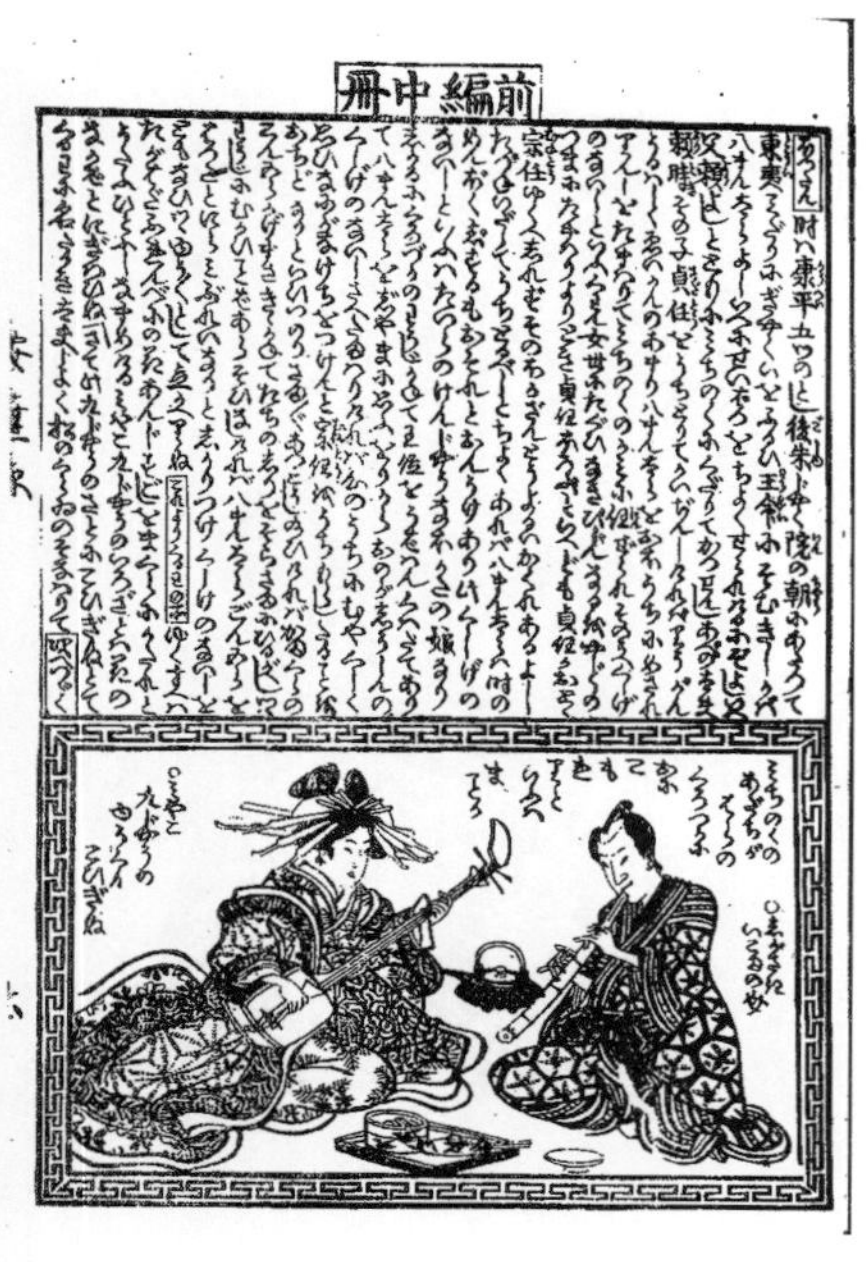

に召され、綸旨を賜りて陸奥の守に任ぜられ、その上、櫛笥の内侍といふ官女、世に類なき美人なるを宿の妻に賜り、頼時、貞任滅ぶといへども、貞任が弟宗任行方知れず、その他残党余類隠れある由、尋出して討取るべしと勅あれば、八幡太郎は時の面目、辞するも恐れと御受けあり。此櫛笥の内侍といふは、平傔仗直方の娘なり。然るに黒塚の皇子、かねて王位を奪はん企てありて、八幡太郎を邪魔に思ふ折から、己が執心の櫛笥の内侍さへ賜りければ、心の内に無益しく思ひ、何がなけちをつけんと、宗任を討漏らしたる事を落度なりと言ひ募り、様々悪口し給ひければ、鎌倉の権五郎景政聞きかねて、太刀の尻を空ざまに翻しつゝ、皇子に向かひ、言葉争ひなしければ、八幡太郎、権五郎をはつたと睨み、無礼なりと叱りつけ、櫛笥の内侍を伴ひつゝ、悠々として立帰りぬ。

これより廓の所　行く末は誰が肌触れん紅の花、案じ過しを枕に語れと歌ふ一節艶めける、都九条の色里は花の半ばと賑ひぬ。

さて此九条の里に恋絹とて、廓に名高き太夫職、松の

位の備はりて、次へ続く

「陸奥の安達原の黒塚に鬼籠れりと言ふは実か」。

○志賀崎生駒之介

○都九条の遊君恋絹

（9）前の続き　全盛並ぶ方もなし。八幡太郎の家臣志賀崎生駒之介といふ者、ふと此恋絹に馴初めて、度々通ひ来りけるが、恋絹も生駒之介が風流なる姿に愛で、互ひに水漏らさじとぞ睦みける。

然るに、これも八幡太郎の家臣に瓜割四郎糺といふ者、何時の頃よりか恋絹を見初め、深く心を悩ませて、相見ん事を望みけるが、恋絹は生駒之介に義理立たぬと言ひ、ひたすら嫌ひて承知せざれば、ます〳〵胸を焦し、どうがなして手に入ればやと　次へ続く

黒塚の皇子

櫛笥の内侍

八幡太郎義家

鎌倉の権五郎景政

(10)七ウ

八オ

（10）
都(みやこ)九条(くじやう)の里(さと)の体(てい)
瓜割(うりわり)四郎
恋絹(こひぎぬ)太夫
生駒之介(いこまのすけ)
物貰(ものもら)ひ九つ限(かぎ)り
上　主女

（11）八ウ

九オ

（11）［前の続き］思へども、とても生駒之介が通ふうちは我が心に従ふまじと思ひ、生駒之介を罪に落とす謀を思ひ付き、己が使ふ下部悪介といふを近付けて、密かに言ひけるは、「汝、顔を隠して山崎の土橋の辺に待受け、生駒之介が下部実平に持たせて、恋絹が許へ贈る文箱を奪ひくれよ。その文をこつちへ巻上げれば、それを証拠に生駒之介が廓通ひをする事を御主人八幡太郎様へ申上、俺が口車にかけて、ある事ない事讒言すれば、重くて切腹、軽くて阿呆払ひは知れた事。さすれば俺が恋絹を身請して、手活の花と眺むるは、此謀が上手くいつたら

［次へ続く］

瓜割四郎、生駒之介が下部と戦ふ。

瓜割四郎が下部悪介

生駒之介が下部実平

京伝作　豊国画　絵入読本　霧籬物語　全六冊出板仕候

［鬼］

(12)九ウ

十オ

(12) 前の続き その方にも褒美は望み次第にやる。なんとうまいか〳〵」と言へば、下部は早呑込み、頬被りに顔隠して、山崎村の橋の辺りに待居たるに、果して生駒之介が下部実平といふ者、文箱を持つて九条の方へ急行くを、突当たつて喧嘩を仕掛け、文箱を奪取らんと摑合ひ、くんづほぐれつ争ふ拍子に、土橋を踏損じて両人共に川に落入り、なほ摑合ひけるが、実平は油断を見すまし、橋杭へ取付いて上らんとすれば、悪介も続いて橋杭によぢ登り、両人共に一腰を抜放してぞ 次へ続く

鬼

(13) 前の続き 打合ひける。此時又、生駒之介が下部一人、実平が帰りの遅きを訝りて、迎ひのため此所まで来りしが、先程より様子を窺ふ瓜割四郎、物陰より踊出、此下部と戦ひ、押散らしぬ。橋の下には両人の奴、なほも争ひ、丁々発止と打合ひけるが、生駒之介が下部、口に啣へし文箱を川の中へ取落とし、川下へ流行く。これを取らんと思へども、隙間もなく悪介に斬付けられ、たゞ気

(13)十ウ

[illegible]

を焦るばかりなり。斯かる折しも、家越と見へて家財を積みたる舟の中に、白髪の婆ア糸車を繰りつゝ、「貧乏者は、ちつとの間も手を休めては居られぬ。舟の中でも見事、これほど糸取つた」と呟くその側に、娘と見へて十六七のぼつとり者、猫を抱いて居たるが、ふと川を流るゝかの文箱を見付け、煙管の先に掻寄せて取上げたり。此隙に舟は遥かに漕行きぬ。

さて、実平は悪介を斬りまくりて追ひやりけるが、文箱の行方知れざれば詮方なく、屋敷へ帰り、主人生駒之介に「斯う〳〵」と詳しく語り、「拙者が不調法申し訳も候はず」と言ふ。生駒之介眉を顰め、察する所、それは瓜割四郎が仕業ならん。何にもせよ、我が自筆にて書いたる艶書の行方が知れいでは、誰が目に掛からうも計られず、もし御主人などへ聞こへては、我が身の上の大事なり。その舟に乗り居たるは何物ぞと尋ぬれば、実平曰く、「火急なる時なれば、顔さへ見知り候はず。たゞ舟に積みたる家財の内にありし障子に、鬼といふ字と般若の面書いてありしを見留め候のみ」と言ふ。生駒之介これを聞き、それがまだしも手掛りなりとて、その翌日、九条の里へ行きがけに、山崎橋の川下を尋ね、此辺りに昨日家越をして来る者はなきかと問へども知れず。兎角して、やう〳〵かの目印のある障子を見付け案内を請ひけるに、かの娘立出て、何の御用と会釈して、生駒之介が美男なるに、ひたすら見とれし風情なり。生駒之介は慇懃に、「率爾なる問ひ事ながら、昨日、山崎川にて斯様々々の文箱を拾ひ給はずや」と言ふ。なるほど、その文箱は拾ひました、まあ〳〵こちへと内へ伴ひ、麻小笥の中から、かの文箱を取出し、「そんなら此文箱の主は御前さんでござんすか。もしや主が知れたら返さうと、中の文を読んでみましたが、うら山しい此文言、御前さんの様な美しい殿さんに、斯うまア深く思はれなさんす御傾城はどんな果報な御方じややら」と、これを言葉の初めにて、思初め木をこちらから立始めたる細布の、胸は合はずとこれいなア、私が胸を露ほども推量してくださんせと、十編の菅薦陸奥の忍文字摺もじ〳〵と、乱初めにし振袖を顔に覆ひて恥らへば、生駒之介も憎からず思ひけれども、主の留守に暇取りてはいかゞあらんと心付き、文箱を請取りて懐中し、恋絹が禿にねだられて、幸ひ懐に有合はせたる白金の梅の折枝の花簪を取出して、又会ふまでの印、寸志にこれをと娘に与へ、まア〳〵待つてと留むる袖を振払ひ、「近々にまた来ましやう」と言ふ一言の捨言葉、別れを告げて、

次へ続く

【下】

(14) 前編下冊

前の続き　斯かる折しも、入相の鐘鏗々と響きつゝ、仄暗くなりけるが、さるにても美しき娘ぞと後振返りて、夕月の影に家の棟を見れば、怪しいかな、数多の赤子血だらけにて腹這居たれば、あな心得ずと思ふ折しも、主と見えて白髪の婆ア酒を買ふて帰りけるが、かの赤子ども一同に這出て取付くとひとしく、此老女「あつ」と叫び、門口に悶絶して倒れたり。生駒之介は物陰に身をひそめ、これを見ていよ〳〵怪しむ所へ、下部実平、提灯灯もしてすた

（14）十一オ

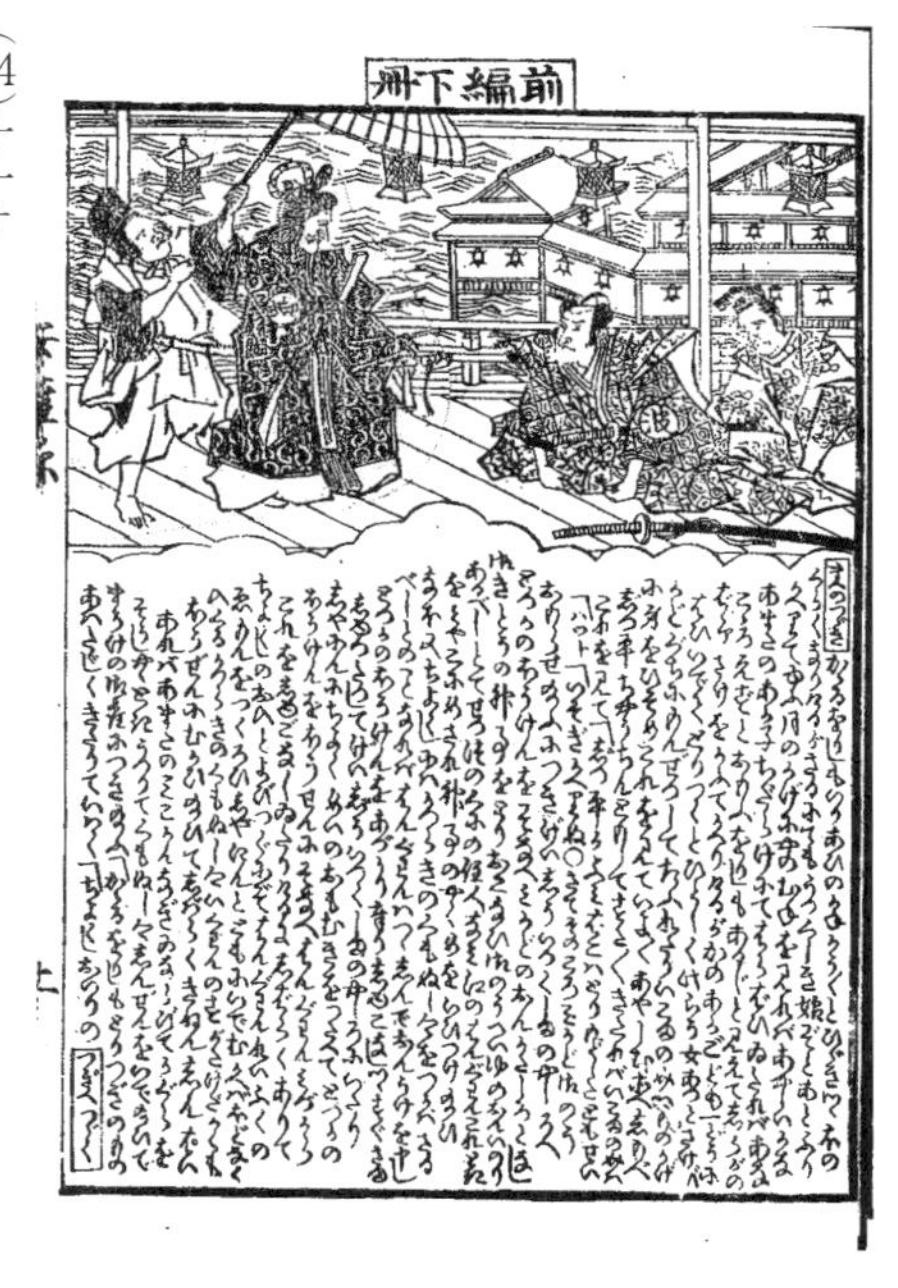

〳〵来れば、生駒之介はこれを見て、実平か、文箱は取戻した。供せい。ハツと、急帰りぬ。

○さて、その頃、帝御脳重らせ給ふに付き、芸州厳島の社へ十握の宝剣を供へ、帝の御形代となし、御祈禱の神事を執行ひ、御脳平癒の御祈りあるべしとて、摂津の国の住人波江の判官是時を都に召され、神事の役目を言ひ付け給ひ、なほ又、勅使には葛城の雲主卿を遣はさるべしとの事なれば、判官は謹んで御受けを申し、十握の宝剣を預かり奉り、守護なしつゝ、直ぐさま出立して芸州厳島の社に到り、社人に勅命の趣を伝へて十握の宝剣を宝前に供へ、判官みづからこれを守護なし居たりけるに、しばらくありて勅使の御入と呼告ぐにぞ、判官礼服の衣紋を繕ひ、社人と共に出迎へば、程なく入来る葛城の蜘蛛主卿、衣冠の姿気高くも宝前に向かひ給ひてしばらく祈念神拝あれば、数多の巫女、覡居並びて神楽を奏し、や、時移りて蜘蛛主卿、神前を出で給ひて、設けの御座に着き給ふ。斯かる折しも取次の者、慌だしく来りて曰く、「勅使御入の

次へ続く

(15) 前の続き

只今これへ御入なり」と知らする。折も折、又もや葛城の蜘蛛主なりとて、乗物の内より出る、その勿体、雲居の人とは見ゆれども、間もなくはや舁据ゆる褌一つの丸裸、立はだかつて正笏し、我こそ葛城の蜘蛛主なるが、魯愚の狼藉、何者か。斯かる仕業を武士ども憐れめよやとばかりにて、震ひ声なる勅使の趣、耳にも掛けぬ以前の勅使、つつと立つて宝前に走入、十握の剣を手に取上げ、「神事首尾良く相済む上は、此宝剣は我が手よりすぐに差上、よろしく奏問致しくれん。判官是時、役目大義」と相述べて、ゆら〳〵と立出れば、判官は押止め、ヤア勅使と偽り入込む上に、大切の宝剣を奪行かんとは大胆至極。そこ動くなと詰めかくれば、「シヤ小癪なり」と呼ばはりつゝ、身を捻れば、判官は剣を渡せと組付くを、曲者は事ともせず、脇壺ちやうど心の当て、早速に蹴上る畳の下、ひらりと飛込む手練の曲者、取逃がしては一大事と、判官は大に驚き、四方を囲んで討取れと下知なしければ、数多の組子群がり進んで駆立つる。はや日も西に入り、海や船路擁護の厳島、

次へ続く

(16)十二ウ

十三オ

(16)

(17)十三ウ

十四オ

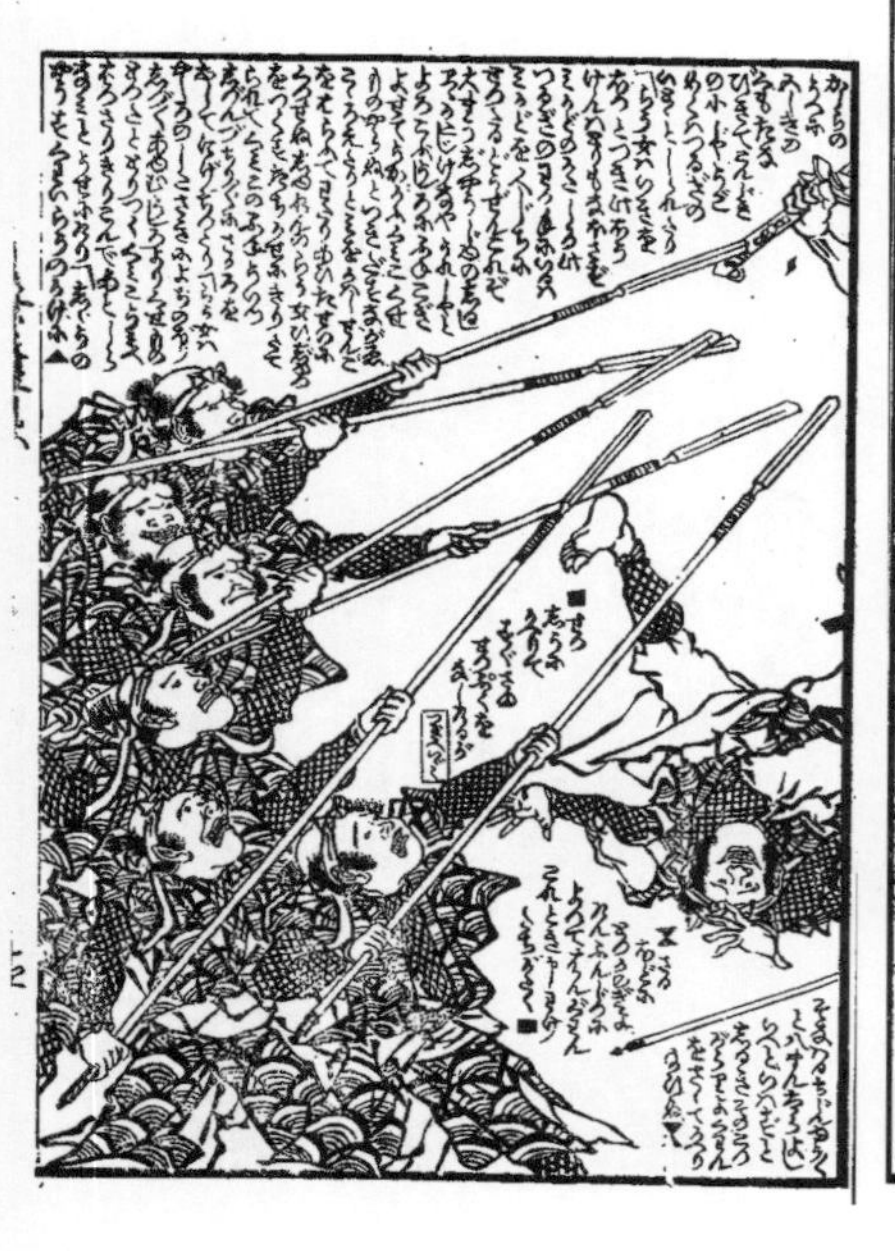

（17）前の続き　前は海水満々として、実に日の本の三つの景、眺めに飽かぬ風情なり。神清しめの神楽方、杵が鼓や吹澄ます、笛の拉もしん〳〵と、音も澄渡る夕暮時、波間を潜り苫舟に、現れ出たる勅使の曲者、宝剣を口に銜へ、おどろの白髪、神風に吹乱し、さも凄まじき老女の姿、心を配り辺りを眺むる頭の上に、五色の雲たなびきて、金色の小蛇蠢くは剣の威徳と知られたり。老女は息をほつと吐き、此宝剣は取りも直さず帝の形代。此剣の我が手に入るは、帝を人質に取つたる同然。これぞ大望成就の印。ヱ、忝や嬉しやと、喜ぶ後ろに舟漕寄せて窺ふ組子、曲者やらぬと突出す長柄、心得たりと身をかはし、前後を払ふて渡合ひ、多勢に屈せぬ手練の老女、秘術を尽くす太刀風に、斬立てられて組子の舟、浮いつ沈んづ散々に、逆櫓を押して逃散つたり。老女は社の下先によぢ登り、しづ〳〵歩む後ろより、曲者捕つたと取付く組子、海へばつさり斬込んで、跡白波と失せにけり。始終の様子、回廊の陰に聞居る怪しの宮子、老女が跡を打眺め、今のは確かにムウと、胸に収むる折こそあれ、何処よ

りかは、ばら〳〵と諸士の面々立出て、我が君の御迎ひと供奉厳重に従へば、備はる智仁悠々と、八幡太郎義家と言はずと著きその骨柄、旅館を指して帰り給ひぬ。さる程に、十握の御剣紛失によつて、判官是時申訳立難く、摂州に帰りて直ぐさま切腹をなしけるが、

次へ続く

（18）前の続き

倅玉木之介、娘八重幡兄妹二人、左右に取付き嘆悲しむ事限りなく、前後不覚の体なりしが、判官わざと声を荒らげ、「泣いて居る所でない。汝ら二人はちつとも早く此館を立退き、何処いかなる所にも身を隠し、宝剣を奪ひたるかの曲者の詮議をなし、宝剣を取戻

(18) 十四ウ

十五オ

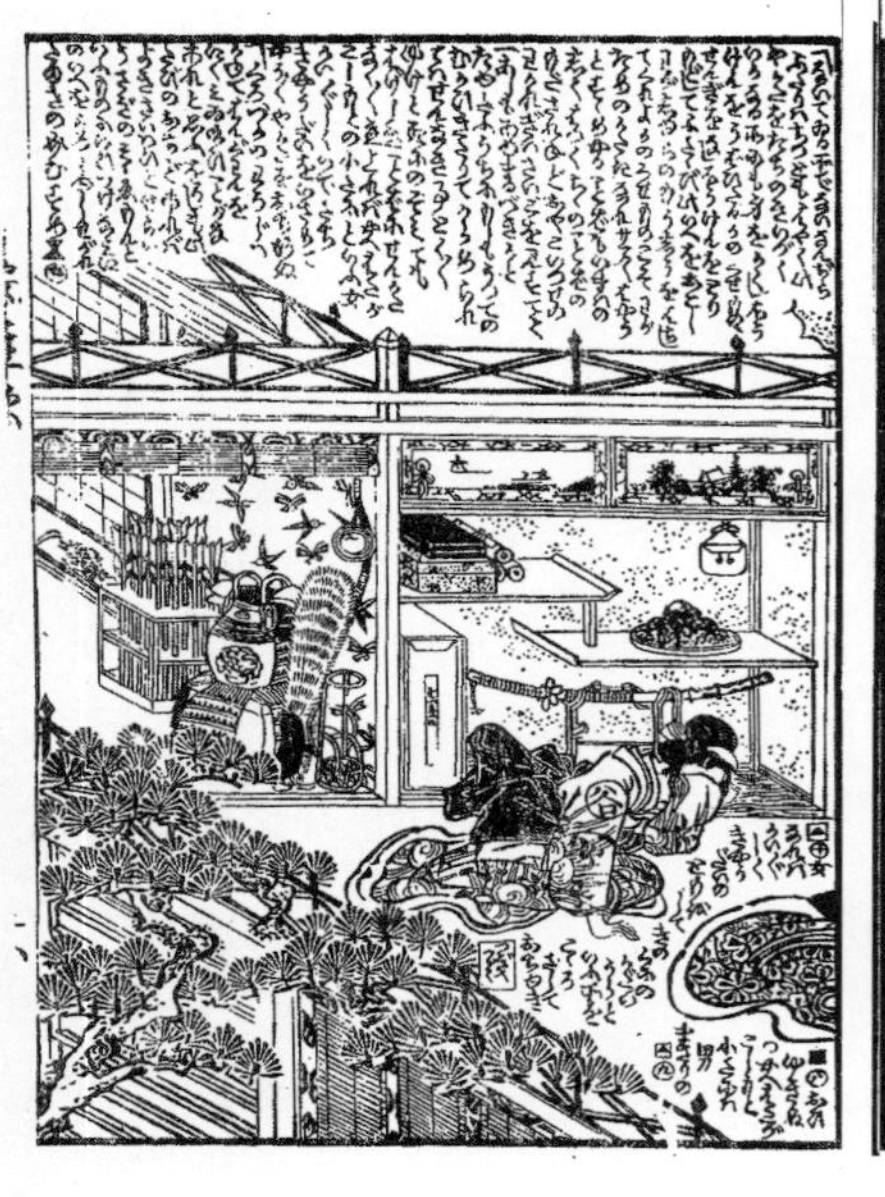

して再び此家を興し、我が修羅の妄執を晴らしてくれよ。かの曲者こそ我が為の敵なれ。サア〳〵早う」と勧めやる言葉も今際の四苦八苦。父の言葉の黙されねど、親子一世の別れ際、最期を見捨てて一足も、歩まるべきかと揺蕩ふうちに、「もしも討手の迎来りて搦められては詮なき事、疾く〳〵行け」と死に臨みても激しき言葉に、詮方なく〳〵立上れば、八重幡が腰元の小谷といふ女、甲斐々々しく出立ち、兄妹を諫めて、やう〳〵館を落行ぬ。

黒塚の皇子は、かねて判官を憎み居給ひ、事がなあれと思ふ折しも、此度の落度あればよき幸ひと、家来兎の耳右衛門といふ者に言ひ付け、波江の家を没収し、倅玉木之介、娘八重幡をも捕へて罪に行ふべしと、厳しく言ひ付け給へば、情けを知らぬ耳右衛門、大勢荒子共を従へて、二人の後を追行きぬ。

○八重幡が腰元小谷は男勝りの女なれば、甲斐々々しく兄妹の供をして、紀の国の加太の浦といふ所を志して落行き、次へ続く

(南) 無阿弥陀仏

(19)十五ウ

（19）前の続き 和泉の国谷川の湊までやう〳〵と辿来るに、後より兎の耳右衛門、大勢荒子共を従へて追来り、三人共に搦捕らんとひしめきければ、先づ八重幡を先へ落としやり、玉木之介と小谷と命を際に戦ひて、大勢を追散らし、八重幡が後を慕行く。八重幡は遥かに先へ落延びしが、追手の者、先へ回りて巌の上に追詰めければ、詮方なく岩より下へ飛入けるに、折良く海上に一ツ艘の漁船あつて、その中へ飛込みければ、此船の漁師、八重幡を助けて沖の方へ漕去りければ、追手の者は地団駄踏み、手を空しくして帰りけり。

八重幡

追手の者

腰元小谷

豊国画㊞ 山東京伝作㊞

○京伝随筆 骨董集 前編四冊来ル酉の秋出板。

山東京山手製 十三味薬洗粉。

○水晶粉一包一匁二分

いかほど荒れしさりにても、これを使へば、きめを細かに

後編見返し

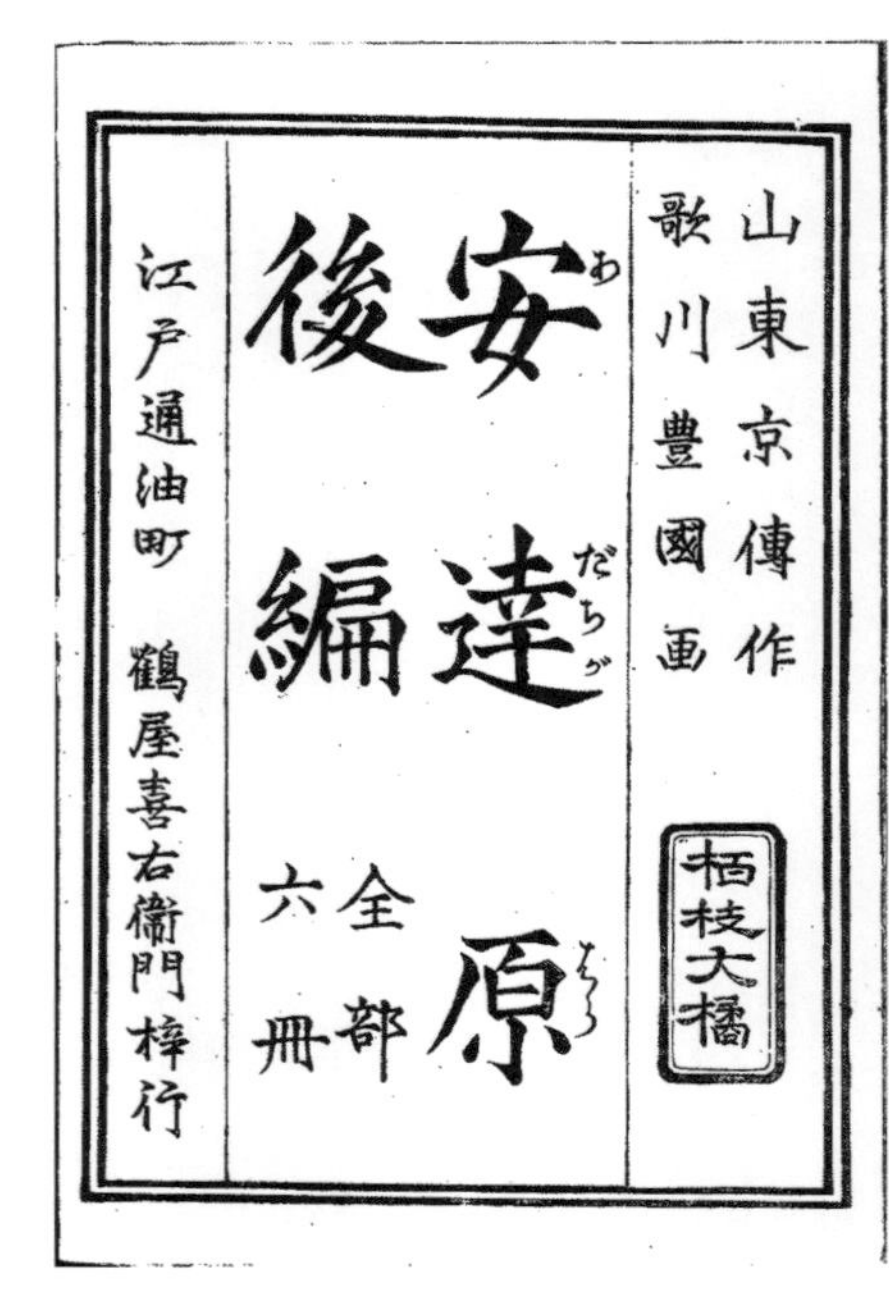

し艶を出し自然と色を白くす。常の洗粉の類にあらず。皸・霜焼・疥・汗疹の類、自然と治る。御化粧に必用の薬洗粉なり。

売所　京伝店

【後編見返し】

山東京伝作

歌川豊国画　　栢枝大橘

安達原　後編　全部六冊

江戸通油町　鶴屋喜右衛門梓行

【後編】

【上】

(20)　安達ケ原後編上冊

○それはさておき、こゝに又、紀の国加太の浦に善知鳥次郎安方といふ漁師あり。一人娘をお梶とて、歳は僅かに十四なれど、いと賢き生れなり。今日、父親の留守の間に網の破れを綴り居る所へ来る村の歩き、これはお梶坊、よく精が出ますの。善知鳥次殿は家に居られますか。いゝ

（20）十六オ

へ、父さんは今朝から漁に出られまして。ム、それに表に櫂を立てて置くは、どふした事。サイの、父さんが留守と見ると若い衆が来て、じやら〳〵と転合ばかり。それが嫌さに櫂を立てて置きやんす。ハ、アそんなら鳥威の格じやの。総体、此加太の浦は、主の男が家に居る時は門口に櫂を立てて置くが所の習はし。それで他国の人は加太の櫂立てと言ふげな。それはそふと、肝心の事を忘れた。此頃、摂津の国波江の判官様とやらが、大きな落度があつて切腹をせられたところ、その子の玉木之介といふ若衆が行方知れず。もし此浦へ来たならば、早く注進をしろと、黒塚の皇子様から厳しい言付。その絵姿はこれ此通り。何と美しい若衆ではないか。善知鳥次殿が帰られたら、今言ふた通り言ふて下され。お娘さらばと帰りけり。お梶は後を打見やり、ヱ、仇邪魔な歩き殿、こちらにそんな縁があらうか。しかけた仕事の手間食ひと、又も繕ふ破れ網。

目当て忘れず故郷へ立帰る腰元小谷、玉木之介の供をして浜辺の方に立安らひ、申し若殿様、八重幡様の御行方をさぞ御案じなされませうが、谷川の湊の岩の上から漁船に飛入り給ひ、その船の漁師が八重幡様を労つて、沖の方へ漕いで退いたと承れば、御行方の知れぬ事は御座りますまい。此辺には漁師の多い所ゆゑ、聞繕ふたら知れませう。道々も御話し申した通り、私が連合善知鳥次郎安方と申すも、すなはち此浦の漁師で 次へ続く

（21） 前の続き 御座れば、姫の御行方知れるまで御前様を匿ふて貰はふと存じます。然りながら無理暇取つて早六

(21)十六ウ

十七オ

年になりますれば、後添があらうも知れず。頼みに思ふは八つの歳、跡に遺して置きましたお梶といふ娘一人、息災で居るやら。マア様子を窺ふてと、静々立寄る藁屋葺、我が内ながら敷居高く、葦垣の隙間から、つく〴〵と差覗いて、コレ、そこに居やるはお梶じやないか。そふ言はしやんすは誰様じや。「わしじやわいの」と言ふ声を不思議と門に出る娘、小谷が顔を見るよりも、ヤア母様かと駆寄つて、のふ懐しや、ゆかしやと縋泣くより他ぞなき。マア〳〵息災で嬉しい。僅か六年会はぬうち、さて〳〵大きくなりやつたの。途中でなど会ふたらば見違へやう。わしが来たのも様子あり。人目あれば心急く、誰も居ずは、あなたをと、玉木之介を内へ伴ひ、表に櫂は立てあれど、善知鳥次殿は留守そふな。後添を持つてかや。イヱ〳〵お前に別れて、それから一人身。今日も漁に出られました。ハテ今に渡世に暇がないの。六年以前、善知鳥次殿と悋気諍ひしてから、腹立ちに無理暇取つて、それからすぐに腰元奉公。来にくい所へ落ちて来たも、そなたを頼り、

次へ続く

十八オ

(22)十七ウ

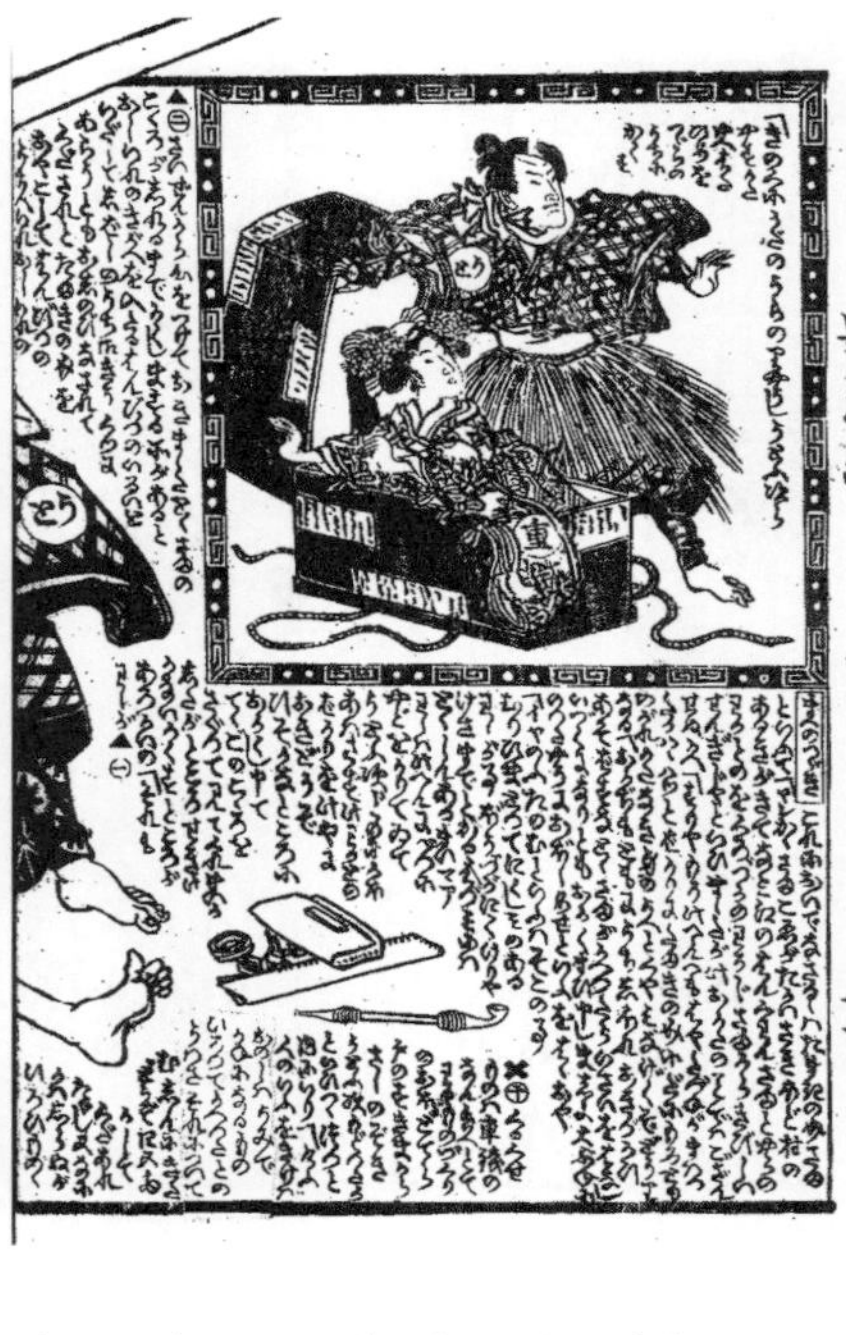

(22) 前の続き これに御出なさるゝは玉木之介様といふて。ヤレ母様声が高い。先ほど村の歩きが来て、波江の判官様とやらの若殿を黒塚の皇子様から厳しい詮議じやと言ひましたが、此御方の事ではござんせぬかへ。すりや、もう此辺へも、はや尋ねが回つたか、ハ、ハつとばかりに玉木之介、小谷もろとも逃れ方なき身の上と悔やみ嘆くぞ、道理なる。お梶も共に打萎れ、「御気遣ひ遊ばすな、父様が帰つたら委細を話し、何処になりとも御匿ひ申しましよ。大船に乗つた様に思召せ」と言ふを母親、イヤのふ頼むと言ふはそこの事、無理暇取つて憎しみのあるわしが事、坊主が憎けりや袈裟までと、軽はづみには得心あるまい。マア、わしは此辺に別に宿を借りて居て、善知鳥次殿に顔会はさず、此若殿ばかりを此家に置き、どうぞ密かな所に御隠し申て、父御の心を探つて見てくれまいか。したが、所狭き此家内、隠す所があろかいの。それもわしが最前から心を付けて置きました。父様の心が知れるまで隠しまする所があると、押入の着替を入たる半櫃の衣類を出して、暫しのうち、御窮屈にあらうとも御忍びなされ

て下されと、玉木之介を親子して半櫃の内へ入れ、押入の衾を立て、サアこれでちつと気が落着いた。これからわしは此辺に別宿借りて泊まつて居やう。そふ遊ばして、明日早く吉相聞きにおはせかし。あれ〳〵浜辺に父様の姿が見へる。見付けられては頼みの邪魔、こちへ〳〵と裏道へ打連立ちて、入相の鐘は野にある山にある。稼ぐ中にも海上を命に懸けて世を渡る善知鳥次郎安方は、谷川の湊にて八重幡姫を助け、包みの笠を着参らせ、伴ひ帰る道々も、御気遣ひ遊ばすな。波江の御家は昔、拙者が御恩を受けたる筋あれば、命に懸けても御匿ひ申しますと、内に入て門口閉め、お梶めが居ぬも幸い、思付いたる押入の着替の入たる古葛籠、衣類を出して、「サ、此内へ暮れるまで御忍びあれ」と、世に頼もしき言葉につき、八重幡姫も心解け、「何かの事は船の内で話した通り、兄上にどうぞ会はせて頼いの」と涙ながらに宣へば、ハテそれに如才が御座りませうか。マア追手の来ぬうち見ぬうちと葛籠へ隠し、押入へ入れる。表へ、のつさのさ来る曲者は車銭の南兵衛とて、悪者作りの大褞袍、戸の隙間から差覗き、「善知鳥次戻つたか」と言ひつゝ、つつと内に入り、「今日人の言ふを聞けば、お主は海で金になる物拾つて帰つたとの噂。それについて無心に来た。どうぞ四五両貸して下あれ。但し又、何かは知らぬが、拾ひ物の仲間に俺もなるべいか」と言へど、善知鳥は弱みを食はず、そりやア何を言ふのだ。拾つた物も金もねへ。滅相な事を言ふなやい。イ、ヤ滅相なことじやない。五両ならザア三両、それがならザア、質種でも家探しをして借りて行かうか。ヤアこいつ野太い事をぬかすナア、次へ続く

紀の国加太の浦の漁師、善知鳥次郎安方、八重幡姫を葛籠の内に隠す。

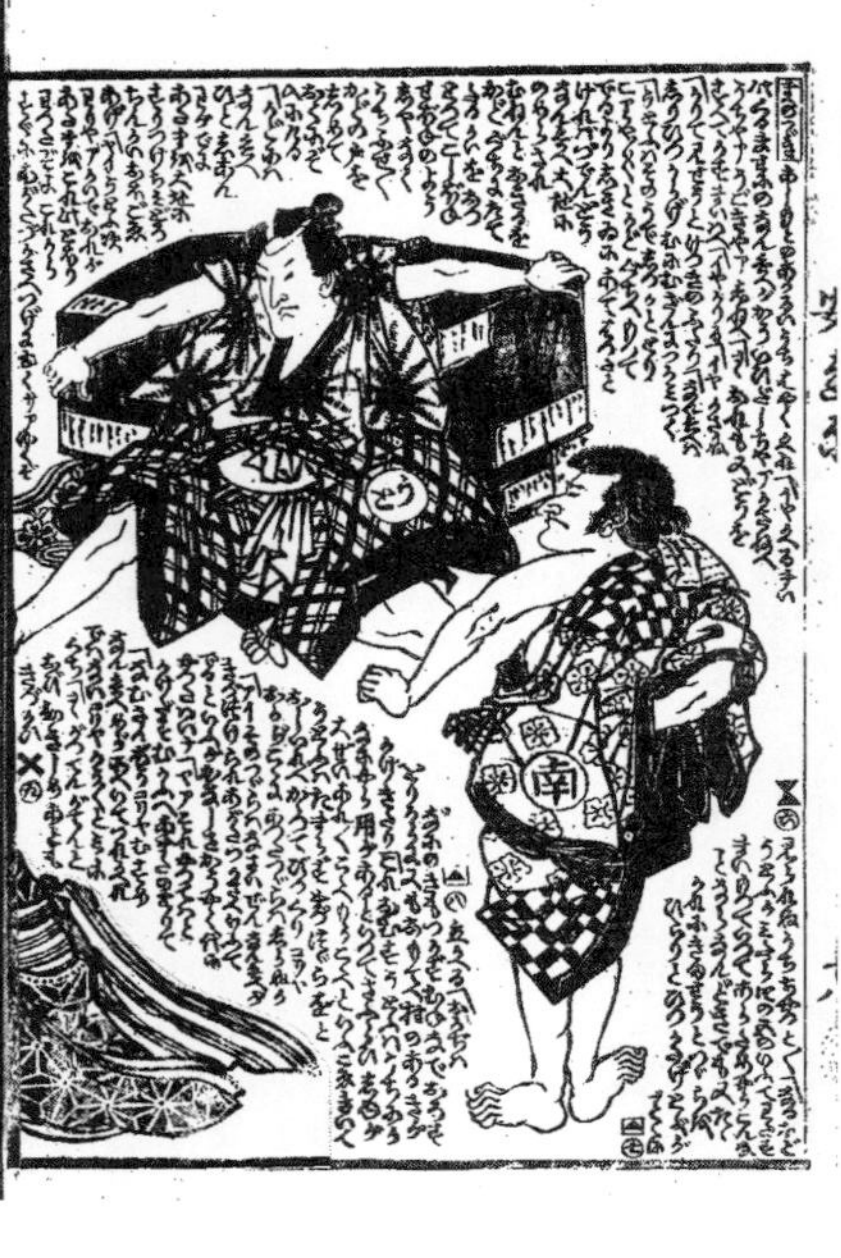

(23) 前の続き 足元の明るいうち早く帰れ。イヤ帰るまい。此車銭の南兵衛が斯う言ひ出しちやア、貸さねへうちやア動きやアしねへ。ヲ、俺も又、胴を据へて貸すまいはへ。イヤ借りる。イヤ貸さぬ。借りて見せうと血気の二人。南兵衛は尻引絡げ、無二無三に摑付く。善知鳥はその腕しつかと取り、こりや〳〵と門口へ持つて出るより敷居に当て、はつたと蹴ればづでんどう、南兵衛大地にのめらされ、無念と起きるを門口に立てたる櫂を押取つて、腰骨背骨の容赦なく打伏せ〳〵、門の戸を閉めて奥にぞ入にける。門には南兵衛一思案、我が手に頭を大地に擦付け、血塗血滴大声上げ、「ヤイ善知鳥次、わりやア櫂で俺が頭をこれ此通り割つたぞよ。これからすぐに県司へ告げに行く。サア行くぞ今行くぞ」、と足音ばかり物企み、傷が付いて県司と聞くより、お梶は走出で、弱り伏すのを抱起こし、「これ南兵衛殿、手は浅い。声山立てれば父様の難儀、二両や三両はわしが出そ。了見して下され」と言ふに、早くも力付き、ハ、アこなさんは孝行な者じやのう。どれその金は。サア金と言ふてはないが、その代

りほど、わしが着替を。ヲ、質屋へやればすぐに金。そんなら渡そと奥へ駆入り、姫を入れたる葛籠とも知らで、こゝまで引出し来り。これ此内に手も通さぬわしが着物、中改めて渡したいが、父様に見られぬうち、ちやつと〳〵。なるほど善知鳥が見たら、四の五の言ふて渡すまい。持つて行つて改めやう。こんな事なら何時でも又叩かれに来ませうと、葛籠をひらりと引担げ、飛ぶが如くに立帰る。お梶は何の気も付かず、胸撫下ろす折からに、又も表へ村の歩きが駆来り、「これお娘、善知鳥は家にか。何やら用があると言つて侍衆が大勢あれ〳〵こゝへ、もうこゝへ」と言ふ声聞いて、善知鳥は堪らず、まづ葛籠をと押入へかゝつてびつくり、コリヤお梶、こゝにあつた葛籠は知らぬか。アイその葛籠はな、最前、南兵衛が傷付けられ、県司へ言ふて出ると言ふが悲しさ、膏薬代にやつたはいナ。ヤアそれやつてはと、駆出す向ふへ数多の捕手。南無三宝、コリヤ娘、南兵衛めが所へ行て連帰れ、ではない、コリヤ斯う〳〵と耳に口。ヲ、合点々々と帯引締め、後も気遣ひ先も大事、こちらは近道横切れと、息をばかりに駆けり行く。程なく入来る侍は、黒塚皇子の身内なる兎の耳右衛門。手の者引連込み入て、「ヤア〳〵汝、谷川の湊にて八重幡姫を助け連帰りし段、注進の者あつて明白なれば、逃れぬところだ。早く姫を渡せばよし、異議に及ぶと絶体絶命なり」と呼ばはつて、押取巻けば、「ヤレ早まるまい、粗相あるな。御覧の通り隠す所もなき

次へ続く

(24)十九ウ

二十オ

(24) **前の続き** あばら家、疑はしくは踏込んで家探しあれ」と立派の言葉。ヤア盗人猛々しい。家来共、踏込んで詮索せよ。漁師め動くなと眼を配つて居る所へ、南兵衛葛籠引担げ、うと〳〵として馳来り、どつさり下ろして、「コレ善知鳥次、娘が扱ひの此葛籠、代物かと思つて質屋へ持つて行たれば、手足の付いた美しい」と言ふを、善知鳥次紛らかし、コリヤ〳〵南兵衛、その内なるは漁師の道具、手足の付いた鍋や膳も有らうがな。ヱ、馬鹿な事を言ふ男だ。何でも質に置かふと思つて、質屋の内で蓋開けてみてびつくりした。ハテさて南兵衛、何にも言ふな。その代りの代物を渡してやらうと、又押入の半櫃を引出し、「コリヤ此内には俺が着替、葛籠の代りじや、持つて行け」と言へば南兵衛、ヲ、又此内にもびつくりする代物じやないかよ、ちよつと開けて見たいが鍵はないか。ヲ、鍵は娘が腰に提げて行つた。後からやらう。マア行けと、葛籠をすぐに引換への。南兵衛、半櫃引担げ、「これもどうやら中がごろつく。希有な物でなければよいが」と呟き〳〵立帰る。その隙に兎の耳右衛門葛籠を奪取り、「家来

共、家探しをするに及ばぬ。尋ぬる八重幡はこれに在り」と呼ばはる声に駆出る家来。それ渡さじと善知鳥次が取つて帰つて競合ふ所へ、駆戻る娘のお梶。善知鳥はどつかと葛籠に腰据へ、ヤア聊爾千万、此葛籠の内は娘が着替、女の破物綴物。ヤア死太い漁師め。最前からの言葉の端々、悟るまいと思ふか。その上、振袖の片袖、葛籠に挟まれあるが目に見へぬか。その内こそ尋ぬる所の八重幡姫。それ家来共、打据へて奪取れと下知すれば、かしこまつたと荒子共、右左より取付くを、身を捻りて左右に蹴退け、又取付くを張倒す。その間に兎の耳右衛門、葛籠の蓋を開けんとするを、支へるお梶。耳右衛門は気を苛ち、邪魔を広がば一思ひと、葛籠の横手をぐつと突く。突かれて内は七顛八倒。お梶ははつと気も上り、善知鳥次は、なほ半気違ひ、飛びかゝつて耳右衛門が刃物捥取り斬付くれば、あつと兎の耳右衛門、耳よりかけて

次へ続く

(25)二十ウ

(25) 前の続き すつぱりと生血どく〳〵。善知鳥次は、八重幡姫の御仇、思ひ知れと止めの刀。刺すうちお梶は葛籠の紐を解く間も涙、労はしやと親子が開くれば、内よりもよろめき出るは腰元小谷、姫の振袖身に纏ひ、姫に代はりて半死半生。善知鳥次びつくり、娘はなほ、のふ母様かと取付いて泣くより他の事ぞなき。小谷は苦しき息を吐き、「久しやのふ、善知鳥次殿。別れた時は気も強く、年の経つほど恋しうなり、便りが聞きたや、娘が顔を一目見たやと思ひ暮らす折から、思はぬ難儀、御主人玉木之介様を御供申して匿ひ貰ふを幸ひに、機嫌直して貰はふと思ふて来れど、留守のうち若殿預けて、わしは別宿。それほど隔てる様になつたも無理暇取つた夫の罰と、今日といふ今日、身に堪へた。言訳するも面目ない」と涙混ぢりの繰言を聞いて、善知鳥次、コリヤ娘、若殿玉木之介様といふは八重幡様の兄御様ではないか。サアその若殿を母様が連れまして御出ありしが、お前の心を憚りて、あの押入の半櫃の中へ先程わしが御隠し申て置いたはいナ。ヤア〳〵〳〵その半櫃は此葛籠の代りに車銭の南兵衛めに渡してやつた。ヤアそれはとお梶が驚き、親子共取返さんと立騒げば、手負は二人を引止め、ヤレ大事ない〳〵。その南兵衛といふは御主君波江の判官是時様の御家来鳥海庄司といふ者の倅、鳥海太郎といひし者。先だつて父庄司の勘当を受け、浪々の身の上、何処に居るやと思ひしに、不思議にも今日、その人の所に宿を借り、仔細を聞けば、善知鳥次が姫を葛籠へ入れた様子を戸の隙間より見付しゆゑ、万一欲に耽り、黒塚の皇子方へ渡すまいものでもないと、喧嘩を仕掛け、ねだりかけ、まんまと葛籠を奪取つたと

次へ続く

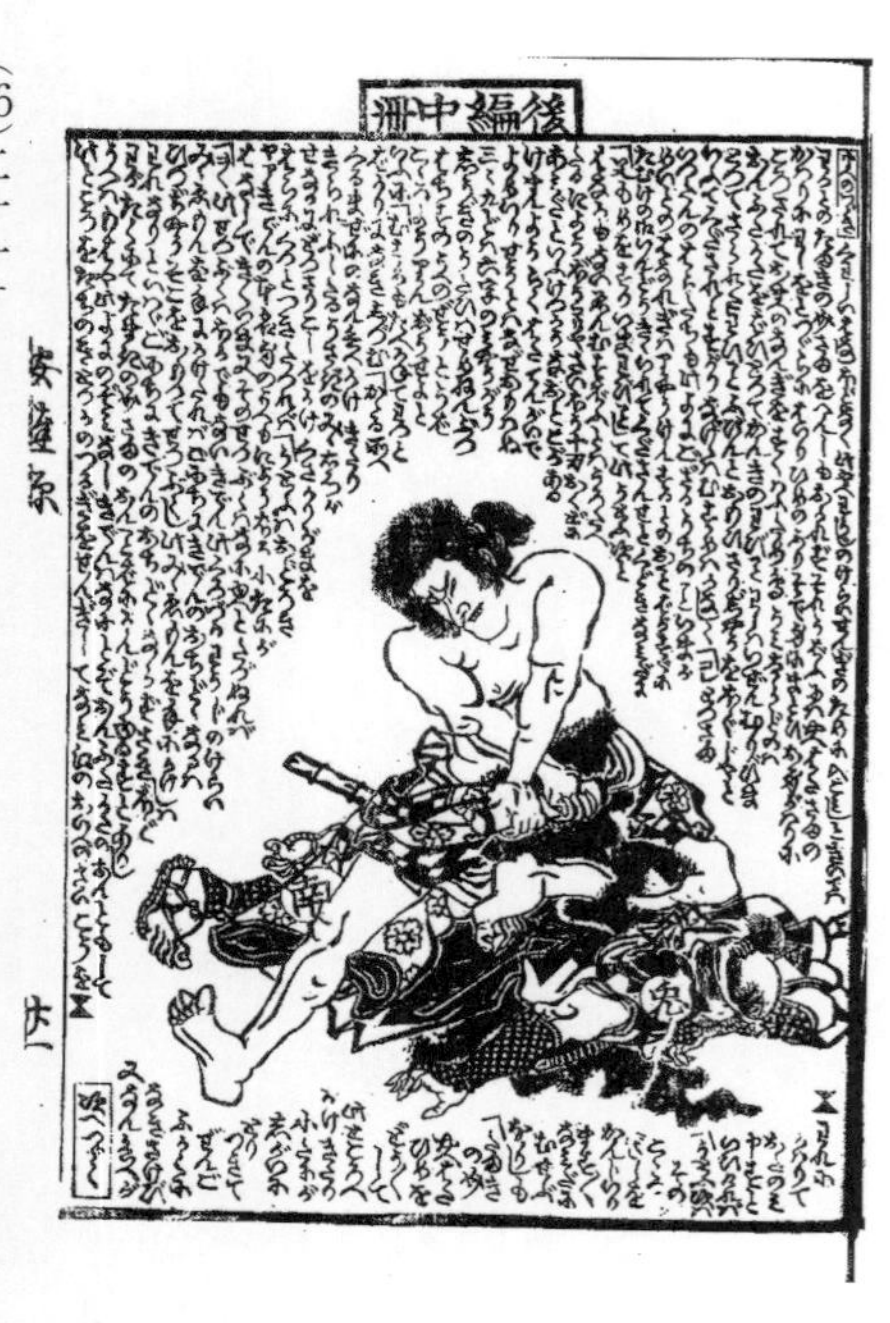

(26)二十一オ

【中】

(26) 後編中冊

前の続き 詳しい話。程なく此家へ皇子の家来、詮議の為に入込みしと聞いては、若殿玉木之介様を片時も置かれず、それ奪ふには八重幡様の代りにわしをと葛籠に入り、姫の振袖身に纏ひ、御身代りに殺されて、お前の難儀を救はふため、鳥海太郎殿は御二方を奪取つて勘気の詫言、わしは以前、無理暇取つて去られた詫言、不憫と思ひ、去状を反古じやと言ふて下されと縋嘆けば、娘は悲しく、「コレ父様、一旦の腹立も此世にござるうちの事。今が冥土の離れ際、了見するとの御言葉が、すぐに手向の御引導、聞入れて下さんせ」と口説涙に父も目を擦り、今、詫言して此善知鳥次と花香もない縁結ばふとは狼狽へたる女房、「コリヤ西方十万億土に阿弥陀といふ結構な男がある。華鬘瓔珞幡天蓋で嫁入りせうとは何故思はぬ。三々九度は六字の名号、祝儀の謡ひは責念仏、蓮の上の尉と姥、快う臨終せよ」と言ふに、娘も堪へかねて、わつとばかりに泣沈む。斯かる所へ車銭の南兵衛駆来り、斬られ伏

したる兎の耳右衛門が背中にどつさり腰を掛け、草刈鎌を腹にぐつと突立つれば、善知鳥は驚き、ヤア貴殿の本名身の上も、女房小谷が話で聞く。今又その切腹は何故と尋ぬれば、「ヲ、此切腹は他でもない。貴殿此黒塚皇子の家来耳右衛門を手に掛けたれば、後日に貴殿の落度となるは必定。そこを思つて切腹し、此耳右衛門を手に掛けしは我なりと言はゞ、後日に貴殿の落度とならず。先ほど我が宅にて玉木之介様の御言葉に勘当許すとありし上は、もはや此世に望みなし。貴殿は何とぞ御二方の御供して此所を立退き、十握の剣を詮議して、波江の御家の再興を我に代りて御頼み申す」と言ひければ、善知鳥次は、その志を感入り、ます〳〵涙に咽ぶ折しも、玉木之介、八重幡姫を同道して此所へ駆来り、小谷が死骸に取付きて、前後不覚に泣叫び、又南兵衛が 次へ続く

（27） 前の続き 切腹の体を見て悲嘆の涙塞きあへず、暫し時刻も移りし所に、此浦の漁師共大勢来り、ヤア〳〵黒塚の皇子様より詮議厳しき玉木之介、八重幡姫を 次へ続く

(28)二十二ウ

二十三オ

（28）前の続き　搦捕つて、褒美の金を温まるおいらに渡せと櫂打振つて取巻いたり。善知鳥次は事ともせず、娘お梶に言ひ付けて、御二方を落としやり、漁師共と暫く戦ひ追散らして、御二方の御跡慕ひ馳行きぬ。

○九条の遊君恋絹太夫は志賀崎生駒之介が胤を身に宿し、段々月日重なりけるにぞ、生駒之介、恋絹を揚詰にして、勤めを引かせ置きけるが、すでに八月に満ち臨月近くなりけるに、瓜割四郎が讒言にて、生駒之介、九条の里に通ふといふ事、主君八幡太郎の御耳に入り、生駒之介、勘当を受けて浪々の身となり、初めて我が身の先非を悔い、何とぞ一つの功を立てて、御勘当の詫をせばやと千々に心を砕きけり。

○こゝに阿倍宗任は奥州を逃れ出て、近江の志賀の山奥に引籠り、時節を窺ひ旗揚して、父頼時、兄貞任の弔ひ戦せばやと、敗軍の残党を集め戦の用意専らなりといふ事を生駒之介聞出し、此事を八幡太郎に申上て、討滅ぼすは易けれども、惜しき勇士なれば、如何にも謀りて降参させ、それを功に御勘当の御詫をもと思ひ付き、浪人姿にて一人志賀山に登り、一味に加はらん事を請ひけるに、宗任出て対面し、八幡太郎の家来とは夢にも知らず、一人も多く味方をと思ふ時節なれば、望みの如く我が幕下になすべき間、忠戦を励むべしとて、主従の固めの盃を与ふる折しも、陣鉦、太鼓と鬨の声凄まじく聞こへけるが、遠見の兵、「御注進々々」と呼ばはり〳〵大息継いで言ひけるは、「只今、麓の方を見下ろし候に、官軍と思しく攻寄せ候。その御用意あるべし」と言ひ捨てて引返す。大胆不敵の宗任なれば、さのみは騒がず、物数ならぬ奴原に、我が手を下すは無益なり。誰かある、馳向かつて追返せと下知すれば、生駒之介進出で、「拙者に仰付けられ候はゞ、御奉公始めに一働き致すべし」と言へば、宗任はほくそ付き、然らば早く馳向かへとて、馬、物の具、太刀、刀を与へたれば、生駒之介は甲冑を着し、兵具を帯び、馬にひらりと打乗りて、兵共を従へつゝ、麓をさして馳下りぬ。

○さて恋絹太夫は、生駒之介が主君の勘当を受けて行方知れぬを嘆き、九条の里を忍出で、生駒之介が行方を慕ひ尋ねけるが、近江の方へ赴きしといふ事を聞き、志賀の山路にさしかゝり、様子を聞けば、生駒之介、今日、此山中にて戦するとの事なれば、如何にもして会はんと思ひ、其処よ此処よと尋ねしが、矢叫びの声喧しく、鬨の声谺に響きて凄まじければ、此処に躓き彼処に倒れて捗らず、知らぬ山路に迷入りしが、雑兵共これを見付けて怪しみつゝ、搦捕らんと追駆くるを、恋絹は逃げんとして、苔滑らなる巌に足を踏流し、深き谷川に落入りて、浮きつ沈みつ流れけり。

(駒)「拙者めは此山のあなたに住みたる浪人者。どうぞ御家来に御抱へなされて下されませ」

(29) 岩畳む峰の嵐も秋暮れて、もの凄まじき景色かな。

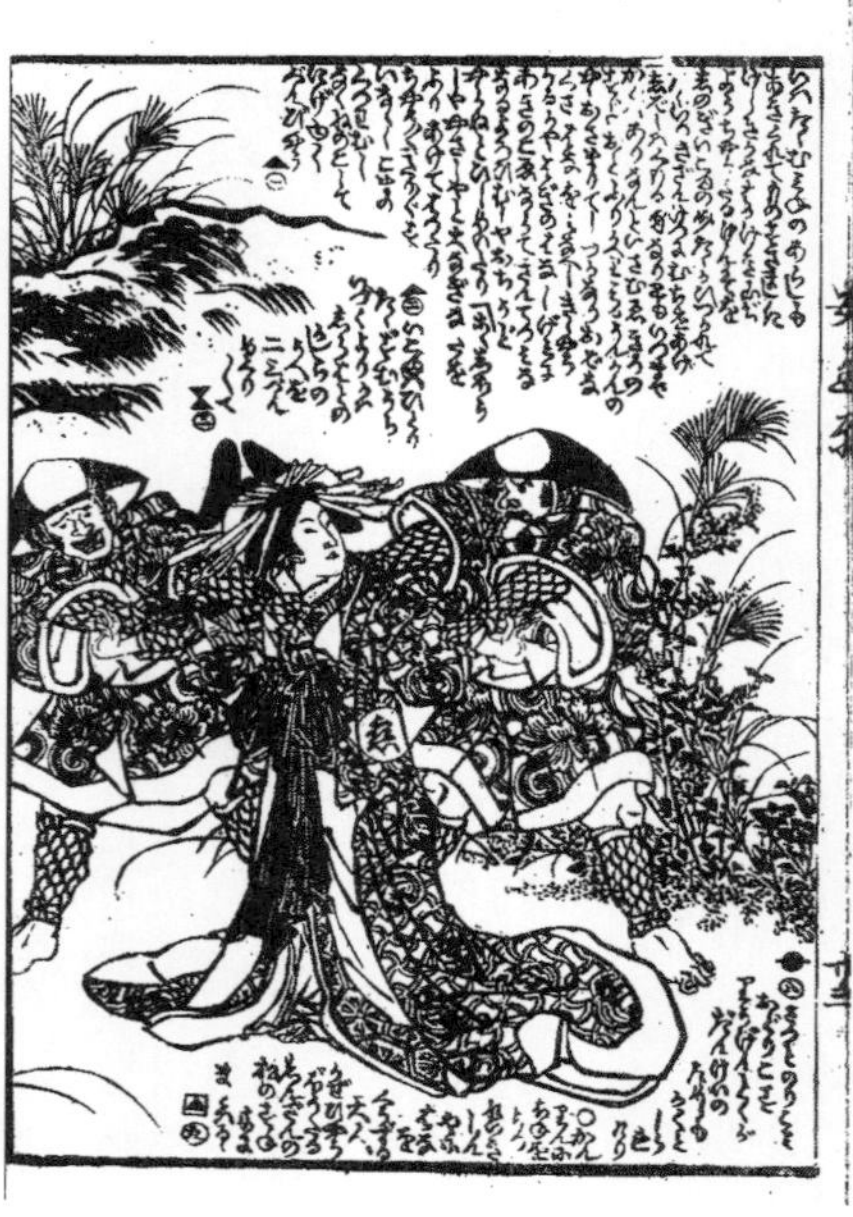

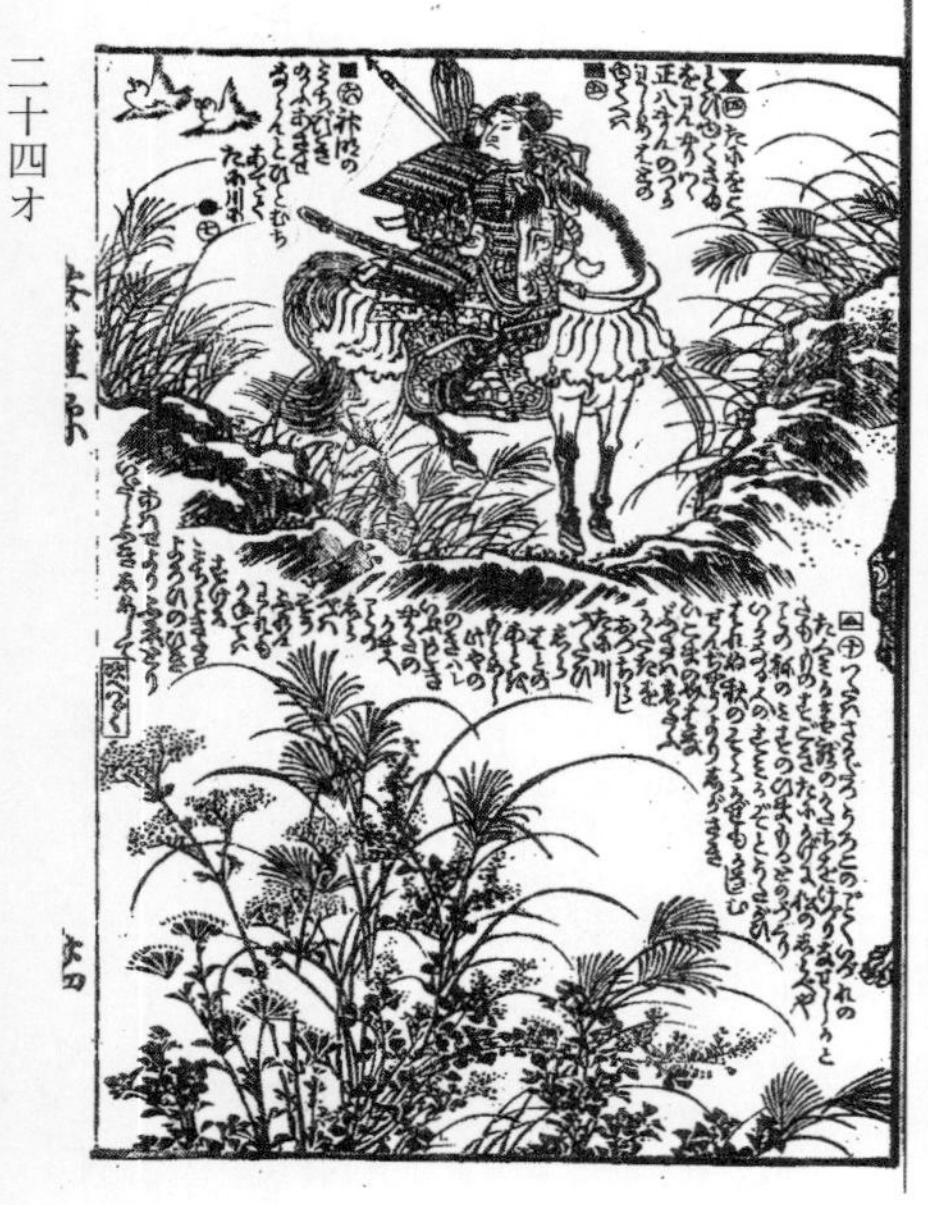

遥けき山路、羊腸たる険阻を凌ぎ、生駒之介戦ひ疲れてたゞ一騎、残欠に鞭を上げ暫しは曇る身なりとも、何時まで斯くはありなんと、勇む駅路の鈴の音、振返り見る雲間のやゝ収まりて静かなり。尾花、草花、女郎花、桔梗、刈萱、萩の花、茂みに秋の声ならで、金鉄皆鳴る鎧武者、落人やらぬと犇めいたり。ホヽ、しほらしや優しやと、大長刀を振上げて、ばつたり蝶々蟋蟀、嘶く駒の轡虫、鳴く音残して逃行く軍兵、生駒は一人佇むうち、何処よりかは白鳩の頭の上を二三遍、巡り〳〵て谷を越へ、飛行く様を見遣りつゝ、正八幡の使わしめ、鳩の行方は神明の導き給ふは浅瀬ならんと、一鞭当てて谷川にさつと乗込み踊越す。劉玄徳が檀渓の例も斯くと知られけり。

○寒林に骨を打つ、冷気深夜に花を供ずる天人風、渺茫たる深山の松の脛木にまとはるゝ蔦は逆立つ鱗の如く、何れの匠か金龍の形を削りなせしかと、さも物凄き谷陰に、松の調べや琴の音の御簾の隙漏る殿造。何如なる人の住処ぞと、疑ひ晴れぬ秋の空、風も悲しむ戦場より、志賀崎生駒之介英は慕ふ敵を追散らし、谷川伝ひ白鳩の後を

(30)二十四ウ

二十五オ

求めし此家の軒、ハレ訝しき館の構へ、琴の調べは想夫恋、我もかねては好ける道、解きたる鎧の引合はせより、笛取出し吹染めして、 次へ続く

(30) 前の続き 琴の調べに合はする秘曲、谷の水音、松の風、心してもや吹きぬらん。内へ漏れしか琴の音も、止みてひそ〳〵端女が、のう雁、人里遠い此山中、変はつた色音じやないかいの。ヲ、名月の言やるとほり、狐かたゞし御姫様の琴の音に浮かされて山の神が来たのであろと、おづ〳〵二人は差覗き、今の笛はあなたかへ。こゝへはどふして御出だへ。ホ、ウ一陣の敗将、少しの疲れを休めんため、暫時の宿り御免あれと、駒繋捨て大容に静々通るを、二人の腰元押隔て、ア、顔に似合はぬ厚かましい。後室様の留守のうち、山の神でも狐でも、内へはならぬと支ゆれば、のう暫くと御簾の間より、富むる蘭麝の一香り、振の姿もいと清く、月の漏れつるその風情、女ばかりの山住ひ、宿りこそならずとも、色音やさしき笛竹の、 次へ続く

(31)二十五ウ

（31）前の続き 縁は暫しの御足休め、いざ此方へに女共、サア御通りと艶けば、心ある琴の調べ、主の奉仕忝しと伴ひ入る顔見合はす顔。ヤアこなたは。あなたは何時ぞや山崎橋の川下で。実にも相見し賤の娘御。拾ふた文箱御返し申した御侍。ヲ、サ賤の姿に引換へて、昔に変はりし綾羅の美服、我、落人となり迷来りし山奥に、思ひもよらぬ閑居の設ひ、導く鳩の宿りといひ、此座はむざと動かれずと座に着きければ、姫は喜び、ほんにマア、よう落人になつてござんしたなア。名月、雁、何をうつかり、おつつけ和子の帰り時。ヱ、御迎ひに行けでござりますかへ。おつとそこらは抜かりませぬと二人連れ、とつかはとして出て行く。姫はその間を待兼ねて、御懐かしやと寄添ふを、すげなくも振払ひ、仮初の戯れも、互ひに変はる此姿、迂闊気な事し給ひそと、恥しめられて今更に、恥づかし振の袖几帳、過越し方の約束を忘れ給ふは胴欲と、鎧の袖に取付きて、涙の露は緋威に朱の玉散る如くなり。ホ、ウ怨みは理。然りながら心得難き御身の姿、素性を聞かねば心の疑ひ。「スリヤみづからが身の

上を。承知の上で末の約束、とくと思案を致されよ。後刻とばかり言ひ残し、奥の一間に入にけり。姫はしたらに胸迫り、かこち涙の折からに、ゑいさらさらと此車、真紅の綱で引来るは、名月、雁二人の腰元、彩と錦に飾りたる唐の車の後ろより、傘差掛くる端女も、木々に照添ふ優姿。車の内より此家の老女、錦の袿、緋の袴、袖に抱きし幼子は、並々ならず見へにけり。老女は端に打向かひ、「ヲ、皆大儀〳〵、大事の和子を慰めんと思ひ付いたる紅葉狩、姫にはさぞな待兼ね」と言へば、姫は涙を隠し、「ヲ、叔母御前、今御帰りか。若の機嫌もよい様子」と言葉の

次へ続く

【下】

（32）後編下冊

前の続き

折節、傍らに引捨置きし琴の緒の、ぱつちと切れしを訝る老女。人も触らぬ琴の緒の切れて琴柱の飛散りしは、殺伐の兆しあり。ハテ心得ず、のう姫君、妾が留守に何人ぞ、男でも参りしかと問はれて姫は心の内に驚けど、然あらぬ体にもてなせば、老女は重ねて問ひもせず、和子もすや〳〵寝入りばな、亭座敷で妾も休息、姫もこちへと伴ひて、彼方の亭に上行く。後には腰元三人が、そこら片付け居たりしが、一人の腰元、谷川に目を付けて、「あれ見や、川上から何やら美しい大きな物が流れて来る」と言ふに、二人も立寄つて、「ほんに〳〵」と言ふ間もなく、宿世の縁か、此岸へ流寄りたる恋絹を、三人は見てびつくり。ヤアこりや美しい女じや。息があるなら助けてやりたい。皆々寄つてと三人が、怖々岸に引揚げしが、はや事切れし様子なれば、「どふがなして助けたい」と言ふに、一人が心付き、それには幸い色々の奇瑞ある此庭の名石、あの上に乗せたらば、蘇る事もあろ。早く〳〵と三人が、死骸を石に抱上ぐれば、不思議や石より光を発し、上に白鳩飛廻りて、恋絹はウンと一声叫びしが、たちまち息を吹返せば、三人はなほ介抱し、「ヲ、こりや、此女中は懐胎じや」と言ふを、亭より立聞く老女、

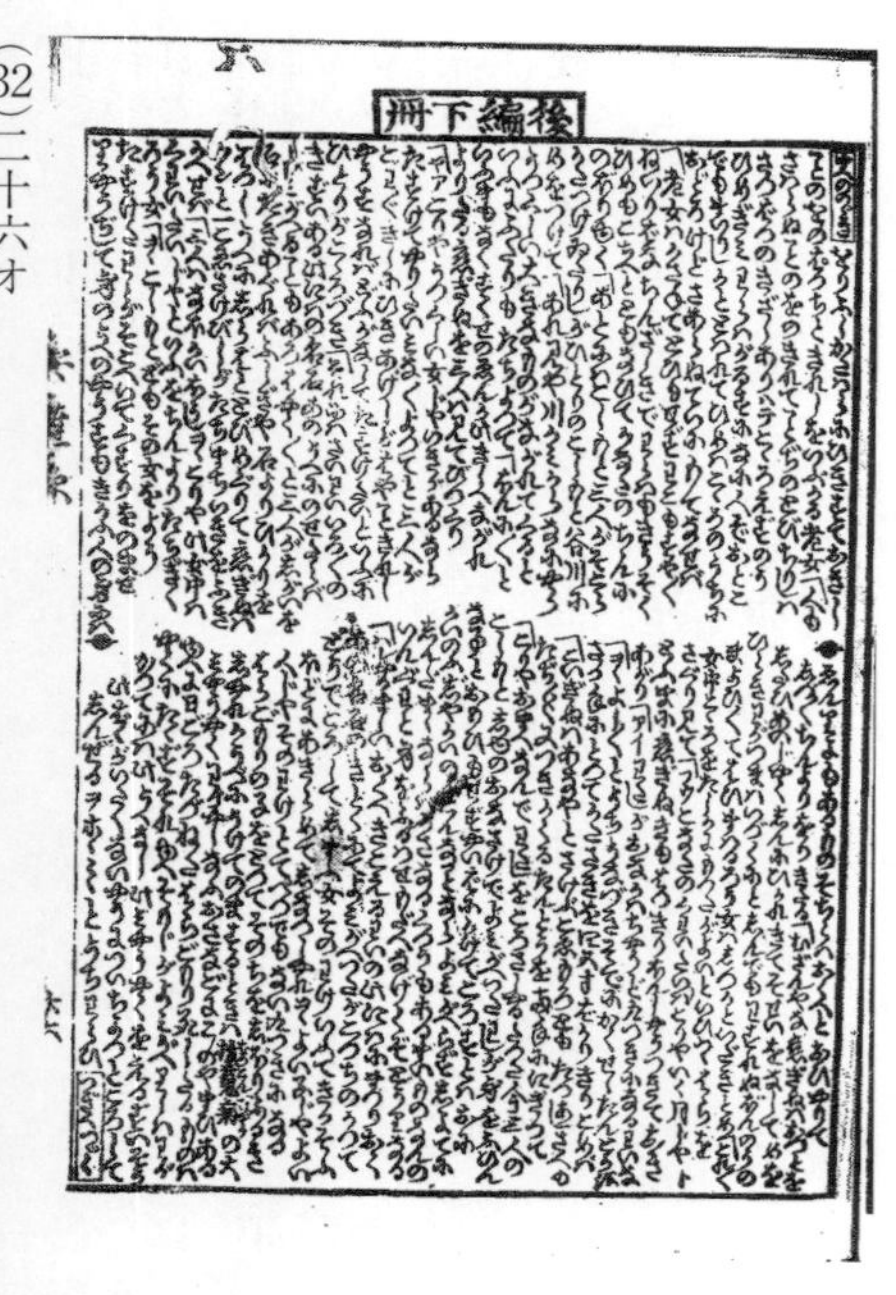

(32)二十六オ

ヲ、腰元ども、その女をよう助けた。わしがそこへ行て薬を飲ませ療治して、身の上の様子も聞かふ。人の身には遠慮もあるもの、そちらは奥へと追遣りて、静々亭より降来る。無残やな、恋絹は夫を慕ひ、愛着心に惹かれ来て、蘇生をなして目を開き、我が夫は何処にと、死んでも忘れぬ煩悩の迷ひ〳〵て這回る。老女はしつかと抱止め、「これ〳〵女中、心を確かに持つたがよい」と言ひつゝ、腹を探り見て、フウこなたの懐胎は、こりや幾月じやと、問ふ間に恋絹、気もはつきり本性付きて起上がり、アイ私がお腹は丁度九月になるわいな。ヲ、よし〳〵と打頷き、袖に隠せし短刀を逆手に取つて肩先を、四五寸ばかり斬込めば、恋絹は「あなや」と叫ぶ声もろとも、立つ足さへもたぢ〳〵〳〵。又突掛くる短刀を両手に握つて、こりやお前、何で私を殺さしやる。たつた今、三人の腰元衆のお情けで蘇つたわしが身を、不憫な事と思ひもせず、刃にかけて殺すとは、鬼かいのふ、蛇かいのふ。こんな事なら蘇らず、初手に死んだまゝならば、重なる苦痛もあるまいもの、何の因果と身を震はせ、悶へ嘆くぞ道理なる。

(33)二十六ウ

二十七オ

ハレやかましい、奥へ聞こえるわいの。此庭に祀置く、あの名石の奇特にて蘇つたがこつちの勝手、どうで殺してしまふ女、その訳言ふて聞かそふほどに、諦めて死なつしやれ。ヲ、良い子じや良い人じや。その訳とて別でもない。九月になる腹籠の子を取つて、その血を絞り、古き髑髏にかけて飲まする時は、抜魂病の大妙薬。我が養ふ幼子に、この病ある故に、日頃尋ねた腹籠、死したる者は役に立たず。それ故そもじが蘇りしは我が勝手には此上なし。此妙薬を得る瑞相、此婆が痛くない様に、ついちよつと殺して進ぜる。ヲホ、、、、と打笑ひ、

次へ続く

(33) 前の続き 短刀しごけば、紅の血潮に染まる手を合はせ、「どうぞ御慈悲に助けて給べ。私が命は惜しまねど、此腹の子を助けたい。せめて日の目が見せたいはいのふ」と言ふを耳にも聞入れず、面色変じて髪逆立ち、安達原の黒塚に籠れる鬼も斯くやらん。時刻移れば為損ずと、髻摑んで乳の下より腹十文字に断破り、 次へ続く

(34) 前の続き　赤子の血潮を手つ取り早く、かねて用意の髑髏に絞入るれば、あら怪しや、陰火閃々と燃上がり、髑髏に血潮の染込みしを、きつと眺めて老女は訝り、よく〳〵見れば女の襟に守袋を掛けたれば、手早く取つて内を開き見てびつくり。「ヤア〳〵〳〵こりやこれ妾が夫、安達原九郎鬼住殿の家系の一巻、これを所持する此女は、はてなア、かねて祀置きたる鬼住殿の此髑髏に血潮の滲みたる験」と言ひ、「康平の敗軍に夫鬼住殿討死の砌、幼くて別れたる我が娘にてありけるか。腹の子は誰が胤かは知らねども、現在これも我が孫なり。それとは知らず手に掛けたは、廻る因果の是非もなや。思はず知らず我が娘が、君の夜盲の薬となるは手柄果報」と言ひながら、でかしおつた、とてもなら誉めてやつて殺さふもの。此母の手にかゝるとも、何にも知らず孫までも、日の目も見ずに死にをつたが残念と、大胆豪気も子に挫け、死骸に取付き、鬼の目に涙を流すばかりなり。やゝあつて言ひけるは、「ア、我ながら心弱し。此妙薬が我が君の御役に立たねば彼は犬死。そうじや〳〵」と立上つたる折しもあ

れ、はつしと打つたる手裏剣を、老女は手早く宙に摑みて打眺め、此簪を手裏剣に打付けしは何者ぞ。こりやこれ、何時ぞや洛外の山崎橋の川下に住みし時、一人の侍来り、娘に与へし白金の梅の折枝。娘が大事に持居たるを、今、手裏剣に打付けしは心得ずと、振向く一間に声高く、「我が国の梅の花とは見たれども大宮人は何如言ふらん」。ム、そふ言ふは何者なるぞ。ホ、ウ斯くいふ我は、何時ぞやその簪を与へし侍、実は八幡太郎の家臣、志賀崎生駒之介英といふ者なりと、かねて用意やしたりけん、衣服を改め鎧を抱へて立出れば、さすがの老女もびつくりし、それならば、此梅の簪を与へし時より我々が素性を知つてか。如何にも〳〵、我が君、かねて貞任が余類残党を尋ね給ふ折節なれば、我、御身ら親子を怪しく思ひて眼を付け、その梅の折枝の花簪を与へしは、貞任が詠じたる歌になぞらへ、御身らの素性を探らんその為なり。今日図らずも白鳩の導きにて此家に来り。今、奥の一間にて恋に事寄せ姫の素性を尋ぬれば、果して先年滅びたる貞任が妹鶯姫なり。あの和子といふは貞任が一子千世童丸であらうがや。ヤア〳〵さては姫君、恋に迷ひて素性を明かし給ひしかと驚き、次へ続く

(35) 前の続き 奥へ行かんとするを生駒之介、ヤレ待たれよと押止め、今、彼処にて様子を聞けば、此女は御身の産みたる娘の由と、死骸の側に立寄つて、こりやこれ、恋絹といふ九条の遊君、我、此女の許に通ひ、腹に宿せし嬰子は、すなはちこれ我が胤なり。我を慕ふて廓を出で、此近江まで来る由。息ある内に会ひもせず、此浅ましい死顔を見るは何如なる悪縁ぞと、死骸に取付き悲しめば、さしもの老女も堪へかね、鏡の如き両眼より流る、涙ばら〳〵、幾年経りし鬼瓦に夕立注ぐ如くなり。

斯かる折しも、一間の内に姫の声、「これ〳〵乳母や。今まで付添ふ三人の腰元は八幡太郎の回し者。若を奪つてどつちへやら」。ヤア〳〵それはと老女が驚き、謀られしか残念や。何処までもと駆行く向ふに声あつて、「ヤア

(35)二十八ウ

二十九オ

〳〵阿倍の太夫頼時が家臣安達原九郎鬼住が妻桟に、波江の判官是時が一子玉木之介見参せん」と呼ばはつて入来り、如何に桟、何時ぞや厳島にて葛城の蜘蛛主と勅を偽り、十握の宝剣を奪ひし者は、汝なる事疑ひなし。その時、八幡太郎義家朝臣、宮子に姿をやつして見届け給へり。我が父判官、その時の役目にて、御剣の紛失故に切腹して家絶へたれば、我が為に汝は家の仇、父の敵、観念せよ。又、千世童丸が奇病を患ふを、その血潮の妙薬にて救はんと思ふは愚かなり。まつたく十握の宝剣を地中に隠せし、その祟りの病ふなれば、十握の剣だに禁廷へ返し奉れば、奇病は忽ち平癒すべし。此庭に祀置く名石こそ訝しけれと、髑髏の血潮を石の上に注ぐとひとしく、しきりに地中鳴動して石は二つにさつと割れ、内より小蛇現れけるが、数多の白鳩飛来り、小蛇を銜へて玉木之介が手に渡せば、たちまち変じて十握の宝剣となりにけり。これ神明の応護、剣の奇特と知られたり。

時に陣鉦、攻鼓、鬨の声谺に響き、四方の山々取巻く軍勢、色々の旗翩翻として、さも凄まじく見へけるが、八幡太郎義家朝臣、鎌倉権五郎景政・善知鳥次郎安方両人を従へ、腰元にして入込ませし三人の女、一人は義家朝臣の奥方櫛笥の内侍、一人は波江の判官の娘八重幡姫、一人は善知鳥が娘お梶なり。皆々実の姿となり、櫛笥の内侍は千世童丸を抱きて入来れば、老女は髪を逆立て眼血走り歯噛みをなし、ヱ、口惜しや、腹立ちや。我、味方を集めんその為に、勿体なくも鶯姫を我が娘と言ひなして、洛外山崎に住みしが、今又、山奥に引籠り、姫もろとも千世童君を守育て、宗任様と心を合はせ時節を窺ひ、弔い戦の旗揚せんと謀りしに、事半ばにして見露はされたる残念さよと、拳を握り牙を噛み、死もの狂ひと怒りの折から、奥の間より鶯姫走出で、生駒之介を敵八幡太郎の家臣とは露知らず、枕こそ交はさねども恋に迷ひて、我が口から素性を明かし聞かせしは我が誤り。亡き父上や兄様への言訳は先づこの通りと、懐剣をすでに喉へと危うきを、義家朝臣立寄つて止め給ひ、「近江の志賀に隠居たるそなたの兄宗任、我に降参せしゆゑ、千世童を守立て、阿倍の太夫頼時の家を興さす所存なれば、死ぬるに及ばぬ。剃髪して亡き人々の菩提を長く弔ふべし。当座の布施物、法衣の料を与ふべし」と言葉の下に、善知鳥次郎、白木の台に黄金千両積重ねて、姫の前に据ゑたるを、よく〳〵見れば一枚々々に八幡太郎義家これを放すと書きたるは、千羽の鶴を放したる黄金の札になぞらへて、助命の印と見へたりけり。始終を聞いて老女は感じ、ア、敵ながらも義家殿は仁者なり。情けに歯向かふ刃はなし。これまでなりと、懐剣を腹にぐつと突立てしが、何処よりかは水子共、数多来りて老女に取付き苦しむる。これは何如なる謂れなれば、此老女、軍用金を集むるため、子種を奪する草片を採りて売りたる報ひ、今目前に最期の苦痛、恐ろしかりける因果なり。

斯くて玉木之介は十握の宝剣を取返し、八幡太郎の手より禁庭へ返し奉り、波江の家を再興す。生駒之介は老女が隠家を見出せし功によりて勘気を許され、恋絹が菩提の為に仏事を営みて、その霊魂を祀る事ありし。善知鳥次郎は玉木之介が家来となり、高禄の武士となる。瓜割四郎は黒塚の皇子へ 次へ続く

(36)二十九ウ

三十オ

(36) **前の続き** 内通せし事顕はれて、下部悪介もろとも出奔せしを、生駒之介が下部実平これを尋出し、瓜割四郎、悪介もろとも討取つたるその功によつて武士に取立てられ、善知鳥が娘お梶を妻とす。善知鳥が妻小谷、姫の身代りに死せしは抜群の忠義なり。これらの事を詳しく記さんに紙の余りなければ、そのあらましを記す。

されば善悪は一部の狂言の如し。大切に敵役の滅ぶるを見ては悪を懲らし、実事師の出世するを見ては善に勧むの頼りとすべし。子供衆合点か〳〵。

○さて又、黒塚の皇子、王位を奪はん企てありて、宗任を味方に付けんと謀りしが、宗任は八幡太郎の仁者なる事を知つて、遂に降参しけるにぞ、おのづから皇子の陰謀顕はれければ、八幡太郎へ勅命あつて、皇子を虜にせしが、八幡太郎の命乞にて、皇子は剃髪して出家となり、先非を悔ひて善心となる。されば義家朝臣の武勇万々歳に伝はりて、その名は今に輝けり。目出度し〳〵〳〵〳〵〳〵〳〵〳〵。

京伝自画賛 扇・新図品々〳〵、色紙・短冊・張交絵類、望

みに応ず。

京山篆刻　蠟石白文一字五分、朱字七分。玉石銅印、古体近体、望みに応ず。

(37)

豊国画㊞　山東京伝作㊞

安達原全六冊大尾

京伝店　江戸京橋南

裂地・紙煙草入・煙管類、当年の新物珍しき風流の雅品色々出来、縫金物等念入、別して下直に差上申候。

読書丸　一包壱匁五分

第一気魂を強くし物覚えをよくす。もつとも腎薬なり。老若男女常に身を使はず、かへつて心を労する人はおのづから病を生じ、天寿を損なふ。常に此薬を用ひてよし。また旅立人、此薬を蓄へて色々益あり。能書に詳し。暑寒前に用ゆれば外邪を受けず、近年追々諸国へ弘まり候間、別して薬種大極上を選び製法念入申候。

大極上品奇応丸　一粒十二文

大人小児万病によし。大極上の薬種を使ひ家伝の加味あり

巻末広告オモテ

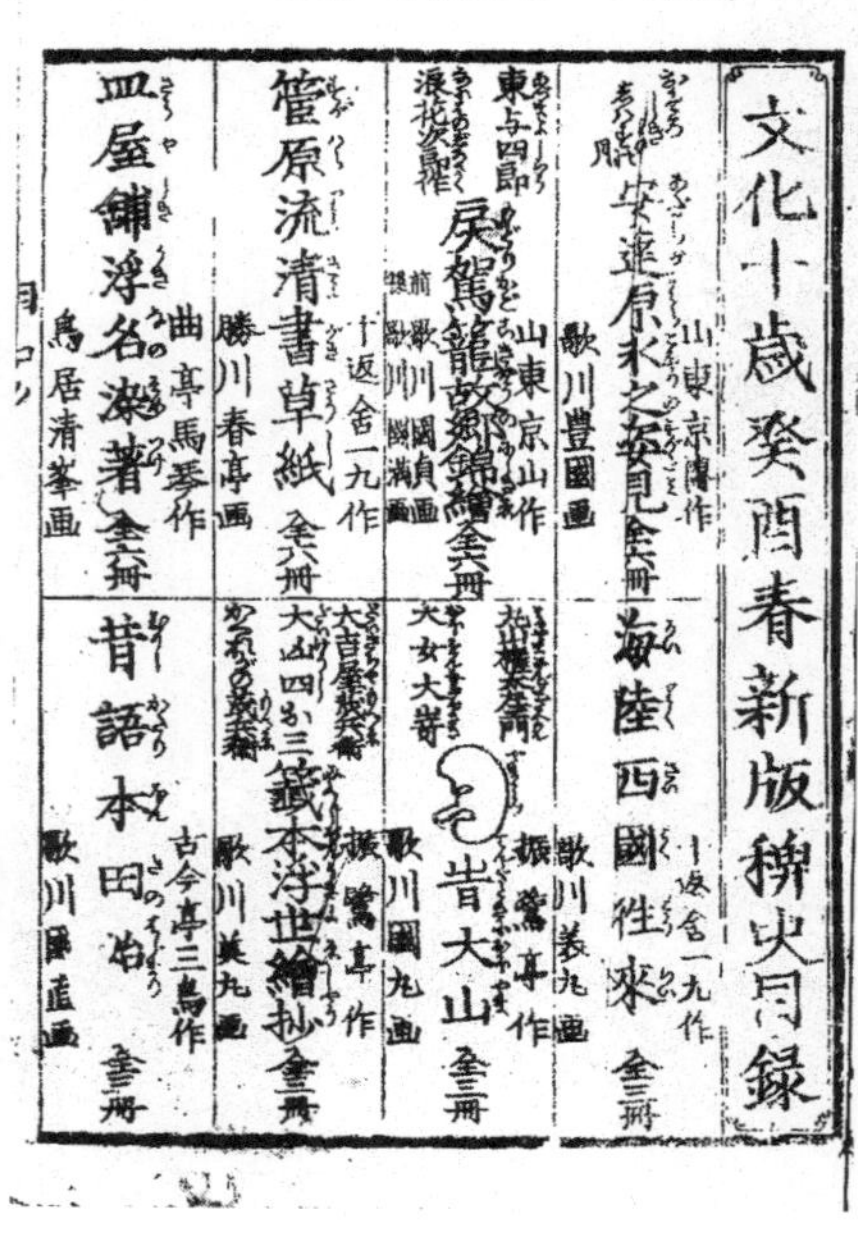

文化十歳癸酉春新版稗史目録

山東京傳作　歌川豊國画　安達原秋之姿見　全六冊

十返舎一九作　歌川美丸画　海陸西國往來　全三冊

山東京山作　前 歌川國貞画　後 歌川國満画　戻駕籠故郷錦繪　全六冊

振鷺亭作　歌川國丸画　昔大山　全三冊

十返舎一九作　勝川春亭画　菅原流清書草紙　全六冊

振鷺亭作　歌川美丸画　大山四ツ三鐵本浮世繪抄　全三冊

曲亭馬琴作　鳥居清峯画　皿屋鋪浮名染著　全六冊

古今亭三鳥作　歌川國直画　昔語本田治　全三冊

巻末広告ウラ

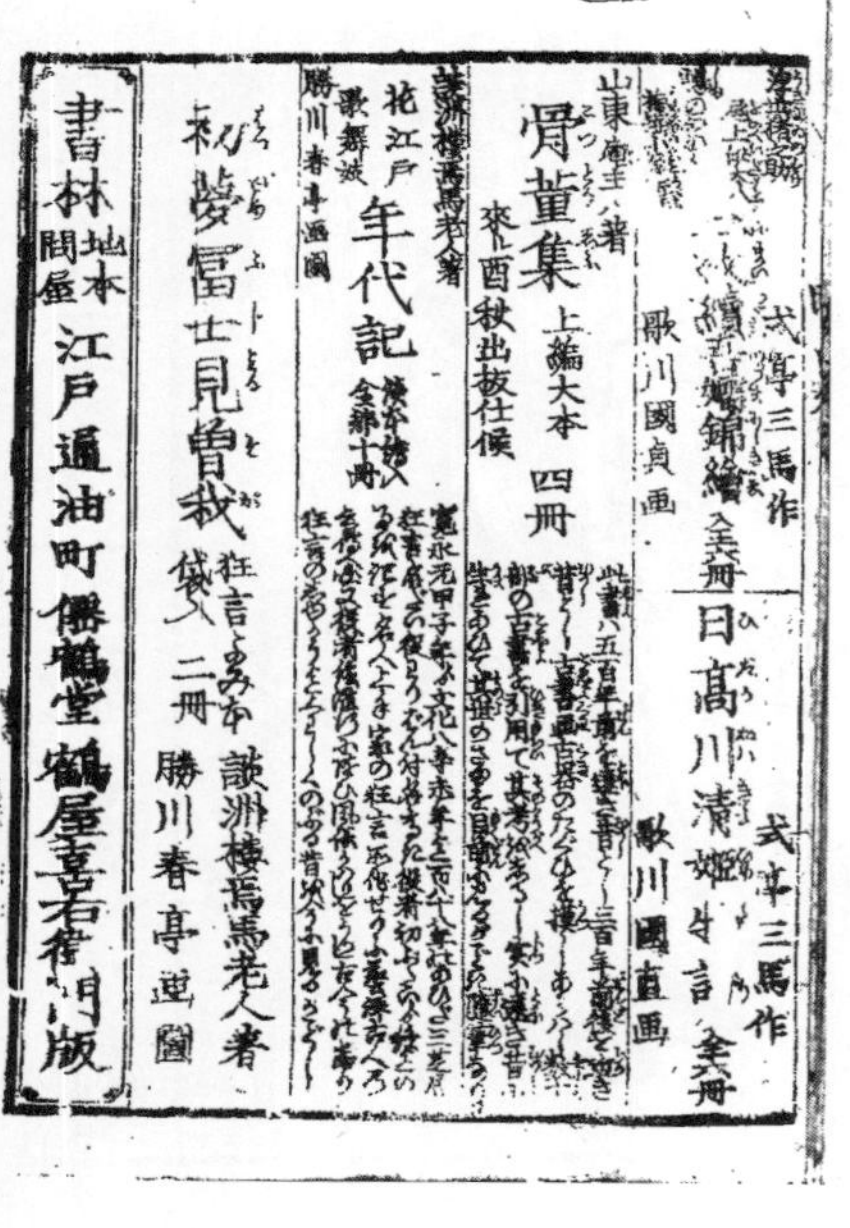

式亭三馬作　歌川國貞画　錦繪　全六冊

式亭三馬作　歌川國直画　日高川清姫　全六冊

山東庵主人著　骨董集　上編大本　四冊　來ル酉秋出板仕候

諺洲楼焉馬老人著　花江戸歌舞妓年代記　全部十冊

諺洲楼焉馬老人著　勝川春亭画圖　狂言よみ本　二冊

書林 地本問屋　江戸通油町　仙鶴堂　鶴屋喜右衛門版

て、常の奇応丸とは別なり。故に値も常より高し。糊なし熊の胆ばかりにて丸ず。御試みの御方多く、追々弘まり候間、別して製法念入申候。

重井筒娘千代能（かさねゐづゝむすめちよのう）

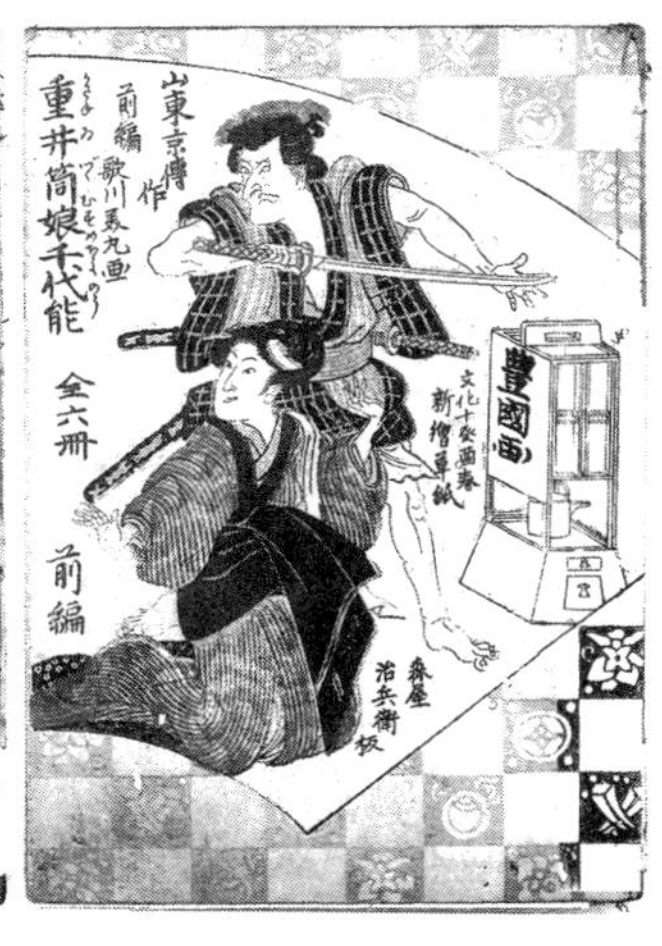

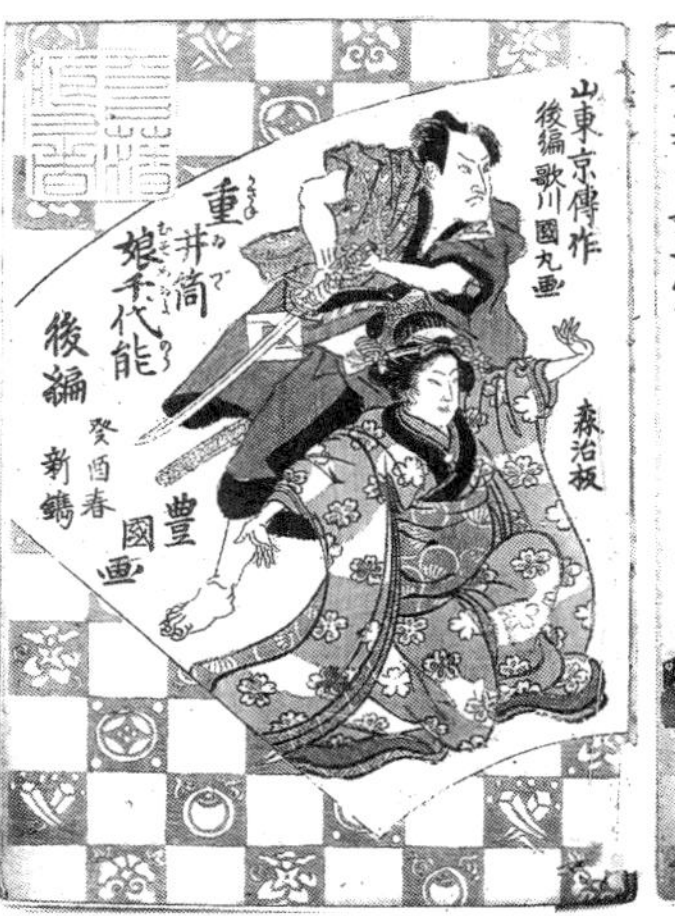

応仁の頃

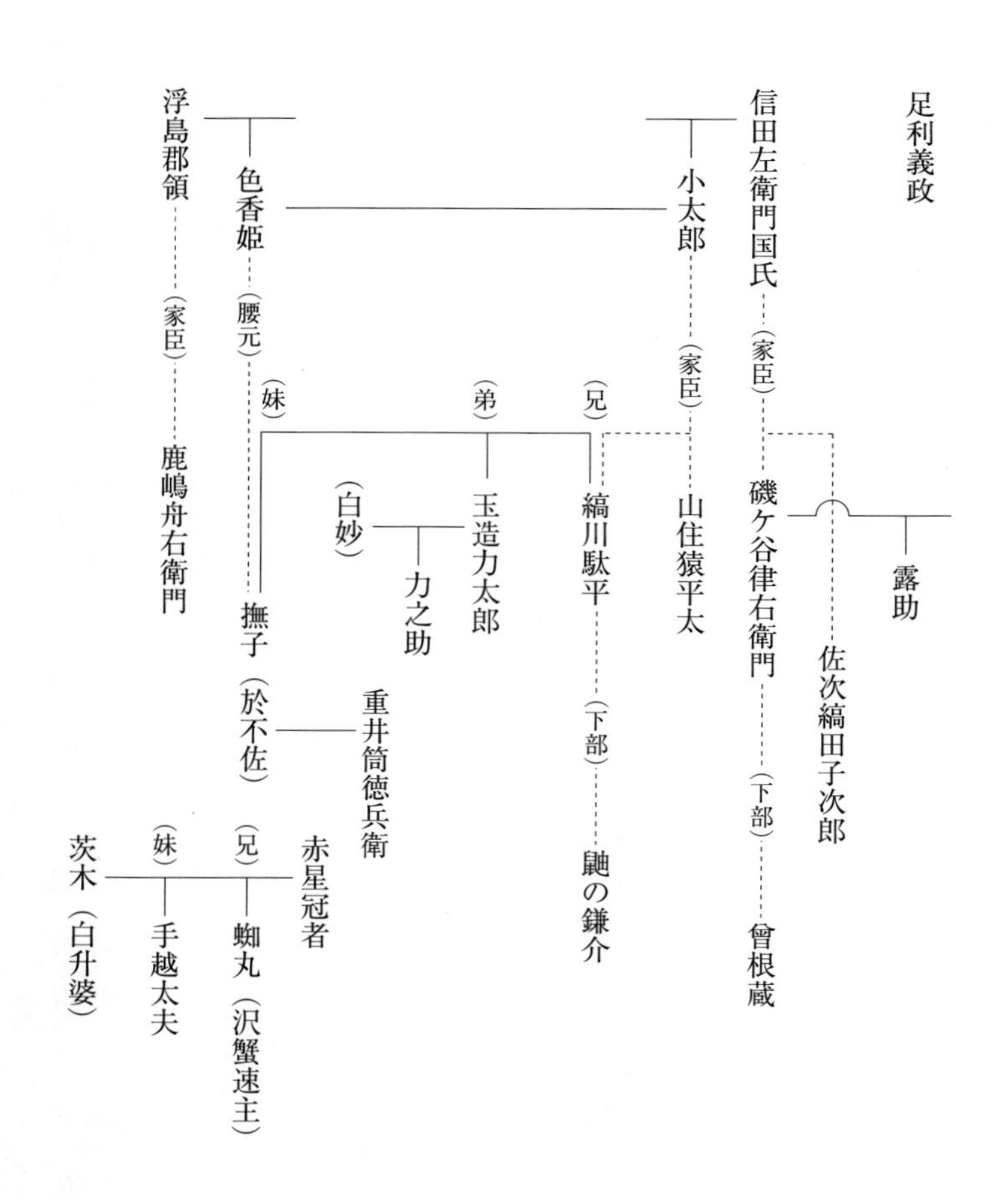

足利義政
信田左衛門国氏
（家臣）
磯ケ谷律右衛門
露助
佐次縞田子次郎
（下部）
曾根蔵
小太郎
（家臣）
山住猿平太
（兄）
縞川駄平
（下部）
鼬の鎌介
（弟）
玉造力太郎
（白妙）
力之助
色香姫
（腰元）
（妹）
撫子
（於不佐）
重井筒徳兵衛
浮島郡領
（家臣）
鹿嶋舟右衛門
赤星冠者
（兄）
蜘丸
（沢蟹速主）
（妹）
手越太夫
茨木
（白升婆）

前編見返し

山東京傳作
歌川美丸画
栢枝大橋
重井筒
娘千代能
全六冊
前編
江戸馬喰町二町　森屋治兵衛梓

［前編見返し］

山東京伝作
歌川美丸画
栢枝大橋
重井筒娘千代能　　全六冊　前編
江戸馬喰町二町　森屋治兵衛梓

（1）一オ

【前編】

【上】

（1）文化十年癸酉春新絵草紙

信田小太郎の狂言に、お八ツの太鼓の浄瑠璃をとりまじへたる献立は、重井筒の重肴、つかみ料理のごつた汁、煤掃りやうりの鱠皿、ほんのごまめの歯ぎしりなれど、ひだるい時にまずいものなしと、唯御ひいきを葱鮪〳〵。

山東京伝㊞
筆硯万福

娘千代能

とにかくにたくみし桶の底ぬけて
水たまらねば月もやどらず

○鎌倉滑川の浪人玉造力太郎、妹於不佐
○重井筒屋徳兵衛

（2）一ウ

二オ

（2）

○沢蟹速主、実は赤星冠者一子蜘丸

○鎌倉由井の長者、信田故太郎

磯ケ谷律右衛門下部、曾根蔵

信田の忠臣、佐次縞田子次郎

（3）二ウ

（4）三オ

（3）

三がいをくるしといふもことはりや
　生死流転のはやがはりして
　　　　　　　　右故人白猿狂歌

○鎌倉朝比奈切通の白升婆々、ア
○玉造力太郎妹、於不佐

（4）

○信田の忠臣、磯ケ谷露助
○駿河の国浮島郡領の息女、色香姫
○磯ケ谷の下部、曾根蔵
○縞川駄平下部、鼬の鎌助
○修験者、強欲坊

　惜花不掃地
我奴落花に朝寝ゆるしけり　　其角

(5)

○大磯(おほいそ)の遊君(ゆうくん)、手越太夫(てごしだいふ)

○信田(しだ)の家臣(かしん)、山住猿平太(やまずみさるへいだ)

○鎌倉滑川(かまくらなめり)の浪人(らうにん)、玉造力太郎(たまつくりりきたらう)

余寒(よかん)

春(はる)もまだ気儘頭巾(きまゝづきん)のたはれをや

めばかりいだす土手(どて)の若草(わかくさ)

関亭伝笑㊞

(6)四ウ

五オ

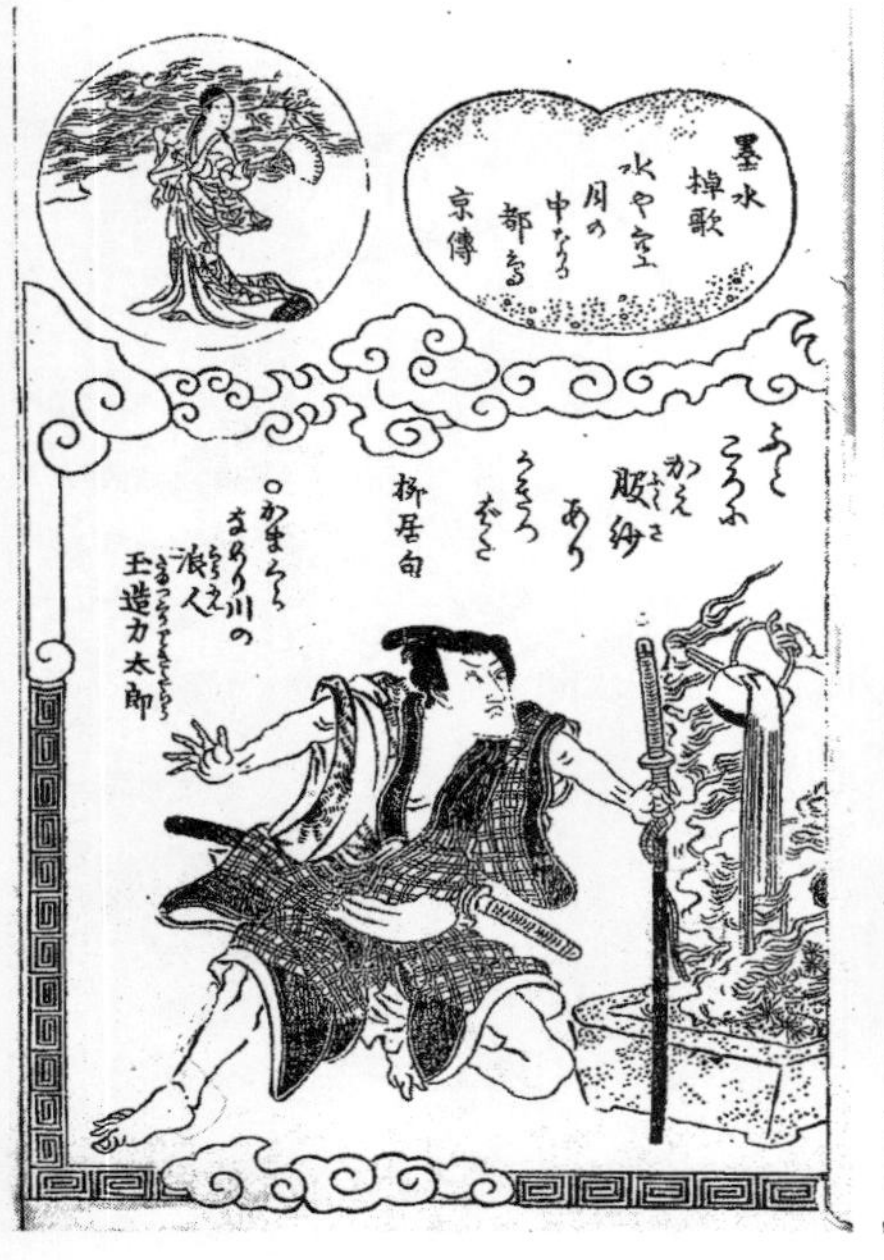

(6)

京伝画賛

いろ〳〵に名はかはれとも川竹の
妹はみとりあねはくれなゐ

欲界仙都昇平楽国　京山書

墨水棹歌
水や空月の中なる都鳥　京伝

○信田左衛門国氏の家臣、縞川駄平
○力太郎女房
○力太郎一子、力之助
○鎌倉滑川の浪人、玉造力太郎

ふところにかえ服紗ありかきつばた　柳居句

（7）五ウ

（7）**発端** 今は昔、応仁の頃とかや、鎌倉に信田左衛門国氏といふ長者ありけり。老年に及びければ、一子小太郎に代を譲り、その身は隠居して世を安く過しけるが、小太郎若気の誤りにて、後先の弁もなく、縞川駄平、山住猿平太などいふ佞臣共の勧めによつて、大磯の廓に通ひ、手越太夫といふ海道一の遊君に馴初め、放逸無慚の振舞なりしが、かねて駿河の国浮島郡領の息女色香姫を小太郎に妻合すべき約諾極まり、それにつきて近々に鎌倉甘縄明神の

次へ続く

> 箒のゐくいはこれに闇の梅　其角
> ○信田の忠臣、磯ケ谷律右衛門
> 忍の曲者

(8)六オ

[中]

(8) 前編中冊

前の続き　社にて見合の取結びをなし、結納取交しの代りとて、信田の家の宝譲葉の鏡と、浮島の家の宝浮牡丹の香炉を互ひに取替ゆべき約束にて、すでに日限までも定まりけるが、信田小太郎、とかく大磯に遊暮らして館に帰らざれば、家の忠臣磯ケ谷律右衛門、佐次縞田子次郎大磯に来り、小太郎が前に出で、言葉を尽くして諫言し、疾く〳〵館へ帰り給へと勧めけれども、いたく酒に酔ひて帰るべき体はさらになかりし所に、律右衛門が下部曾根蔵、袖乞の浪人が四つばかりなる子を抱きたるを、引立〳〵出来りければ、小太郎に付添ふ大勢の者共、そいつ物取なるかと立騒ぐに、かの袖乞の浪人面目なげにうづくまり、私を物取かとの御疑ひ面目なし。まづ一通り拙者が身の上を御聞き下さるべし。拙者は元鎌倉扇ケ谷の郷侍でござりましたが、若気の誤りにて、ふと此大磯へ通ひ、白妙といふ太夫に馴初め、ついに親の勘当を受け、その太夫は年季が明けて拙者が女房には致しましたが、これも去年

(9)六ウ

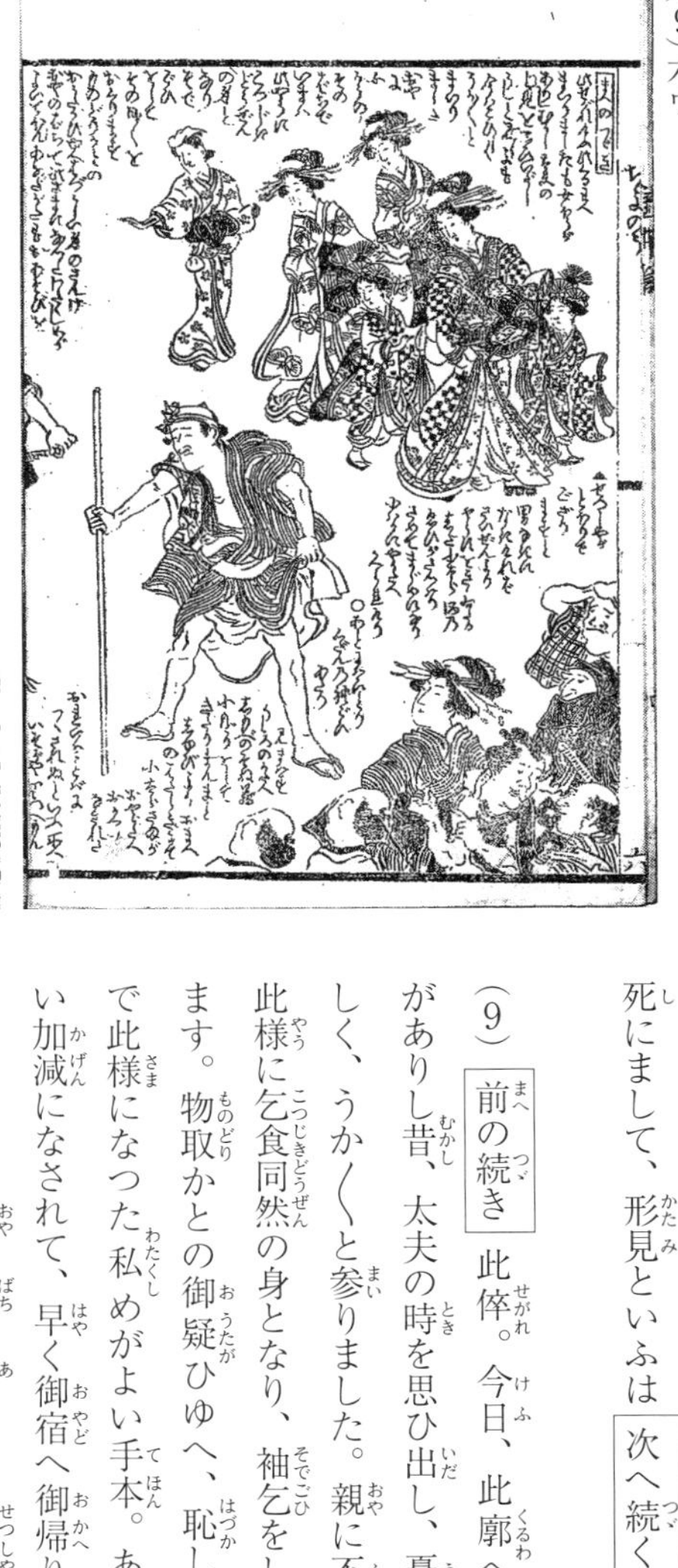

七オ

死にまして、形見といふは 次へ続く

（9） 前の続き 此倅。今日、此廓へ参りましたも、女房がありし昔、太夫の時を思ひ出し、憂しと見し世も今は恋しく、うか〳〵と参りました。親に不孝のその罰で、今は此様に乞食同然の身となり、袖乞をしてその日〳〵を送ります。物取かとの御疑ひゆへ、恥しい身の懺悔、親の罰で此様になつた私めがよい手本。あなた方も御遊びをよい加減になされて、早く御宿へ御帰りなされ。親御様に御孝行が第一、親の罰が当たると拙者が通りでございますと、男泣に泣きければ、最前より様子を聞きゐたる信田小太郎、酒の酔がさつぱり醒めてまじめになり、俄に館へ帰られけり。

○後には一人、件の袖乞。辺り見回す後ろの方へ、下部の曾根蔵、小戻りをして来り。「まんまと首尾ようお前の働きにて、小太郎様が御館へ御帰りなされた。御礼は言葉に尽くされぬ」と言ふ所へ、磯ケ谷律右衛門、佐次縞田子次郎、小戻りして来り。かの袖乞に打向かひ、「一別以来

(10)七ウ

八オ

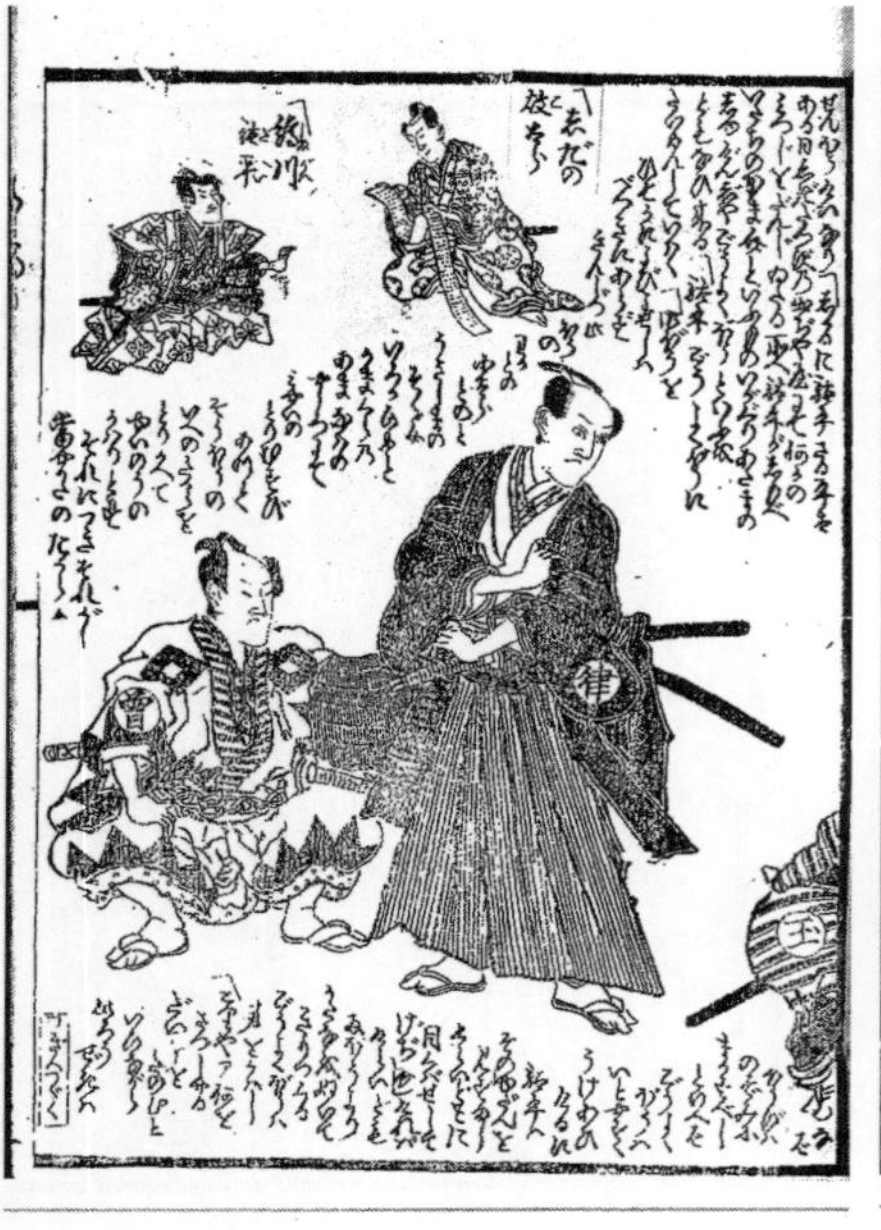

珍しや、玉造力太郎殿。貴殿は先達て、大殿信田左衛門様の御馬先を乗打にせし科によつて、御勘当を受けられしが、今日、鴫立沢にて思はずも対面し、若殿小太郎様は貴殿の顔を御見知りなされぬを幸ひ、袖乞の姿に作り、曾根蔵に言ひ付けて、右の仕合せ。貴殿が涙の憂ひの段で若殿の酔が醒め、如何様に御諫言申しても御帰りなされぬ小太郎様が、俄に御帰りなされしも、貴殿の働き。いはゞ忠義の端といふもの、過分至極」と相述ぶれば、力太郎頭を下げ、「たゞ今、此廓の白妙太夫に馴初めしなんど、

次へ続く

(10) 前の続き 申せしは、跡形もなき作り事。拙者、御勘当を受けて後、女房もろとも鎌倉の滑川の辺に住みて、浪々の侘暮し。女房は此倅を産落として、四年以前すでに身罷り、男の手一つにて育上げたる此倅は当年四つ、名は力之助と申します。拙者が兄縞川駄平は、今に御奉公を勤め、若殿小太郎様の御気に入りとは申すものゝ、大磯通ひの放埒を御勧め申すも、兄駄平が仕業ならんと推量

致し、ひそかに兄へ意見を加へ申さんと、それでわざ〳〵此大磯の辺まで参りましたが、思ひがけなく今日の御役に立つて身の大慶」と述べければ、佐次縞田子次郎言ひけるは、「兄駄平が不忠とは、雲泥違ふ貴殿の忠義、我々至極感心致す。折もあらば、我々が大殿へ申し上げ、御勘気許りて帰参あるやうに取持つべし。ア、惜しき武士を埋置く。気長に時節を待たれよ」とて、互ひに別れ帰りけり。

○縞川駄平といふは、玉造力太郎が兄なるが、力太郎大殿の勘当を受けし後も、駄平は若殿の御側去らずに奉公し、放埒を勧めて大磯へ通はするも、かねて朋輩山住猿平太と言ひ合はせ、信田の家を横領せん謀計なり。

然るに駄平、猿平太、ある日、鴫立沢の出茶屋にて何かの密事を談じゐたる所へ、駄平が下部鼬の鎌介といふ者、毬栗頭の修験者強欲坊といふを伴ひ来る。駄平、強欲坊に対面して曰く、「御坊をひそかに呼寄せしは、別儀にあらず。近日、此方の若殿小太郎殿と浮島の息女色香姫と、鎌倉の甘縄の社にて見合の取結びあつて、双方の家の宝を取換へて結納の代りとす。それにつき某、当館の宝譲葉の鏡を奪ひ、偽物を浮島の方へ渡し、浮島の宝浮牡丹の香炉をこつちへせしめるつもりなり。それにつき、御坊の行力にて、浮島方より姫に付添来る者の眼をくらませくれられよ。事を為果せなば、褒美は望みに任すべし」と言へば、強欲坊はいと易く請合ひけるに、駄平はその油断を見澄まし、家来共に目配せして下知なしければ、家来共両方より刀を抜いて斬付くる。強欲坊は身をかはし、こりやァ何をさつしやる。大事を頼むと言ひながら、此狼藉は

次へ続く

信田の故太郎
縞川駄平

(11)八ウ

九オ

(11) 前の続き 手の内を試すのか。イヤ古手な事をと跳返す。隙もあらせず縞川駄平、手裏剣はつしと打付くれば、心得たりと強欲坊、駒下駄にて丁と受け、はてさて念の入つた事と、二人の家来を突放したる大丈夫。縞川は心落着き、なを密談に時を移して帰りけり。

○大磯の遊君手越太夫が方より、信田小太郎方へ急ぎの用とて文来りければ、小太郎取る手遅しと読みけるに、遠国の金持客、急に身請の相談ありと告越しければ、小太郎は打驚き、ひそかに駄平を呼びて相談あるに、駄平言ひけるは、「たとへ他の客、身請の相談あるとも、なか〳〵他へ身請されて行くべき手越が心底にはあるべからず。察するところ、これは君、此度、浮島の息女と縁談極まり、甘縄の社にて見合をし給ふといふ沙汰を聞いて、悋気故に斯くは言ひ越せしものなるべし。とかくこれは手越への面晴に、見合の節、浮島の姫に御会ひなされぬがよかるべし。この儀は万事、拙者に御任せあるべし」と言へば、小太郎は現なく、ともかくも、その方良きに計ひて、手越が心の済むやうにしてくれよ。頼む〳〵と後先の弁なく、此夜も又、律右衛門、田子次郎らが手前を忍びて大磯へ行かれけり。

○信田の館へ出入の町人、鎌倉扇ケ谷の重井筒屋徳兵衛といふ者、小太郎が面体によく似たるゆへ、駄平が計ひとして、此徳兵衛を頼み、小太郎が衣服を着せて小太郎に似せ、実の譲葉の鏡はおのれが奪ひ、斯くして別に偽物を拵へ、浮島の宝浮牡丹の香炉と取換へんと謀りけり。重井筒屋徳兵衛は、若殿の御為になる事と言はれ、若年ゆへ、後先の弁もなく頼まれけり。

○すでに約束の日になりければ、藤沢の旅館より、浮島の息女色香姫に家臣鹿嶋舟右衛門といふ者付添ひて、甘縄の社に詣来りければ、縞川駄平は重井筒屋徳兵衛を若殿小太郎に仕立てゝ付添来り。互ひに見合の儀式あつて、信田の家の宝譲葉の鏡と、浮島の家の宝浮牡丹の香炉を取交はしけるが、此時、色香姫は小太郎を見て、いと嬉しき体顔に表れ、ひたすら小太郎を顧み給ひけり。

○縞川は偽小太郎が駕籠に付添帰りしが、とある松陰に駕籠を降ろさせ、供人を遠ざけ、偽小太郎を駕籠より出し、

「さて〳〵徳兵衛大儀であつた。」

次へ続く

［（御）休所／せんじちや］

［鴫立沢／梅沢村］

(12)九ウ

十オ

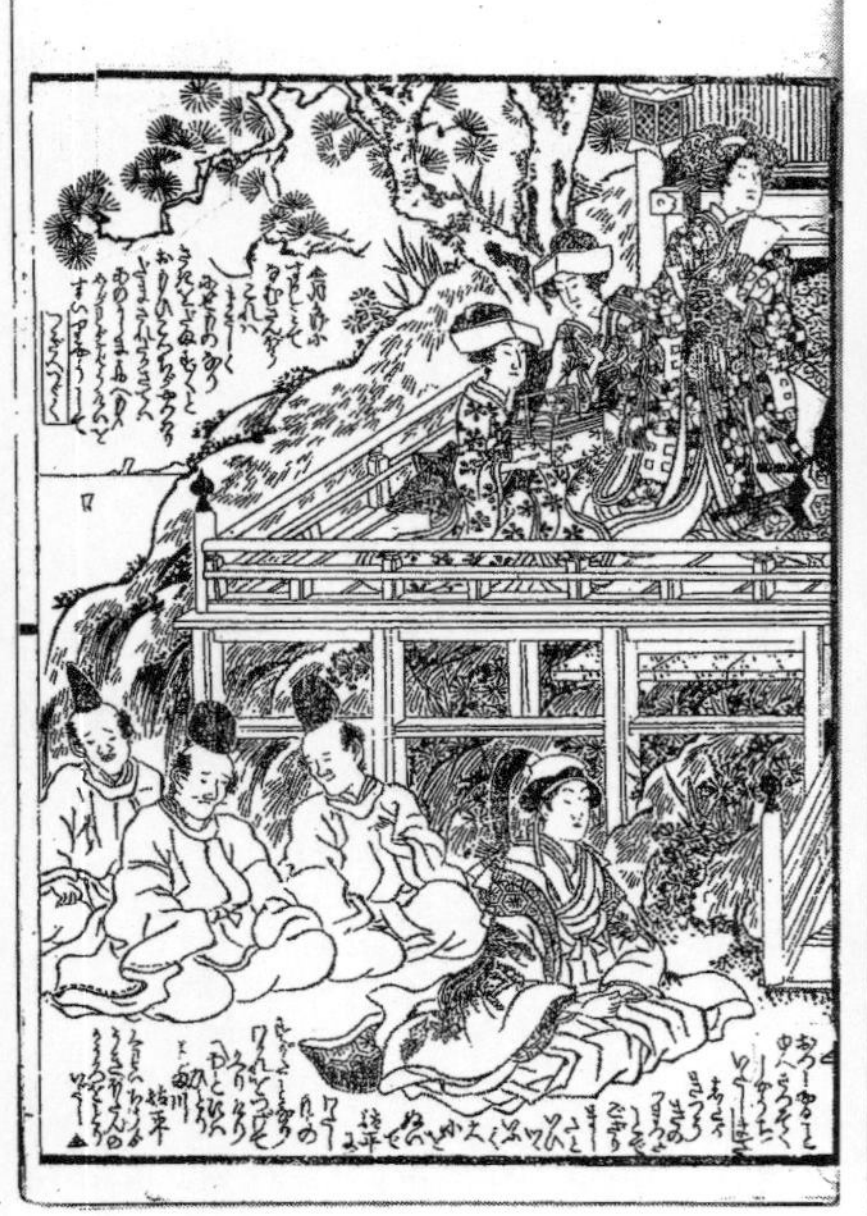

(12) 前の続き そちが若殿になつてくれぬと大きな騒ぎになるところ、早速承知で今日の首尾を繕ひ、過分々々」と言ひければ、徳兵衛曰く、「何がさて、数年、御館へ御出入の拙者、委細の訳は存ぜねど、若殿の御身の大事とあつての御頼み。無事を計ふ方便と仰る事ゆへ、早速承知致しました。したが、きつう気の詰まつた事でござりました」と言ひつゝ、衣服、大小を脱いで駄平に渡し、元の姿となり、別れを告げて帰りけり。後には一人縞川駄平、懐中より浮牡丹の香炉を取出し、月影に透見て、南無三宝、これは正しく偽物なり。先を騙す〳〵と思ひ、こつちがやつぱり騙されたか。さては、あの鹿嶋舟右衛門めが、我が謀計を推量して 次へ続く

(13)十ウ

(13) 前の続き 此偽物を摑ませたか。合点ゆかず、ハテナアと吐息してゐたる後ろの方より、磯ケ谷律右衛門つつと出で、「ヤア、実の譲葉の鏡を取隠し、若殿の偽物を拵へ人を欺く縞川駄平。そこ動くな」と厳しき言葉に、縞川駄平、南無三宝と抜打に斬付くるを、心得たりと律右衛門、刀を抜いて切合いしが、鼬の鎌助馳来り、主人の加勢と切かくる。山住猿平太も駈来り助太刀せしかば、惜しむべし、さしも忠臣の磯ケ谷律右衛門、三人の者に討たれて息絶へたり。

○斯かる折しも、修験者の強欲坊も此処へ来りければ、駄平曰く、「御坊の行力にて、まんまと先の眼をくらませ、偽物にて欺きたれども、我もまた偽物を摑みたるは残念なり。いづれにも此通り律右衛門を手に掛けたれば、とても此地には居られず。ひとまづ影を隠し、時節を待つて本望を達すべし」とて、懐中より金を出して分ち与へ、鎌介に向かひ、「もし此所へ 次へ続く

(14)十一オ

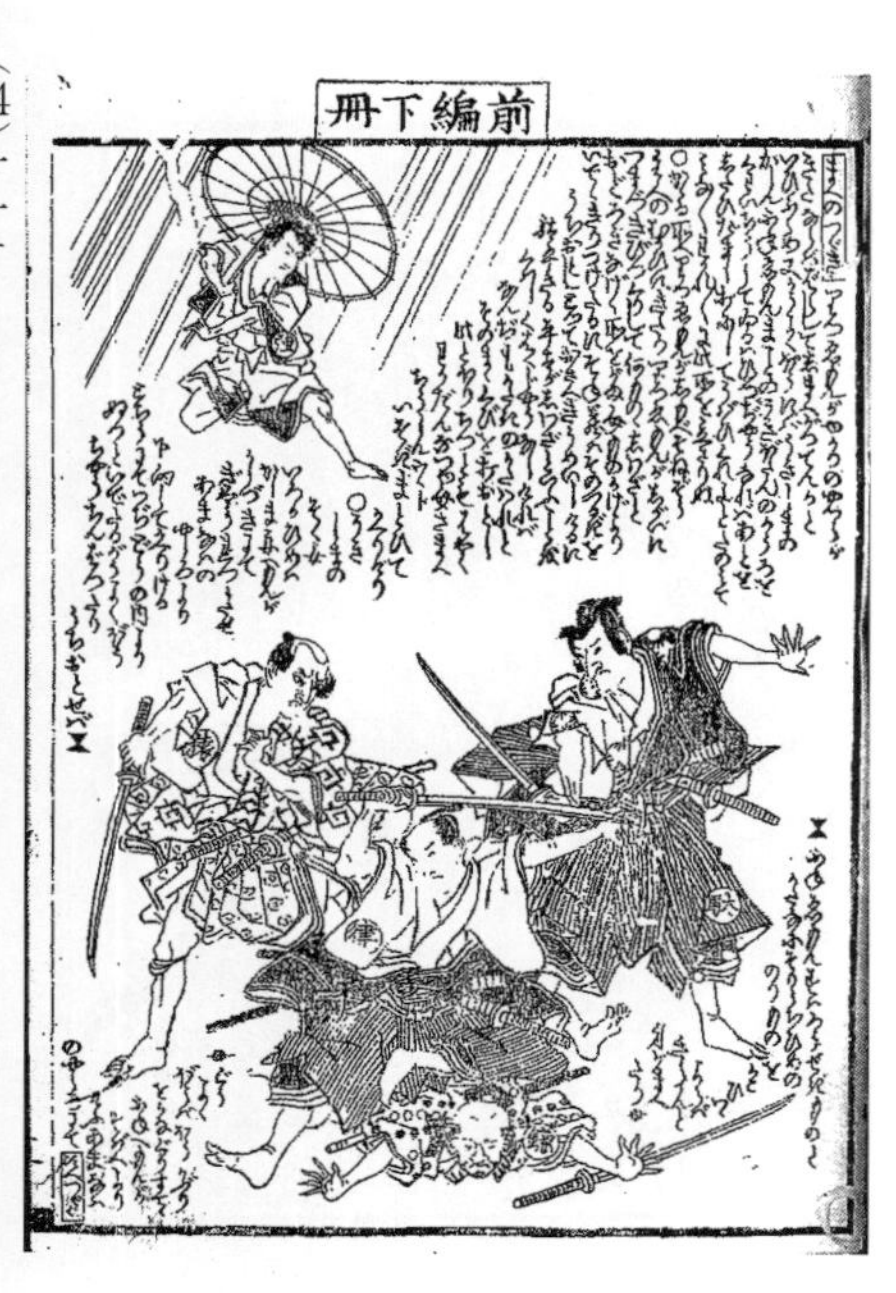

【下】

（14）前編下冊

前の続き 律右衛門が所縁の奴等が来たならば、ばらしてしまへ。合点か」と言ひ含め、又、強欲坊には、浮島の家臣舟右衛門、真の浮牡丹の香炉を懐中してゐるは必定なれば、跡を慕ひ騙打にして奪ひくれよと頼みて、皆々別れ〳〵に此所を立去りぬ。

○斯かる所へ律右衛門が下部曾根蔵、主人の迎ひに来り。律右衛門が死骸に躓き、びつくりして何者の仕業と驚き嘆く所を、鎌介、物陰より出て斬付けたるに、曾根蔵はその剣を打落とし、取つて押さへ糾明しけるに、駄平、猿平太が仕業といふ事を詳しく白状なしければ、汝も敵の片割と、そのまゝ首を打落とし、此通り、ちつとも早く若旦那露介様へ注進、ウ、と、急惑ひて帰りけり。

○浮島の息女色香姫は、鹿嶋舟右衛門がかしづきにて行列させ、甘縄の社より下向して帰りける途中にて、辻堂の内よりぬつと出たる強欲坊、提灯ばつたり打落とせば、舟右衛門、すは狼藉者と刀に反打ち、姫の乗物を囲ひ

(15)十一ウ

十二オ

つゝ、寄らば斬らんと身構へたり。強欲坊は頬被りをかなぐり捨て、舟右衛門が側へ寄り、「今日、甘縄の社にて

次へ続く

(15) 前の続き 信田の方へ渡したるは偽の香炉。察する所、正真の浮牡丹は汝が懐中にあるならん。それをこちへ渡すべし」と言へば、舟右衛門嘲笑ひ、しや小癪なと斬結び、遂に強欲坊を斬伏せて止めを刺しぬ。行力の奇特ある上に剣術早業に達したる強欲坊を、斯くやすく〳〵と斬伏せし舟右衛門は、剣術に達したる者と知られぬ。さて、舟右衛門は供人を遠ざけ、乗物より姫を出して言ひけるは、「色香姫様の御腰元撫子殿、大儀であつた。さぞ気詰りであつたであらふ。今日の見合に 次へ続く

(16)十二ウ

十三オ

（16）前の続き　そなたを姫の姿に作りて連来りし訳、さぞ不審にあらん。なれば、一通り言ふて聞かそふ。此ころ、人の噂を聞くに、信田小太郎様は佞臣輩の勧めにて大磯の廓に通ひ、片時も館におはさぬ由なれば、今日の見合にも、もし似たる者を小太郎様と偽りて、当座を繕ふまいものでないと疑ひしゆへ、そなたを姫と偽りて様子を見たるに、我が推量の通り、今日、小太郎様といひしは偽物。又、嶋川駄平が譲葉の鏡なりとて渡せし此鏡、偽物なれど、わざと一杯食ふたる体にもてなして受取り、我、斯かる手もあらんかと、浮牡丹に寸分違はぬ香炉を携へ来りしを駄平に渡して、謀の裏をかき、何かの様子を窺ひしに、皆、駄平めが悪企と見へたれど、それを糺さず帰りしは、姫の御縁談を首尾よく調へて後、信田の家臣佐次縞田子次郎に内通して、駄平が企を糺さんと思ふ故なり。此事、必ず他言あるな」と言ひ含めて、又、撫子を乗物に乗せ、やはり姫の体にもてなし、供人を呼びて旅宿へと急ぎ帰りぬ。

此腰元撫子といふは、元来玉造力太郎が妹なり。のち

山東京傳全集

月　報

第11巻（第15回）
2015年５月

ぺりかん社
〒113-0033
東京都文京区本郷１-28-36

京伝と芝居

神楽岡幼子

京伝作の黄表紙を見て行くと、『忠臣蔵前世幕無』『忠臣蔵即席料理』『仮名手本胸之鏡』といった数々の忠臣蔵ものの黄表紙や、助六ものの『鐘は上野哉』『新板替道中助六』、お半長右衛門ものの『八百万両金神花』、梅川忠兵衛ものの『奇事中洲話』等々、芝居の世界を下敷きにした作品は少なくない。芝居の局面を趣向にとった場面構成や芝居の台詞や浄瑠璃の詞章を利用した趣向もあちらこちらに散見し、京伝黄表紙と芝居の関わりは深い。もちろん京伝に限ったことではなく、黄表紙に芝居を利用することは珍しいことではなく、むしろポピュラーな定着した方法のひとつであった。そのような状況の中、では、京伝はどのような芝居をどのように利用していたのであろうか。まずは『山東京傳全集』を繰って数えてみたところ、およそ百種の歌舞伎や浄瑠璃作品の利用が認められた。同時期の興行の当て込みとしての利用を含めるとその数はさらに増えるのだが、今回は作品の内容や詞章の利用に注目してみようと思う。

京伝が利用した芝居の中で、一番多いものは何かと言うと、大方の予想通りであろうが「仮名手本忠臣蔵」である。その数、およそ六十作。京伝作の黄表紙の二作に一作には忠臣蔵を利用した趣向や書き入れが見られるのであるから、忠臣蔵の影響力の大きさが感じられよう。作品全体を忠臣蔵の世界で作り上げたもの以外にも、台詞や浄瑠璃の詞章をもじった書き込みやパロディ、各段の局面を趣向にとったものなど、さまざまな形で忠臣蔵が利用されている。局面でみると、およそ三十五作に利用が見られる七段目祇園一力茶屋の場、およそ二十五作に利用が見られる五段目山崎街道の場の利用頻度が目立って高い。

忠臣蔵以外の芝居はどうか。京伝黄表紙をながめていると、しばしば利用されている感がある助六や娘道成寺も三十作前後に利用が見られるものの、忠臣蔵の六十作にはおよばない。やはり、忠臣蔵との関わりが特段に濃厚であるかのようである。ところが、実は忠臣蔵以上に、より利用されている芝居がある。局面で考えると、七段目や五段目の利用をしのぐ芝居ネタがあるのである。京伝黄表紙およそ四十作に利用が見られる「ひらかな盛衰記」四段目神崎揚屋の場の無間の鐘の趣向である。無間の鐘というひとつの局面だけで、助六や娘道成寺の利用頻度も超えるのである。

実際のところは歌舞伎や浄瑠璃のみならず、めりやす「新無間」の利用も見られるため、作中に「無間の鐘」と出てくるだけでは芝居からの利用か歌謡からの利用か明確に分けることはできない。伝説として知られる小夜の中山の無間の鐘からの発想である場合もあるかもしれない。しかし、「無間の鐘」と聞いて、芝居の無間の鐘が意識されないことは、この時代、それも困難であろう。とにかく無間の鐘の利用頻度は高い。京伝にとって無間の鐘の趣向は安永の初期の作品から文化の作品に至るまで、手をかえ、品をかえ、利用し続けた一番お気に入りの趣向であった。

『孔子縞于時藍染』や『実語教幼稚講釈』のように無間の鐘を当たり役としていた瀬川菊之丞の舞台姿を写したものや、『虚生実草紙』や『平仮名銭神問答』のように操浄瑠璃の無間の鐘を写したものももちろんある。また、女房による無間の鐘（『江戸春一夜千両』）、鯉による無間の鐘（『無匂線香』）、仙人による無間の鐘（『艶哉女僊人』）等々、さまざまにアレンジされた無間の鐘が紙上で繰り広げられる。柄杓を振り上げる猩々に「無間の鐘でも撞かしやるかと思ふた」（『福徳果報兵衛伝』）とし、金銀を湯水のように使う息子を柄杓で金を浴びる体に描き、「そう柄杓を振上げたところは、私が異見の鐘でなくば、直るまい」（『平仮名銭神問答』）と母の苦言を記すなど、無間の鐘の場面を踏まえた構図へと展開させた作品も多い。

「金ならたつた三百両で、可愛い男を殺すか。ア、金がほしいなア」という浄瑠璃の詞章を踏まえた「金ならたつた一千両、金故に可愛い男を殺すか。ア、金が欲しいなあ」（『枯樹花大悲利益』）、「種ならたつた三冊物だ。あゝ種が欲しいなア」（『作者胎内十月図』）といった表現、浄瑠璃の「深山颪に山吹の、花吹き散らす如くにて、ここに三両かしこに五両。これは夢か現かや」をもじった「これは米かや宇七かや」（『米饅頭始』）や、「初手のうちは、こゝに三両かしこに五両ぐらいのことなりしが、だん〳〵大降りとなり、深山嵐に山吹の、花吹散らすごとくにて」（『孔子縞于時藍染』）といった表現等、浄瑠璃の詞章を生かした遊びも多い。長文にわたって浄瑠璃の詞章を利用する作もある。浄瑠璃の詞章を知っていることは京伝黄表紙の読者に期待された当然の前提であった。

物語全編にわたり無間の鐘が利用されたのは『名産梅枝伝賦』である。冒頭、浄瑠璃の詞章を利用し、さらにめりやすの詞章も添える。一丁表で「思ひには、どふした花の咲くことゝ」と始まっためりやす「新無間」は三丁裏四丁表で「今は昔の語り草」と終わるのだが、あたかもめりやすが伴奏を奏でるかのように、詞章は耳にも訴えかける。詞章を知っている読者は当然、その節回しも知っていよう。節回しを知っていることばを読むとき、その節回しがよみがえってくることは現代でもある経験だろう。賑やかすぎたのか、『名産梅枝伝賦』再版時には一丁表は序文となり、冒頭のめりやすは省略されたが、めりやすや浄瑠璃を踏まえたことばは、読者の耳にその節回しを変わらず響かせたことであろう。

さて、『名産梅枝伝賦』には擬人化された無間の鐘が登場し、梅が枝の願い通りに三百両の金を授けることのできない無間の鐘の顛末が描かれる。浄瑠璃では「海川に捨れる金、一つ所へ寄給へ」と祈るが、「今は海川に廃りし金も取尽くし」たためそれも叶わない。無間の鐘は日延べの上、竜宮を頼るが、今や竜宮も困窮の時代となり、すぐに叶えることがかなわない。そこで、金を求めて、海坊主と川太郎がさらに水底を探り、一儲けをもくろんで鐘の縁で乙姫に娘道成寺を踊らせて興行する等々の苦労が続く。結果、ようやっと三百両の金の代わりに「産衣の鎧」が請け出され、日延べの日限に二度目の無往昔と今とはいはず京伝を冠として次に馬琴なり京伝を筆頭としている認識は共通しているが、職業作家という視点は決して強くはない。

嘉永以降は合巻の刊行点数も天保の改革以前より増加し、切附本の出現も相俟って愈々文学大衆化の状況が顕著になり、読み捨てられる作品が歓迎される。稿料は高くはないが多産によって何とか糊口を凌げ得る作者も現れ始めたと思われる。「伝奇作書」と「書キ上ゲ」との間に見られる作家認識の違いはその辺り事情を示唆しているのであろうか。魯文は少しでも京伝に、そして三馬に近付くべく善悪印を使用し始めた。維新期の混乱を経て『西洋道中膝栗毛』で当たりを取り、願い通り職業作家としての自負心を漸く得て『安愚楽鍋』にも見られるように善悪印を頻繁に用いるようになる。しかし戯作を否定する政策の出現を目の当たりにした魯文は新聞の世界へ転じ、山東一郎を中心とする政治家グループへ接近した。明治五年冬頃の横浜への転居、続く「神奈垣」なる改姓がそれを象徴している。当地で新聞社の経営者となった魯文は明治十年に帰京、復興した戯作に再び筆を執ることとなる。しかし善悪の印をもはや用いることはなかった。職業作家ではなく余技として文芸に遊ぶ姿勢がそこには見られるように思われる。

(注)

版本の挿絵一丁は、見開きの一丁分として配当するのが一般的である。例えば六丁ウラ・七丁オモテの如き構成となる。しかし『胡瓜遣』の該当する挿絵は、本文に記したように六丁ウラに配される。従って本文である五丁ウラと挿絵の半分である六丁オモテが見開きの状態では提示され、半丁捲って残りの挿絵である六丁ウラが披見に及ぶという不思議な体裁となっている。『胡瓜遣』上巻は挿絵が四枚置かれ、他の三枚はいずれも見開き一丁分で提示される。本作は急遽内容を変更した如くであり、該当の挿絵一丁も慌ただしく挿入されたものと思われる。

（徳島文理大学教授）

［編集部から］

＊第十五回配本「合巻6」をお届けします。

＊次回配本は第十二巻「合巻7」の予定です。

に於不佐といふは、すなはちこれなり。

これより次の絵の訳 下部曾根蔵が注進したるによつて、縞川駄平、かねて譲葉の鏡を奪隠し、又、浮島の宝浮牡丹の香炉を奪はんと人を頼み、若殿と偽りて姫に会はせ、その上、律右衛門を手に掛けて逐電したる事、逐一に知れ、これ等の元を正せば、若殿の放埒より起これりと、佐次縞田子次郎、此事を詳しく小太郎に告げたりければ、小太郎は我が誤りを後悔し、佞臣共に誑かされ、大切の宝を失ひ、浮島郡領殿へも約束違ひ、言訳なしと先非を悔ひ、すでに切腹と見へたるを、田子次郎、驚きて押止め、これは御短慮。たゞ今、御腹召したりとも仰せ、訳は立難し。浮島家への手前もあれば、当分は引籠り給ひ、駄平めが行方を尋ね、宝を取戻し、首尾よく色香姫と婚礼あらば、双方無事に収まるべし。必ず〳〵短気を持ち給ふなと押宥め、さて律右衛門が倅磯ケ谷露介といふ者を呼寄せ、「貴殿の親律右衛門の敵は、縞川駄平に疑ひなければ、早く駄平が行方を尋ね、御鏡を取返し、父の仇を報ひて帰られよ。御鏡なくては、浮島の姫と御婚礼なり難ければ、早く〳〵」と言ひければ、露介はこれを承り、畏まり奉る、おのれ駄平、何処に隠忍ぶとも尋出さでおくべきかと拳を握り、牙を鳴らして無念がり、下部曾根蔵を供にして、直に旅路に出立ちぬ。

次へ続く

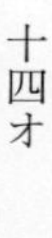

(17)十三ウ

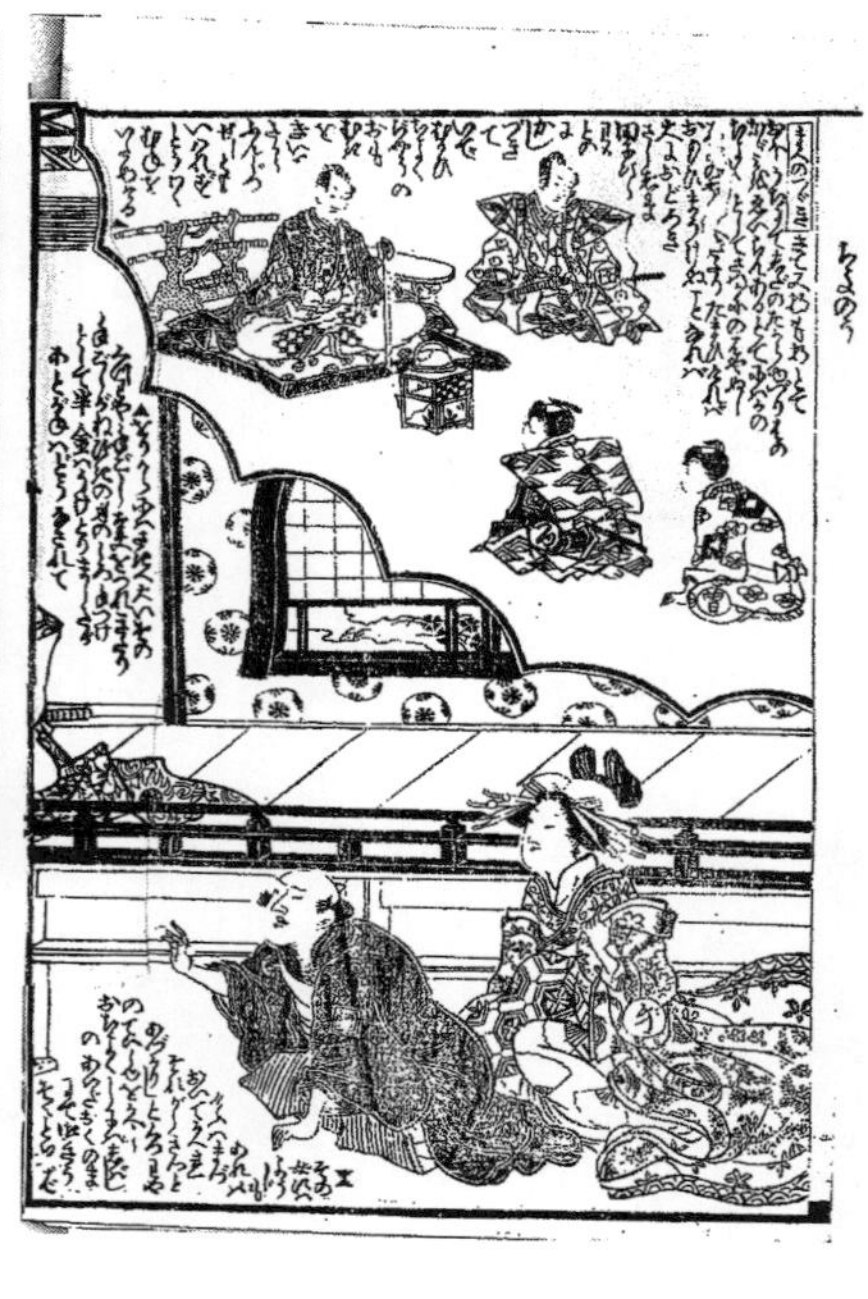

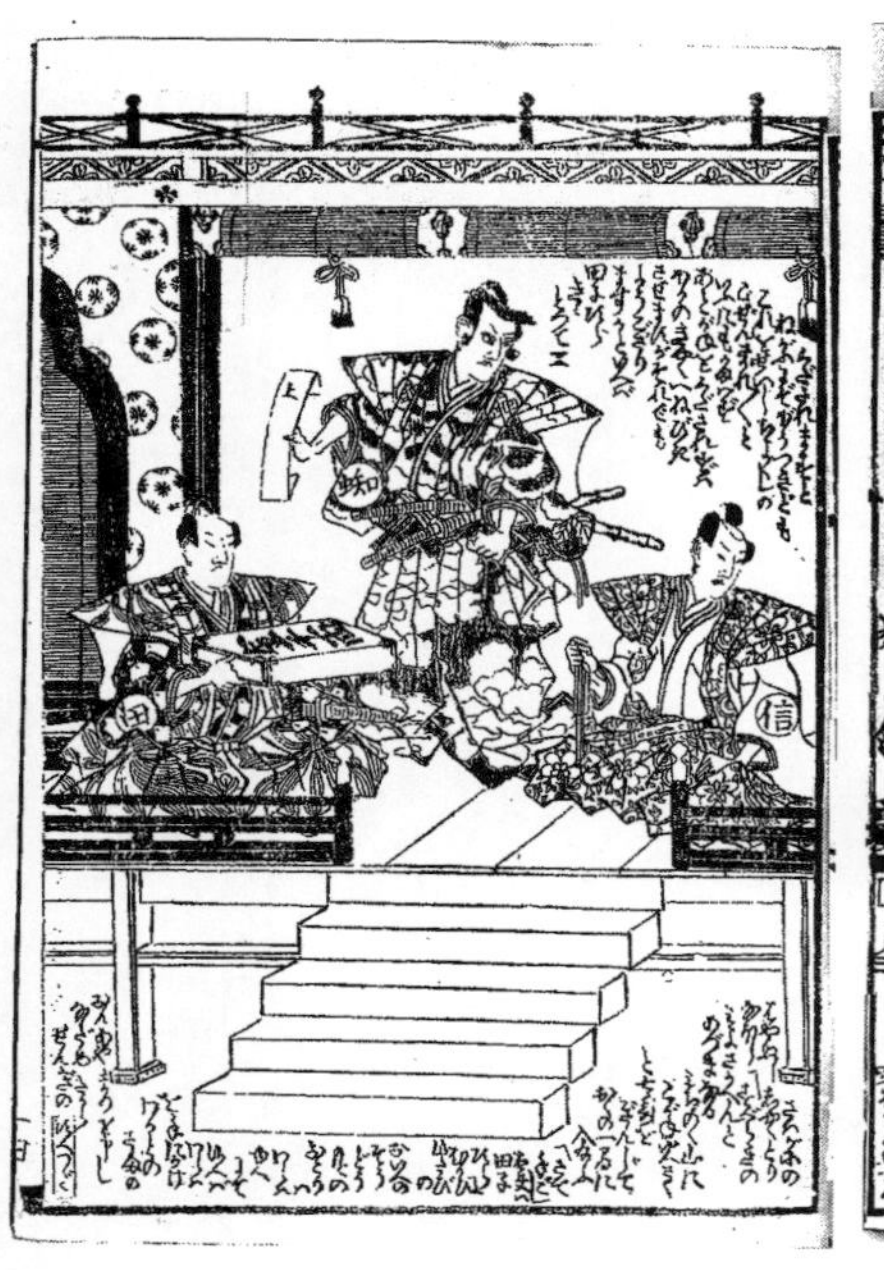

(17) 前の続き　さて又、折も折とて大内にて、信田の宝譲葉の鏡を叡覧あるとて、俄の勅使として沢蟹速主、信田の館へ来り給ひければ、思ひ設けぬ事なれば大に驚き、佐次縞田子次郎、若殿にかしづきて出迎ひ、勅諚の趣を聞いて、宝紛失せしとも言はれず、当惑胸を痛めける折から、庭先へ大磯の轡屋、手越太夫を連来り、手越が根引の身の代、手付として半金は受取りましたが、後金はどうなされて下されますと願ふにぞ、棒突共これを制し、「勅使の御前、下がれ〳〵」と言ふにも構はず、「後金を下されずは、他の客へ根引させせますが、それでもようござりますか」と言へば、田子次郎聞取つて、その女には用事もあれば、今日はまづ、置いて帰れ。某きつと預かりしと、轡屋の亭主を帰し、「御勅使には暫しの間、奥の間にて御休息」と言へば、沢蟹速主、笏取直し、皇の御代栄へんと吾妻なる陸奥山に黄金故咲くと古歌を吟じて、奥の一間に入給ふ。

　さて、手越太夫は田子次郎に向かひ、此度の御家の騒動、元の起りは妾故にて候へば、妾を手に掛け、若殿様

の御誤りを申し宥め、宝詮議の 次へ続く

〔上〕

〔金千両〕

（18） 前の続き 日延べを願ひ給ひ、何事なく御家の治まるやうに御計ひ下されかし。妾が命はさら〳〵厭ひ申さずと、涙ながらに願ひけり。

奥より勅使出で給ひ、「今あれにて聞きしに、奇特なる女が願ひ、その心ざしに免じて、宝詮議の日延べ願ふてくりやう。したが、今吟じた古歌の返答いかに」と言へば、田子次郎（ママ）、千両箱を小脇に抱き静々と出行くを、田子

(18)十四ウ

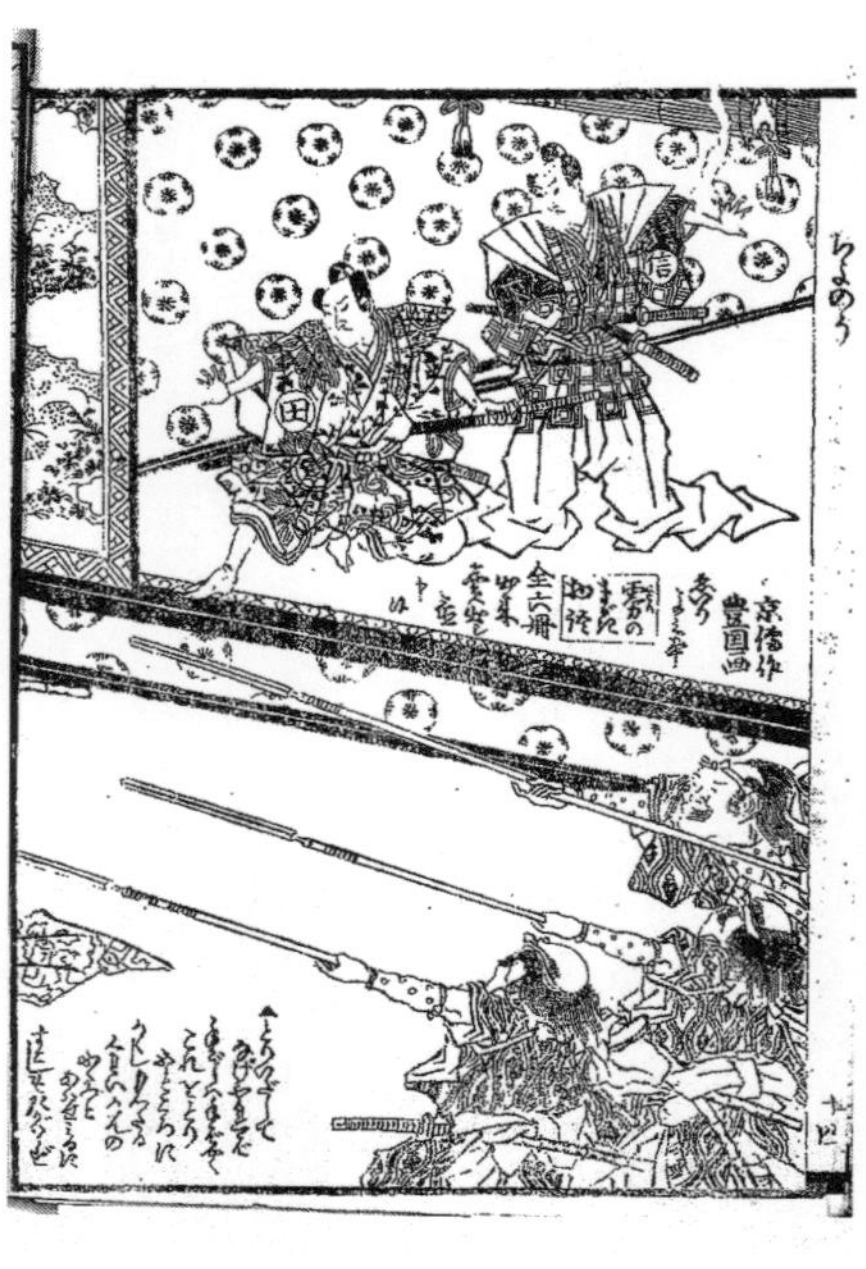

十五オ

次郎、「曲者待て」と呼止めて、大勢槍にて取巻かせ、陣鉦、太鼓を打立てたり。勅使は四方を睨回し、「あゝら仰々しき金鼓の響き」と言ふに、田子次郎、「ヤア先年、当家のために滅びたる赤星冠者が残党。マア〳〵待て」と呼ばゝつたり。勅使は後へ立戻り、小賢しくも見出したり。如何にも我は赤星冠者が一子蜘丸といふ者なり。仇ある当家の信田小太郎が放埒を幸ひに、勅使と偽り入込んで、宝の鏡を奪取らんとせしに、はや紛失なせしと聞き、それを囮に軍用金を掠取らんため、斯く計ひたり。まつた此遊君手越太夫といふ、実は我が妹なり。幼き時別れしゆへ、手越は我を見知るまじ。汝が身に添へたる懐剣の袋の裂と此服紗と合はせ見よとて、懐中より錦の服紗を取出して投遣れば、手越は手早くこれを取り、懐に隠し持つたる懐剣の袋と合はせ見るに、少しも違はず。しばし思案の体なりしが、その懐剣を抜放して、腹にぐつと突立てたり。

○是より手越、手負となつての物語、後編に詳しく記す。

○京伝作　豊国画

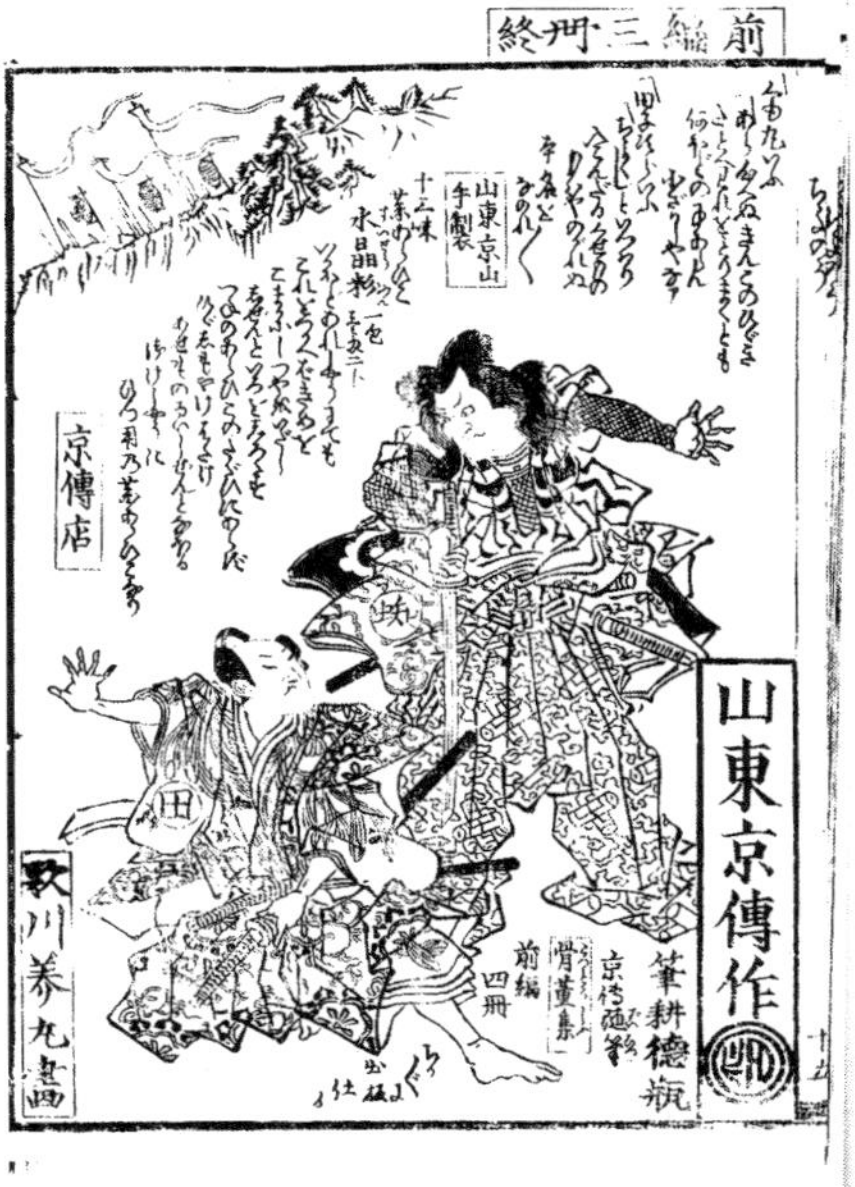

絵入読本 霧籬物語 全六冊 出来売出シ置申候

［金千両］

(19) 蜘丸言ふ、「あら心得ぬ金鼓の響き。たとへ我を取巻くとも何程の事あらん。小賢しやなア」。

田子次郎言ふ、「勅使と偽り入込んだる曲者、もはや逃れぬ。本名を名乗れ〳〵」。

山東京伝作㊞

歌川美丸画

筆耕徳瓶

前編三冊終

京伝随筆 骨董集 前編四冊 近々に出板仕候

山東京山手製 十三味薬洗粉

水晶粉 一包壱匁二分

いかほど荒性にても、これを使へば、きめを細かにし艶を出し、自然と色を白くす。常の洗粉の類にあらず。皹・霜焼・疥・汗疹の類、自然と治る。御化粧に必用の薬洗粉なり。

京伝店

後編見返し

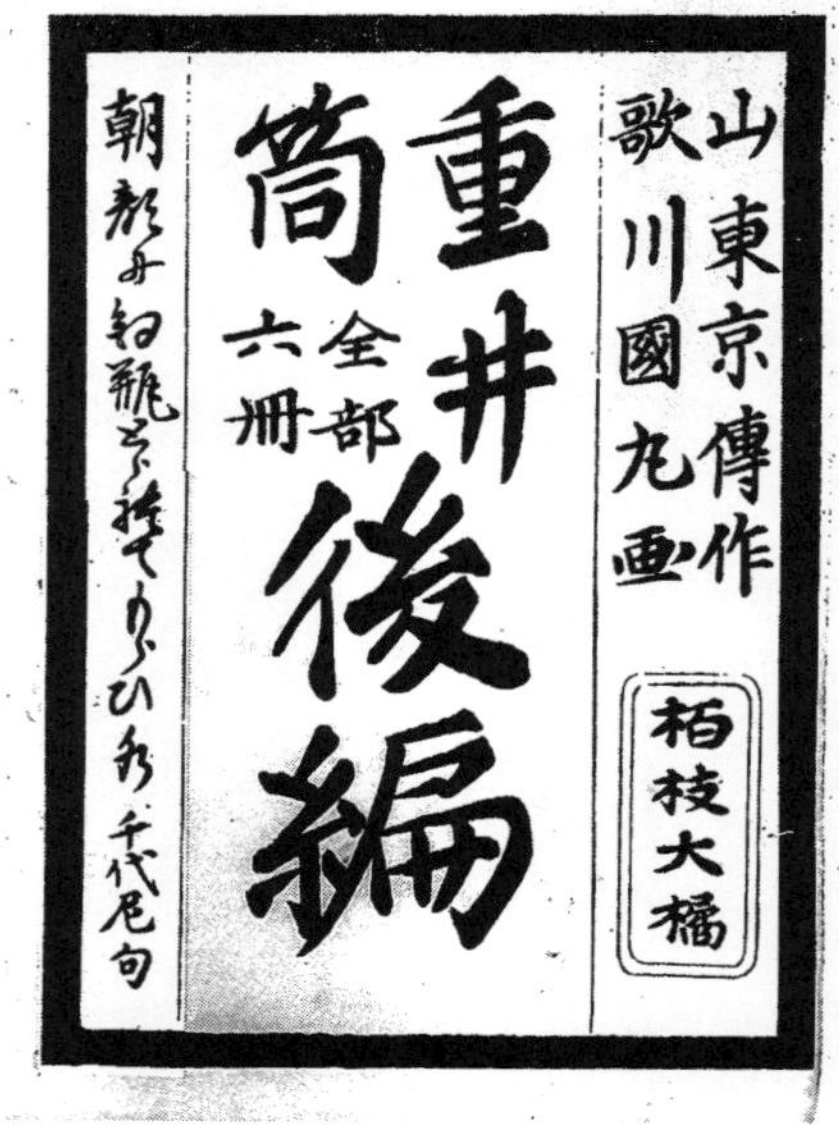

［後編見返し］

山東京伝作
歌川国丸画
栢枝大橋
重井筒　全部六冊　後編
朝顔に釣瓶とられてもらひ水　千代尼句

（20）十六オ

【後編】

【上】

（20）重井筒後編上冊

読み始め　さるほどに手越太夫は、懐剣を腹へぐつと突立たれば、小太郎も田子次郎も、こは、そも如何にと驚くに、手越太夫は苦しき息をほつと吐き、妾が申す事、一通り聞いて給べ。御話し申すも恥かしけれど、私事、実は小太郎様の御胤を腹に宿し、此月はすでに八月になり侍る。今、承れば私は、赤星冠者が娘に違ひなし。父の仇なる此信田の家の小太郎様の胤を我が身に宿しては、父の尊霊へ言訳なし。現在この腹に宿せし子は、父の敵の孫なれば、斯く腹切つて胎内の子を殺すは、父の敵を討つ心。これ兄様、蜘丸殿、晋の予譲とやらは、衣を裂いてさへ敵を討つた心といふ。此腹の子は小太郎様の胤なれば、此子を殺すを敵討つたと思召し、小太郎様を敵として討つ事は、ふつつりと思ひ切つて下さんせ。又、小太郎様も兄蜘丸殿を見逃して帰して下され。これ手を合はして拝みます。此胎内の子は、敵の胤とはいひながら、悪い時節に宿来て、此世の風にもあてずして、闇から闇へ迷はする不憫の者や、可哀やな。さりながら子を殺して兄様が恨みを晴らせば、父御の身代りになる同然、孝の道は立つ、でかしやつた小太郎様、御胤を斯く殺せしは、さぞや憎しと思されん、許して給べと、吐く息もはや絶へぐの四苦八苦。亡き父思ひ、兄思ひ、

次へ続く

後編三冊　歌川国丸画㊞

(21) 前の続き 妻を思ひ、子を思ふ、四つの思ひに身を捨て丶、哀れ儚く息絶へたり。さしも剛気の蜘丸も、妹が切腹の心を感じて、小太郎に手向ひせず。小太郎、田子次

郎も手越が最期を不憫に思ひ、蜘丸を見逃して支へ、されば蜘丸は、重ねての見参と、館を睨んで静々として出て行く。小太郎、田子次郎は、一度彼を見逃すとも、世界の内は放飼と、出行くまゝに止めもせず、此時、館鳴動して大きなる土蜘蛛現れ出たり。これは赤星冠者が霊魂、土蜘蛛と姿を現し、娘手越が最期を悲しむ故とかや。

斯くて田子次郎、大磯の轡屋に手越が身の代を残らず遣はし、手越が亡骸は菩提所に葬りて、後懇ろに弔ひぬ。

○斯くて又、信田の館より縞川駄平が行方を尋ね、譲葉の鏡を取返さんと絵姿をもつて、諸所方々を捜しけり。

○こゝに又、鎌倉扇ケ谷の重井筒屋徳兵衛、ある日、金沢へ用あつて朝比奈の切通しを通り、水茶屋に休らひけるが、水茶屋の娘於不佐といふが、徳兵衛を見て不思議そふな顔をして目を離さず。徳兵衛も此娘を見て訝しみ、互ひにとつくと顔見合せ、徳兵衛、そなたはいつぞや甘縄の社にて、色香姫と偽りし女ならずや。於不佐、そふ仰やるは、信田の小太郎様と名乗つた御方。そんなら御前も偽物であつたか、と 次へ続く

(22)十七ウ

十八オ

(22) 前の続き 驚くを、こりやと制して徳兵衛、懐中の矢立を取出し、持扇に何やら書いて於不佐に渡す。於不佐取上げ、これを見て、なに〳〵、春咲かぬ花や心の深見草、ム、、そんなら浮牡丹の香炉の偽物も御存知かと驚く折しも、隣の店で山鯨を売る白升婆々といふ老女来りければ、二人は何も言はずして別れけり。

○信田の家来、村々の百姓どもに縞川駄平が絵姿を渡し、「此者を尋出さば、褒美の金は百両下さるべし」と言ひ渡して立帰る。村長、絵姿を受取り、とつくと見て独り言に、「これはどふやら滑川の東村に住む浪人、玉造力太郎とやらによく似た」と呟く。後ろに縞川駄平、深編笠に顔隠し、つつと寄つて村長が喉頸摑んでぐつとひと締め、アツと絶入る死骸をば、滑川へ蹴落として、絵姿奪つてとつくと眺め、東村の力太郎、ムウと心に一思案。絵姿巻いて懐に、川岸伝ひに急行く。

○それはさておき、こゝに又、縞川駄平が弟、玉造力太郎は滑川の東村に住みて 次へ続く

縞川駄平

縞川駄平絵姿

［あさいな／きりどほし］

［御せんじ茶／御休所］

［ぼたん／もみぢ］

(23) 前の続き 侘しく暮らし、一子力之助は今年六つになり、妹は元駿河の国浮島郡領の息女色香姫の腰元にて、撫子といひしが、今は暇を賜りて兄力太郎と同じく住み、於不佐と名を変へ、朝比奈の切通しに茶店を出し、兄の貧苦を助けけり。白升婆といふは、朝比奈の切通しに牡丹、紅葉の吸物店を出して渡世とし、折々、力太郎方へ来りて内外の世話を焼く。これには一物あるなるべし。

於不佐は腰元撫子といひし時、鹿嶋舟右衛門が計ひにて色香姫と名乗り、甘縄の社にて小太郎と見合をせしが、此頃茶店に休らひし町人は、その時、小太郎といひし人に違ひなく、ことさら扇に牡丹花老人の句を書いてくれたるは、浮牡丹の香炉を偽と知つたる謎ならんと、いろ〳〵思案して居る所へ、掛取ども大勢来りて、厳しく掛を乞ひけるが、折節、白升婆来り、懐より金を出して掛取に与へ、此場の難儀を救ひければ、力太郎も於不佐も気の毒がり、「礼は言葉に述べられず」と言へば、白升婆、「なにさ、礼には及ばぬ事」、言ひ捨て我が家へ帰りけり。

○斯くて縞川駄平は深編笠にて此所へ尋来り、笠を脱いで内に入、「弟力太郎、久しや」と言へば、力太郎、これは〳〵兄駄平太殿、久々の対面と挨拶終はり、「此頃聞けば、信田の館の騒動、元の起りは御身の悪い心から」と、いろ〳〵理を尽くして言ひければ、駄平はわざと 次へ続く

[通帳]

(24)

前の続き

萎れたる体をなし、そふ言ふは皆もつと

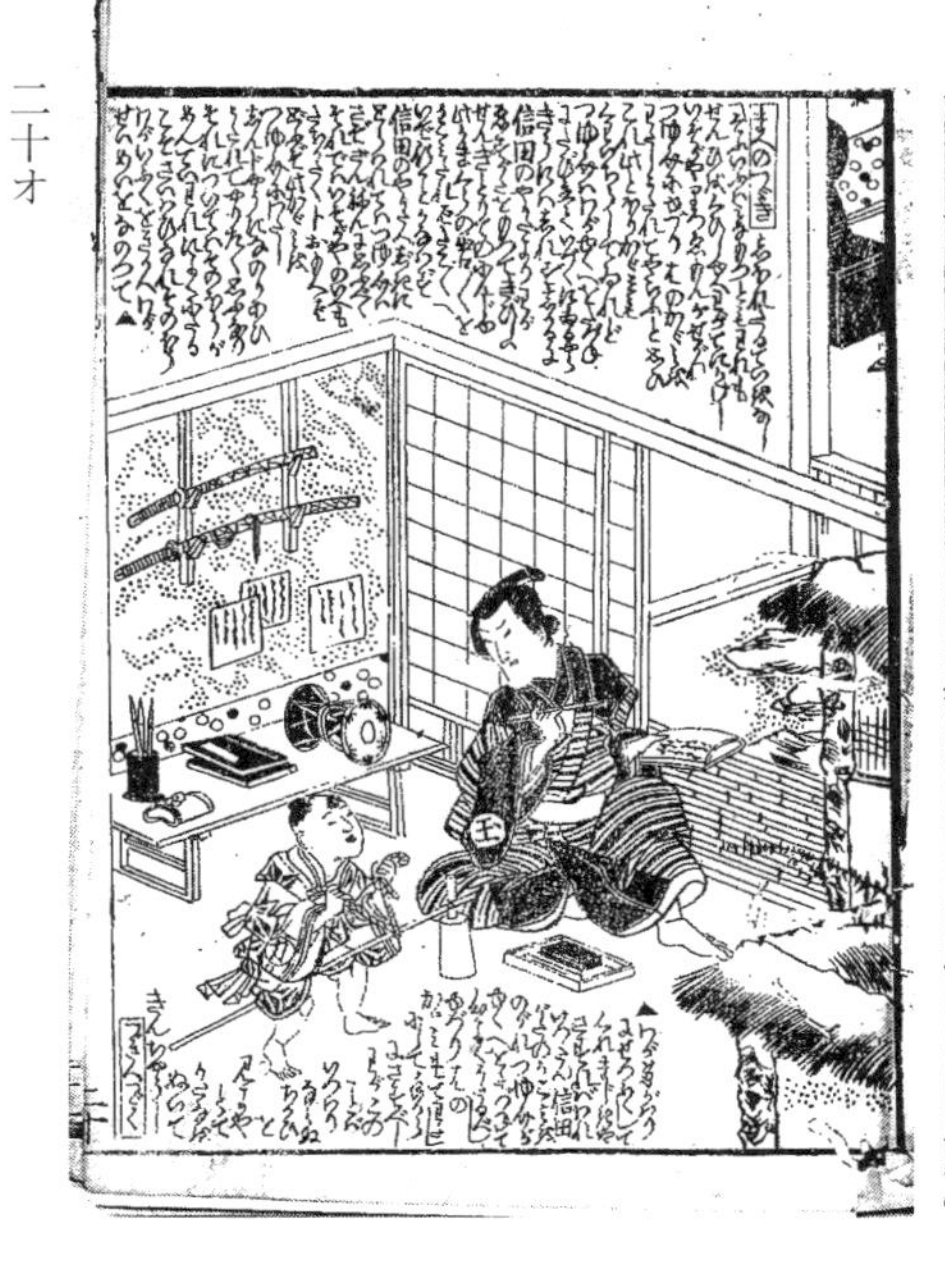

も。我も先非を悔ひしゆへ、我が手に掛けし磯ケ谷律右衛門が倅露介に譲葉の鏡を渡し、討たれてやらふと思ひ、これ此通り鏡も懐中してゐれど、露介は我が行方を尋ねに旅立て、何処に居るやら急には知れず。然るに信田の館より我が絵姿をもつて厳しい詮議。捕手の人数、此鎌倉の出口〱を囲みたれば、他国へ出行事叶はず。信田の館へ直に捕はれては、露介はさぞ残念に思ふべく、それでは磯ケ谷の家も立難くと思へば、どふぞ此鏡を露介に渡し、尋常に名乗合ひ、討たれてやりたく思ふなり。それについては、その方が面体、我によく似たるこそ幸ひなれ。その方、我が衣服を着替へ、我が姓名を名乗つて、我が身代りに切腹してくれまじきや。さすれば我、一旦、信田方の囲みを逃れ、露介が行方を尋ねて、心よく討たるべし。譲葉の鏡も手渡しにして手柄にさすべし。我がこの言葉、偽りならぬ誓ひを見よやとて、刀を抜いて金打し、

次へ続く

(駄)「よし〱。幸ひ家に居るそふな」

(玉)「案内を乞はしやるは、何人でござるぞ」

(25)二十ウ

(25) 前の続き 如何にも実心に返りたる体をなしければ、さしもの力太郎も真に受け、「如何にも御身の身代りに切腹して、一旦、囲みを解かせ、この鎌倉を立退かせ申すべく候へば、その言葉を違へず、譲葉の鏡を露介に渡し、尋常に彼に討たれて、彼が武士道を立てゝやり候へ」と言へば、駄平は、してやつたりと心に喜び、なほ様々偽りを言ひつゝ、互ひに衣服を取替へて、駄平はひとまづ立帰らんとしたる折しも、門口の竹藪の内より信田の荒子躍出で、駄平動くなと打つてかゝるを、心得たりと身をかはし、有合ふ砧の槌をもつて両人の荒子共を打倒し、一散に走行く。荒子共はやう〳〵に起上がり、遠くへ行くまい、ヲヽ、そふじやと、跡を慕ふて追行きぬ。

後編三冊　文化九申五月稿成

【中】

(26) 後編中冊 前の続き 後には一人力太郎、ひたすら涙を落としつゝ、あゝ悪人なれども兄のため、身代りとなるは、せめては兄

を卑怯未練に逃隠る、者と言はせたくなきゆゑ、二つには磯ケ谷露介に武士道を立てやりたさ。どふで此身は埋れ木の花咲く春もなき身なれば、命はさらに惜しからねど、主人や親のために身代りとなり、死るほどの功もなく、兄とはいへど悪人の身代りとなり、汚名を着て死る事、よく〳〵武運に尽きしよな。罪人の兄の身代りとなるは、古主信田の御屋形を欺くに似たれども、これも兄が所持してゐる譲葉の御鏡を恙なく、御屋形へ戻したいばつかり。許させ給へ御主人様と、我が正直なる心より、兄の偽る謀とは露知らず、我死なば、妹の於不佐めも、さぞや嘆かん不憫やな。如何なる人にも身を寄せて、路頭に立ぬやうにしてくれと、かれを思ひ、これを嘆き、涙に咽びゐる折しも、一子力之助、砧の槌を竹に結付け、竹馬にして打またがり、お馬が通る、先退け〳〵先退けろ。はいしいどうと、余念なく遊び惚けて立帰り、親の心子知らずと、譬の節の頑是なく、これ父様。わしやよく遊んできたによつて、何ぞくんなと取縋る。力太郎は胸迫り、「ヲ、叔母の於不佐も日が暮れたら帰るであろ。おとなしく遊んで

ゐよ。どりや褒美やりましよ」と言ひつゝ、立て、仏壇に供への菓子も、末香の匂ひの染みた軽焼の甘きも、親の慈悲なりけり。

力太郎、力之助を膝の上に抱上げて、心の内の暇乞。あゝ女房は此子を産んで、産後に空しくなりしゆゑ、此子は母の顔も見知らず。我、男の手ひとつにてこれまで育上げしゆゑ、片時も我が手を離れず。わづか近所へ行くにさへ、後を追ふて泣喚き、夜も我が肌に付けねば寝かぬるほどの奴なれば、我亡き後は、さぞや慕はん不憫やと、親子一世の別れ際、落涙袖を絞りけるが、力之助、父の顔を覗見て、「父様、何故に泣かしやるぞ。わしも悲しい〳〵」と 次へ続く

（27） 前の続き 言はれてなほも咽返り、しばし俯居たりしが、時刻延びては詮なしと思切り、硯取出し白紙に、御注進の事、一ッ、絵姿をもつて御尋ねある縞川駄平、当村の藪続きに隠忍び候間、急ぎ御搦取り可被遊候、と

書終はり、これ坊よ、此書付を村長殿へ持つて行け。賢い者じや、早く行け。賃にはこれをやるほどに、飴など買へとやる銭の、数も冥土の六道銭。頑是なき子は嬉しげに、書付持つて行く影を、此世の名残と見送る親。腹切刀携へて出んとしては倒伏し、しばし嘆きてゐたりしが、あ、我ながら未練なりと思切り、駄平が衣服を着替へて、滑川の松の木の下にて腹切つて死したりけり。

これより此家の後ろの体　妹の於不佐は斯くとも知らず、朝比奈の切通しの茶店を仕舞ひて帰り道、我が家の裏の藪際にて、重井筒屋の徳兵衛に出会ひ、積もる数々話しけるが、徳兵衛は縞川駄平に頼まれ、偽小太郎となりし始め終りを詳しく語るにぞ、於不佐は鹿嶋舟右衛門が計ひにて、色香姫となりし謂れを残らず語りければ、徳兵衛曰く、「我がためには、信田は恩ある御出入の御館にて、御主人も同然なり」と言へば、於不佐曰く、「浮島の御館は私が御主人。信田は、すなはち兄力太郎殿の御主人にて、

次へ続く

[御休所／御せんじ茶]

(28)二十二ウ

二十三オ

（28）前の続き いづれも恩ある主家なり。これより二人心を合はせ、譲葉の御鏡を取返して、御館へ差上げ、小太郎様と色香姫様の御祝言を調ふべし。左様なくては、我々が一旦、偽物となりて御両家を欺きたる言訳立たず」。ヲ、偽物となりたるも、我々が心より出たる事にはなけれども、今思へば大きなる誤りなり。さりながら於不佐殿、こなさんは舟右衛門様の頼みにて、縞川駄平が謀の裏をかくため、色香姫と偽つたれば、言はゞこれも忠義の端。我こそ大きな誤りなり。何言ふも今は甲斐なし。かの鏡を尋出せし上は夫婦となり、末睦ましく連添ふべし。二人がためには、かの鏡は結ぶの神なれば、随分心を尽くして尋ぬべしと、示合はせて別れけり。

○縞川駄平は、まんまと力太郎を欺きたれど、たとへ囲みを解きたりとも、路銀なくては遠国へ走る事なり難し。いかゞはせんと思ふ所へ、朝比奈の切通しの白升婆来り、其鏡を質に取らんと言ふゆゑ、これ幸ひと相談を極め、譲葉の鏡を五十両の質にして白升に渡し、金を受取り、「我、世に出なば、しつかりと利を付けて請戻すべし。それまでは確かに預けた。必ず人手に渡すまいぞ」と言へば、白升「ヲ、しつかりと預かりました。必ず気遣ひさつしやるな」と言葉を番へ、双方へ別行きぬ。
○さて力太郎は駄平が衣服を着替へ、腹切つてゐたる所へ、村長の案内にて信田の家来大勢来り。絵姿に合はせて面体を見るに、駄平に紛ひなく見へければ、実の駄平と思ひ、運命尽きて腹切りしならんと察して、首打落とし、首桶に入て立帰り、鎌倉の出口〳〵の囲みを解かせければ、駄平は喜び、力太郎が衣服を着て頬被に顔隠し、鎌倉を忍出んとして、小動の辺を馳行ける折しも、向ふの方より磯ケ谷露助、下部曾根蔵を連れて此所に来掛かり、駄平とすれ違ひ、朧月にて顔は定かに知れねども、怪しき奴と思ひつゝ、両人支へ止めけるが、駄平は袖に顔隠し、暗へ紛れに擦抜けて、行方も知れずなりにけり。白升婆は譲葉の鏡を質に取り、月影に透見て、心の内に喜びゐたる後ろの方に於不佐、身を潜めてこれを窺ひ、正しく譲葉の鏡と思ひ、なほも目を付け居たりけるに、白升はそれとも知らず、鏡を懐中して行かんとするを、於不佐は物陰よりつつと出て、「婆々さん、待つて」と呼止める。白升はびつくりせしが、さあらぬ体にて、をや〳〵誰だと思つたら於不佐さんか。此子はまあ何のこつたな、仰山な。用があるなら早く言ひな。アイ用といふは、あの。此鏡が欲しいといふのか。アイマアそんなものじやわいな。ヱ、いけ厚かましい女つちようだ。大金を出して骨を折つて、やう〳〵取つた此代物。ヲイそれ、やらふといふ者があらふか。そんな事をぬかそふより、おれが言ふこと聞いて、大磯へ勤めに行け。これやい、何時ぞやから、わいら兄妹に藪酒手を使つておくも、兄の力太郎をこつちの味方に付けやうばつかり。何かに事寄せ探つて見ても、とても得心せぬ体なれば、うぬを売つて腹を癒るのだ。サア失しやアがれ。

次へ続く

(29)二十三ウ

二十四オ

(29) 前の続き イ、ヤ行くまい。その懐の一品は信田の重宝譲葉の御鏡に紛れない。その鏡を早くこつちへ渡さんせ。ヲ、それ、知られては惜しい代物だが、もふ生かしてはおかれねへ。観念せよと、懐より取出したる出刃包丁を逆手に取つて斬付くれば、於不佐はちやつと身をかはし、抜けつ潜りつ立回りて、鏡を取らんと気を焦る女の一念、黒髪も風に乱るゝ柳の枝。婆に一味の悪者共、追ひ〳〵に馳集まり、於不佐を囲みて打取らんと土橋の上に争ふ折しも、彼方の寺の夜念仏、鐘も幽かに打混ぜて、夜嵐さつと吹来る。雨に漲る滑川、次へ続く

[徳]

(30) 前の続き なほ物凄き水音に、煌めく月も雲に入、文目も分かぬ闇の内、電光石火と閃く庖丁、於不佐が肩先すつぱりと斬付けられて流るゝ血潮。「アツ」と一声仰様に倒るゝ折しも、向ふより提灯の光見へければ、見付けられしと臼升も、三人の悪者も後をくらませ逃行きぬ。斯かる所へ重井筒屋の徳兵衛来かゝり、土橋の上にさ

しかゝりて、手負に躓き、よく〳〵見れば於不佐なる故びつくりし、懐中の気付を与へなどして介抱しけるに、やう〳〵蘇りければ、まづ喜び、傷口を見るに、さまで深傷にもあらざれば、なほ様々気配りして介抱しけるにぞ、於不佐は痛み耐難ければ、徳兵衛が介抱に励まされ、苦しき息を吐きつゝ、白升婆が鏡を持居たる事を語り、「斯く手を負はせて逃行し」と言へば、徳兵衛は歯嚙をなし、我、今一ト足早くんばと、拳を握りて口惜しがりぬ。此時、雨止みて月の光現れたり。

さて又、磯ケ谷露介は、縞川駄平、滑川の松の木の下にて腹切て死せしといふ噂を聞き、父の敵駄平、自殺しては、もはや討つべき敵なく、斯く旅路にさまよひ、心を尽くして彼が行方を尋ねたる甲斐もなく、殊に彼死しては譲葉の鏡の行方も知れず。これ皆、我が武運の拙き所なりと嘆息し、下部曾根蔵と共に滑川の松の木の下を目当てに尋来り、駄平が死骸と思しきを見れば、次へ続く

［磯］
［根］

(31)二十五ウ

(31) 前の続き 首なきゆへ、少し疑はしく思ひ居たる所へ、玉造力太郎が一子力之介、村長方より帰り道、此死骸を見付け、首はなく、衣服は駄平が衣服を着替へたれども、さすが親子の血筋にや、子心にも父の死骸と心付き、取縋りて、「父様のふ」と揺動かし、声を放ちて泣きければ、彼方に於不佐を介抱して居たる徳兵衛、その声を聞付け怪しみ、於不佐も此時、痛み少し薄くなりければ、徳兵衛に介抱されて、こなたに来り見てければ、力之助、死骸に取付き泣きゐたれば、大に驚き、様子はいかにと問ひけれども、頑是なき幼子なれば何にも知らず。然るに於不佐、ふと力之介が巾着に心付きて内を見れば、力太郎が於不佐への書置、何時の間にか入置きたり。於不佐と徳兵衛と月影に透見て、さては兄、駄平殿の身代りに、それと名乗つて切腹ありしか。労はしやと、詳しき訳を初めて知り、於不佐、徳兵衛もろともに嘆きは筆に尽くされず。時に徳兵衛言ひけるは、「如何ほど嘆いても帰らぬ事、譲葉の御鏡の行方、白升婆が手にありと知れたる上は、御身、傷の養生して、我と心を合はせ行方を尋ねて取戻し、信田の館へ差上るが肝要なり」と言ひて、駕籠を雇ひて手負の於不佐を乗せ連帰らんとしたる所へ、白升婆に頼まれたる悪者共立戻り、於不佐が駕籠を奪はんとしたるが、不思議や力太郎が死骸の胸元より一団の心火燃出て、力之助が懐へ入とひとしく、幼子の力之助たちまち大力となり、悪者共を投散らし蹴散らしけるは、心地よかりし有様なり。徳兵衛は大に喜び、於不佐が駕籠を急がせつゝ、力之介が手を引いて、ひとまづ我が住処、扇が谷へ帰りけり。次へ続く

【下】

(32)前の続き 後編下冊 斯くて徳兵衛は、露助・曾根蔵両人にも対面し、実の駄平めは逃去り、譲葉の鏡は白升婆が手に入たる由を語り、「於不佐が手傷平癒致しなば、某ともに白升が行方を尋ね、鏡を取返して、御前の御手へ渡しましやう。さすれば我々両人が一旦、偽りたる申し訳も立ます」と言へば、露介これを聞、然らば鏡の事は其許を頼み申す。我ら両人は駄平が跡を追駆けて打取るべしと、別れを告げて出行きぬ。

(32)二十六オ

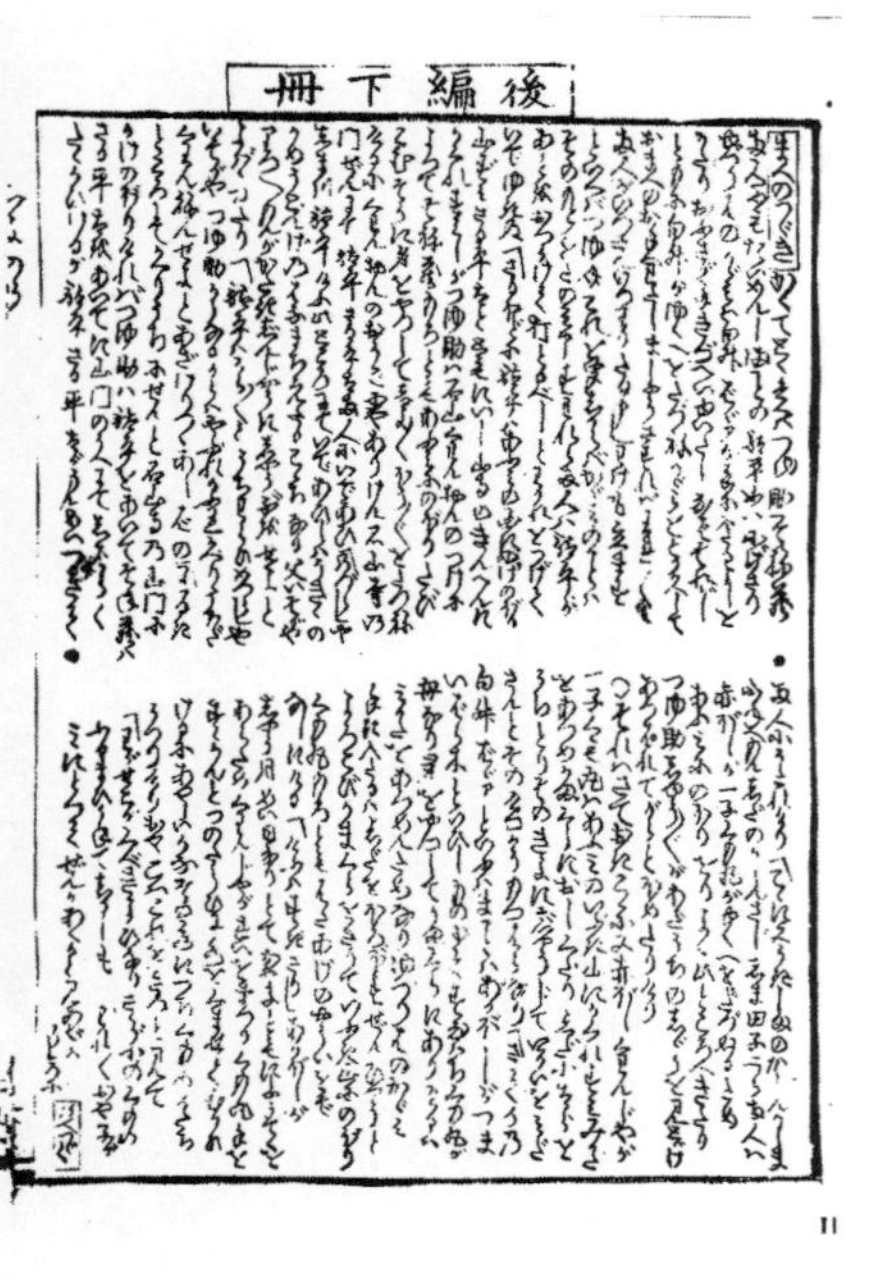
後編下冊

さる程に駄平は、近江の国に逃上る。山住猿平太と共に、石山寺の近辺に隠住みしが、露助は石山観音の告によつて、曾根蔵もろとも近江に上り、旅虚無僧に身をやつして所々方々を尋ねけるに、観音の応護にやありけん、石山寺の門前にて駄平・猿平太両人に出会ひ、「珍しや縞川駄平、今日、此所にて出会ひしは浮木の亀、優曇華の花待得たる心地なり。父磯ケ谷律右衛門が敵、尋常に勝負をせよ」と呼ばはゝつたり。駄平は、から〳〵と打笑ひ、「珍しや、磯ケ谷露助。斯うなるからは破れかぶれ返討だ。観念せよと嘲りつゝ、足場の悪き所にて返討にせんと、石山寺の山門に駈登りければ、露助は駄平を相手、曾根蔵は猿平太を相手に山門の上にて暫く戦ひけるが、駄平、猿平太が運命尽きて、両人に討たれけり。

こゝに又、浮島の家臣鹿嶋舟右衛門・信田の家臣佐次縞田子二郎両人は、赤星が一子蜘丸が行方を尋ぬるため近江に上り、折よく此所へ来り、露助主従が仇討の始終を見届け、天晴手柄と褒めたりけり。

○それはさておき、こゝに又、赤星冠者が一子蜘丸は

(33)二十六ウ

二十七オ

近江の伊吹山に隠住み、味方を集め鎌倉に押下り、信田小太郎を討取り、その虚に乗じて四海を乱さんと、その結構専らなり。

さて、かの白升婆といふは、実は赤星が妻茨木といひし者にて、すなはち蜘丸が母なり。身をやつして鎌倉にありけるは、味方を集めんためなり。譲葉の鏡手に入たるは、信田を滅ぼす前表と喜び、鎌倉を去りて伊吹山に登り、蜘丸もろとも旗揚の用意をぞなしにける。今日は過去りし赤星が祥月命日なりとて、親子共に装束を改め、冠者が霊を祀り、蜘丸、手を濯がんと角盥に水を汲ませて向かひけるに、怪しい哉、その水に土蜘蛛の形映りけり。細蟹の蜘蛛の振舞、かねて験も、我々親子が身にとつて善か悪かと見上ぐる後ろに、次へ続く

(33)
近江の国石山寺山門
露助、曾根蔵、縞川駄平、山住猿平太を討つ。

（34）二十七ウ

二十八オ

（34）前の続き　赤星が亡霊彷彿と現れければ、ます〱怪しみ思ふ折しも、陣鉦、太鼓を打鳴らし、鬨をどつとぞ挙げたりける。蜘丸は突立上がり、「あら仰々しき金鼓の響き。さては我々親子が此山に隠住む事を知つて取巻くよな」と言ひつゝ、亭に駆上がり、向ふの山を見渡せば、大旗、小旗、裾濃の旗、翩翻と風に靡き、いと凄じき有様也。次へ続く

（35）前の続き　程もあらせず、信田故太郎、佐次縞田子次郎を従へて入来れば、続いて鹿嶋舟右衛門、力太郎が一子力之助を連来り、数多の軍兵取巻いたり。蜘丸は阿修羅王の荒れたる勢ひ、茨木は男勝りの老女なれば、長刀を小脇に掻込み、親子もろとも、死物狂ひに猛威をふるひ、火花を散らして戦ふといへども、遂に運命尽果て、蜘丸は腹掻破り、老母は喉を突破りて、親子もろとも滅びたり。此時、老母、譲葉の鏡を谷川へ投入しが、血潮の穢れに水を吹上、不浄を祓つて御鏡は光を放つて現れた

り。

於不佐は手傷平癒して、徳兵衛もろとも草刈に身をやつし、先達て此山中に入込み居たるが、この時、此所へ駆付け、鏡を取上喜ぶところへ、露助・曾根蔵両人は、一味の山立共を討取り、此所へ来りければ、徳兵衛は約束の如く鏡を露介に渡して、直に故太郎に奉りぬ。

此時、玉造力太郎が霊魂現れ、一子力之助に力を添へて、一味の山立共を討取つたり。手越太夫が霊魂も現れて、母と兄の滅亡を悲しみけり。

○斯くて故太郎は直に都に上り、武将義政公に謁して、蜘丸母子を打取りたる事を申上ければ、義政公、御賞美あつて所領を増し賜り、首尾残る所なく鎌倉に帰館あり。かねて約せし如く、譲葉の鏡と浮島の宝浮牡丹の香炉を取替へて結納の代りとなし、吉日を選みて色香姫と婚礼あり。さて田子次郎、［上へ続く］［下へ続く］露介らに加増を賜り、下部なれども曾根蔵が忠義抜群なりとて、数多の褒美を下され、死失せたる者なれども、玉造力太郎が勘当を許して一子力之助を育て、玉造の家を相続さすべしと、田子次郎に仰せあり。手越太夫と力太郎が菩提のために五輪の塔を造りて、鎌倉の辻々に立給ふ。搭が辻とて、今にその古跡あり。次へ続く

（36）前の続き露助は父律右衛門が菩提のために厚く仏事を営みけり。浮島郡領は舟右衛門に加増を与へてその功を賞し、信田・浮嶋の両家睦まじく、信田をば由井の長

(36)二十九ウ

三十オ

者といひ、浮島をば三保の長者と呼做して、行末久しく栄へけると言ひ伝ふ。されば悪人は天罰によりて、こと〴〵く滅び、善人は天の憐れみによつて、一度衰へたるも再び栄へ、万々歳とぞ祝しける。

力太郎
手越太夫

京伝随筆 雑劇考古録 全五冊
芝居に与かりたる古図古画を集め考を記し昔の芝居を今見る如し 近刻仕候

京伝作 豊国画 双蝶記
一名霧籬物語 読本六冊 出板売出し申候

(37) 於不佐は望みの如く徳兵衛と夫婦になり、数多の子をまうけて家富栄ゑ、汲めども尽きぬ鉄釣瓶、重井筒の浄瑠璃を作替へたる物語、拙き筆に書作る。めでたし〳〵〳〵〳〵。

後編三冊 文化九申六月稿成 同十酉春新絵草紙
馬喰町二丁目 森屋治兵衛板

(37)三十ウ

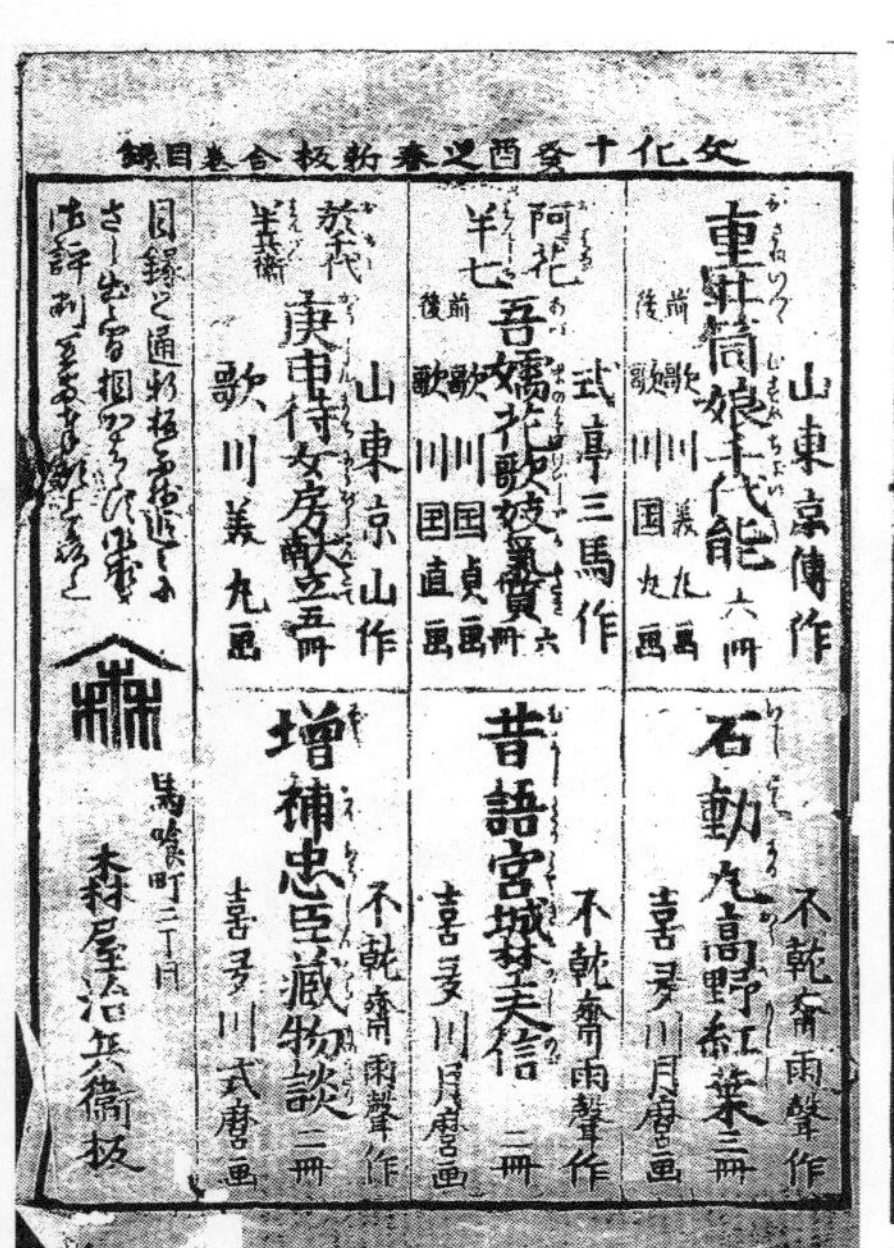

文化十癸酉之春新板合巻目録

東井筒娘千代能 六冊 山東京傳作 歌川国丸画

石動丸高野紅葉 三冊 不乾斎雨声作 喜多川月麿画

阿花吾嬬花歌妓 六冊 式亭三馬作 歌川国貞画

昔語宮城野美信 二冊 不乾斎雨声作 喜多川月麿画

庚申待女房献立 五冊 山東京山作 歌川美丸画

増補忠臣蔵物談 二冊 不乾斎雨声作 喜多川式麿画

馬喰町三丁目 森屋治兵衛板

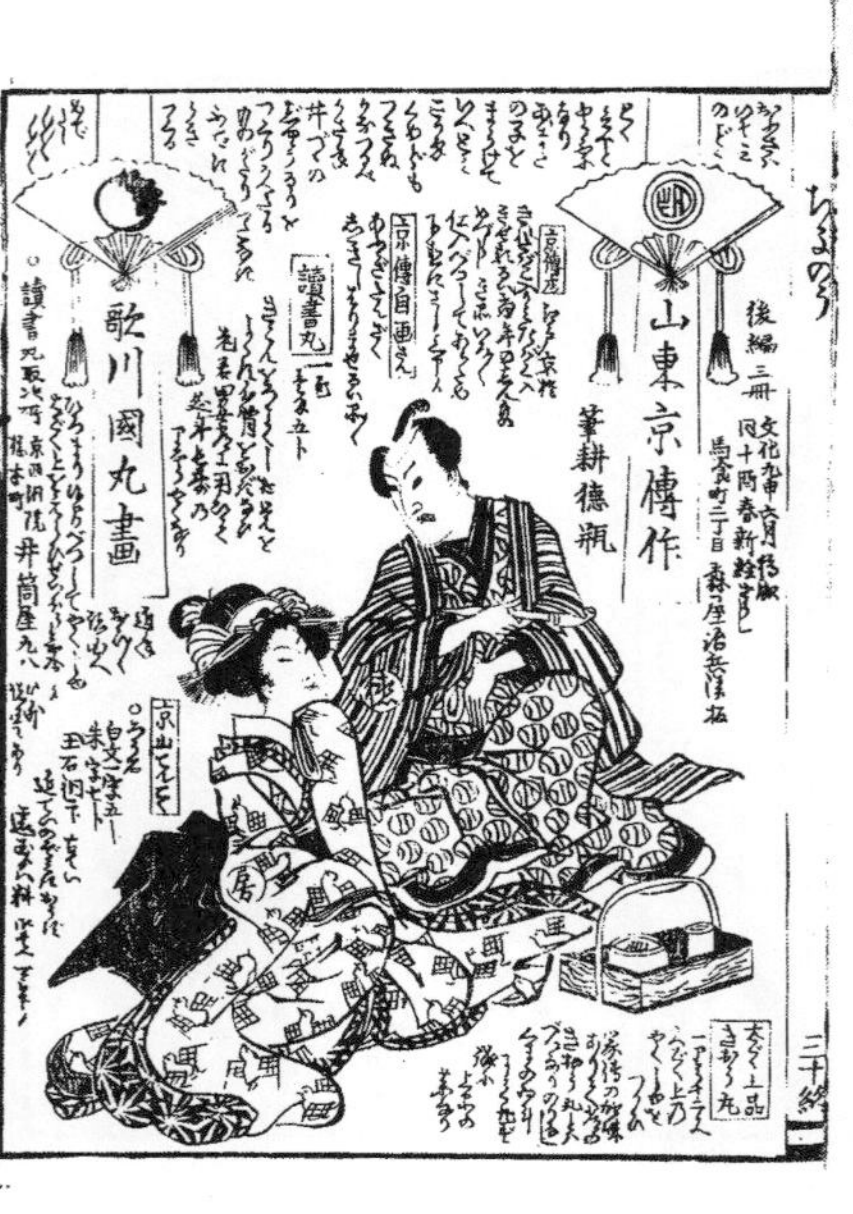

㊞山東京伝作
㊞歌川国丸画
筆耕徳瓶

京伝店 江戸京橋

裂煙草入・紙煙草入・煙管類、当年の新物珍しき品いろ〳〵仕入、別して改め下直に差上申候。

京伝自画賛 扇・短冊・色紙・張交類品々。

読書丸 一包壱匁五分

気根を強くし物覚をよくす。心腎を補ひ、老若男女常に用ひて延年長寿の良薬なり。近年追々諸国へ弘まり候間、別して薬種大極上を選び製法念入申候。

○読書丸取次所 京西洞院槙木町 井筒屋九八 此外諸国にあり。

京山篆刻 ○蠟石、白文一字五分、朱字七分、玉石銅印古体近体望みに応ず。遠国よりは料御添へ可被下候。

大極上品奇応丸 一粒十二文

大極上の薬種を使ひ、家伝の加味ありて、常の奇応丸とは別なり。糊なし、熊胆斗にて丸ず。誠に上品の薬なり。

天竺徳兵衛(てんぢくとくべゑ)お初徳兵衛(はつとくべゑ)ヘマムシ入道昔話(へまむしにうどうむかしばなし)

応安の頃

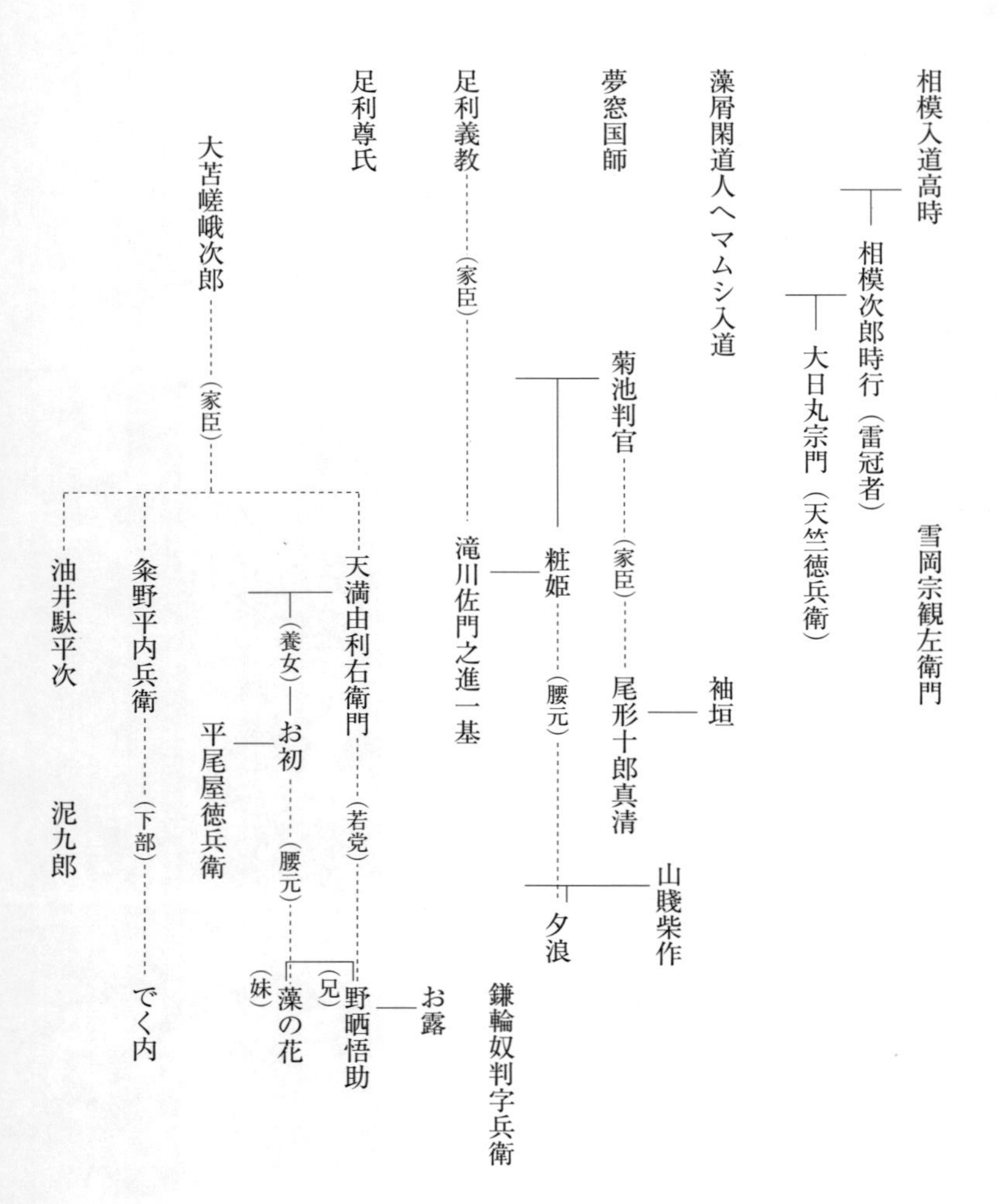

相模入道高時
相模次郎時行（雷冠者）
大日丸宗門（天竺徳兵衛）
雪岡宗観左衛門
藻屑閑道人ヘマムシ入道
袖垣
夢窓国師
菊池判官
（家臣）
尾形十郎真清
山賤柴作
粧姫
（腰元）
夕浪
足利義教
（家臣）
滝川佐門之進一基
鎌輪奴判字兵衛
お露
足利尊氏
大苫嵯峨次郎
（家臣）
天満由利右衛門
（若党）
野晒悟助
（兄）
（養女）
お初
（腰元）
藻の花
（妹）
平尾屋徳兵衛
粂野平内兵衛
（下部）
でく内
油井駄平次
泥九郎

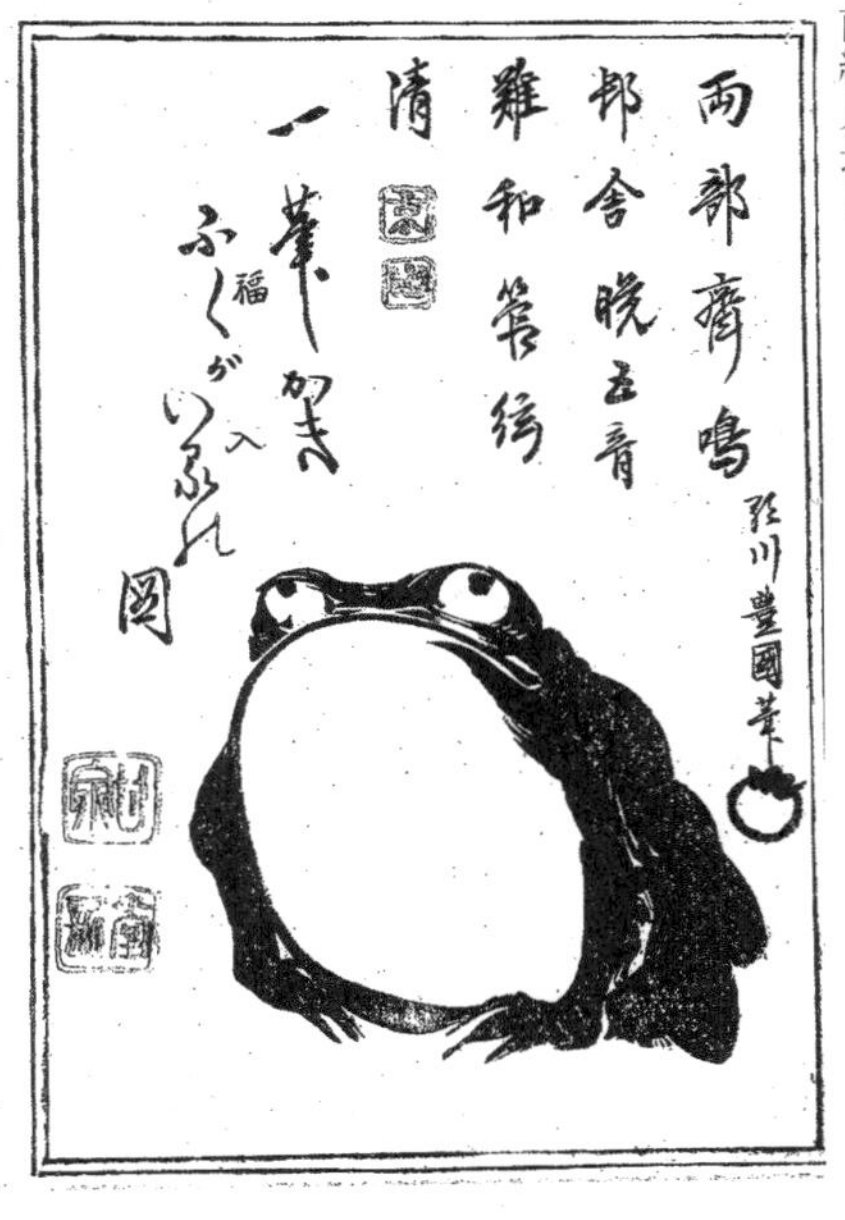

（1）一オ

【前編見返し】

両部斎鳴郁舎暁
五音難和管絃清　京　山
一筆かきふく福がいる入の図　甘泉　堂版

歌川豊国筆 ㊞

【上】

（1）　第一回

天竺徳兵衛
お初徳兵衛　ヘマムシ入道昔話　　江戸芝神明前
全部六冊　和泉屋市兵衛

慶安元年板本 山の井 ニ雛屋立圃句に「絵に似たるかほやヘマムシ夜半の月」と云句あり。これ正保の頃の吟なり。寛文二年板本 誹諧小式 ニ前句「まむしのさたはおかしませとよ」、附句「見るもにくへの字戴くヨ入道」とあり。貞享元年板 西鶴二代男 ニヘマムシ夜入道を屏風のむだがきにすること見えたり。かゝれば此筆すさみふるきことなり。これを此稗史の趣向の一端として、わらはべの目をなぐさむるのみ

（2）一ウ

二オ

文化　九年壬申夏稿成
　　　十年癸酉春新絵草紙

醒々斎　山東京伝誌㊞

（2）

雷(いかづち)冠者(くわんじや)邯鄲(かんたん)の夢(ゆめ)を見(み)る体(てい)

雷(いかづち)冠者(くわんじや)

[邯鄲楼]

[春眠不覚暁]

[處々聞啼鳥]

[嚢中日月長]

(3)二ウ

(4)三オ

（3）

平尾村(ひらをむら)の徳兵衛(とくべゑ)

天満(てんま)由利(ゆり)右衛門娘(むすめ)　お初(はつ)

悪者(わるもの)泥九郎(どろくろう)、鼈(すつぽん)に悩(なや)まさる。

（4）

粂野平内兵衛(くめのへいないびやうゑ)

浪花(なには)の男伊達(おとこだて)　野晒悟助(のざらしごすけ)

弱気(よわげ)なる人に〔かま絵〕○（かまわ）ぬ判物(はんじもの)

つよきをくじく骨(ほね)の野(の)ざらし　友人　山月古柳

(5)三ウ

四オ

(5)

菊池郡領(きくちぐんりやう)の娘　粧姫(よそほひひめ)

藻屑閑道人(もくづかんどうじん)、一名(いちみやう)変魔虫夜入道(へまむしよにうどう)、蝦蟇(がま)の仙術(じゆつ)。

(6)四ウ

五オ

(6) 龍女(りうによ)の精霊(せいれい)
滝川佐門進一基(たきかはさもんのしんかつもと)

(7)五ウ

(8)六オ

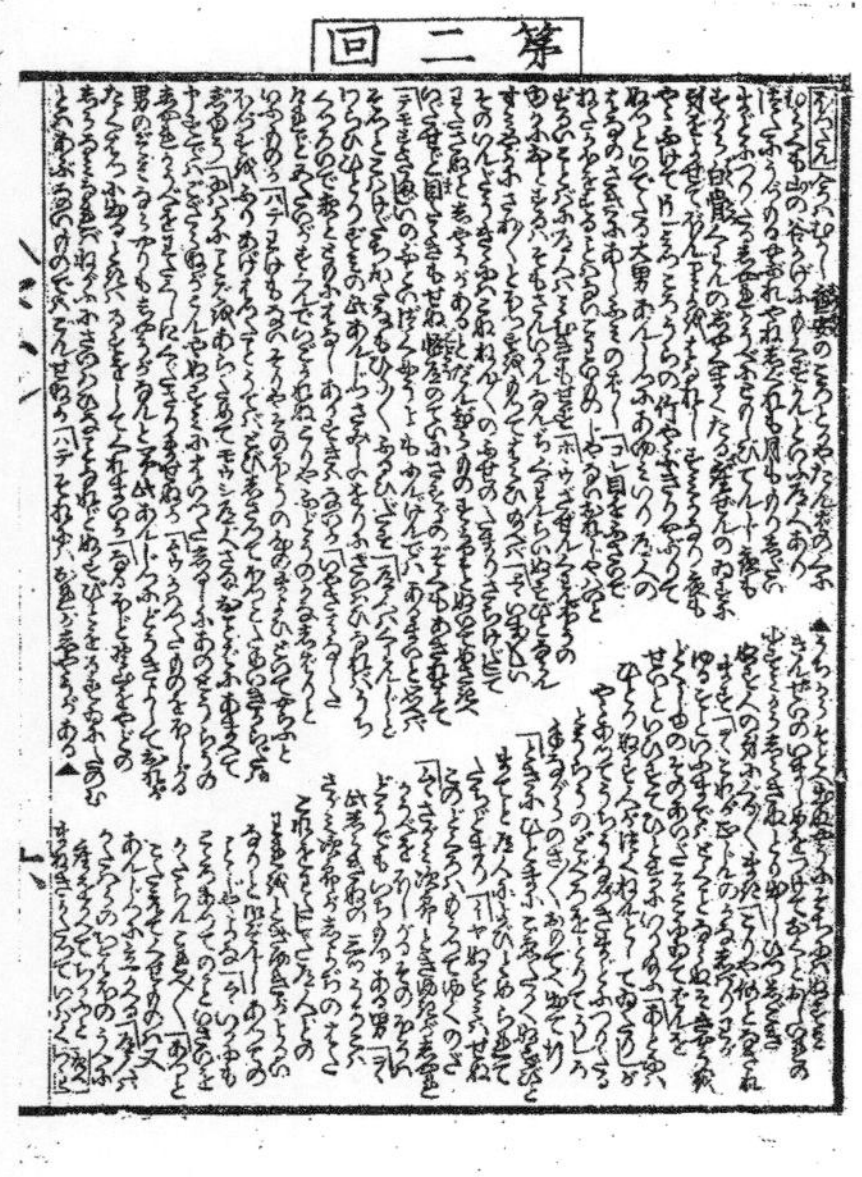
第二回

(7)
天竺徳兵衛宗門
尾形十郎真清

【中】

(8) 第二回

発端 今は昔、応安の頃とかや、丹波の国村雲山の谷陰に、藻屑閑といふ道人あり。蔦に埋もる破れ屋根、時雨も月も漏次第、窓に吊りたる髑髏に、灯火点じ夜もすがら、白骨観の寂寞たる座禅の椅子に身を寄せて、凡慮を離れし住処なり。夜もやゝ更けて丑三つ頃、裏の竹藪切破りて、ぬつと出たる大男、庵室に歩入り、道人の鼻の先に足踏伸ばし、「コレ目を塞いで寝た顔をする事はない。怖い者じやない。俺じやはい」と狡い言葉に道人は見向きもせず、ホヽウ座禅観法の床に音するは、作麼生いかん。汝、元来盗人ならん。速やかに去れ〳〵と払子をもつて払ひ給へば、ヱ、いま〳〵しい。その引導聞きには来ぬ。年々の布施の溜、曝出して渡さぬと仕様があると、段平物すらりと抜いて目先へ出せど、目たゝきもせぬ悟道の体に、さすがの賊も呆果て、テモ凄まじい野太い木菟入、よも人間ではあるまいと思へば、ぞつと怖気立ち、刀もぴり〳〵震ひだす。道人は莞爾と笑ひ、独住みの此庵室、寂しい折に幸ひなれば、打寛いで、夜とともに話明かす気はないか。いやさ話したけれど五体が竦んで動かれぬ。こりや不動の金縛といふものか。ハテわけもない、そりやその方の心の迷ひ、解いてやらふ、と払子を振上げ、はつたと打てば、飛退つてほつと溜息、体は自由、俄に言葉を改めて、「モウシ道人様、お言葉に甘へて申すではござらぬが、今夜盗みに入つた印に、あの灯籠の髑髏を私に下さりませぬか」。ムウ変はつた物を欲しがる男、望みならやりもしやうが、何とマア、此庵室に同居して俺が托鉢に出る時は、留守をしてくれまいか。なるほど野山を宿の白波なれば、願ふに幸ひな事なれど、盗人を留守居に頼むとは危ないものではごんせぬか。ハテそれには俺が仕様がある。内から外へ出ぬやうに、そちには盗み禁制の縛めを付けておくと、押入の小隅から白絹取出し引扱き、盗人の身にぐる〳〵巻き、こりや何となされます。「ヲ、これが正真の金縛、我が許すと言ふまでは解く事ならぬぞ。経を読誦のその間、そこに居て番をせい」と言ひ捨て一間に入り給ふ。あとには一人盗人が、つくねんとして居たりしが、やゝあつて打頷き、窓に吊りたる灯籠の髑髏を取りて、後手ながら、のさ〳〵表へ出て行。時に一間に声高く、「盗人待て」と道人に呼止められて立止まり、イヤ盗みはせぬ、この髑髏は貰つて行くのだ。ム、相模次郎時行が髑髏を欲しがるその方は、どうでも一物ある男。ヲ、此白絹の三つ鱗は相模次郎が所持の旗、これを渡した道人殿、我を時行が余類なりと御存知あつての事じやよな。ム、如何にも、心あつての事、委細を語らん、これへ〳〵。「あつ」と答えて曲者は、又庵室に立返る。道人は傍らの巌の上に座を替へて、近ふと招き語つて曰く、

次へ続く

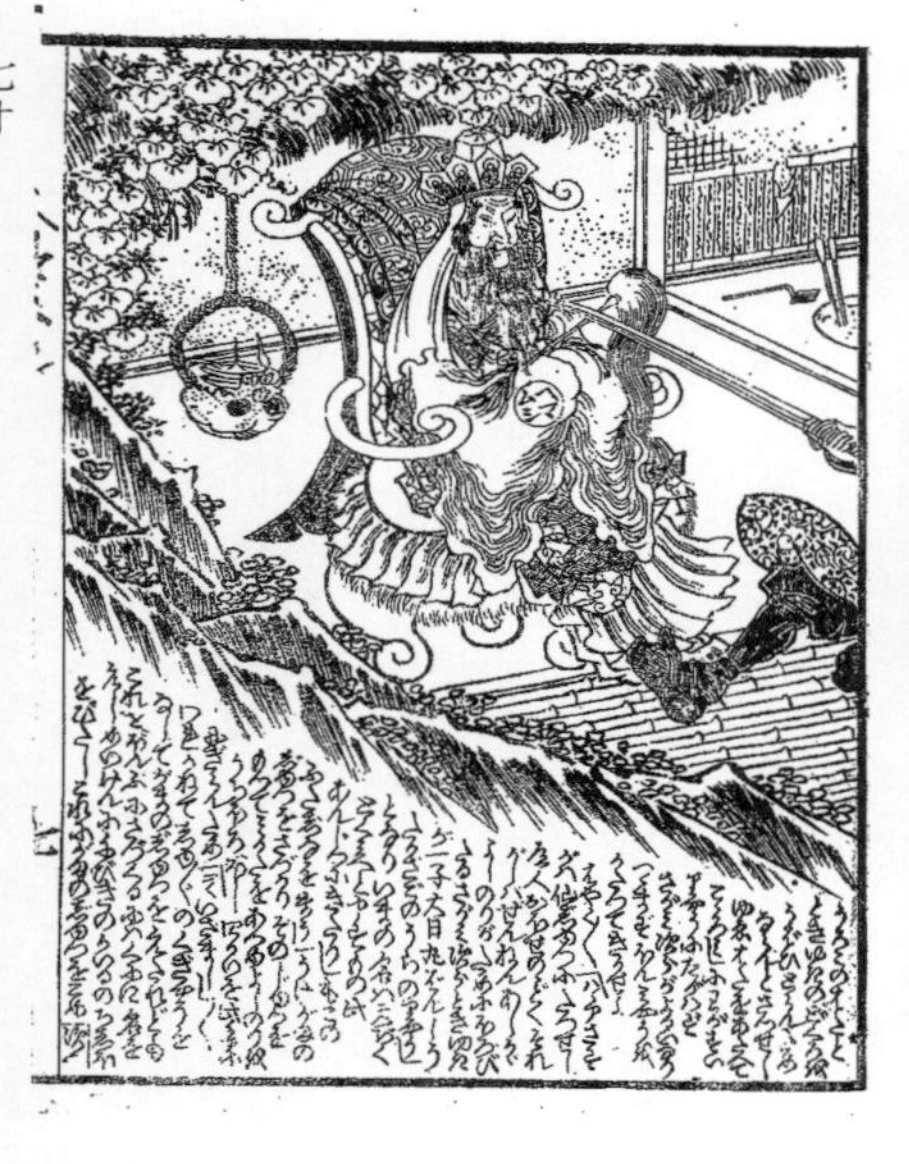

(9) 前の続き 「そも〱我が道号を藻屑閑道人といふは変名、実はヘマムシ入道といひし者。先年、夢窓国師と法を争ひ、一宇の大伽藍を建立せばやと企てしが、足利義教に妨げられて望みを遂げず、その恨み骨髄に徹り、義教に仇をなさんと、天竺蝦蟇仙人の術を学びて、此山中に隠住み、よき方人を待つ折節、そちが骨柄只者ならず、此庵へ忍入りしは、鱗の旗と時行の髑髏を奪取らんためならんと察せしゆゑ、旗を与へて試みしに、我が推量に違はず、相模次郎が余類なり。包まず本名を語つて聞かせよ、早く〱」。ハ、アさすがは仙術に達せし道人、仰せの如く、某は先年、足利義教がために滅びたる、相模次郎時行が一子大日丸、播州高砂の浦の漁師となり、今の名は天竺徳兵衛と申す者。此庵室に来りしも、この二品を申し受け、蝦蟇の術を授かり、その術を以て味方を集め、義教を討滅し、四界を此手に握らんため。「ヲ、勇まし〱。我、かねて種々の苦行をなして蝦蟇の術を得たれども、これを凡夫に授くるには、国に名を得し名剣に千匹の蛙の血潮を浸し、これに蝦蟇の術を籠め、次へ

(10)七ウ

八オ

(10) 前の続き 与ふる時は仙術不思議、心の儘。さるによつて、豊前の国大苫嵯峨次郎が家の宝、波切丸といふ名剣を我、先だつて奪取り仙術を籠置きたれば、此剣を、その方に与ふれば、蝦蟇の術を忽ち受継ぎ、体を隠し姿を変へるは自由自在。さりながら、雲を起こし雨を降らす、その極意は今一品、世に稀なる明鏡を取得て、此剣と合体せねば、その術行はれず。次へ

(11) 前の続き その鏡も又、大苫嵯峨次郎が家に満月と

(11)八ウ

九オ

いふ明鏡あれば、汝これを奪取り、此剣と合体すべし」と言ひて波切丸を与えければ、天竺徳兵衛押戴き、ハ、ア有難し〳〵。この術を授かる上は、義教を滅ぼす事いと易し。あら〳〵有難やと躍上がつて喜びしが、手に持ちたる髑髏を見て、それにつけても此髑髏、父の遺骨の懐かしや。鎌倉の武将と人に尊敬され、四界に威勢をふるひたる相模入道高時の次男、相模次郎時行と生まれし果報はありながら、此有様は何事ぞ。我、幼くて別れしゆゑ、父の顔だにうろ覚え、思へば〳〵儚き御最期、口惜しや残念や、と牙を噛み拳を握り、無念の泪ぱら〳〵と髑髏の上に落としければ、道人はこれを見て、「然言ふは尤もなり。汝が父相模次郎、雷冠者と変名して、信濃の国戸隠山に邯鄲楼といふ館を作り、味方を集めて、一度素懐の旗を翻すといへども運命拙なく、義教が一戦に打負けて、栄華のほども邯鄲の儚き夢と覚果て丶、無念の最期を遂げしなり。さばかり懐かしく思ふならば 次へ続く

娘お初

腰元藻の花

(12)九ウ

十オ

(12) 前の続き 今、我が術を施して、父が姿を今目前に現し見せん。これ見よ」と言ひつゝ、印を結び、呪文を唱ふとひとしく、さつと激しき風吹いて、山下草木鳴動し、天竺が手に持ちたる髑髏より、青き陰火ひら〳〵と燃上がり、一つの大蝦蟇現れ出て白気を吹くに、その内に相模次郎が姿彷彿と現れたり。天竺はこれを見るより、「あら懐しや親人」と言ひつゝ、取縋らんとしたりけるが、たちまち又、激しき風さつと吹きて相模次郎が姿消失せ、今まで在りし庵室も、ヘマムシ入道の姿も見へず。コハ〳〵不思議と見上ぐる空に鏘々と金鈴の音響き、雲中にヘマムシ入道真の姿を現して、「如何に〳〵大日丸、我なほ汝が影身に添ひて力をつけ、本望を遂げさすべし。此後、我に会はまく思はゞ、此山中の岩窟を尋ぬべし。さらば〳〵」と言ひ終はりて、村雲山に飛去りぬ。徳兵衛はます〳〵奇異の思ひをなし、髑髏と旗を懐中し、波切丸を脇挟んで立上がり、「あら喜ばしや。此上は味方を集めて旗を上げ、足利義教を討滅ぼし、四界を握るは瞬くうち」と言ひつゝ、立返らんとしたる後ろの方に、来かゝる一人の芝刈男、

十四五なる娘を連れて様子を聞き、「ハテ恐ろしき巧みや」と覚へず声を発しければ、徳兵衛はこれを聞き、段平物を抜くより早く、芝刈男の首を宙より打落とし、返す刀に娘も共と振上げしが、娘はわつと驚く拍子、谷川へ真逆さまに落ちたりけり。徳兵衛はこれを見て、此谷川へ落入ては死ぬるは必定、よし〳〵と打頷き、刀の血潮を瀧水に洗流して鞘に納め、行方も知れずなりにけり。

○つら〳〵思ふに、古より禍ひの起こる端は貪欲と色欲の二つを離るゝ事なし、慎むべきは此二つの惑ひなり。

こゝに大苫嵯峨次郎の家臣天満由利右衛門が娘お初といふは、見目形美しく、天満のお初といひて評判の娘なり。然るに同国平尾村といふ所に、平尾屋徳兵衛といふ町人、大苫の館へ出入りをなし、由利右衛門が方へも心安く来り、かねてお初と訳ある仲となりて、末は夫婦と言ひ交はしけるが、この度、同家中粂野平内兵衛方へお初をやるべき縁談極まり、結納の取交しまで済みければ、次へ続く

（13）前の続きお初はあるにもあられず、一旦言ひ交したる徳兵衛方へ義理立たずと、心一つに済みかねて、委細の事を文に認め、腰元の藻の花といふに言ひ含め、密かに

(13)十ウ

徳兵衛方へ遣はしぬ。
さて又、同家中に油井駄平次といふ者、かねてお初を恋慕ひ、妻に欲しきと望みけれども、元来志の悪しき者ゆゑ、父由利右衛門肯はず、程なく平内兵衛方へ縁談を極めしゆへ、駄平次は心の内に大に怒り、如何にもして此縁談を妨げ、鬱憤を晴らさんと巧み、人を回して内情をよく〳〵聞けば、お初はかねて平尾屋徳兵衛と訳ありと聞き、これ幸ひ、何ぞその証拠を取りて、縁談を妨ぐる種にすべしと思ふ折節、お初が徳兵衛方へ遣はす文を、腰元が持行くといふ事を聞出し、泥九郎といふ貪欲深き者を頼み、「途中にて奪ひくれよ。仕果せたらば、褒美はずつしり。合点か」と言へば、泥九郎はやす〳〵と請合ひ、途中に待伏せして、藻の花が持ちたる文箱を奪取らんとしたるが、藻の花は男勝りの女にて、なか〳〵手に余りければ、一刀差通して辺りの古池へ蹴込み、文箱を奪つて行かんとせしが、たちまち草木揺動し、池水逆立ち凄まじく、大雨さつと降りきたり。閃く稲妻霹靂神、

次へ続く

(14)十一オ

【下】

(14) 第三回

前の続き 黒雲起こるその中に、藻の花が魂魄、池の中なる鼈に還著して現れ出で、小さき鼈、泥九郎に取憑き〳〵、行くをやらじと後髪引戻されてだぢ〳〵〳〵、五体竦んで悩みしが、刀をもつて斬払ひ〳〵、やう〳〵此場を逃行きて、かの文箱を駄平次に渡しければ、駄平次は泥九郎に褒美の金を遣はし、一人頷き喜びぬ。この時、藻の花が魂魄は陰火となり、泥九郎が跡を追行きぬ。

○それはさておき、かねて豊前の国大苫郡領と、豊後の国菊池判官と確執にて、度々合戦に及び、とかく雌雄決せざりしが、大苫郡領病死して、今は嵯峨次郎が代となりければ、和睦を取結ぶべしと、足利義教公の厳命により、双方和睦調ひ、その印として、菊池判官の息女粧姫を嵯峨次郎が妻に送り、嵯峨次郎が方よりは、大苫の家に伝はる波切丸の名剣を判官方へ送るべきに極まりけるが、粧姫の輿入、今もつてなき故に、嵯峨次郎方より家臣条野平内兵衛を使者として、判官の館へ遣はしぬ。判官の館にては、家臣尾形十郎真清、女房袖垣もろともに、平内兵衛に対面しければ、平内兵衛言ひけるは、「此度、拙者罷越したるは別儀にあらず。粧姫の御輿入、如何なる故にて斯く延引に及ばれ候や。もしや和睦の儀を御違背故か。さある時は義教公の厳命を背く道理、此儀をとくと承り帰れと、主人嵯峨次郎申付けて差越し候」と言へば、尾形十郎近くより、「仰せ御尤も。まつたく和睦違背の故に候はず。左様に御不審ある上は、姫の輿入延引の訳、今は打明け申さねばならず。此四五十日以前より、姫難病を患出して、形二つになり、何れを何れと分かち難し。これ所謂、離魂病、俗に申す影の患ひといふものにや、それ故、是非なく輿入延引、斯く申すばかりでは、

次へ続き

(15) 続き お疑ひもあるべければ、直々に見届け帰らるべし」と言ひて、女房袖垣、一間の御簾を巻上ぐれば、言ふに違はず、窈窕と嫋やかなる姫の姿、二つに見へ、何れを何れと分難ければ、平内兵衛は肝を潰し、「これにては輿入なきも御尤も、疑ひは晴れました」と言ひつゝ、心の内に思ひけるは、近頃、天竺徳兵衛といふ者、諸国

(15)十一ウ

十二オ

を徘徊して蝦蟇の仙術を行ふと聞く。これも正しく天竺が仙術の所為ならん。乱す時節もあるべし、と心を残して帰りけり。

●斯くて平内兵衛は館へ帰り、「姫の輿入延引の訳は斯様々々」と語りければ、嵯峨次郎聞きて大きに驚き、「左様ありては、とても輿入急にはなるまじ。此方とても判官方へ遣はすべき波切丸の刀、先だつて紛失なしたれば、輿入の延引も幸ひなり。姫の奇病といひ波切丸の紛失といひ、何様合点のゆかぬ事。もしや両家の和睦を妨げんと謀る曲者の仕業にや」と主従物語りしてゐたる折しも、取次の者罷出で、只今俄に京都の武将足利義教公よりの上使として、雪岡宗観左衛門様、御入に候と知らすれば、嵯峨次郎、平内左衛門眉を顰め、義教公より俄の上使は心得ず、「何にもあれ上使饗応の用意せよ」と下知をなし、嵯峨次郎礼服を改め、平内兵衛・天満由利右衛門・油井駄平次諸共に出迎へば、雪岡宗観左衛門入来りて上座に通れば、嵯峨次郎は頭を下げ、「遠路の所、

次へ

[山月庵古柳筆㊞　印]

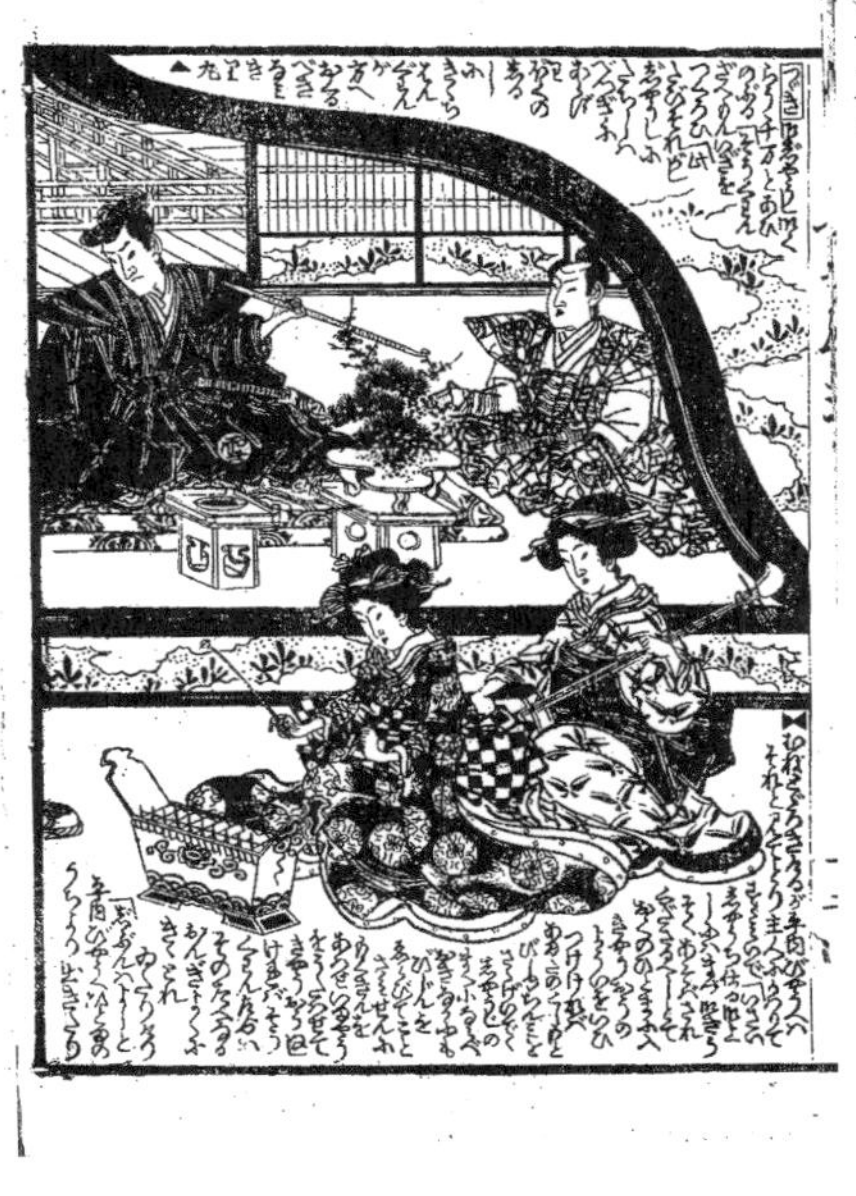

(16)［続き］御上使御苦労千万」と相述ぶる。宗観左衛門威儀を繕ひ、「此度、某、上使に立ちしは別儀にあらず。和睦の印に菊池判官が方へ送るべき波切丸、並びに先君尊氏公より当家へ賜つたる満月の鏡、此二品を改め来れとの義教公の厳命、その旨心得候へ」と言へば、嵯峨次郎当惑し、波切丸の紛失を知ろし召しての改めか、こは如何にすべきと胸轟きけるが、平内兵衛は、それと見て取り、主人に代はりて進出で、委細承知仕る。御上使には、まづ御休息あそばされ下さるべしとて、奥の一間に入、饗応の用意を言ひ付けければ、数多の腰元、美酒珍味を捧出て、障子の前に並置き、なかにも美人を選びて、琴、三味線に木琴を合はせ、今様を歌はせて饗応なしければ、宗観左衛門は、その妙なる音曲に聞きとれゐたりけり。時分はよしと平内兵衛、一間の内より出来り、刀をすらりと抜放して、木琴を真二つに斬るとひとしく、かねて木琴の内に入置きたる数多の小蛇、鎌首を立て、蠢きつゝ、左衛門に飛付きければ、左衛門はすつくと立つ。嵯峨次郎等主従四人は左右より詰寄せて、「さてこそ

〱最前より偽上使と察せしに違はず、汝は正しく此頃、
諸国を徘徊して蝦蟇の仙術を行ふ天竺徳兵衛に疑ひなし。
次へ

(17) 続き 腕回せ」と呼ばはれば、上使は肩衣取つて撥
退け、あら小賢しや、如何にも天竺徳兵衛とは我が事な

り。斯く浅はかなる手立にて、我が仙術を挫かんとは愚かなりと、嘲りつゝ小蛇を取つて残らず引裂き、一間の内に駆入りて、床の間に据ゑありし満月の鏡を奪取り、印を結び、口に呪文を唱へければ、皆々五体竦んで働く事あたはず。その隙に天竺は破風口を蹴破つて屋の棟に現れ出たり。これによつて館の内は上を下へと騒動し、組子の面々、荒子共、槍押取つて屋根に上り、薄の如くに突きかくれど、天竺徳兵衛事ともせず、なほ印を結び仙術を行へば、深山颪の荒子共、木の葉の如くに飛散つて、あるひは首の抜けるもあり、あるひは手足の抜けるもあり、微塵になつて死してんげり。「遠矢に掛けよ」と下知するうちに、天竺は丈抜群の蝦蟇と化し、口に鏡を咥へつゝ、黒雲に飛乗つて、何処ともなく逃失せけり。

嵯峨次郎はどつかと座し、波切丸紛失の上に、なほ又大切の鏡を奪はれては、大苫の家は断絶、申し訳は外になしと、刀を抜いて腹に突立てんとしたりければ、平内兵衛、由利右衛門駆寄つて、こは御短慮と止むる折しも、又もや上使の御入と呼ばはるにぞ、是非なく切腹を止まりて、

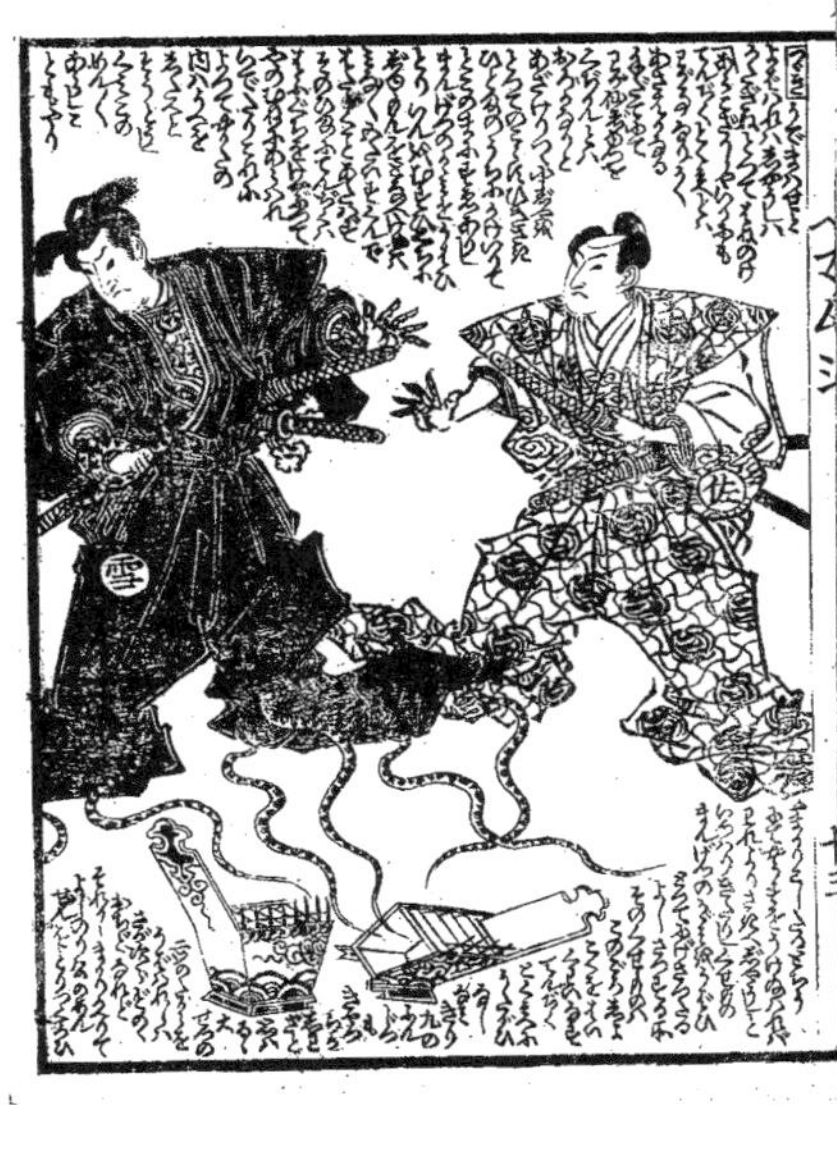

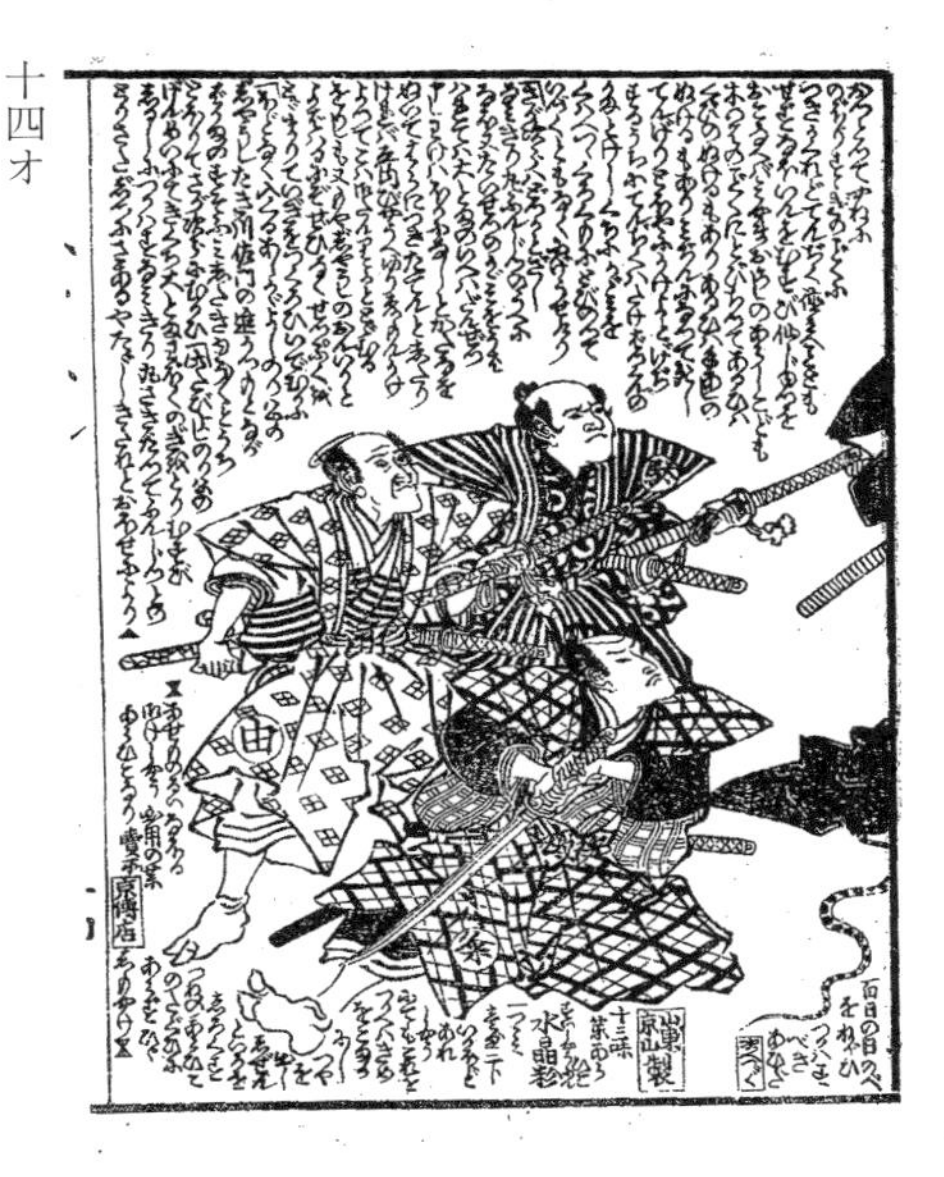

威儀を繕ひ出迎ふ。

程なく入来る足利義教公の上使、滝川佐門之進一基、長袴の裾踏みしだき悠々と打通りて、嵯峨次郎に向かひ、「此度、義教公の厳命にて、菊池・大苫和睦の儀を取結び、印に遣はす波切丸、先だつて紛失との取沙汰、実に然あるや糺し来れ、と仰せにより罷越したる途中にて、様子を受け給はれば、我より先へ上使と偽り来りし曲者、満月の鏡を奪取つて逃去つたる由。察する所、その曲者は、この頃、諸国を徘徊なす天竺徳兵衛に疑ひなし。波切丸の紛失も、彼奴等が仕業と思はるゝ。大切の二つの宝を奪はれしは、嵯峨次郎殿の落度なれど、某、罷帰りて義教公の面前を取繕ひ、百日の日延べを願ひ遣はすべき間、

次へ続く

(18)十四ウ

十五オ

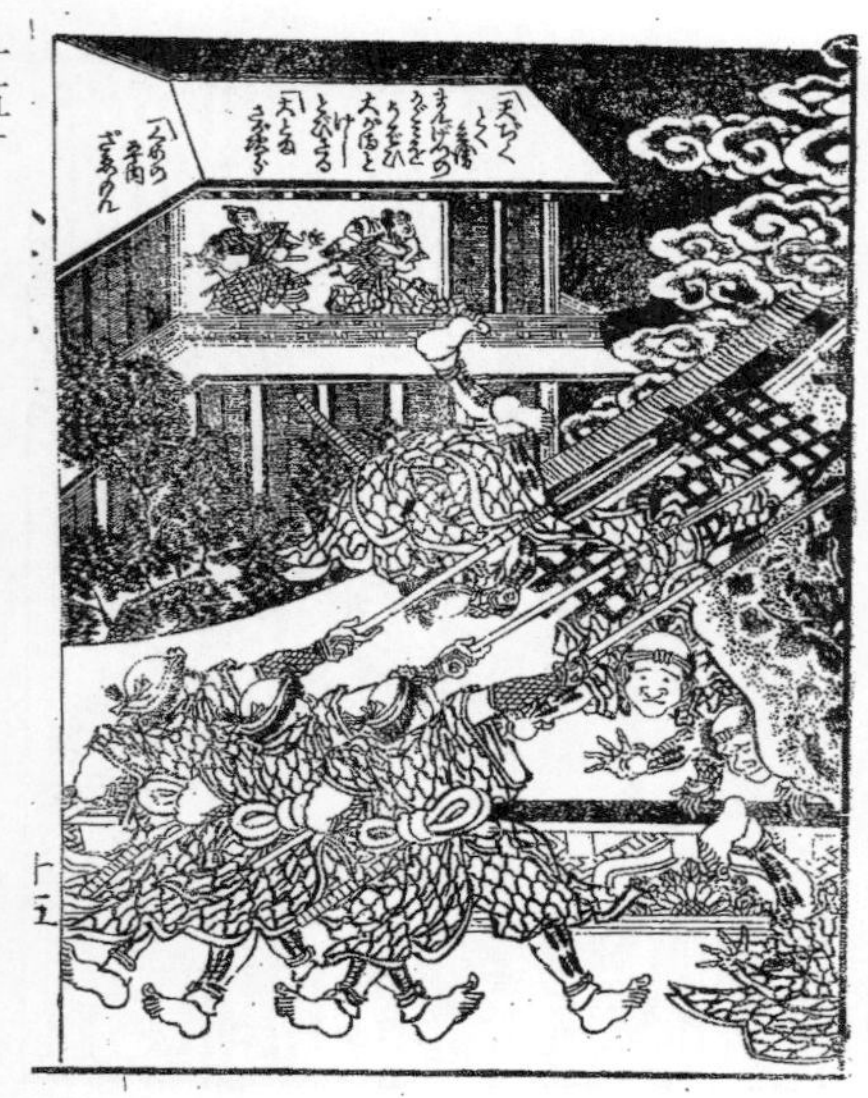

(18) 天竺徳兵衛、満月の鏡を奪ひ大蝦蟇と化し飛去る。
大苫嵯峨次郎
粂野平内左衛門

(19)十五ウ

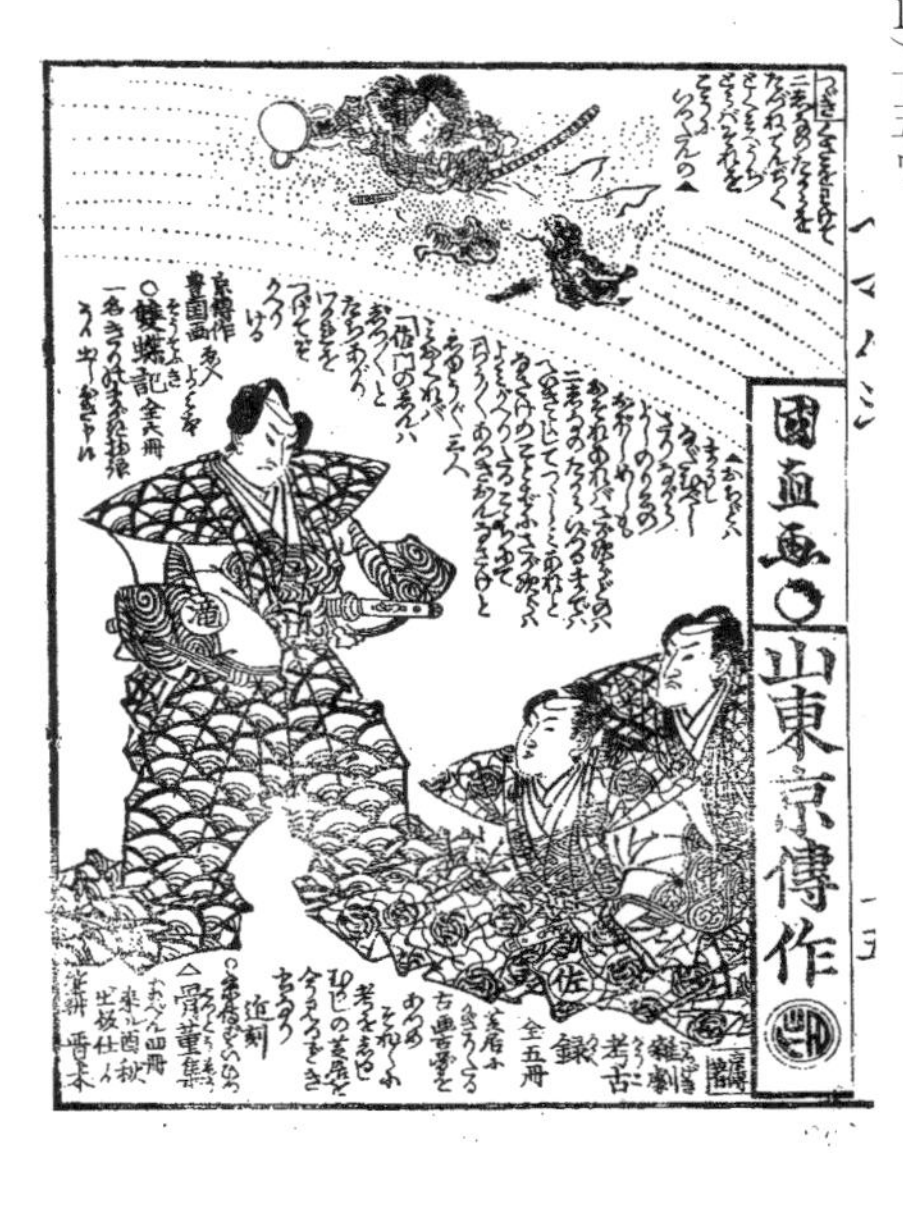

(19) 続き 草を分けて二品の宝を尋ね、天竺徳兵衛討取らば、それを功に一旦の落度は申し宥むべし。さりながら義教公の思召しも恐れあれば、嵯峨次郎殿は二品の宝出るまでは、閉居して慎みあれ」と情けの言葉に、嵯峨次郎は蘇りたる心地にて、重々厚き御情けと、主従三人見送れば、佐門之進は静々と立上がり、別れを告げてぞ帰りける。

国直画㊞　山東京伝作㊞

筆耕晋米

京伝作　絵入読本　○雙蝶記　全六冊
豊国画
一名霧籬物語、売出し置き申候。

京伝著　雑劇考古録　全五冊
芝居に限りたる古画古図を集め、それぐ〵に考を記し、近刻
昔の芝居を今見る如き書なり。

○京伝随筆　△骨董集　前編四冊　来ル酉秋出板仕候

後編見返し

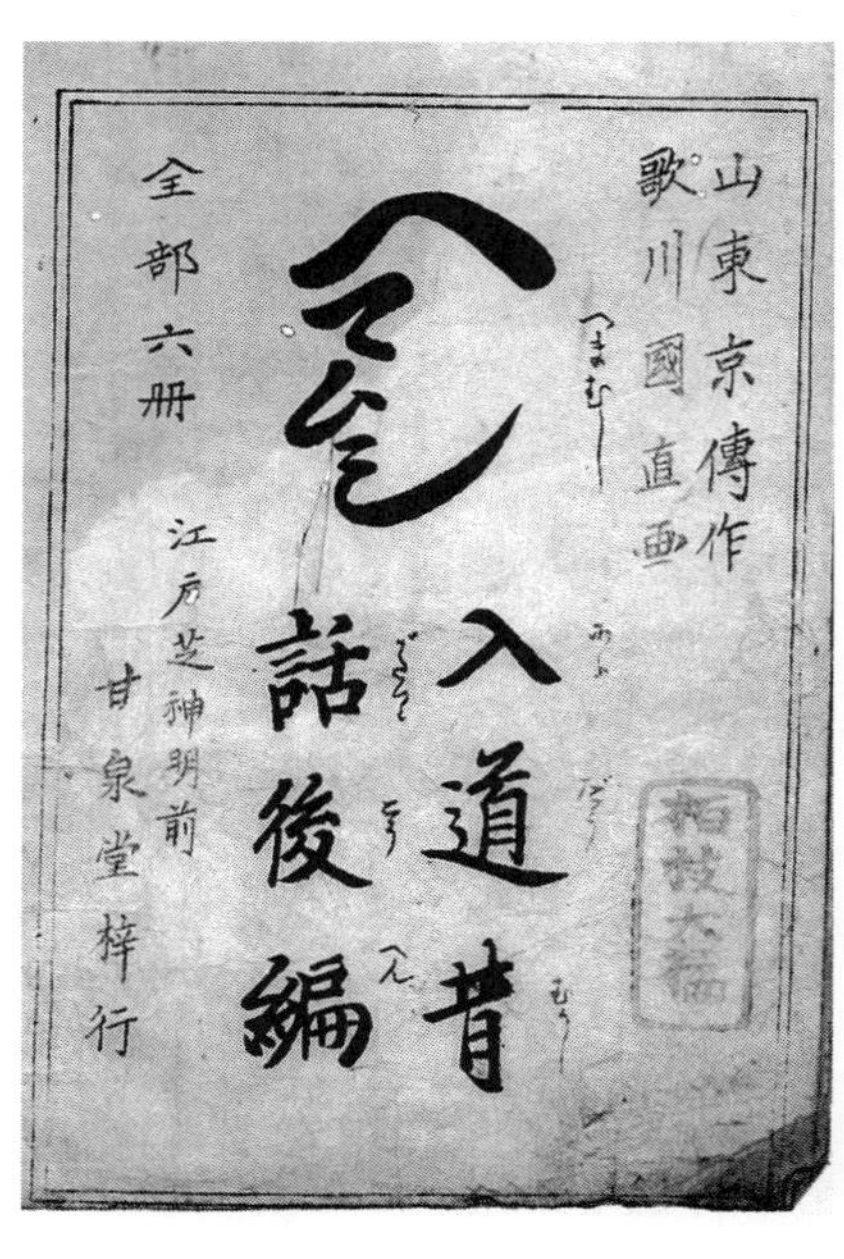

【後編見返し】

山東京伝作
歌川国直画
栢枝大橋
ヘマムシ(へまむし)　入道昔話後編(にふだうむかしがたりこうへん)
全部六冊　　江戸芝神明前　甘泉堂梓行

［上］

(20) 第四回

読み始め(よみはじめ)　さる程(ほど)に、天満由利右衛門(てんまゆりゑもん)が娘(むすめ)お初(はつ)は、平尾屋(ひらや)徳兵衛方(へかた)へ遣(つか)はせし文(ふみ)を途中(とちう)にて人に奪(うば)はれしと聞(き)きて、あるにもあられず、もし、かの文(ふみ)、粂野(くめの)平内兵衛(びやうへ)方(かた)へ露(ろ)

(20)十六オ

第四回

見しては父上の御難儀となり、如何なる難儀の出来んも計られず。とても任せぬ縁なれば、我が身一つをさへ失へば、父上の御難儀もあるべからずと、女心の愚かにて、後先の勘弁もなく、徳兵衛に一目会ふて自害せばやと覚悟を極め、ある夜、我が家を出奔し、平尾村へ急行きぬ。

○こゝに又、平尾屋徳兵衛が家に代々伝はる正宗の刀あり。謂れあつて、此刀なくては家相続なり難き大切の刀なれば、随分大事に秘置きしが、少し錆出たるゆゑ、自ら研屋の方へ持行きて錆を落とさせ、携へ帰る途中にて、夜に入りけるが、悪者共に跡を付けられ、土橋の上にて喧嘩を仕掛けられ、挑み争ふその隙に、かの刀を奪取られければ、徳兵衛は仰天し、気違ひの様になつて跡を追駆けしが、暗さは暗し、遂にその行方を知らざれば、詮方なく元の所へ立返り、かの刀を奪はれては家相続なり難し。何面目に永らへんと覚悟を極め、土橋の下に繋ぎありし船に飛乗り、我が差料の脇差にて、すでに自殺と見へたる折しも、天満のお初は、たゞ一人、平尾村へと急ぐとて、此土橋の上を通りしが、

次へ続く

(21)十六ウ

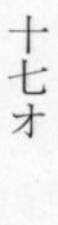

十七オ

(21) 前の続き 月影に見れば、船の内に居るは確かに徳兵衛にて、切腹せんとする様子なれば、肝を潰して船に飛乗り、こりやマアどふして何故の切腹ぞと、腕に取付き止むれば、徳兵衛は振放し、ヤアお初様か。拙者が自殺のその仔細、摘んで言へば斯様〳〵。正宗の刀を奪はれては家相続なり難きゆゑ、此切腹は先祖へ言訳、そこを放して下されと又振切るを、お初はなほも獅噛付き、次へ続く

(22)十七ウ

十八オ

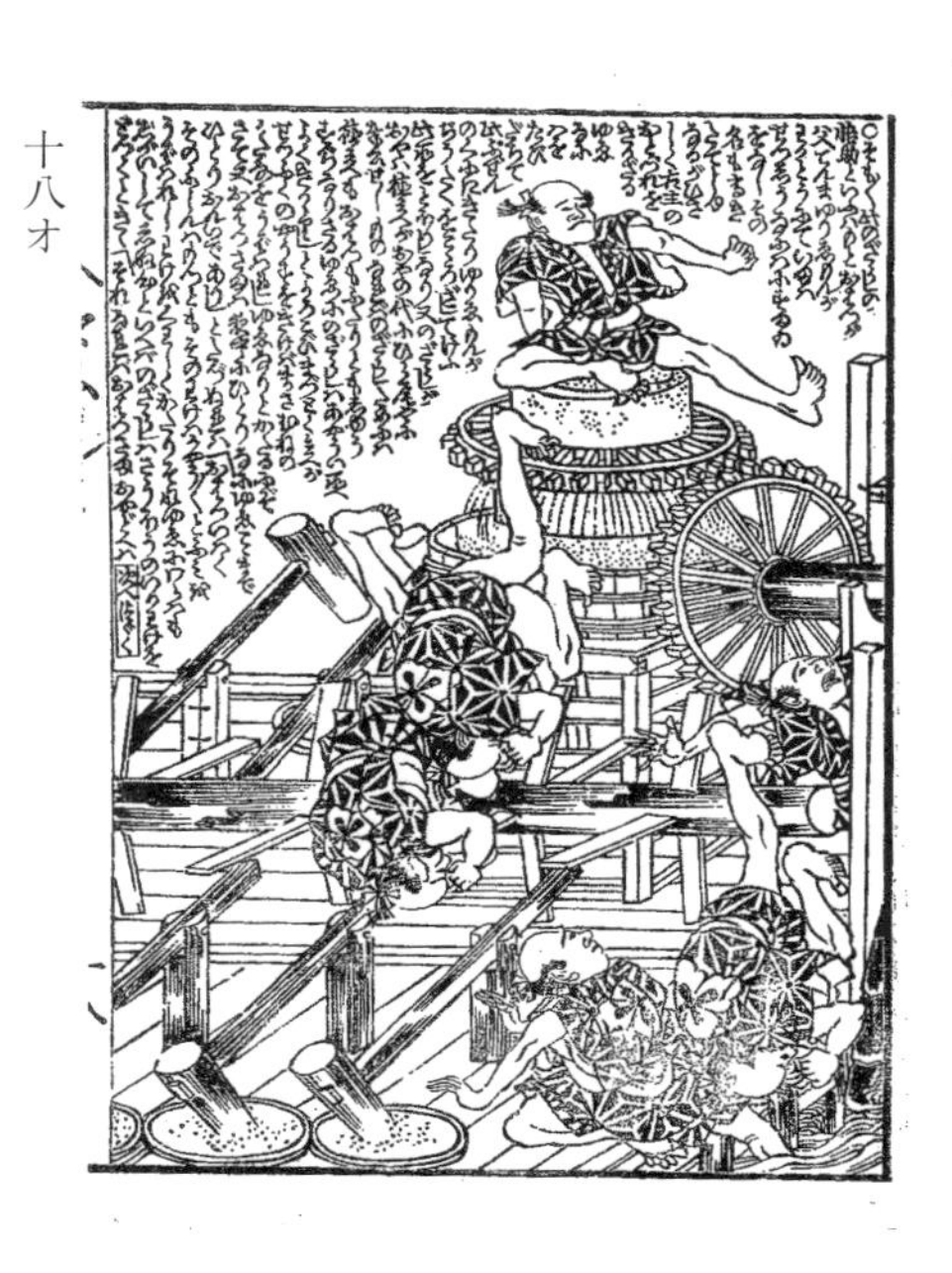

(22) 前の続き いや〳〵殺さぬ。イヤ放した、と争ふ折しも、浪花の伊達衆野晒五助、旅装束の小提灯、此所へ来かゝりて、それと見るより忙はしく、船に飛乗り徳兵衛が自殺を止め、様子は如何にと尋ねけり。

○そも〳〵此野晒の悟助といふは、元お初が父天満由利右衛門が若党にて、今は摂州浪花に住居をなし、その名も高き伊達衆なるが、久しく古主の訪れを聞かざるゆゑ、浪花を旅立ちて此豊前の国に来り。由利右衛門が住宅を志して、今日此所を通りしなり。又野晒が親は、徳兵衛が親の代に平尾屋に奉公せし者なれば、野晒ためには徳兵衛もお初も二人とも主筋なり。さる故に、野晒は危うい所へよく来かゝりしと喜び、まづ徳兵衛が切腹の様子を聞けば、「正宗の刀を奪はれし故なり」と語るにぞ、「さて又、お初様は夜中に一人、何故こゝまで一人、御出ありし」と尋ぬれば、お初曰く、「その不審は尤も、その訳は斯様々々」と文を奪はれし訳を詳しく語り、「それ故に妾も自害して死ぬ心」と言へば、野晒は双方の入訳をとつくと聞き、「それなれば、お初様、御宿へは 次へ続く

（23）十八ウ

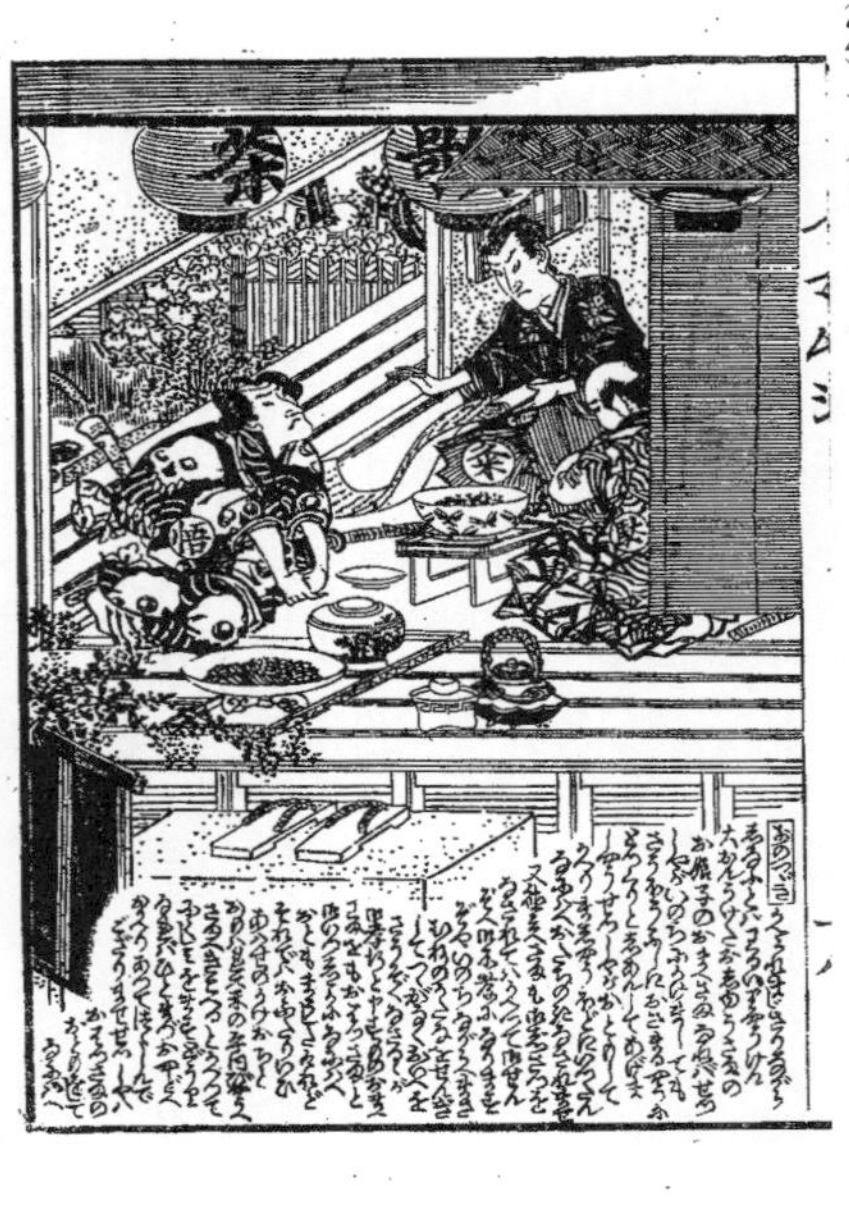

十九オ

（23）前の続き 帰られまじ。さりながら死なふとは悪い料簡。大恩受けた御主様の御娘子の御前様なれば、拙者が命に懸けましても双方無事に収まるやうに、とつくりと思案してあげましやう。拙者が御供して帰りましやうほどに、一旦、浪花へ御立退きなされませ。又、徳兵衛様も御自殺をなされては、かへつて御先祖へ御不孝になりますぞや。命永らへ正宗の刀を詮議して、恙なく御家を相続なさるゝが御孝行と申すもの。御前様をも、お初様と御一緒に浪花へ御供申したけれど、それでは御二人言ひ合はせの駆落ちと思はれ、粂野平内兵衛様へ聞こへると、かへつて憎しみを増す道理なれば、ひとまづ御宿へ御帰りあつて慎んでござりませ。拙者は、お初様の御供をして浪花へ帰り、様子によつて御迎ひをあげましやう。刀の詮議は私が命に懸けてもしてあげましやう。必ず気遣ひなさるゝな」と言ひければ、徳兵衛は大きに力を得て、その言葉に従ひければ、お初は別れを惜しみながら、野晒に誘はれて 次へ

［□歌茶屋］

(24)十九ウ

二十オ

［千客万来／連歌茶屋］
［千客万来／れんが茶や］

(24) 前の続き

浪花へ赴く心になれば、徳兵衛は別れを告げ、何事も野晒、そなたを頼むぞと、心残して立上り、我が家を指して帰りけり。

野晒はお初を連れて、此所を立出けるに、かねて油井駄平次に頼まれ、お初を奪取らんと良き折を窺ひゐたる悪者共、野晒を押取巻き、「お初を渡せ」と呼ば、つたり。野晒は事ともせず、まづお初を物陰に隠置き、此辺にありける水車を小楯に取り、大勢を相手にして、当たるを幸ひ人礫はらり〳〵と投散らせば、あるひは車に跳飛ばされて水に落入り、又は杵にて頭を拉がれ、野晒一人の働きに車の勢ひ加はりて、おのれと巡る因果の報ひ、今目前に水車、悪者共は敵はずして、散り〴〵はつと逃行きければ、野晒はお初を伴ひ、浪花を指して急行きぬ。

○それはさておき、粂野平内兵衛は波切丸の剣と満月の鏡と二品の宝を詮議のため、浪花に赴き、わざと浪人なりと言ひ立て、、天王寺村に旅宿を構へ、折〳〵人立多き所を徘徊して、二品の宝の行方と天竺徳兵衛が在処を心を尽くして尋ねけり。

さて又、油井駄平次は、お初駆落して浪花へ赴きしといふ噂を聞き、外の事に寄せて主君に暫しの暇を乞ひ、浪花に上り、住吉の連歌茶屋にて平内兵衛に対面し、一別以来の挨拶済みて言ひけるは、「貴殿の縁組しめさつた天満由利右衛門が娘お初は、お出入の町人平尾屋徳兵衛と不義を致してござるぞや」と言へば、平内眉を顰め、フウそれには何ぞ証拠でもござるか。ヲ、サ証拠のない事言ひましやうか。証拠といふこれ、お初が自筆で徳兵衛方へ送つた艶状、様子あつて手に入りました。これ見られよと平内へ渡し、何と違ひはござるまい。その上、お初出奔して此浪花に隠れ居るとの事、かれと言ひこれと言ひ、世の人の口の端は防がれず。貴殿の武士が立ちますまいと、かねて企みし意趣晴らし、疫病神で敵の譬、言葉を巧みに焚付ければ、平内兵衛は、かの文を巻納め、シテ又、お初、此浪花に逃来り、何者に匿はれて居ますな。ヲ、この浪花の堂島に、その名も高き男達野晒五助といふ者が、お初を匿つて置くとの事。町人でも野晒奴は手強い奴じやそうにござる。「ム、その野晒といふは聞及んだ男達、常の衣服に野晒の白骨を染めて着る由。紛れのなき奴。まだ近付きになり申さねば近付きになり、とくと質した上の事と、話半ばの隣座敷へ、幸ひ来る野晒五助、それと見るより平内兵衛、給仕女を使ひにて、近付きになりたき由を言いやりければ、野晒は畏まり候とて、一間の襖押開けて此方に来り、手を付いて 次へ続く

粂の平内兵衛

野晒悟助

油井駄平次

(25) 前の続き 礼儀を述ぶれば、平内兵衛、聞及んだ野晒五助、初めて会ふた見知つておくりやれ。シテ貴方様は。ヲ、豊前の国、大苫嵯峨次郎が家来粂野平内兵衛といふ者。ヱ、すりや、貴方様がお初様と許婚のある平内兵衛様じやよな。如何にも〳〵。これを見い、これはお

(25)二十ウ

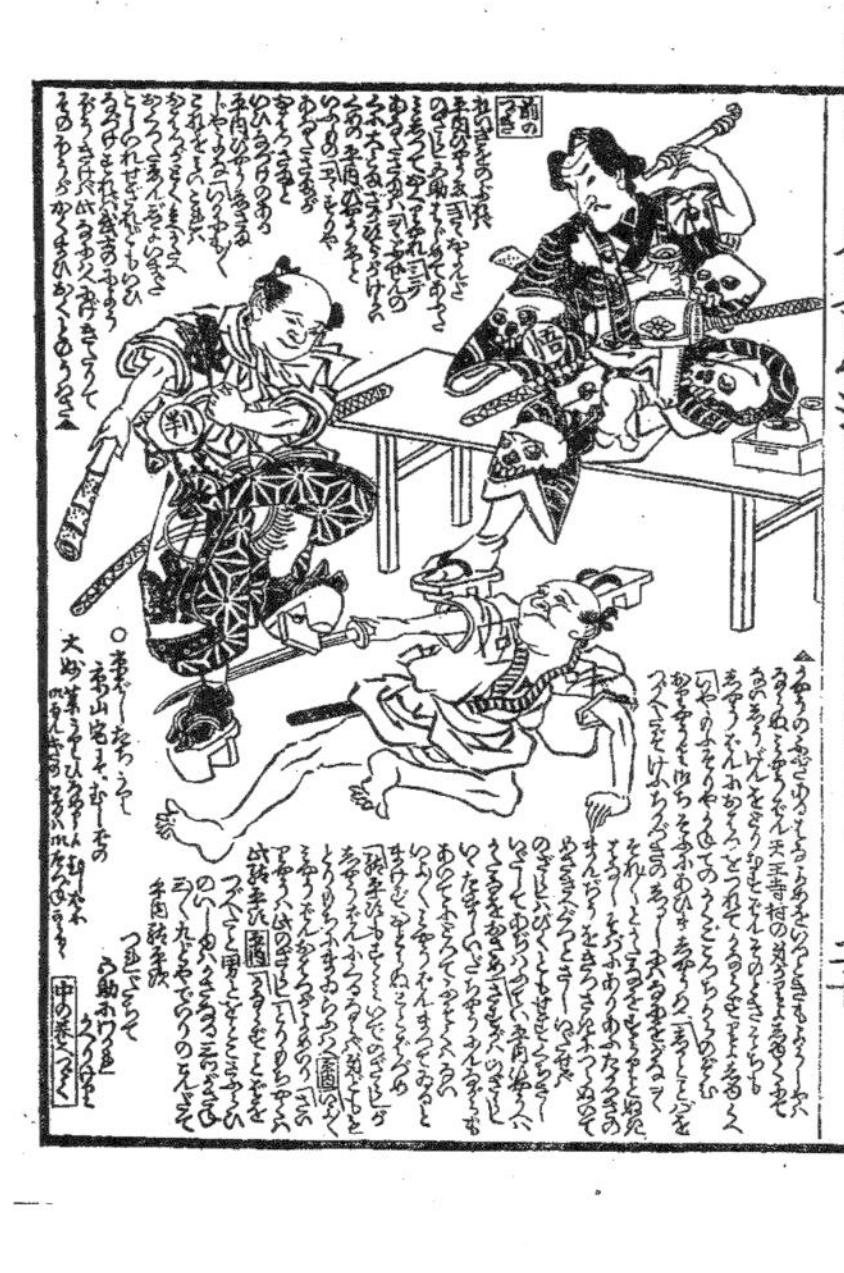

初が徳兵衛方へ送つた艶状、未だ輿入せざれども許婚。すれば武士の女房、聞けば此浪花へ逃来りて、その方が匿置くとの噂、斯様の不義ある花嫁を、一時も容赦はならぬ。明晩天王寺村の身が旅宿にて内祝言を取結ばん。その時そちも相伴に、お初を連れて必ず旅宿へ。いやもふそりや、かねての覚悟、こつちから望む。御料理、御馳走にあひましやうはへ。しかと言葉を番へたぞ。今日近付きの印には、何をがな、ヲ、それ〳〵と、刀をすらりと抜放し、側に有合ふ高坏の饅頭を切先に貫ぬいて、目先へぐつと差出せば、野晒はびくともせず、口差出して味はふ体。平内兵衛は刀を納め、「さすがは野晒、い、魂だ。町人ながらも、相手にとつて不足はない。いよ〳〵明晩、待つてゐる」と、負けず劣らぬ言葉詰。駄平次も進出で、野晒が相伴に来るならば、身共も取持に参らふはへ。平内「いよ〳〵明晩、お初が嫁入」。「宰領は此野晒」。「取持役は此駄平次」。平内「必ず言葉を番へた」と男と男、侍の意趣は重なる三つ重ね、三々九度や出入の献立、平内、駄平次連立ちて、五助に別れ帰りけり。

中の巻へ続く

○京橋立売

京山宅にて虫歯の大妙薬売弘め申候。虫歯に御難儀の御方は御尋ね可被下候。

【中】

(26) 第五回

前の続き　野晒が友達に鎌輪奴の判字兵衛といふ男達、垣の外に佇みて様子を聞きしが、野晒に向かひ、これ親分、貴様の頼みで俺が家に匿つて置くお初様、今の詰開きでは明日の晩は危ないもの。貴様は此治まりをどうしやうと思はつしやる。ハテ案じるな。皆、俺が胸にある。われが家で話をしやう。サア来いと二人打連行かんと出たる後ろより、駄平次が下部、一腰抜いて野晒に斬付けたり。野晒は身をかはし、傍の床几に尻かくれば、鎌輪奴の判

第五回

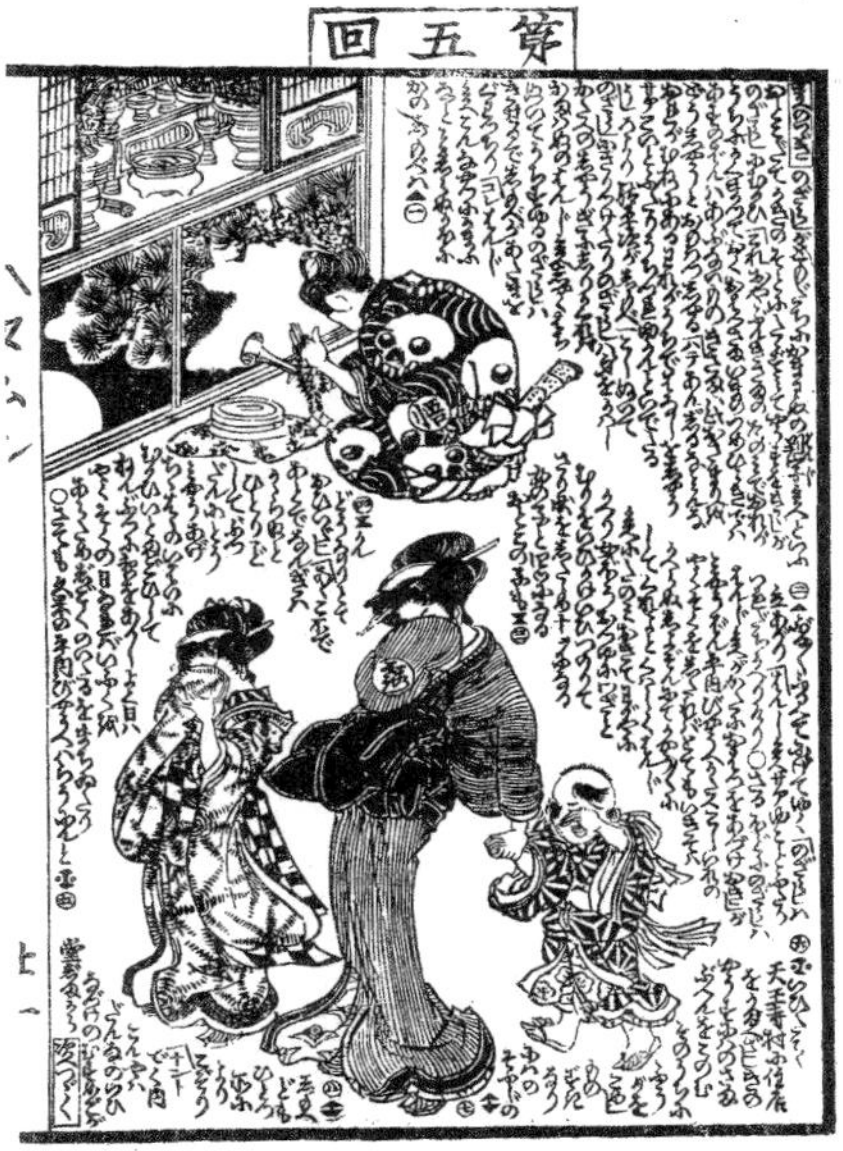

字兵衛、尺八抜いて打据ゆる。野晒は煙管で下部が頭をぐわつちり。コレ判字兵衛、こんな奴に構ふなと、素知らぬ顔に、かの下部はぶる〳〵震へて逃げて行く。野晒は立上がり、判字兵衛、サア行こと、二人連立帰りけり。

○さるほどに、野晒は判字兵衛が方にお初を預置きしが、明晩、平内兵衛方へ輿入の約束をしたれば、とても生きては帰らぬ所存にて、斯様々々にしてくれよと、詳しく判字兵衛に頼置きて、我が家に帰り、女房お露にわざと無理を言ひ掛け言ひ募りて、去状を認め、十ヲになる女の子と四つになる男の子も勘当なりとて追出し、「あゝこれで後で難儀はかゝらぬ」と独り言して、仏壇に灯明上げ、父母の位牌に向かひ暇乞して、念仏に夜を明かし、翌日は約束の日なれば衣服を改め、時刻の至るを待ちゐたり。

○さても粂野平内兵衛は、浪人と言ひ立て、天王寺村に住居を構へ、座敷の様子庭の様、武辺を好むそのうちに、風雅を籠めし物好なり。庭の掃除の下部共、ひとつ所に寄挙り、ナントでく内、今夜は旦那の許婚の娘御が堂島から 次へ続く

(27)二十一ウ

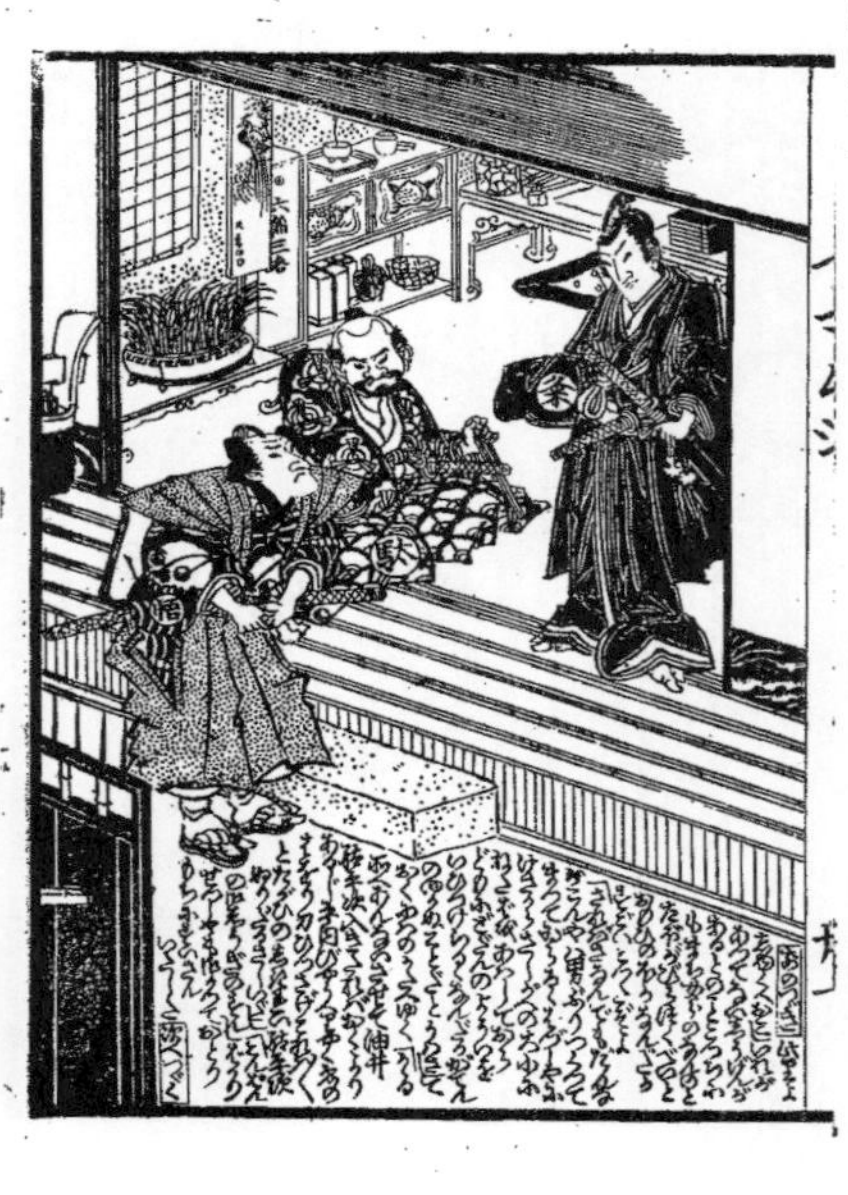

二十二オ

(27) 前の続き 此旅宿へ御輿入があつて、内祝言があるとの事、こつちにも待女郎の何のと髱がびらつくべいと思ひの外、何だか凄いこつたぞよ。さればさ、何でも旦那が今夜は男振作つて待つてゐらる丶、筈じやに、今朝から差替の大小に寝刃を合はして、おらどもに土壇の用意を言ひ付けらる丶。何だか合点のゆかぬことだと噂して、奥庭の方へ行く。斯かる所へ案内させて、油井駄平次入来れば、奥より主平内兵衛、略衣の羽織、刀引提げ、これは〳〵と互ひの式礼、駄平次、塗樽差出し、今晩の御祝儀の寸志ばかり、拙者も御勝手お取持に推参致した。 次へ続く

六韜三略

(28) 前の続き 此祝言の儀式は如何なさるぞ、早く拝見が致したい。よもやたゞでは済みますまい。色直しの千入の装束、婿君のお手際が見たい〳〵と、側から腰押しけしかける恋の敵の底心、その挨拶に平内は苦切つたる真中へ、堂島の野晒五助、これへと知らせに打頷き、嫁入の輿に先立ちて一人来る不敵奴、待ちかねた、これへ通

せ。アイヤ、こゝは拙者にお任せなされ、持参の新身で真二つ。いや〳〵それは相手違ひ、平内兵衛が祝言の相済むまでは必ず聊爾召さるゝな。嫁迎への用意致さふ。お控へなされ、と大悠に急かぬはさすが、唐紙を引立て奥に入にけり。剣の中をのつしりと、肝の鉄壁、飛石も死出の街道道分石、性根据へては日頃の百倍、人を木つ葉と蹴散らす勇は表に見せず慇懃に、野晒めでござります。御免にまかせ、憚りながらお庭へ回りましてござります、と下から出れば、見下ろす駄平次、ホ、さすが来にくい所をよく来たな。連歌茶屋での約束ゆへ、某、疾くより相待ちをる。よく観念して待つてをれと、嘲る顔をじろりと見て、イヤ申、野晒がお掛合い申したは、此家の御亭主様。今晩嫁入の儀について御面談に参つた拙者、マア〳〵お急きなされますな。イヤサ身共は、その嫁入の取持に来たのだ。此嫁入は何故遅いと、意地を持込む回りには、「嫁御の御輿、只今これへ」と声も揃ひのかたならで、鎌輪奴の判字兵衛が宰領役の輿添に、担ふ送りの貸乗物、小門口に舁入たり。駄平次は遥かに見て、ヲ、あの乗物か、

嫁御寮か。如何にも野晒が供して参つた花嫁御、すなはちこゝに、と乗物より俗名お初と記したる位牌を取出し、サア此嫁御と婿殿と祝言の杯取持ちなされ、駄平次殿。ヤア何と。「イヤサお初殿は死なれました。しかも今日たつた今、頓死頓病、何時知れず。侍同士の約束でも、俄に死んだら是非がない。こつちから変ぜぬ証拠は、位牌になつても嫁入さす。是非、夫婦連添ひたくは婿殿も冥途へござれ。お寝間の床は地獄なりと極楽なりと、此野晒が御案内。それ合点ならこれへ出て、俗名お初と祝言なされ。たゞし、それへ参らふか」と野晒に声掛けられ、上下改め平内兵衛出来り、ホヽ、契約違へず野晒五助、さりとは苦労大儀々々。待ちまふけた花嫁、推量に違はぬ冥途の祝言、さぞあらんと思ひ、此方にも申し付けた仕上の献立、しかし宰領の野晒に精進料理ばかりも何とやら不あしらひ、亭主直の刺身包丁、新身一種が今夜の馳走、打寛いで食べてくりやれ、と身動きさせぬあしらひかた、側に野晒目放しせず、折柄、下部が土壇の俵、庭に並べて退きぬ。裾引捲つて野晒五助、土壇にどつさり腰打掛け、何よりの御もてなし、その御馳走を受けに参つた。御自慢の御料理方、御手際が見たさに進上致す生肴、性分ながら堂島の生魚、ちと骨があつてこなしにくい。筒切か背切か、いつそすつぱりと二枚に下ろして貰ひましよ。サア〳〵と体を突付けて、びくともせざる眼差。はてさて丈夫な土性骨、鳴門を越へた見事な骨組、これを肴に一献酌まふか。イヤもふ御馳走とあれば何でも、御辞儀は致さぬ。祝言の杯なれば、嫁御に代はつて野晒が差しましやうかへ。サア慮外致さふかと、侍二人引受けて、相手をぐつと呑む大胆。それお肴と駄平次が打込む手裏剣、一世一度の大事の祝言、鱗のない肴は忌事、お引きなされと突飛ばす。「ア、これさ駄平次殿、平内兵衛が試みの料理も待たず、近頃もつて無作法千万、素込んでゐ召され」と言はれて後へ控へしが、なほ懲りもせず隙を窺ひ斬込む刀、身をかはして野晒が、抜く手も見せずばつさりに、ウンと駄平次倒伏す。平内思はず、「ハテ見事な切味」といふ声、外に漏聞こへ、

次へ続く

（29）二十三ウ

二十四オ

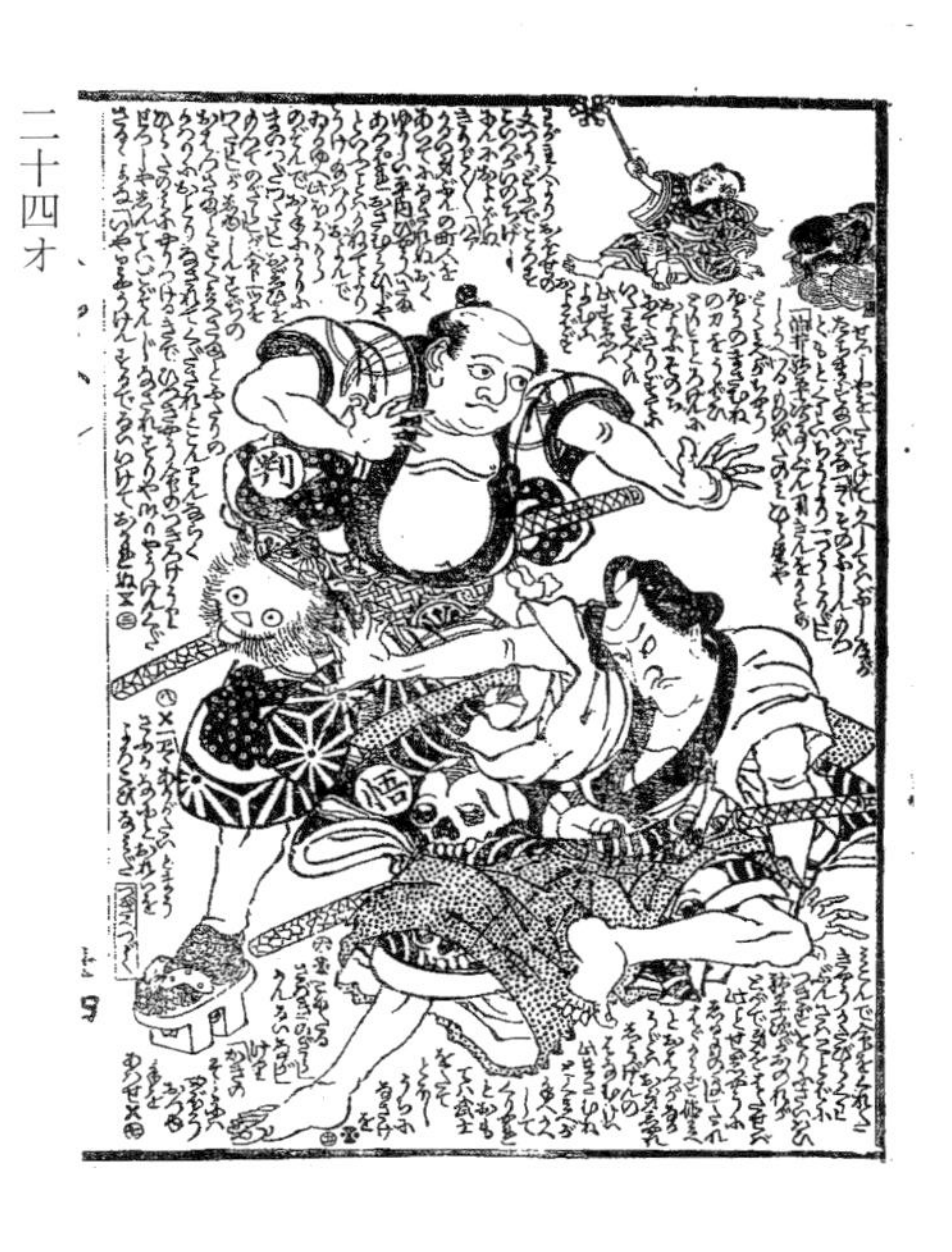

（29）前の続き　先程より、野晒が女房お露、二人の子供を伴ひて、判字兵衛と諸共に、此世の名残と垣の外に窺ひしが、「ヤアもふ斬られてか」と声を挙げ、わつと正体泣沈む。野晒は血を見ていよ〳〵据はる腰、刃物投捨て諸肌脱げば、下は六字の経帷子、刃の中に伏すとても、なほ魂の直焼刃、水掛流し平内兵衛、悠々と後ろに回り振上ぐる刀の下、ぐつとも言はぬ覚悟の体。ハテ心得ぬ、駄平次を一打に仕止めたる程の手をもつて、何故此期に刃物を捨てた。サア立合ふて相手になれさ。イヤ此野晒、非道と見たら侍であらうが小指の先とも思はぬ男、理には敵対ふ刃はない。御手打になりましやう。サ、あそばせ〳〵。ム、手に覚へあるに任せ、さすが一本持たいでも、たゞ一摑みと思ふは不覚、斬手は粂野平内兵衛、刀は名作正宗じやぞよ。ナ、何とその刀が正宗とな。ヲ、しかも豊前の国平尾村徳兵衛が家に伝はる重宝。ヱ、、ハテ変はつた物が御手に入つたな。首差伸べて討たれふと思つたが、その刀が正宗ならば、こりやいちばん切味を受けてみにやならぬはい、と脇差取つて差付ける。ホ、ウさふなく

ては野晒とは言はれまい。今が最期じや観念せいと、二つに丁度斬割る位牌、成敗済んだ野晒五助、勝手に帰りやれ。ム、人殺しの此野晒、所詮助からぬ命、眼前に朋輩の駄平次を殺され、拙者を助けて帰しては武士道が立ちますまいがな。ヲ、その不審尤もと、懐中より一通取出し、油井駄平次事、軍用金を掠めし上、悪者を頼み、平尾屋徳兵衛が重宝の正宗の刀を奪取りし事露見に及ぶ。その地にて斬捨てに致すべく候、此末は読むに及ばず。我が主人より仰せの文通、どふで殺すこいつが命、下手人に及ばぬ、斬得〳〵。ハア軽い身分の町人を相手になされぬ奥ゆかしい平内兵衛様、あつぱれお侍じやといふ事は、かねてより受け給はり及んでゐるゆへ、此方から望んでお手に掛かりに参つた私、お慈悲をもつて野晒が命一つを、私が主人筋のお初様と徳兵衛様と、二人の代りにお取りなされて下されと、金輪奈落、平頼みにやりつける気で、畢竟、命の突付売り、拙者心底御存知なされ、すりや御料簡下さる、よな。いや、料簡するでない。生けておかれぬ不義の女、今日嫁入した此位牌の俗名お初、真二つに打放したれば、不義者の成敗済んだ。元来、徳兵衛とお初とは幼少の時、許婚の由、後にて聞く。お初は元養子なれば、養父天満由利右衛門も知らずして、我に縁を結びしならん。我も又、それと知らず貰受けたはこの方の誤り。それのみならず、金の形に駄平次より預かつた此刀は、徳兵衛が奪はれた正宗の刀、その盗賊も駄平次め。元の起りはお初に恋慕の遺恨にて、艶状を奪ひ、人の名を出す不義の証拠、聞捨てならぬは武道の表、お主を男と見た故に謎をかけたる嫁入の宰領、お身が性根を試し物、平内兵衛を武士と見込んで命をくれた経帷子、過分さは言葉に尽きず、折に幸ひ駄平次が、己が咎で身を果たせば、此事世情に知る者なし。誰憚らず徳兵衛とお初が仲人はお身しやれ。祝言の餞は此正宗、徳兵衛が手へ返してくりやれと、表は武士を立通し、内に情けを籠めたる裁き、野晒感涙流しけり。垣の外には女房お露、手を合はせ、ヱ、有難いと申さふか、何とお礼を喜び涙、

次へ続く

（30）二十四ウ

二十五オ

（30）［前の続き］判字兵衛も嬉しがり、かの古乗物を持上ぐれば、平内兵衛、こりや〱見苦しい。お初が死骸その乗物へ乗せて行けと、証拠の艶状を取出し、割つた位牌にくる〱巻いて投込めば、何から何まで有難いお情けと、皆々打連れ、駕籠を掲げて出行きぬ。

［読み始め］それはさておき、こゝに又、かの泥九郎は先だつて駄平次に頼まれ、お初が腰元藻の花を害して艶状を奪取り、駄平次に骨折代を貰ひて後、藻の花が死霊憑纏ひて、悩ます事度々なれば、泥九郎これに堪へず加持祈禱など様々にすれども、とかく死霊離れず。ある夜、酒に酔ひて伏しゐたるに、大きなる鼈、小さき鼈を数多連来りて、［次へ続く］

藻の花が死霊、鼈に還著して泥九郎が身内に食付く。

（31）［前の続き］泥九郎が身内に食付きければ、これに苦しみ、一腰を抜放して斬払ひけるに、やう〱鼈は消失

(31)二十五ウ

せたり。斯くて又とろ〳〵と眠りけるが、襲はれて目を覚まし、うと〳〵としてゐたるに、曇がちなる月影、引窓より差入れ、竈に近き蟋蟀の声さへ物寂しきに、窓に貼つたる紙に、さつと光物の影映ると見へしが、引窓より一つの陰火飛入り、「恨めしや」といふ声、屋の棟の辺りに聞こへしが、藻の花が姿すつくりと立現れければ、さしも剛気の泥九郎も「わつ」と叫びて打戦慄き、「助けよ〳〵」と言ひしが、遂にその夜の内に狂ひ死にをぞしたりける。悪の報ひの恐ろしき事、斯くの如し。

○さて又、天竺徳兵衛は味方を集めんため、武者修行と言ひなして諸国を巡りけるが、播磨の国にてある夜、行暮れて古社に一宿したりしが、此社に安置したる金神、十二将神の類、矛を振り矢を放ちて、天竺を追出し給ひけるが、神々に対しては蝦蟇の仙術行はれず。命から〴〵逃去りけるとかや。

お初が腰元藻の花が死霊、泥九郎を悩ます。「ヱ、恨めしや、腹立ちや、共に冥途へ連行かん。もの、報ひのある事を思ひ知らせん、来れや来れ」。

(32)二十六オ

【下】

(32) 第六回

読み始め　こゝに又、豊後の国菊池判官の館の物好風雅にて、奥庭の遣水に井手を写せし山吹の今を盛りに咲乱れ、眺めに飽かぬ景色なり。

時に天竺徳兵衛は蝦蟇の仙術を以て、味方の者を蛙の姿になして後に従へ、此庭伝ひに忍入り、声を潜めて言ひけるは、「我、此館へ忍入りしは、此館の主菊池判官を味方に付けんその為なり。もし又、得心なき時は即座に討つて捨てる料簡。さりながら、心憎きは此館の家臣尾形十郎真清なり。もし異変もあらば、かねての合図、合点か。まづそれまでは忍べ〳〵」と言ひければ、従ふ蛙は遣水へ皆飛入りて影もなし。跡に残るは天竺一人、すつくと立つてゐたる所へ、真清が妻袖垣、手燭を灯して出来り。ヤアそちは何者。怪しき姿と咎むれば、ヲ、姿を隠すは易けれども、かう白化に入込んだは様子がある。今、諸国を徘徊し仙術に達したる天竺徳兵衛とは俺が事だは、と聞いて袖垣ぎよつとせしが、心を静め、ム、その方が此処へ何しに。ヲ、判官に用があつて。ム、我が君に用とは何事。我が陰謀の味方に付け、連判状に加へんため。ヤアそれはマア。「サア従はねば、たゞ一打」と天辺下しの雷声。スハ御主人の御大事、忠義はこゝぞと胸を据へ、成程、御主人の一味連判、私が請合ふて致させませう。ム、見事、そちが。アイ。ホヽウ女に似合はぬ丈夫の魂、表し見るは此鏡、一心真ある時は、その形素直に映り、心曲がれるその時は、その形歪みて映る。底意をいまぞ質さんと差付くれば、こは如何に、その丈、丈余の蛇の形、鏡に映りて麗々たり。袖垣は二目とも見もやらず、逃ぐるをやらじと付回し、追立て〳〵追回され、かつぱと伏したる袖垣より、天竺なほも不審顔。あら訝しや。鏡に映るその姿、女にあらぬ蛇の形。己が正を現せしは、察するところ巳の年、巳の日、巳の刻の誕生に極まつたり。我が蝦蟇の仙術を破る大敵、恐ろしし〳〵。これをよく試すには、我が身に帯せし腰刀、これ究竟と抜放す。折節、二階の御簾の隙よりたら〳〵と流落ちて、かの刀の刃にかゝる血潮はすなはち炎となり、炎々と燃上がり、館の隅々庭の草木鳴動し、数多の蛙鳴叫ぶ。物騒がしきに何事と、障子の影に様子を窺ふ尾形の十郎。庭先の垣の外に深編笠の立派な侍、瞬きもせず見ゐたりけり。尾形の十郎心づき、二階の血潮は気遣はしと、駆上がつて御簾かなぐれば、粧姫の離魂病、二つの形の一つは自害、一つは快方、これも又、不思議なりける有様なり。こはそも如何にと驚く真清、自害の姫は苦しき息をほつと吐き、「驚き給ふは御尤も。今更改め言ふまでもなけれども、私が面体恰好、御姫様に似たるゆゑ、次へ続く

(33) 前の続き姫と同じ姿に作り、離魂病と言ひなせしは、御主人密々の御頼み。御前方御夫婦も、かねて御存知、私は元丹波の国の山賤柴作といふ者の娘なりしが、十四の時、父と共に村雲山へ芝刈に行き、天竺徳兵衛に父を討たれ、私は谷川に落入りて不思議に命助かり、御縁あつて此御館へ水仕奉公、だん〳〵と御取上げあそばして夕浪と名を下され、玉垂深き宮仕え、恐れ多くも御姫様と髪の飾衣装まで同じ姿に作りなし、起伏しまでも同じ

やうに致せしは、一家中の人々にまで、真の離魂病と思はせんため。今聞けば、それなるは天竺徳兵衛、袖垣様を巳の年の生まれと悟つて恐るゝ様子。又袖垣様は自害して血を零し、天竺が仙術を破らんと思召す様子なり。幸ひ私、巳の年、巳の日、巳の刻の生まれゆゑ、袖垣様になり代はり、かく自害して血潮を彼が刀に注ぎ、彼が仙術を挫きたるは、一つには御主人判官様の御身に差当たつたる御難を救ひ、二つには父柴作が敵なる彼を滅ぼし、仇を報はん為なり」と息も絶ゆげに物語れば、粧姫は泣悲しみ、袖垣もろとも抱抱へ、尾形十郎真清もその忠孝を感嘆し、涙に袖を絞りけり。先程より垣の外に佇みたる侍、笠を取つて内に入り、「ヤア〳〵尾形十郎、我、先だつて使者に来り、様子を見たる離魂病、天竺が仙術の業ならんと、思ひのほか腰元を作り立てゝ、姫を離魂病と偽り、嫁入の輿入を延ばせしは、和睦の誓を破り、足利義教公の厳命を背く所存に極まつたり。斯くいふ条野平内兵衛、天竺徳兵衛が在処を尋ねんため、浪花を発つて当国に下り、斯く編笠に顔を隠し、此奥庭に佇みしは、判官主従

底意を探らんその為なり」と言へば、尾形十郎言ひける は、「珍らしや平内兵衛、その疑ひはこつちも同然、和睦 の印に渡すべき波切丸の刀、紛失とは合点ゆかず。姫を迎 へて人質とし、和睦を変ずる底心と疑ひしゆゑ、離魂病 と偽りて姫の輿入を控へたれど、波切丸も満月の鏡も天竺 が業といふ事、今明らかに知れたれば、互ひの疑ひも」。 「ヲ、そう聞けば晴れ申した」と両人真を明合い、袖垣も ろとも天竺を取囲めば、仙術挫け、暫く悶絶してゐたる 天竺徳兵衛、起上がりて歯噛みをなし、さては小事より大 事を過ちしが残念や。足利義教を滅さんと深く巧みし陰謀 も、神変不思議の仙術も、こゝに至つて滅するか。ヱ、 口惜しや無念やと怒りの面色、眉逆立ち荒れに荒れたる 折しもあれ、陣鉦太鼓を打鳴らし、大苫嵯峨次郎、天満由 利右衛門を従へて入来れば、かなたの御簾を巻上げて、

次へ続く

（34）二十七ウ

二十八オ

（34）［前の続き］菊池判官、威儀厳重に控へたり。嵯峨次郎は大音上げ、「ヤア〳〵天竺徳兵衛、最早逃るゝ、所なし。疾く〳〵汝が本名名乗り、汝が帯せし波切丸、奪取つたる満月の鏡、二品をこつちへ渡せ」と呼ばはつたり。天竺は嘲笑ひ、「小賢しや嵯峨次郎、今は何をか包むべき。我、実は相模次郎時行、変名は雷冠者が一子大日丸宗門といふ者なり。たとへ仙術は挫けても、剣術手練の生死の一戦、うぬ等は残らず撫斬だ。観念せよ」と呼ばゝつて諸肌を押脱げば、下には束帯、籠手、臑当、暫く挑み戦ひしが、庭前の遣水より以前の蛙飛出て、味方の武者と姿を現し、［次へ続く］

［尾形の十郎真清様子を窺ふ］

袖垣が姿を満月の鏡に映すに大蛇の影映る。

波切丸の刀に血潮を穢せば、炎燃え、蛙鳴く。

（35）［前の続き］大日丸を救はんと諸共に戦ひしが、嵯峨

（35）二十八ウ

二十九オ

次郎が家来共、雀踊に出立ちて押取巻き、手下を残らず討取つて、さしもに猛き大日丸も運命尽きて討たれにけり。時に尾形十郎、腰元夕浪が忠孝を哀れみ、彼が自害せし短刀にて天竺が首を掻きければ、粂野平内、彼が腰に帯びたる波切丸の刀と満月の鏡を取つて、嵯峨次郎に奉り、大日丸が首を携へ付添へば、判官と嵯峨次郎は舅と婿の礼を述べ、此日は別れを告げて帰りけり。

○斯くて大日丸が首を滝川佐門之進に送り、刀と鏡を取返したる事を詳しく語れば、佐門之進は大に喜び、早速此事を義教公へ訴へければ、大日丸を討取りしは抜群の手柄なりと御賞美あり。いよ〳〵判官と縁を結ぶべしとの厳命ゆゑ、吉日を選び、約束の如く波切丸を菊池判官へ送りて、和睦の印とし、判官の方よりは粧姫の輿入ありて、婚姻の儀式相済み、両家睦ましく万々歳とぞ栄えけり。

○粂野平内兵衛、尾形十郎夫婦が忠義を賞じて恩賞ありし事など、詳しく記すに紙の余りなければ、これを略せり。

大苫嵯峨次郎

(36)

○さてまた義教公、菊池判官と大苫嵯峨次郎に命じ給へば、両人丹波の村雲山に分登り、藻屑閑道人ヘマムシ入道を討滅ぼす。入道大蝦蟇と化して両人を食殺さんとせしが、命数尽きて蝦蟇の仙術破れ、両人に討たれ、その怨恨、石となる。丹波の蝦蟇石といふはこれなりとぞ。

○よく〳〵質せば、お初が腰元藻の花は、幼き時別れたる野晒悟介が妹なり。お初はこれを聞いてます〳〵悲しみ不憫に思ひ、徳兵衛に告げて、数多の僧を供養して大施餓鬼をなしけるに、お初が夢に、藻の花、鼈に乗り光明を発して西の方へ行くと見たり。これ成仏の印なるべし。

○粧姫は腰元夕浪が菩提のために、石にて女の立姿を二つ作りて、離魂病の形を表し、その下に経文を埋めて供養す。この二つの石を京の女郎・田舎の女郎と名付けて今にありといへり。されば悪人は天罰によつて悉く滅び、善人ひとたび難に遭ふといへども、遂に天の憐みによつて鏡の曇を晴らし、再び出世をす。露ばかりも悪しき道に赴く事なかれ。子供衆合点か〳〵。

京伝店

大極上品奇応丸　一粒十二文

大人小児万病によし。大極上の薬種を使ひ、家伝の加味ありて、常の奇応丸とは別なり。故に価も常に倍せり。糊なし。熊の胆ばかりにて丸ず。御試みの御方多く、追々遠国まで弘まり候間、別して薬種を選び申候。

大苫嵯峨次郎

（37）さて又、天満由利右衛門は野晒悟助が忠義によつて、娘お初が身の上恙なくすみたるを喜びけれども、粂野平内兵衛が手前を遠慮し、お初をば野晒が方へ遣はし、別に美人を選びて養女となし、平内兵衛方へ送りて、縁者の因を結びぬ。徳兵衛は正宗の刀戻りしによつて、恙なく家を相続し、お初と夫婦になり、仲睦ましく連添ひぬ。千秋万歳めでたし〳〵〳〵〳〵。

文化十癸酉新版絵双紙目録

- ヘマムシ入道昔話・全六冊　山東京傳作　歌川國直画
- 敵討勝乗掛・全六冊　曲亭馬琴作　勝川春扇画
- 赤前垂祇園女護・全八冊　山東京山作　歌川國直画
- 鹿子娘八百屋振袖・全六冊　東西庵南北作　勝川春扇画
- 室蛤花札斛　全六冊　東里山人作　勝川春扇画
- 薄化粧垣根卯花・全六冊　醉月梅笑作　歌川國直画
- 一本氣嘘札切口　全三冊　東里山人作　勝川春扇画

右目録の外小本あまた出板仕候

和泉屋市兵衛

ヘマムシ

国直画　山東京伝作㊞

筆耕藍庭晋米㊞

全六冊大尾

京伝店商物口上　裂煙草入・紙煙草入・煙管類、当年の新物珍らしき風流の雅品色々出来。縫金物等、念入別して改め下直に差上ケ申候。

京伝自画賛　扇新図色々。色紙・短冊・張交絵類、求めに応ず。

読書丸　一包壱匁五分づゝ

○第一気根を強くし物覚へをよくす。もつとも腎薬なり。老若男女常に身を使はず、かへつて心を労す人はおのづから病を生じ天寿を損ふ。常に此薬を用ひて養生すべし。又、旅立人、此薬を蓄へて色々益あり。能書に詳し。暑寒前に用れば、外邪を受けず。近年追々諸国に弘り候間、別て薬種大極上を選び申候。

山東京山篆刻　蠟石、白文一字五分、朱字七分、玉石銅印古体近体、望みに応ず。

取次京伝店

折琴姫（をりことひめ）宗玄（そうげん）婚礼累簞笥（こんれいかさねだんす）

応仁の頃（東山義政公の時代）

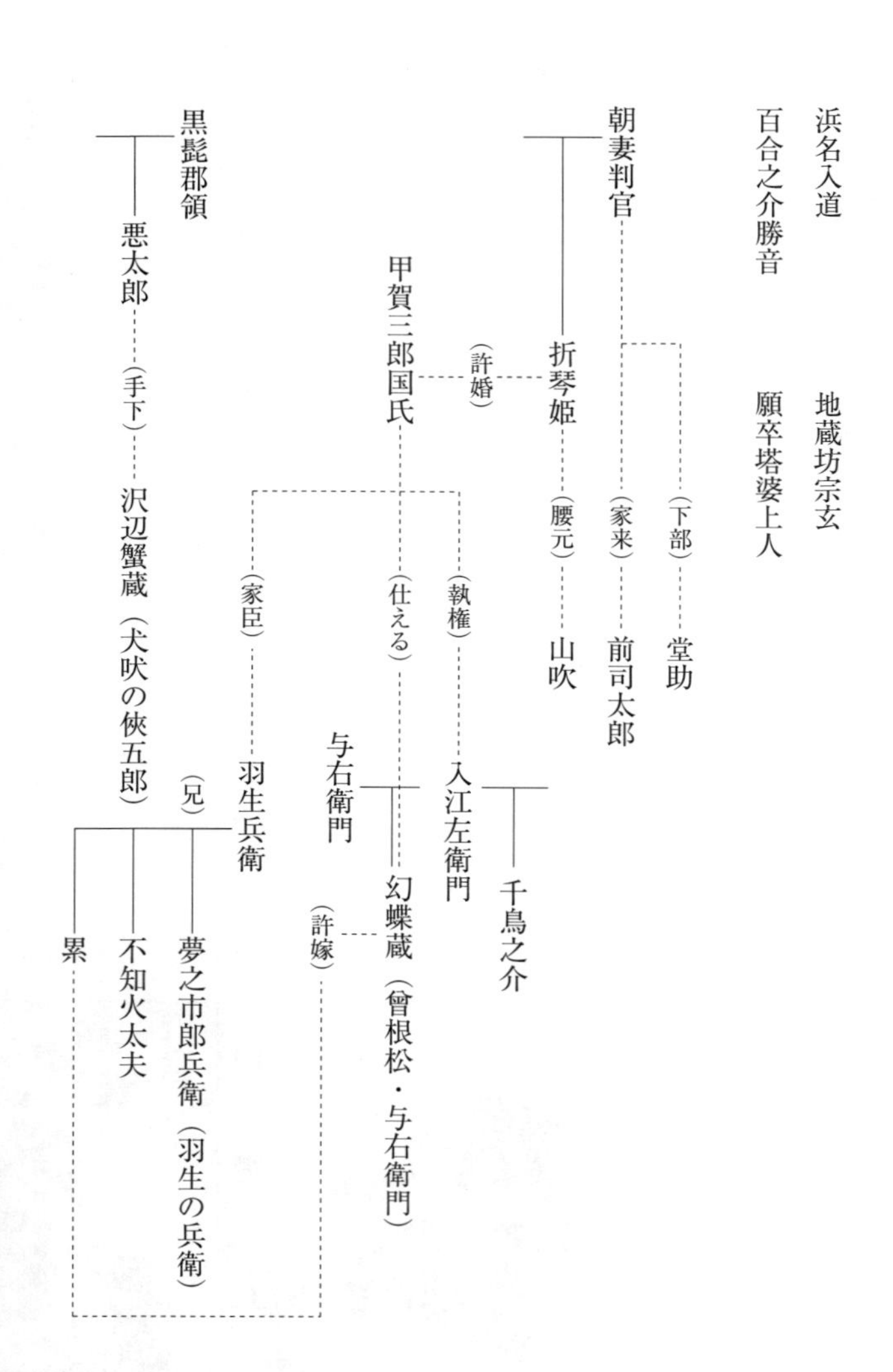

前編見返し

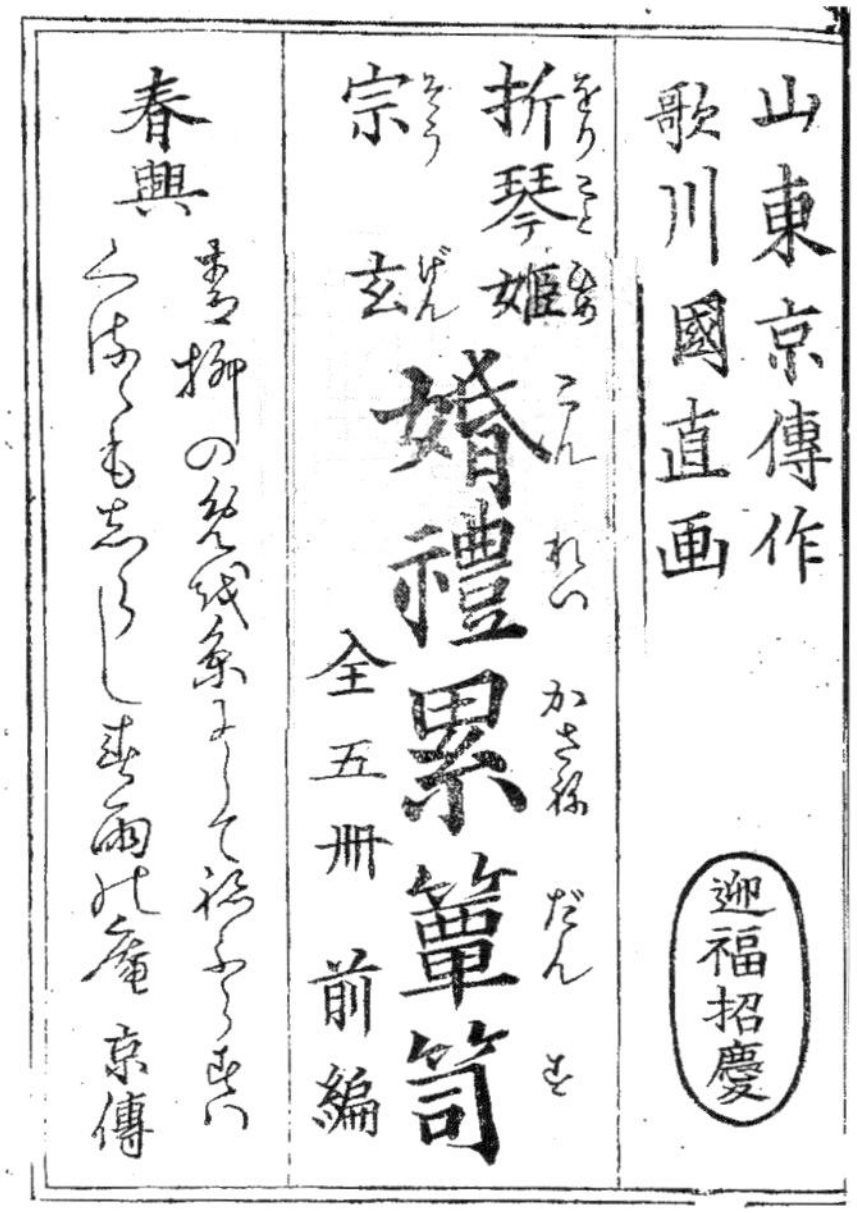

【前編見返し】

山東京伝作
歌川国直画

迎福招慶

折琴姫(をりことひめ)
宗玄(そうげん)

婚礼累箪笥(こんれいかさねだんす)

全五冊　前編

春興

青柳のめを糸にしてねふらすは
くるゝもしらし春雨の庵　京伝

【前編】

【上】

(1) 大平広記引名画記云晋顧愷之字長康小字虎頭嘗悦一隣女乃画女於壁当心釘之女患心痛告長康遂抜釘乃愈

六百番歌合

寄絵恋　顕昭

いとはれてむねやすからぬおもひをは
　人のうへにそかきうつしつる

江戸　横山町二丁目岩戸屋喜三郎梓行

栢枝大橘

折琴姫(をりことひめ)の絵姿(すがた)

春(はる)の月琴(つきこと)にちもかくはじめかな　晋子其角

作者　山東京伝㊞

文化　九年壬申秋七月草稿成
　　十年癸酉春新絵草紙

(1)一オ

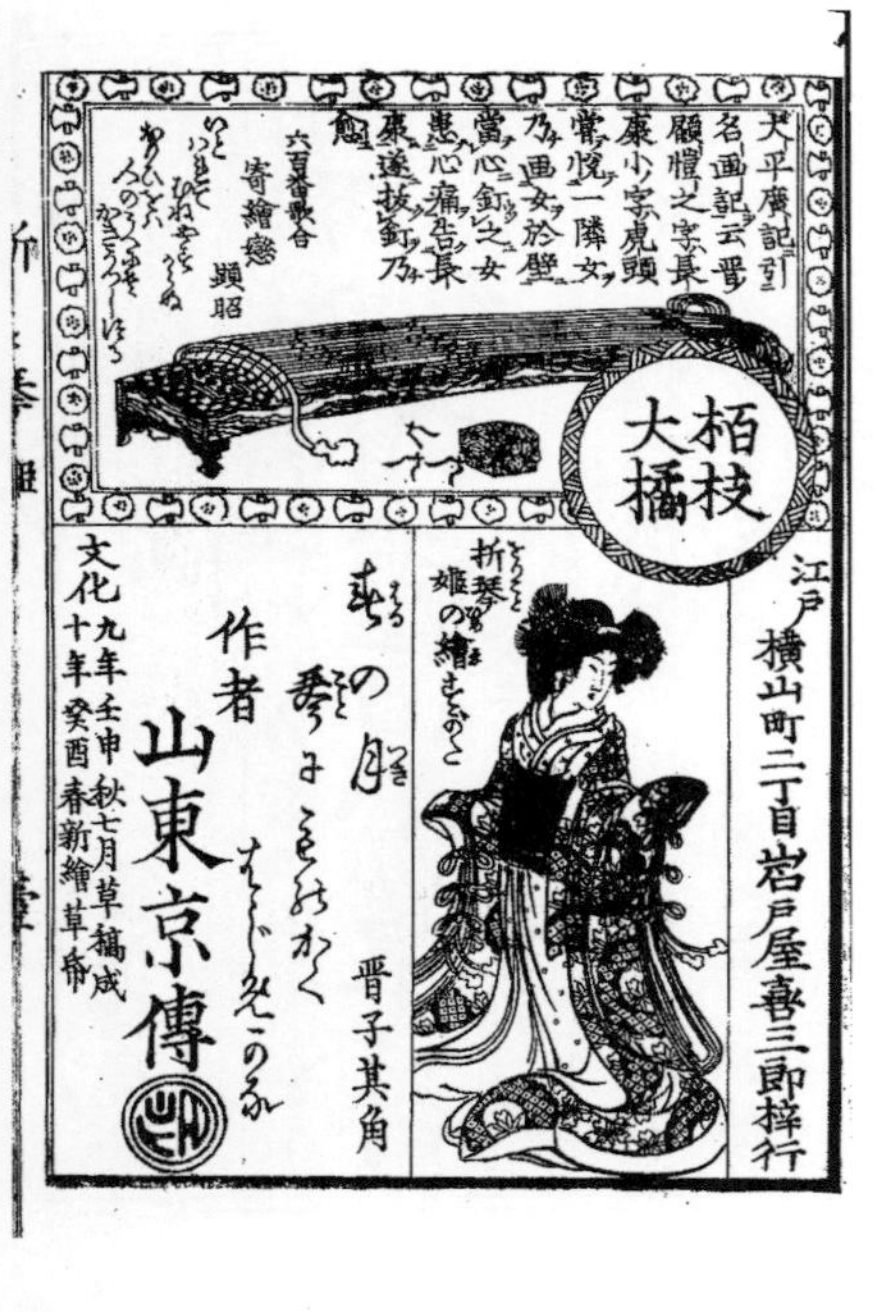

(2)一ウ

二オ

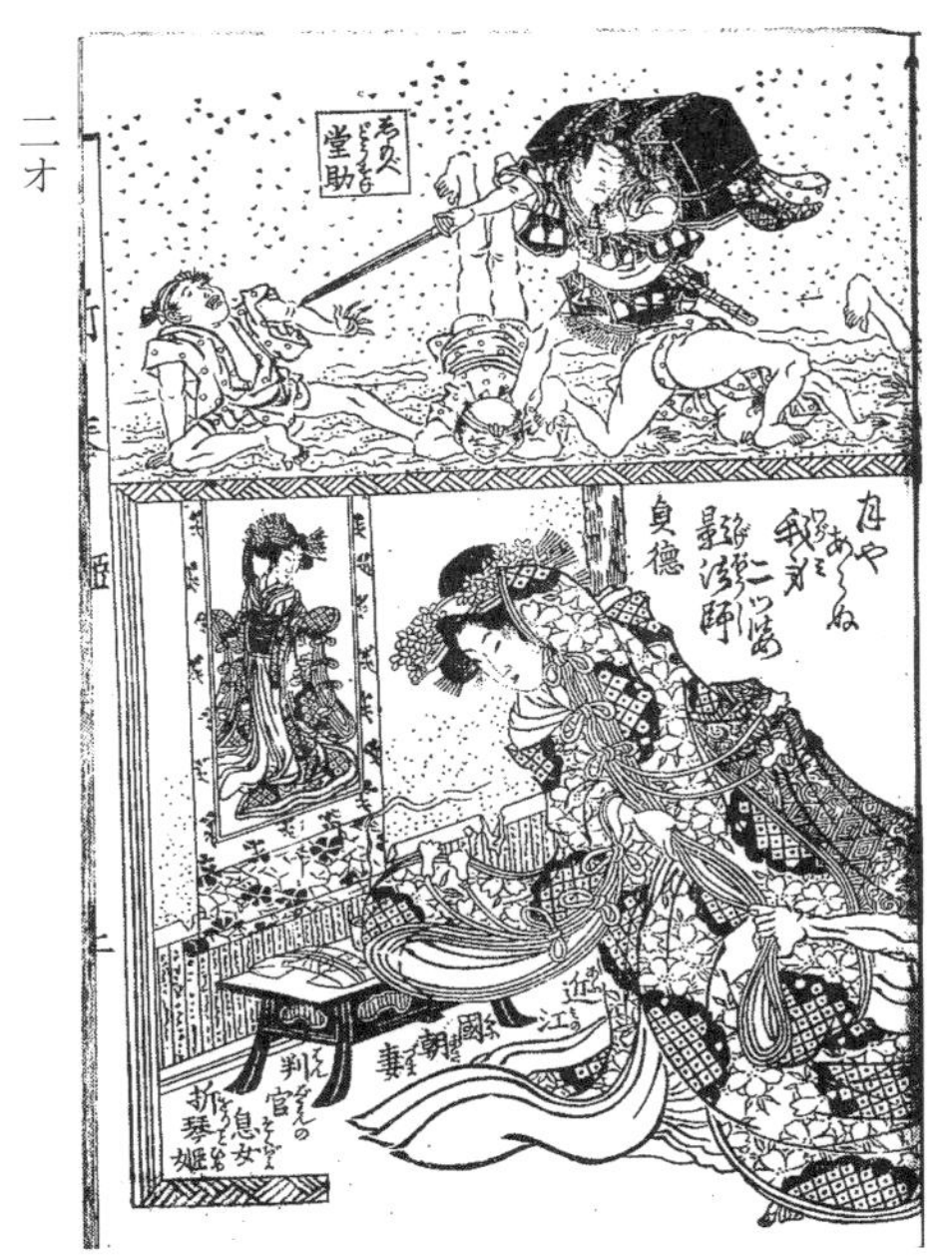

(2)

朝妻判官僕、堂助

洛外北岩倉地蔵坊宗玄

月やあらぬ我身二つの影法師　　貞徳

近江国朝妻判官息女、折琴姫

腰元山吹

僕 堂助

（3）二ウ

三オ

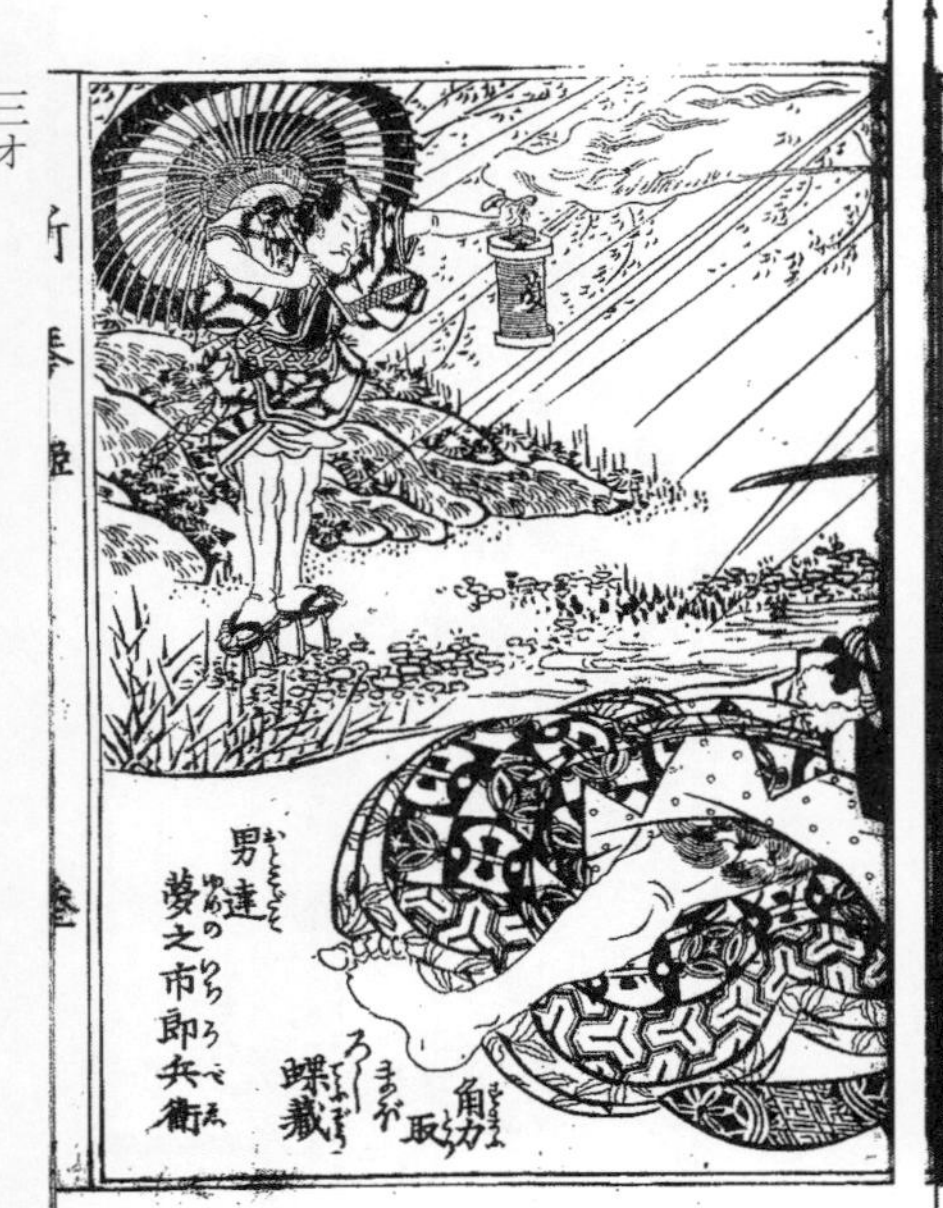

（3）

角力取ならぶや秋のから錦　嵐雪

都九条遊君、不知火太夫

角力取、幻蝶蔵

男達、夢之市郎兵衛

（4）三ウ

（5）四オ

（4）

泉州堺角力取、幻蝶蔵

夢之市郎兵衛妹、累

不知火太夫亡魂

（5）

不知火太夫怨霊

累

木津川余右衛門

余右衛門妻、累

かさねとは八重なでしこの名なるべし　曾良

（6）四ウ

五オ

（6）
近江国甲賀三郎国氏
京九条の遊君、不知火太夫

(7)五ウ

(7)

不知火太夫成佛得脱

近江国甲賀三郎国氏

何迷ふ彼岸の入日人だかり　鬼貫

【中】

(8)前編中冊

発端　今は昔、応仁の頃、東山義政公の時代とかや、近江の国に甲賀三郎国氏といふありけり。同国朝妻判官の息女折琴姫と許婚なりしが、都に逗留の間、九条の里の遊

(8)六オ

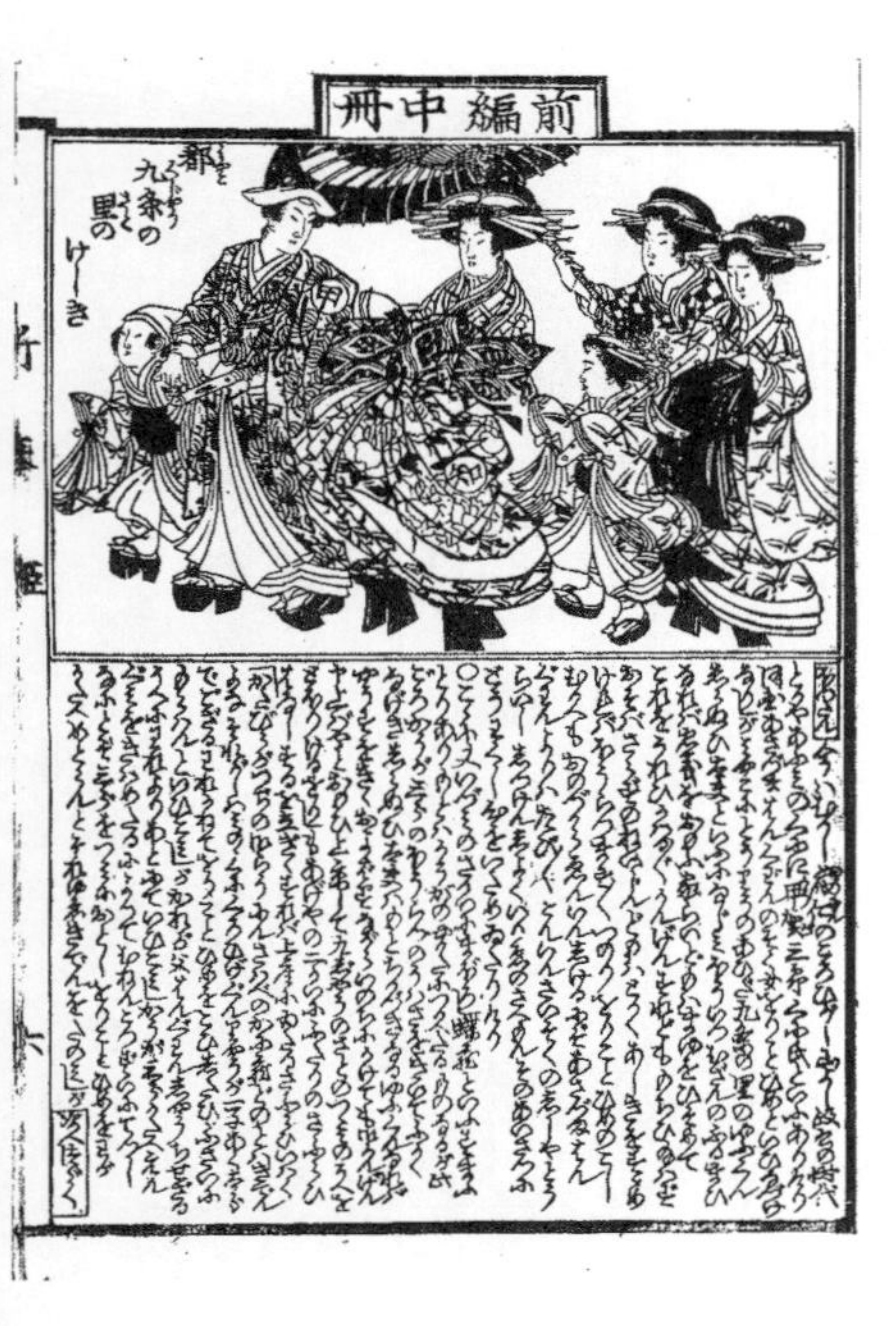

君不知火太夫といふに馴染み、放逸無慚の振舞なれば、忠義を思ふ家来どもは眉を顰めてこれを憂ひ、代る〴〵諫言すれども用ひ給はず。御側去らずの佞人どもは、とかく悪しきを勧めければ放埒ます〳〵募り、折琴姫の輿迎もおのづから延引しけるにぞ、朝妻判官よりは、たび〳〵婚姻催促の使者到来し、執権職入江左衛門、その挨拶に当惑し、心を痛めゐたりけり。

○こゝに又、和泉の堺に幻蝶蔵といふ角力取あり。元は甲賀の館に仕へたる者なるが、此頃、甲賀三郎の放埒の噂を聞いて深く嘆き、不知火太夫は元近付なる遊君なれば様子を聞き、及ばずながら命に懸けても御諫言申上ばやと思ひ、上京して九条の里の堤の上を通りける折しも、揚屋の二階に二人の侍話するを立聞きすれば、上座にゐたる侍曰く、「帷子が辻の御浪人、沢辺蟹蔵殿とは貴殿よな。某は美濃の国黒髭郡領が一子悪太郎でござる。我かねて折琴姫を恋慕ひ、夫妻に貰はんと言ひ込みしが、彼が父判官、承知せざる上に、我より後にて言ひ込みし、甲賀三郎方へ縁組を極めたるによつて、無念骨髄に徹し、

（9）六ウ

七オ

何卒、三郎を罪に落とし、折琴姫を我が方へ娶らんと、それゆゑ、貴殿を頼みしが、

次へ続く

都九条の里の景色

（9）前の続き様子はどふでござるな」。「これは〳〵、御目見得致すは初めてなれど、かねて多くの金子を下されての御頼みゆゑ、三郎が側に付添ふ佞人どもに取入りて、三郎に放埒を勧め、いよ〳〵不知火太夫の身請も済み、近々に近江へ連帰るつもりにて、今晩この里を出る筈に極まりました」。「それは重畳。不知火を身請すれば、管領浜名入道殿へ讒言し、三郎めを滅亡させ、甲賀の家を横領して、折琴姫を我が女房、うまい〳〵」と話し声。幻、始終を立聞きして、「ハテ恐ろしい企みじや」と思はず言へば、悪太郎これを聞き、小柄の手裏剣はつしと打てば、幻は流灌頂の柄杓を取つて丁と受止め、危ない事と走行く。折しも、向かふへ舁来る駕籠は確かに不知火太夫なれば、幻はこれを見て、さてはこの里を出行くに違ひなし。

次へ続く

（10）七ウ

八オ

（10） **前の続き** 今の企みを聞く上は、彼を館へ引入れ給ひては、甲賀の御家は忽ち滅亡、数多の人の嘆きには代へられぬ。罪なき者を手に掛くるは不憫なれども、根を絶つて葉を枯らすは、彼を討つて捨てるより外はな〔し〕。その上にては、彼が所縁の者に名乗つて討たれて、彼が恨みを晴らすべし、と思案を定め、刀を抜いて振回せば、駕籠舁どもはびつくりし、駕籠を捨置き逃げて行く。幻は駕籠の内より不知火を引出し、胸の辺りを刺通せば、あつと叫びて苦しみつゝ、月明りに顔を見て、ヤアお前は確かに幻さん。ヱ、胴欲な。何の意趣、何の恨みで殺しやるのじや。ヱ、こなたは〳〵、鬼かいのふ、蛇かいのふ。ヲ、尤もじや。道理じや。コレ不知火殿、苦しからふが、とつくりと聞いて下され。こなたをば身請させ、甲賀の御館へやつては三郎様の御為にならぬはいのふ。ヤアそりや又、何で行く事ならぬ。此不知火が御館へ行けば、折琴様の祝言の邪魔と思ふて殺しやるのか、たゞしは姫の言ひ付けか。ヱ、心の狭い折琴姫。民百姓の身の上でも、手掛妾はある習ひ、まして貴方は甲賀三郎国氏様。ヱ、

さもしいはいのふ〳〵。イヤ〳〵、さら〳〵そういふ事ではない。上へ 下よりこなたを殺すは国家の為。愛しいと思はしやる三郎様の御為じや。潔う死んで下され。イ、ヤ何ぼうでも死なぬ〳〵。たとへ此身は死ぬるとも、魂魄此世に止まつて、惨いつれない幻殿。人に報ひがあるものか、ないものか。生替り死替り、こなたの身に付纏ふて恨みをなさいでおかふかと、顔見詰めたる今際の有様、さも物凄き。その風情、心弱くて敵はじと、気を取直して幻が、次へ続く

(11)前の続きヲ、恨まば恨め、主人の御為、御家の大事にや代へられぬと、止めをぐつとさすがの幻、何処の誰が娘かは不憫と弱る目に涙、風かあらぬか一頻り、ぞつと身の毛も立退く向ふに、はつと燃立つ瞋恚の炎に太夫が姿、雲霧に晴れぬ恨みは有明の月、まとはつてくる〳〵〳〵斬れど払へど執着の、こゝに現れ彼処に立行くを、やらじと引戻され、たぢろぐ幻、手を合はせ南無阿弥陀仏と唱へ捨て、行くをやらじと魂魄の炎となつて慕行く。

○斯くて後、とかく祝言延引しければ、折琴姫これを憂ひて気分悪しきにより、気を慰むるため、志賀の花見に詣で

(11)八ウ

九オ

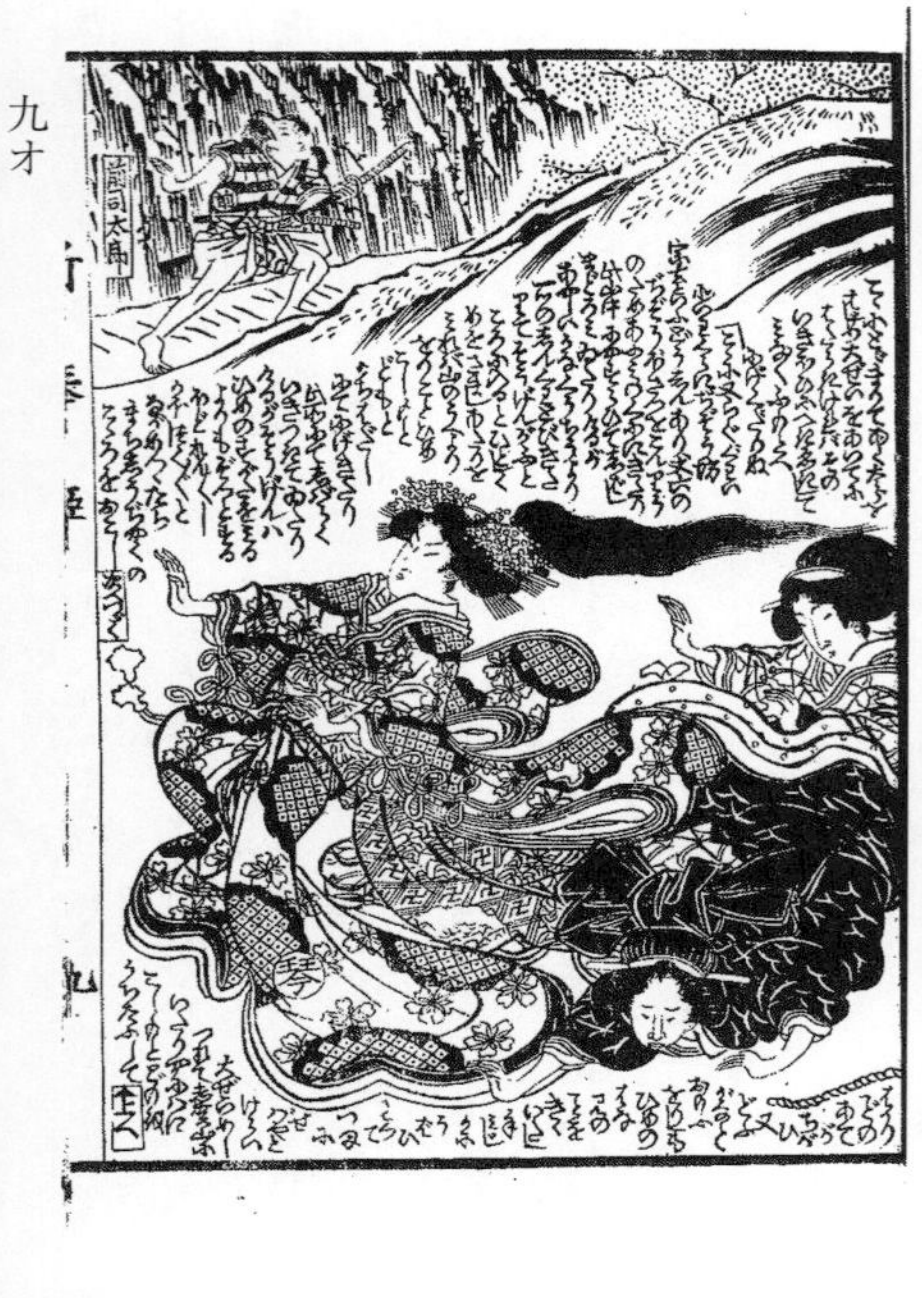

けり。かの悪太郎は企みに企みし不知火太夫も、人手にかゝり失せたれば、謀の当てが違ひ、又どふがなと思ふ折しも、姫の花見の事を聞出し、手短に奪取つて妻にせばやと、家来大勢召連れて志賀山に至り、やにはに腰元どもを討倒して ▲上へ ▲下より続く 姫を奪ひ、逃帰らんとしたる所へ、姫の家来前司太郎、韋駄天走りに駆付けて、姫を取返して、腰元どもに指図して先へ落としやり、己はこゝに止まりて、悪太郎をはじめ大勢を相手に働きければ、その勢ひに辟易して、皆々麓へ逃下りぬ。

こゝに又、洛外北岩倉に地蔵坊宗玄といふ道心あり。丈六の地蔵菩薩を建立のため、近江の国に来り。此山中に安らひて、暫しまどろみ居たりけるが、怪しいかな、空中より一つの心火飛来りて、宗玄が懐に入るとひとしく、目を覚まし辺りを見れば、山の上より折琴姫、腰元どもと徒跣にて逃来り。此所にて暫く息つきて居たりけるが、宗玄は姫の姿を見るよりも、ぞつとするほど恋々し、顔つくぐ〜と眺めつゝ、忽ち執着の心を起こし 次へ続く

前司太郎

(12)九ウ

十オ

［建立　地蔵坊　宗玄］

［建立］

(12) 前の続き 姫に取付き戯れければ、腰元どもは気違ひ坊主と心得て、宗玄を突倒し、姫の手を取行かんとせしが、宗玄は起上り、ヱ、情けない姫御前と、足もひよろ〳〵、吐く息もいと苦しげなるが、邪念の面色、地蔵の御頭に跨りて行くをやらじと、後髪引戻されて、たぢ〳〵〳〵。折から衝出す入相の鐘に飛散る花の雪、梢を揺する夕風に裳裾ほら〳〵。姫君は腰元どもに手を引かれ、倒けつ転びつやう〳〵と、此場を逃れ走行く。かの空中より下りて宗玄が懐に入し心火は、不知火太夫が怨念と、後にぞ思ひ知られける。斯かる所へ再び又、悪太郎が家来ども、姫を奪取らんと大勢にて追掛ければ、向ふの山越に逃ぐるとて、姫は腰元にはぐれて先へ走り、十町ばかり逃延びて、息も絶ゆ〳〵足も立たざりければ、とある所に倒れて息を吐き居給ひけるに、なほ又、不知火が恨みの心火飛来つて、桜の枝に掛けありし 次へ続く

(13) 十ウ

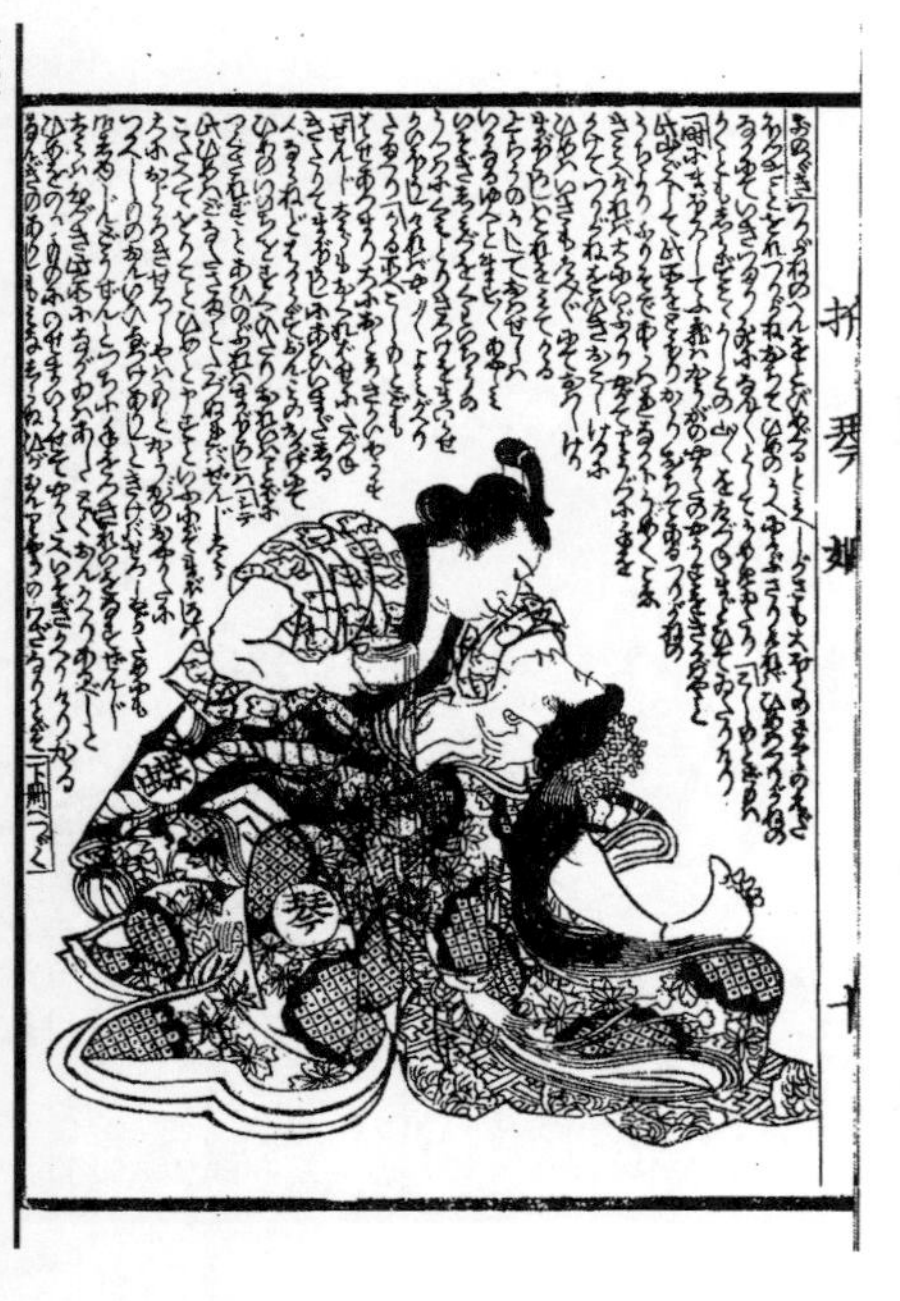

(13) 前の続き 釣鐘の辺を飛巡ると見へしが、さも大木の桜の枝、ぼつきと折れ、釣鐘落ちて姫の上に被さりければ、姫は釣鐘の中にて息詰まり、死になん〳〵として呻きゐたり。腰元どもは斯くとも知らず、こゝ彼処の山々を尋惑ひてゐたりけり。

時に幻蝶蔵は、甲賀の館の様子を聞かばやと、此山越へして此所を通りかゝり、落ちてある釣鐘の内より振袖現れ、中に呻く声聞こへければ、大に訝り、やがて竜頭に手を掛けて釣鐘を引起こしけるに、姫は息も絶へ〴〵におはしけり。幻はこれを見て、斯かる上臈の斯くしておはせしは、如何なる故と、ます〳〵怪しみ、急ぎ清水を懐中の器に汲取り、気付を参らせ介抱しければ、やう〳〵蘇り給へり。斯かる所へ腰元ども馳集まり、大に驚き介抱す。前司太郎も後馳せに尋来りて幻に会ひ、「未だ知る人ならねど、図らず御身の御蔭にて姫の命を救ひたり。御礼は言葉に尽くされず」と相述ぶれば、幻は、シテ、此姫はどなた様と尋ぬれば、前司太郎答へて、「折琴姫と申す」と言ふにぞ、幻は大に驚き、拙者は元甲賀の

(14)十一オ

御館に仕へし者、御許婚ありしと聞けば、拙者が為にも御主人同然と、土に手を突き礼をなす。前司太郎は心付き、此所に長居は悪し、とて、御帰りあるべしと、姫を乗物に乗せ参らせて、館へ急ぎ帰りけり。斯かる難儀のありしも皆、不知火が怨霊の業なりとぞ。

下冊へ続く

【下】

(14) 前編下冊

前の続き　さる程に悪太郎は、志賀山にて折琴姫を奪取らんとしたるを、前司太郎に妨げられ、しかのみならず、太郎が為に数多手を負ひけれども、我が狼藉より起こりたる事なれば、一言も口外し難く、心の内には無念に思ひ、父黒髭郡領に此事を語りければ、郡領思ひけるは、皆これ朝妻判官めが我が家を嫌ひて、折琴姫をくれざる故なり。よし〳〵我が三寸の舌をもつて、判官と甲賀三郎両人を讒言し、我、両家を横領して折琴姫を奪取り、汝が手掛にして遣はすべしと大に憤り、密かに奸計を巡らし、管領浜名入道の面前にて、両人をさま〴〵讒言しけるが、

次へ続く

（15）前の続きかの両人は、かねて入道と不和なる同じ管領百合之介勝音に内縁あるゆゑ、日頃、入道、彼ら両人を憎みゐたれば、尾に尾をつけて義政公へ申上げ、黒髭郡領を朝妻判官方へ討手に遣はし、悪太郎を甲賀三郎方へ討手にぞ遣はしける。

斯くて黒髭郡領、討手に向かひければ、身に覚へなき事なれども、縄目の恥を受けんよりはと、朝妻判官、切腹しけるにぞ、折琴姫は父に取付き、腰元山吹もろともに悲嘆の涙に咽びけるが、郡領が荒子共、姫を奪取らんとひしめきければ、下部堂助、山吹もろとも荒子共を追散らし、姫を助けて泣く〳〵館を落行きぬ。前司太郎は大勢と戦ひ数多手を負ひ、主人判官切腹ありしと聞き、追腹を切らんとせしが、いや〳〵一旦命を全うして、主人の仇を報ひ、御家再興が肝要と、一方を切抜けて何処ともなく

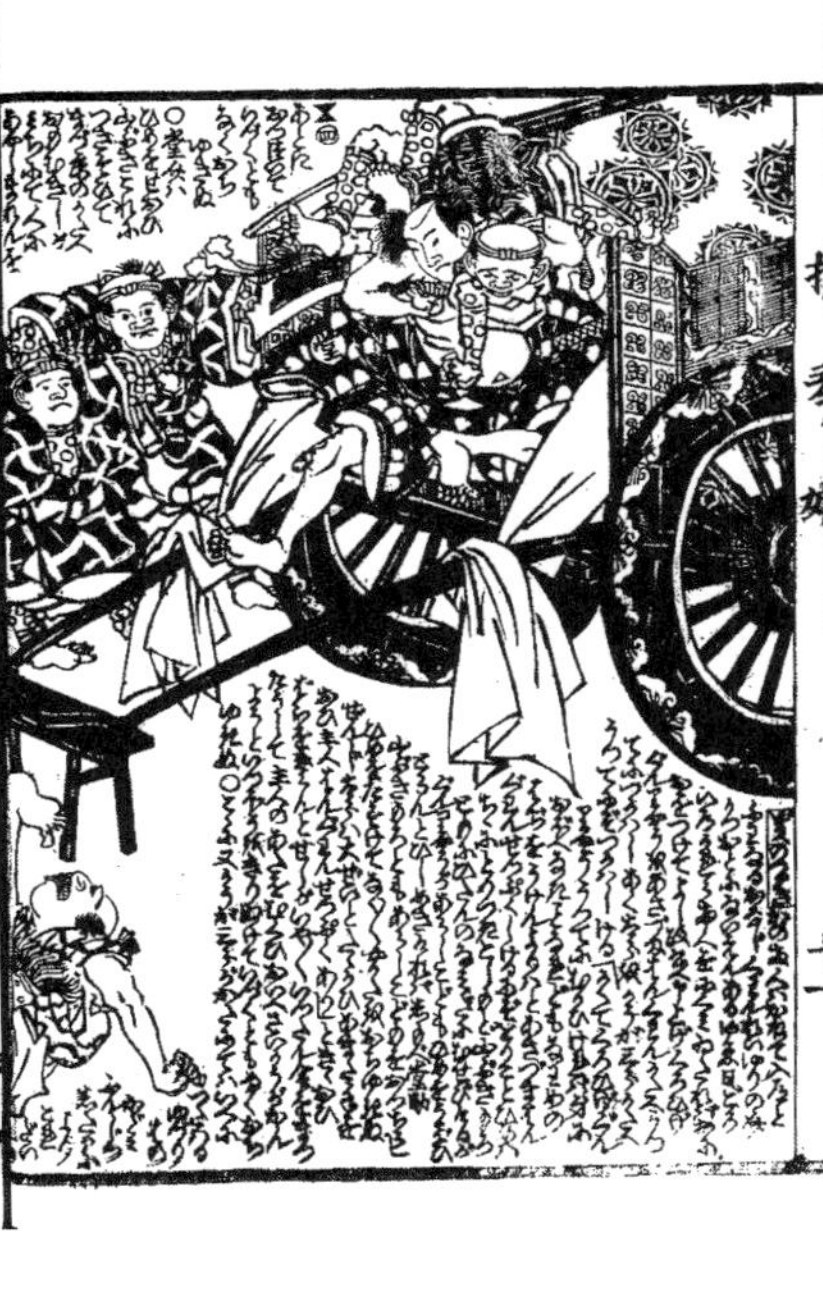

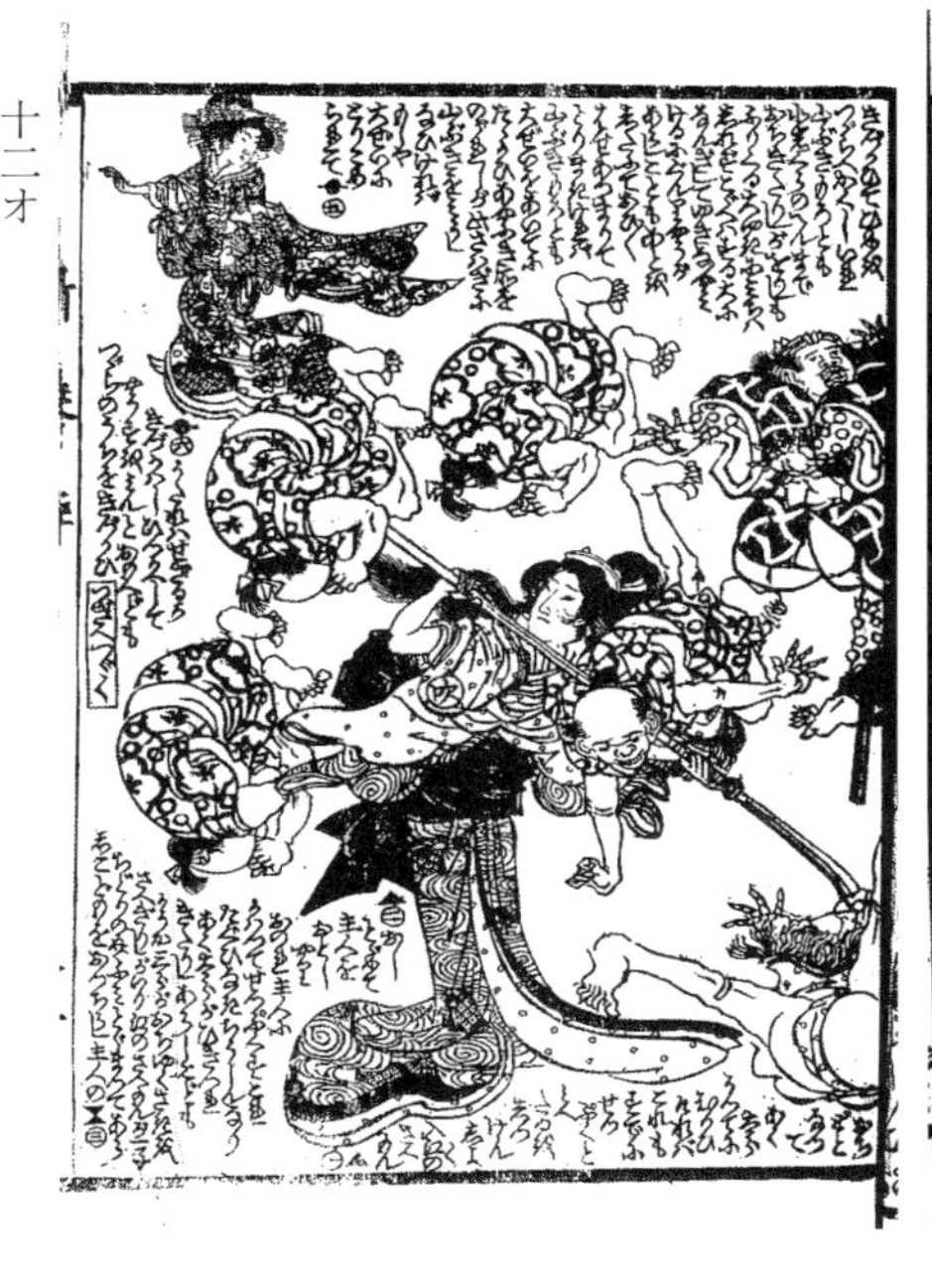

落行きぬ。

○こゝに又、甲賀三郎が方にては、家に伝はる楪の鏡紛失したるにより、これ第一の落度となつて、悪太郎討手に向かひければ、これもすでに切腹と見へたるを、執権職入江の左衛門押止めて、主人を落としやり、己、主人に代はつて切腹す。これ類なき忠心なり。悪太郎が引連れ来りし荒子共、甲賀三郎が落行く先を遮りしが、入江の左衛門が一子千鳥之介、踏止まつて荒子共を追散らし、主人の跡に追付いて何処ともなく落行きぬ。

○堂介は姫を背負ひ、山吹これに付添ひて、まづ京の方へ赴きしが、道にて人に怪しまれんを気遣ひて、姫を葛へ隠入れ、山吹もろとも北岩倉の辺まで落来りしが、折しも降りくる大雪に道は知れず凍へはする、大に難儀して行悩みけるに、郡領が荒子共、跡を慕ふて追ひ〳〵馳集りて取巻きければ、山吹もろとも大勢を相手に戦ひ、危ふき所を逃れしが、此騒ぎに山吹を見失ひければ、もしや大勢に取籠められて討たれはせざるか気遣はし。引返して様子を見んと思へども、葛の内を気遣ひ、

次へ続く

(16) 前の続き　こゝらに人の家あらば、暫く此葛を預け、引返して様子を見んと、この辺りを尋ねけり。

これより宗玄庵室のところ　雪はしきりに降積る。深山隠れの軒の庵、北岩倉の地蔵坊宗玄が、こゝにも住める馴衣、払はゞやがて消えやせん。坂道、崖道、雪踏分けて、こゝら辺りを尋ぬる堂介、跡より追来る郡領が荒子共、捕つたと掛かるを踏倒し、蹴倒す勢ひ雪風に木の葉を散らす如くにて、皆敵はじと逃げて行く。堂介はひと息吐き見れば、向ふに草の庵、これ幸ひと戸口により、ハアどなたぞお頼み申しましよ。山道に踏迷ひ連れに逸れ、雪は降る日は暮れかゝる難儀、至極ご免なされと内に入、連れの者を尋ねに跡へ戻りたうござりまするが、お邪魔ながら

次へ続く

(17)十三ウ

十四オ

(17) 前の続き 此葛を暫しの間。ヲ、易い事、片寄せて。ハイ〱これはお世話、暫くお頼み申しますと、預くる軒は宗玄が住家と知らず、恋慕ふ姫とも知らぬ白雪の道、引返し急行く。ア、ざは〱と姦しいとは思へども、知らぬ山道迷ふといふ字は誰が書初めしと、又思ひ出す煩悩の遠寺の鐘の物寂し。「ハア今日も暮れたか、朝に谷の流れを飲み、夕べは肘を枕とし、ア、忘れたい〱、忘れんと思ふより、たゞ忘られぬ折琴姫、ハ、仮令、誰も居ねばこそ」と言ひつゝ、立て、行灯へ灯す火影はさ揺れども、心は暗き破壁に、掛ける表具の本尊は、生けるが如き姫の絵姿。「ヲ、さぞ気詰りにござらふの。昼も顔が見たけれど、さすがは人目、暮れれば里を離れたる此庵室、外に遠慮も何にもない。これ〱物言ふて下されいのふ。いつぞや近江の志賀山にて、はからず見初めたそなたの容貌、目先に付いて忘られぬ。たとへ絵姿なりとても、そなたの五臓へ分入つて、望みを遂げいでおくべきか、懐かしい折琴姫」と罵る声も恐ろしく、次へ続く

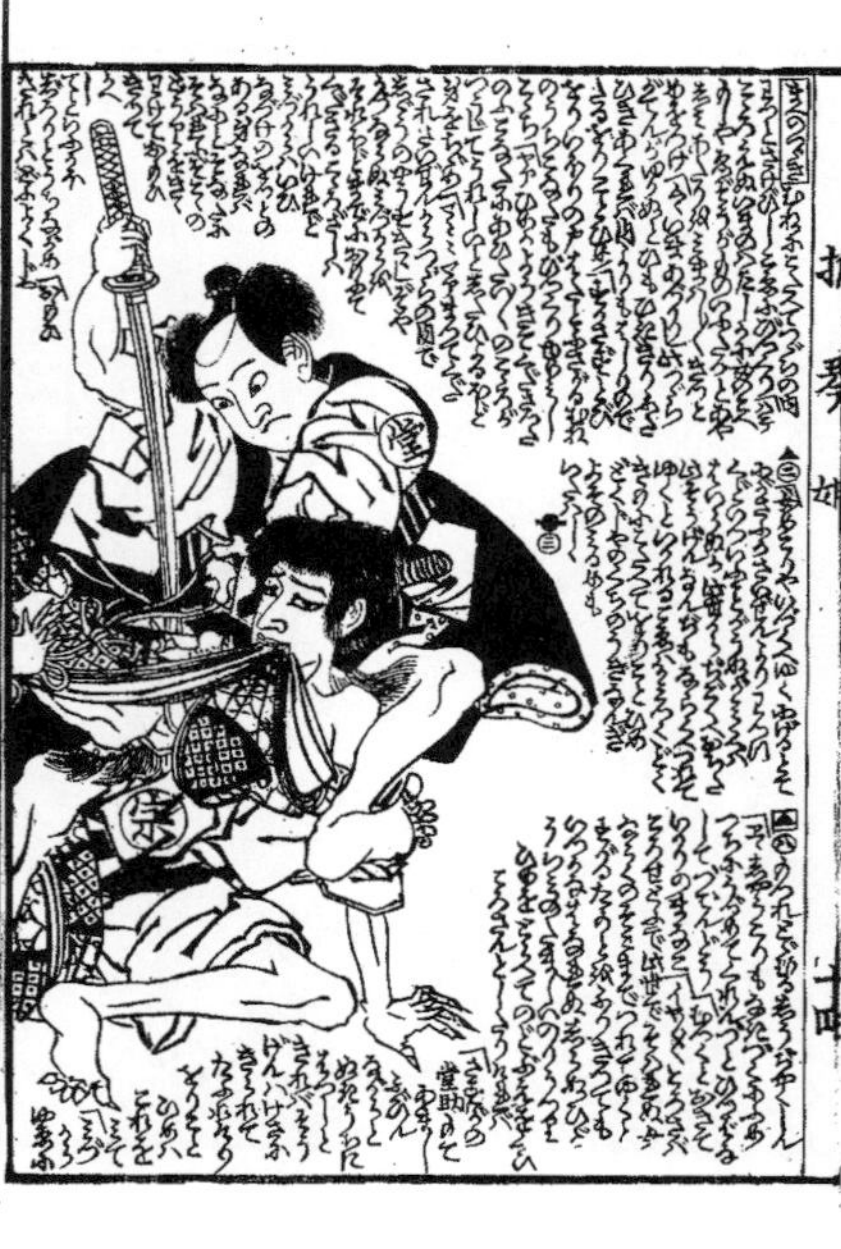

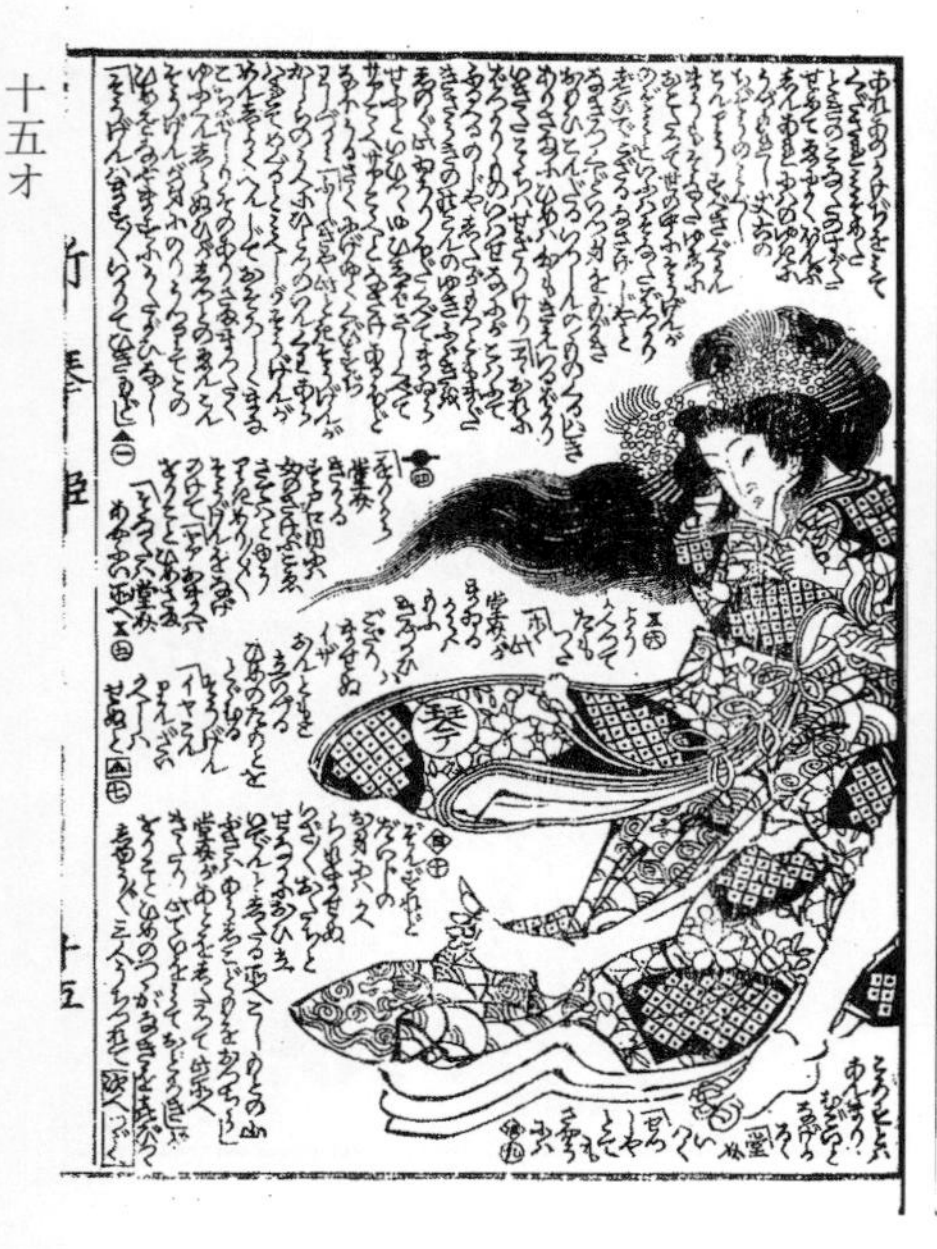

(18) 前の続き 胸に堪へて葛の内、わつと叫びし声にびつくり。ハテ心得ぬ、今のは確かに女の声、もしや絵像が物言ふたかと怪しみ、辺りを見回し〳〵きつと目を付け、ムヽ、今預かりし此葛、合点がゆかぬ、と紐引切り蓋引開くれば、内よりも走出たる折琴姫。すかさず飛降り、庵の戸、はたと塞がる胸の内、こなたもびつくり夢見し心地、ヤア姫か、よう来て下さつたのふ。こなたに逢ひたい〳〵の心が通じて嬉しいと、慕寄るほど身を縮め、「マヽ、マア待つて下され。最前から葛の内で始終の様子を聞きしぞや。数ならぬ自らを、それ程までに想ふて下さる志は嬉しいけれど、自らは許婚の夫のある身なれば、何卒そなたに添はれふぞ。こゝの道理を聞分けて、思切つて帰して」と言ふ顔じろりと打眺め、思切れとは胴欲じや。あれあの掛軸を見て下され。見初めた時のこなたの姿、せめて絵に描く凡夫心。あれ庭の雪に埋もれし丈六の地蔵の御頭、建立すべき願望も、そなた故に怠つて、世の中に宗玄が望みと言ふは、そなたばつかり。慈悲でござる情けじやと、泣きつ口説いつ身をもがき、思込んだ

る一心の物狂はしき有様に、姫は心も消入るばかり、生きた心地はせざりけり。「ヱ、俺にばつかり物言はせ、何が怖ふて震へるのじや。したが尤も、まだ如月の残んの雪、吹雪を凌ぐ此囲炉裏、榾焼べて参らせふ」と言ひつゝ、結柴差焼べて、サアこゝへ、サアこゝへ、と情けある程なほ煩く、逃行く首筋鷲掴み、不思議や此時、宗玄が頭の上にひとつの陰火現れて、巡ると見へしが、宗玄が面色変じて恐ろしく、眼血走り、その有様まつたく遊君不知火が嫉妬の怨恨、宗玄が身に乗移りて、この姫を悩ますに疑ひなし。

宗玄はます〳〵怒りて引戻し、「女め、こりや、何処へ行く。逃げるとて逃がさふか。最前よりわつつ口説いつ言ふ事が、汝が耳へは入らぬか。此世から地獄へ落ちた此宗玄、汝も奈落へ連れて行く」と怒れる声は嚙付く如く、肝に堪へて折琴姫、毒蛇の口の憂難儀、余所の見目も労しく、折柄、堂介来かゝる簾戸口、内には女の叫ぶ声、さてはと勇力めり〳〵、宗玄を投退けて、ヤア御前は折琴姫様。そなたは堂介、危ふい所へ、よう帰つてたもつた。ホ、此堂介が参るからは、もふ気遣ひはござりませぬ。イザ御供と立出る。姫の袂を止むる宗玄、イヤ金輪際、帰しはせぬと縺止むる執着心。ヱ、性懲りもなき木菟入め。土に埋めてくれんづと、引離してづでんどう。むつくと起きて怒りの眼。イヤ〳〵殺さば殺せ。どふで此世で添はれぬ女、奈落の底まで連れて行くと、縋る袂を振切つても、いつかな離れぬ不知火が恨みの魂乗移り、姫を捕へて喉笛を食殺さんとしたりければ、さすがの堂助持余し、不憫ながらと抜打ちに、はつしと斬れば宗玄は、袈裟に斬られて倒れけり。折琴姫はこれを見て、自ら故に殺すとは、あんまり惨いと嘆かるゝ。堂介曰く、「拙者とても左様には存ずれど、大事の御身には代へられませぬ。いざ〳〵御立ち」と背中に負ひ、立出んとしたる所へ、腰元の山吹は荒子共を追散らし、堂介が跡を慕つて此所へ来り。此体を見て驚きしが、折琴姫の恙なきを喜びつゝ、主従三人打連れて

次へ続く

奥付広告

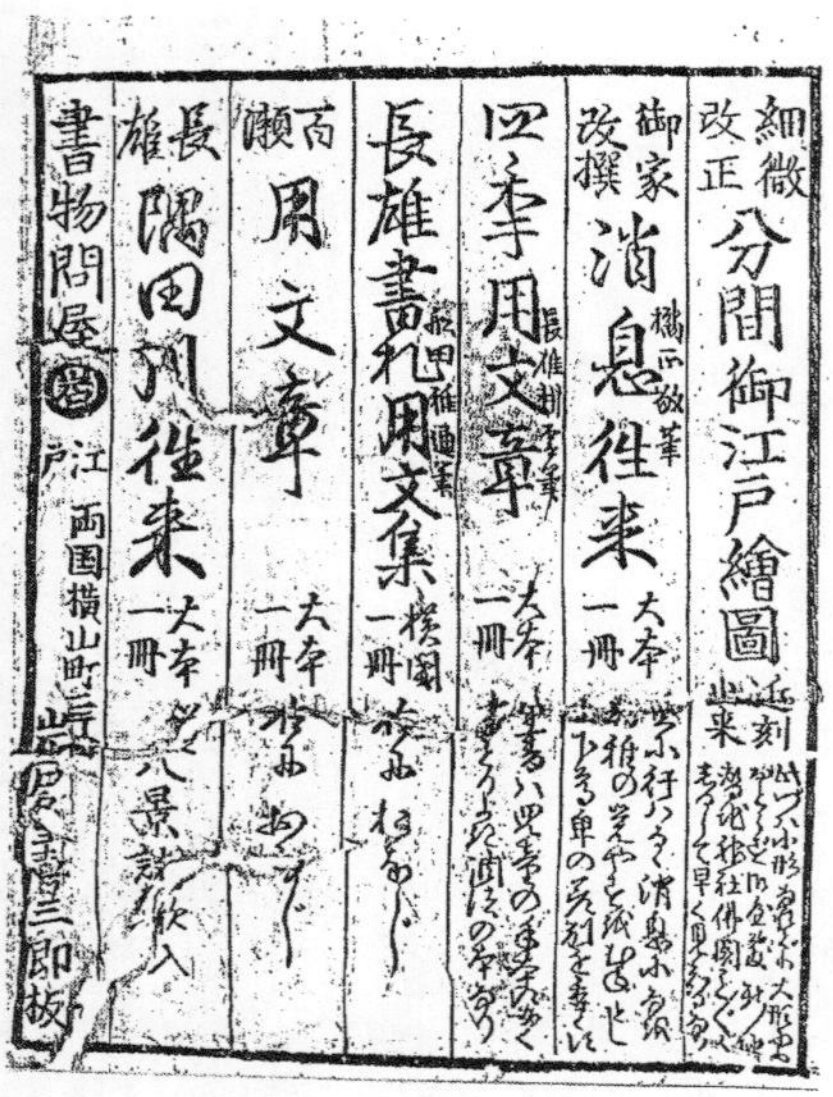

(19)

前の続き　行かんとしたる折しも、あれ、さつと吹きくる雪下し、辺りの草木も鳴動し、障子襖もばた〳〵〳〵、陰火炎々と燃上がり、宗玄が死骸、むつくと起きて空中に立現れ、行くをやらじと、磁石にて鉄器を吸取る如くにて、三人後へ引戻され、髪も裳裾もはら〳〵〳〵。ヱ、恐ろしい執念と、さしもの堂介身震ひし、刀を抜いて斬払ひ〳〵、やう〳〵此場を逃行きぬ。

国直画　山東京伝作㊞

筆耕晋米

骨董集　大本四冊　京伝随筆　来ル酉秋出板

京伝作　豊国画　絵入読本　双蝶記　一名霧籬物語

全六冊　出来

山東京山製　十三味薬洗粉

水晶粉　一包壱匁二分

いかほど荒性にても、これを使へば、きめを細かにし艶を出し自然と色を白くす。常の洗粉とは別なり。皹・霜焼・疥・汗疹・雀斑・吹出物類を治す。御化粧必用の洗粉なり。

売所　京伝店

後編見返し

山東京傳作
歌川國直画
栢枝大橋
折琴姫（そうことひめ）
宗玄（そうげん）
婚禮累簞笥（こんれいかさねだんす）
全五冊　後編
東都
横山町二丁目
岩戸屋喜三郎梓

［後編見返し］

山東京伝作
歌川国直画
栢枝大橋
折琴姫（をりことひめ）
宗玄（そうげん）
婚礼累簞笥（こんれいかさねだんす）
全五冊　後編
東都
横山町二丁目　岩戸屋喜三郎梓

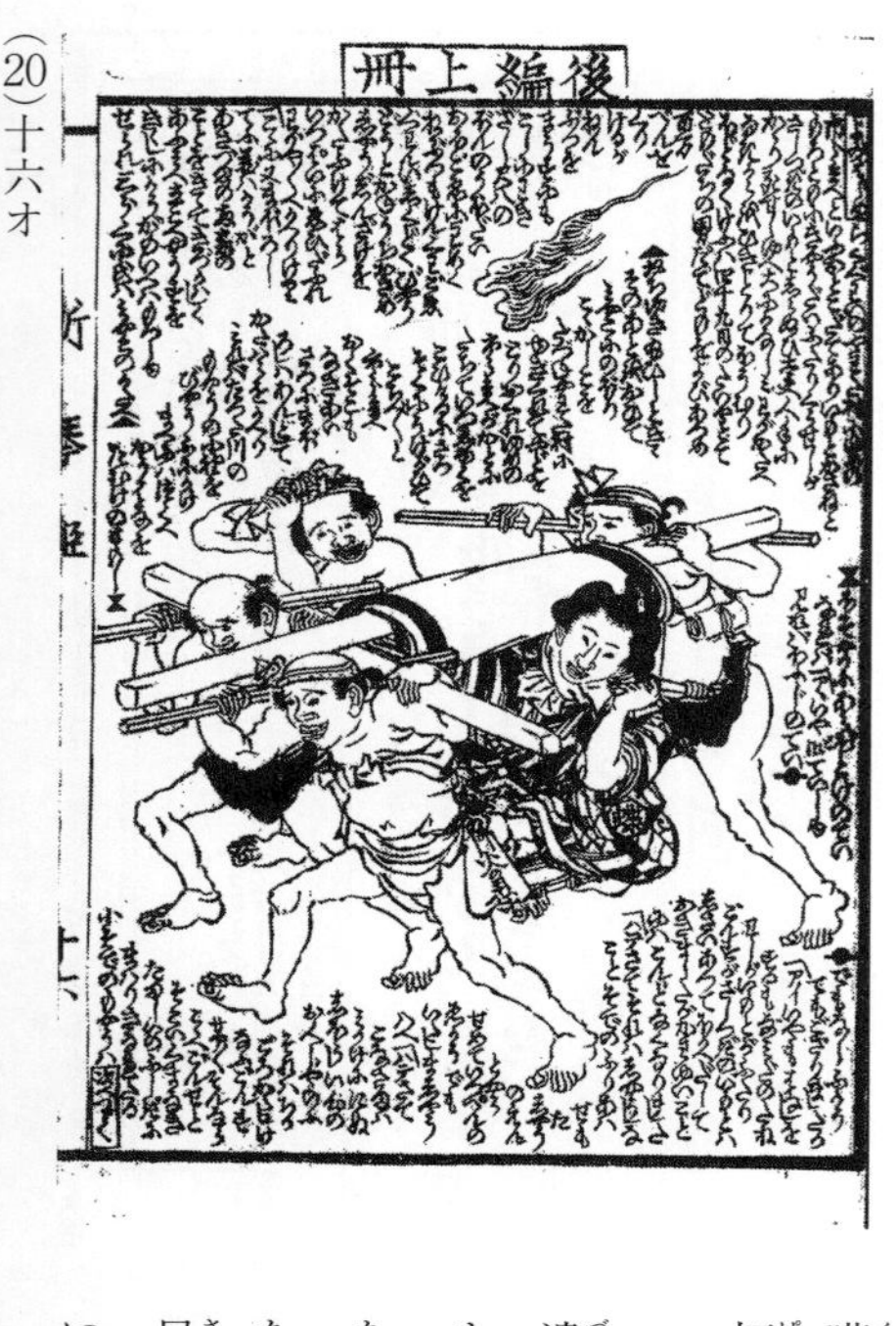

（20）十六オ

【後編】

【上】

（20） 後編上冊

読み始め　洛外の八幡村に夢之市郎兵衛といふ男達あり。妹累ともに兄妹二人暮らせしが、差次の妹不知火太夫、人手に掛かり死せしゆへ、大に悲しみ、我が方へ亡骸を引取りて葬り、程なく今日は四十九日の逮夜とて、友だちの男達どもを呼集め、百万遍を繰りけるが、念仏を申すにも腰に脇差尺八の煩悩菩提、大声に喚く。念仏も喧嘩声、願以此功徳平等と鐘打納め、精進酒を傾けて腹一杯に酔倒れ、我が家〳〵へ帰りけり。

こゝに又、幻蝶蔵は甲賀と朝妻の両家の事を聞きて気遣はしく、近江へ立越へ様子を聞きしに、甲賀の家は没収せられ、三郎国氏は都の方へ落行き給ひしと聞き、その跡を追ひて都に上り、こゝ彼処を尋ね、八幡村に行暮れて宿を取遅れ、夢之市郎兵衛が門に立ちて一宿を乞ひけるに、早速に肯ひて、こちへ〳〵と市郎兵衛、奥底もなき挨拶に、幻は安堵して傍らを顧みれば、竜田川の模様の小袖を屏風に掛け、前には机、香花を手向の灯し細やかに、新仏の体なれば、ア、いや御亭主、見れば法事の体でもなし、不幸でもござりましたか。アイ、いやも話をするも涙の種、わしが妹が二人ごんすが、差次の妹は子細あつて外へ出しておきましたが、可哀い事には今度、亡くなりました。ハテさて、それは笑止な事。袖の振合はせも他生の縁とやら、せめて一遍の回向でも致しましやうはへ。ハテさて、こな様は見掛けに似ぬしほらしい心の御人じやのふ。それは近頃忝ふごんす。サア〳〵そんならこゝへ来んせと、底意隈なき魂の不思議に回り、着馴れたる小袖の模様は

[次へ続く]

（21）

[前の続き]

覚えの目印、位牌に俗名月日といひ、ハッと驚く幻が、さては此家の妹かと、胸に冷いやり冷風の吹くともなしに、ざは〳〵〳〵。太夫が妄執晴れやらぬ、小袖に留まる恨みの魂魄、浅黄の水は八寒の氷を閉ぢる。金糸縫方に紅葉の血を絞り、閃く袖の紅裏は炎を吐く

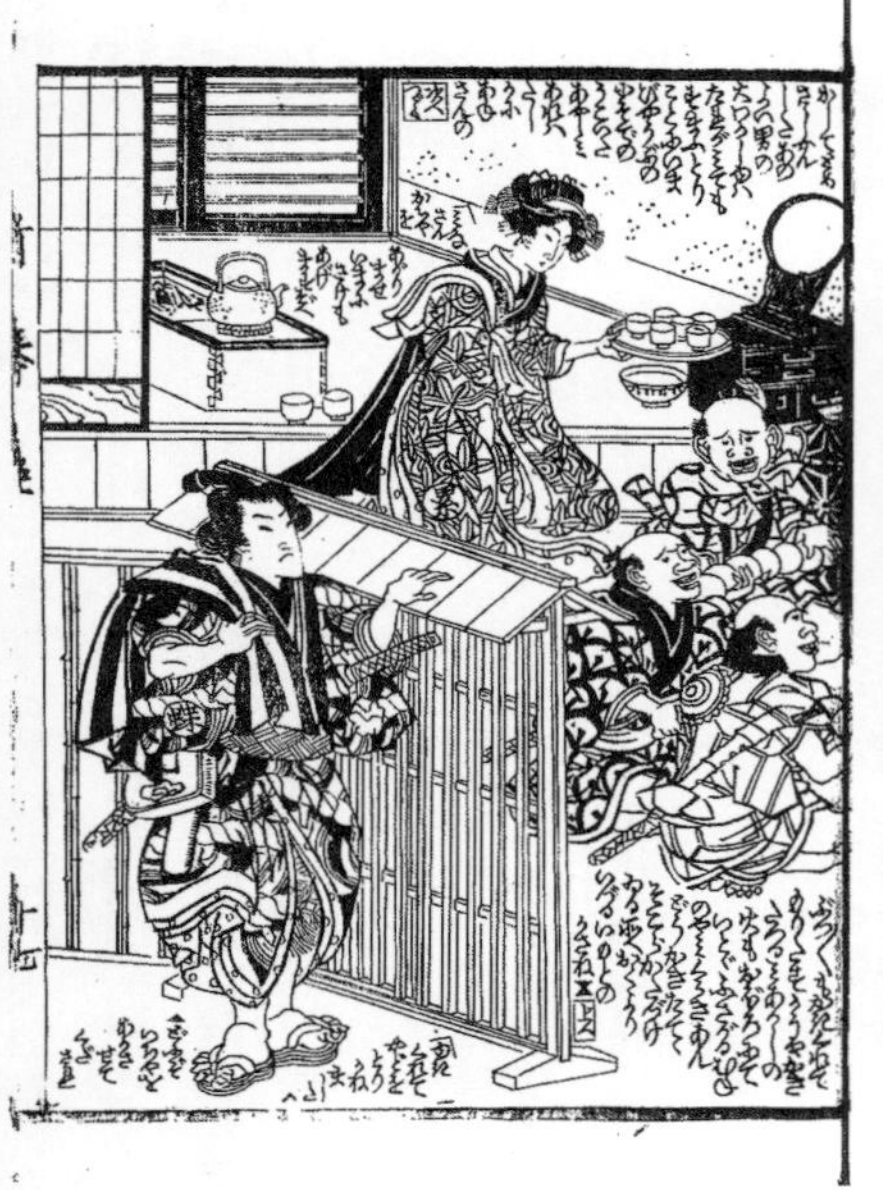

が如くにて、思はず身の毛立上がり、怪しみ駆寄る市郎兵衛。幻は立身で覆ひ、御亭主、後に会いましやうと心に何か一物を、わからぬ胸の納戸の内、後には夢之市郎兵衛、手をこまぬきて思案顔、「ハテ心得ぬあの小袖、生けるが如く動きしは、心の迷ひか、たゞし又、刃にかゝりし非業の死、可哀や妹迷ふてゐるか、道理じや〳〵尤もじや。種理生地頓証菩提南無阿弥陀仏〳〵もかきくれて、盛足す香や掻立つる。御明の火も朧にて、いとゞ塞がる胸の闇、暗き行灯掻立てゝ、そこら片付けゐる所へ、奥より出る妹の累、上へ 下より続く「コレ兄さん、今夜宿を貸して泊めさしやんした、あの良い男の大若衆は、誰が見ても角力取、殊に今、屏風の小袖の動いた怪しみ、あれは確かに姉さんの」。次へ続く

(男達)「南無阿弥陀仏〳〵〳〵、なまいだア〳〵〳〵〳〵〳〵」

(累)「皆さん、お茶をあがりませ。今に酒もあげますぞへ」

(蝶)「行暮れて宿を取りかねました。どふぞ一夜を明かさせて下され」

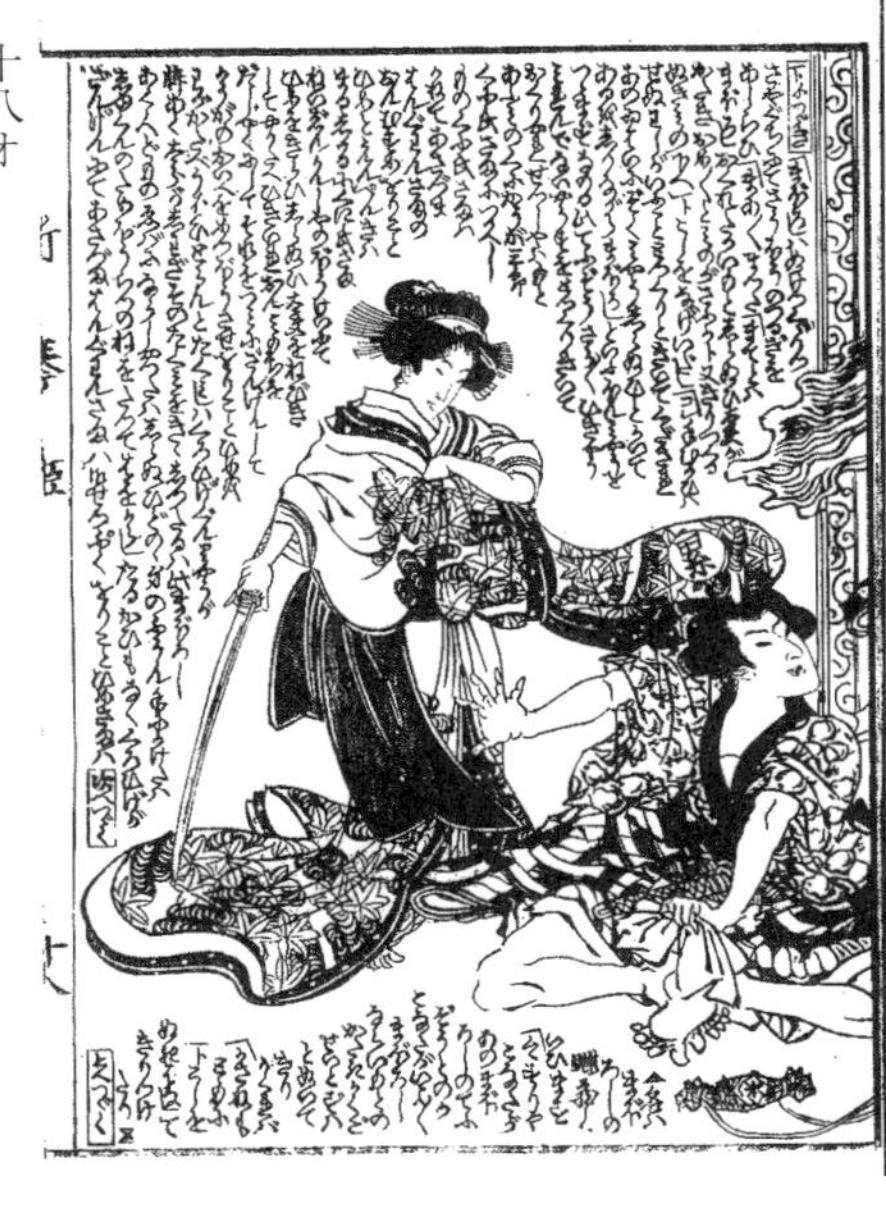

(22) 前の続き 「コリヤ静かに言へ。そんならそちも今の怪しみを見届けたか」。「アイ」。「とくと名を聞質した上、必ずともに早まるな。コリヤ斯う〳〵」と耳に口、兄妹囁きゐる所へ、幻は宵の口の転寝も、心すまねば寝もやらず、又こゝへ立出れば、ヤ、御客人。今夜はいろ〳〵取込んで御構ひ申さぬ。残物なれど精進料理、今、妹に温めさせて進ぜましやう。イヤもふ一夜を明かさせてさへ下されば、他に望みはごんせぬ。必ず構ふて下さるな。何であらふとマア、こゝでゆるりつと話さつしやれ。ソレ茶でも進ぜよ。妹と兄妹、目配せ側へ寄り、時にマア、こなさんは並々ならぬお関取と見へますが、名は何と言ひますぞ。いやも、小分な角力取、名は幻の蝶蔵といひます。ム、すりや、こなたが、あの幻の蝶蔵殿か。こなたがいよ〳〵幻なら、妹の敵覚悟せいと、ずばと抜いて斬りかくれば、累も共に一ト腰を抜放して斬付けたり。上へ続く 下より続き 幻は抜けつ潜りつ鞘口にて双方の剣をあしらひ、まあ〳〵待つた。待てとは幻後れたか。妹不知火太夫が敵、おめ〳〵と見逃さふかと、又

斬付くる。抜身の下へ一ト腰を投出し、「コレ手向ひはせぬ。わしが言ふ事、とつくりと聞いて下され。あの位牌に俗名不知火と書いてあるを知りながら、幻といふ本名を包まず名乗る此蝶蔵、さら〳〵卑怯未練でない様子を、とつくり聞いておくりやれ。拙者は元近江の国甲賀三郎国氏様に仕へし者。国氏様は、かねて朝妻判官様の御娘折琴姫と縁辺極まる。然るに国氏様、佞人奸邪の謀計にて姫を嫌ひ、不知火太夫を根引して館へ引入れ、御身持を惰弱にして、それを罪に讒言して、甲賀の御家を滅亡させ、折琴姫を我が方へ奪取らんと企みしは、黒髭郡領が悴悪太郎が仕業。その企みを聞知つたるは此幻、悪人どもの餌食にならしやつたは不知火殿の身の不運、手に掛けたは主君の為、放埒の根を絶つて葉を枯らしたる甲斐もなく、黒髭が讒言にて、朝妻判官様は御切腹。折琴姫様は

次へ続く

(23) 前の続き 行方知れず。甲賀の御家も楪の鏡紛失によつて没収せられ、国氏様は御行方知れず。そこで拙者が思ふには、国氏様の御行方尋ね、楪の御鏡を尋出し、御家を再び興さねば、不知火殿も犬死なれば、御家再興するまでは、二つも三つも欲しき命、その上にては首差伸べて討たれましやう。こゝの所を聞分けて、此敵討、延ばして下さるやう偏に頼み存ずる」と、忠義一途を述べければ、市郎兵衛は打驚き、ムゝさては甲賀三郎様は、妹不知火故の御放埒でござつたか。拙者が親は国氏様の御父君に仕へし者。さすれば妹は御主人の為に死んだる道理なれば、恨むべき謂れなし、と剣を鞘に納むれば、累も道理に服してや、共に剣を納めけり。幻再び言ひけるは、「フウ、そんなら貴殿も甲賀の御家の家来筋か。たとへ恨みをかけずとも、所縁の人に討たるべしと、不知火殿に誓ひたる言葉あれば、御家再興の上にては、生永らふる所存にあらず。その証拠はこれ見給へ」と諸肌脱げば、襦袢に位牌の形を描き、俗名不知火と書付けたり。市郎兵衛はこれを見て感じ入り、して又貴殿の素性は、と尋ぬれば、「ヲヽ、拙者が親は河内の国木津川村の郷侍与右衛門といひし者。幼少にて親を失ひ故郷を立退き、暫く甲賀

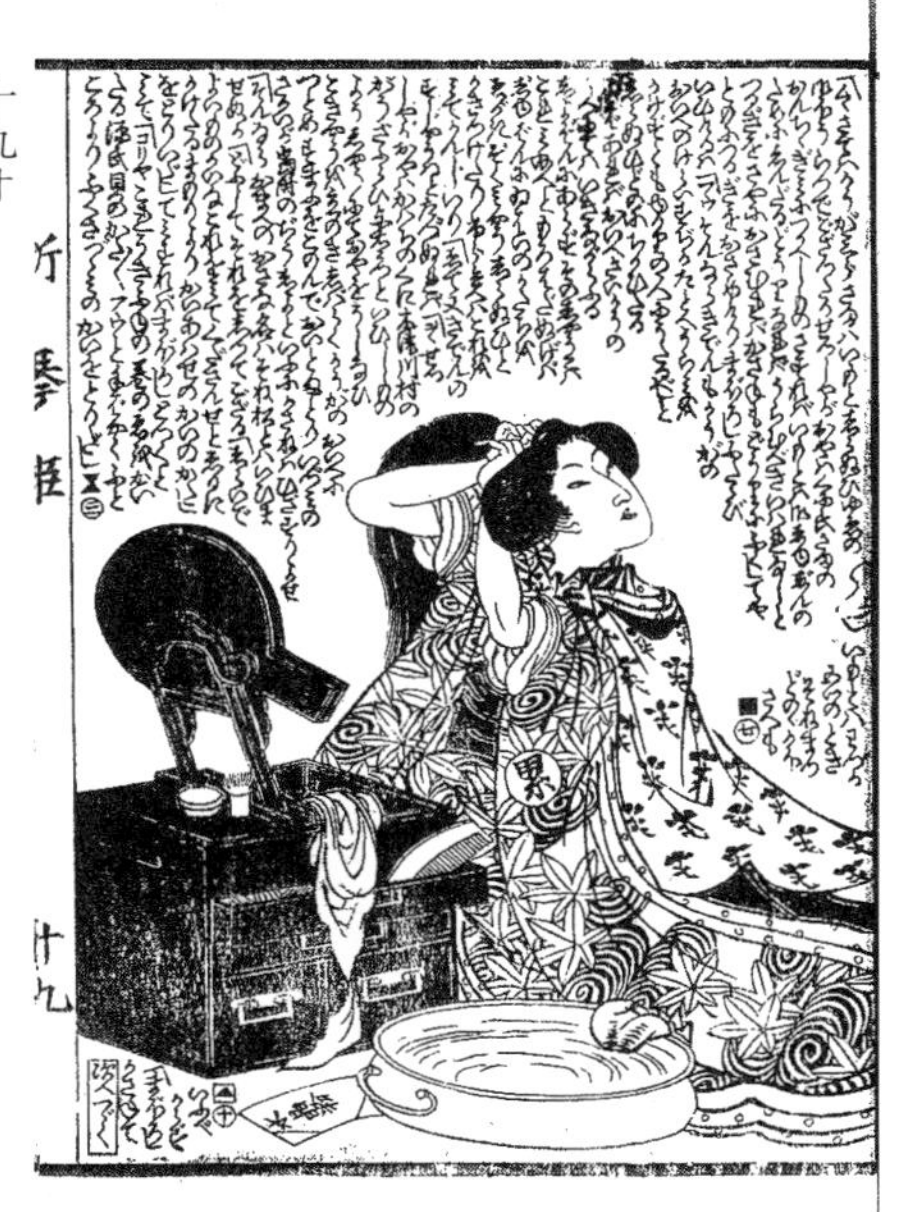

の御家に勤め、角力を好んで御暇取り、和泉の堺が当時の住所」と言ふに、累は膝摺寄せ、そんならお前の幼名は曾根松とは言ひませぬか。どふしてそれを知つてござる。知らいでよいものかいな。これを見て下さんせ、と襟に掛けたる守より、貝合せの貝の片しを取出して見すれば、幻とつくと見て、コリヤこれ、浮舟の巻の絵を描いたる源氏貝の片々。フウと手早く懐より袱紗包の貝を取出し、合はせて見ればしつくりと、疑ひもなき割符なり。そんならそなたは。アイお前と許婚の女房じやはいなア。これ妹、そふばかりでは疑ひもあらふ。此妹は藁の上から河内の国へ養子にやり、まだ僅か五つの時、木津川の与右衛門殿の息子と許婚、相応の年にもなつたら添はしやうと、親々が誓ひのために取交しおいたる源氏の絵貝。それから養父も身罷りて、妹はわしが手へ戻る。与右衛門殿も古人となり、御子息は行方知れず。妹は僅か五つの時、曾根松殿の顔さへも見知らねど、一旦、親々の言ひ交はしたる夫なれば、どふぞその行方を尋ねて添ひたいと、方々から縁談の口を言つても受付けず、これまで貞女を立通し、

たゞ此貝を大事にしてゐましたが。縁あれば今宵計らず巡逢ひ。名乗つて知れたお前の幼名。そんならいよ〳〵許婚の。女房でござんすはいな。段々の訳を聞けば、尚更もつて妹の敵など、恨むる筋はちつともない。殊更御主人国氏様の御先途を見届くるには、忠義の人は一人も多く欲しい時節、わしも共々力にならふ。わしが親の名は羽生の兵衛と言ひし者。妹累がこれまでの切なる心を思ひやり、女房にもつてやつて下されと、仇を情けに引替へて、事を分けたる真実を、黙し兼ねたる幻蝶蔵。その言葉に従ひければ、累が喜び言ふべからず。幻重ねて

次へ続く

[水晶粉]

(24) 前の続き 言ひけるは、「河内の国は元甲賀の御本国なれば、もしや忍びて河内へ御出あるまいものでもなし。ひとまづ生れ故郷の木津川村へ、累殿を連行きて、共々に御行方を尋ぬべし」。然らば奥にてその支度、累も髪を取上げて、仮の祝言門出の祝ひ、とつくりと用意しやと、

市郎兵衛は幻を伴ひて奥の一間に入にけり。
累は嬉しさ限りなく、向かふ鏡にあり〳〵と映る姿は不知火太夫。ハツト驚く胸騒ぎ。見やる小袖に面影の、はつと燃立つ陰火の光、縫の小袖はひら〳〵〳〵。ヱ、そなたは恨めしい。恋しと思ふ国氏様に添はれぬ恨みは山々の、上へ続く 下より続き 幻と夫婦にして添はす事はならぬはいのふ。ヱ、姉様、そりやあんまり胴欲でござん［す］はいナア。イ、ヤ添はさぬ。もし又思切られずは、そなたの脾肉へ分入て、幻に愛想を尽かさせ、そなたの身に過ちさせるが合点かと、娑婆と冥途の姉妹が挑みつかれて妹の累、うんとばかりに倒伏す音に驚き駆出る幻。コリヤ〳〵累、気を付けいと抱起こして顔見れば、不思議や、今まで嬋娟たる容顔、忽ち悪女の相、死霊の念こそ恐ろしき。市郎兵衛も駆出て見てびつくり。幻は見せまじと羽織を頭に打覆ふ。その心底を察して憂ふる市郎兵衛。必ず見捨てゝ下さるな。夜の明けぬ内、片時も早く。ヲ、合点。おさらばと、我が面差の変りしとも知らぬ累が手を引いて、次へ続く

(25)二十ウ

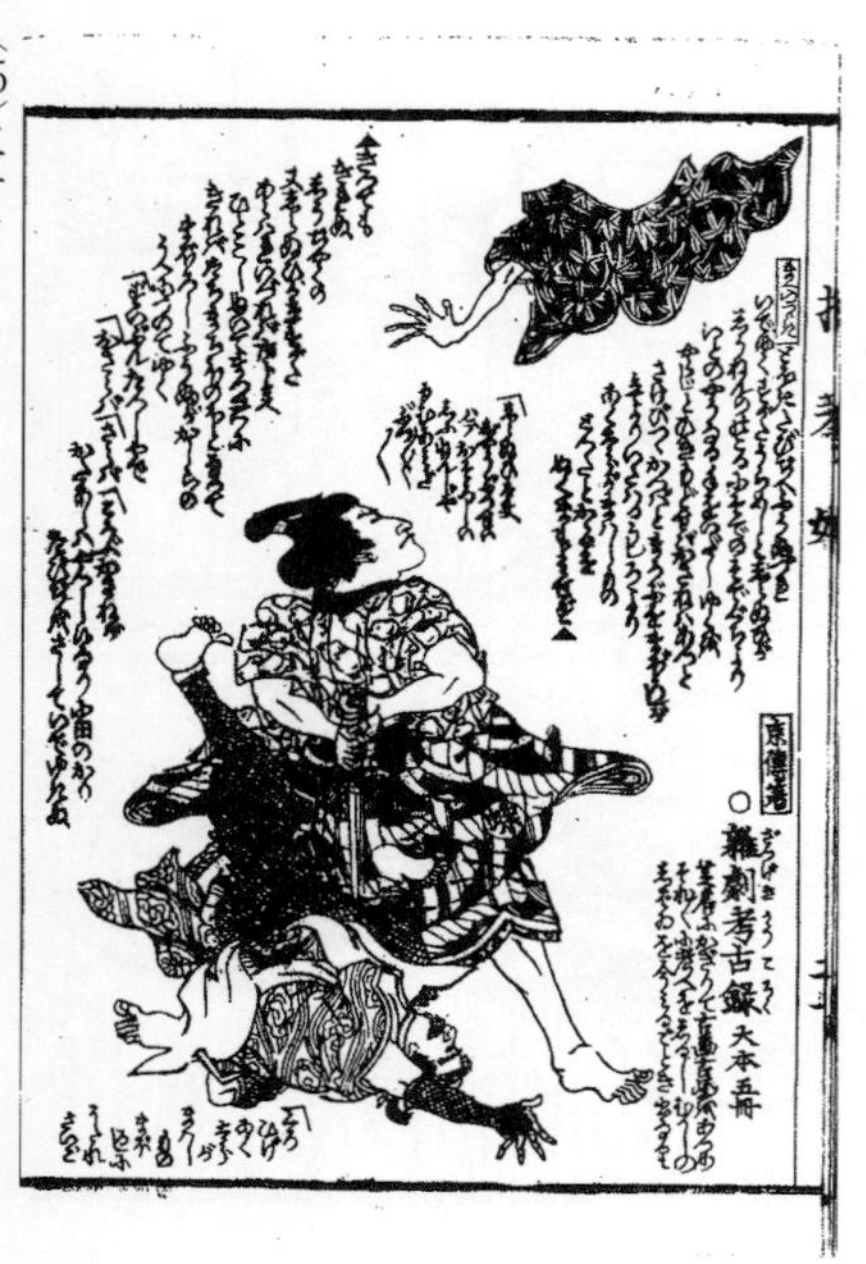

(25) 前の続き 遠き旅路へ夫婦連れ、出行く姿恨めしと、不知火が執念の残る小袖の袖口より、糸のやうなる手を出し、行くをやらじと引戻せば、累はあつと叫びつゝ、かつぱと転ぶを幻が立寄り労る後ろより、悪太郎が回し者、捕つたとかゝるを抜く間も見せず、斬つても斬れぬ執着の、又不知火が立姿現れ出れば市郎兵衛、一腰抜いて真つ二つに斬れば、忽ち炎となつて幻夫婦が頭の上に付いて行く。随分達者で。おさらば。さらば。転ぶ累が片足は、やつし候なり小田の雁、旅路をさして出行きぬ。

　黒髭悪太郎が回し者、幻に討たれ最期。

(蝶)「不知火太夫、成仏せい。ハテ恐ろしい執念じや、南無阿弥陀仏〳〵〳〵」

京伝著 ○雑劇考古録　大本五冊

芝居に限りて古画古図を集め、それ〴〵に考へを記し、昔の芝居を今見る如き書なり。

[下]

(26) 後編下冊

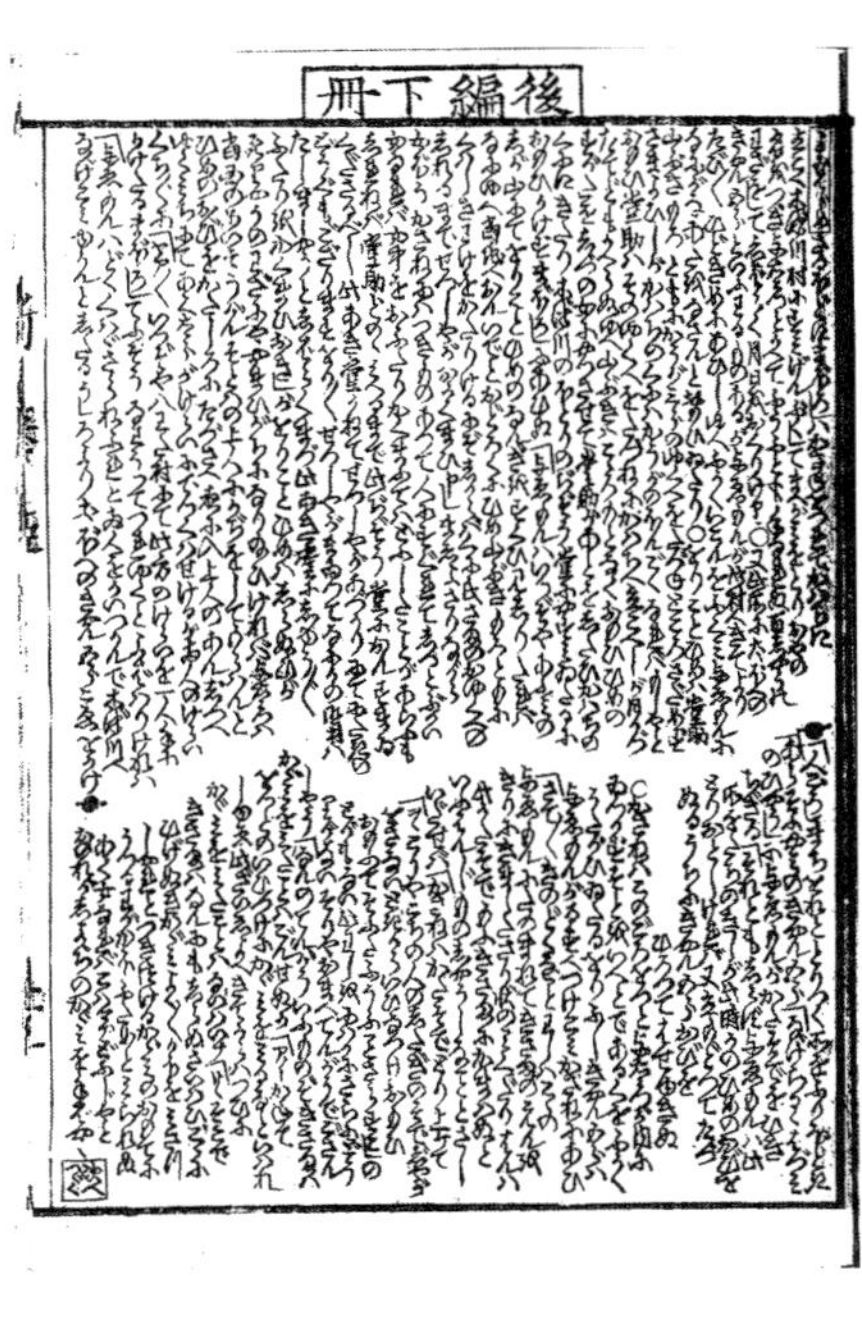

(26)二十一オ

読み始め さる程に、幻は累を連れて河内に立越へ、木津川村に住み、元服して前髪を取り、親の名を継ぎ与右衛門と変へて、夫婦とも手慣れぬ百姓の業をして、暫く月日を送りけり。

○又此所に、犬吠の俠五郎といふ悪者あるが、与右衛門が此村へ来てより、たび〳〵酷き目に遭ひしゆへ、深く遺恨を含み、与右衛門に何がな仇をなさんと思ひゐたり。

○折琴姫は堂助、山吹もろともに、甲賀三郎の行方を尋ね、所定めず彷徨ひしが、河内の国は甲賀の本国なれば、もしやと思ひ、堂助は、その行方を尋ねに河内へ立越へしが、日数経てども帰らぬゆへ、山吹は心許なく思ひ、姫の姿を賤の女に窶させて堂助が跡を慕ひ、河内の国に来り、木津川の辺の地蔵堂に休みゐたるに、思ひがけず幻に会ひぬ。与右衛門は何時ぞや近江の志賀山にて折琴姫の難儀を救ひ、見知りたれば、何故、当地へ御出と驚くに、姫、山吹もろともに詳しき訳を語りけるにぞ、然らば国氏様の御行方の知れるまで、拙者が御匿ひ申しましよ。さりながら、女房累には憑物あつて、人に勝れて嫉妬深い女なれば、女中をお二人匿ふては、どふした事があらふも知れねば、堂助殿の見へるまで、此地蔵堂に御住まゐ下さるべし。此空堂、かねて拙者が預かりにて、煮炊の道具もござります。折々拙者が参つて何かの御用は足しましやうと、暫くまづ此空堂に主従二人を匿置きしが、折琴姫は不知火が死霊の業にや、病がちになり給ひければ、与右衛門は当国の名僧願卒塔婆の上人に加持をして貰はんと、姫の帯を形代に携へ、夜に入、上人の庵室へ行く道にて、悪太郎が家来に出つ会せけるが、両人の家来口々に、「ヤア〱何時ぞや、八幡村にて此方の家来を一人手に掛けたる幻蝶蔵、縄打つて連行く〱」と呼ばはりければ、与右衛門は毒食はゞ皿ねふれと、両人を掻摑んで木津川へ投込み行かんとしたる後ろより、犬吠の俠五郎声を掛け、「人殺し待ちをれ」と取付く所を振解き、争ふ闇の俠五郎、投げらるゝ弾みの拍子に与右衛門が片袖を引きちぎる。それとも知らず与右衛門は此所を立退きしが、此時、かの姫の帯を取落としければ、又立戻つて尋ぬる内に、俠五郎、帯を拾つて駛行きぬ。

○累はこの頃、夫与右衛門が内に居つかず、外を家と出歩くを深く疑ひゐたる折節、俠五郎は与右衛門が留守へ付込み累に会ひ、さて〱気の毒な事。わしはこゝの与右衛門に頼まれて貴様の縁を切りに来ました。去状の三行半は此片袖、もふ貴様に構はぬといふ判じ物、笑止な事と差出せば、累は片袖取上げて、ヲ、こりや、こちの人の下着の袖じやが。幼い時から許婚、想ひ想ふて添ふた夫婦、殊更少しの咎もない此わしを、俄に去らふ道理がない。そりやお前、転合でござんしやう。何の転合言ふものぞ。貴様は鏡を見た事はごんせぬか。ア、かねて夫の言ひ付けに鏡を見るなと言はれしゆゑ、此在所へ来てからは遂に鏡を見た事はないはナ。サ、そこで貴様は何にも知らぬ幸ひ、こゝに髭抜鏡、よく〱顔を見さつしやれと、突付ける鏡の表に映る我が顔、二目と見られぬ悪女なれば、こはマアどふじやと己が所持の鏡を手早く 次へ続く

(27) 前の続き 取出し、見れば見るほど変はりし面体、アラ恥かしや悲しやと鏡を投捨てかつぱと伏し、正体嘆く

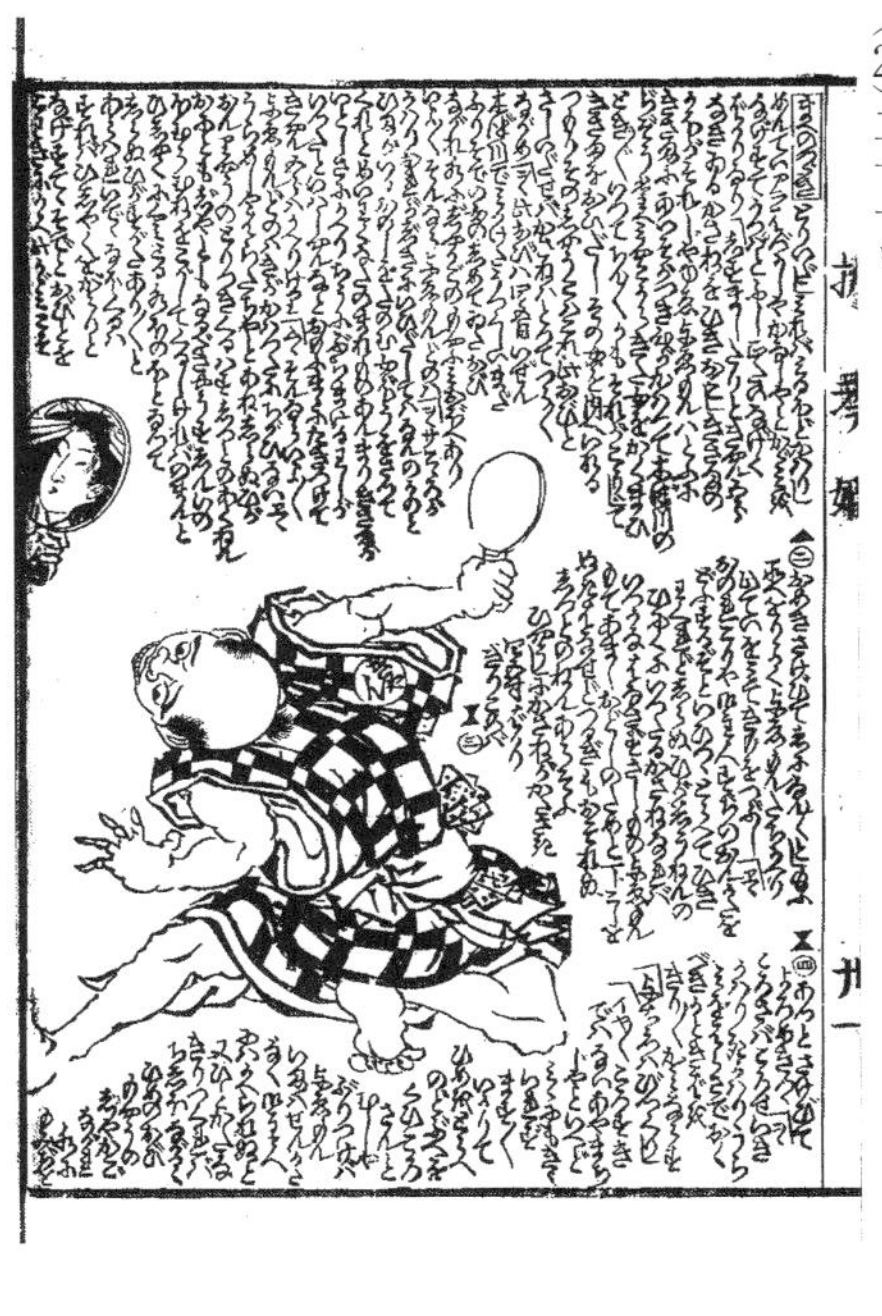

ばかりなり。為済ましたりと俠五郎、泣きゐる累を引起こし、貴様の顔がそれじやゆゑ、与右衛門は疾ふに貴様に愛想が尽き、心が変はつて、木津川の地蔵堂へ都から来た女を匿ひ、時々行つてちん〱かも、それが高じて貴様を追出し、その女を内へ入れるつもり。その証拠はこれ此帯と差出せば、累は取つてつら〱眺め、ヲ、此帯は四五日以前、木津川で見かけた美しい、まだ振袖の女の締めてゐた帯。流れ水に蛇籠の模様、見覚へあり。いよ〱そんなら与右衛門殿は。ヲ、サ心が変はり、おれが直に言ひ出しては、何の彼のと暇がいる。お主を頼む、女房を去つてくれと迷惑な頼まれもの。あんまり貴様が愛しさに返り忠に打ちまける。わしが言つたと言はしやんなと、思ふま、に焚きつけて、俠五郎は帰りけり。「ム、そんならいよ〱与右衛門殿は気が変はつたに違ひない。ヱ、恨めしや腹立ちやと、姉不知火が怨霊の取憑き狂はす嫉妬の悪念、鬼とも蛇ともなるべき様子、瞋恚の炎、胸を焦して苦しければ、飲まんと柄杓に汲取る水、炎となつて不知火が姿、あり〱と現出て、なほ狂はすれば、柄杓をがらりと投

捨てゝ、袖と帯とを小脇に抱へ、此鏡こそ恨めしけれと、片手に引提げ走出で、かの空堂へ駆行きけるに、折節、山吹は薬を買ひに他所へ行き、姫ばかり病に悩み居給ふ所へ、仔細も言はず飛びかゝつて引倒し、鏡をもつて打擲し、髻摑み、「ようも〳〵我が夫を寝取りしよ」と唸りつゝ、側に有合ふ刈豆を囲炉裏に焼べ、姫を火先に差付けて燻しければ、姫は煙に咽返り、あな苦しや堪難やと喚叫びて、死になん〳〵とし給ふ所へ、折よく与右衛門立帰り、此体を見て肝を潰し、「ヲヽ、己、こりや御主人筋の御方をどふするぞ」と言ひつゝ捕へて引分くれど、不知火が執念の脾肉に入つたる累なれば、いつかな離さず、さしもの与右衛門もて余し、脅しのためと一ト腰を抜放せど、剣も恐れぬ嫉妬の念、争ふ拍子に累が肩先四五寸ばかり斬込めば、あつと叫びてよろめきつゝ、ヲヽ、殺さば殺せ、生替はり死替はり恨みを晴らさでおくべきかと、牙をきり〳〵嚙鳴らす。与右衛門はびつくりし、「イヤ〳〵殺す気ではない。過ちじや」と言へど、耳にも聞入れず、ます〳〵怒りて姫を捕へ、喉笛を食殺さんとむしやぶりつければ、与右衛門、今は詮方なく、御主人には代へられぬと、又、一刀斬付くれば、血潮流るゝ姫の帯模様の蛇籠流れ、水に紅葉を散すが如くにて、因果は同じ鬼怒川の昔語に異ならず。累が黒髪逆立ちて、風の柳がさら〳〵障子襖もがた〳〵、捨てたる鏡に面影の映る因果は水鏡、恐ろしかりける有様なり。苦痛をさせじと与右衛門は、止めの刀取直し、鎌の模様の片袖を累が胸に押当てゝ、ぐつと突込む剣の切先、縁の下に隠れゐたる曲者の肩先を貫きければ、あつと叫ぶ声もろとも流るゝ血潮の穢れにて、曲者の懐より

次へ続く

（28）二十二ウ

二十三オ

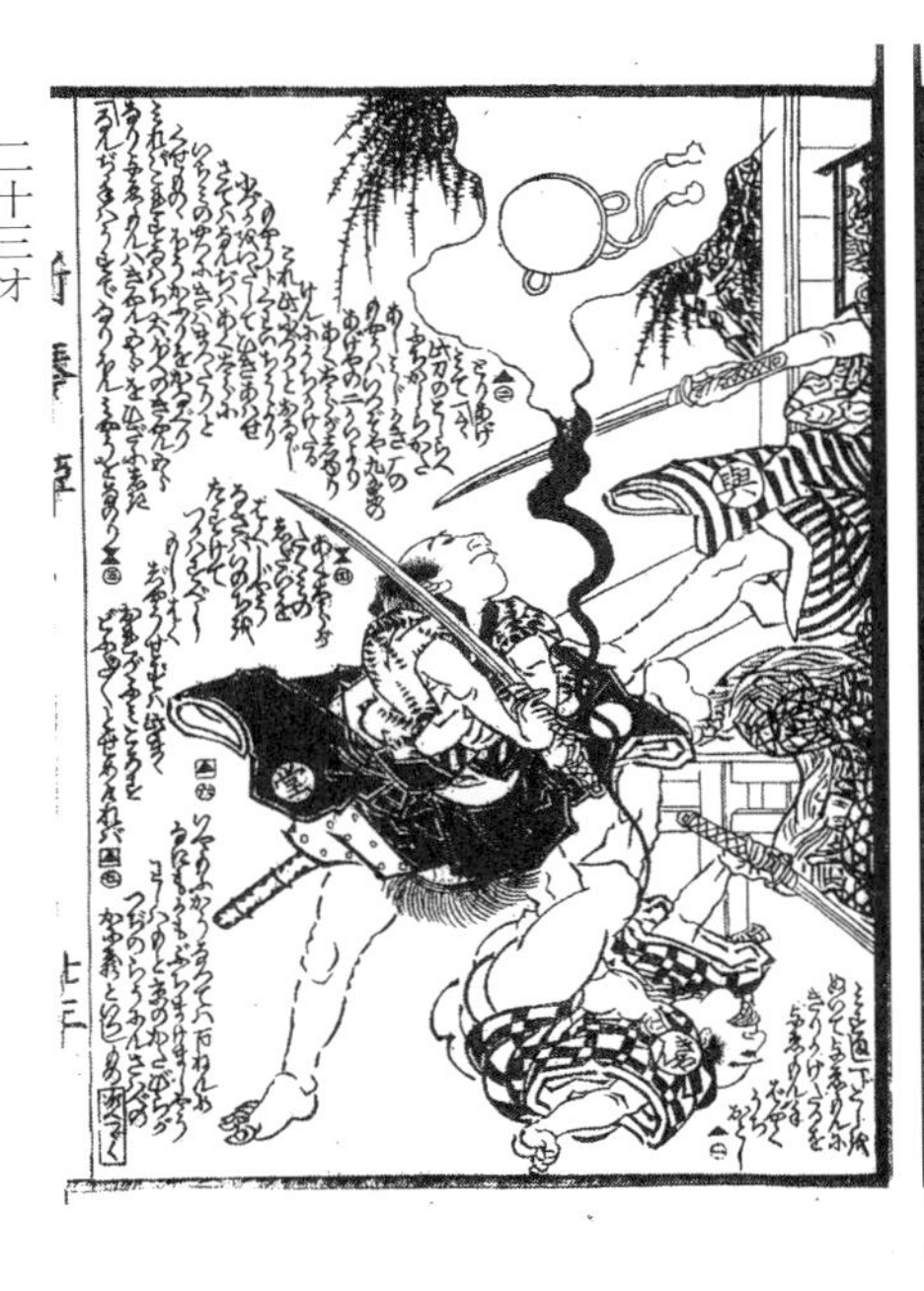

（28）前の続き　光を発し、一つの明鏡飛出たり。
斯かる所へ山吹は、堂助に巡会ふて連帰り、両人共に此体を見て大に驚き、堂助は縁の下の曲者を引出す。山吹は御鏡を取上げて与右衛門に渡しけるに、これ疑ひもなき楪の鏡なれば、嘆きの内に喜びを交へたり。さて曲者は油断を見澄まし、一ト腰を抜いて与右衛門に斬掛けたるを、与右衛門手早く打落とし、取上げ見て、「ム、此刀の拵へ、縁頭片足短き雁の模様は、何時ぞや九条の揚屋の二階より、悪太郎が手裏剣に打掛けたる、これ此小柄と同じ模様、と懐中より小柄を出して引合はせ、さては汝は悪太郎に一味の奴に極まつたりと、曲者の頬被をかなぐり見れば、これすなはち犬吠の侠五郎なり。与右衛門は侠五郎を膝に敷き、汝、手は薄手なり。本名を名乗り、悪太郎が企みの次第を白状なさば、命を助けて遣はすべし。もし白状せずは、此まゝおれが踏殺す。どふだ〳〵と責めければ、いやもふ、斯うなつては百年目、何もかも打ちまけましやう。わしは元京の帷子が辻の浪人沢辺の蟹蔵と言つし者。　次へ続く

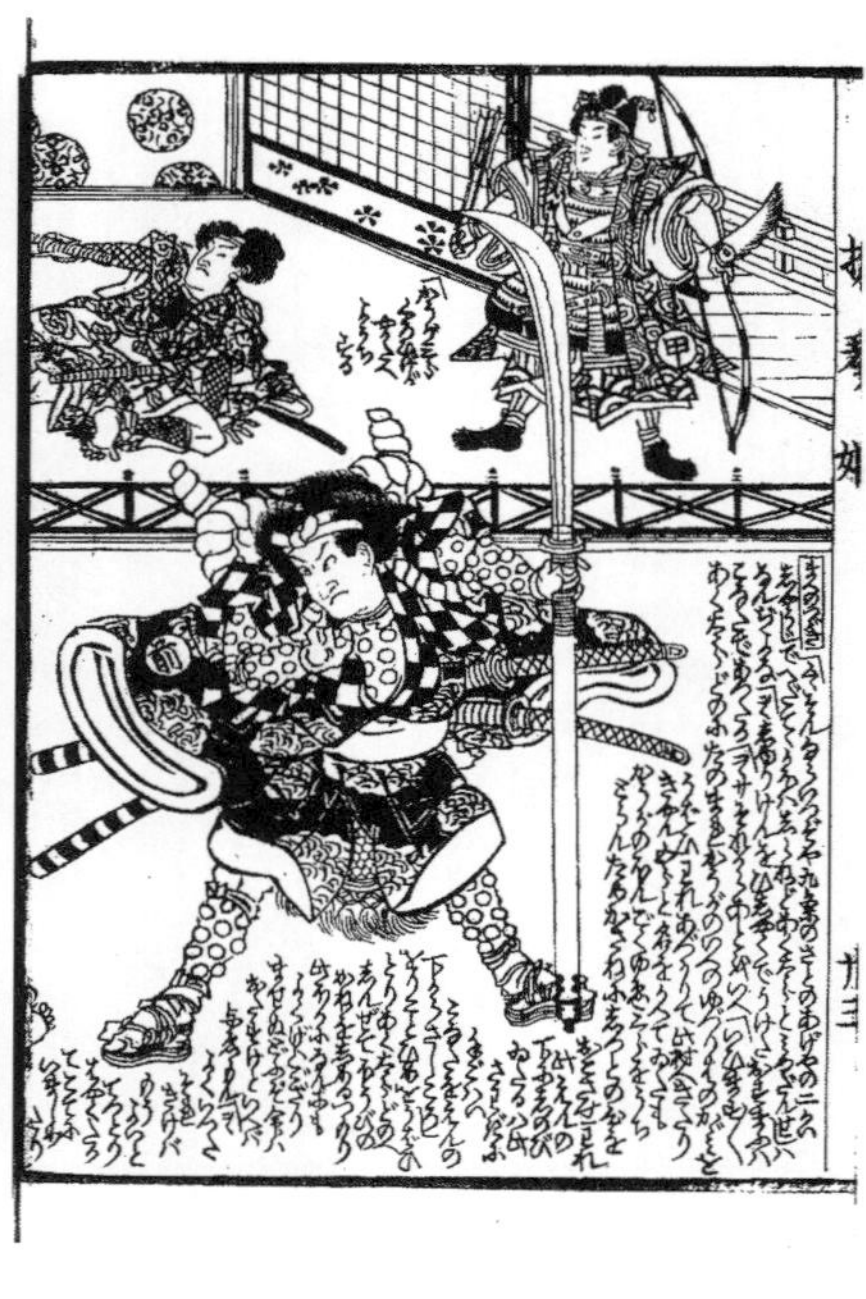

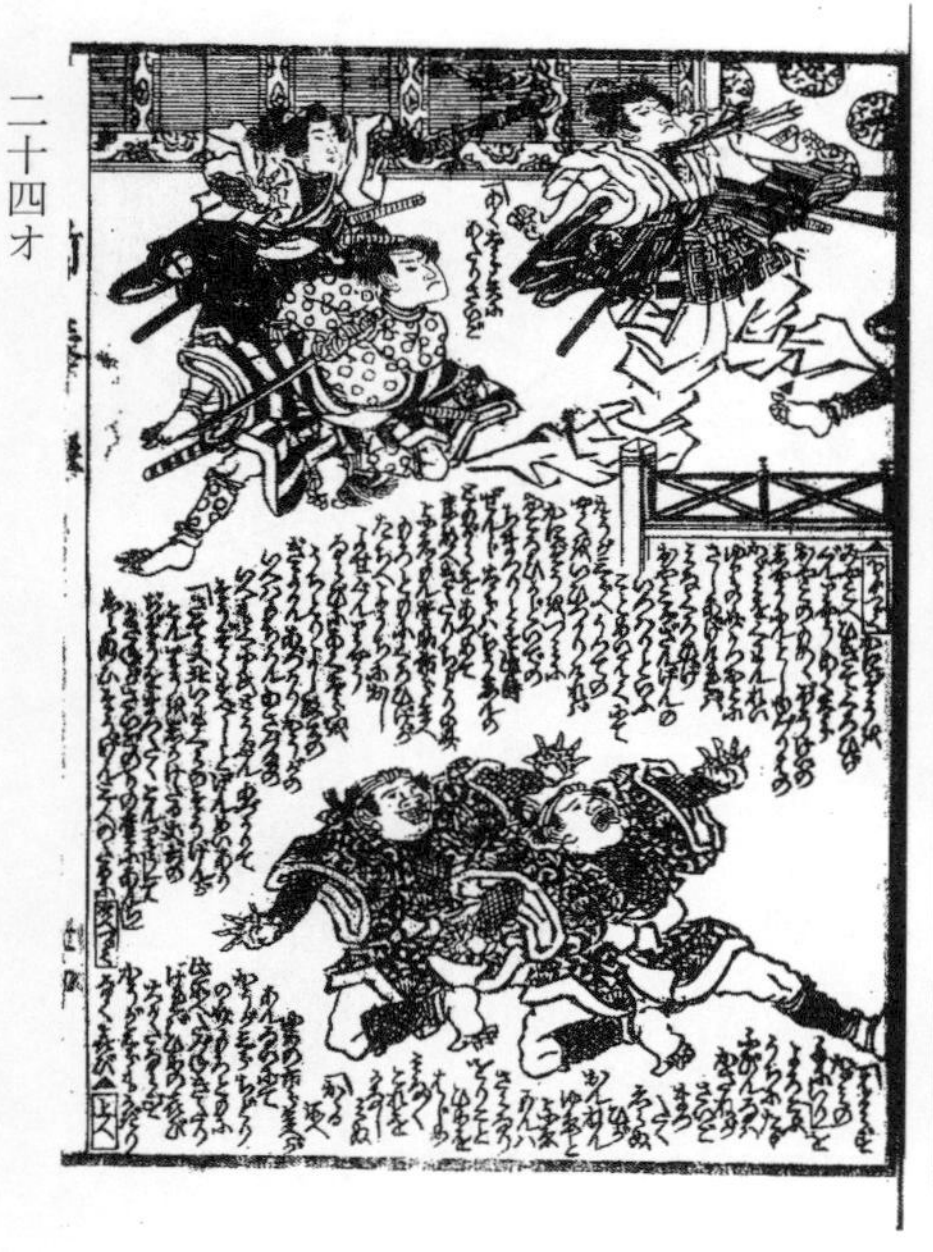

(29) 前の続き ム、そんなら、いつぞや九条の里の揚屋の二階、障子で隔てゝ顔は知らねど、悪太郎と密談せしは汝よな。ヲ、手裏剣を柄杓で受けたお角力は、こなたであつたか。ヲ、サ、それから後を言へ。「言ひます〳〵。悪太郎殿に頼まれ、甲賀の家の楪の鏡を奪ひ、我、預かりて此村へ来り。俠五郎と名を変へてゐたも甲賀の本国ゆゑ、三郎を討取らんため。累に嫉妬の心を起こさせ、我、此縁の下に忍びゐたるは、此騒ぎに手強いこなたを縁の下から刺殺し、折琴姫を奪取り、悪太郎殿へ進ぜて褒美の金を占めるつもり。此外に何にも欲気はござりませぬ。どふぞ命はお助け」と言へば、与右衛門、ヲ、よく言つた。それ聞けばもうよいと、手つ取り早く高手小手に戒めたり。計らず鏡の手に入りしを喜ぶ内に、たゞ不憫なは累が最期、全く不知火が怨念故と、与右衛門はさらなり、折琴姫をはじめ皆々、これを悲しみぬ。

斯かる所へ夢之市郎兵衛が案内にて、甲賀三郎、千鳥之介もろともに此所へ尋来りければ、姫の喜び大方ならず。甲賀三郎も限りなく喜び、上へ 下より続く 蟹蔵を都へ引きて、黒髭郡領・悪太郎親子の者の謀計の証人とし、楪の鏡を管領百合之介勝音に差上げければ、皆、黒髭親子が讒言の偽りといふ事明白にて、甲賀三郎へ討手の役を言ひ付かりければ、蟹蔵を罪に行ひ、門出の血祭とす。此時、前司太郎は忠臣の輩を集めて京都へ来り、千鳥之介、与右衛門、堂助、市郎兵衛もろともに黒髭が館へ夜討に押寄せ、郡領並びに悪太郎を討取り、義政公の御感 与り、甲賀の家はもちろん、朝妻の家も国氏当分預かりて相続すべしと厳命あり。

さて又、北岩倉の宗玄が建立をしかけたる丈六の地蔵をまつたく建立して、累が最期のかの堂に安置し、不知火、宗玄三人の為に［次へ続く］

甲賀三郎、黒髭が館へ夜討ちする。

悪太郎、矢に当たり最期。

ひけり。

（30）［前の続き］願卒塔婆の上人を招提して大施餓鬼を行

与右衛門、堂助、山吹が忠義抜群なりとて、皆々高禄を賜り、前司太郎、千鳥之介にも加増あり。夢之市郎兵衛をも再び武士に取立てければ、親の名を継ぎ、羽生の兵衛と名乗りけり。

願卒塔婆の上人、大施餓鬼の体。

木津川の与右衛門は後に出家となり、不知火と累が菩提を弔ふ。

［不知火］成仏

［累］元の美しき姿となり成仏

［宗玄］成仏

(30)二十四ウ

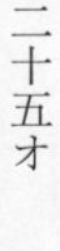

二十五オ

甲賀三郎国氏
入江千鳥之介
折琴姫
腰元山吹
前司太郎
夢之市郎兵衛
堂助
天堂菩薩
地府閻君

京山篆刻 遠国より御誂の節は、印材へ代料御添へて被下候。

(31)
不知火太夫、天堂に至り天つ少女と現ず。吉日を選みて甲賀三郎、折琴姫と婚礼の儀式相済み、千秋万歳万々歳とぞ祝しける。めでたし〱〱〱〱。

国直画㊞　山東京伝作㊞

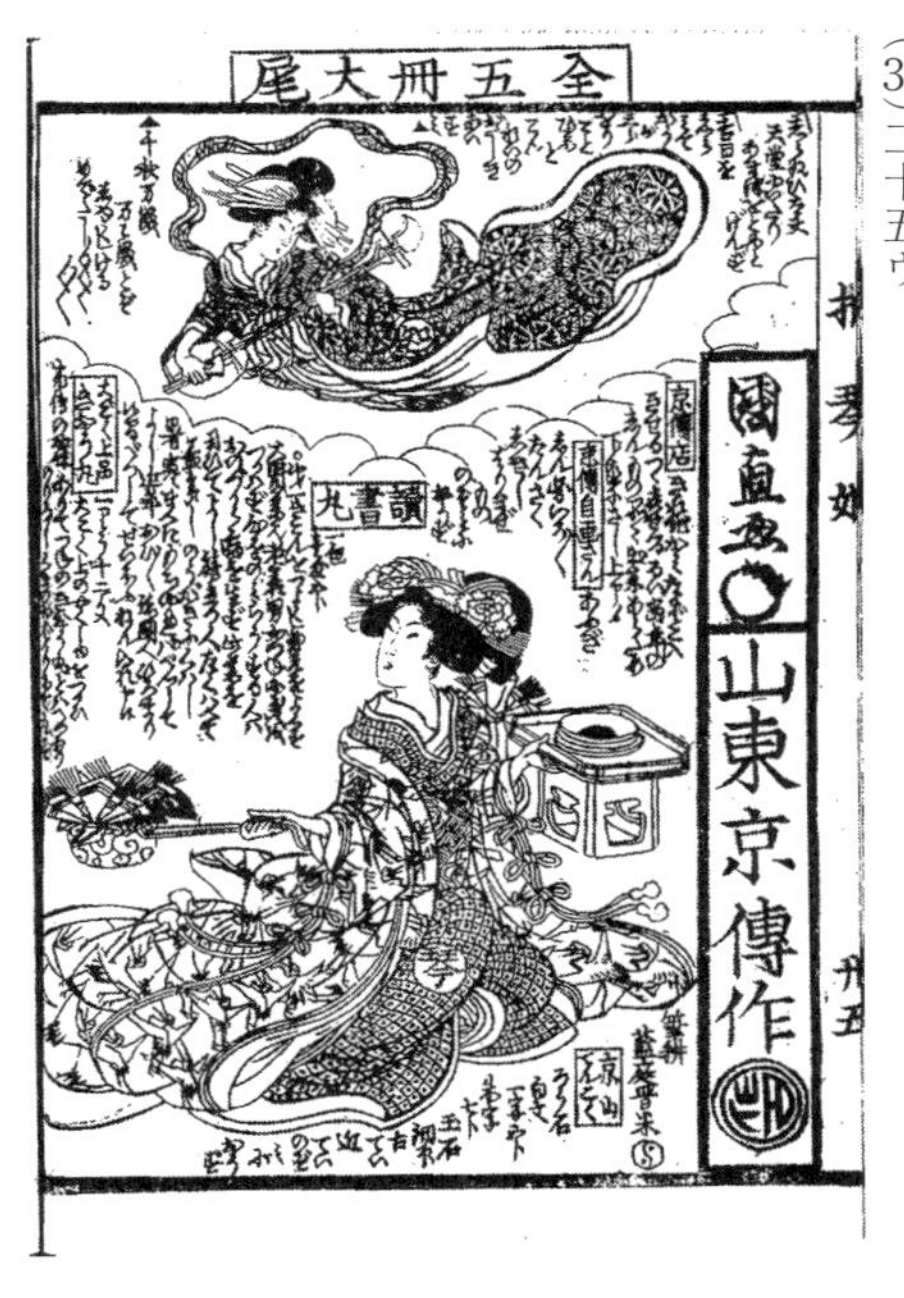

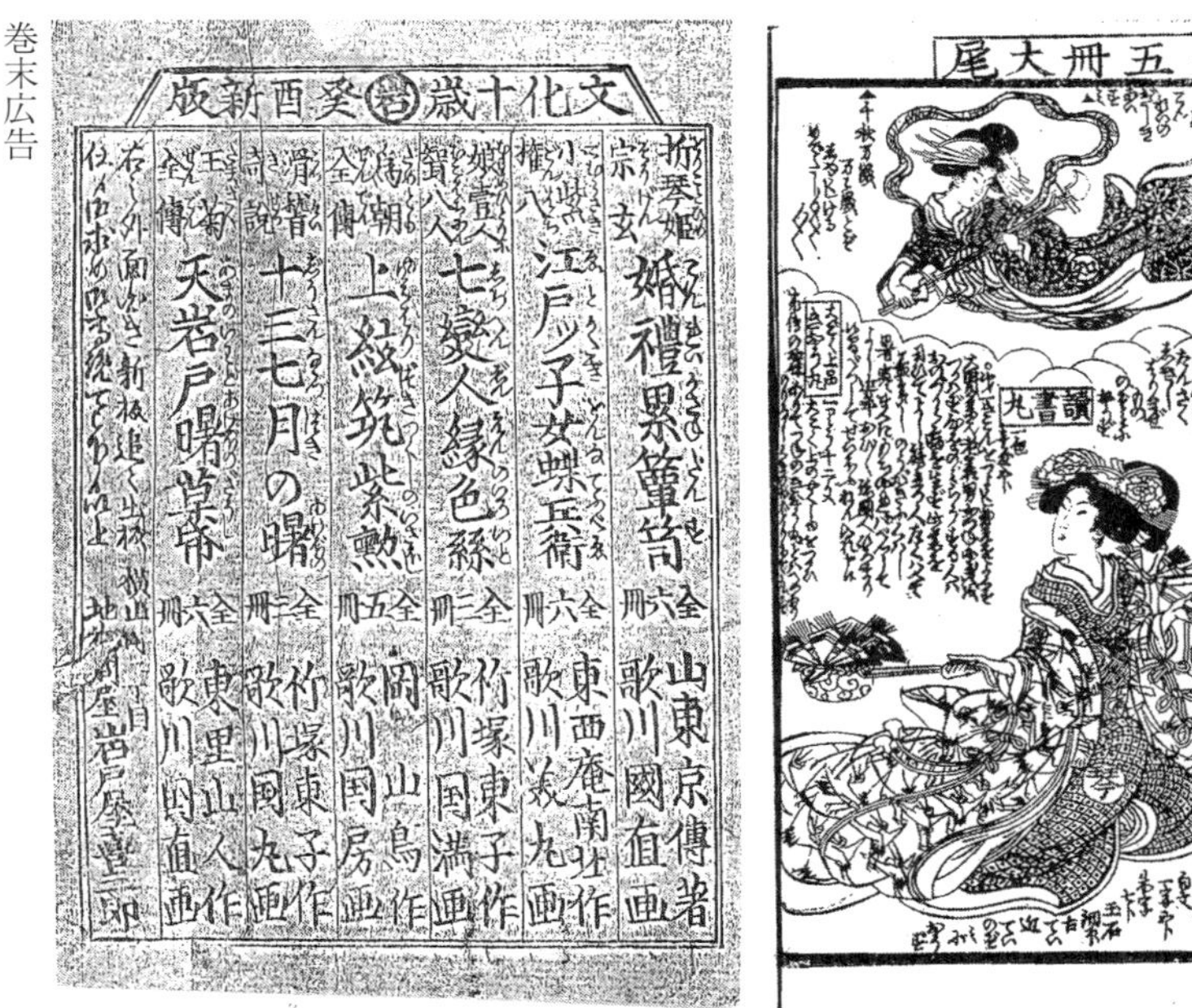

文化十歳癸酉新版

婚禮累簞笥	全六冊	山東京傳著 歌川國直画
江戸ッ子女蝶兵衛	全六冊	東西庵南北作 歌川美丸画
七變人縁色絲	全三冊	竹塚東子作 歌川国満画
上総筑紫燻	全五冊	岡山鳥作 歌川国房画
十三七月の曙	全三冊	竹塚東子作 歌川国丸画
天岩戸曙草帋	全六冊	東里山人作 歌川国直画

筆耕藍庭晋米㊞

全五冊大尾

京伝店　裂地、紙煙草入・煙管・筒煙管類、当年の新物品々出来あらため下直に差上申候。

京伝自画賛　扇新図色々、短冊・色紙・張交物、望みに応ず。

読書丸　一包壱匁五分

○第一気根を強くし物覚えをよくす大腎薬也。老若男女常に身を使はず、心をのみ労する人はおのづから病を生ず。此薬を用ひてよし。旅立つ人蓄へて益多し。能書に詳し。暑寒前に用ゆれば別してよし。近年追々諸国へ弘まり候間、別して製法念入れ申候。

大極上品奇応丸　一粒十二文

大極上の薬種を使ひ家伝の加味ありて、常の奇応丸とは別なり。糊なし熊の胆ばかりにて丸ず。

京山篆刻　蠟石白文一字五分、朱字七分、玉石細印、古体近体、望みに応ず。

江嶋古跡

児ケ淵桜之振袖

源実朝公の御代（建仁の頃）

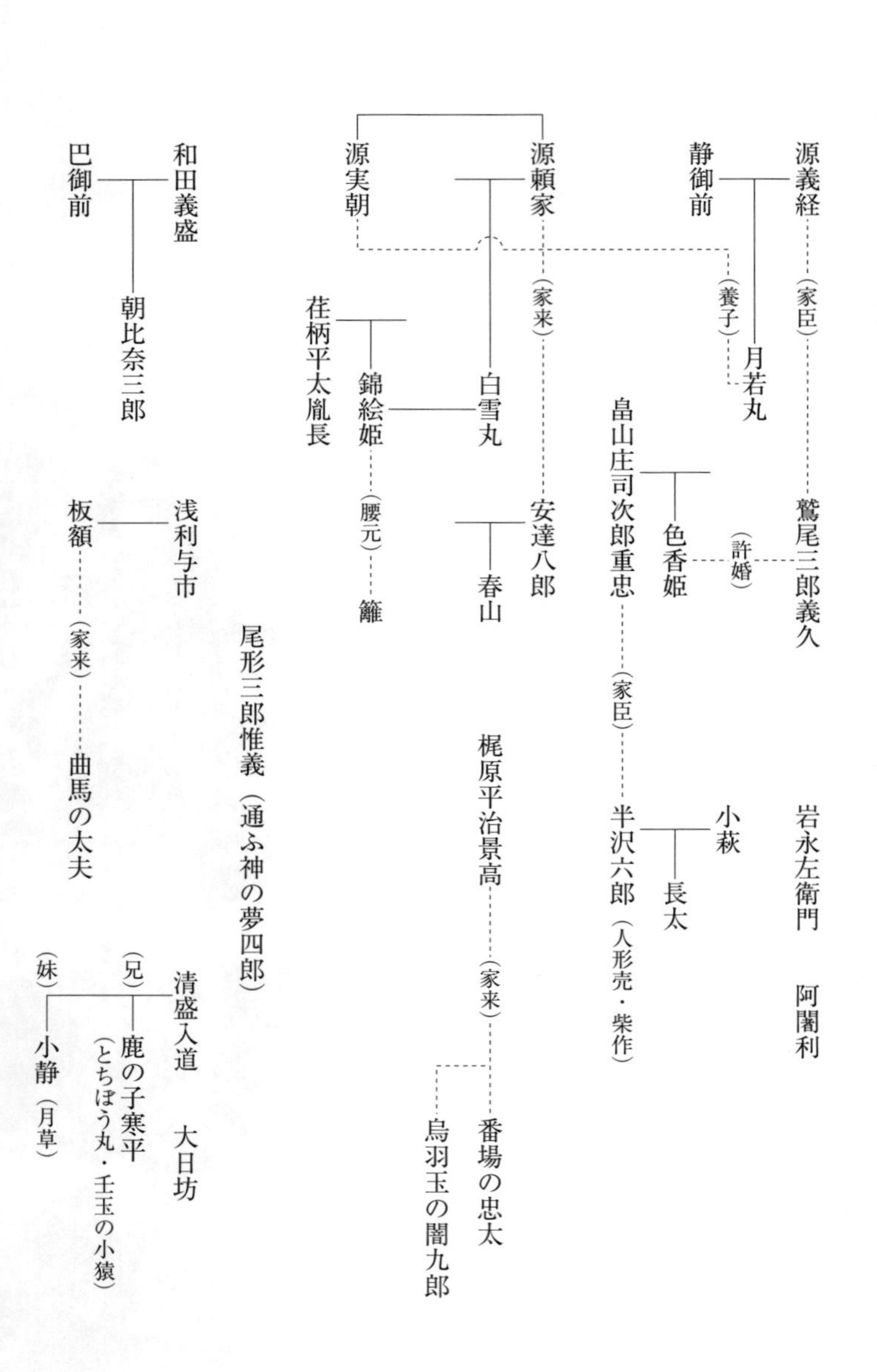

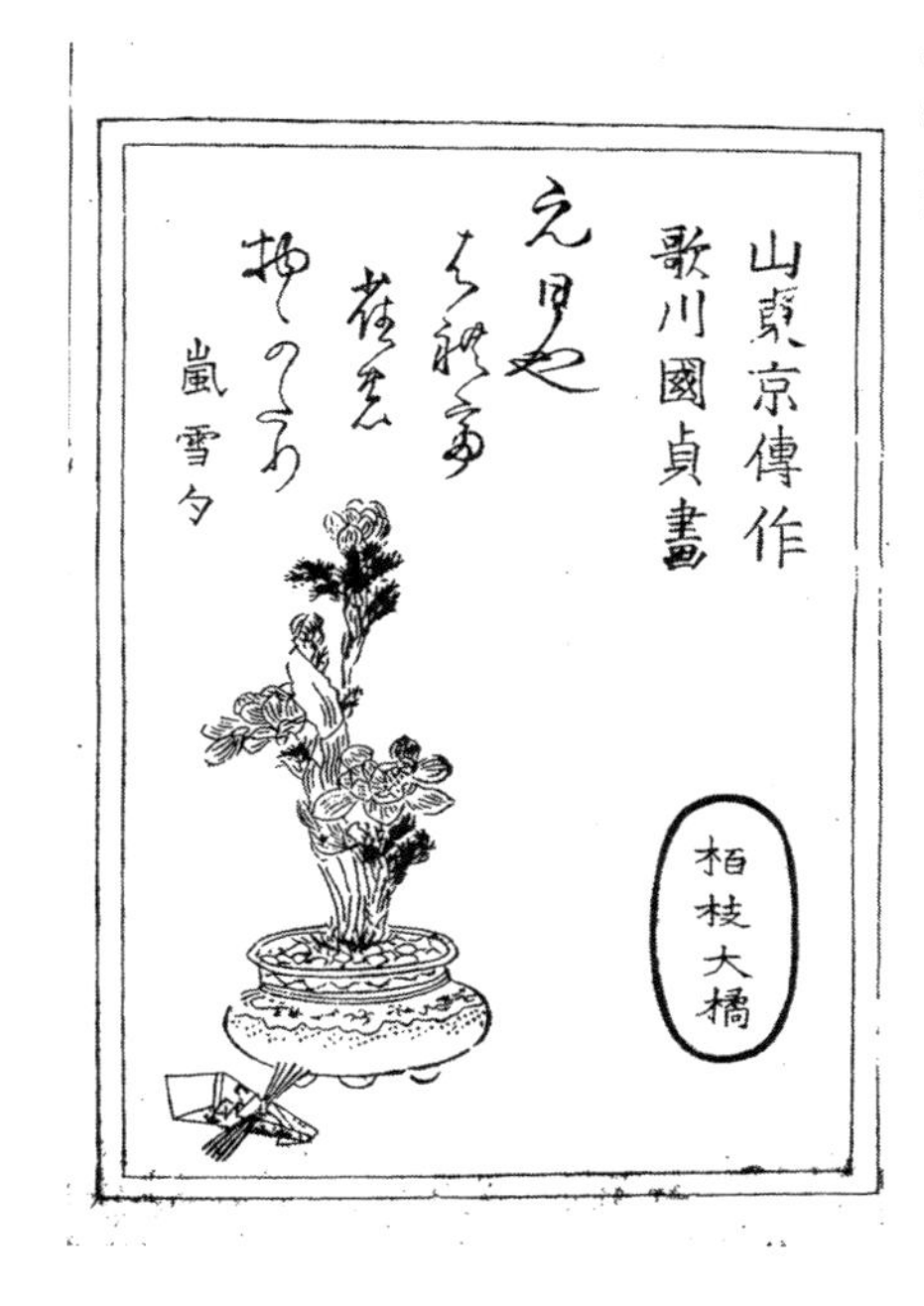

［前編見返し］

山東京伝作
歌川国貞画
栢枝大橋

元日やはれて雀の物かたり　　嵐雪句

(1)一オ

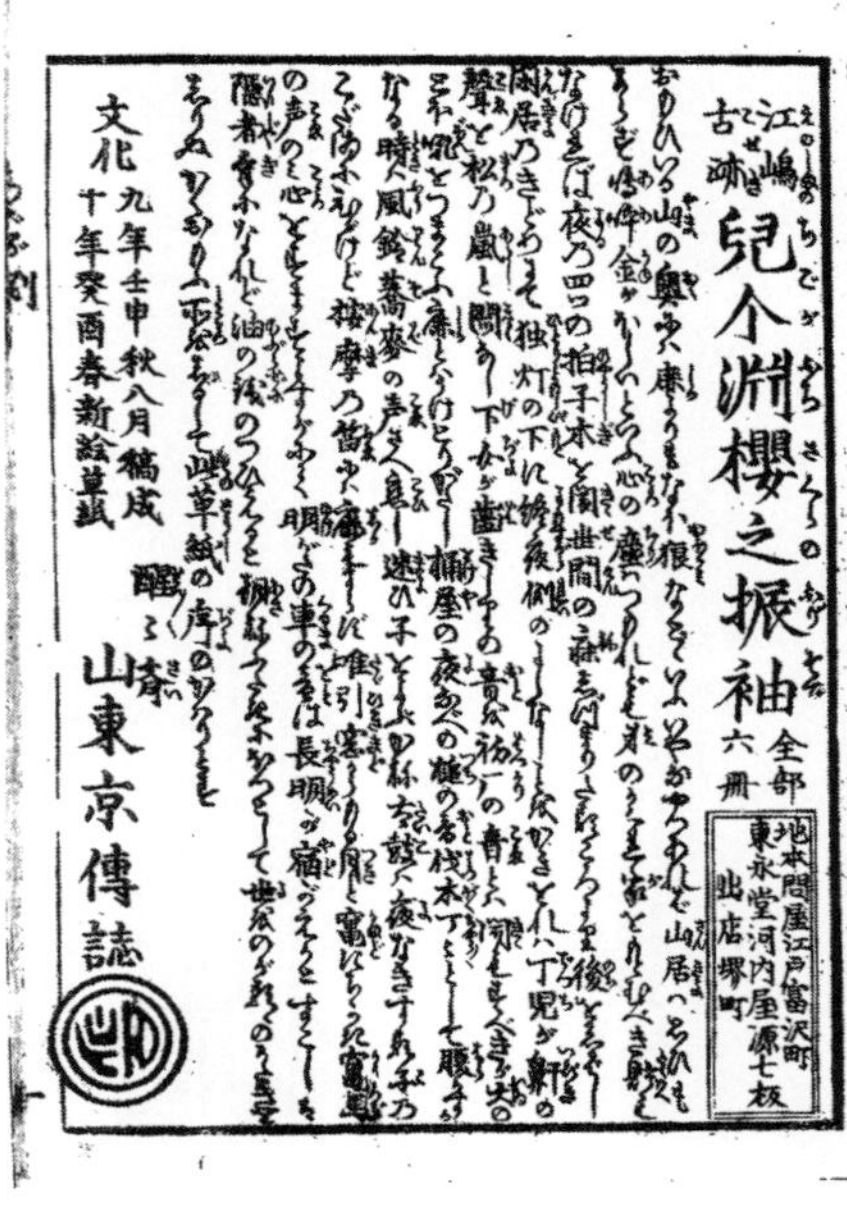

【前編】

【上】

（1）江嶋古跡　児ケ淵桜之振袖　全部六冊

地本問屋江戸富沢町
東永堂河内屋源七板
出店堺町

おもひいる山の奥には鹿よりもなほ、狼など、いふいやなやつあれば、山居は思ひもよらず、嗚呼金がほしいといふ心の塵はつもれども、身のかくれ家をもとむべき貯もなければ、夜の四ツの拍子木を聞、世間の寝しづまりたるころより後を、しばし閑居のきどりにて、独灯の下に終夜、例のよしなしことをかきをれは、丁児が鼾の声を松の嵐と聞なし、下女が歯ぎしりの音を初雁の音とは聞もすべきが、犬のとほ吼をつまこふ鹿とはうけとりがたし。桶屋の夜なべの槌の音、伐木丁々として腹かすかなる時は風鈴蕎麦の声さへ恋し。迷ひ子をよぶかね太鼓は夜なきする子のこだまにひゞけど、按摩の笛には鹿もよらず、唯引窓からもる月と、竈にちかき竈馬の声のみ心をすますよすがにて、明がたの車の音は長明か宿がえりと、すこし

(2) 一ウ

二オ

は隠者気になれど、油の銭のつひえかと、朝ねふたきに、ほつとして世をのがるゝのかたきをしりぬ。かくおもふ所をしるして此草紙の序のかはりとす。

文化九年壬申秋八月稿成
十年癸酉春新絵草紙　　醒々斉　山東京伝誌㊞

(2)

女六歌仙

摂津国神崎之曲中、俄狂言の練物

㊂（雪）

三白欲レ占ント千頃麦
六花別ニ作ス一番ノ春ヲ

（月）

誰となく心に人のまたるゝや
　　ながむる月のさそふなるらん

（花）

花に風かるくきてふけ酒の泡　嵐雪

(3)二ウ

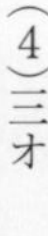

(4)三オ

(3)

白雪丸（しらゆきまる）

とちぼう丸

(4)

蒲冠者範頼（かばのくわんじゃのりより）

尾形三郎惟義（おがたのこれよし）

なけきかふき丶にきたの丶ほと丶ぎす

花落テ玄宗回リ二蜀道一二

雨飛テ工部宿ス二江津一

奉納

(5)

大日坊

平知盛の亡魂

(6)四ウ

五オ

（6）

新古今

照もせすくもりもはてぬ春の夜の

　　朧月よにしくものはなし

京九条(きやうくじやう)の侠客(をとこだて)、鹿(か)の子寒平(こかんべい)

あまの挿頭(かざし)

　花のとき腕(うで)になま疵(きづ)たえなんだ　　梅翁宗因句

京帷子(きやうかたびら)が辻(つぢ)の女達(をんなだて)、濡髪小静(ぬれがみこしづか)

（7）五ウ

（7）

立秋

きのふまで水にたてしか葛の葉の　梅翁

鷲尾三郎義久（わしのをさふらうよしひさ）

壬生小猿妹月草（みぶのこざるいもとつきくさ）

しらせばや竹のまがきにはふ葛の

したにうらむるふしのしげさを

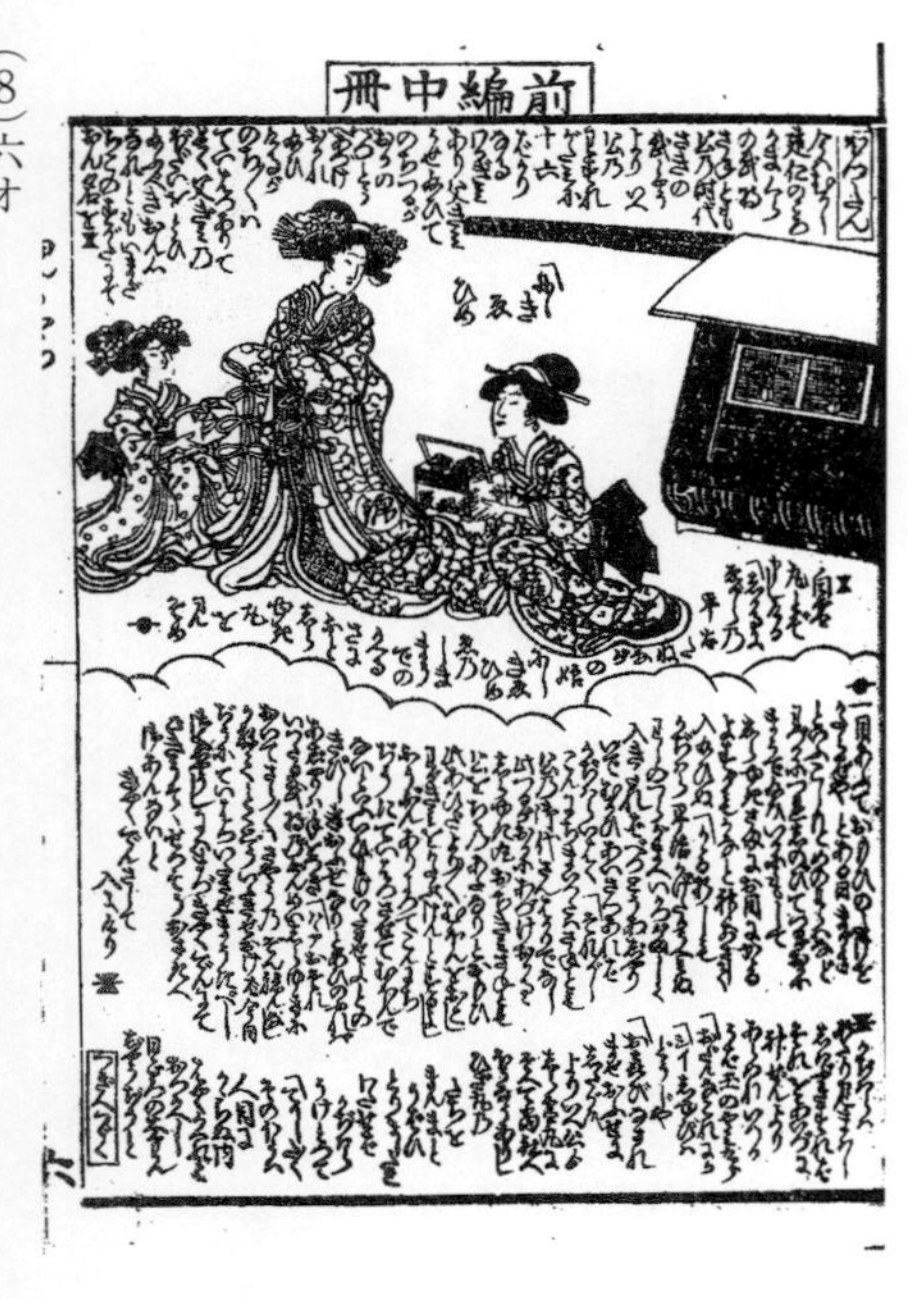

(8) 六オ

【中】

(8) 前編中冊

発端 今は昔、建仁の頃、鎌倉の武将実朝公の時代、前の武将頼家公の忘形見に十六ばかりなる若君あり。父君失せ給ひて後、鶴岡の別当へ預置かれ給ひけるが、後々は剃髪ありて、長く父君の菩提を弔ひ給ふべき御心なれども、未だ稚児の姿にて、御名を白雪丸とぞ申しける。

然るに荏柄平太胤長の娘錦絵姫、江の島詣の帰るさに、ふと白雪丸を見初め、一目逢ふて、思ひの丈を語らばやと、ある日、籬といふ腰元、女の童など、僅かに連忍びて、鶴岡に詣で給ひ、如何にもして白雪様に御目に掛かる縁もがなと、神前さして入給ひぬ。

斯かる折しも、梶原平治景高、上見ぬ鷲の面構、厳つがましく入来れば、別当阿闍梨出向かひ挨拶あれば、梶原曰く、「某、今日参つたは実朝公の御代参ばかりでなし。此鶴岡に預置かるゝ白雪丸、叔父君実朝公を父の仇なりと思ひ、此間、より〳〵謀叛を起こし、我が君を傾けんとする由、風聞あり。よつて今日中に剃髪させて、謀叛でないといふ言訳出させよとの厳しき仰せなり」と相述れば、阿闍梨は手をつき、ハ、ア畏入つたる武将の厳命。白雪において、さら〳〵左様の存念なし。かねて得道致させおけば、今日中に剃髪致させ申すべし。御上使には、まづ客殿にて御休息、拙僧、御先へ御案内と、客殿さして入にけり。梶原は辺り見回し咳すれば、それを合図に神前より現れ出る烏羽玉の闇九郎、御旦那これにか。シイ首尾はどうじや。御喜びなされませ。仰せに従ひ、頼家公より白雪丸に添へて、当社へ奉納ありし膝丸の太刀を、まんまと奪取りましたと渡せば、梶原受取つて、出来した〳〵。その方は人目にかゝらぬ内、早く帰れと追返し、日頃の大願成就と 次へ続く

錦絵姫。

七オ

（9）六ウ

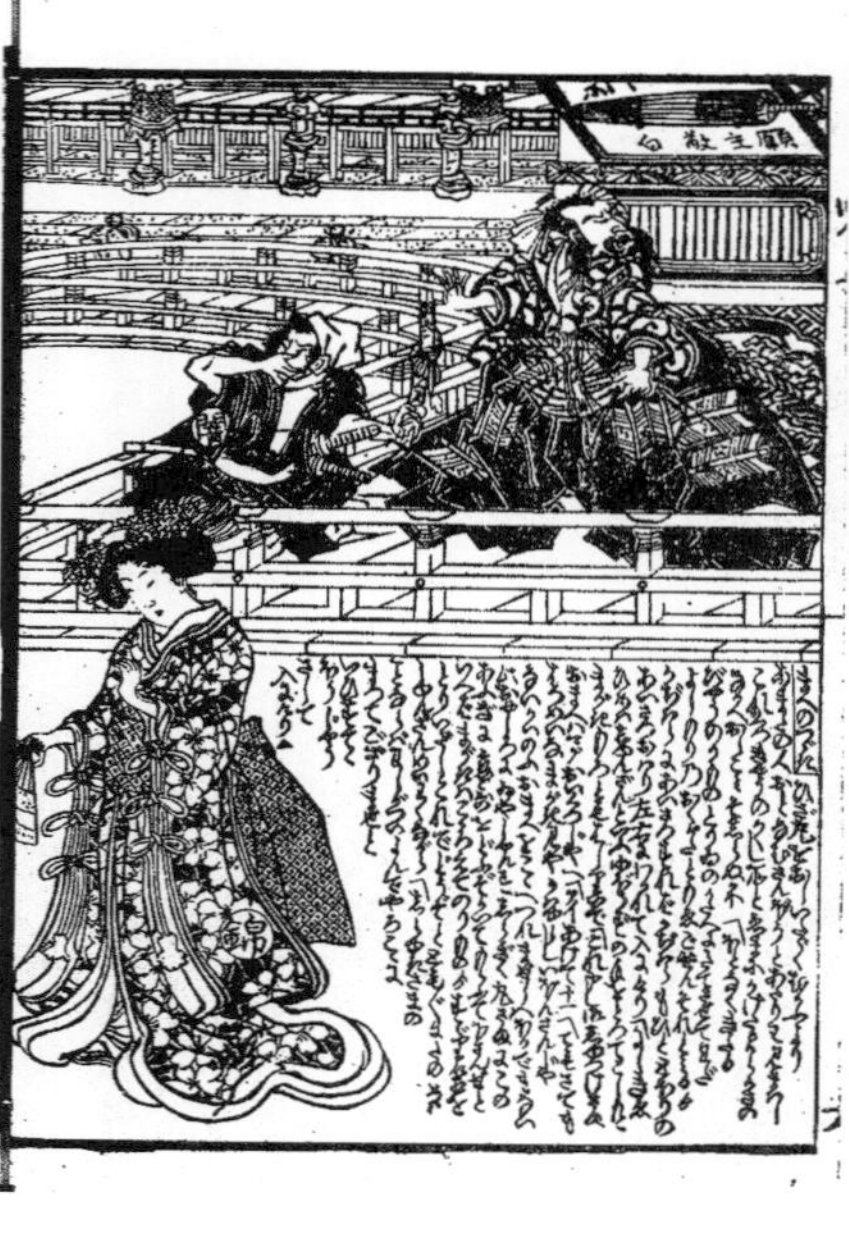

（9）**前の続き** 膝丸を押頂く向ふより、数多の人音、南無三宝と辺りを見回し、これ究竟の隠所と絵馬に掛けたる傘の中へ押込み、素知らぬ顔。程なく来る鋲乗物。鳥居の片方に立てさせて、和田義盛の奥方巴御前、それと見るより梶原に挨拶すれば、梶原も一通りの挨拶終はり、左右に別れて入にけり。

錦絵姫は春山といふ小坊主の手を取つて、腰元籬もろとも走出で、これ申し御出家様。御前はマア御幾つじやへ。アイ、明けて十一。「てもさても発明な。籬、見や。可愛らしい坊さんじやないかいのふ。お前を此処へ連れませしは他でもない、此御社に居やしやんす白ぎく（ママ）丸様に、この扇に恋歌をどふぞ書いて貰ふて下さんせ」と言へば、籬は心得て、乗物より硯箱を取出し、これでどうぞと共々に頼めば、春山、迷惑ながら、「白雪様の事ならばわしが、つい呼んでやろ。此処に待つて御座りませ」と言ひ捨て、方丈さして入にけり。

前の武将頼家公の若君白雪丸、花の姿も稚児桜、胡蝶も狂ふ御顔ばせ、静々と立出で給ひ、わしに用とは何人と辺り見回し、これはしたり、滅相な。誰も呼びもせぬものと行過ぎ給ふを、籬は声掛け、「コレ、アノ御稚児様、先ほどあげた扇の御返事、此処で聞かして下されませ」。「なるほど〳〵。先ごと春山に聞きましたが、未だ手前参りませぬ、殊に今日は左様なり。また重ねて」と言ひ差して入らんとする袖を控へ、てもさても、ぬつぺりこつぺり御顔の様な美しい御嘘付き。後程など、代筆は食べませぬ。何の御前の御歌の一首や二首、つい此処で御返事なされて下さんせと、白雪丸の手を取れば、これはしたり。此処離してと振切れば、よし〳〵そふ仰れば、私も達引申さにやならぬ。此方の御主人の大事の御使ひ、仕損じては女の一分立ちませぬ。御苦労ながら直々に御断りを仰りませ、と突きやられ、ぴつたり当たる花と花、

次へ続く

[願主敬白]

(10) 前の続き 姫はなほさら嬉しさの生きた心地はなかりけり。やう〳〵に気を押鎮め、「先程より、あの人の無理ばつかり。みんな私が頼んだ事。御気に入らずと良い御返事を聞かして欲しい不如帰、止り定めぬ風情なり。白雪はなほ慇懃に、その御心ざしは嬉しけれど、我が身は此鶴岡の別当へ幼少より弟子となり、三衣は着ねども心は出家、仏の御罰勿体なしと恐れ給へば、姫はわつと泣出し、姫御前の恥かしい事言ひ出して、殿御に嫌はれ、なに面目に永らへん。白雪様おさらばと、腰なる刀に手を掛くる。これは短気な、マア待つた。いへ〳〵離して死なせて給べ。死るに及ばぬ。早まるまい。ム、、早まるなとは殺さぬやうの御心かへ。サアそれは。それならば御姫様。はてさて危ない、そんならば。サア。サア。さあ。マアあいじや。ヲ、嬉しやと寄添ひて、深き誓ひと見へにけり。腰元籬が才覚に、サア御二人ともに雪の下の茶屋でゆるりと御話と、無理に手を引き袖を引き、彼処をさして歩行く。

折節、此処へ加賀編笠、浪人姿の侍が悠々と歩来る。

何の用事か春山が通りかゝるを呼止め、「申し〳〵、御出家様、少し御尋ね申したい。当寺の御稚児白雪丸様、今日剃髪なさるゝと聞及ぶ。いよ〳〵左様でござるか」と尋ぬるに、春山は打頷き、「なるほど白雪様は後ほど剃髪」と言へば、此方の浪人は編笠取り、左様ならば白雪様、いまだ剃髪なされぬうち、ちよつと御目に掛かりたし。「いや〳〵今日は、この社へ梶原様が御参詣、それ故に事多し。御用あらば明日」と言ひ捨て行くを引留め、顔つれ〴〵と打眺め、可愛や其方や、何にも知るまい。斯く言ふ我は其方が親の安達八郎じやはやい。ヲ、びつくりは尤。前の武将頼家公に御勘気被り、それより其方を此所へ上げて、四つで遣はせしも、白雪様へ御宮仕へ、親はなうても子は育つ。大人しう、ようなつた。折々当社へ参詣し、余所ながら其方が姿を見るたびに、今日や明かそふ、明日や名乗ろと思へども、いや〳〵、御勘気受けし某が倅といふ事、もし知れなば、白雪様の御機嫌も損なふかと、勘当の身の悲しさは、現在我が子に会ひながら、親とも得言はぬ主君の御罰と、我が身の上悔やむに詮方なき幸せ、今日、御剃髪なきその前に、白雪様に御願ひ申し、勘当御詫びのよき折から、どふぞ御願ひ申してくれよ、春山と聞くに、しく〳〵泣出し、ヱ、父上様、聞こへませぬ。それなれば何故、早う知らせては下されぬ。白雪様に御願ひ申し、疾ほに御侘を致します。知らぬ事とは言ひながら、不孝の段を御許しと、坊主頭を地につくる、年寄言葉のひね様は、真に出家育ちなり。ヲ、よう言ふた、出来した〳〵。今言ふ通り、一時も早う白雪様に会はして給もと頼むにぞ、

次へ続く

(11)八ウ

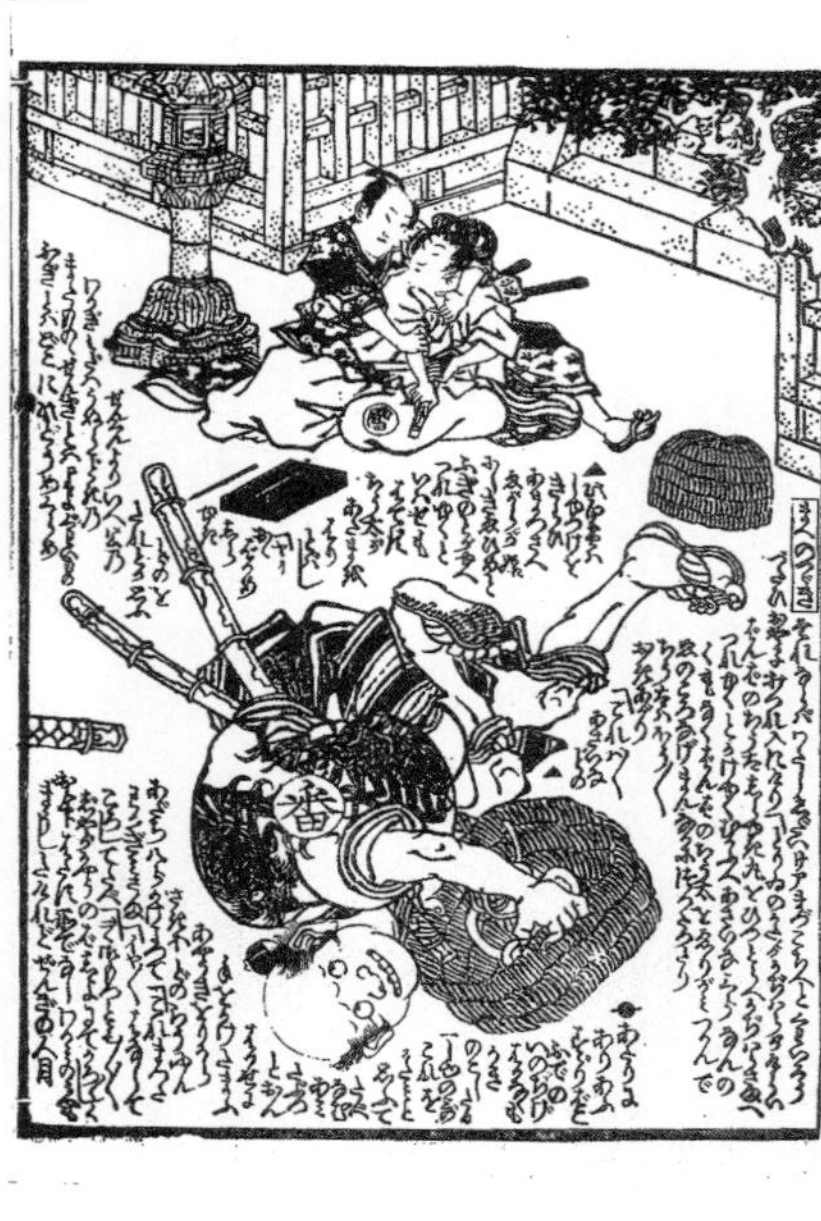

九オ

(11) 前の続き それならば私次第。サアまづこちへと回廊伝ひ、親子打連れ入にけり。

鳥居の方より梶原が家来番場の忠太、白雪丸を引捕へ、梶原様へ連行くと、駆行く向ふへ、朝比奈三郎、何の苦もなく番場の忠太を襟髪摑んで狗投げ、真中に突立つたり。忠太は、ほう〳〵起上がり、「これは〳〵朝比奈殿。此白雪は出家を嫌ひ、剰へ荏柄が娘錦絵姫と不義の咎ゆへ連行く」と言はせも果てず、忠太が頭を張飛ばし、ヤイ大馬鹿め。白雪殿を誰とか思ふ。先君頼家公の若君だは。汝ら如きの又者の詮議とは慮外者。不義とは何処に此どう盲め。此処らに女気は一人もねへは。よしまたあつても、此朝比奈が斯う言ひ出すからは不義じやない。己が様な蛆虫を相手にするも大人気ない。イテげぢ〳〵に対面せん。案内せいと引立つれば、猫に捕られし鼠の如く、ちうとも、にやんとも出ぬ言葉、朝比奈に追立てられ、神前さして入にけり。跡には白雪唯一人。思案と胸にとつおいつ、是非も涙にくれ居しが、ヲ、そふじや、なまなか言訳したりとも、出家を嫌ひ、我に謀叛の心ざしと、叔父実朝へ梶原が讒言、それ故、今日の代参を好んで来りし梶原平次、今又、難儀を見付し上は、所詮生きては居られぬ命、潔く切腹せん。然はさりながら、情け忘れぬ錦絵姫、仮の契りの徒言も、露と消行く儚さよと、上着の小袖ひらりと脱ぎ、辺りに有合ふ硯箱、筆の命毛儚くも、書残したる一首の歌、これを形見と思ふて給べ。南無阿弥陀仏と、御佩刀に手を掛け給ふ危うき折から、先ほどの浪人安達八郎駆寄つて、これ待つた若君様。イヤ〳〵放して殺して給べ。ヲ、御尤も〳〵。じやが、斯様の場所にて軽々しく御命果たす所でなし。我が身の上も申したけれど、詮議の人目、いざまづ此場を落ち給へと、言へども聞かぬ覚悟の体。逃隠れては卑怯者、末代までの名の穢れ、見逃して殺して給べ。サ、尤もなれども、今御果てなさるゝと、佞人讒者の謀に落ち、御謀叛と呼ばるゝかや。それほどの事に御心が付かぬか。御合点が参りしか。まづ〳〵此処を落ち給へと、無理に御手を引立つる。形見に残る上着の小袖、跡に残して落ち給ふ。斯くとも知らで錦絵姫、露の情けの雪の下、融けて開きし稚児桜、花の姿のほら〳〵と、白雪様は何処へ行かしやんした。白雪様〳〵、

次へ続く

(12) 前の続き ヤアそこに居やしやんすか。御前を一遍訪ねたはいな、と立寄り見れば、上着の小袖、何やら裏に書いてある。白雪と忍の里の人問はゞ思ひ入り江の島と答へよ。ム、扨は此歌を書残し、死ぬる覚悟で落ち給ひしか、悲しやと、小袖をじつと抱締め、わつとばかりに伏沈む。涙は井出の山吹の花に露打つ風情なり。後ろに立聞く梶原平次、「白雪は出家を嫌ひ、おのれと密通、形見の小袖残置き、駆落ちしたは謀叛の兆し、何処へ逃がした、真直ぐに白状せよ」と言へど、応へも泣いじやくり。ヤアしぶとい女郎め、梶原が館へ連行き、火水の責めで白状させん。ソレ家来共。畏まつたと立掛かる。

斯かる難儀を雪の下にて聞くとひとしく、腰元籬飛ぶが如くに駆来り、家来を突退け、錦絵姫を後ろに囲ふて身構へす。梶原は声を掛け、「ヤア不義を取持つ女的の女、ソレ打据ゑよ」と下知の下、捕つたと掛かるを松風と、身を掻沈んで衣被、右手へ掛かるを左手へ投げ、男勝りに働けども、相手は大勢立掛かり、押さへてかける高手小手、無念といふも余りあり。梶原は嘲笑ひ、ヲ、ゑへ様

〳〵。不義の咎ある此錦絵姫、首打つて我が君へ差上る。観念せよと立掛かる。折しも後ろに声あつて、「梶原様、まづ暫く」と言ひつゝ、石の階を静々下りる巴御前。梶原はそれと見て、ヤア大切な不義の咎人、成敗する。その所へ女の出過ぎだ、控へてござれ。アイヤ、左様存じて最前から、始終の様子あれにて聞く。白雪様と錦絵姫、不義と言ふには何ぞ確かな証拠でも御座りますか。ヲ、証拠はなけれど身共が家来、番場の忠太、雪の下にて確かに見届け、白雪丸を此所まで引摺つて来たのが証拠。いや〳〵それは証拠にはなりませぬ。確かな証拠は、これ先ほど此処で拾つた書付、大磯の廓より揚代の催促手紙。宛名は梶原平次様、武士たる者が大磯の里通ひをなされても済みますか。此手紙を証拠に、我が君へ申し上げふか。サアそれは。サア。サア。サア〳〵〳〵何と、どうで御座ります。此姫の不義といふも、相手出奔し給ふ上は分明ならず。罪の疑はしきは軽くするが世の大法。白雪様の行方知れるまで、此姫は自らが預かりて帰ります。但し又、此手紙の詮議を致しましやうかと極付ければ、梶原は脹面。「そんならそれにもしてやらふが、不義の仲立した此腰元、こいつが首を打落として持帰る。番場の忠太、合点か」と言へば、忠太は心得たりと、刀すらりと抜放し、腰元籬が後ろにて、

次へ続く

（13）前の続き観念せよと振上ぐる。折しも春山走出で、刃の下に立塞がり、これ申し梶原様。少しの罪で剣難に遭ふ人は刃の下に立塞がり、命を救ふが出家の役。どふぞ此女中の命を助けて下され。剣も恐れず身を惜しまぬ衣の袖を捲上げ、思込んでぞ立上がる。梶原は似非笑ひ、ハテさて、ませた小びつちよめと、首筋摑み七、八間投げれば、忠太は再び又、刀を取つて振上ぐる。巴は声掛

(13)十ウ

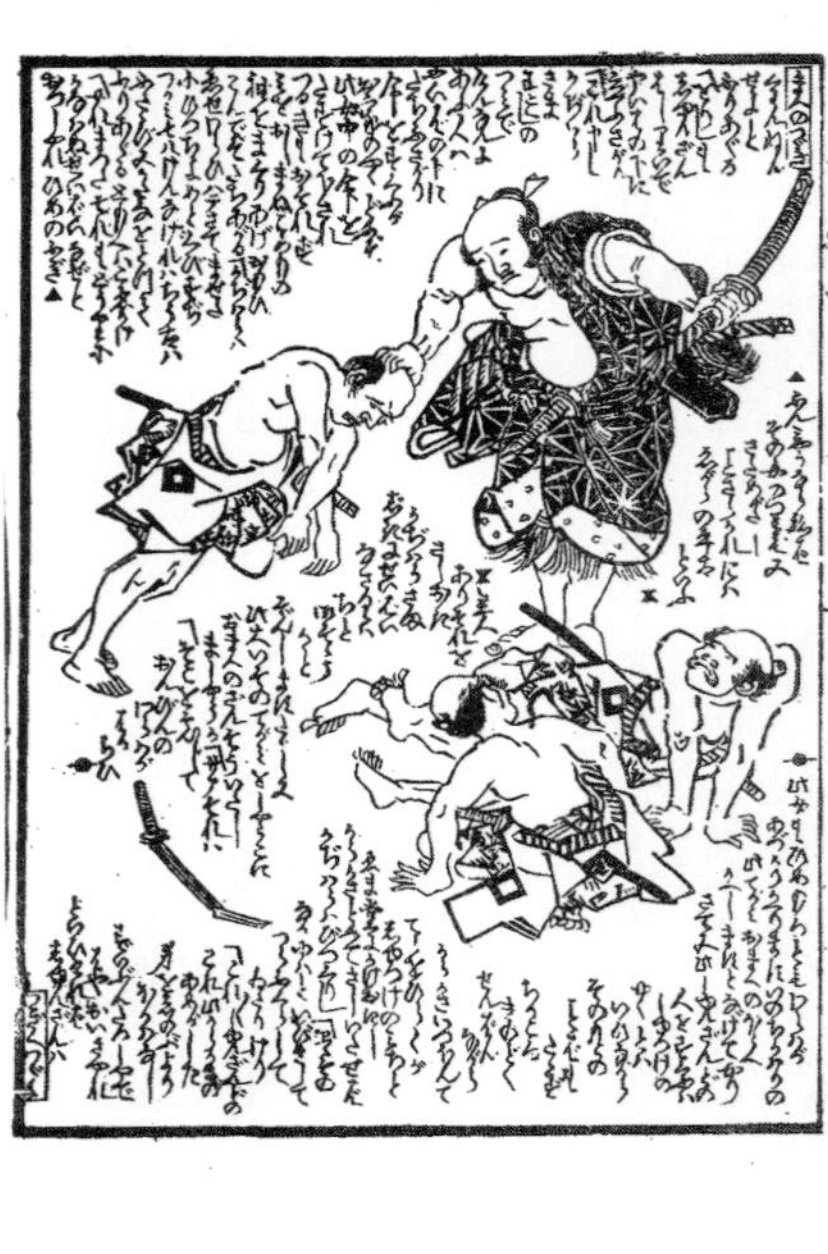

け、「やれ待つた。それも道理に適はぬ成敗。何故と仰れ、姫の不義分明ならねば、その女の罪も又、定難し。殊更、彼には荏柄の平太といふ主人あり。それを差置き梶原様、直に成敗なさるゝは、ちと御粗相かと存じます。但し又、此大磯の手紙を証拠に、御前の讒奏致しましやうか」。サアそれは。そこを存じて穏便の妾が計ひ、此女も姫もろとも、妾が預かり帰ります。命代りの此手紙、御前の方へ返しますと投げてやり、さて又、此春山殿、人を救ふは出家の役とは言ひながら、其許の言葉もた、ず、近頃、気の毒千万ながら、傘一本で寺を開くが出家の道と、絵馬堂に掛置きし傘取つて差出せば、梶原はびつくりし、ヱ、その中にはと指差して、面脹らして居たりけり。「これ〳〵春山殿。これ此傘の天が下、身を忍ぶより外はなし。随分達者で、はやお行きやれ」と言ひければ、春山は 次へ続く

［下］

(14) 前編下冊

(14)十一オ

前の続き　厚き情けと感じ入り、行方も知れず出行ぬ。巴御前は梶原に打向かひ、「然らば、いよ〳〵此二人は妾が預かり連帰り、不義の詮議は追つての事、梶原様にはゆる〳〵と、これに御出で。妾は御暇申ます」と言へど、梶原むつと面。巴は挨拶そこ〳〵に、二人を左右に引連れて神職の方へ行きぬ。番場の忠太は後を見送り、口あんごり。「御旦那、こりやまあ、どうしたもの。何から何まで裏かゝれ、あの傘の中に隠せし膝丸まで、人手に渡せし口惜しさ。あの小坊主めに追付いて、件の刀を取返さん」と言ふを抑へる梶原平次。「あの小坊主めは、何時でもなる。あの刀が見えぬと、いよ〳〵白雪が咎が重なる。憎い奴は巴め。今日、実朝公の代参の某、途中において慮外せしと言ひ立て、きやつを仕舞ふが上分別、その方は、これに残り、帰りを待つてぶつ放し、錦絵姫を奪取れ。万事抜かるな、合点か」と言ひ捨てゝこそ立帰る。

程もあらせず、巴御前の御下向と、肩も揃ひの行列にて、乗物守護し歩来る。待まうけたる番場の忠太、

次へ続く

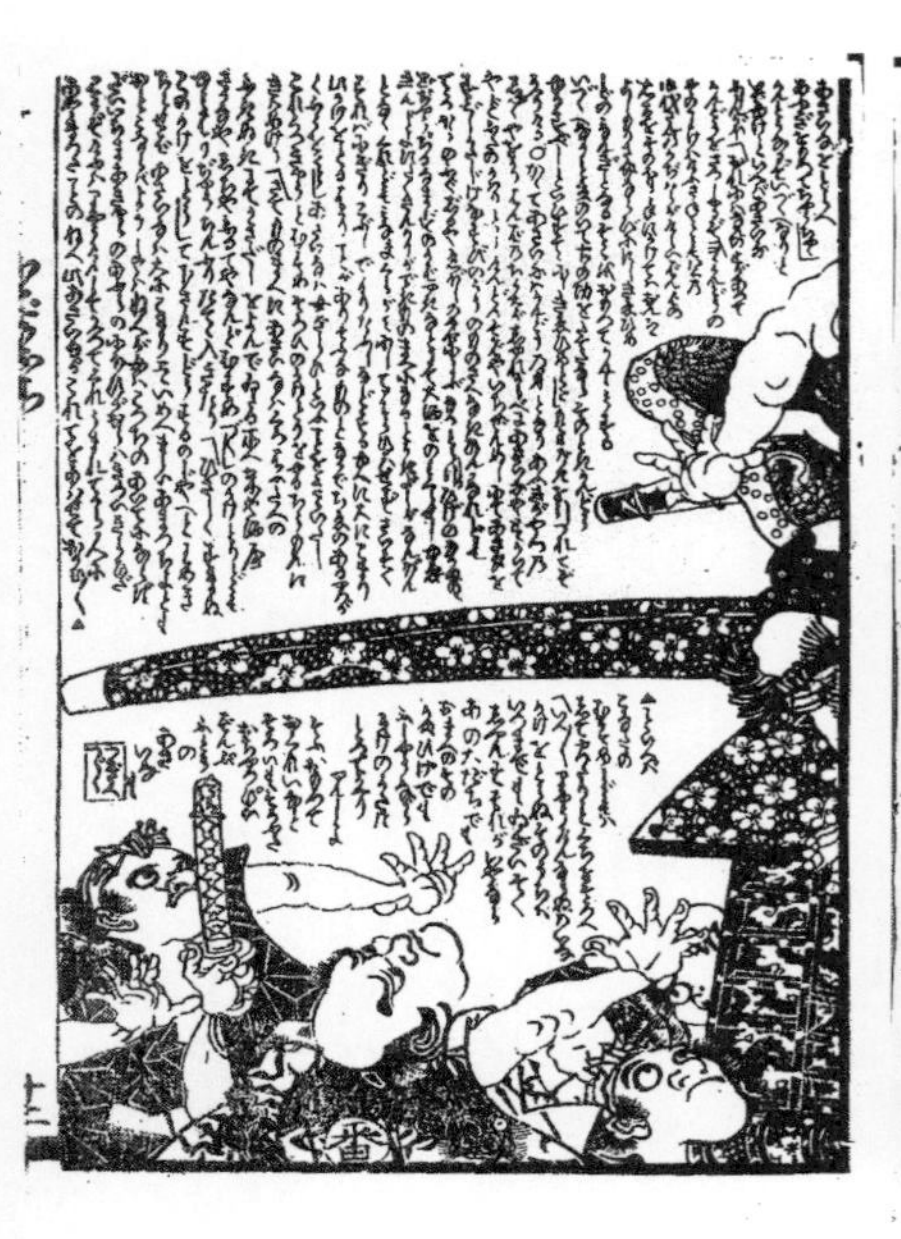

(15) 前の続き 手の者引連れ、無二無三に斬つて掛かれば散乱し、こは狼藉と家来共、乗物捨てゝ逃げて行。忠太は、しめたと立寄つて、乗物の戸に手を掛けしが、その手をぐつと捩上げて、朝比奈三郎現出で、斯うあらふと思つたゆへ、母に代はつて此朝比奈、久し振りでの手転合、腕でも腰でも素頭でも、触つた所が粉微塵。七色三文唐辛子、辛い目みしやうと突放せば、それ逃すなと下知の下、怖〳〵ながら家来共、捕つたと掛かれば引摑み、五人三人人礫、傘に吊る小人形、嵐に遭ひし如くにて、皆〳〵四方へ逃散つたり。番場も敵はず逃行くを、朝比奈三郎、飛掛かつて素首摑み、「ゑんやウン」と声を掛けて首を引抜き、大地へはたと投付けたり。

斯かる所へ巴駆出で、朝比奈を捕へ、扇をもつて打擲し、「勘当なるぞ、何処へなりと出行け」と言へば、朝比奈、不審顔。俺には何の咎あつて勘当をさつしやるぞ。「ヲ、勘当のその訳は、今日、実朝公の御代参の梶原が家来番場の忠太を、その方手に掛けては、御父義盛様並びに錦絵姫殿の難儀となる。そこを思つて勘当する。何処へなりと立退いて、古の功を立てたなら、その時勘当許すべし」と言ひ捨て丶、錦絵姫と腰元籬を引連れてぞ帰りける。

○斯くて朝比奈は勘当の身となり、扇ケ谷の借家を借り、番場の忠太が髑髏に朝比奈宿と書いて宿札の代りとし、慳貪蕎麦や一膳飯にて朝夕を過し、忝茄子の香の物さへなき貧家なれども、鉄砲の河豚汁や烏帽子の名に呼ぶ納豆汁、髭の仲間の鰌汁、鯰の蒲焼などにて、大酒を飲暮らせしゆゑ、近所に沢山借ができ、物前になると書出が何本となく来れども、皆、枕紙にして払ひはせず、催促すれば握拳で張倒しなどする故に、大に困り、此掛を取る謀がありそふなものと、中で知恵のある奴が工夫を凝らし、朝比奈は女嫌ひといふ事を聞出し、これ究竟と、娘揃ひの掛取をやる注文に極めけり。

さて、物前に朝比奈は黒羽二重の吹抜にて、書出を読んで居たる所へ、米屋・酒屋・肴屋・質屋・古手屋なんど、娘尽しの掛取共、弓張提灯振立て丶入来り。「久しく済まぬこの掛を、どうして下さんす。どうするのじやへ」と喚散らせば、朝比奈は大に困り、「ヱ、いめへましい女つちよ共。男ならば容赦はねへが、女はこつちの相手にならず。第一まあ伽羅の油の匂ひが、おらはきつい嫌ひだ。どうぞ今日は料簡して帰つてくれ。生まれてから人に謝つた事のねへ此朝比奈が、これ手を合はせて拝む〱」と言へば、こなたの娘共は、してやつたりと口を揃へ、いへ〱料簡ならぬはいな。掛を取らぬそのうちは、何時までも居催促しやんす。それが嫌なら、あの大太刀でも、お前のその鎌髭でも、不承ながら掛の形に取つて帰りやんしよ。そふ思つておくれいなと、揃いも揃ふたおちやつぴい。万夫不当の朝比奈も

次へ続く

(16)十二ウ

十三オ

(16) 前の続き 此大敵に手を擦りけり。
最前より門口に様子を窺ふ巴御前、財布の金を窓から内へ投入て、その金で掛を残らず払つてやれと、差出す顔を見てびつくり。ヤア御前は母人様。イヤおれはそんな子は持たぬ。して又、他人の御前様が。「その金を合力するには様子がある。次へ続く
朝比奈、書出を読む。

[肴]
[薪]
[酒]
[山東]
[古手]
[質]
[朝比奈宿]
[舞鶴]

(17)十三ウ

十四オ

(17)

大磯鳴立沢の景色。

女力持の太夫、曲持大入の体。

朝比奈、口上言ひに雇はれる。

男達鹿の子寒平

女達濡髪の小静

[大入]

[大からくり]

[人魚]

[土弓]

（18）十四ウ

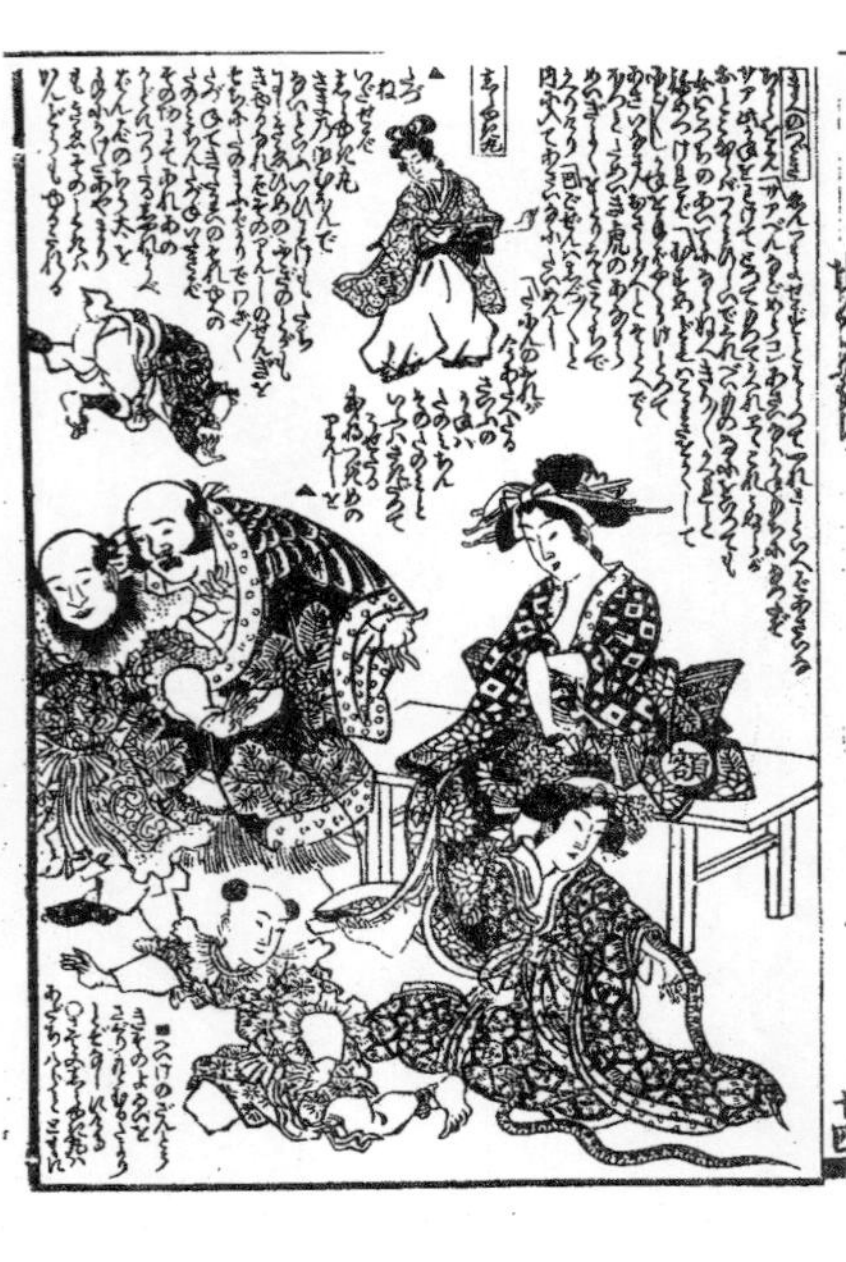

十五オ

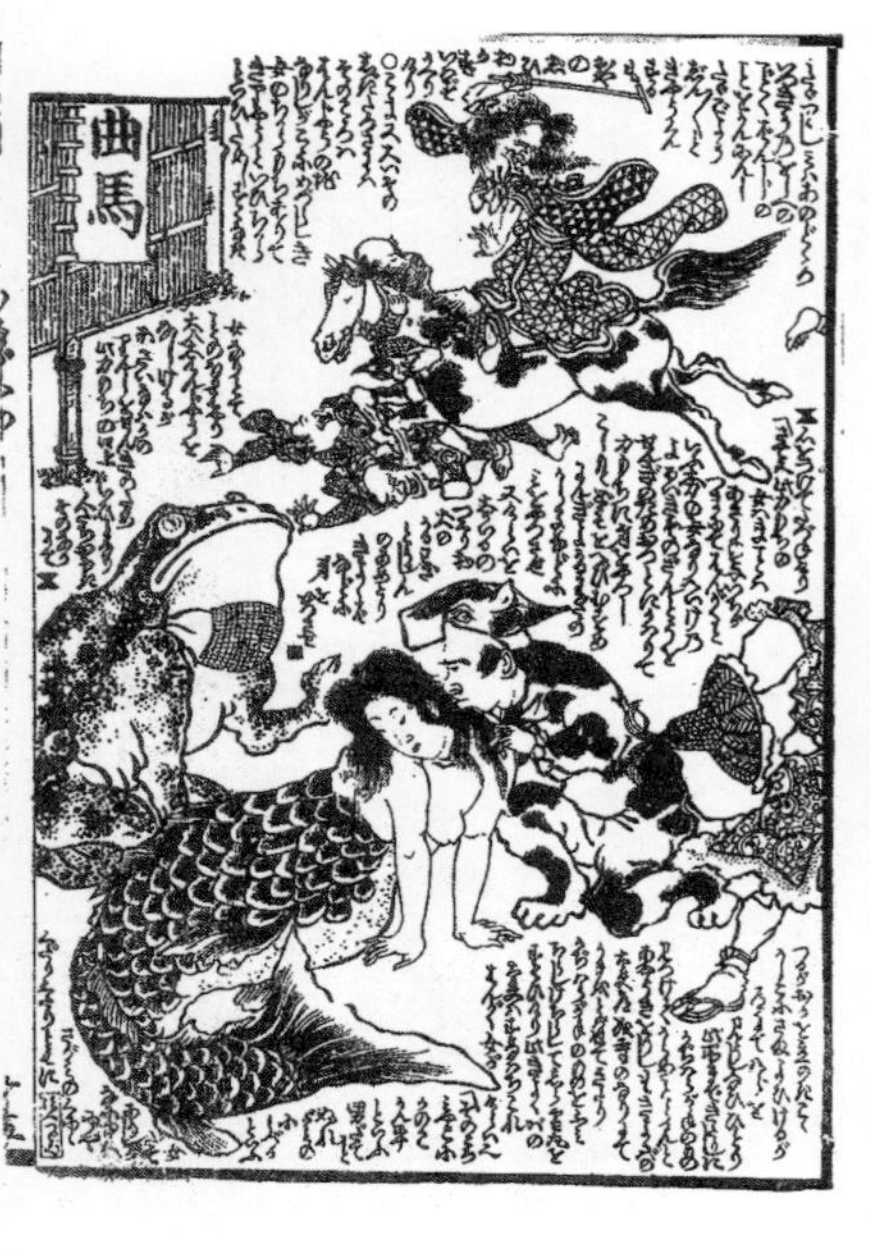

（18）前の続き 遠慮せずと払つてやれさ」と言へば、朝比奈力を得、サアべんなごめら、コレ朝比奈は金持になつたぞ。サア此金を分けて取つて持つて帰れ。ヱ、これ汝らが男ならば摑拉いでくれべいもの。何を言つても女はこつちの相手にならねへ。きり〳〵帰れ、と睨付ければ、娘共は怖さを隠してにこ〳〵し、金を手早く受取つて、朝比奈さん、おさらばへと外へ出て、ほつと溜息。虎の穴から名玉を取得た心地で帰りけり。

巴御前は静々と内に入て、朝比奈に対面し、「他人のおれが今、与へたる財布の金は頼賃。その頼みと言ふは、先だつて失せたる武将継目の綸旨を尋出せば、白雪丸様の御謀叛でないといふ言訳も立ち、錦絵姫の不義の咎も消ゆるなれば、その綸旨の詮議をそちに頼まふばかりで、わざ〳〵訪ねて来たわいの。それ故の頼賃、尋出さばその功にて、あれあの門に吊りたる髑髏、番場の忠太を手に掛けた誤りも消ゑ、その時は勘当も許される。たゞ慎しみはあの髑髏、一休の教の如く、万事の事を堪忍し、たゞ御用心々々〳〵」と教訓するも親の慈悲、物数言はず帰りけり。
○こゝに又、大磯の鴫立沢は、その頃は繁盛の地なりしが、此処に珍らしき女の力持ありて、器量といひ力といひ、例少なき女なりとて殊の外流行り、大入大繁盛をなしけるが、朝比奈は、かの綸旨を詮議のため、此力持の口上言ひとなり、人立多きその中にて心をつけて尋ねけり。

さて又、此力持の女は実は浅利与市が妻にて、板額といふ大力の女なり。平家の余類、木曾の残党を詮議のため、夫に代はりて力持に身を窶し、腰元共を蛇娘、人魚、軽業の唐子などに身を窶させ、又家来を大蛙の作り物、犬の軽業、唐人の飴売、曲馬などに身を窶させ、平家の残党、木曾の余類を、探り求むる頼りとぞなしにける。
○さて又、白雪丸は安達八郎と共に鶴岡を立退き、此処彼処に彷徨ひけるが、道にて八郎を見失ひ、一人此所まで来りしに、梶原が手の者、見付けて搦捕らんと危うき折しも、曲馬の太夫、道成寺の形にて馬を飛ばせて来り、梶原が手の者を踏散らし蹴散らして、白雪丸を救ひけり。此曲馬の太夫は、すなはちこれ板額女が家来也。

その頃、都に鹿の子寒平といふ男達と、濡髪の小静といふ女達ありしが、何故にや相模の国に下り、二人共に

次へ続く

白雪丸

[曲馬]

（19）十五ウ

（19）**前の続き** 常に大磯の里、又は鴫立沢を徘徊し、強きを挫き弱きを助けて人の為となり、その名も高く聞こえしが、此二人にも定めて本名あるべきが、此処では誰とも知れ難し。後編を読めば、おのづから此二人の本名、素性詳しく知るゝ也。

これより後編の始まり、左様に御覧下されましやう。

筆耕徳瓶

五渡亭　国貞画㊞ ｜ 山東京伝作㊞

山東京山製 十三味薬洗粉

水晶粉　一包壱匁二分

いかほど荒性にても、これを使へば、きめを細かにし、艶を出し自然と色を白くす。顔一切の薬にて常の洗粉とは別なり。

売所 **京伝**

読書丸

取次所　京西洞院椹木町　井筒屋九八　此外諸国に有

京山篆刻 ○蠟石白文一字五分、朱字七分　玉石銅印　古体近体望みに応ず。遠国よりは料御添へ可被下候。

取次所 **京伝店**

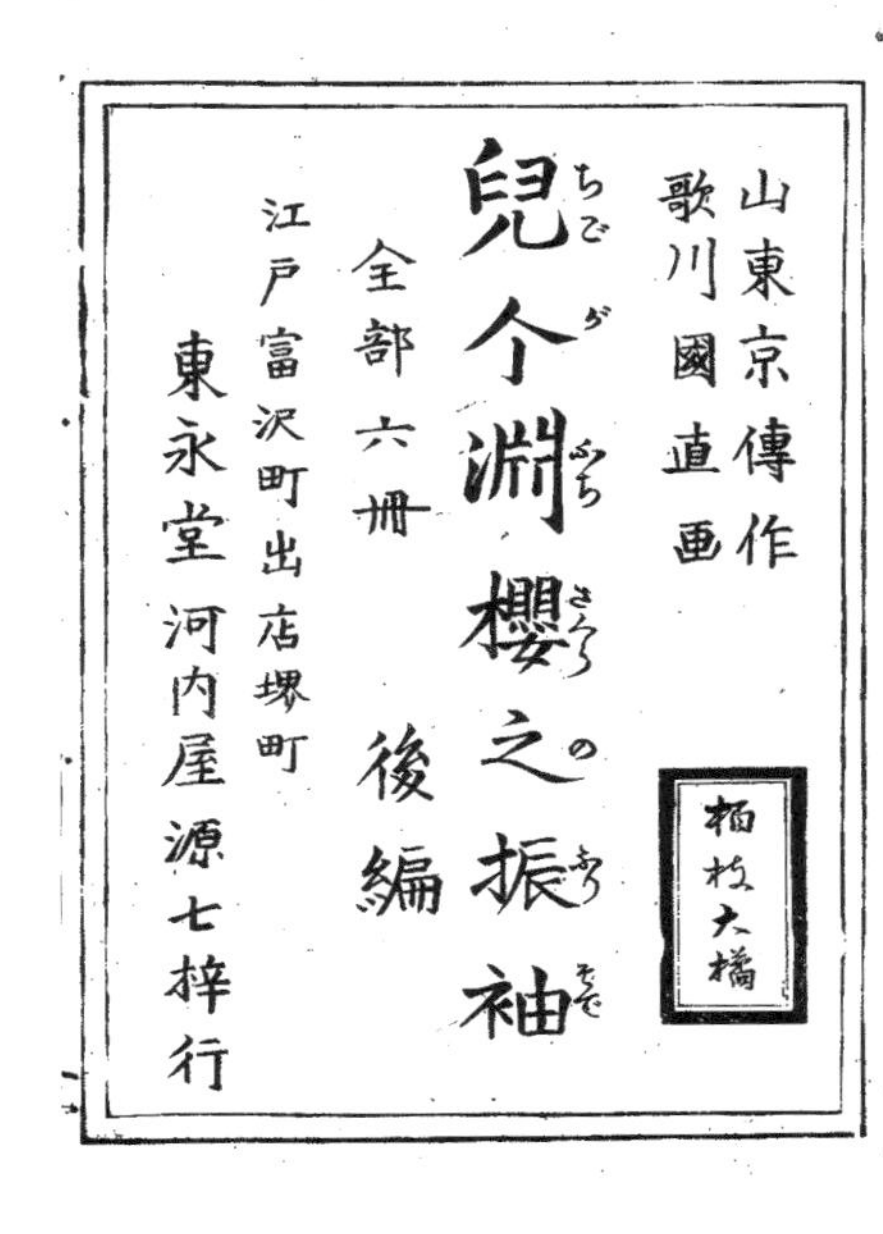

京伝作　豊国画　○絵入読本　双蝶記　全六冊　一名　霧籬物語　出来売出シ置き中候
骨董集　京伝随筆　大本四冊
雑劇考古録
芝居に限りたる古画古図を集め、それに考を記し、昔の芝居を今見る如き書なり。

【後編見返し】

山東京伝作
歌川国直画
児ケ淵桜之振袖　後編
栢枝大橋
全部六冊
江戸富沢町出店堺町
東永堂河内屋源七梓行

【後編】

【上】

(20) 後編上冊

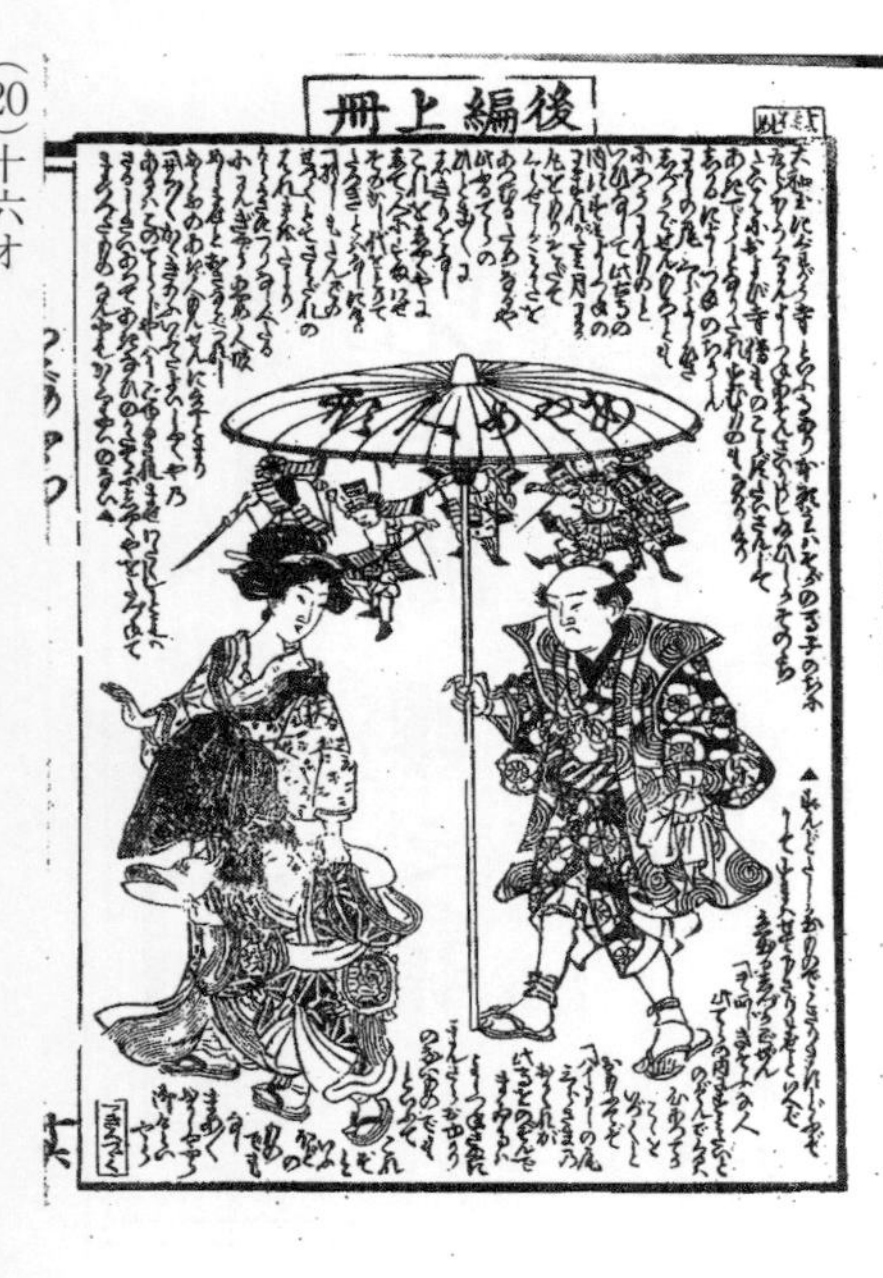

(20) 十六オ

読み始め

大和国に元興寺といふ寺あり。本願主は蘇我の馬子、後に九郎判官義経朝臣、再興し給ひしが、その後、大破に及び、寺僧も残らず退散して空寺となり、誰住む者もなかりけり。然るに義経の忠臣鷲尾三郎義久、静御前もろともに浪人者と言ひなして、此古寺の内に住み、義経の忘形見、月若丸を守育て暮らせしが、味方を集むる為なるや、此古寺の一間々〳〵に仕切をなし、これを借家にして人に住まはせ、その貸代を取りて活計とはなしにけり。

折しも、端午の節句とて、五月雨の晴間をたより、傘に吊並べたる小人形、菖蒲人形召しませと、幼子連れし夫婦の商人、門前に立止まり、「サア〳〵斯く昨日言ふたよい借家のあるは、この寺じや。ハイ御許されませ。私どもは、さる仔細あつて、商ひの片手に借家を尋ねて参つた者、何にも掛合のない、ずんど確かな者でござります。どふぞ貸して住まはせて下さりませ」と言へば、立出る静御前、ヲ、正直そふな人。此寺の内に住みたいと望んで来るは心あつてか。此処を何処と思ふてぞ。ハイ、

(21) 十六ウ

十七オ

鷲尾三郎様の御隠処。此寺を望んで参るは、義経様にまんざら御所縁のない者でもと言ふて、これぞといふ程の者でもなし。まあ〳〵御貸家やら、御家来やら、次へ続く

［菖蒲人形］

(21) 前の続き 親子三人使はしやつて下さりませ。御目見得の印に、あの和子様に商ひ物、この人形を差上ます。今日は此倅めが誕生日、此達者な奴に和子様も、御あやかりなされませと差出せば、ヲ、何かは知らず、坊が幸ひ、よう祝ふておくりやつた。よい子を持つて居やるのふ。殊に五月五日の生れとは珍らしい。人の子の達者なを見るにつけても、此坊が手弱さ、それが苦になるから、母のわしも此頃は乳が少なく、いとゞ此子が痩せるわいの。そりやさぞ御困りでござりしやう。幸ひ後の月、此嬶めが水子をころりとやりまして、乳が張つて迷惑致します。

次へ続く

［菖蒲人形］

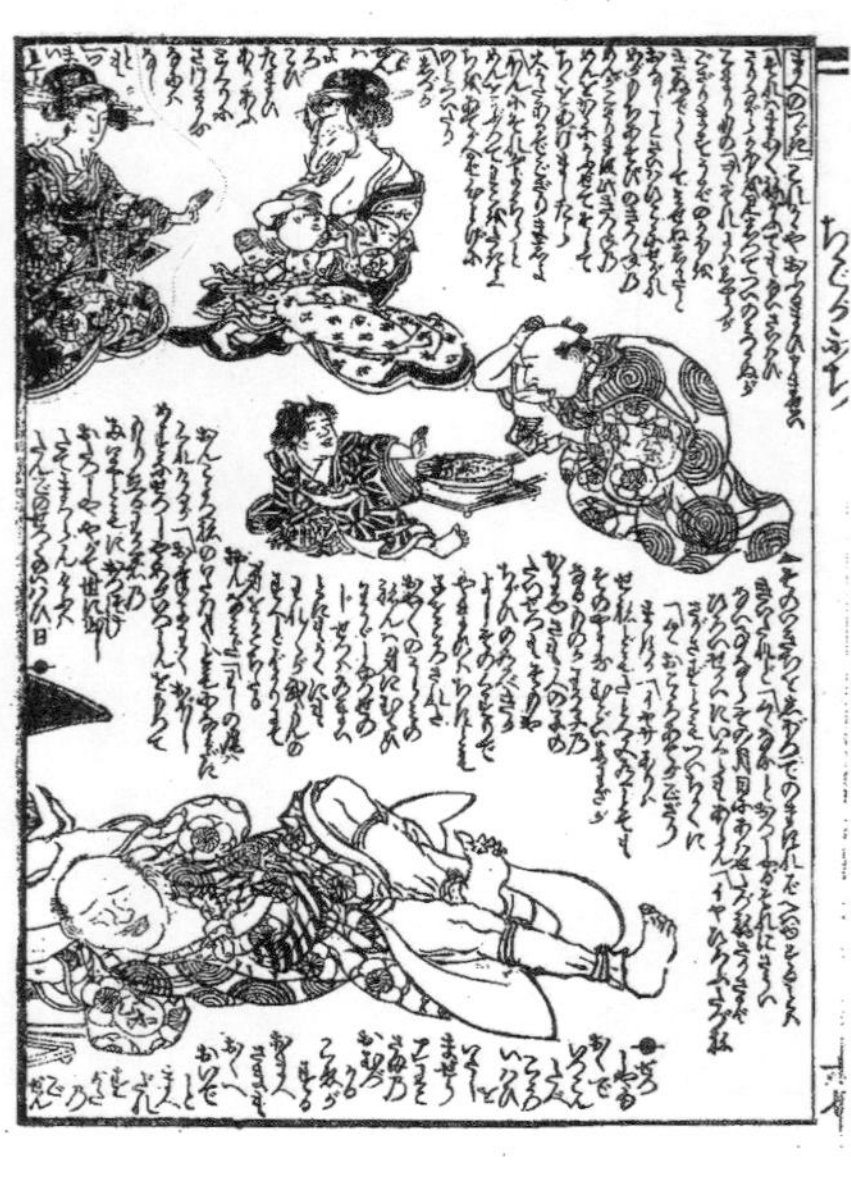

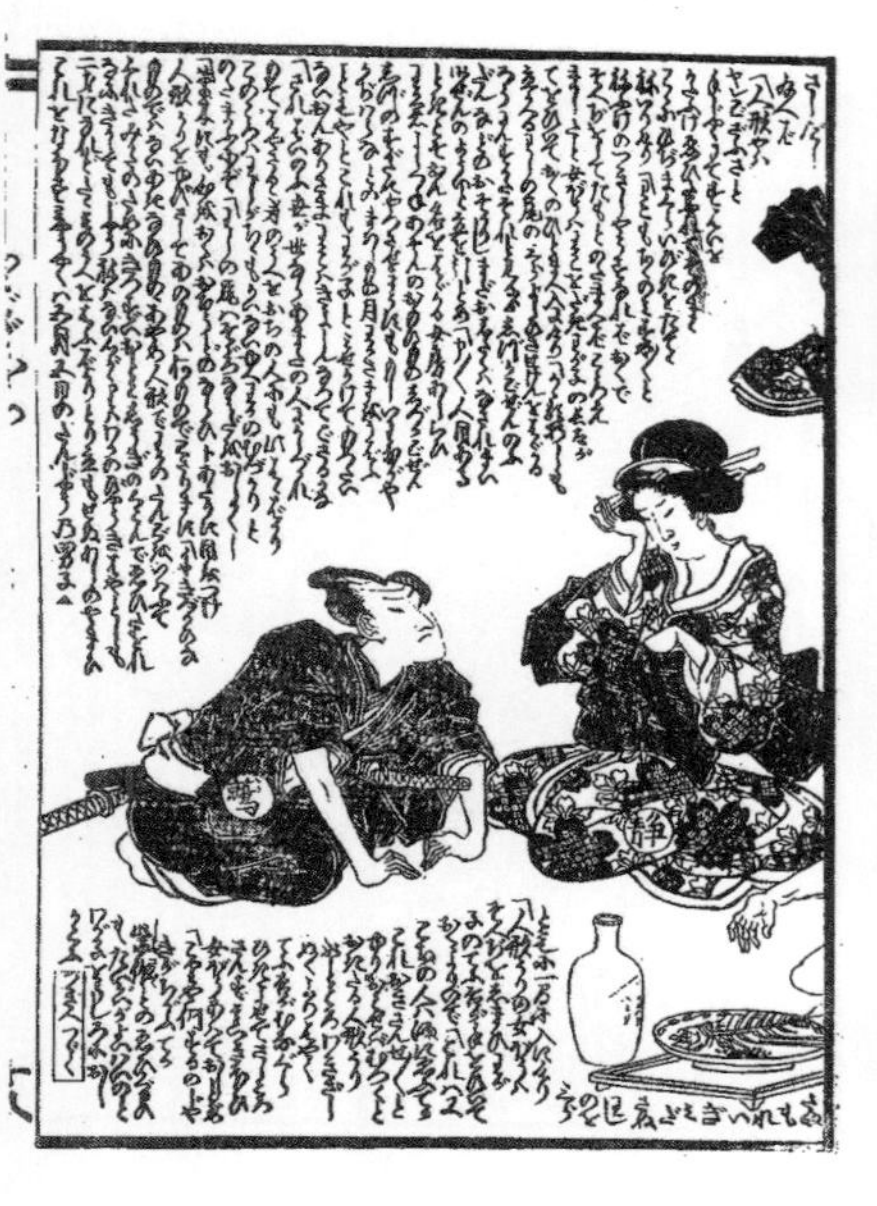

(22) 前の続き これ嬶や、御振舞申ませい。それはまあ〳〵願ふてもない幸ひ。さりながら顔を見知つて、つい飲みつかぬが困りもの。ヲ、それには仕様がござります。乳母の顔を衣で隠して見せぬ仕方と同じ事。幸ひ此処に倅めが玩の狐の面がござります。此狐の面を嬶に被せて、そして乳を上げましたら大方あるでござりましよ。ほんにそれがよからうと、面を被つて和子を抱上、乳をあてがへば、心良げに飲付いたり。静御前は喜び給ひ、有合ふ徳利に酒肴、何はなくとも一つ参れと差出し給へば、人形屋は、ヤレ御造作と、手酌にて数盃を傾け酔倒れて、そのまゝ此処に肘枕、鼾を立てゝ寝入りけり。和子も乳飲み、すや〳〵と眠気のつきし様子なれば、「奥で添乳をして給も」と宣へば、心得ましたと女房は和子を抱き、我が子の長太が手を引いて奥の一間へ入にけり。

斯かる折しも、立帰る鷲尾三郎義久、世間を憚る浪人姿、それと見るより静御前、のふ旦那殿、遅かりし。まだお支度はなされまい。御膳の用意と、立を引止め、中〳〵、人目ある時こそ御名を憚る女房あしらひ、若君義経朝臣の思ひ者静御前、賤の姿に窶させ申すも、もし岩永や梶原などの回者、月若様を奪ふ事もやと、これも我が子と見せかけて、勿体ない御有様、和子は御寝なつてござるかな。「さればいのふ。世が世なら数多の人にかしづかれ、持囃さる丶身の上を、御乳の人にも此母ばかり。この頃は、わしが乳も甲斐ないゆへ、若のむづかり」と宣ふにぞ、鷲尾はそゞろ涙を押隠し、草木にも心を置くは落人の習ひ、と辺りに目を付け、人形売を指差して、あの者は何者でござります。イヤ、気遣ひな者ではない。商ひ物の菖蒲人形で若の端午を祝ふてくれた、味方の為に吉瑞男、祝儀の九献で酔倒れ、何聞かしても性根はない。心懸りは若の病気、はや年も二才になれど、畳の上を這ふばかり、取立もせぬ足の病。これを治す妙薬は、五月五日の誕生の男子、その生血を絞つて飲ますれば平癒するとは聞いたれど。ム、何と仰る。それに相違ない事なら、その月日に合はせ尋探さば、広い世界にいくらもあらん。イヤ、広ふ尋探さずとも、つい近くに。ム、御心当てがござりますか。イヤサ、ありはせねども、たとへ又、有とてもその様な惨い仕業がなるものか。我が子の可愛さも、人の子の大切も、そもや違ひの有べきか。よしその薬で病は治すとも、子を殺された親々の恨みの念は身に報ひ、若が出世の時節は有まい。兎にも角にも我々が武運の末とばかりにて、身を託ちたる御涙。鷲尾は御心根の労しく、共に涙に暮れけるが、「御気弱く思召すな。拙者めが一身をもつて守立る。若君の両足共に、押付け御立つじや。やがて世に出し奉らん。今日は端午の節句の祝日、拙者も奥で一献食べ、心祝ひを致しませう。アレ、和子様の御むづがる声がする、御前様も奥へ御出と、前垂姿の御前様も、礼儀乱さぬ鷲尾三郎、共に一間に入にけり。

人形売の女房は添乳を仕舞ひ、我が子の長太が手を引いて奥より出で、これは又、こちの人は酒に酔ふてか。これ起きさんせ〳〵と揺起こせば、むつくと起きたる人形売。懐 脇差抜くより早く、長太が胸倉引寄せて、刺殺さんす其勢ひ、女房慌て押止め、こりや何するのじや、気か違ふてか、柴作殿。酔狂ひも大概がよいはいの、と我が子を後ろに押囲ふ。

次へ続く

(23)十八ウ

十九オ

(23) 前の続き こりや声が高い。その方も知る如く、此柴作が親は義経様に大恩を受けた者、鷲尾三郎義久殿、此古寺を仮の城郭となし、立籠るは謀叛でない。たゞ義経様の若君を世に出し奉らん忠臣と見込んだゆへ、今日此処へ来た心は、何がな三郎殿の力となり、古主義経様の若君へ少しも忠義を立てたいばつかり。只今聞けば、五月五日の誕生の男子、その血潮が若君の御病気の妙薬とある。ハアこれぞ忠義の立所、匹夫下郎と侮られて居る此柴作、これ程の功を立てていでは、せつかく奉公望んで来たも水の泡。ナ合点かと、又斬付くるをひらりと飛退き、どうあつても殺さしやせぬ、と子を囲ひ、腕に取付き邪魔する女房。汝から先へと振上ぐる。「ヤア待て柴作、その女、誤ちすな」と言ふ声は鷲尾三郎、隔ての一間の奥に向かひ手をつきて、御計略の方便にて、彼が実心現れて、御安心なるべしと、訪なふ香り静御前、打掛気高く立出給ひ、夫婦の者、心底現れ満足に思ふぞよ。初めより味方に心ある者とは察したり。殊に月若に御乳の欲しい最中、天の与へと思へども、大事の若を迂闊には預けられず、最

前その子が生れの月日を聞いたを手掛り、五月五日の生れの血を妙薬に用ゆるとは、其方等が本心を見やうために、跡形もなき自らが偽り。我が子の命も厭はぬ魂、ヲ、頼もしや嬉しや。忠臣の若生、長太とやらは若が伽役、母は今日より御乳の人、頼むぞやいの、とありければ、ハ、、はつと退つて三拝。鷲尾も心打解けて、御辺も義経朝臣の御恩を受けたる者と聞けば、新参の手柄始めに申付けふ。此元興寺は義経朝臣の再興ゆへ、我、此古寺を城郭となし、若君を守立て味方を集むるは、まつたく実朝公に敵対ふ心にあらず。若君を讒言せし者共、梶原をはじめ残らず討取り、若君の仇を報ひ、実朝公に御嘆き申して、月若様を世に出し申さんと思ふばかり。然るに一つの難儀と言ふは、此近辺皆、禿山にて水の出悪しく、やゝもすれば渇水に及ぶ。たゞ此後山は樹木茂り、水漲つて一筋川へ流れ入る。此理を考へみる上に、大樋をもつて水を塞止め、此所へ塞入れば、川に水なきは此謂れ、一人もこれを知る人なし。今宵、俄に岩永左衛門、此所へ押寄するとて、後山にたむろす由。水無き川原を広野と心得、陣取したるその所を、樋の口を切つて落とさば、大河となつて溺れ死するは必定、合点か柴作。ハ、ア妙計々々。シテ、その樋の口へ道のりは。麓を回れば一里あり。水門より人知らぬ抜道、僅か八丁ばかり、はや急がれよ柴作。御乳の人は月若様の御側へ早く、いざ〳〵と夫婦が目見得の奉公はじめ、こちの人行てござんせ。ヲ、合点と裾端、折から夕闇の風を追ふてぞ駆けり行く。

静御前は一間なる位牌に向かひ合掌し、奥州衣川の館にて討死し給ふ義経朝臣の御尊霊、仏果菩提、形見に残し置き給ふ月若の、出世の程も今暫しと、冥途へ告ぐる不如帰、短夜早く更けわたる。庭に降立つ三郎義久、樋の口を抜けば、大河へ落つる水の勢ひ、此筧の水の流れ止まるが敵軍滅亡のその知らせ、あれ〳〵此水次第に弱つて流るゝは、はや樋を切つて落としたる。嬉しや計略為済ましたりと、

次へ続く

(24)十九ウ

二十オ

(24) 前の続き 笑壺に入つて見る所に、間近く聞こゆる陣鉦太鼓、人馬の足音喧し。三郎は突立上がり、「あの攻太鼓はまさしく岩永左衛門が総軍、さては計略の裏をかゝれたるか。心得ぬは最前の御乳の女、逃しはたてじと若君奪取り、おのれ敵の回者、白状せよと責めつれられ、あゝ是非がない、有様に言ひましやう。義経の身内柴作と言ふたは偽り、 次へ続く

[月若丸]

(25) 前の続き 夫は畠山庄司次郎重忠の家臣、半沢六郎といふ者。わしが名は小萩と言ふと白状し、油断を見すまし空堀へひらりと飛入り、行方も知れずなりにけり。ホヽ、取逃しても女一人、此期に及んで妨げなし。九郎判官義経朝臣の思者、静御前、討死の物の具あそばせ、早う〳〵と取寄する。死出の一重に五つ衣、袴の紅踏みしだき、潮の如く寄来る敵、何じやう事とも思はぬ鷲尾、刃の鋼の続かんだけと、死を待つ大勇。静は優美の景色にて、若君しつかと掻抱き、帳内深く入り給ふ。

(25)二十ウ

又も陣鉦、攻鼓を乱調に打鳴らさせ、入来る敵の大将は岩永左衛門と思ひの外、雲を呑むべき優美の骨柄、兵具にあらぬ長上下を踏みしだき、門外に声高く、「ヤア〳〵鷲尾三郎義久に申し聞かする状あつて、畠山庄司次郎重忠、岩永に代はつて直にこれまで向かふたり。急いで見参々々〳〵」とぞ呼ばゝつたり。鷲尾はるかにこれを見て、「岩永と思ひの外なる庄司次郎、相手にして不足はない、いざ一勝負」と声掛くる。ヤア、一戦とは愚か〳〵。鎌倉の武将実朝公の厳命によつて罷向かふ。歯向かふ者は叛逆謀叛、礼儀を乱さず拝聴あれと、怖めず臆せず威儀を正して打通る。ホ、実朝公の厳命には下文の証拠ありや。言ふにや及ぶと表に向かひ、鎌倉よりの御上使、詔書を捧げて、「これへ御通りあるべし」と知らせの声より、先手の軍兵、掲げて来る鋲乗物、介添女、伊達染の袷下帯、追々に行列片せて入来る。乗物の内より、しとやかに立出るは、これ何人と思ひしに、重忠の娘色香姫、三方、土器恭しく、詔書を取添へ、静々と上座に通り、「実朝公の厳命外ならず。御父頼朝公になり代り、此世に亡き義経朝臣の霊魂と御和睦をなし給ひ、月若君を御養子になさんとの事、これは即ち、実朝公御和睦の詔書。此土器は月若君と御親子の固めの盃、まつた月若君よりは、御父義経朝臣の形見の初音の鼓を和睦の印に鎌倉へ御渡しあれとの事。別に又仰せあるは、重忠が娘色香と鷲尾三郎とは幼い時の許婚、和睦の上は約束の如く、この色香を呼迎へ、夫婦となつて仲良う

次へ続く

【中】

(26) 後編中冊

前の続き

添ふたがよささふなもの、早々色香と祝言せよと武将の厳命、斯くの通り」と心の思ひ掻混ぜて、言葉もしどけ艶めけり。

鷲尾は嘲笑ひ、許婚は昔の事。今、敵味方と分かれたる重忠が娘、武将の厳命疑はし。娘を餌に油断させ、月若丸を奪取らんと、重忠があさどい計略。その手は食はぬ。イヤ、偽りの軍法は真の勇士の用ゐぬところ、何偽りのあるべきや。ムウ、さほど立派に言ひ放す重忠が、半沢六郎を犬に入れ、水の手を切らせたる卑怯の振舞。それでも軍法に偽りなしと言ふべきや。ホ、ホ、その不審至極せり。誰かある、首桶持てと取寄せて、蓋引開くれば、洗ひ上げたる武者の首。何とさだめて見覚へあらん。身が家来半沢六郎が首、只今切腹申し付け、首打つたその訳は、たとへ忠義の心にもせよ、軍令を背き、我が下知をもどかしく抜駆けしたる半沢六郎、いらざる水の手の案内を聞出し、卑怯至極の振舞。我が胸中にない事〳〵。水の手は元の通りに申し付けおいたるぞ。安堵あれと重忠の言葉違はず、筧より落ちくる水は滔々たり。重忠重ねて言ひ

(26)二十一オ

けるは、「三郎の本心を我察するに、実朝公敵対ふべき老将ならず。梶原をはじめ讒者を打取つて、月若君を世に出さん為なるべし。いよ〳〵然らば、静御前、若君二方を某に渡し、初音の鼓も渡さるべし。此儀を否とある時は、叛逆謀叛に相違なし。此儀如何」と問ひかくる。ヲ、さも奏すと静御前、袴蹴はらし出給ひ、今といふ今、重忠の真の心を聞得しぞや。此上は言葉に従ひ、若を伴ひ自らも鎌倉へ下るべし。初音の鼓はこの鐘楼の上に納置けば、只今取出し渡すべし。暫くそれにと立上がり、静々として入給へば、重忠はハアはつと恐入、使者の面目此上なし。いざ若君に、御親子固めの御盃を頂戴なし参らせんと立寄れば、鷲尾は若君ひん抱き突立たり。ム、これでもまだ疑ひは晴れぬよな。重忠が命にかけての此使、生きて帰る所存なし。存分におじやれと刀くわらりと投出す。ヲ、面白し。重忠が突出した命、鷲尾三郎義久が出で、受取らんとつつと寄り、鋭き切先、胸元に差付くる。ホ、ホ、、、ヲ、もつとも斯うこそあるべけれ、若君に奉る盃に

次へ続く

(27)二十一ウ

二十二オ

（27）前の続き 仔細あれば、我が一命たちまち終はる。即座の人質あつぱれの計ひ。サア疑はず、安堵して御親子固めの御盃、それ娘、御酌〳〵と打柔らぎ、瞬きもせぬ大丈夫。「実にそれよ、我が君より賜つたる此一焚は、義経朝臣の鼓と同じ初音の愛香。仮にも武将の御盃、これを焚いて辺りの不浄を浄めよと畳紙、袋もろとも懐中より取出す香炉、色香姫やがて燻らす名香の 次へ続く

（28）前の続き 薫じ昇る鐘楼の上、怪しや、静が身に堪へ、そゞろ身震ひたちまちに、武将の給ふ土器は、はつしと二つに割れたるは不思議と見やる。三郎が剣の手先も鈍りければ、重忠は突立上がり、さてこそ〳〵、香炉の穢れに土器の砕散りしは、此若君の素性を表す証拠明白。義経朝臣の胤なりと偽り企む鷲尾が謀叛、和睦の詔書思ひもよらずと、色香姫を引立て、、奥の一間へ駆入たり。鷲尾はます〳〵怪しみ、何、此香炉に穢れとは、なほ訝しと袋を取れば、その様いぶせき獣の白骨。こは忌はしやと叢に投放れば、俄に五月雨篠をつき、火炎と燃ゆる獣

の白骨。見下ろす妖怪、鐘楼より、ひらりと飛んだる静御前。待つた〳〵。その白骨こそ身の懺悔。今は何をか包むべき。私はこの大和の国に年経る牝狐でござります。私が夫狐は、先年、義経様、静様もろともに吉野へ落ちさせ給ひし時、勿体なくも御名を賜り、源九郎狐と名乗り、その徳にて多くの狐の総司となりましたれば、夫婦とも義経様の御恩を贈らんと存ずるうち、夫の命天数尽きて空しくなり、此元興寺は義経様再興の御寺なれば、此後ろの墓原に夫の骸を埋めたるに、里人の情けにて塚を築き、狐塚と自然といふ。私ひとり子狐を守育て、元の古巣に居りましたが、静様、初音の鼓を携へ給ひ、此国を彷徨ひ給ふ。その鼓は夫が親狐の生皮なれば、その鼓を守護せんと、静様の影身に付添ひ居るうちに、静様は御産の上にて儚い御最期、産落とされし若君も、乳房なければ御命危うく、夫の受けし大恩を、此時に贈らいではと、我が子の乳房を幸ひに、静様の姿を借りて若君に乳を奉り、御育て申て居るうちに、御前が尋ねてござんしたゆへ、やれ嬉しやと静様の御果てなされた事を打明さん

(29)二十三ウ

二十四オ

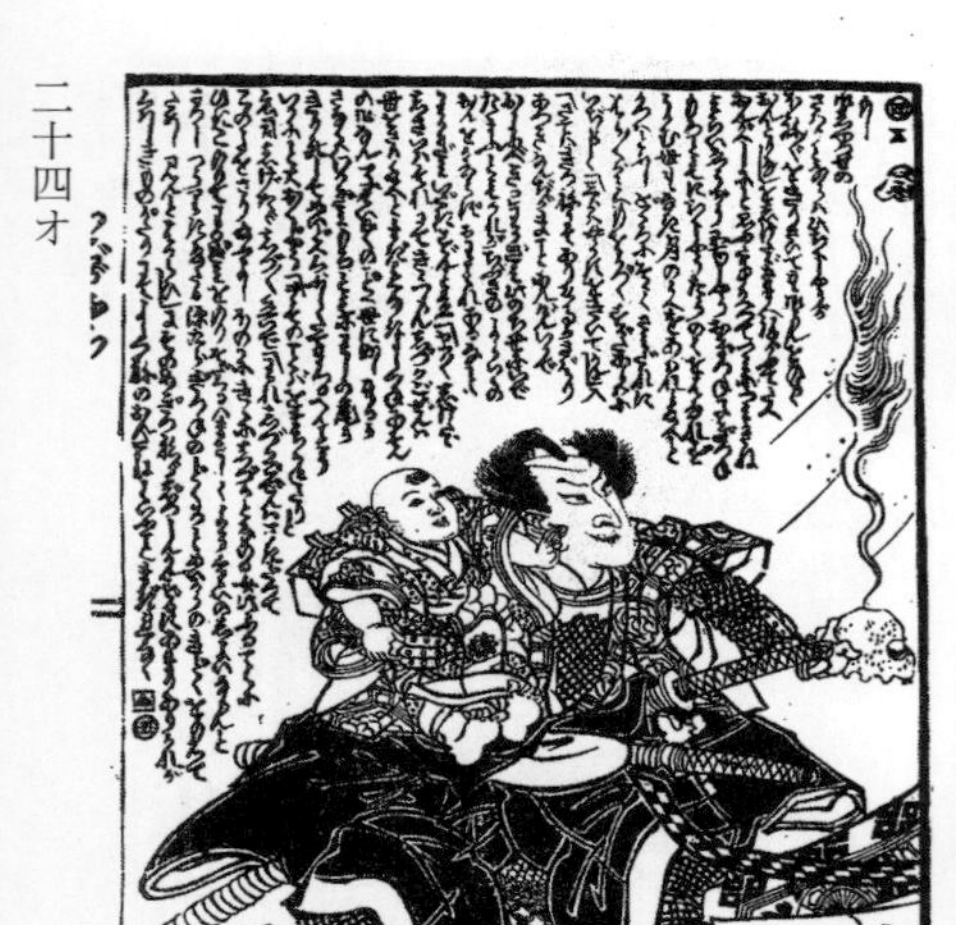

と存ぜしが、私を狐と御存知あるならば、乳を上げよとは仰るまいと、やつぱり静様の振をして、初音の鼓の守護方々、此元興寺に引籠り、借家取の人と見せ、朝夕煮炊を手伝はせ、または味方と見せて力を添へしも皆、夫が眷属の狐でござります。今日はからずも和睦の詔書、武将の御盃を守奉り、四相を悟る重忠様、我を怪しみ見出さんと、焚かせ給ふ初音の名香、香炉といひし、此髑髏の穢れに割れたる御土器。こりや此裏の墓原へ埋め置いたる夫の髑髏、名香の奇特と夫を思ふ愛着にて、姿を現す浅ましさ。ノウ若君様、斯く身の上を現しては、もふ御側へも寄事ならぬ。今生末代の御暇乞。御乳の御用に立ちたいばかり、輪廻は切つても畜類の因果の中に生まれた子狐、次へ続く

(29)前の続き そのま、野原に振捨てられ、乳房に離れ痩悴け、飢死するを見殺しにせし苦しみも、名大将の若君を抱き参らす冥加には、比べ方なき勿体なさ。思へば御脚の立たぬのも、四ツ足の乳を飲給ふ穢れ、不肖が御身

の仇。もし御出世の障りとならば、此畜生が骨々を切裂いても、御運を開く御執なしを重忠様へ願つて給べ。恩返しにと思ふた事、かへつて罪に罪重ね、未来永劫五百生、雄狐、子狐もろともに、畜生道の苦を離れず、浮かむ世もなき身の上を、哀れみ給へとかつぱと伏し、髑髏に注ぐ五月雨に、はら〳〵髪へ裳を被く姿顕はにいぢらしく、三郎は様子を聞いて感入、さては狐にてありけるか。さばかり篤き汝が誠、人間いかで及ぶべき。コレ若君、此後世に出給ふとも、彼が乳房の養育の恩を必ず御忘れあるなと、若君抱きずんと立、「ヤア〳〵重忠、仔細はそれにて聞きつらん。静御前は世を去り給へど、紛れなき義経朝臣の御男子、契約の如く世に出しなるか。然なくは若君もろともに、鷲尾が斬死して冥途へ供奉し奉る、返答如何に」と大音声。ヲ、その言葉を待兼ねたりと、庄司重忠静々立出で、我、静御前は先だつてこの世を去り給ふ由、仄かに聞くに、静と名乗る女、此古寺に引籠りて、若君を守育つるは正しく妖怪の所為ならんと察し、通力得たる源九郎狐の髑髏と名香の奇特をもつて試見んと計らひしに、その牝狐が実心感ずるに余りあり。彼が詳しき物語にて、義経の御胤といふ事紛れなく、我が疑ひ晴れたれば、和睦の御教書いざ御受取りあるべしと、月若丸に渡し参らすれば、俺はよい守貰ふたと立て、いそ〳〵小躍りし御喜びし天然自然。ヤアこりや、御膝が立ちますか。取立さへし給はぬ御病気、忽ち平癒ありしは、実朝公御自筆の詔書の徳。名将の御光、これといふも重忠殿の私なき計（ママ）の故と、

次へ続く

(30)二十四ウ

二十五オ

（30）［前の続き］憂喜も砕くる喜び泣き。ヱ、有難や。畜類の身にて養い、君と申すさへ恐多き若君様、乳房の穢れを去路の御教書。恥かしや今日まで、昼は名を借る静様、夜は臥所に思はすも、性を現はす即智の顔。狐の面を見覚へて、乳に飲付き給ひし時は、肝に針を刺さるゝ思ひ。名大将の御胤を受けながら、御乳、乳母のかしづきもなく、畜類の乳に育ち給ふ御果報の拙さよ。武運めでたき実朝公を御慕ひあそばして、再び世に出で給ふとも、慈悲善根をもとゝして、畜生の育てた君と必ず悪名とり給ふな。申し残すはこればかり、重忠様、暫時も穢れを祓ふべしと、夫狐の髑髏を口に咥へ、［次へ続く］

［菖蒲人形］

（31）［前の続き］「おさらばさらば。離れ難なやの〳〵、さらば〳〵」と言ふ声も消へて、形は嵐にぱつと鐘楼に灯す数多の火、類稀なる狐なり。

重忠は威儀を改め、和睦の使はこれまでなり。たとへ叛逆の心はなくとも、実朝公の仰せを受け、討手に向かふ

（31）二十五ウ

岩永に弓を引かんと構へしは、鎌倉殿に敵対ふも同然なれば、此ま〻に帰つては、婿舅の私と編せられんも無念なり。衣川にて滅びたる義経の残党、鷲尾三郎を重忠が討取る。覚悟せよ。ヲ、さもあらん。敵味方と分かるれば、舅とて容赦はならぬ。謀は劣るとも、武勇は何じやう重忠に劣らんや。然りながら、吾主の軍勢は五里四方へ追退け、続く家来は一人もなく、此義久を討取らんとは不敵〳〵。イヤ、汝を討つ軍勢は先刻、此所へ入込ませおく一騎当千。無双の勇士、者共参れと、重忠の下知に従ひ、最前から堀へ飛入て身を隠したる、半沢六郎が妻小萩、端午の飾の箔置の薙刀を掻込んで立出れば、続いて出る倅長太、菖蒲兜を頭に頂き、菖蒲刀を横たへつ〻、打交つてぞ立並ぶ。重忠は、人形売の傘を三郎が目先へ突付け、「五月雨や傘に吊る小人形。此兜人形は汝を取巻く我が軍兵、その大将は半沢が倅の長太、半沢六郎、我が軍令を背くといへども、元は忠義の心より出たれば、家を絶やすが不憫さに、此倅を守立てんと申付けたる大将役。枠に立てたる小幟は、我が軍鋒の旗指物。鷲尾を討取つて高名せよ」と言ひければ、畏まつたと、ちよつぽり武者、菖蒲刀を引抜いて三郎に斬付けたり。モウそれでよい〳〵。ヤア〳〵鬼神と呼ばれたる鷲尾三郎義久を、庄司重忠討取つたりと、仁義の表立てけるに、何思ひけん、三郎は氷の刃をぐつと突立て、どつかと座したる覚悟の切腹。その手にすがる色香姫。こはそも如何にと驚けば、重忠も目を瞬くばかりなり。

手負は苦しき息を吐き、「義経朝臣、衣川にて御討死ありし時、我も共にと思ひしが、一旦命を生延びしは、若君を世に出さん為ばかり。大願叶ふ今日只今、月若様の御出世を見る上は、最早この世に用なき三郎、これより先は冥途にて、主君の御側に仕ふるばかり。あら嬉しや本望やと、きり〳〵と引回す。重忠は感涙流し、然もあらんと察せしゆへ、我、御身を助けたく、五月節句の飾にて、武道の面を清ませしが、思込んだる忠義の一念、翻さぬも理なり。あたら勇士を惜しむべしと、五体を打つて残念涙。未来の御供と色香姫、突込む刃を止むる通力、牝狐はまたも鐘楼に現出で、「許婚の夫の自殺に共に死なんと思召すは尤もなれども、死は一旦にして成易し。生きて夫の菩提のため、身を墨染となし給ひ、斯く衰へし元興寺を再興あらば、此上もなき功徳なり。我は此鐘楼の上を棲家となし、仏法守護の神となり、仏敵には鬼と見せて、永く当寺を守るべし」と姫の自害を止めし言葉。後に伝へて、元興寺の鐘楼に鬼の棲みしといふは、此誤りと知られたり。

三郎は四苦八苦、「若君の事くれ〴〵も頼む〳〵」と言ひ残し、腹十文字に掻破る。気遣ひあるなと重忠は、初音の鼓取寄れば、姫は黒髪切払ふ。小萩は今日より乳母役、月若丸を抱参らせ、鎌倉下向の先、備へはちよつぽり武者の長太が役、数千の狐火後備へ、見送る三郎、見返る姫、わつと涙の五月雨、降残してぞ出行きぬ。

【下】

(32) 後編下冊

読み始め それはさておき、此処に又、荏柄平太胤長の娘、錦絵姫と腰元の籬は、先だつて鶴岡にて巴御前預か

(32)二十六オ

後編下冊

り帰り、屋敷に匿置きけるが、白雪丸の行方知れざるにより、梶原が讒言して不義の咎に極まり、その罪にて姫は大磯の里の轡へ渡され遊君となるべきを、腰元籬これを悲しみ、我、姫の身代りとなりて川竹の勤めの身となり、姫をば轡に預置きて勤めをさせず、籬が忠義殊勝なり。梶原は元来、錦絵姫を執心によつて、讒言し大磯の里へ渡せしは、我が手に入れん計略なれば、大尽客となりて大磯へ来り。「錦絵に会はせよ」と言ふ。籬これを聞き、「錦絵様は私が揚詰にしておくゆへ、どなたにでも会はせる事はなりませぬ」と言ふを、梶原腹立ちて騒出し、揚屋の者も持余しける所へ、此大磯の文使通ふ神の夢四郎といふ者来り。梶原を宥帰しけり。此夢四郎といふは実は尾形三郎惟義なり。平家の余類、木曾の残党を詮議のために身を窶して大磯へ入込みぬ。朝比奈は武将継目の綸旨を詮議のため、夜蕎麦売に身を窶して大磯へ入込みしが、人の見知つた鎌髭が目立つゆゑ、やつぱり朝比奈と見へるには困りぬ。

さて、かの小坊主の春山、白雪丸の書置を持ち、大磯へ来りて籬に渡す。籬これを読むに、我が身実朝公の疑ひを受け詮議厳しき故に、身を置くに所なく、江の島の海に身を投げて死すなり。此事、錦絵によく〳〵伝へくれよといふ書置にて、その奥に、憂き事を思ひ入江の島影に捨つる命は波の下草、といふ一首の辞世を記したり。籬はこれを読みてびつくりす。折節、朝比奈蕎麦を売りて此所へ来掛かり、行灯の火を貸してこれを読ます。此時、梶原、新造、禿に送られて帰るとて、天水桶の影に佇みて、かの文の様子を聞き、一人頷き帰りけり。

錦絵姫は、かの書置を見て、嘆きのあまりに物狂はしくなり、心乱れて様々と現なき事言ひつゝ、狂ひ〳〵て大磯を出、江の島の方へ行きぬ。

これより江の嶋の段

江の嶋の岸に峙つ岸壁に、白雪丸の墓印、下は名入りも白波の渦巻立て物凄し。邪知深き梶原平次、白雪が身を投げしとは偽りならんと、岸伝ひ尋ぬる。山の木陰より、かの小坊主の春山が岩屋へ通ふを梶原見付け、コリヤ、ヤイ坊主め。われは見知りある春山め。われが此処らにうろつくからは、白雪丸が生きて居るに極まつた。サア白雪が在処を白状しろ。どうじや〳〵と尋ぬれば、春山はびつくりせしが、「イヤこれ梶原様、白雪様は此淵へ身を投げて死なしやつた。それ故、此様に辞世の歌を石に彫付け、此淵を児ケ淵と名付けて、行来の人が回向します」と言へば、梶原嘲笑ひ、その手で嵌る梶原と思ふか。サア何処に隠れて居る。サア抜かせ、白状せい。どうじや〳〵と尋ねても言はねば、梶原大に怒り、襟首摑んで海に浸し、打ちつ叩きつ様々に責めければ、春山は半死半生、いぢらしくこそ見へにけれ。

斯かる折しも、又、人影見つけられては都合悪しと、春山を岩の陰に放込み、梶原は木陰に隠居たりけり。

次へ続く

(33) 前の続き

深き思ひの錦絵姫は藤の小枝を打担げ、狂ひ〳〵て来りしが、印の石に取付きて、前後正体泣叫び、「辞世の御歌に私が返歌。白雪の花の情けの深き海に共に入江の嶋ぞ嬉しき。ヤアなに、わしに来いと呼ばしやんすか、どれ〳〵行こふ」と漫言。岩角に駆上がり海へ

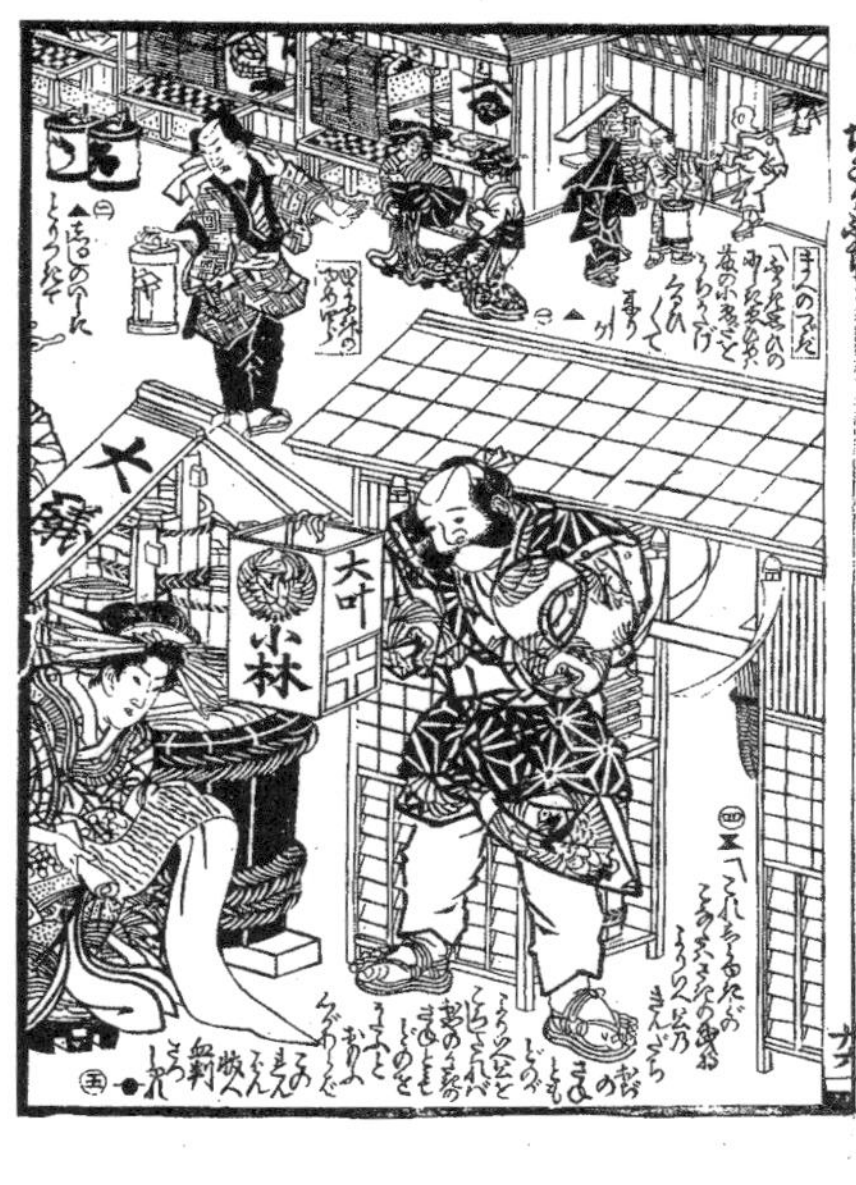

飛入んとする所を、後ろの方より白雪丸、走寄つて抱止め、「まづ暫く」と宣へば、ヤア御前は白雪様、まめで居て下さつたか、嬉しやと寄添ひて、さつぱり正気となりにけり。「ヲ、道理〳〵。我も春山が父安達八郎が計ひにて、一旦身を投げしと偽り、身を忍びて武将継目の綸旨を尋ね、それを功に叛逆でなき申し訳を鎌倉殿に言ひ開かんと、それ故、大磯まで書置の文を遣り、そなたや籬までを偽りしは、謀を全くし、外へ洩らさぬその為なり」と話半ばへ梶原平次ぬつと出で、これ白雪殿。此方は前の武将頼家公の公達、叔父の実朝殿が頼家公を殺したれば、親の敵の実朝殿を討たふと思ふ心があらば、この連判状へ血判さつしやれ。そふすれば、俺が後楯になつて、実朝殿を討たせてやると、己が謀叛の方人に勧込めども、白雪丸は得心なく、「叔父に対して歯向ふ事、思ひもよらず」と宣へば、梶原は睨付け、次へ続く

通ふ神の夢四郎

[大叶　小林]

[大磯里]

（34）二十七ウ

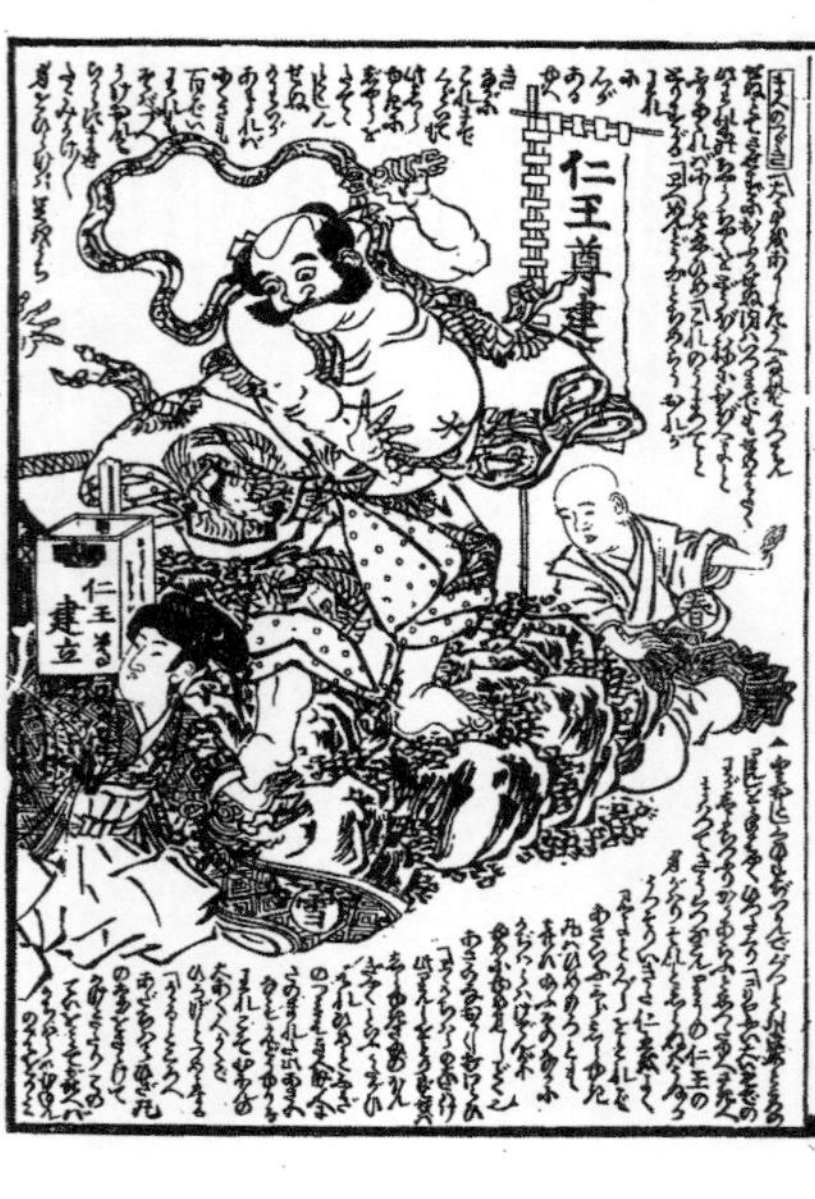

二十八オ

（34）前の続き 大事を明かした上なれば、血判せぬとてさせずにおかふか。せぬ内は何時までも責叩く。此割木の打擲を胴骨に覚へよと振上ぐれば、錦絵姫、これのう待つてと取縋る。ヱヘ、面倒なとち女郎。俺がわれに心があるゆへ、気長にこれまで口説いても、此白雪に情を立て、得心せぬ。可愛が余れば憎さも百倍、われも側杖受けおれと、力に任せ畳掛け〳〵、身を開けば足を打ち、手を上れば肘を打つ。姫は息も絶へ〴〵に、共に苦しむ白雪丸、露に離れし朝顔の日陰待つ間の御命。梶原は精尽かし、さて〳〵しぶとい小悴め。どうで殺せば死人も同然、何もかもぶちまけて言ふて聞かす。コリヤヤイ、武将継目の綸旨は疾うに俺が奪取り、肌身離さず持つて居る。追付け重忠めも讒言し、義盛、巴夫婦をはじめ、浅利与一が女房の板額なども讒言して自滅させ、その上で実朝公を押籠め、此鎌倉を一呑み。何と胆が潰れるか。汝らは早く〳〵くたばれと、刀を抜いて振上ぐる。腕引摑み七、八間投退けて、すつくと立つたる仁王の尊体、忿怒の勢ひ力士立。これを見給ふ御二方は、嬉さのかの春山も岩陰より這出て、共に喜ぶ心地良さ。さしもの梶原びつくりして起上がり、狐の業か正体を出現さんと切込む刀を、何の苦もなく踏落とし、首筋摑んでぐつと引寄せ、懐の綸旨を手早く引手操り、コリヤやい、大磯でのわが処置つ振り、斯うあらふと思つたゆへ、先へ回つて窮屈な建立の仁王の身代り。それと知らぬは汝がうつそり、生きた仁王をよく見よと、鬘を取れば朝比奈三郎、白雪丸は姫もろとも喜び給ふ。そのなかに梶原は怪顛顔、夢に夢見し如く也。朝比奈おかしく打笑ひ、ヱ、梶原の大戯。此綸旨を取戻せば、白雪様の叛逆といふ疑ひ晴れ、姫と不義の罪も消へ、母人に頼まれた此朝比奈も勘当許りる。われこそ謀叛の大悪人、覚悟広げと詰寄する。

斯かるところへ、安達八郎、膝丸の太刀を捧げて駆来り。この体を見て喜べば、梶原は無念の歯を嚙み、地団駄踏み、「ヱヘ口惜しや残念や。これ程までに為果ふせたに、朝比奈めに謀られた。モウ梶原が破れかぶれだ。ヤア者共来れ、朝比奈ぐるみに打据へよ」と呼ばゝれば、畏まつたと真先に駆出しは、何時ぞや鶴岡の八幡にて、膝丸の太刀を奪取つたる、梶原が家来烏羽玉の闇九郎といふ者なり。後に続いて梶原が家来共、抜連れて斬掛くれば、

次へ続く

［仁王尊建（立）］

［仁王尊建立］

(35)二十八ウ

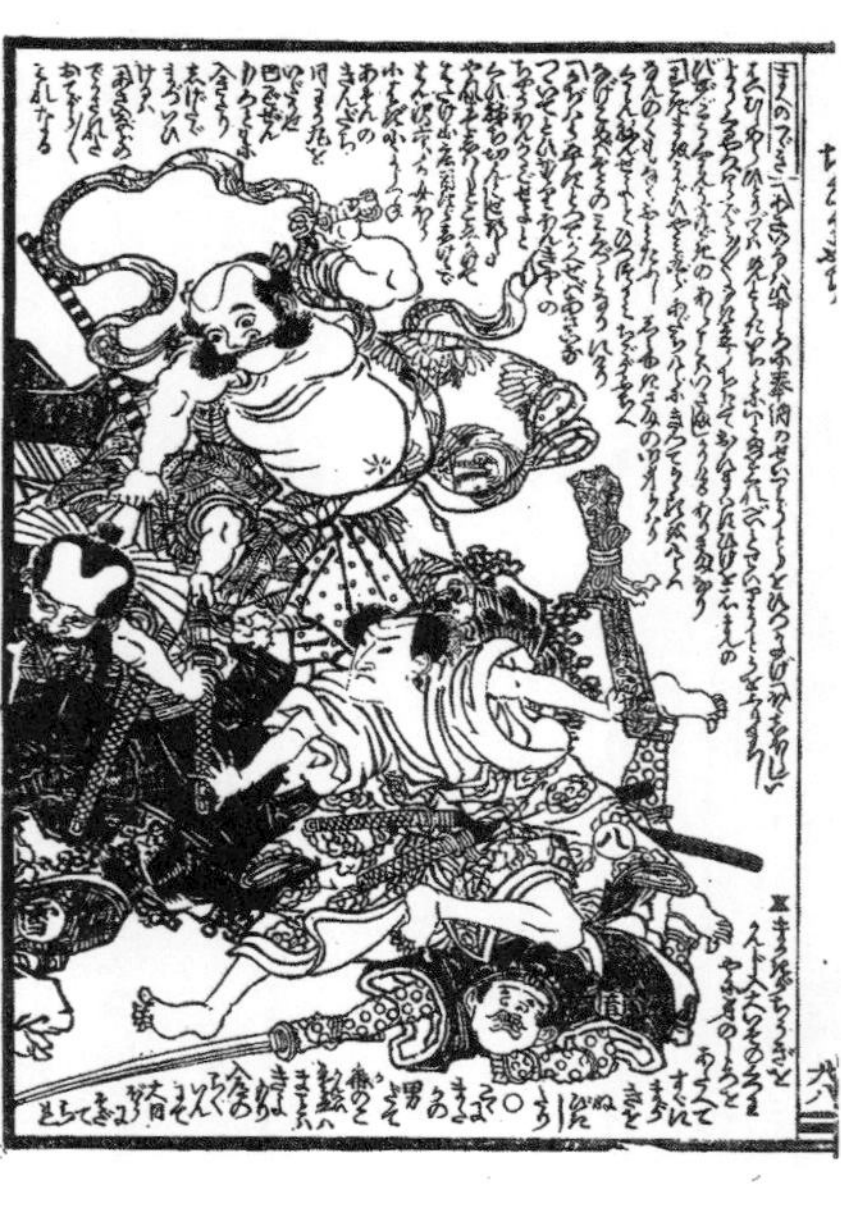

二十九オ

（35）前の続き　朝比奈は此社に奉納の青龍刀を引担げ、ほゝしほらしいはい。虫めら一人づゝは面倒だ、一度に暇をくれべいと、青龍刀を振回し、寄来る奴ばら、ばら〳〵薙立打立て追回す。髯を自慢の美髯公、関羽もどきの荒事は、勇ましかりける有様なり。隙間を窺ひ闇九郎、安達八郎に斬つて掛かるを八郎は、何の苦もなく踏倒し、白雪様の御身代り、観念せよと引摑み、児ケ淵へ投込めば、底の水屑となりにけり。

梶原平次取つて返せば、朝比奈続いて飛掛かり、叛逆の張本覚悟せよと、首捩切んとせし折しも、「やれ待て暫し」と声掛けて、畠山庄司次郎重忠、半沢六郎が女房小萩に義経朝臣の公達月若丸を抱かせ、巴御前もろともに入来り、重忠まづ言ひけるは、「朝比奈殿、出来された、お手柄〳〵。これなる若君はすなはちこれ、義経朝臣の公達なり。義経朝臣は、その梶原が讒言によつて奥州衣川にて滅び給へば、忠臣鷲尾三郎、この若君を守護なして、大和の国元興寺に引籠り、その梶原を討取つて、義経朝臣の仇を報はんと思ひしも、義によつて自殺したれば、さぞ残念に思ふべし。せめては此若君の御手をもつて梶原が首を討ち、鷲尾が志を遂げさせたし」と言ひければ、実に尤もと朝比奈三郎、月若丸を抱取り、刀を御手に持添へて、梶原が首を討ち、武将継目の綸旨を恭しく重忠に渡せば、安達八郎も膝丸の太刀を重忠に渡し、「白雪丸の叛逆ならぬ御疑ひの晴れるやう、鎌倉殿の御前よろしく御執成し」と言へば、重忠は二品を受取り、気遣あるなと答へけり。

さて、巴御前は朝比奈に向かひ、「倅出来した、今は勘当許すなり。継目の綸旨出たる上は、錦絵姫の不義の罪も消へぬべし。重忠殿もろともに御前をよきに執成すべし」と言へば、皆々喜び限りなし。

斯かる所へ大磯の遊君籬、錦絵姫の身を案じ、女六歌仙の練物の大原女に身を窶し、大磯を忍出て此所に来り、詳しき様子を聞きて限りなく喜びぬ。重忠、巴もろともに籬が忠義を感入、大磯の轡屋に身の代を与へて、すぐに籬を根引したり。

○こゝに又、かの男達鹿の子寒平は、実は清盛入道の落胤にて、大日坊に育てられ、幼き時はとちぼう丸といふ箱根山の稚児なりしが、人となつて壬生の小猿と名を改む。又、女達濡髪の小静といふは壬生の小猿が妹、本名は月草といふ者なるが、次へ続く

（36）二十九ウ

三十オ

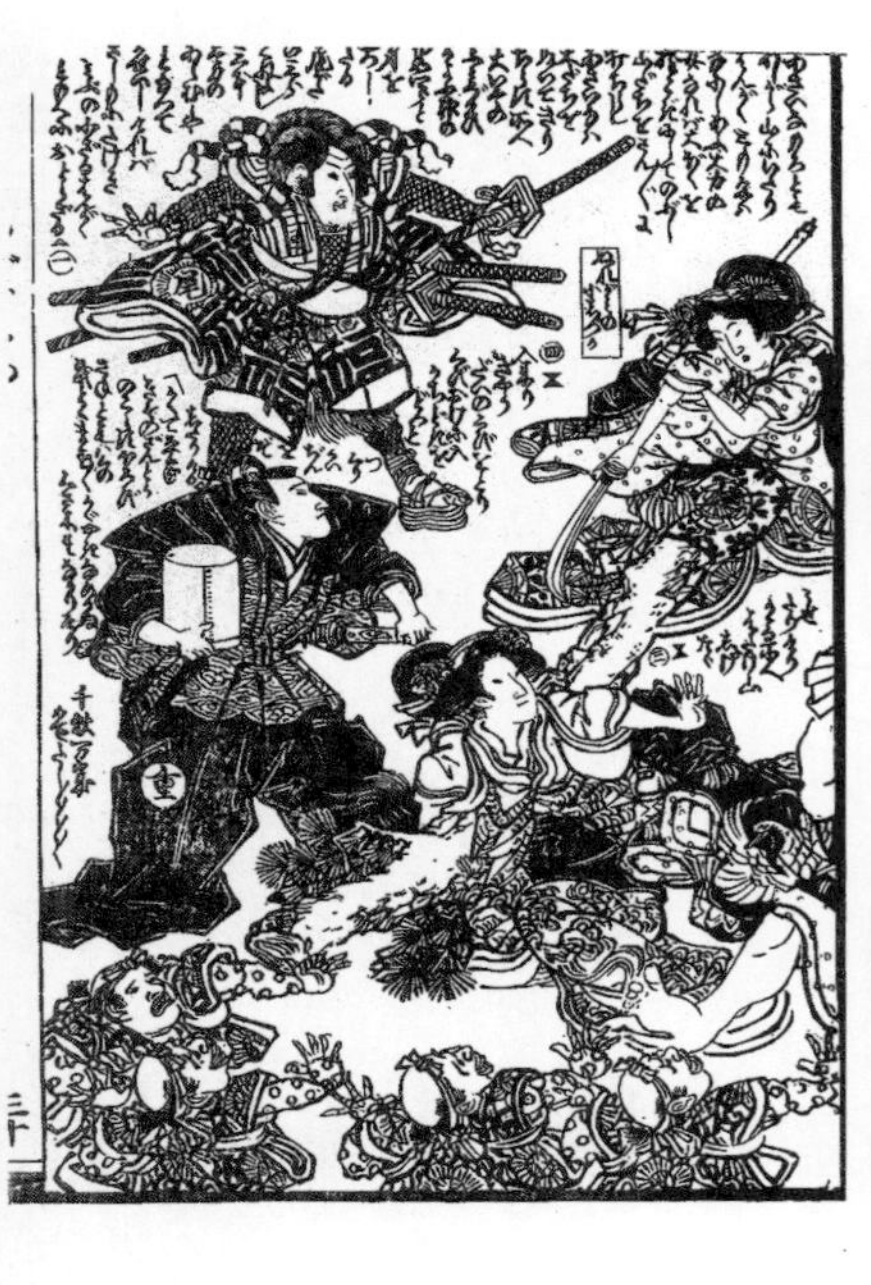

（36）前の続き　兄妹ともに斯く身を窶して味方を集め、鎌倉を打滅ぼして平家を再興すべき企てなりしが、浅利与一の妻板額、力持の女となり、腰元と家来も身を窶させて、壬生の小猿、月草兄妹の陰謀を見顕しければ、小猿兄妹、早くこの事を悟り、味方の野伏、山立共を引連れて足柄山に立籠り、俄に旗揚げして鎌倉へ押寄せんと計りければ、板額女、巴御前、朝比奈もろとも足柄山に至り、板額、巴は名にし負ふ大力の女なれば、大木を根こぎにして野伏、山立を散々に打散らし、朝比奈は大太刀を抜いて斬散らす所へ、大磯の文使通ふ神の夢四郎と身を窶したる尾形三郎惟義、三本の太刀の荒武者となつて加勢しければ、さしもに猛き壬生の小猿、板額、巴に劣らざる妹の月草、今はこれまでなりと、華々しく戦かひて、終に岩屋の内に入、壬生の小猿は腹十文字に掻破り、妹月草は自害して失せたりけり。

斯かる所へ畠山重忠入来り、兄妹の首を取り、首桶に入、勝鬨をどつと作り、凱陣をぞしたりける。

斯くて平家木曾の残党残らず滅び、実朝公の威徳ます

〽輝き、靡かぬ草木もなかりけり。千秋万歳めでたし〳〵〳〵〳〵。

板額女

濡髪の小静

（37）さる程に義経の若君月若丸は、実朝公の養子となり給ひ、白雪丸は再び世に出で給ひ、錦絵姫と婚姻あり。長閑き春の朝比奈が美名を今に江の島の児ケ淵なる物語、素袍の袖に相生の鶴の千歳の諸羽交、蓬莱山も万代の巌と

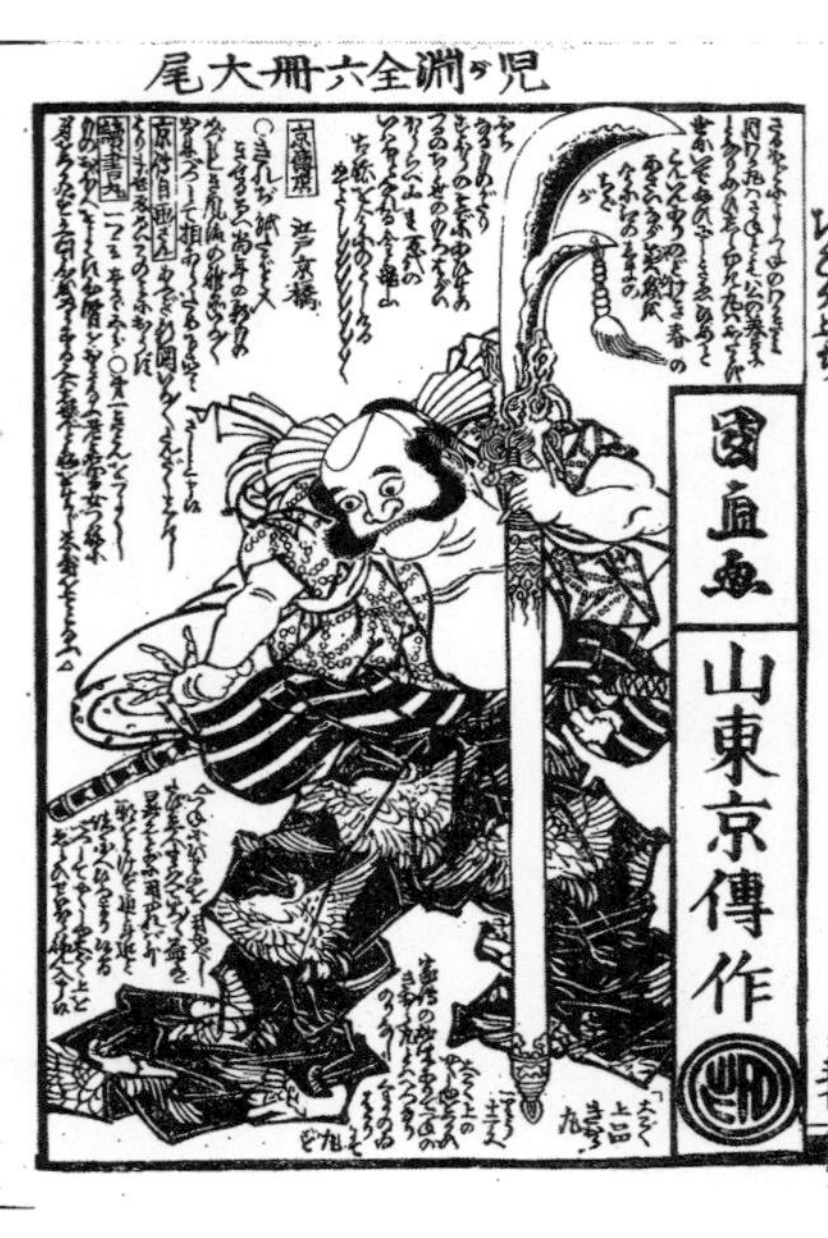

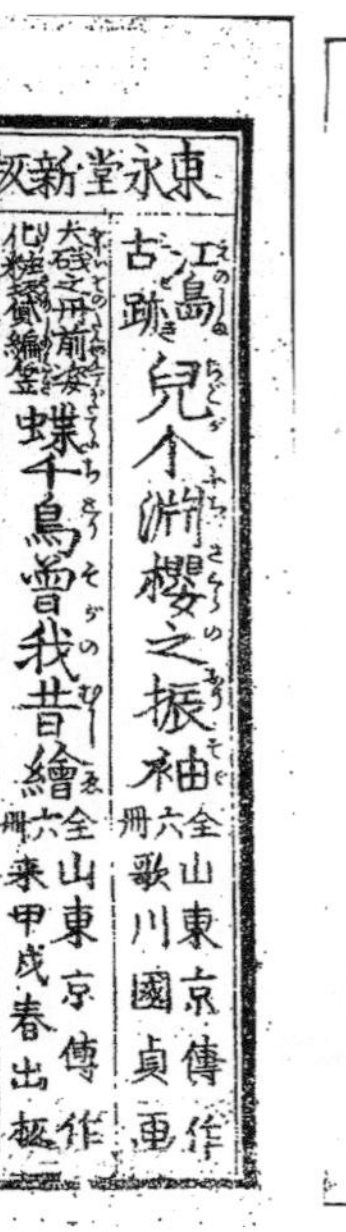

なれる金華山、古跡を今に残しける。めでたし〳〵〳〵〳〵〳〵〳〵。

国直画　山東京伝作㊞

児ケ淵全六冊大尾

京伝店　　江戸京橋

○裂地、紙煙草入、煙管類、当年の新物珍しき風流の雅品いろ〳〵出来、別して相改め下直に差上申候。

京伝自画賛　扇新図いろ〳〵。短冊・色紙・張交絵類、好みに応ず。

読書丸　一包壱匁五分

○第一気根を強くし物覚へを良くす。心腎を補ふ。老若男女常に身を使はず、かへつて心を労する人は自然と病を生じ天寿を損なふ。常に此薬を用ゆべし。旅立人蓄へていろ〳〵益有。暑寒前に用ゆれば外邪を受けず。近年追々諸国へ弘まり候間、別して薬種大極上を選び製法念入申候。

大極上品奇応丸　一粒十二文

大極上の薬種を使ひ家伝の加味ありて、常の奇応丸とは別なり。糊なし熊の胆ばかりにて丸ず。

濡髪蝶五郎（ぬれがみのてふごらう）
放駒之蝶吉（はなれごまのてふきち）

春相撲花之錦絵（はるすまふはなのにしきゑ）

天徳の頃

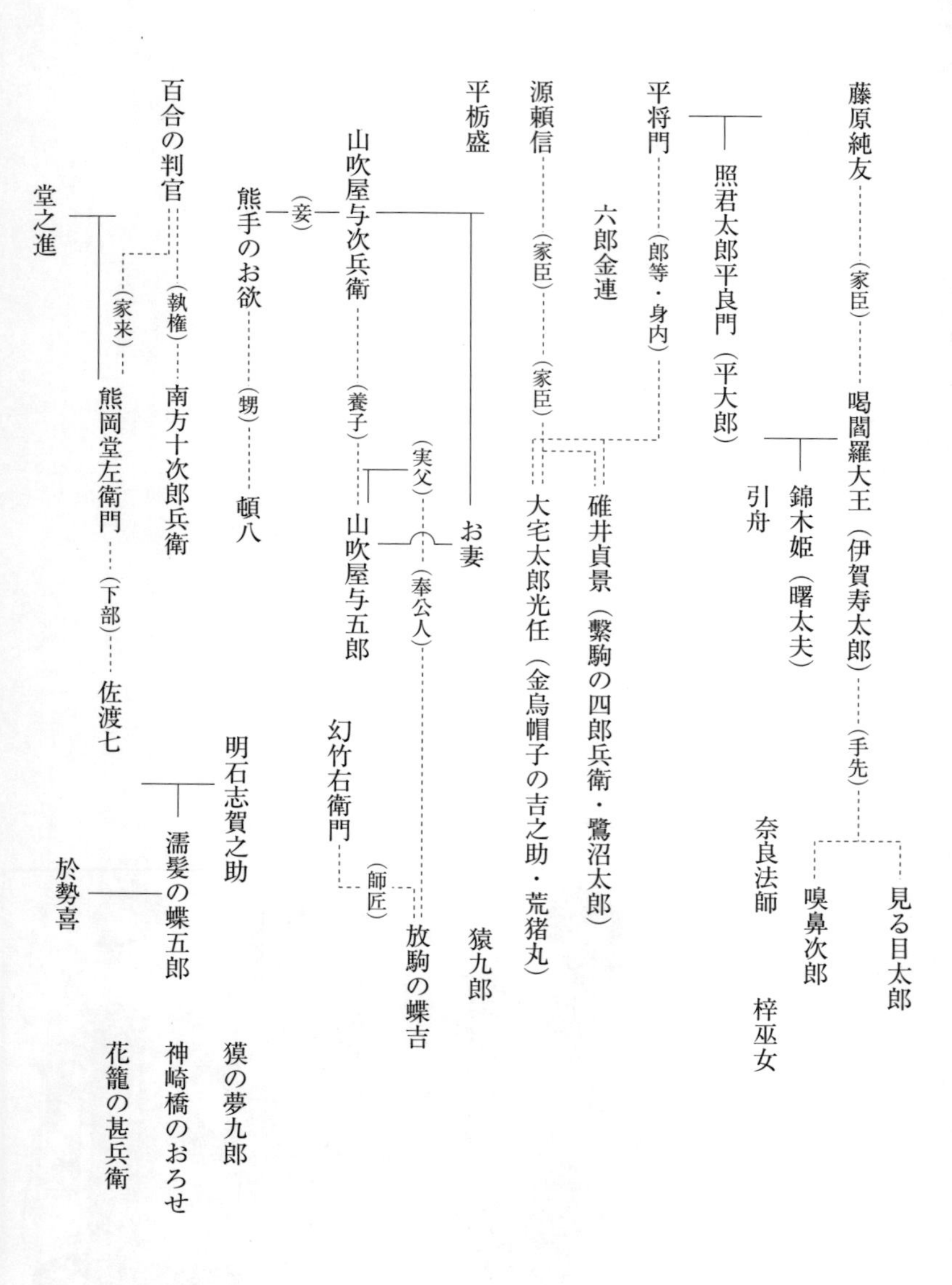

藤原純友
（家臣）
喝閻羅大王（伊賀寿太郎）
（手先）
見る目太郎
嗅鼻次郎
錦木姫（曙太夫）
引舟
奈良法師
梓巫女
平将門
照君太郎平良門（平大郎）
六郎金連
（郎等・身内）
碓井貞景（繋駒の四郎兵衛・鷺沼太郎）
源頼信
（家臣）
（家臣）
大宅太郎光任（金烏帽子の吉之助・荒猪丸）
平栃盛
お妻
猿九郎
山吹屋与次兵衛
（養子）
山吹屋与五郎
（実父）
（奉公人）
放駒の蝶吉
幻竹右衛門
（師匠）
（妾）
熊手のお欲
（甥）
頓八
百合の判官
（執権）
南方十次郎兵衛
（家来）
熊岡堂左衛門
（下部）
佐渡七
堂之進
明石志賀之助
濡髪の蝶五郎
於勢喜
獏の夢九郎
神崎橋のおろせ
花籠の甚兵衛

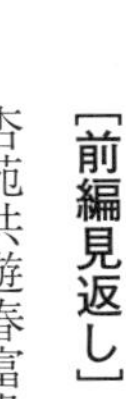

前編見返し

〔前編見返し〕

杏苑共遊春富貴

花房同宿夜風流

翁は野中の日影を見つけ晋子は町中の夕日影を得たり

干傘の日影に狂ふ小蝶哉　醒々

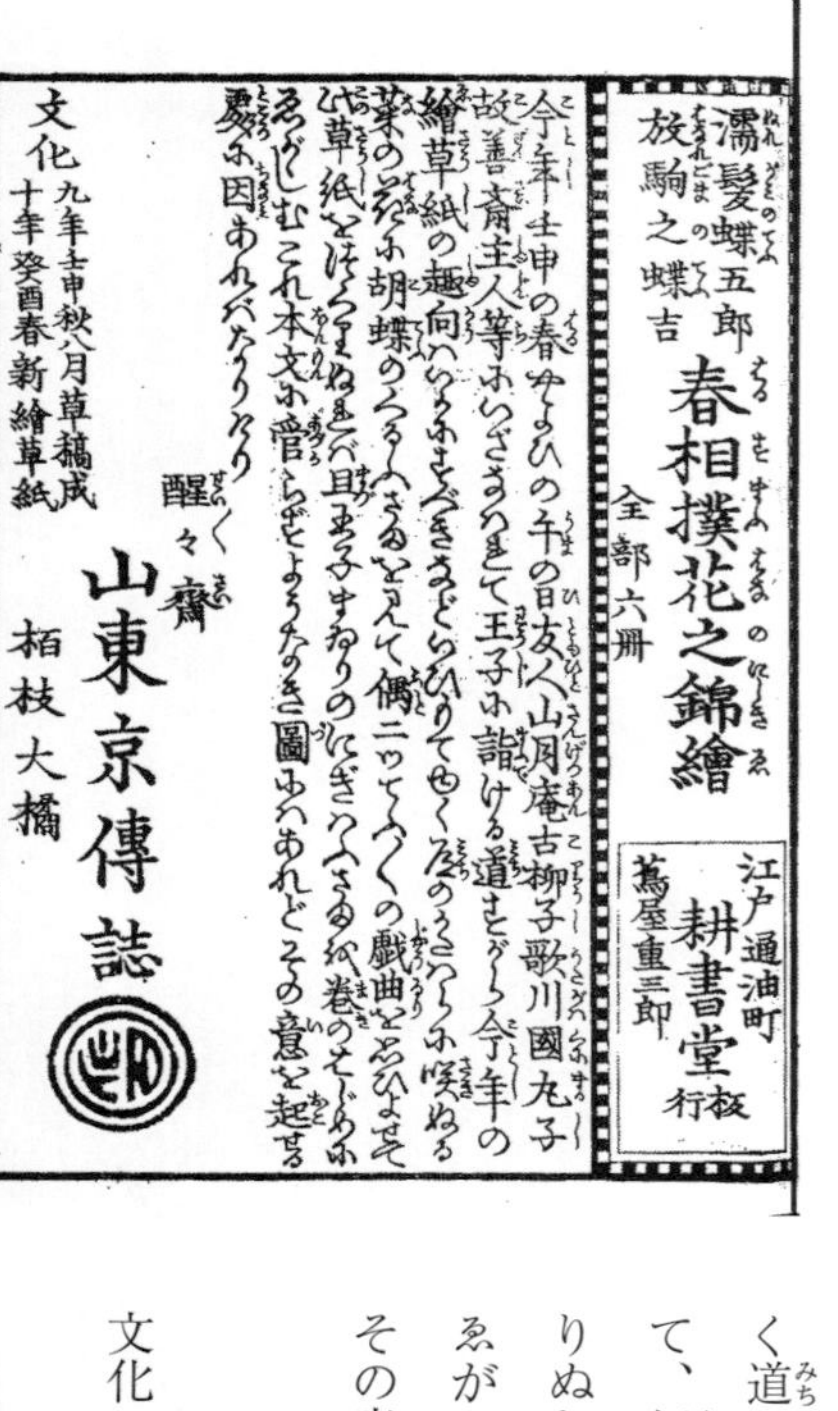
(1)一オ

【前編】

【上】

（1）

濡髪蝶五郎
放駒之蝶吉　春相撲花之錦絵　全部六冊

江戸通油町　蔦屋重三郎　耕書堂　行板

今年壬申の春やよひの午の日、友人山月庵古柳子、歌川国丸子、故善斎主人等にいざなはれて王子に詣ける道すがら、今年の絵草紙の趣向はいかにすべきなど、いひもてゆく道のかたはらに咲ぬる菜の花に、胡蝶のくるふさまを見て、偶二ツてふ〳〵の戯曲を思ひよせて、此草紙をつくりぬれば、且王子まゐりのにぎはふさまを、巻のはじめにゑがゝしむ。これ本文に晋らず、ようなき図にはあれど、その意を起せる処に因あればなりけり。

醒々斎　山東京伝誌㊞

文化　九年壬申秋八月草稿成
　　　十年癸酉春新絵草紙　　栢枝大橋

（2）一ウ

二オ

（2）
王子午日詣之図、二張続。

(3)二ウ

三オ

（3）

其続（そのつゞき）。

此図、本文に関（かゝ）はらずといへども、童（わらはべ）の目を慰（なぐさ）めんために、これを出（いだ）せり。

（4）

杏苑共ニ遊フ春ノ冨貴
花房同シク宿ス夜ノ風流
相撲気(すまふぎ)を髪月代(かみさかやき)の夕(ゆふべ)かな　其角句
相撲取(すまふとり)ならぶや秋のからにしき　嵐雪
金釵横フ処ロ緑雲随フ
玉筋凝ル時キ紅粉和ク
枝(えだ)ぶりの日(ひ)に〳〵かはる芙蓉(ふよう)哉　芭蕉句
放駒蝶吉(はなれこまのてふ)
上手(じやうず)ほど名(な)も優美(ゆうび)なり角力取(すまふとり)　其角句
濡髪蝶五郎(ぬれがみのてふ)
都五条坂(みやこごじやうざか)の曙太夫(あけぼのたいふ)

(5)四ウ

(6)五オ

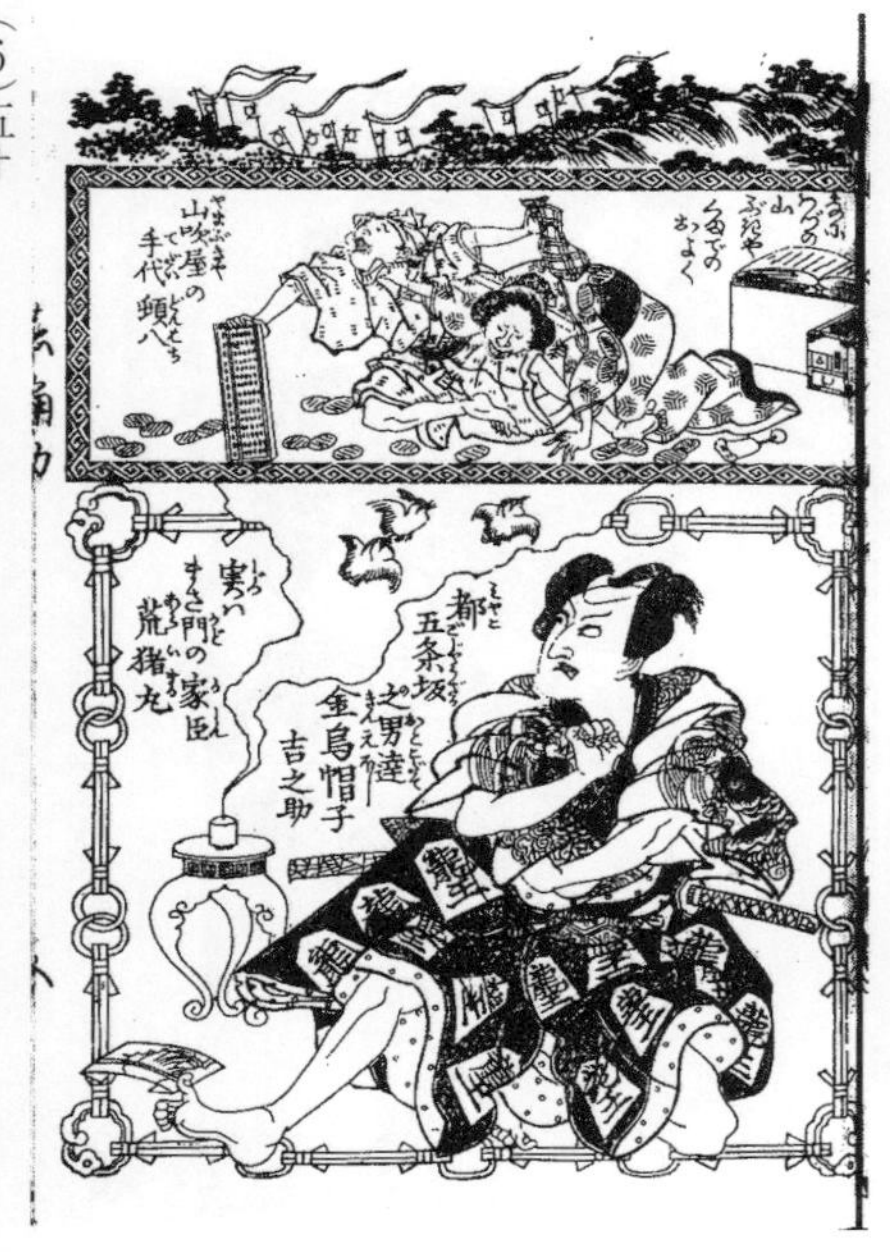

(5)

照君太郎平良門（しやうくんたらうたいらのよしかど）

しづかさや琴（こと）にふたして雪の松

純友（すみとも）の娘（むすめ）、月花姫（つきはなひめ）

純友（すみとも）の霊魂（れいこん）

(6)

浪花津（なにはづ）の山吹屋（ぶきや）、熊手（くまで）のお欲（よく）

山吹屋（やまぶきや）の手代頓八（てだいどんはち）

都五条坂之男達（みやこごじやうざかのおとこだて）、金烏帽子吉之助（きんえぼし）、実（じつ）は将門（まさかど）の家臣荒猪丸（かしんあらいまる）

（7）五ウ

（7）

○京五条坂之男達(ごじやうざかのおとこだて)、繋駒(つなぎごま)の四郎兵衛(しろべゑ)

○男達(おとこだて)、金烏帽子(きんえぼし)吉之助(の)

○濡髪(ぬれがみ)の蝶(てふ)五郎女房(にようぼう)、於勢喜(おせき)

○堺(さかひ)乳守(ちもり)の猿(さる)九郎

鶯(うぐひす)肩衝(かたつき)の茶入(ちやいれ)

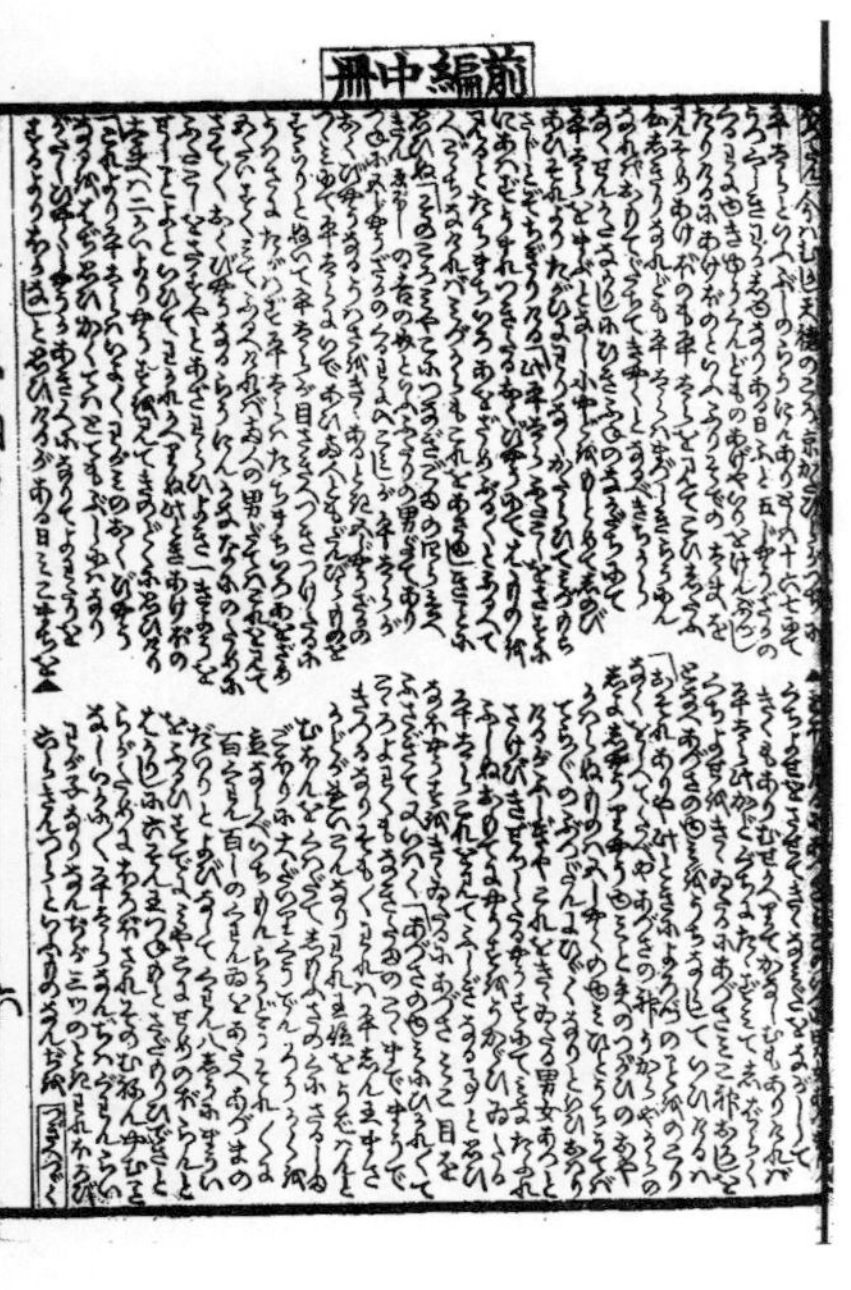
前編中冊

(8)六オ

【中】

(8) 前編中冊

発端 今は昔天徳の頃、京帷子が辻に平太郎といふ武士の浪人あり。年は十六七にて美しき若衆なり。ある日、ふと五条坂の廓に行き、遊君どもの揚屋入を見物したりけるに、曙といふ振袖の太夫を見初め、曙も平太郎を見て恋慕ふ心しきりなれども、平太郎は貧しき浪人なれば、表立ちて客となるべき力なく、詮方なかりしに、引舟の仲立にて、平太郎を間夫となし、小宿を求めて忍逢ひ、それより互ひに理なく語らひて、水漏らさじとぞ契りける。

此平太郎、二腰を差すに似合はず、生れ付きたる臆病にて、刃物を見るとたちまち色青ざめ、ぶる〳〵と震へて人心地なければ、自らもこれを浅ましき事に思ひぬ。

その頃、都に繋駒の四郎兵衛、金烏帽子の吉之介といふ二人の男達あり。常に五条坂の廓に入込みしが、平太郎が臆病なる噂を聞き、ある時、五条坂の堤にて平太郎に出会ひ、両人とも段平物をすらりと抜いて、平太郎が目先へ突付けたるに、噂に違はず、平太郎はたちまち色青ざめ五体竦みて震へければ、両人の男達はこれを見て、さて〳〵臆病なる浪人かな、何のために二腰を差すやと嘲笑ひ、「よき一興をせし事よ」と言ひて別れ帰りぬ。此時、曙太夫は二階より様子を見て、気の毒に思ひけり。

　これより平太郎は、いよ〳〵我が身の臆病なるを恥思ひ、斯くてはとても武士にはなり難し、百姓か商人になりて世渡りをするより外なしと思ひけるが、ある日、巫女街を通りけるに、梓巫女の家に男女集まり、口寄せをさせて聞き、涙を流して聞くもあり、咽返りて悲しむもありければ、平太郎、此門口に佇みて、しばらく口寄せを聞居たるに、梓巫女、神降ろしを唱へ、梓の弓を打鳴らして言ひけるは、「恐れありや、此時に万の事を残りなく教へて給べや、梓の神。親族輩の諸精霊、弓と矢の番の親、変はらぬ物は五尺の弓、一打打てば寺々の仏壇に響くなり」と言ひ終はりけるが、不思議や、これを聞居たる男女、「あつ」と叫び気絶したる様子にて、皆倒伏しぬ。表に様子を窺居たる平太郎、これを見て不思議なる事と思ひ、なほ様子を聞居たるに、梓巫女、目を塞ぎて又曰く、「梓の弓に引かれ〳〵て心弱くも亡魂の、此処まで詣来つるなり。そも〳〵我は平親王将門が霊魂なり。我王位を奪はんと謀反を企て、下総の国猿島郡に大内裏、宮殿、楼閣を立並べ、一門郎等それ〴〵に、百官百司の官位を与へ、東の内裏と呼びなして、関八州に猛威を振るひ、すでに都に攻上らんと計りしに、六孫王経基、貞盛、秀郷らがために滅ぼされ、その無念止む事なし。如何に〳〵平太郎、汝は元来我が子なり。汝が三つの時、我滅び、六郎金連といふ者、汝を 次へ続く

(9)六ウ

七オ

（9）前の続き 育て、朝敵の子といふ事を隠さんため、成長しても、汝にも我が子といふ事を語らざりし故に、汝も定めて、平人の子と思居たるべけれども、まさしく我が子に疑ひなければ、汝、我が志を継ぎ、陰謀を企てて王位を奪ひ、我が望みを遂げ、修羅の妄執を晴らしくれよ。すなはち我と合体なし、平安城を見下ろして、共に陰謀を企てし西海の純友も同じく、これまで現れたり」と言ふとひとしく、引窓より二つの陰火飛入りて、将門は衣冠の形、純友は白糸縅の鎧を着て、彷彿と現れ出、

次へ続く

曙太夫、二階より様子を見る。

(10) 前の続き 暫くあつて煙の如くに消失せ、傍らの男女も息吹返して起上り、夢の覚めたる如くなり。平太郎は門口にて 次へ続く

(亡霊)「そりやよく恨みを言やつた。水は逆様には流れねへはの」

(亡霊)「その後は、わしが番じや」

(亡霊)「婆さん、私や枕添に思入れ恨みを言ひました。烏帽子宝を、もう一人産落とさぬが悔しいのさ」

(亡霊)「母さん、わしや此処から別れて賽の河原へ帰ります」

(亡霊)「婆さん、まあ待つて下さんせ。六道の辻まで一緒に行きましやう」

(亡霊)「三途の川で経帷子を剥がれぬやうにしやれよ」

(平)「ハテ、不思議な事だ」

[卜筮　墨色　手の筋]

[笹叩/梓寄口/神子榊]

（11）前の続き 委細の事を詳しく聞き、両大将の姿を見て思ひけるは、我はたゞ平人の子と思ひしに、将門の一子にてありけるか。然らば、斯く民間に屈居て一生を送らんは口惜しき事なれば、父将門の心ざしを継ぎ、味方を集めて旗揚すべし。さりながら、それにつけても我が臆病なるを如何にせんと、心の内に悔みつゝ、此所を立去りけるが、辺りの墓原にて、かの二人の男達に出会ひ、何時ぞやの如く繋駒の四郎兵衛、一腰を抜いて平太郎が目先へ突出すとひとしく、平太郎、何時もの如く五体竦みて震へけるが、此時、空中に将門、純友の霊魂現出で、二つの陰火、平太郎が懐に入るとひとしく、平太郎は五体の震へたちまち止み、繋駒が差付けたる刀を取って打眺め、ホ、ウ此刀に将門所持と彫付あり。此一腰を所持なす汝ら両人は、将門が余類の者かと訝れば、両人の男達は口を揃へ、「お前は、その抜身が怖くござらぬか。臆病は止みましたか」と言へば平太郎、如何にも俺が臆病はもう止んだ。剣の山でも怖くねへ。「ハ、ア不思議〳〵。さては我々両人が、かねて尋ぬる若君よな。某、繋駒の四郎兵

衛とは仮の名、実は平親王の郎等、鷺沼太郎と申す者。金烏帽子の吉之助とは仮の名、将門公の身内にて荒猪丸と申す者。いざ〳〵御本名を御名乗り下されかし」と言へば、平太郎、「ヲ、今は何をか包むべき、我はすなはち、平親王将門が一子なり」と言へば、二人は大地に平伏し、

次へ続く

(12)九ウ

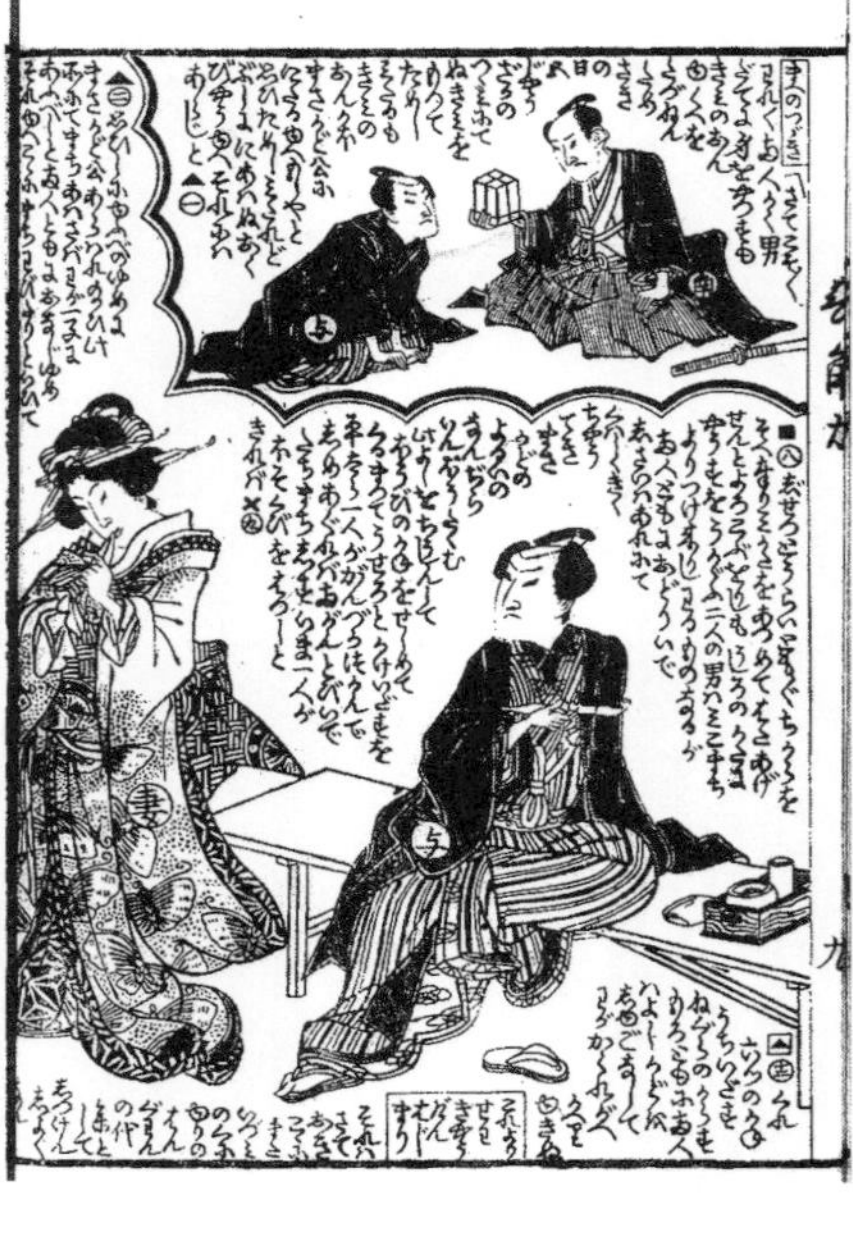

十オ

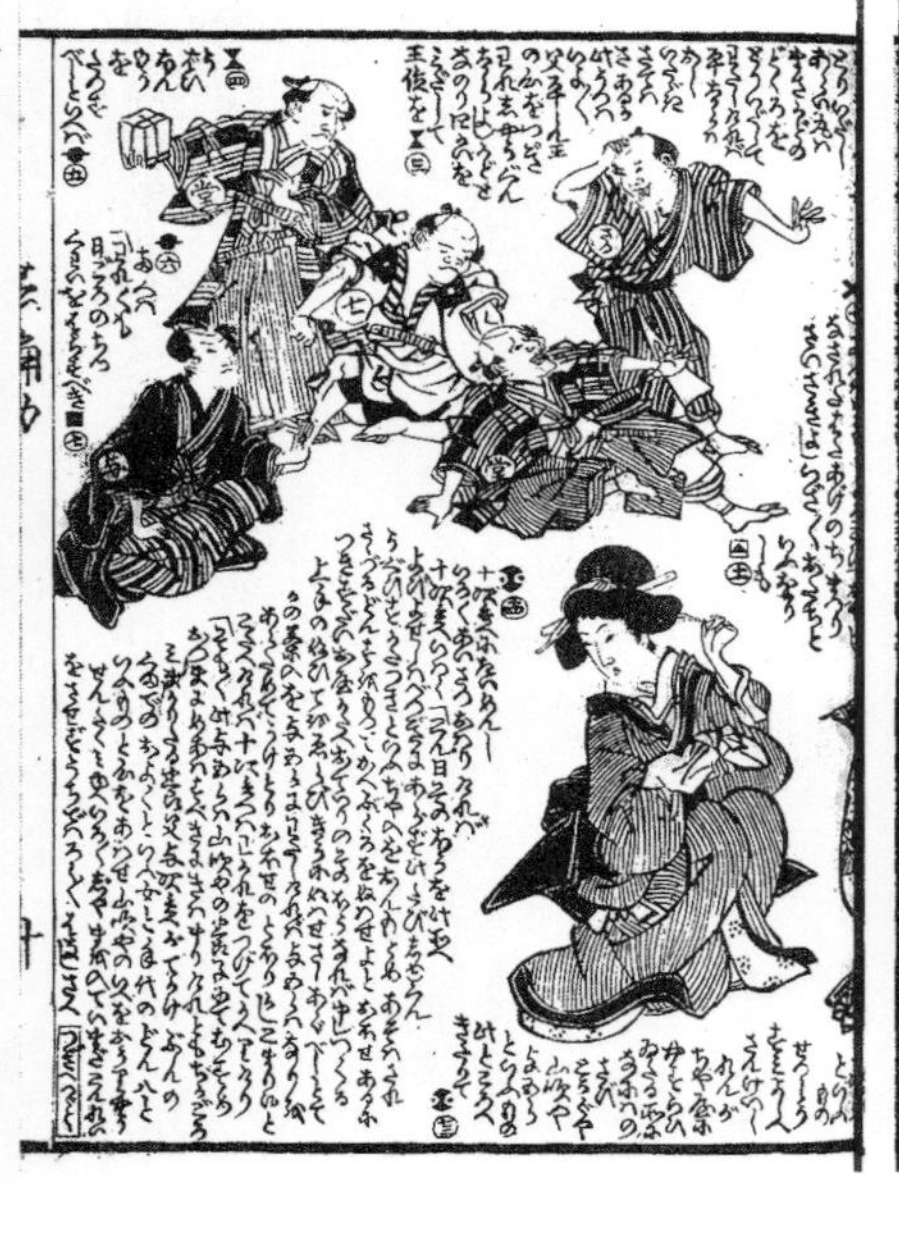

(12) 前の続き 「さてこそ〳〵我々両人、斯く男達に身を窶すも、君の御行方を尋ねんため。先の日、五条坂の堤にて抜身をもつて試みたるも、君の御顔、将門公に似たるゆへ、もしやと思ひ試みたれど、武士に似合はぬ臆病ゆへ、それにはあらじと思ひしに、夕べの夢に将門公現れ給ひ、此所にて待合はさば、我が一子に会ふべしと、両人共に同じ夢、それ故、此処に待侘びたり」と言ひて鷺沼太郎は、懐中より錦の旗を取出し、荒猪丸は将門の髑髏を取出して渡しければ、平太郎は押頂き、「さては然あるか。此上はいよ〳〵父平親王の心を継ぎ、我、照君太郎良門と名乗り、四海を乱して王位を奪ひ、本望を達すべし」と言へば、両人は、我々も日頃の蟄懐を晴らすべき時節到来、共々力を添奉り、味方を集めて旗揚せんと喜ぶ折しも、後ろの方に様子を窺ふ二人の男は、巫女街より付来りし悪者なるが、両人共に躍出で、仔細はあれにて詳しく聞く。朝敵将門の余類の汝ら陰謀企む此由を注進して、褒美の金をせしめて、くるまつて失せろ、と駆出すを、平太郎、一人が髪束摑んで締上ぐれば、両眼飛出でた

ちまち死す。今一人が細首をはつしと斬れば、両人ます〱喜び、「御出来しなされた。旗揚の血祭、幸先よし。いざ〱御発ち」と言ふ折しも、暮六ツの鐘打出す。塒の烏もろともに、両人は良門を守護なして、我が隠家へ帰行きぬ。

これより世話狂言始まり

それはさておき、此処にまた和泉の国百合の判官の代参として、執権職南方十次兵衛といふ者、摂洲住吉へ参詣し、連歌茶屋に休らひ居たる所に、浪花の寂道具屋、山吹屋与五郎といふ者、此所へ来りて、十次兵衛に対面し、色々挨拶終はりければ、十次兵衛曰く、「今日、その方を此所へ呼寄せしは別儀にあらず。此度主君、鶯肩衝といふ茶入を御求めあそばされ、笹蔓緞子をもつて替袋を縫はせよ、と仰せあるにつき、数代御屋形へお出入のその方なれば申し付くる。上手の縫手を選び、急に縫はせ差上ぐべし」とて、かの茶入を与五郎に渡しければ、与五郎は形を改めて受取り、仰せの通り畏まり候と答へければ、十次兵衛は別れを告げて帰りけり。

そも〱此与五郎は山吹屋の養子にて、娘お妻に妻合はすべきに極まりけれども、近頃身罷りたる養父与次兵衛が妾分の熊手のお欲といふ女と、手代の頓八といふ者と心を合はせ、山吹屋の家を横領せん企みゆへ、色々邪魔を入て、未だ婚礼をさせず、家ではろく〱話さへ 次へ続く

(13)十ウ

(13) 前の続き 出来ぬゆへ、今日、与五郎が此住吉へ来るを幸ひ、下女の働きにて、お妻も住吉へ参詣し、連歌茶屋の奥座敷にて、日頃の積もる物語をして、少しは憂さを晴らしけり。

斯かる折しも、美しき女房風の女、此所へ来り、連歌茶屋の門口から、「これ女子衆、誰もわしを訪ねては来なんだかへ」と言ひつゝ内に入、ちと休ませて下さんせと小座敷に入る折しも、住吉の社の方より立派な侍歩来る。その後より、乳守の揚屋の男猿九郎といふ者付いて来り、「これ、熊岡堂左衛門様、お前は百合の判官様の御家中、歴としたお侍ゆへ、心を許してお貸申た遊代、度々催促致せども、お払ひない。今日は是非とも取らねばならぬ」と声高に悪口混じりに喚きければ、堂左衛門堪へかね、一つ言ひ二つ言ひ、互ひに口論となり、堂左衛門はいよ〳〵怒り、もう許されぬと腰刀を抜かんとしたる折しも、連歌茶屋より与五郎駆出で、「たゞ今、あれにて残らず立聞き致しました。未だ御目には掛からねど、受け給はり及びたる熊岡堂左衛門様と申すは、あなたの事でござりますか。拙者は御屋形へ御出入の山吹屋与五郎と申す者、必ず御短慮な事なされますな」と言葉を尽くし宥むれば、堂左衛門胸をさすり、御屋形へ出入とて頼もしい。今の意見、命の親とも氏神とも、礼に対する言葉もなし。その心底に、近頃理ない無心なれども聞届けてくれられうや。何がさて、町人風情の拙者、身に叶ひたる事ならは。イヤ無心とて外でもない。聞かるゝ通り面目もない此場の仕儀、今日、十次兵衛と同じく代参の役目相済むまで、お身が預かる鶯肩衝の茶入、彼めに渡し置きたいが聞入て下されと、余儀なき心顔に見え、涙流さぬばかりなり。与五郎はこれを聞いて当惑し、返答もなき色目を悟つて堂左衛門、ハ、ア誤まつた〱、

次へ続く

【下】

(14) 前編下冊

前の続き 武士たる者が粗忽の一言、そのもとの手前も赤面致す。人中にて此者に恥かゝされ、何面目に永らへん、と刀に手を掛け切腹せんとする所を、与五郎慌て押止め、まあ〱御待ちなされませ。なるほど御無心聞分けました。すりや聞届けて下さるとや。へ、忝い。いやも、御礼には及ばぬ事、私は此猿九郎と此連歌茶屋に待つて居ります。御役目済んだら早速金子を此者に。「そこに如才があるものか、身共とても主君の重宝、人手に置くが貴殿へ質物、コレ猿九郎、暫くそちに預置く」と言ふに、与五郎が差出す茶入。猿九郎は不承々々に受取つて、「そんなら此処に待つて居る。早く金子を御持参」と言ふを後ろに立聞く侍、「ヤア我が名を偽る盗賊めら、そこ動く

(14)十一オ

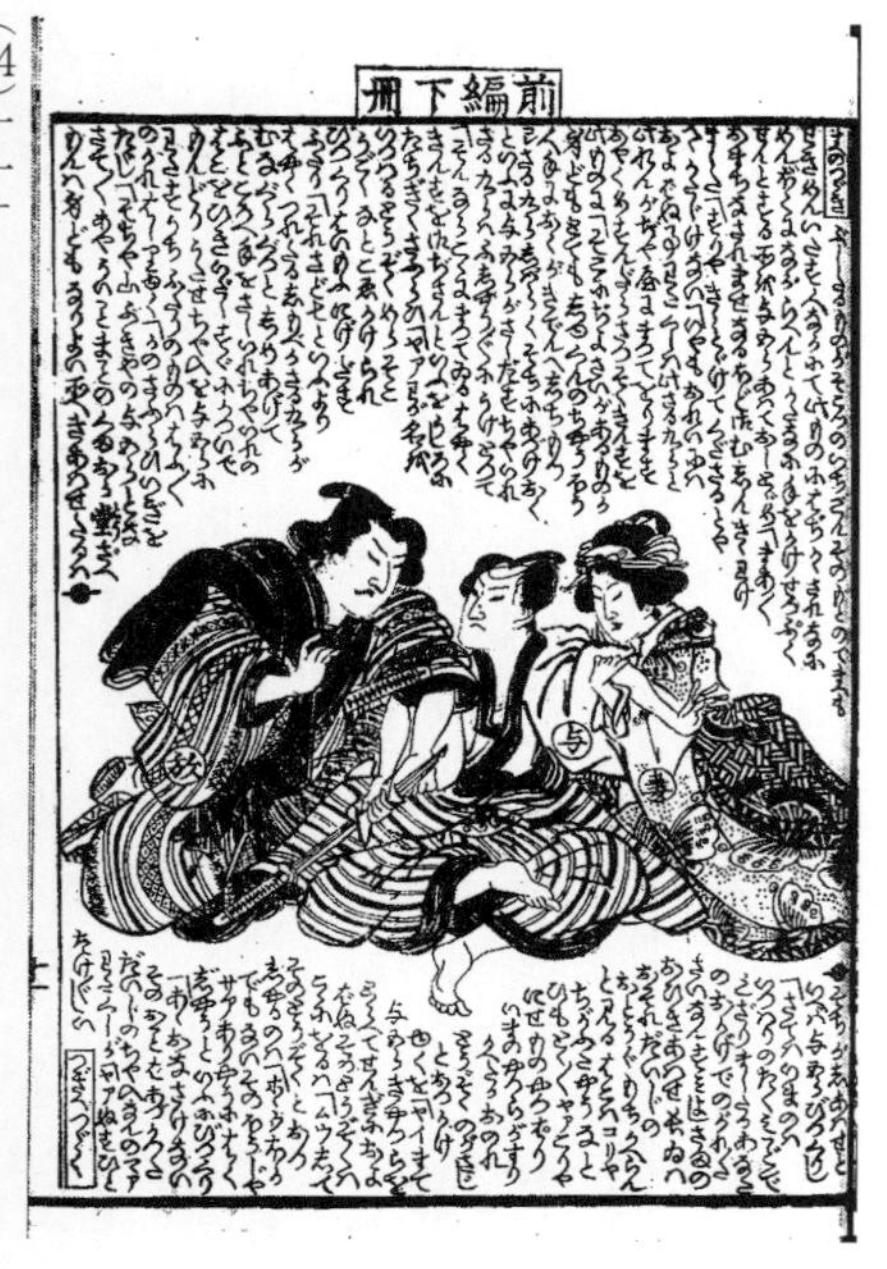

な」と声掛けられ、びつくり廃忘、逃出す二人。「それ、佐渡七」と言ふより早く、連れたる下部が、猿九郎が胸倉ぐつと締上げて、懐へ手を差入れ、茶入の箱を引出し、すぐに担いでもんどり打たせ、茶入を与五郎に渡すうち、二人の者は、はふ〳〵逃れ走行く。かの侍威儀を正し、「そちや山吹屋の与五郎とな。さて〳〵危うい事、実の熊岡堂左衛門は身共なり。よい所へ来合はせたるは、そちが仕合せ」と言へば、与五郎びつくりし、さては今のは偽りの企事でござりましたか。あなたの御蔭で逃れた災難、住吉様の御引合せ、長居は恐れ大事の御道具、持帰らんと見る箱は、コリヤ違ふたやうなと紐解く〳〵。ヤアこりや偽物、やつぱり今の奴等が摩替へたか。おのれ盗賊、逃さじ、と追掛け行くを、ヤイ待て与五郎、彼奴等を捕らへて詮議に及ばぬ。その盗賊は此処に居るは。ムウして、その盗賊と仰るのは。「ホヽウ外でもない、その方じや。サア有様に白状」と言ふにびつくり。あゝ御情ない、その御言葉。預かつた大事の茶入、何のマア私が。ヤア盗人猛々しい、

次へ続く

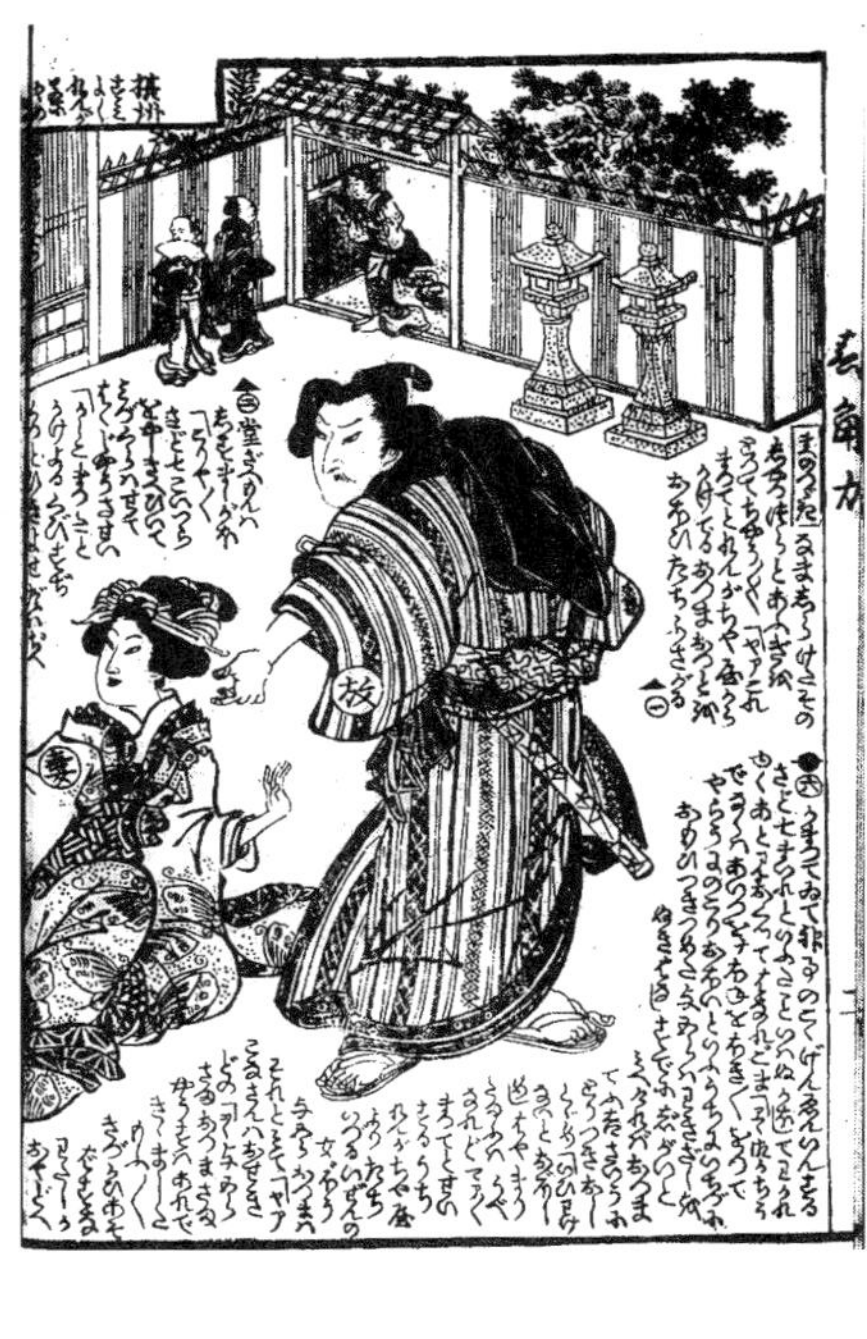

(15) 前の続き 生白けた、そのしやつ面と扇を取つて丁々々。

ヤアこれ待つてと連歌茶屋から駆出るお妻。夫を覆ひ立塞がる。堂左衛門は為済まし顔。こりや〳〵佐渡七、こいつらを屋敷へ引いて、水食らはせて白状させい。畏まつたと駆寄る首筋、ぐつと引寄せ大地へ投付け、二人を囲ひ、突立つ男、名乗らぬ先に、放駒とその名も高き関取なり。ヲ、よい所へ蝶吉と喜ぶ二人。堂左衛門は面膨らし、ヤア御抱相撲の放駒の蝶吉、何で詮議の邪魔をする。そいつらには何の誼。ヱ、皆まで言はつしやりますな。わしや此与五郎様の実の親御に奉公を致した者、家来筋でござります。最前からの此場の様子、あんまりな御難題、大切な預物、たちまち難儀になる事を知つて、我手に企事する戯けが世界にあるものか。世に二つなき名物の道具、遅いか早いか出る茶入、此方が結句、胡散な、と真綿で絞める首筋元、ぞつとするほど底気味悪く、「ヲ、実にまこと、こんな事に構つて居て神事の刻限延引する。佐渡七参れ」と言ふた事、言はぬ顔して別行く。跡見送つて放駒、「ヲ、御家中でなくは、あいつをナ、骨をぽき〳〵折つてやらうに、残り多い」と言ふうちに、一途に思ひ突詰めた与五郎は、脇差を抜放し、すでに自害と見へければ、お妻、蝶吉、左右に取付き押止め、言訳ないと思召し、早まり給ふは諾れど、マア〳〵待つてと制するうち、連歌茶屋より立出る以前の女房。与五郎、お妻はそれと見て、ヤア此方さんは於勢喜殿。ヲ、与五郎様、お妻様、様子はあれで聞きました、もふ〳〵気遣ひあそばすな。私がお宿へよいやうに言訳して上げませう。又こちの人が居らるゝからは、茶入の詮議も何もかも、遠方の人頼むに及ばぬ。サア〳〵お出でと先に立つ於勢喜を蝶吉、呼止め、これ女中、頼もしい言分じやが、そういふ此方はマア誰じや。わしかへ、濡髪の蝶五郎といふ、アイよい男の女房でござんす。はてなア申し与五郎様、人頼みするに及ばぬ。そつちへ寄つてござりませ。サテとお内儀、馴れ〳〵しい事じやが、ちよつとそこへ 次へ続く

摂州住吉、連歌茶屋の体。

[連歌茶屋]

(16) 前の続き 出て貰はふかい。わしが名を聞かしやんしたら、そんな事でありそなもの。サア一緒にと立並び、弁財天と毘沙門の達引するも斯くやらん。フ、濡髪殿のお内儀、はじめて会います。アイ放駒さんとやら、初対面でござんす。サア出たが何じやへ。いやモ別の事でもごんせぬ。あれお二人のお身の上、此蝶吉が送つていて、茶入の詮議もしかねはせねど、御抱相撲といふものは、理立てねばどうも行かれぬ。じやによつて、幸ひ此方、濡髪殿の内儀でなくは、如何にも頼むといふ様な品もあらふが、頼まれぬその訳は、ソレ此方も聞いて居やしやらふがの。ヲ、聞いてゐいではいの。堺での神事の相撲、こちの人の親御明石志賀之介殿と、お前のお師匠 幻 竹右衛門殿との揉合ひ、その挙句が大達引、その遺恨がこちの人と、お前とへ付譲り、毎年の相撲にも根から出合のない所、去年の秋、奈良の春日の神事相撲、前事お世話にならしやつた奈良法師様から頼んできて、放駒と取組を是非々々せいと仰る故。ヲイの、その時、俺にもその通り遺恨は遺恨、相撲は相撲。サイなア、そふじやあつたげ

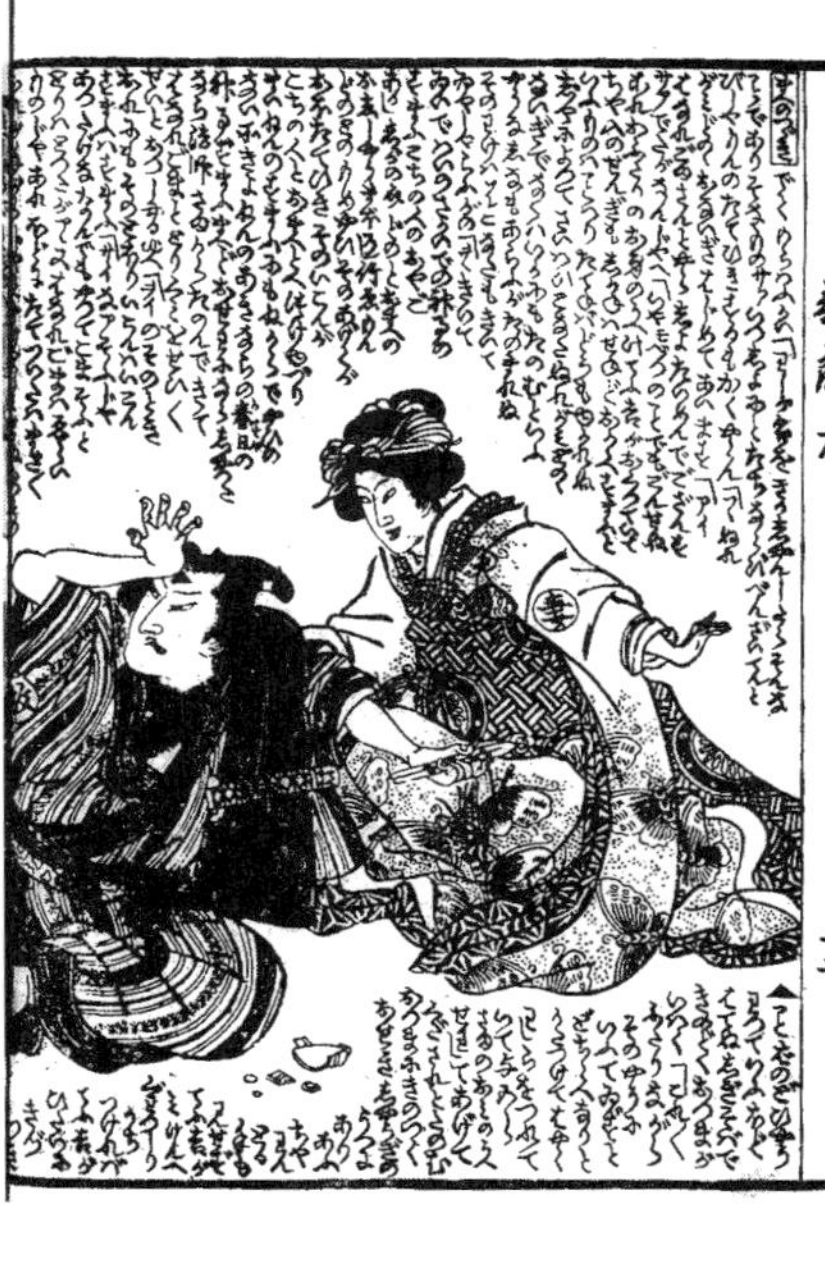

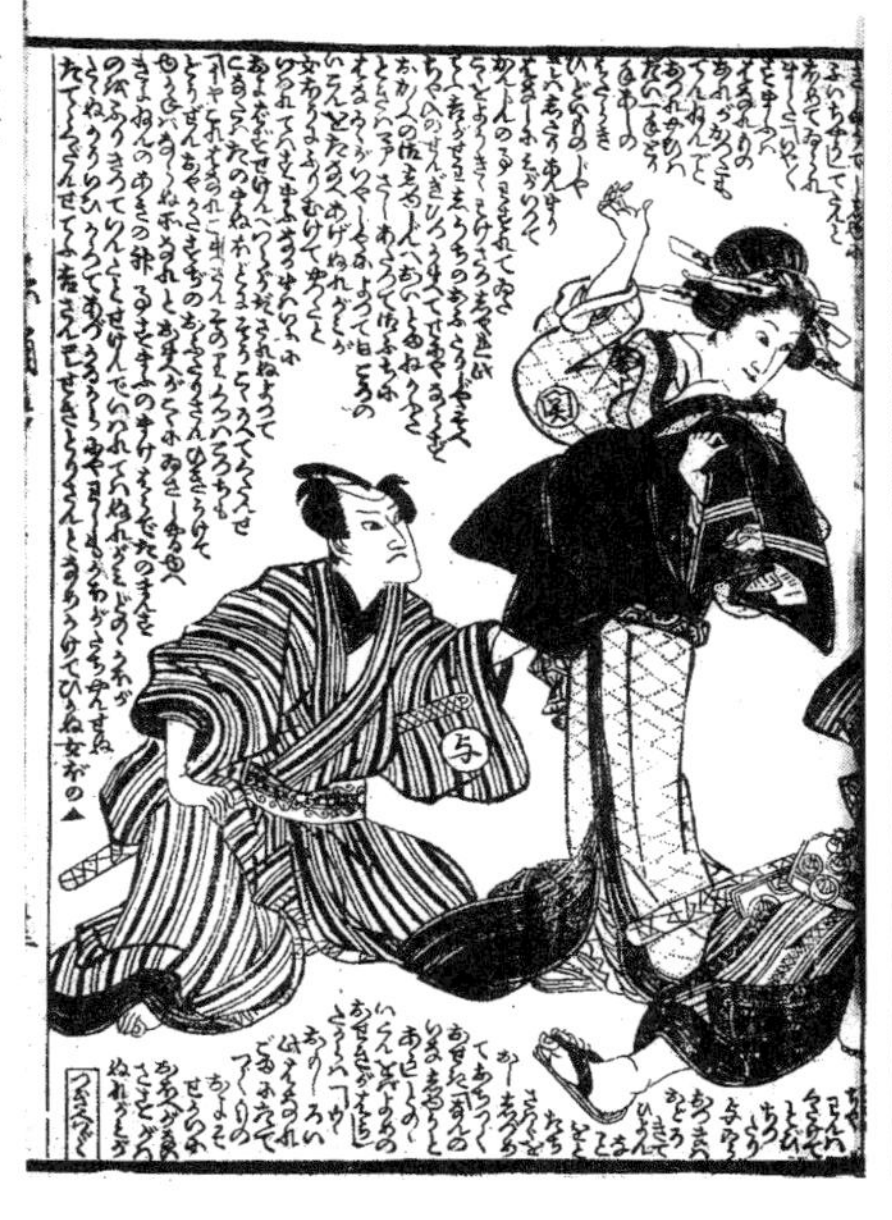

な。何でもやつてこまそふと、取りは取つたが、ア、又、放駒は偉ひものじや。あれ程に楯突いたは、まだ〳〵俺が手柄じやと、負惜しみせぬ夫の気性、弟子衆に吹聴して、たんと褒めて居られました。いや〳〵相撲は離れ物、俺が勝つたも天然事、お連合は第一、手取り手足の働きひどいものじや。コレはしたり、あんまり話に身が入つて、肝心の事忘れてゐた。此処をよう聞分けさつしやれ。此蝶吉が世話し、家のお二人じやぞへ。茶入の詮議、引構へてせにやならず。御抱への御主人へ御暇願ふた時は、マア差当たつて御扶持に離るゝが嫌じやによつて、日頃の遺恨を棚へ上げ、濡髪が女房に振向けてやつたと言はれては、相撲仲間は言ふに及ばず、世間へ面が出されぬよつて、此方は頼まぬ程に、そう心得て下んせ。「イヤこれ放駒さん、その理屈はこつちも同然。親方筋のお二人さん、引受けて行かねばならぬ所なれど、お前が此処に居さしやるゆへ、去年の秋の神事相撲の負腹で、頼まんすのを振切つて往んだと世間で言はれては、濡髪殿の顔が立たぬ。斯う言ひかゝつて預かるからにや、わしも顔が立ちやんせぬ。立

て、下んせ蝶吉さん。コレ関取さん」と、なめかけて引かぬ女房の言葉の土俵、割つていふほど果てぬ仕儀、側で気の毒お妻が曰く、「これ〳〵二人ながら、その様に言ふてゐずと、どちらへなりと片付けて、早くわしらを連れて往て、与五郎様のお身の上、世話して上げて下され」と頼むお妻に気のつく於勢喜、床机の上に有合ふ茶碗取る手も見せず、蝶吉が眉間へぐわつしり打付ければ、蝶吉が額に傷付き、茶碗は砕けて飛散つたり。与五郎、お妻は驚きて、ひよんな事をと立騒ぐを、押鎮めて落着く於勢喜。何のいな、舅明石殿の遺恨をば、嫁の於勢喜が晴らしたからは。ウ、面白い、此放駒に楯突く者、およそ世界に覚へがない。さすがは濡髪が 次へ続く

（17）前の続き 女房ほどあるいゝ肝だ。シタガ、女を相手に仕返しはまづ斯うしてと、於勢喜が簪二つに折つ

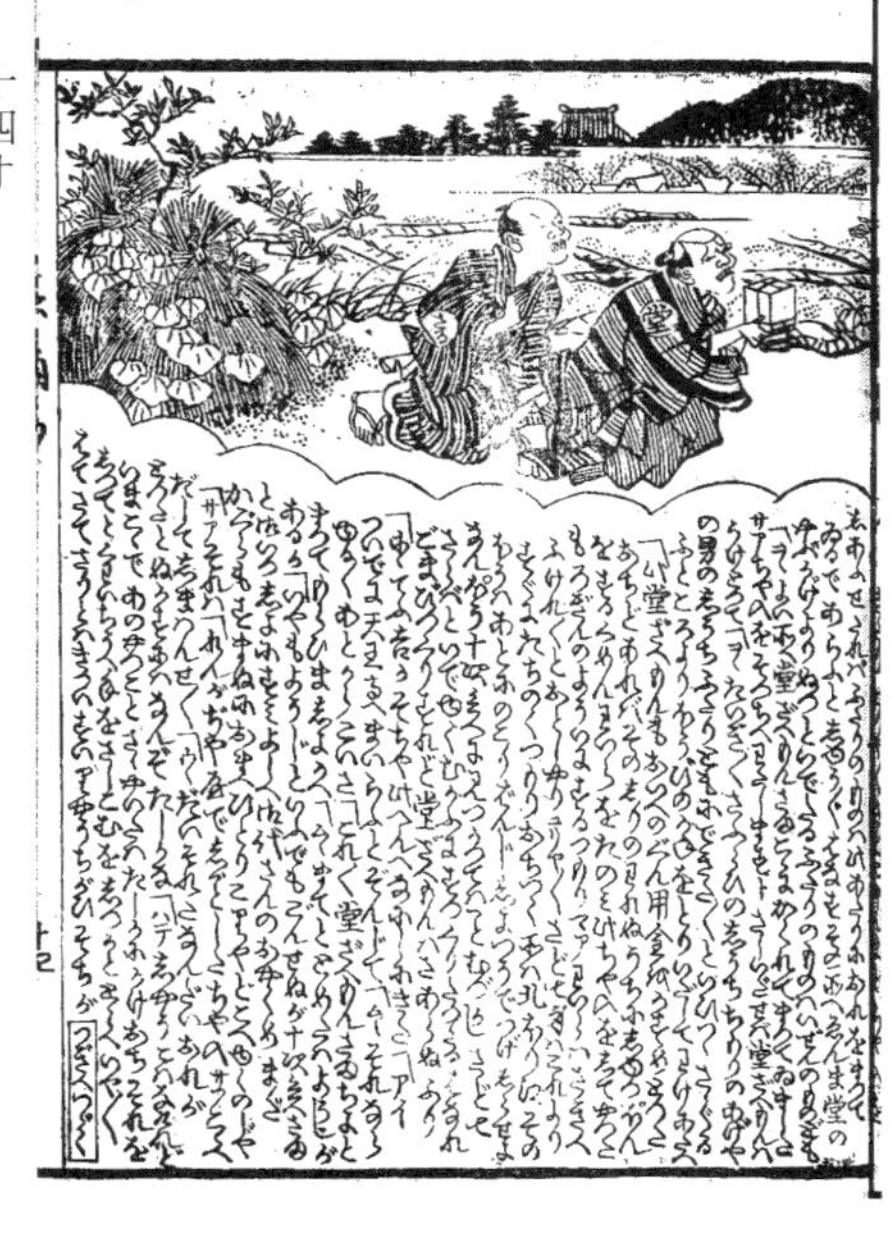

て、コレお内儀、三つ大の紋所は濡髪が定紋、その簪の胴骨を折つてしまへば師匠の遺恨。済んだら預けて下さんすか。お頼み申す。勝手にどう〳〵。やれ〳〵嬉しや落着いたと、於勢喜は汗を拭くばかり。与五郎、お妻も握つたる汗を一度に冷ましけり。蝶吉、今さら気の毒顔。聞けば神崎の遊屋に勤めして居やしやる時から、他の客衆の目に立つても、差してござつたその定紋、折つたは俺が大不躾。いへ〳〵何のそんな事、家にたんとござんすはいな。ア、それよりは、マア大事の顔へ傷付けたは、私が大胆、蓮葉な者じやと皆様のお笑ひなさるが恥かしい、ホ、、と木地を出したる廓の笑ひ。何のそれを笑ふもので、傷を付けて貰ふたによつて、師匠からの不和もさつぱり。これから別して懇ろ同士、お二人の事頼みます。お連合へもよいやうに。アイ〳〵それも此通りと、麦藁細工の捻駕籠押取り、親の代からいしふしした捩藤なきを捻戻せば、此通りに直ぐなどし、藁屑塵も残らぬやうに海へ流して住吉踊。此前、誰やじやのしたの明かさ暗さをさつぱりと言ひ並べたる空女房、実に濡髪が妻なりけり。

ホ、出来た〳〵。此放駒も此後、懇意の印にと袂から出す土産の春駒、此方の持つた竹馬と換へてやるのが仲直り、これから馬の合ふ印、互ひに取替へ北南、替馬したる本ン街道、御弓下向が打連れて、帰るお妻となか与五郎、付添ふ下女に引添ひて、共に同道する於勢喜、行くを見送る放駒、引別れてぞ急行く。

○合邦が辻、閻魔堂の田圃道、往来絶へしを幸いに、熊岡堂左衛門、下部引連れ駆来り、「こりや〳〵佐渡七、まんまと茶入を為果ふせたれば、二人の者は此辺りに俺を待つて居るであらふ」と主従話すその所へ、閻魔堂の藪陰より、ぬつと出たる二人の者は、以前の者共、ヲ、よい所へ堂左衛門様、此処に隠れて待つて居ました。サア茶入をそつちへ渡しますと差出せば、堂左衛門は受取つて、「ヲ、大儀々々。侍の仕打、乳守の揚屋の男の仕打、二人共に出来た〳〵」と言ひつ、探る懐より、褒美の金を取出して分与へ、此堂左衛門も、御家の軍用金を掠取つた落度あれば、その尻の割れぬ内に出奔をする工面。汝等を頼み、此茶入をしてやつたも路銀の用意にするつもり。マア汝等は先へふけれ〳〵と落としやり、コリヤ〳〵佐渡七、身はこれよりすぐに立退くつもり、落着く所は北堀江、その方は跡に残り万事書通で告知らせよ。南方十次兵衛に見付かつては事難かし。佐渡七さらばと出行く向かふに、すつくり立つたる放駒、びつくりすれど堂左衛門は、さあらぬ振り。ホ、蝶吉か。そちや此辺へ何しに来た。アイついでに天王寺へ参らふと存じて。ム、それならゆる〳〵後から来いさ。これ〳〵堂左衛門様、ちよと待つて貰ひましよかへ。ム、待てと止めたは用事があるか。いやも用事といふでもごんせぬが、十次兵衛様と御一緒に住吉へ御代参の御役目、まだ神楽も済まぬに、お前一人こりや何処へ行くのじや。サアそれは。連歌茶屋で仕事した茶入、サア此処へ出してしまはんせ〳〵。ウ、大それた難題、俺が取つたと抜かすには、何ぞ確かな。ハテ、証拠はなけれど、今此処であの奴と囁いたは確かに駆落ち。それを知つてと、懐中へ手を差込むを、しつかと捉へ、いや〳〵はてさて、さりとはきつい推量違ひ、そちが 次へ続く

［賽銭箱］

(18) 前の続き 疑ひ晴らしてくれふ。それ佐渡七と、目ばせを心得、右左より斬付くれば、身を捻り腕首摑み、こりや〳〵、適いもせぬ事すなやいと、ぐつと捩上げ踏飛ばせば、いや推参なと、両人が苛つて斬込む刀と刀、心得丁と抜合はせ、打合ふ刃音砂煙、空は松風さつ〳〵の折に聞こゆる神楽の太鼓、笛の拉ぎに薙ぐ刀、腰の番を斬付けられ、下部はそのまゝ、どうと伏す。こは適はじと堂左衛門、逃ぐるをやらじと蝶吉が、駆出す目当てに打つたる手裏剣、下部が 次へ続く

[賽銭]

京伝作　豊国画　絵入読本　○霧籬物語　一名双蝶記

全六冊　出来

京伝随筆　○骨董集　上編四冊　来ル酉の秋出板仕候

京伝随筆　○雑劇考古録　全五冊

芝居に限りたる古画古図を集め、それ〴〵に考を記し、昔の芝居を今見る如き書なり。近刻

(19)十五ウ

(19) 前の続き 体を盾にして丁ど受ければ手盛の止め。南無三宝、仕損ぜしと、足に任せて逃げて行く。「ホイ、ヱ、残り多やと蝶吉は、尻引絡げ韋駄天走りしてこい任せと夕月の跡を慕ふて追行きぬ。

○これより後編始まり。

国丸画㊞ 山東京伝作㊞

山東京山製 十三味薬洗粉

水晶粉 一包壱匁二分

○いかほど荒性にても、これを使へば、きめを細かにし艶を出し自然と色を白くす。常の洗粉とは別なり。皹・霜焼・汗疹の類、すべて顔一切の吹出瘡の類、雀斑・田虫の類を治す。御化粧に必用の薬洗粉なり。売所 京伝店

山東京傳作
歌川國丸画
歌川國直画
春相撲花之
錦繪後編
耕書堂
發兊

［後編見返し］

山東京伝作
歌川国丸画
歌川国直画
筆研
万福
春相撲花之錦絵　後編
耕書堂
発兌

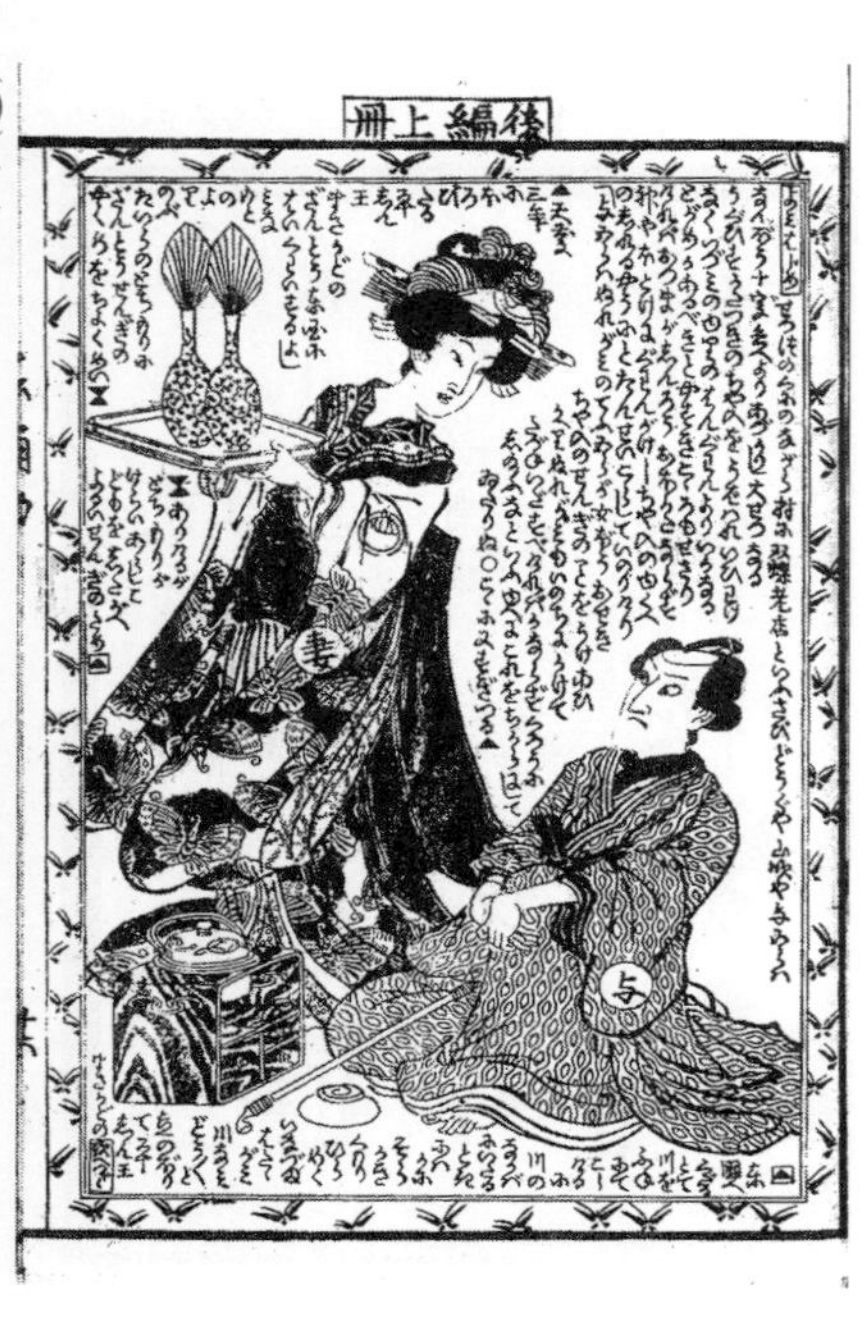

(20) 十六オ

【後編】

【上】

(20) 後編上冊

読み始め　摂津の国の名柄村に双蝶老店といふ寂道具屋、山吹屋与五郎は、南方十字兵衛より預かりし大切なる　鶯肩衝の茶入を奪はれ言訳なく、和泉の百合の判官より如何なる咎めかあるべきと、安き心もせざりければ、お妻が心労大方ならず。神や仏に願掛し、茶入の行方の知れるやうにと丹精凝らして祈りけり。与五郎は、濡髪の蝶五郎が女房於勢喜、茶入の詮議の事を請合帰り、「濡髪も命に懸けて尋出すべければ、必ず苦労にし給ふな」と言ふ故に、これを力にして居たりぬ。

○こゝに又、過ぎつる天慶三年に滅びたる平親王将門の残党、東国に徘徊する由、源頼信、平栃盛に残党詮議の役目を勅命ありけるが、栃盛が家来荒子共を従へ、余類詮議のため東国へ下るとて、川を舟にて越しけるに、川の半ばに至る時、俄に空掻曇り、閃く稲妻霹靂神、川波どう〳〵と立上りて、平親王将門の

次へ続く

(21)十六ウ

十七オ

(21) 前の続き 亡霊現出で、舟を差上げ怒れる面色、凄まじかりける次第なり。

○さてまた山吹屋の先の主与次兵衛が手掛に熊手のお欲といふ女あり。与次兵衛身罷りて後は、此家の主顔をして高ぶり、かねて手代分にして置きし甥の頓八といふ者に此家を継がせんと企み、養子の与五郎とお妻に、未だ婚礼もさせず置きしが、頓八はかねて、お妻を女房にせんと思ふ存念しきりなれば、叔母のお欲と示合はせ、何がな与五郎が落度を見付けて追出さんと目論む折節、与五郎、大切の茶入を奪はれたれば、これをよき幸いとし、熊手のお欲、与五郎を苛めて曰く、「そなた、茶入を奪はれしといふは合点ゆかず。察するに、色々の拵へ事して奪はれたる体をなし、そなたが売りか質にでも置いたであろ。あの茶入がないと、此家が立たねへよ。サア足元の明るいうち出してしまいな。い丶子だお出し、出しておくれ、出しあがれ。出さねば此処の家には置かれぬ。茶入を出しなりと、出て行きなりと、きり〱片を付けおらう」と、奪はれた事知つて居て、滅多に無理を捲しかけ、ヱ、しぶとい野郎めと、算盤で打擲するを、頓八は宥める振りで踏んだり蹴たり、お妻はこれを二階から見付けて駆下り取支へる。お欲はなほも唸り声、次へ続く

（22）前の続き　与五郎は我が身の誤り、如何様に言はれても、何と言訳泣くばかり。

斯かるところへ濡髪の蝶五郎、舟の内よりこれを見て飛

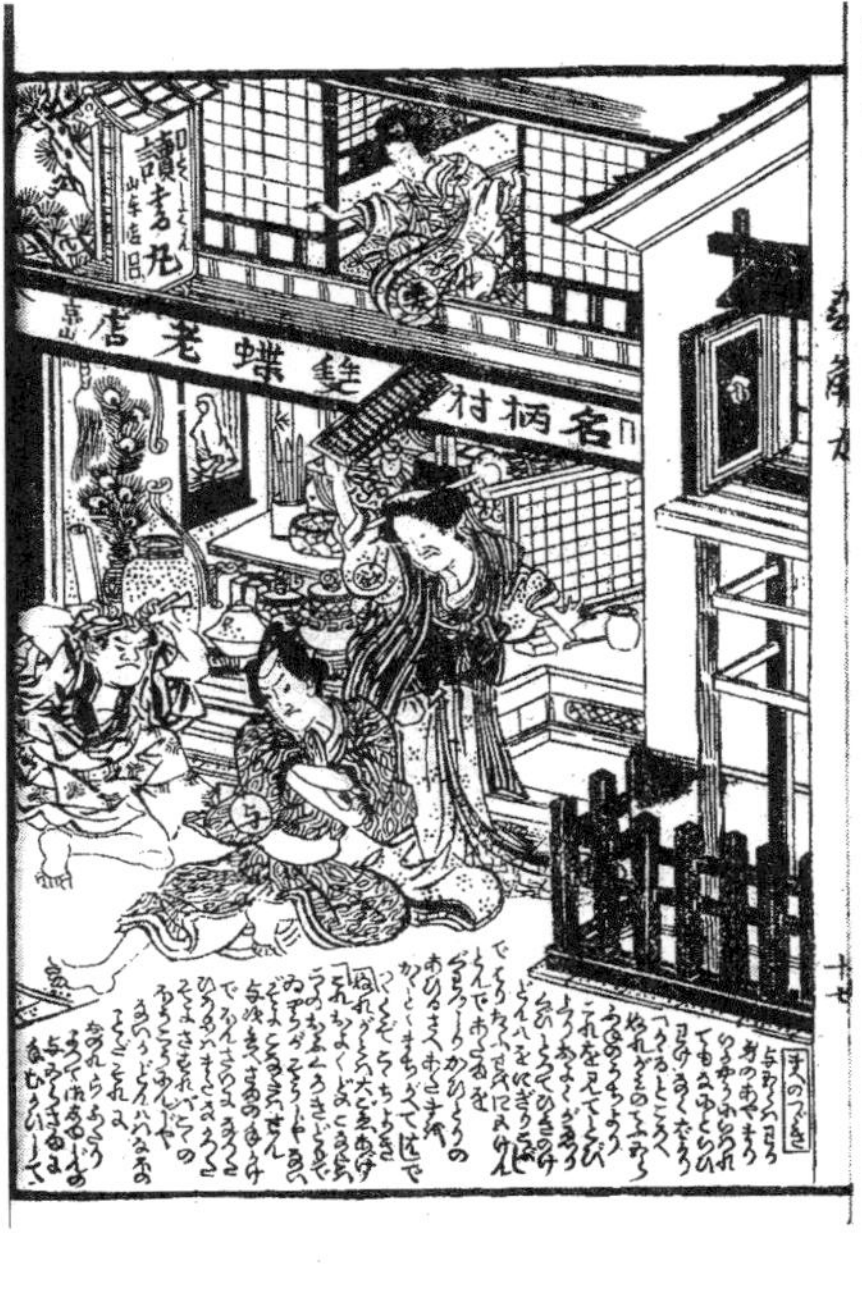

上り、お欲が襟首取つて引退け、頓八を握拳で張倒せば、四五間飛んで頭をぐわつしり、飼鳥の家鴨さへ頭を踵と間違へて、嘴で突つくぞ心地よき。濡髪は大声上げ、「これお欲殿、此方は此処のお袋気取で居やうが、そうじやないぞよ。此方は先与次兵衛様の手掛で、本妻になつた披露目はまだなかつたぞよ。さすれば此処の奉公人じやないか。頓八はなほの事だ。それに己ら二人寄つて御主人の与五郎様に手向ひして済むか。聞けば金簞笥の鍵も二人でせしめて、家のこのお妻様や与五郎様には銭一文自由にさせず、汝らは勝手な栄耀食ひ。寝酒に食らつた鼈や鴨南蛮の払ひが十匁の二十匁のと、それで身代の為になるか。

次へ続く

津の国名柄橋

［読書丸　山東店］

［名柄村双蝶老店　京山］

［建立］

［竹田大］

［竹田大］

(23)十八ウ

十九オ

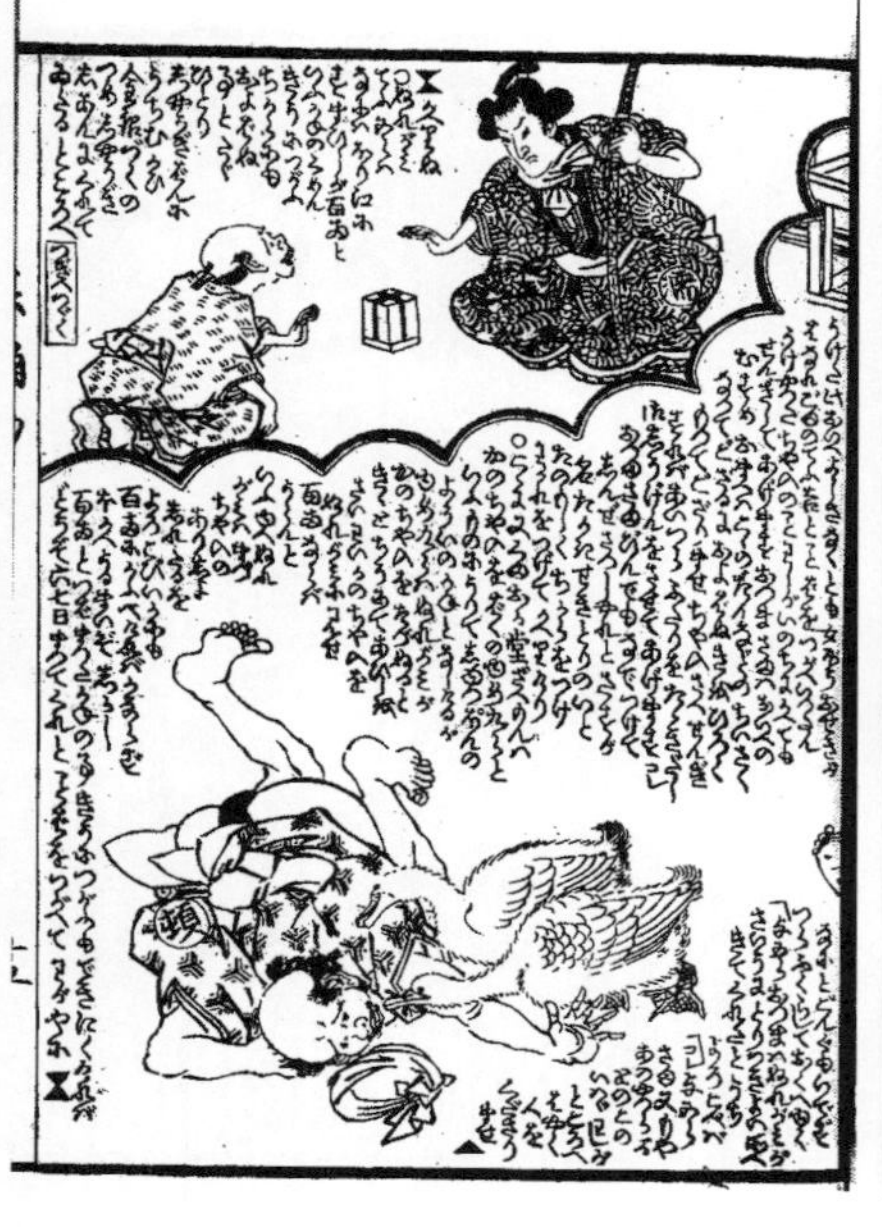

(23) 前の続き そしてマア、いやらしい黒油の島田崩、その面へ隠化粧、雪中の南瓜、嫌味の中の小鼻とは汝が事だは。踵を打つ長襦袢、豚の様な襟を出して抜衣紋に反吐が出るはへ。それに引換へ与五郎様は、太太講にごさつても、引物の割海老を自身に持つてお帰りなさる。お妻様はまだ生娘、海老女郎に着物を着せ、ねゝ様事も此頃まで、そのあどけないお心にも家を大事、夫を大事と思召し、茶入の事を苦になされ、あの痩せが目に見へぬか。汝らはマアお二人を何と思つて居るのだ。村長殿へ連れて行つて面縛しやうか。サア言訳があるか、どふだ〳〵」と理の当然に、さしもの二人も閉口し、返答何と言句も出ず、面膨らして奥へ行く。与五郎、お妻は、濡髪が左右に取付き、よい所へ来てくれたと打喜べば、コレ与五郎様、又もやあの奴等がどのこの言はゞ、わしが所へ早く人を下さりませ。村長殿へ摑んで行つて、埒をつけて上げます。茶入の事もお気遣ひなされますな。わしが親の代から御出入して御恩を受けた此御家、よし然なくとも、女房於勢喜が放駒の蝶吉と言葉を番へ、一旦請合つた茶入の事、わし

が命に代へても詮議して上げます。お妻様は御家の娘、お前は此処の旦那殿、小さくなつてござるに及ばぬ。気を広く持つてござりませ。茶入さへ詮議すれば、あいつら二人を叩出し、御祝言をさせて上げます。コレお妻様、鬢でも撫付けて進ぜさつしやれと、さすが名高き関取の、いと頼もしく力を付け、別れを告げて帰りけり。

○こゝに又、熊岡堂左衛門は、かの茶入を獏の夢九郎といふ者に売りて、出奔の用意の金となしけるが、夢九郎は濡髪が、かの茶入を尋ぬると聞き、途中にて会ひしを幸い、かの茶入を濡髪に見せ、「百両ならば売らん」と言ふゆへ、濡髪は、まづ茶入の在所知れたるを喜び、「如何にも百両に買ふべければ、必ず外へ売るまいぞ。しかし百両とつばまつた金の事、急に都合も出来にくければ、どうぞ六七日待つてくれ」と言葉を番へて我が家に帰りぬ。

○濡髪蝶五郎は浪花堀江に住ひしが、百両といふ金の工面、急に都合力にも及ばぬ事と、たゞ一人、将棋盤に打向かひ、金銀づくの詰将棋、思案に暮れてゐたるところへ、

次へ続く

(24)十九ウ

二十オ

(24) 前の続き 与五郎が息急来る表口。ホヽウ与五郎様、ようこそお出で、サアこちへと濡髪が挨拶に、於勢喜も立出で、コレハ〳〵若旦那、お出でかへと夫婦がもてなし、与五郎は座に着きて、さて、今来たは別の事でもない。茶入の在所が知れたと聞き、嬉しさは限りなく、さりながら百両の金がなければ手に入らぬ由。お妻が計らふて、これ此百両を出してくれた。どうぞこれで買戻して下されと、百両包を差出せば、於勢喜は 次へ続く

［進上 酒一駄 濡髪様］

(25) 前の続き 癪の種忘れて、「ヤレ〳〵嬉しや。此金の才覚に夫の辛苦を側で見る私が苦労。どうぞと思へど女業、たつた今まで案じて居りました。お妻様の才覚で、さぞお喜び」と、ほた〳〵言へば、蝶五郎、百両包を与五郎が懐へ無理に押込み、門より外へ突出して、戸をぴつしやりと閉てければ、与五郎は不審顔。コレ濡髪、何ぞ気に触つたか。マア此処開けてたもらぬか。いや開けますまい。開けぬと申すその訳は、御恩になつた御家へ対し、世

(25)二十ウ

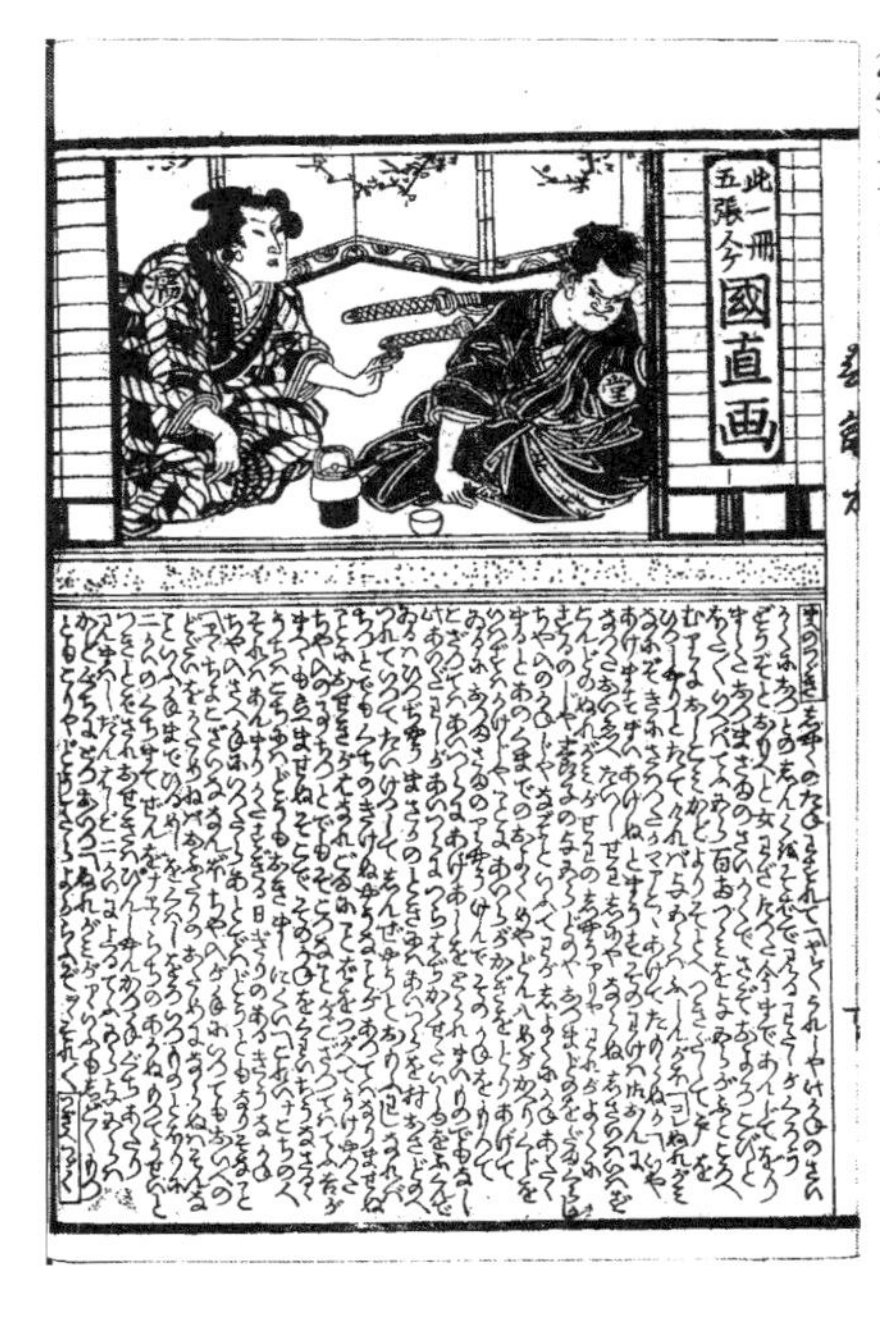

話しにやならぬ仔細は言はず、今度の濡髪が世話のしやう、アリヤ我が欲にするのじや。養子の与五郎殿やお妻殿を騙くらかし、茶入の金じやなぞと言ふて、我が私欲に金温まると、あの熊手のお欲めや頓八めが、返公事を言はずは賭けじや。殊にあいらが鍵を取上げてゐるに、お妻様の料簡で、その金を持つてござつては、あいつらに揚足を取られまいものでもなし。此間わしがあいつらに、面恥かゝせた意趣を含んでゐるは必定。まさかの時には、あいつらを村長殿へ連れて行つて、対決して進ぜやうと思ふわしなれば、ちつとでも口の利けぬやうな事があつてはなりませぬ。殊に於勢喜が放駒に言葉を番へて請合つた茶入の事、ちつとでも粗忽な事がござつては、蝶吉が前へも立ませぬ。そこで、その金を懐中なさるゝ内は、こちにはどうも置きましにくい。これいナ、こちの人、それはあんまり堅すぎる。日切のある急な金、茶入さへ手に入つたら、後ではどうともなりそな事。ヱ、ちよこざいな。何ぼ茶入が手に入つても、御家の土台を固めねば、御二人の御為にならぬは。そんな事言ふ手間で昼飯を食はしをろ。

いつもの通りに二階の口まで膳をナ。ヱ、埒の明かぬ、持つて失せいと突飛ばされ、於勢喜はぴんしやん勝手口、辺り見回し段梯子、二階に上る蝶五郎。与五郎は門口にとつおいつ。濡髪が、ア、言ふも至極尤も。こりやどうしたらよからふぞ。ヲ、それ〳〵、

次へ続く

此一冊五張分　国直画

【中】

(26) 後編中冊

前の続き 放駒蝶吉が住吉に来て居るとの事、あの和郎に相談してと、足を早めて出行きぬ。

浪人を、誰が天竺と名を付けて、二階住ひの堂左衛門、みすぼらしげに隠居る。障子を開いて蝶五郎、「ホヲ、窮屈にござりましよ、追付け飯も持つてくる筈じや。イヤ何時ぞは言はふと存じたが、ア、悪いぞへ〳〵。御主人の軍用金を掠めた上に、行掛けの駄賃に茶入を奪ひ、先非を悔へて切腹でもする事か。未練そうに駆落ち、取所もない大悪人、心に愛想は尽きていれど、匿ふて置くその訳は、わしがまだ相撲にならぬ以前、母親の大病、十が九つ死ぬところを、お前の親御堂之進様のお情けで、人参の代を下され、そのお蔭で死ぬに極まつた母の命を助かつた大恩、此御恩を必ず忘れなと言ひ付けた、母親の言葉を守つて、そこでお前を匿置く。お前に茶入を奪はれた与五郎殿も、恩を受けた家の旦那、夢九郎が前から茶入を買戻さうと、此頃わしが苦労するも、取戻したその上で、筋から筋へ戻したら、万が一つもお前の命、助かるやうにならうも知れぬと思ふゆへ、お前を匿つて置くばつかりで、与五郎殿の金で茶入が買戻されぬ。お前の命が助けたいも、母の命を助かつた恩返し」と詳しく言へば、堂左衛門は頭を下げ、「これじや〳〵」と言ふばかり。人出入の多い内、見付けられては一大事、マア閉帳と差寄する障子は生死の境目と、萎入るこそ遅蒔なれ。

斯かる折しも、神崎の轡屋花籠の甚兵衛、駕籠に乗つて此処に来り、コレ駕籠の衆、俺はちつと手間が取れる。駕籠は此処に預けて置いて、此方衆は後に迎ひに来て下されと、返しやりて戸口に立寄り、ぐはた〳〵叩けば、於勢

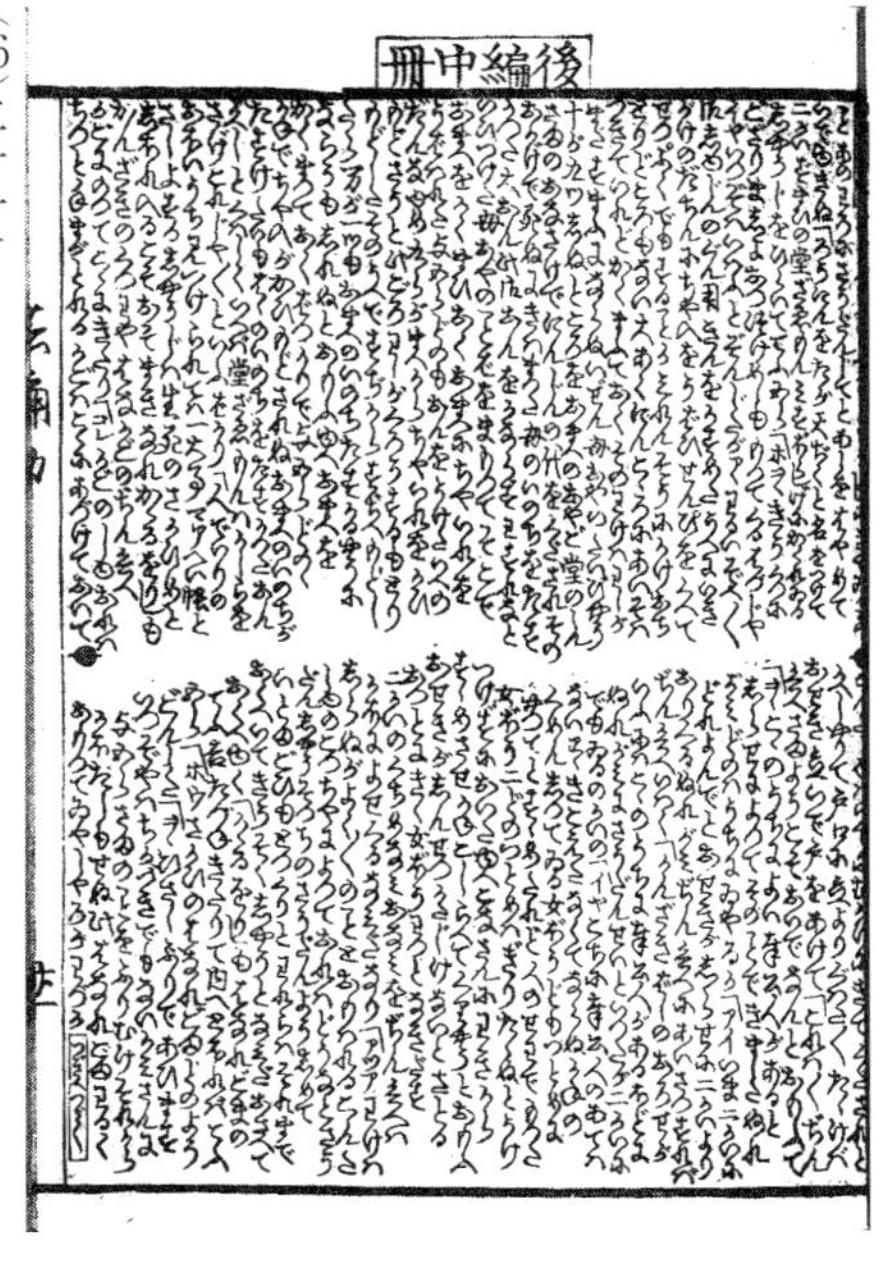

(26)二十一オ

喜立出で戸を開けて、これは〳〵甚兵衛様、ようこそお出で。何と思ふて。ヲ、此処の家によい奉公人があると知らせによつて、その事で来ました。濡髪殿は家に居やるか。アイ今二階に。どれ呼んでと於勢喜が知らせに、二階より降りくる濡髪、甚兵衛に挨拶すれば、甚兵衛曰く、「神崎橋の卸が言ふには、此処の家に奉公人があるほどに、濡髪に相談せいと言つたが、二階にでも居るのかいの」。イヤこちに奉公人の当てはない。ヱ、聞こえた。なくてならぬ金の工面、知つてゐる女房ども、勤めにやつてと勧めたれど、人の世話で持つた女房、二度の勤めは義理立たぬと受付けずにおいたゆへ、此方さんに脇から勧めさせ、金拵へてくりやうと、思ふ於勢喜が親切、忝いと悟る夫に聞く女房、わつと泣出す二階の口、女波男波を甚兵衛は、顔に寄来る涙なり。「アツア、訳は知らぬが、よく〳〵の事と思はれる。此方衆のこつちやによつて、俺はどうなと相談しやう。そつちの相談よう締めて、暇乞もとつくりと、我らはそれまで奥へいて休息しやうと、涙押さへて奥へ行く。

斯かる折しも放駒の蝶吉、尋来りて内へ通れば蝶五郎、ホウ堺の放駒殿ようごんした。ヲ、久しぶりで会ひます。何時ぞやは近付きでもないかみさんに、与五郎様の事を振向け、それから顔出しもせぬ此放駒、悪く思つてゐやしやろが、僅か 次へ続く

(27) 前の続き 三里を隔てても、抱相撲は心にまかせず、思ひながらの無沙汰は真平。わしも訳あつて百合の判官様を御暇ゆへ、何かの礼ながら出掛ける道、住吉の連歌茶屋で大坂の衆にべつたり会ふたが、貴様とわしと取組をして貰へば大きな金になる事。親や師匠の遺恨も訳がついたと聞いたゆへ、どうぞ濡髪を勧めてくれと平頼み、その事の話もせうし。第一は鶯肩衝の茶入、こつちで在所が知れたれど、取返すに金が入るとお内儀から状の来たのも気に掛かり、突掛けて此処へ来たのも、わしと此方の手付に借りた此百両、茶入の間に合はしてたもれば、ひとりばかりに振向けてと、俺も言はれぬ勝手尽く、サア〳〵

早うと差置けば、ム、そんなら手付の此金で、茶入を買ふて取れと言はしやるのじやの。ヲイ〳〵。イヤそうはせまい。コリヤ与五郎さんが、さつき持つてござつた金、上包に目覚えがあるはいの。よし又、手付の金にもせよ、使はれぬと言ふ訳は、今度の相撲を貴様が勧め、此濡髪に土俵の中で物の見事に貴様が負け、わしへ花進物の山を築かせ、その寄金で山吹屋へ返済もさそふし、与五郎様の世話の礼、奈良の神事の相撲の取返しに負けてくれる気であらうが、ソリヤ勝つて来うが役に立たぬ。それより体よく今度の相撲出ぬのがやつと上分別、出ぬから金も使はぬと、理を理で責める達引に、さしもの蝶吉、返答に困りいつたる段梯子。女房於勢喜も上り膳持つて、折しも二階には障子開いて堂左衛門、見下ろす庭の駕籠の垂、上げて覗くは十字兵衛、びつくり障子をはたと閉す。於勢喜は膳を取落とせば、見上ぐる蝶吉、心に頷き、イヤこれ濡髪、今の様に言やるからは、与五郎様へ蝶吉が顔を潰さしてしまふのじやの。何のいの。イヤ〳〵そうであろ。元頼んだは此蝶吉。

次へ続く

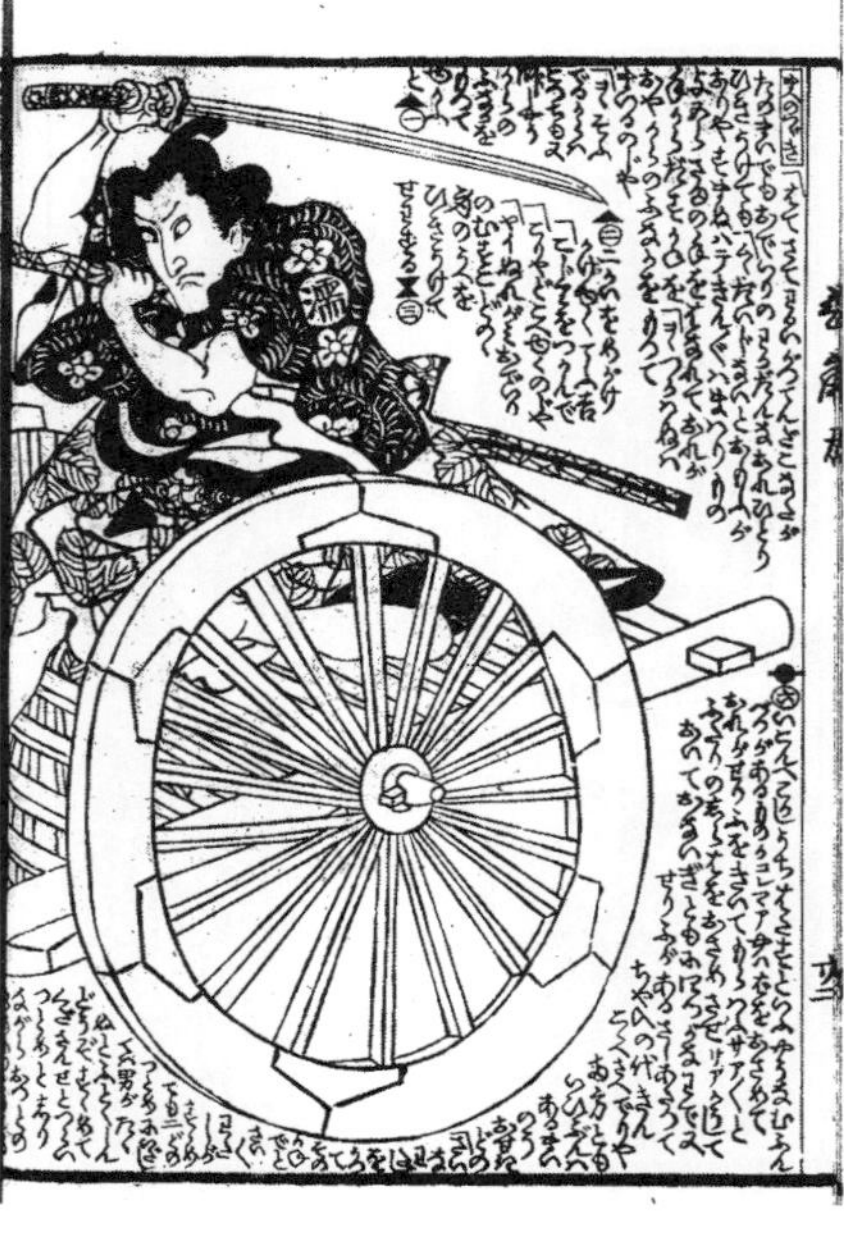

(28) 前の続き はてさて悪い合点だ。此方が頼まいでも、御出入の若旦那、俺一人引受けても。ム、大事ないと思ふが、俺すまぬ。ハテ金銀は回り物、与五郎様の手を離れて、俺が手から出す金を。ヲ、使はぬは親からの不仲をもつて参るのじや。ヲ、そふ出るからは、こつちも又、師匠からの不仲をもつて行かふと、二階を目掛け駆行く蝶吉、鐺を摑んで、こりや何処へ行くのじや。ヤイ濡髪、御出入の息子殿の身の上を引受けて世話する我が、その仇敵の堂左衛門を何故匿つた。人は知らぬと思はふが、泉州表へ疾うに聞こえた。引括つて手柄にする。ホウ現れたら隠すに及ばぬ。此濡髪が匿ふた咎人ならば、手柄に絡めてみい。「ヲ、邪魔すりや我から片付ける。親や師匠の遺恨まで一緒に晴らすと尻引絡げ、互ひに一腰抜放し、丁〳〵発止と斬合ひしが、広場の勝負と二人とも、表へ駆出で車を枷に斬結ぶ。女房が止めても止まらず、危うき所へ花籠の甚兵衛飛来り、舞良戸取つて斬結んだる刃の上へ、丁度立身に止めたる機転。ヲ、二人ながら若い〳〵。聞けば与五郎殿の事、頼む頼まれたといふ間柄、どちら

も男の意気地を磨かふ〳〵が、枷になつて無理矢理に、親と師匠の遺恨へ、殺し討果たすといふやうな無分別があるものか。コレマア、刃を納めて俺が台詞を聞いて貰はふ、サア〳〵と、二人の白刃を納めさせ、サア斯うしておいて、お内儀ともに四つ金輪で又台詞がある。差当たつて茶入の代金、此処へさへ出りや、両方とも言分はあるまいのう、於勢喜殿。さいな私を売つてその金でと、再々私が勧めても、二度の勤めに出しては、男が立たぬと不得心、どうぞ勧めて下さんせと、辛い勤めと知りながら、夫のために勤めする、恥も厭はぬ心意気、側で聞くさへ哀れなり。濡髪も、やう〳〵に得心し、花籠の甚兵衛が百両の身代にて、抱へのつもりに極まりしに。イヤ、濡髪が得心しても、此蝶吉がそふはさせぬと意地張れば、甚兵衛曰く、「はてさて貴様まで糊の強い。与五郎殿の事を頼み、女房を売らせては立たぬと言ふのか。その段も抜かりはせぬ。此処は斯うして済ましておいて、此方が身請しようとも

次へ続く

(29)二十三ウ

二十四オ

(29) 前の続き 金にかゝはる俺じやない」と宥むる表に声あつて、「ヲ、その女、身請せう」と先程、庭に据置きし駕籠の内より立出る南方十字兵衛、皆々これはと驚けば、ホ、汝らが不審尤も。此家に堂左衛門を匿置くと聞きしゆへ、此空駕籠のあるを幸ひ、忍んで事を窺へば、両人が意気地、甚兵衛が親切、とりわけて於勢喜とやら、そちや貞節な者じやナア。その褒美に咎人を匿ふた罪は許す。コリヤ放駒、友達の女房に勤めさせては男が立つまい。それ請出して取らせよと、袂の内より取出すは、百両ならぬ茶入の箱。ヤアこれこそは鶯肩衝。「ホ、獏の夢九郎は旧悪ある者なれば、捕らへて泉州表へ遣はし、取上げたその茶入こそ身請の金子、甚兵衛へ渡せ」と言ふに於勢喜が受取り、甚兵衛が手に渡せば、ハ、有難いなされ方、たつた今、抱へた奉公人を見事な身請をなさる、御客。三箇の津を尋ねても、あらふ様はござりませぬ。此甚兵衛も突出に張込まふと斬込んだ肩衝衣装、二重蔓の古金襴に藤種緞子の替衣装、裏は海気の通しなれども、金儲けした奉公人へ祝儀の心で育くちやると渡せば、取つて押頂き、皆〳〵喜ぶばかりなり。十字兵衛がソレといふ目配せに、捕縄しごいて蝶吉が二階を目掛け駆行くを、ア、これ〳〵と濡髪が止むる心を察する南方、「ヤア卑怯者の堂左衛門、己が行方が知れぬゆへ、一家一門難儀に及ぶ。恩返しに匿ふた濡髪もろとも、同罪の憂目を見せうか。恩を仇で返すのが武士の本意と言はるゝか。少しでも人らしき性根があらば、先非を悔やんで切腹せよ」と声掛けられ、堂左衛門は詮方なく覚悟極めて諸肌脱ぎ、氷の刃するりと抜き、ぐつと突込み引回せば、花駕籠の甚兵衛は仏壇の鐘、撞木、手早く取つて打鳴らし、阿摩堤〳〵南無阿弥陀。どうぞ命を助けんと、心尽くせし濡髪も、悪の報ひは詮方なく、共に念仏を唱ふるばかり。いつの間にかは与五郎、お妻、裏口から二階に上り、此体を見居たりしが、於勢喜はそれと見るよりも、茶入を与五郎に渡しけるにぞ。与五郎は改めて、十字兵衛に渡しければ、南方曰く、「一度紛失の此茶入、確かに某受取つたり。これより名柄村へ立越へて、言ひ渡さんと思ひしが、此処で会ひしは幸いなれば、二人の者に言ひ渡す。その方が家の熊手のお欲、並びに手代頓八めは、山吹屋の家を横領し、罪なき与五郎を追出し、お妻を頓八が妻にせんと色々の悪巧みをなし、召使の身を以て与五郎に手向かひせし事なんど、悉く現れたれば、先刻捕らへて泉州へ遣はしたり。彼ら両人、獏の夢九郎、並びに堂左衛門に頼まれて、茶入を奪ひし二人の悪者すべて五人、近々に阿呆払ひとすべきなり。濡髪と放駒両人は仲人役、与五郎、お妻が祝言を、吉日選びて取結び、山吹屋を

次へ続く

二十五オ

(30)二十四ウ

(30) 前の続き 相続さすべし」と、つど〳〵に言ひ渡し、茶入を携へ泉州へ立帰れば、皆喜びに堪へざりけり。

これより次の絵の訳 此世から地獄ありとぞ言ひなれし、越中の立山は山煙盛んに立上り、梢吹く風、谷水の音凄まじく耳に響き、鼯、猿の叫ぶ声、腸を断つ 次へ続く

(31) 前の続き 思ひなり。岩窟を切開いて石門を所々に構へ、中に設ふ館の結構、錦の几帳玉簾、金地の絵障子、朱欄干、辺りも輝くばかりなり。此山塞の主の名は喝閻羅大王と号し、見る目太郎、嗅鼻次郎なんど、牛頭・馬頭に比べたる手下を従へ、これ山立の張本とぞ知られたる。深山木を伐る人とてはなけれども、花の物言ふ姿には如何なる人も迷入る。大王の秘蔵娘錦木姫、玉琴を弾きさして、木の間漏出る月影の清けき空を眺めやり、思ひある身の託ち顔、側に付添ふ腰元ども、「申し〳〵、お姫様、常は寂しう暮らしても、此頃の紅葉の見事さ。又、斯う冴へた月見はたまつたものではござりませぬ」。「イヤその見事で思出す。昨日から此館へ虜となりし角前髪、

それは〳〵よい器量。あの様な美しい若衆を殺してしまふとは、可愛事でござります」と、とり〳〵話すその所へ、照君太郎良門は、賊が構へし落し穴に誤つて落入り、見る目いぶせき縛縄、日頃の勇気引換へて、隙行く駒や目渡る雁、いと儚くぞ引かれ来る。

錦木姫は一目見るより、ヤアお前は帷子が辻のお浪人、平太郎様じやござんせぬか。そう言やるは五条坂の遊君曙太夫。変はつた所で変はつた形で、合点の行かぬ此対面と、互ひに不審晴れやらぬ。錦木姫は心付き、わざと知らぬ体にもてなし、何処の人か知らねども、捕らはれとなる労はしや。たとへ罪ある身にもせよ、父上にお詫びして命助けて遣はさん。自らが心の内推量してと目遣ひばかり。辺りの人目憚りて、それと岩間の苔の露、袖に時雨の紅葉や、山の奥さへ憂世なり。斯くと知らせに一間の障子、開く内には

次へ続く

(32)【下】

後編下冊

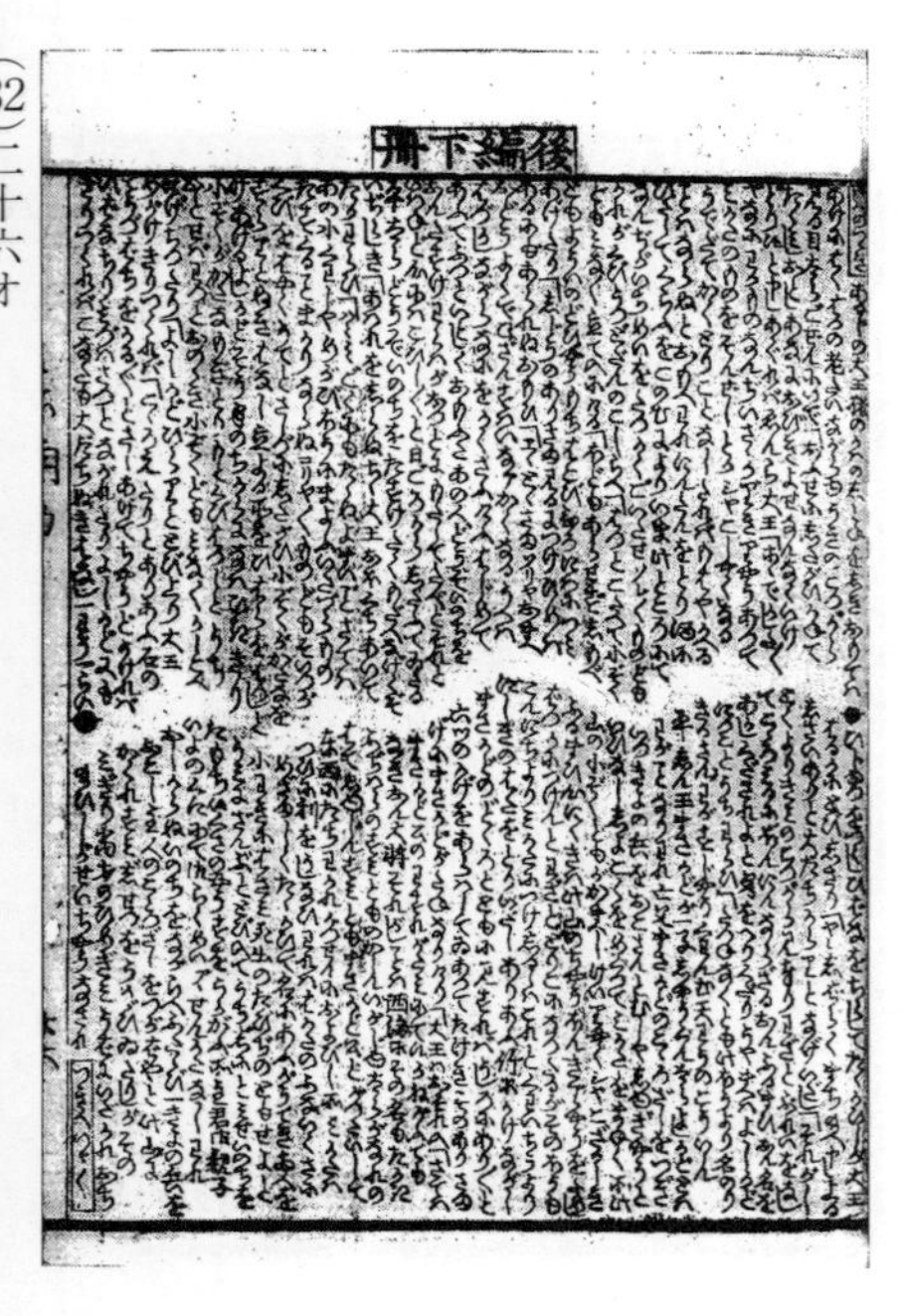

（32）二十六オ

【前の続き】主の大王、猪の皮の褥を敷き、面は朱に白髪の老体ながら雄毅の骨柄、見る目太郎御前に出で、「仰せに従ひ、かねて企みし落し穴に誘寄せ、難なく生捕り候」と申し上ぐれば、閻羅大王、ホヽ、でかした〳〵。ヤ何、若者、汝、いさゝか力量あつて味方の者を損ぜしとか。シヤ小癪なる腕立て、斯く虜となしたれば、最早帰る事はならぬと思へ。我人胆を取り、酒に浸して食らふを好むにより、今、此所にて汝が一命を絶つ。覚悟致せ。ソレ〳〵者共、彼が首打つ土壇の拵へ。「はつ」と答へて小賊共、皆々立て入にける。程もあらせず下部共、用意の土俵持運び、広庭に積上げたり。始終の有様見るにつけ、姫はあるにもあられぬ思ひ、ヱヽ、父様、ソリヤ御前、御胴欲でござんすはいなア。斯くなる上は、恥かしながら何を隠さふ。今日初めて会ふて、ふつと愛しく思ふたあの人。どうぞ命を御助け、妾が夫に持たして給べと、それと言はねど心には、恋し〳〵と日頃から慕ふて居たる平太郎、どうぞ命を助けたく、悶嘆くぞ意地らしき。哀れを知らぬ父大王、大口開いて高笑ひ、ハヽヽヽヽ、穀にも立たぬ世迷言、さてはあの水冠者めが美貌に迷ふ徒者、助くる事罷ならぬ。コリヤ〳〵者共、そいつが首を早く打てと指図に従ひ、小賊が刀をすらりと抜放し立寄る所を、脾腹をはつしと蹴上げる良門、総身の力に縄引切り、小賊が刀捥取り、元首はつしと打落とせば、わつと戦き小賊共、皆々彼処へ逃散つたり。良門ひらりと飛上り、大王目掛け斬付くれば、心得たりと、有合ふ石の手水鉢を軽々と差上げて、丁ど受ければ火花散り、水はさつと流れたり。良門又も斬付くれば、此方も大太刀抜放し、一往一来秘術を尽くし、火花を散らして戦ひしが、大王遥かに飛退り、ヤレしばらく待ち給へ。申し上る仔細ありと、大太刀からりと投出し、某、疾くより君の骨柄見奉り、わざと無礼をなして試みるに、凡人ならざる御振舞、御名を明かし下されよと、身を遜り敬へば、良門につこと打笑ひ、尋ねなくとも此方より名乗り聞かさん。我が素性、桓武天皇の後胤平親王将門が一子、照君太郎良門とは我が事なり。我、亡父将門の志を継ぎ、一挙の兵を興さんと、武者修行と言ひなし、諸国を巡つて味方を招く所、此山の小賊共が構へし計略、シヤ小賢しき振舞、心憎きは此山の帳本、器量を試し幕下に付けんと、わざと虜になつたるが、その方も今日より味方に付け。印はこれと、懐中より錦の旗を取出し、有合ふ竹に掛流し、将門の髑髏と共に見すれば、後にあり〳〵と六つの影を現して威あつて、猛きその有様、実に将門が胤なりけり。

大王は恐入、「さては将門公の忘れ形見にて候か。願ふてもなき御大将、某事は西海に、その名も高き藤原純友の家臣伊賀寿太郎が成れの果て、主人純友、将門公と合体して、東西に立別れ合戦に及びし所、味方は終に利を失ひ、我は博多の舟戦に目覚ましく戦ひて、名に負ふ剛敵両人を小脇に挟み、死出の旅路の供せよと、海にざんぶと飛入て、討死にと見せ命を保ち、戦の様子を窺ふ所、主君御親子伊予の国にて御落命、ア、詮方なし、我、惜しからぬ命を永らへ、再び一挙の兵を興し、主人の志を継がばやと、此山に隠住み、時節を窺ひ居たりしが、その砌、当才の姫君、乳母に抱かれ落ち給ひしが、成長なされ

次へ続く

(33)
越中立山の岩窟
照君太郎良門、虜となる。

(34) 前の続き 人手に渡り、都五条坂に身を売られ、曙太夫といふと聞き、早速身請をなし奉り、我が娘と言ひなして、今の御名は錦木姫、先刻から姫の素振を察するに、五条坂におはせし時、契りを籠めし御方ならん。これも不思議の縁なれば、御夫婦となり下さらば、草葉の陰の純友殿、さぞ満足に思されん。此鎧はすなはち、これ純友殿の形見なり。婿引出に参らすべし」と始終詳しく物語る。錦木姫は様子を聞き、さては平太郎様と仰つたは将門様の御胤であつたか。曙太夫と言ふたのも、純友殿の息女であつたか。さても不思議の縁でござんす。斯うなるからは尚更に、妻と思ふて賜れと、又今更に面伏せ、顔に照添ふ紅葉の色を含みて可愛らし。ホ、その志は嬉しけれど、それは昔誓ひし言葉、大望思立ちて後は、末は亡き身と定むれば、仇な契りは如何ぞと、口には言へ

ど今更に、又捨難きその風情。伊賀寿太郎は長柄土器持出て、仮の祝儀を取結び、陣扇を押開き、謡 兵の交はり頼みあるなかの酒宴かなと、一差舞ふたる折しも、あれ将門の髑髏と純友の鎧より、二つの陰火燃出て、将門の霊魂、純友の亡霊、彷彿と現出で、暫しあつて煙の如く消失せたり。

折から麓に人馬の音、貝鉦・太鼓、山彦に響渡りて喧し。伊賀寿太郎、耳聳て、敵寄せたりと覚ゆるぞ。良門君にも御用意と、急立つ間もなく嗅鼻次郎、庭先に駆来り、只今寄来る敵兵は、平の判官栃盛なりと知らす間もなく、次第に近付く陣鉦・太鼓、大将栃盛、石門に打向かひ、鬨をどつと上げたりしに、正面の御簾巻上げさせ、照君太郎良門、純友の形見の鎧を打掛けて、金冠白衣の装束し、錦木姫は十二単に緋の袴、長刀掻込み立給ふ。伊賀寿太郎は火気を込めたる大石弓を小脇に抱へ、谷に向かつてどうど放せば、忽ち山中鳴動し、名に聞こえたる立山の一百三十六地獄、一面に炎となり、敵兵数多死したりけり。大将栃盛これを見て逃惑へば、次へ続く

(35)二十八ウ

二十九オ

（35）前の続き 良門大磐石を差上て打付くれば、栃盛は微塵になつて死してげり。斯かる折しも、二つの矢飛来つて、此方の柱にがつしと立つ。これはと訝るほどもなく、二人の武士、長上下に弓携へ、悠々と入来る。良門、これをきつと見て、ヤア汝らは鷺沼太郎・荒猪丸両人の者ならずや。ヲ、不審は尤も。我、鷺沼太郎と言ひしは偽り、実は源頼信の家臣、大宅太郎光任なり。荒猪丸と言ひしも偽り、実は碓井貞景なり。「我々両人、将門の家臣なりと偽りしは、将門、純友の残党余類を誘寄せん、その為なり」と言へば、良門は歯噛をなし、梓巫女の言葉と符合せし故に謀られたか、残念や。と面色変はつて怒りをなせば、光任曰く、「まづ怒りを鎮めて、今、我々が射かけたる矢文を見よ」と言ひければ、伊賀寿太郎立上り、二筋の矢文を開いて読上るに、一通は良門の助命あるべき許文、一通は良門に所領を与遣はすべしと言ふ頼信の直書なり。伊賀寿太郎読終はり、ア、頼信殿は仁者なり。情けに歯向ふ刃なし。御二方、再び世に出給ふ上は、最早此世に望みなし、と腹十文字に掻破りてぞ死したりける。時

に貞景言ひけるは、「判官栃盛は、かねて叛逆の兆しあれば、頼信朝臣の計らひにて、わざと此山へ討手に向けたり。良門殿、彼を即座に打殺せしは大功なれば、助命の綸旨を受取召され」と錦の袋を恭しく取出して渡しければ、良門は押頂き、ます〳〵頼信の仁心を感じけり。

○斯くて良門は一所の主となり、錦木姫と祝言しけるにぞ、東西の軍属たちまち滅び、頼信朝臣の武徳ます〳〵盛んにして、

次へ続く

将門の霊魂

純友の霊魂

（36）

前の続き

靡かぬ草木もなかりけり。さて又、山吹

屋与五郎は、濡髪、放駒が仲人にて、お妻と夫婦になり、花駕籠の甚兵衛もろともに、千秋万歳めでたし〳〵〳〵〳〵〳〵。

頼信朝臣の武徳により、将門の霊、恨みを滅して刀八毘沙門と現れ、純友の霊、孔雀明王と現ず。将門、純友の家臣、霊魂、諸天と現ず。

(37)

めでたし〳〵〳〵〳〵〳〵〳〵〳〵〳〵〳〵〳〵。

濡髪の蝶五郎

与五郎

お妻

放駒の蝶吉

後編 中下　国丸画 国 丸

春相撲全部六冊大尾

山東京伝述作㊞

鈴木栄次彫工

江戸京橋 京伝店 裂煙草入・紙煙草入、煙管類、当年の新物珍らしき風流の雅品色々出来。縫金物等、念入別して改め、下直に差上申候。

京伝自画賛 扇新図色々。色紙・短冊・張交絵類、好みに応ず。

読書丸 一包壱匁五分

第一気根を強くし物覚をよくす。もつとも大腎薬なり。老若男女常に身を使はず、かへつて心を労する人は、おのづから病を生じ天寿を損ふ。此薬を用て補ふべし。又、旅立人、蓄へて色々益あり。能書に詳し。暑寒前に用ゆれば、外邪を受けず。近年追々諸国に弘まり候間、別して製法念入申候。

大極上品奇応丸 一粒十二文

大極上の薬種を使ひ家伝の加味ありて、常の奇応丸とは別なり。糊なし熊の胆ばかりにて丸ず。御試みの御方多く、次第に弘まり候間、別して薬種を選び、製法念入申候。

京山篆刻 蠟石白文一字五分、朱字七分、玉石銅印、古体近体望みに応ず。

無間之鐘娘縁記（むけんのかねむすめゑんぎ）

光孝天皇の御宇（仁和年中）

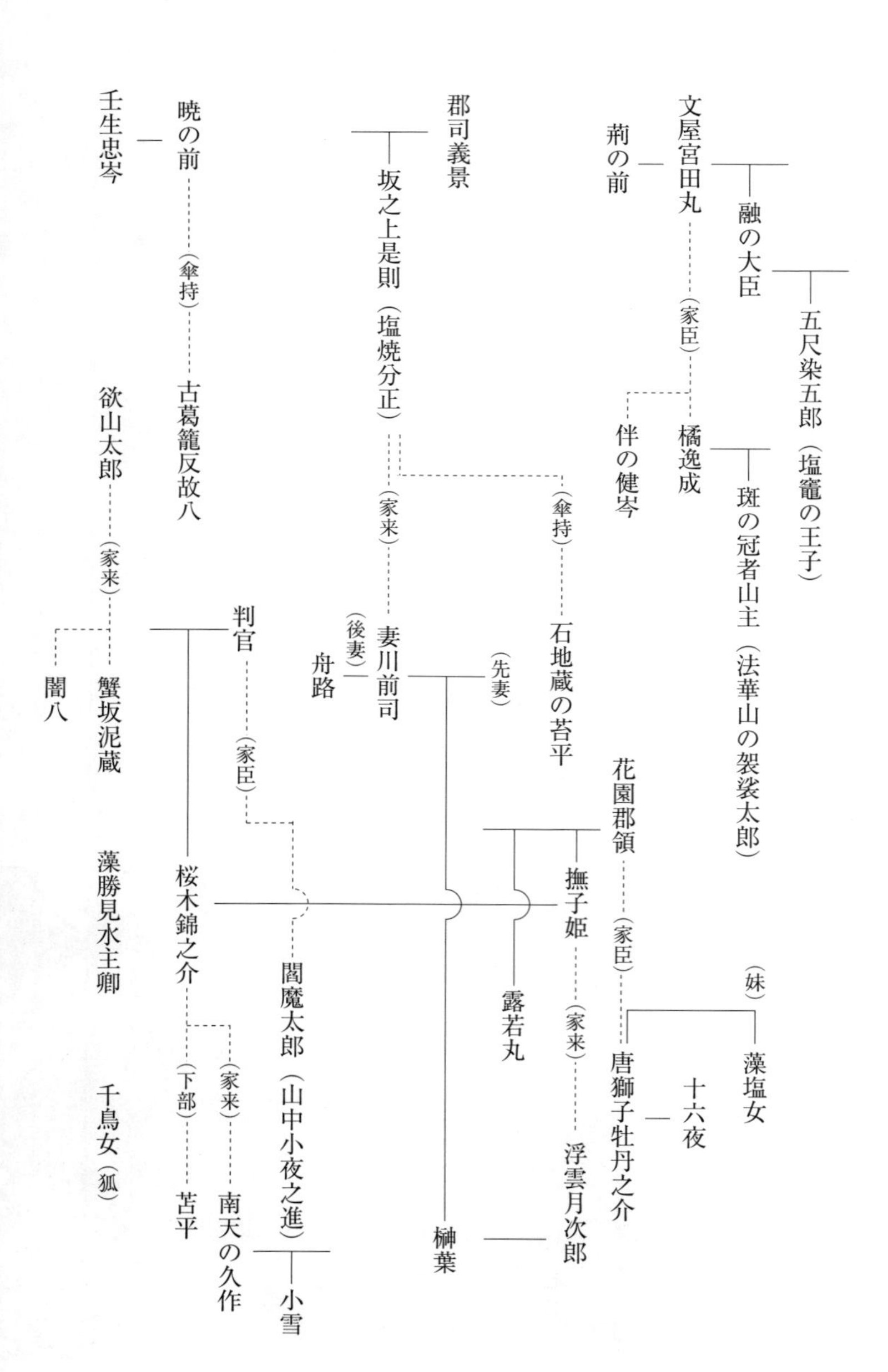

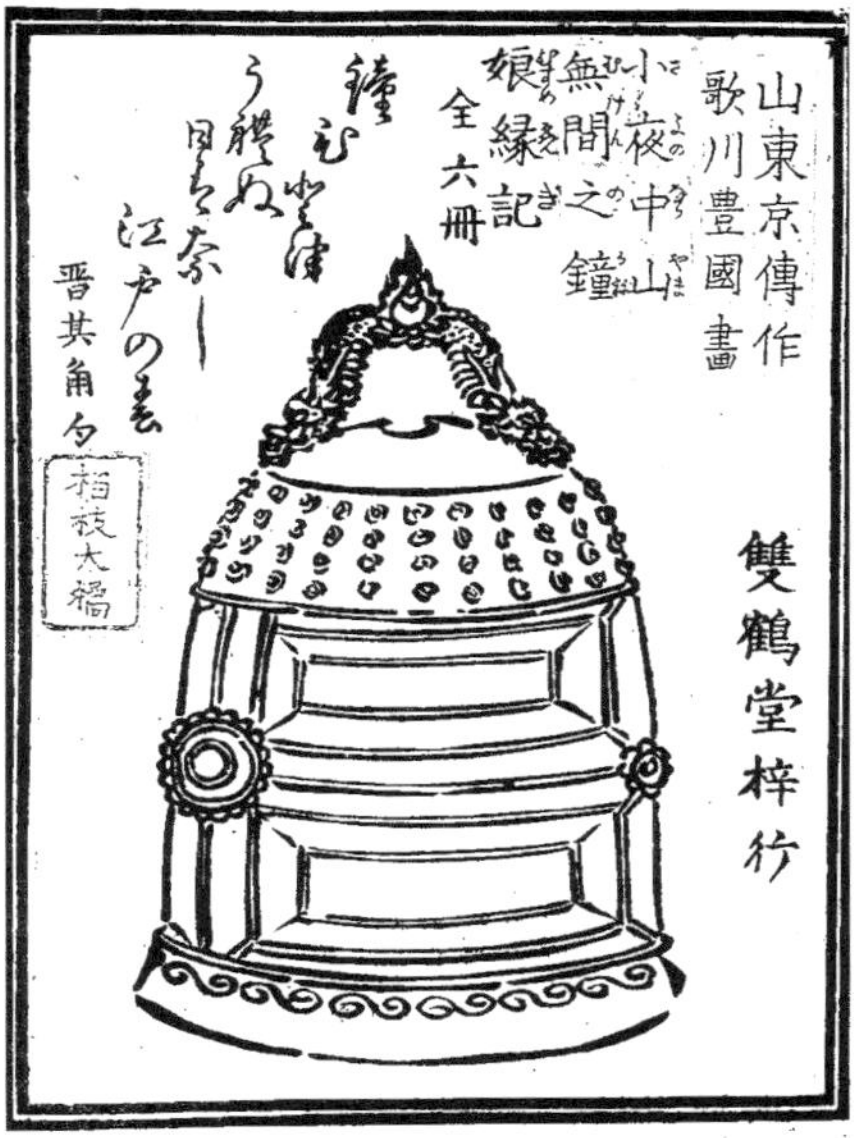

［前編見返し］

山東京伝作
歌川豊国画
小夜中山無間之鐘娘縁記（さよのなかやまむけんのかねむすめえんぎ）　全六冊
鐘ひとつうれぬ日はなし江戸の春　晋其角句
栢枝大橋
双鶴堂梓行

(1)一オ

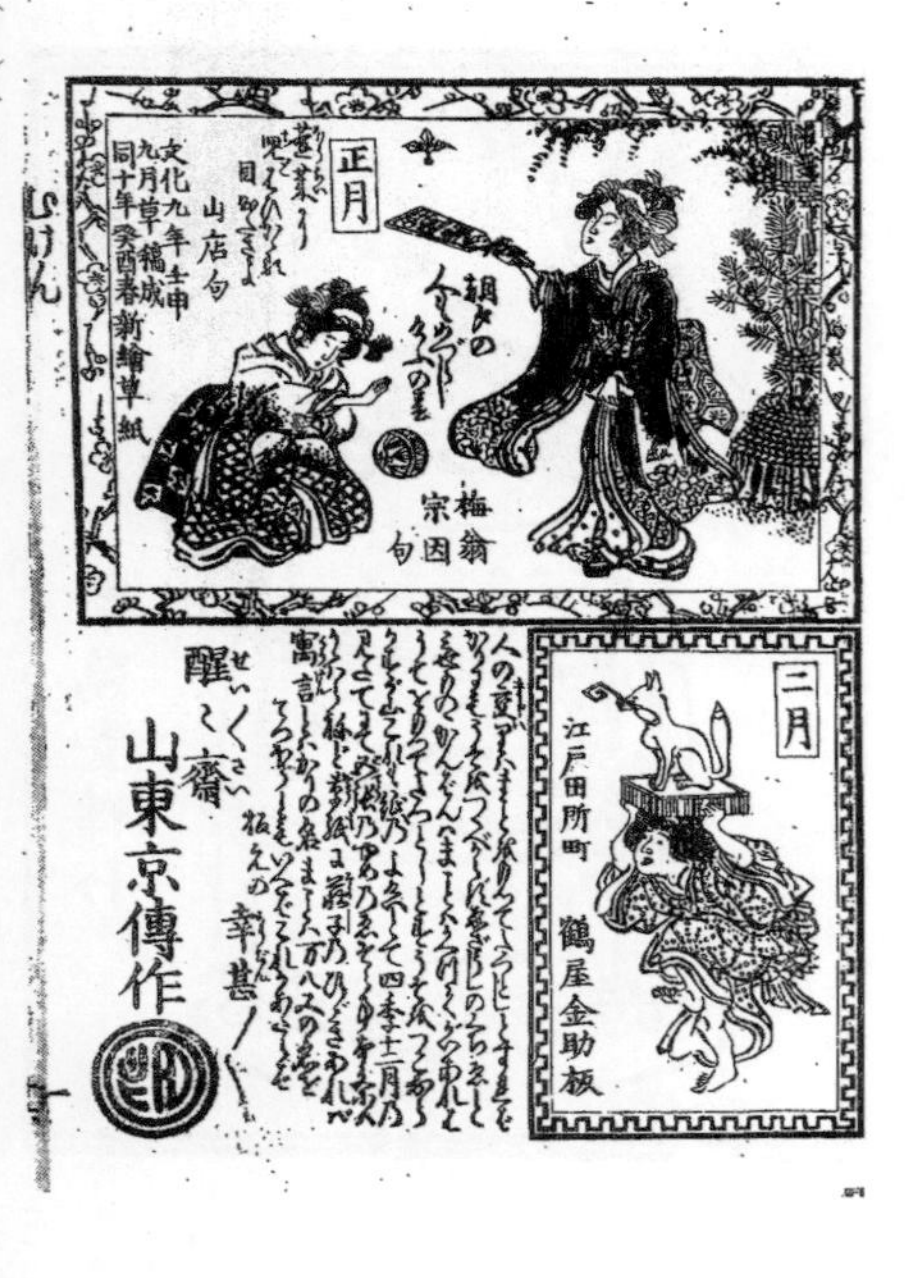

【上】

(1)

正月

蓬莱(ほうらい)に児(ちご)はひかゝる目出たさよ　山店句

朝夕の人もめづらしけふの春　梅翁宗因句

文化九年壬申九月草稿成

同十年癸酉春新絵草紙

二月

江戸田所町　鶴屋金助板

人の交(まじは)りはまことをもつてたつとしとすれば、かりにもうそをつくべからず。ゑざうしのくちゑとみせもののかんばんは、まことはかへつてがいあれば、うそをもつてたつとしとす。うそをつこならかすが山、これも紙のよけいとて、四季十二月の見たてにて、五張(ごてう)のゆめのゑそら事。本文にはかゝはらねど、草紙(そうし)に荘子(そうし)のひゞきあれば、寓言(ぐうげん)とはかりの名、まことは万八、又の名をてつぽうともいへば、これがあたらば板元の幸甚(かうぢん)〳〵

醒々斎(せいくさい)　山東京伝作㊞

（2）一ウ

（3）二オ

（2）

三月

雛抱(ひなだい)てたがれて八重(やへ)のすがた哉　春来句

紙雛(かみびな)やこける時(とき)にも女夫連(めうとづれ)　存義句

（3）

四月

鎌倉をいきていでけん初かつを　芭蕉句

大勢のなかへ一本かつを哉　嵐雪句

啼(な)けば寝(ね)てなかぬねざめや時鳥(ほとゝぎす)　野坡句

有あけの油(あぶら)ぞのこるほとゝぎす　宗因句

(4)二ウ

(5)三オ

(4)

五月

君か代はかさりて見する兜（かぶと）かな　　沾峩句

(5)

六月

すゞしさに四つ橋（はし）を四つわたりけり　　来山句

月鉾（つきぼこ）や松原西（まつばらにし）へ入さやま　　沾徳句

白露（ゆふだち）やもりをとむれは鼠（ねづみ）の子（こ）　　其角句

青柳（あをやぎ）やつかむほどある蚊の声に　　おなじ句

(6)

七月

かはらぬや小町踊のおもかげも
秋来ぬと目にも耳にもをどりかな
うたゝねもかざしあふぎやおんど取
いせの鬼見うしなふたるをどりかな

八月

白雲(しらくも)に声(こゑ)のとほさよ数(かづ)は雁(かり)　其角句

九月

出世者(しゆつせしや)の一もとゆかしつくり菊　其角句
菊さけり蝶(てふ)きてあそべ絵(ゑ)の具皿(ぐさら)　嵐雪句
乗(のり)ものは菊見なるらんひたい綿(わた)　野坡句

(7)四ウ

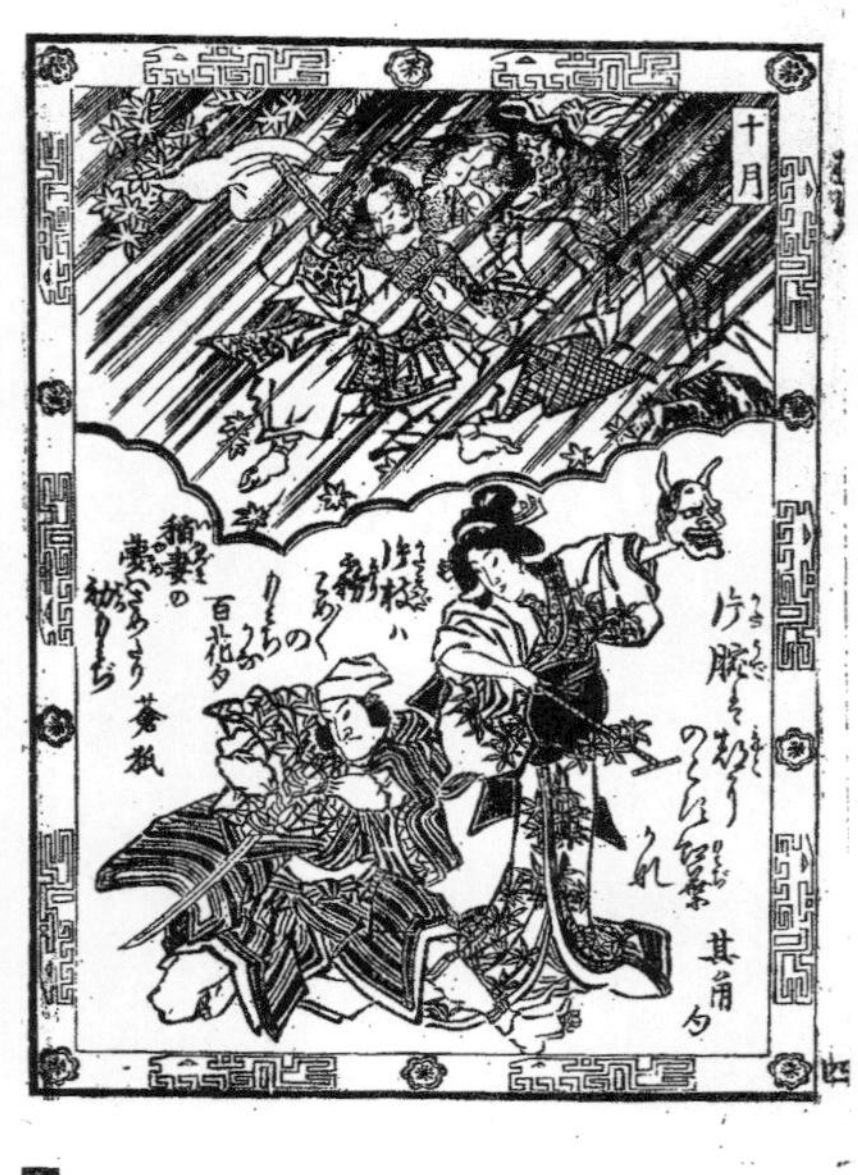

(8)五オ

(7)

十月

片腕(かたうで)は都(みやこ)にのこす紅葉(もみぢ)かな　其角句

片枝(かたえだ)は霧(きり)こめ〱のもみちかな　百花句

稲妻(いなづま)の夢(ゆめ)はさめたり初(はつ)もみぢ　蒼狐

(8)

十一月

顔(かほ)みせやくもらぬかゞみ諸見物(しよけんぶつ)　杜谷句

皃(かほ)見せや一ばん太鼓(たいこ)二ばん鶏(とり)　老鼠句

（9）五ウ

（9）

十二月

豆をうつ声のうちなる笑ひかな　其角句

一夜あけて、めでたくわかがへりたる元旦の景色。

元日やはれて雀のものかたり　嵐雪句

【中】

（10）前編中冊

発端　五十八代光孝天皇の御宇、仁和年中、京の六条河原

(10)六オ

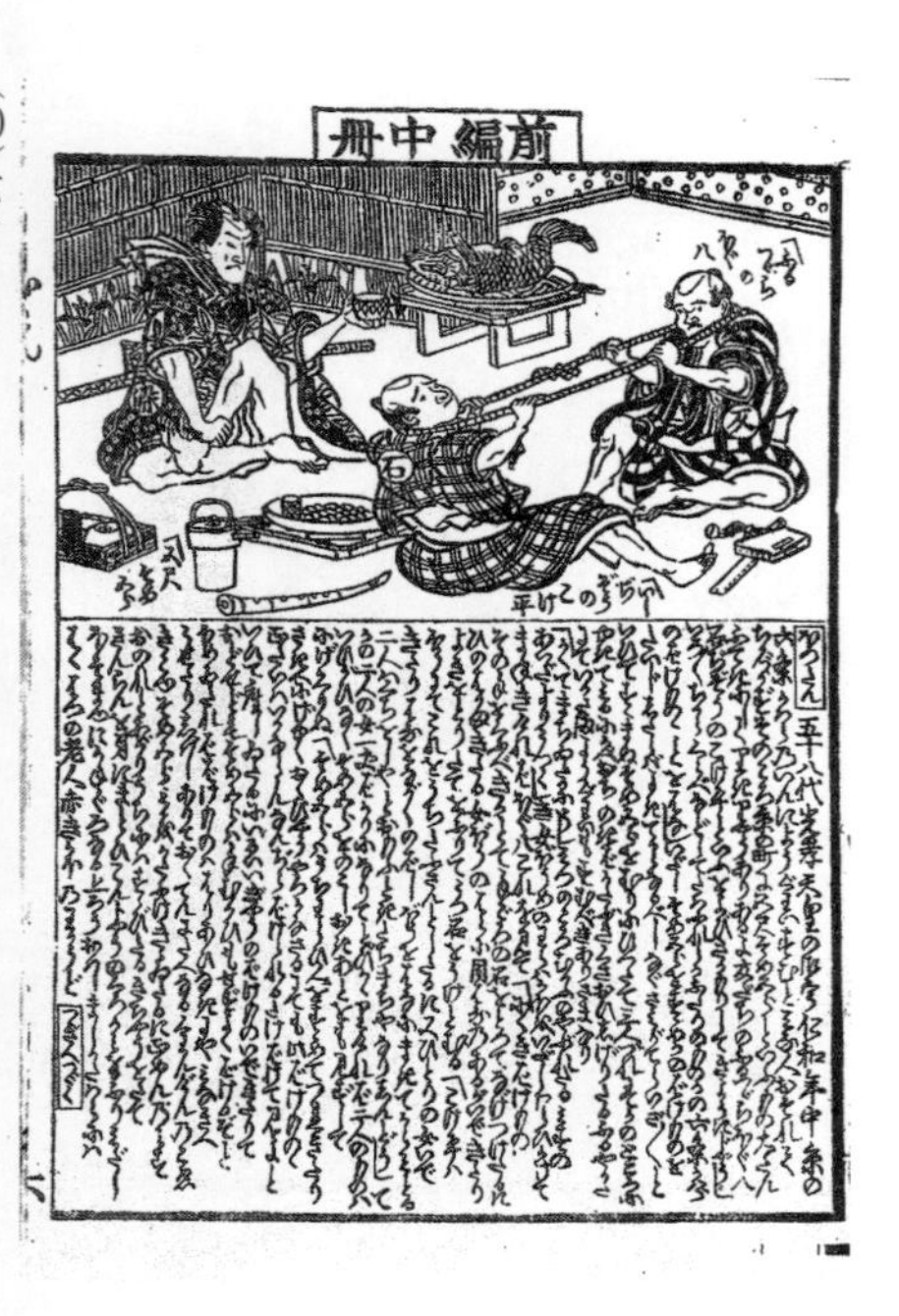

の院に妖怪棲むと、皆人、恐れて近付かず。その頃、京の町に五尺染五郎といふ者、大胆不敵にして力量あり。ある夜、友達の古葛籠反故八、石地蔵の苔平といふを呼び、酒盛して興に乗じ、色々力競べなどして戯れしが、二人の者、かの六条河原の化物の事を話出し、染五郎を勧め、「かの化物を退治したらば良き手柄なるべし。慰みがてら、いざ〳〵」と言ひて、進まぬ染五郎を無理に引立て、三人連にて、かの所に行きてみるに、壁落ち軒端傾き草生茂りたる古館にて、いかさま妖怪も棲むべき有様なり。

斯くて待居たるに、丑三つの頃、向ふの破れたる御簾の間より美しき女房、女童、顔を出し笑ひかけて招きければ、反故八これを見て、憎き化物、その手を食ふべきかとて、手ごろの石を取つて投げつけたるに、緋の袴着たる女房の腹に目鼻のあるが出来たり、斧を取り盾を振りて打つ石を受止むる。苔平は棒にてこれを打倒さんとしたるに、又一人の女出来り、鼻を長く伸ばし、棒を鼻に巻きて絡取る。二人は口惜しやと思ふ時、たちまち屋鳴り振動

(11)六ウ

七オ

して、かの二人の女、一丈ばかりになりて飛びかゝりければ、二人の者は言ひ甲斐なく、染五郎を残置き、後をも見ずして逃帰りぬ。染五郎は打笑ひ、「人を勧めて連来り、先へ逃行く臆病奴かな。然るにても此化物の正体は何如ならん。汝ら化けられるだけ化けて見よ」と言ひて座し居たるに、異類異形の化物出来りて脅せども、染五郎は手向ひもせず、よく化けるぞと誉めゐたれば、化物は張合なきにや、皆消失たり。暫しありて奥殿に妙なる管弦の声聞こゆ。染五郎耳を傾け聞居たるに、正面の御簾おのれと上がり、内には煤びたる几帳を立て、金蘭を身に纏ひ、紺青の黒髪を振乱し、細眉に鉄漿黒なる上臈御座しまし、傍らには白髪の老人、赤き顔の若人 次へ続く

古葛籠の反故八

五尺染五郎

石地蔵の苔平

(11)
六条河原の院の古館

(12) 前の続き 礼服を着して付添ひ、菊燈台の光明らかにて、かしづきの女数多並居たり。染五郎はこれを見て、はつたと睨み、「さては妖怪の根本は汝よな。出で〳〵我が手並を見せんず」と言ひつゝ、一腰に手を掛けしが、さしもに猛き染五郎、五体竦みて働かれず、犬居にどうと倒れたり。

時にかの上臈、打笑ひ、汝、我を妖怪の首長と思ふは宜なれども、然にあらず。我は是、仁明天皇の時、承和年中、坂上是則が父、郡司義景が為に滅びたる文屋宮田丸が妻、荊の前なり。これなる老臣は橘逸成なり。若者は伴の健岑なり。此世を去りし我々が怨霊、此所に留まりて妖怪の形を顕せしは、諸人の剛臆を試みて、もし大功の勇士あらば、宮田丸殿の謀反を譲り、四海を乱さし怨みを晴さん、その為なり。

蜥蜴、飛出る。

次へ続く

(13) 前の続き 汝は幼きより民間に人となりたれば、己が素性を知る事あるまじ。汝は此六条河原の院に棲み、

(13)八ウ

九オ

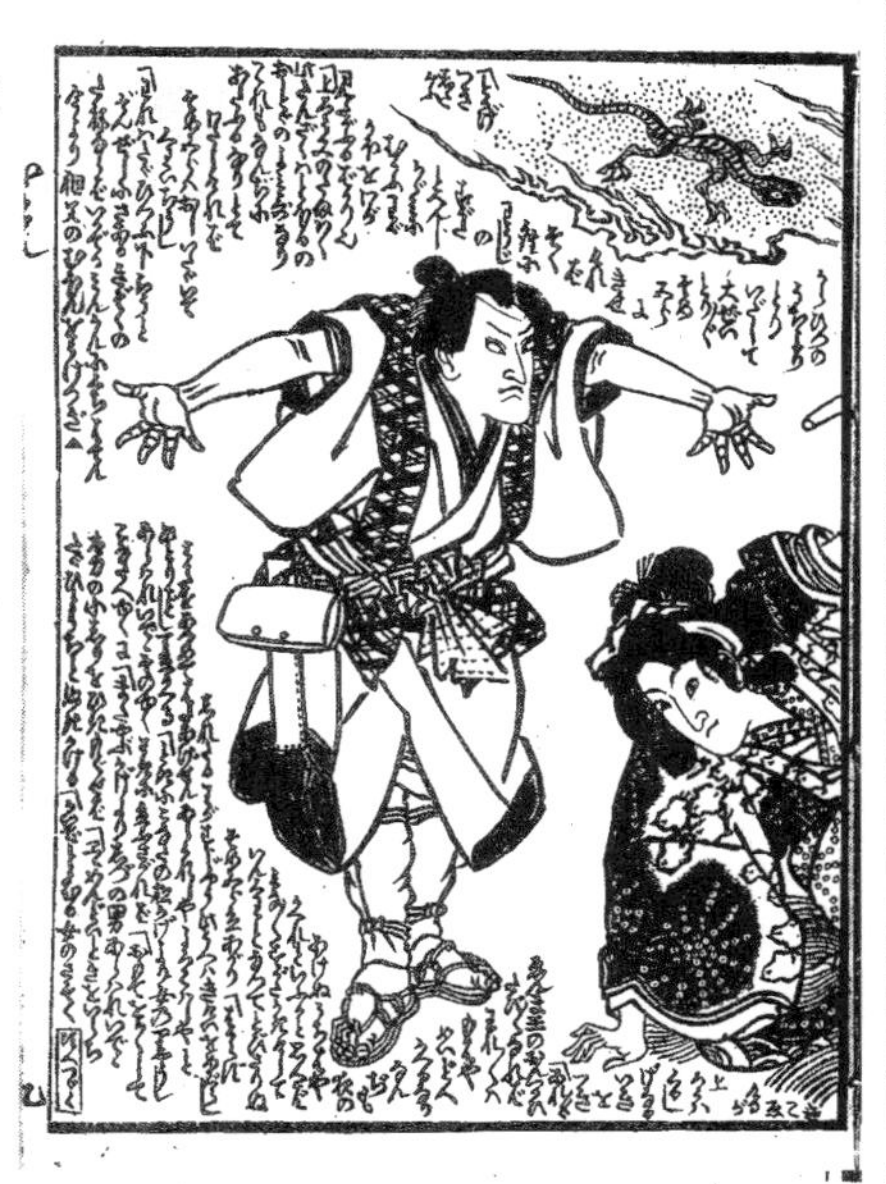

陸奥の塩竈を写して慰みたる融の大臣の落胤にて、宮田丸殿のためには孫なり。汝、大胆不敵にして力量あるこそ幸ひなれ。今より祖父宮田丸殿の謀反を継ぎ、味方を集め旗揚して、遂には王位を奪ひ、一天万乗の位に就きて、我々が修羅の妄執を晴らしくれよ。汝、民間に在りて、人の見知りある者なれば、我まづ汝が顔立を変へてつかはすべしとて、一つの鏡を取出して、染五郎が面を照らしけるに、不思議なるかな、たちまち面体変はり、髪髭伸びて悪相とぞなりにける。

上臈また宣はく、「汝が父、融の大臣の官服こゝにあり。それ女共、彼に着せよ」と仰せの下から、櫃の内より取出して、大勢とりぐ〜染五郎に着せければ、即座に往時の姿と変じ、鏡に向かふ我が顔を、我が見違ふるばかり也。

上臈又宣はく、「此短冊は融の大臣の詠歌なり。これも汝に与ふるなり」とて渡しければ、染五郎は押戴いて懐中し、「我はたゞ匹夫下郎と存ぜしに、然ある貴族の胤ならば、如何でか民間に朽果てん。今より祖父の謀反を受継ぎ、王城を打破りて怨みを晴らさせ申すべし」と、事も無げに言ひければ、「ヲ、勇ましや、頼もしや。我が魂魄、汝が皮肉に分入て、なほも力を加ふべし」と言ふより早く、上臈の胸元より一つの蜥蜴飛出て、染五郎が懐に入にけり。

斯かる折しも空中に罵詈号泣の声聞こゑけるが、上臈は苦しげなる息を吐き、「あれ〳〵閻魔王の御使、度々なれば我〳〵は最早、冥土へ帰るなり。汝も夜の明けぬうち、早帰れ」と言ふかと思へば、皆々、姿掻消して陰火となつて飛去りぬ。染五郎立上がり、「図らず知れたる我が素性。此上は奇計を巡らし味方を集めて旗揚げせん。あら嬉しや喜ばしや」と独言して立帰る。時に此方の松陰より女の漁師現出て、その行く先に立塞がれば、面を隠して此方へ行くに、また藪陰より賤の男現出て、太刀の小尻を引戻せば、ヱ、面倒と気を苛ち、たゞ一打と抜きかける。櫂で止むる女の早速、次へ続く

蜥蜴、付従ふ。

(14) 前の続き 三人一緒に阿吽の呼吸、互ひに窺ふ黙まりに、抜つ潜りつ立回り、染五郎はすり抜けて、向ふの方へ走行く。跡に落とせし短冊を拾上げたる賤の男、月影に見る女、「さては」と一声、途端の拍子、暁近き鶏の声に驚き、両人も行方知れずなりにけり。

○此黙まりの訳、六冊目にて分かる。

これよりこゝの絵の訳 それはさておき、こゝに又、近江志賀の住人欲山太郎、近江朝妻の住人花園郡領の娘、撫子姫を恋慕ひ、妻女に貰はんと仲立をもつて度々言ひ込みけれども、郡領は欲山太郎が人となりの悪しきを嫌ひ、撫子姫はかねて美濃の国寝覚の里の住人、桜木錦之介を恋慕ひ、如何にもして錦之介の妻になりたく願ひ居たれば、かれこれもつて欲山太郎が望み叶はず、ます〳〵胸を焦しけるが、此度、小夜の中山の釣鐘を作るべき事を花園郡領に勅命ある。此役目は、かねて欲山太郎へ勅命あるべしと思ひ居たるに、思ひの外、郡領へ命ぜられけるにぞ、いよ〳〵遺恨を重ねて無念に思ひ、家来蟹坂泥蔵を近付けて密談し、謀計をもつて花園郡領を自滅させ、撫子

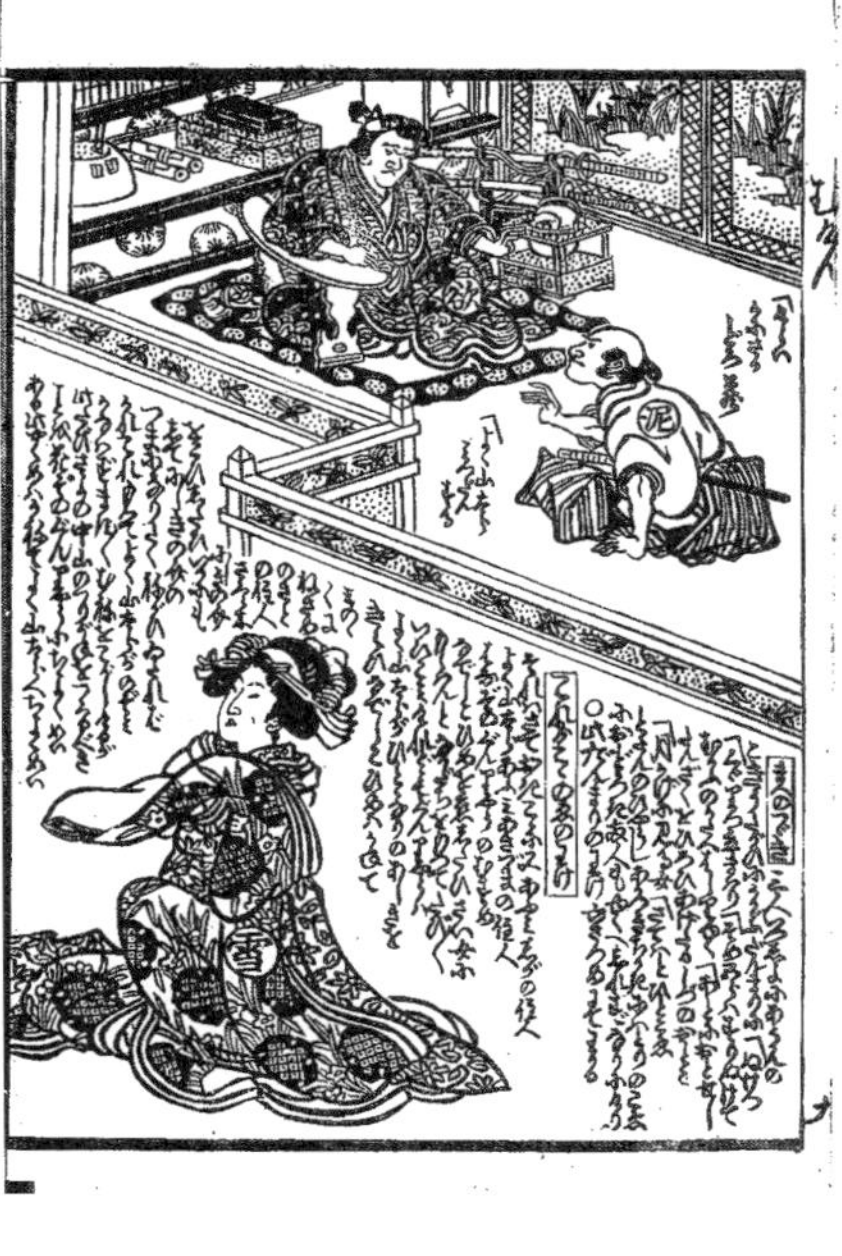

姫を奪取りて、日頃の望みを遂ぐべしと、悪巧みをぞ企てける。

○桜木錦之助、ある日、近江の多賀明神へ参詣し、折節、盛りの花を眺めて居たりし所へ、美しき娘、連れにはぐれた様子にて、そこら尋ねて来りつゝ、錦之介を流目に見返りければ、錦之介も目を留めて、互ひに見交す恋草の花を折りたき風情なり。錦之助、目配せして知らせば、飲込む下部の苫平、「これお娘、さつきから様子を見るに、どうやら連れにはぐれた様子、どんな人を尋ねる」と言ふを、娘は渡りに舟、恥づかしそふに側に寄り、私は小雪と申て住所は遥か遠江。此近江に縁あつて逗留の間、近所の娘と連立つて此社へ参りましたが、参詣の群衆の中ではぐれましてござります。ムヽ、こゝにござるは我等が御旦那、遠慮に及ばぬ。こゝに休んで待つて居たなら、はぐれた連れが尋ねて来るは定のもの。そしてマア花見に来たのか。アイ、花見がてらの神詣。此神の御誓ひで勿体ない事ながら、此殿様の様な美しい殿御を夫に持ちたいと、縁結の願参り。ヲヽ、恥づかしと袖覆ふ。錦之介差寄つて、賤の女に似合はざるそちが器量、国も心も遠江。今から俺が手回りで使はれる気はないか、どふじや〳〵。「御志は有難けれど、見ますれば御歴々様。私等風情の賤の女が、あなたの御気になんとして、許して給べ」と言ふ内も、離れ難き思ひなり。

斯かる所へ連れと見えて、こちらの娘に比べては雪と炭なる家鴨娘。コレ小雪、こゝに居やつたか。見や、近付きでもない御方の側へ寄り、何やらもちや〳〵と合点のゆかぬ身振ばかり。こちはそなたにはぐれて、一遍尋ねた

次へ続く

欲山太郎密談する。
家来蟹坂泥蔵

（15）前の続き 暇がいるなら、わしや先へ帰るぞやと、ひんと拗ねたる法界悋気。ハツと小雪も心付き、「ヲ、連立つて来たものを、置いて往のとは胴欲な。わしも往ぬる」と立上がり、口には言へど此場の仕儀、何思ひけん錦之介、硯取寄せさら〳〵と、紅著き短冊に、吾妻路の道の果てなる常陸帯かごとばかりも会はんとぞ思ふ、といふ歌を書付け、たとへ我が名は明かさずとも、又巡会ふ標ぞと渡せば、取つて押戴き、何も申さぬ此御情け、偽なくは君や来ん、我も行かんと立上り、連れの娘と連立て、心残して別行く。錦之介も下部を連れ、神前さし

(15)十ウ

て入りにけり。
斯かる折しも、花園郡領の息女撫子姫、下館に逗留の間、家来浮雲月次郎その他、腰元召連れて此社に参詣し、良き枝振の下陰に幕打回し、安らひ給ふ御姿、いづれ桜と争へり。やゝあつて月次郎に向かひ給ひ、「今日、此社へ桜木錦之介様御参詣と聞きしゆへ、それで妾も参詣したが、自らが心の底を、どうぞあなたに知らしてよ」と、いと恥づかしげに宣へば、月次郎言ひ、「かねてより欲山太郎、姫を慕ひ仲立をもつて度々の所望なれども、御前様も御嫌ひなされ、父君の御心にも叶はぬゆへ、不得心の趣きを仰せきられ候へども、彼は若年ながら邪知佞奸の者なれば、何如なる謀をもつて災ひせんも計られず。それを思へば、一日も早く婿君を定むるが上分別と存ずるゆへ、かねて御前様の御慕ひなさるゝ錦之介様に御縁談の出来る様にと、私も願はしく存じます。それにつき、当社の巫女榊葉と申すは、

次へ続く

浮雲月次郎
近江の花園郡領の息女撫子姫

（16） 前編下冊

前の続き 御一家の坂之上の是則様の御家来妻川前司が娘なれども、故あつて当社の巫女となり、桜木殿にも縁あれば、彼を頼み、某、良きに計らふべし。御心確かに思召せ」と諫むる内に、巫女の榊葉、神楽を仕舞ふて立出れば、幸ひ良き折からと月次郎、憚りながら御姫様に御目見得を致させんと、榊葉を引合はすれば、淑やかに手をつかへ、「私は榊葉と申て、此浮雲月次郎殿とは末の約束致せし者なれば、私をも今日からは御家来同然に思召して下さりませ」と言へば、姫君、ヲヽそふ思はいで何としやう。月次郎が噂で聞及んだそなたの事、自らもあやかつて錦之介様に添ふ様に。ヲツト皆まで仰るな。その橋渡しは私が役。イヤ申し月さんへ、お前がこゝに居なさつては、何かに心が置かれて悪い。ちつとの間、私が内で。ヲヽそれも合点。よそながら錦之介様を今こゝへ、必ず手筈を違へぬ様に。心得ましたも夫婦仲、月次郎は別行く。後に待つ間も撫子姫、身に滲渡る恋風の、そよと知らせに錦之介、我に寄らじは何人と出来るこなたに、

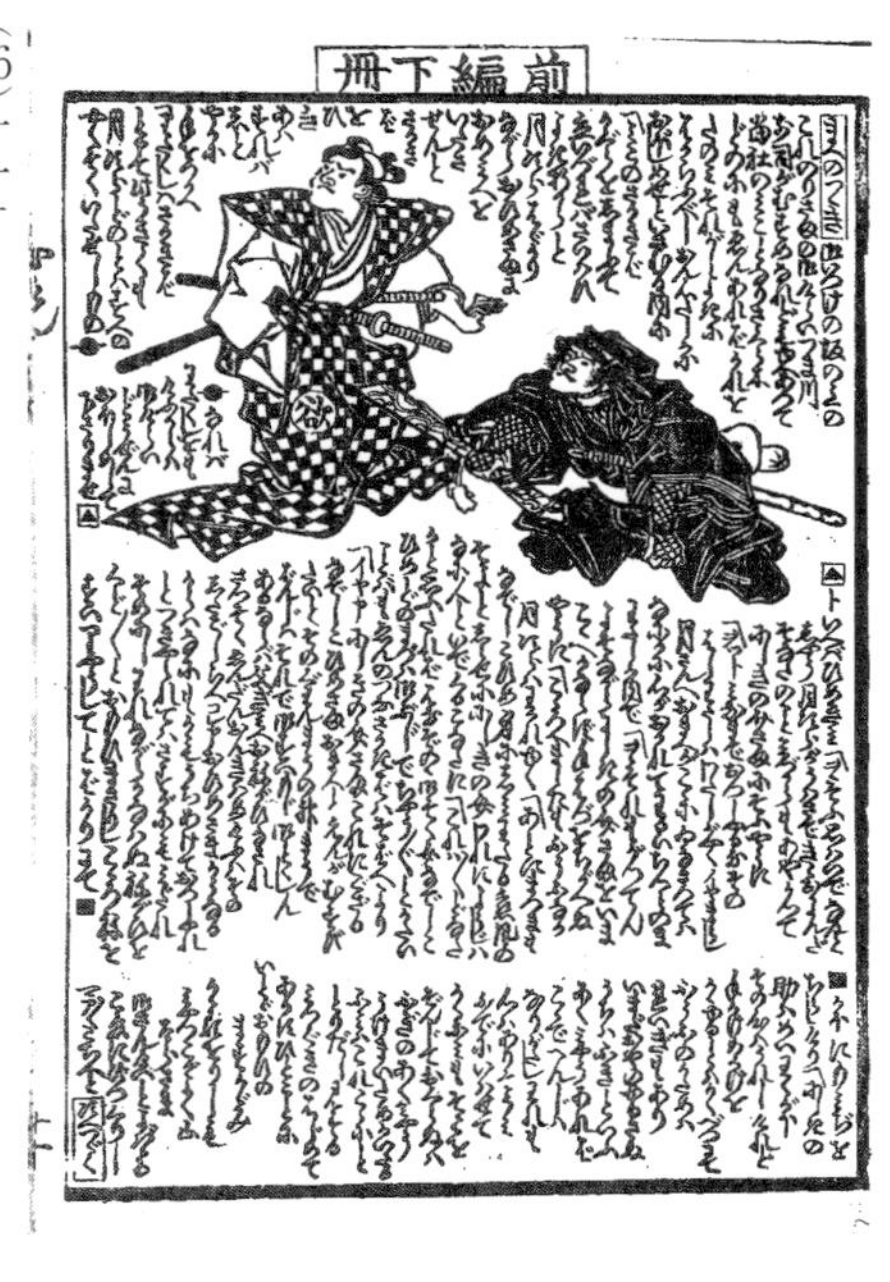

(16)十一オ

「これは〳〵どなたかと思ふたれば、花園の御息女撫子姫殿、先づは御無事で重畳」と、固い言葉も縁の綱。榊葉は側へ寄り、イヤ申、錦之介様、これに御座る撫子姫様、御前と縁が結びたいと、その願望の神詣、万事はそれで御推文字、御得心あるならば、父君へ御願ひなされ、早速縁談御極め、今日はその下拵へ。コレ申、御姫様、斯うなるからは何もかも、打明けて仰れと突きやられては、さすがにも乱れそめにし我ながら、叶はぬ願ひをくど〳〵と、思ひ勝りし心根を推量してとばかりにて、顔に紅葉を散らしけり。錦之助は迷惑顔。その心は嬉しけれど、手掛、妾を抱ゆるとは格別にて、夫婦の固めは礼儀もあり、未だ親の許さぬうちは、不義といふ悪名あれば、こゝで返事はなり難し。我も心は有磯海、筆に言はせて書く文も、そこを存じて贈らぬは、不義の悪名受けまいため。書いたる文は、これこゝにと、取出し見する水茎の、初めて明かす一言に、いとゞ思ひの増鏡、斯かる折しも宮子が「欲山太郎様御参詣」と呼ばゝる声にびつくりし、マア〳〵こちへと 次へ続く

(17)十一ウ

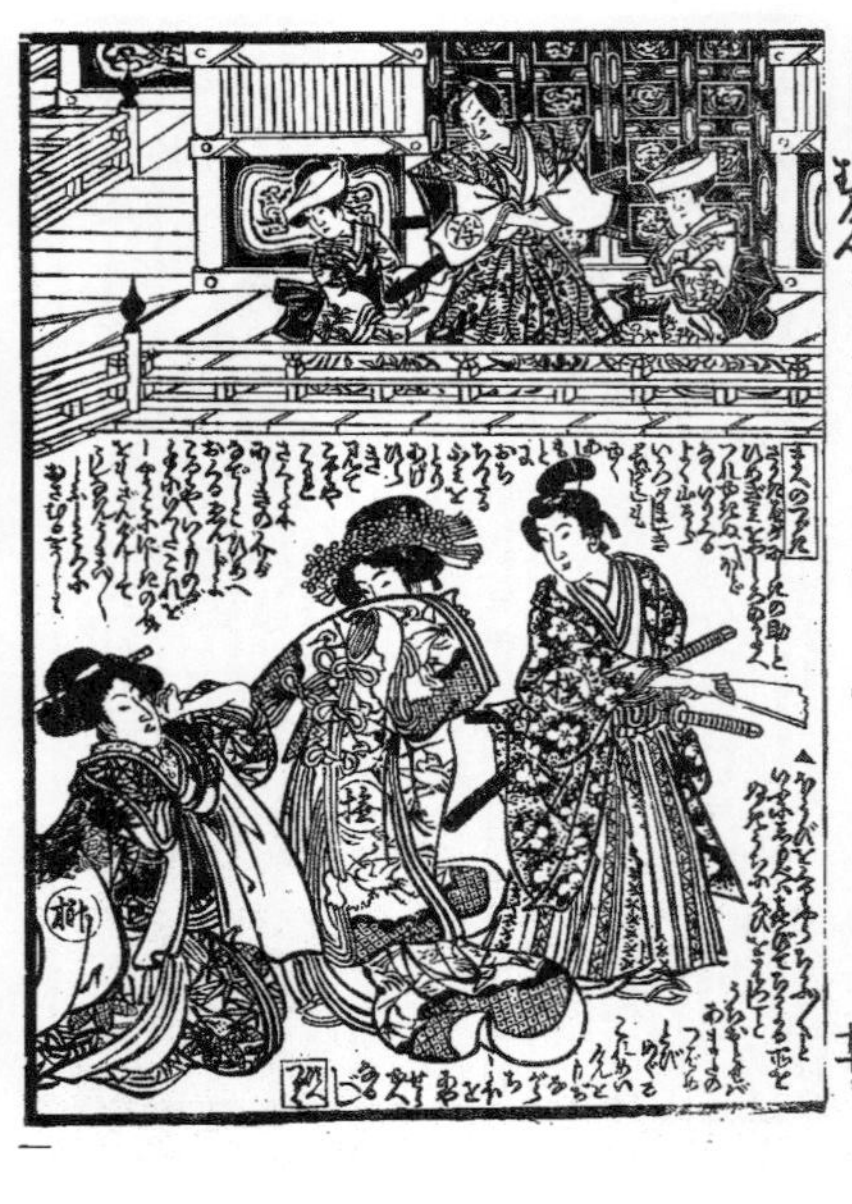

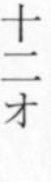

（17） 前の続き 榊葉が、錦之助と姫君を社の方へ連行きぬ。程なく入来る欲山太郎、いかつがましき長上下、行く足元に落散つたる文を取上げ、開き見て、こりやこれ、桜木錦之介が撫子姫へ贈る艶書、こりや良い物が手に入つた。これを証拠に錦之介をも讒言して失はん。うまい〳〵と懐に収むる折しも、下部の闇八駆来り、辺り見回し小声になり、「御旦那、これにか。仰せに任せ、花園郡領が館へ忍入、奪取つたる濡燕の刀、いざ御受取り」と差出せば、欲山太郎改見て、でかした〳〵。此刀は禁廷より郡領へ預置かる、名剣なれば、此刀が紛失すれば、郡領が家は滅亡。然すれば撫子姫を奪取つて我が女房。いよ〳〵うまいと、ほくそづき、「褒美をくりやう近ふ〳〵」と言ふに、下部は喜びて近寄る所を抜打に、首をはつしと打落とせば、数多の燕、飛廻る。これ名剣を持ちながら、血潮を零せし故なるべし。 次へ続く

濡燕の刀より燕、飛出る。

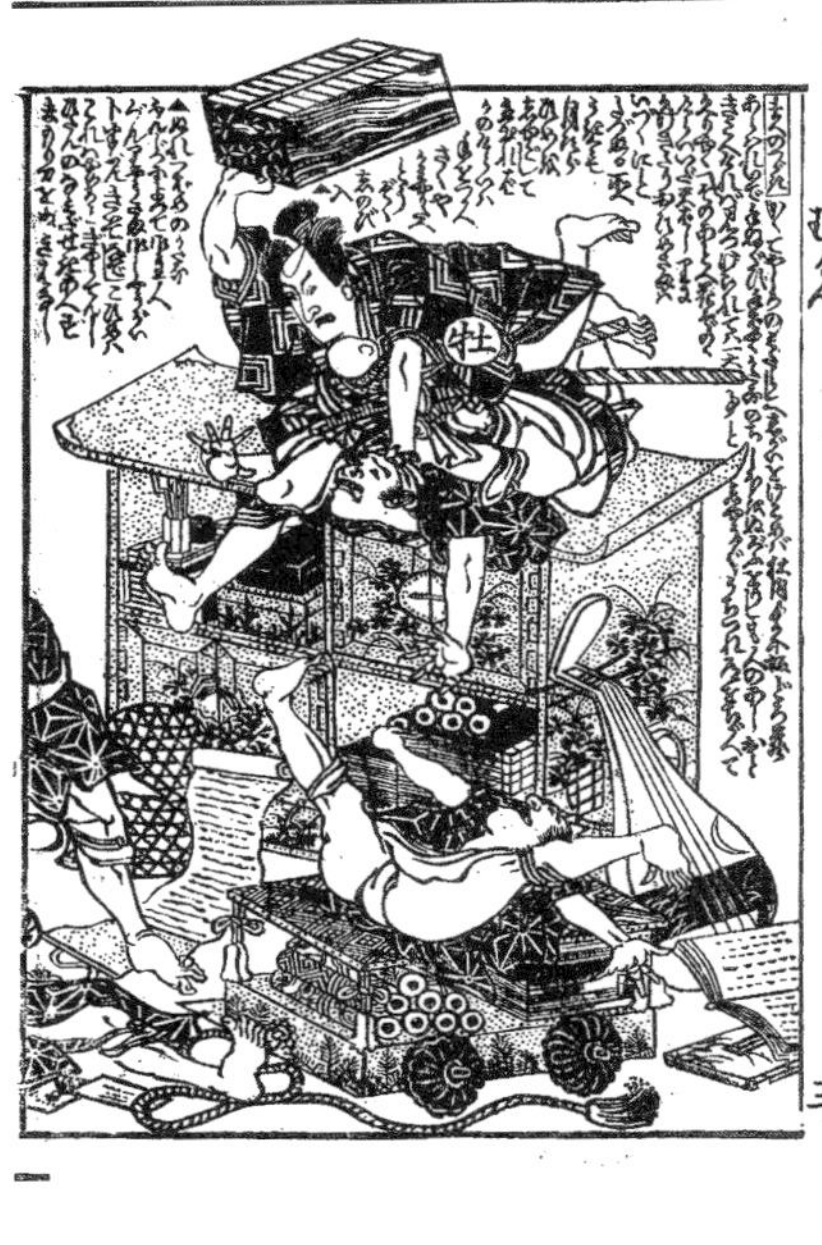

(18) 前の続き 斯くて社の御手洗へ死骸を蹴込めば、社内より蟹坂泥蔵現れ出で、手拭手早く刀の血潮を拭ふ折しも、人の足音聞こへければ、見付けられては一大事と、主従打連れ道を違へて帰行く。その跡へ花園の家来、韋駄天走りに駆来り、御姫様は何処にと尋ぬる所へ、浮雲月次郎、姫を守護して立出れば、かの家来は手をつかへ、昨夜、上館へ盗賊忍入、濡燕の刀紛失によつて御主人郡領様御生害と、半分聞いて撫子姫は、これは夢かと仰天し、悲嘆の涙塞きあへず、守刀を抜放し、自害と見えしを、月次郎押止め、「御尤なる事なれども、今御果てなされては、誰あつてか御父君の御菩提を弔ふべきや。拙者が命に代へましても、失せたる刀の行方を尋ね、御家を再興仕らん。これより館へ御帰りあつては、御身の上も気遣はしければ、一先御身を隠さるべし。拙者御供仕らん」と、言を分けて自害を止め、腰元どもは此所より暇を遣はし、以前の家来は館へ帰し、主従二人立退かんとしたる所へ、巫女の榊葉来り、今彼処にて様子は残らず聞きました。私も一緒に御供と、主従夫婦三人にて、行方

も知れず落行きぬ。

○濡燕の刀紛失といふ事、髭黒大臣の耳に入、勅命なりとて欲山太郎を呼寄せ、郡領を捕らへ来れと言ひ渡しければ、欲山太郎は喜びて、蟹坂泥蔵を先手とし、手の者引供し、郡領が館へ押寄せたるに、郡領は早、切腹との事なれば、くたばつたら首取つて帰るばかり。撫子姫を奪取らんと、奥の間深く踏込みしに、当家の忠臣、唐獅子牡丹之介、妻十六夜もろともに、撫子姫の弟 次へ続く

(19) 前の続き まだ当歳の嬰児、露若丸を守護して立出れば、欲山太郎が荒子共、それ討取つて露若丸を虜にせよと取巻けば、牡丹之介夫婦の者は有合ふ御厨子を盾に取つて控ゆれば、荒子共は我先手柄を争ひて、組付く手先の矢筈香、当るを幸ひ双六の盤で小石の人礫、はらり〳〵と投散らせば、目鼻も分かぬ角盥、火桶に描く撫子の落花、微塵の梨地の手箱、下を巻物硯箱、御簾に垂れたる揚巻や、絡んで取れと突出す。琴柱、刺股、琴の緒を斬つて己と死ぬもあり。すらりと抜いたる切先は、鼻の先なる歌がるた、我が衣手は血になつて、己に当る琵琶の撥、廻る因果は文車の散々はつと逃散つたり。牡丹之介夫婦の者は、露若丸を守護なして、行方も知れず落行きぬ。

○桜木錦之介も艶書を証拠に欲山太郎が讒言して、撫子姫と不義に極まり、その罪にて家を没収せられければ、錦之介自殺せんとしたりしが、一先命を永らへて恥辱を濯ぎ、家再興をせんものと、すご〳〵館を立退きしが、欲山太郎が言付にて、蟹坂泥蔵、手の者引供し、錦之介を搦捕らんと押寄せしが、下部苫平、主人を先へ落とし遣り、己一人留まりて、大勢を相手にして大力勇気の働きに荒子共は敵し難く、秋の木の葉と散失せければ、苫平は主人の後を慕ひつゝ、これも館を落行きぬ。

これより次の絵の訳 さる程に、浮雲月次郎は榊葉もろとも、撫子姫を守護なして東国の方へ落ちけるが、榊葉は月次郎が胤を身に宿して、すでに臨月なれば、道も捗らず、とかく日数かゝりて遠州まで落来り、日坂へ行く道にて夜に入りけるが、撫子姫、持病の癪にて悩み給ひけれ

(19)十三ウ

十四オ

ば、月次郎、後の宿へ薬を買ひに行かんと思ひしが、ア、否々、大切なる御姫様を此山中に女子ばかりを付け置きて、今にも追手に見つかりては、悔やんで帰らずと思ひ直して、榊葉を薬買ひに遣はしぬ。

此御代には、此辺の山深く熊も多く住みける由、此山の麓の村に熊捕の閻魔太郎といふ大胆豪気の狩人あり。此夜は、此山に熊の落を仕掛け待居たるに、折節、月は雲に隠れて暗がりぬ。時に榊葉は薬を買つて帰り道、大きなる熊に出会ひ、びつくりして、はたと倒れけるを、閻魔太郎は熊めが落を逃れて逃走ると心得つゝ、鉄砲を打かけ、その鉄砲は逸れけるが、榊葉は此鉄砲の音に驚き、身を逃れんとして、熊の落とは露知らず、その下を潜りければ、たちまち落の弾跳返りてどつさり落ち、無惨やな、榊葉は大盤石の圧に打たれて死しにけり。閻魔太郎は熊が落に掛かりしと喜びて駆寄りて、よく〳〵見れば熊にはあらで人なるゆへ、「さて〳〵業の悪い女、此圧に打たれては、とても助かる事はない。自業自得じや、是非がない」と一人呟き立帰る。後ろの方に赤子の泣く声聞こへ

(20)十四ウ

十五オ

ければ、次へ続く

(20) 前の続き 不思議に思ひ立戻つて見れば、かの女の腹の破れたる所より産まれ出たる子、傍らの石に取付き泣き居たり。豪気の太郎も角を折り、さて〳〵圧に打たれた母の腹で助かつたは、命強い赤子めじや。愛者だが、家へ拾つて行つて、飯の茹菜と育て、やろと、懐へ抱いて行けば、すつくりと、その榊葉が立姿、さしも豪気の閻魔太郎、びつくりせしが、ム、聞こへた。こりや此赤子を取戻そふと思つて、それで出た幽霊殿か。ハテそれほど欲しか。要らぬ赤子、そつちへ戻すと、草原へ捨てれば、在りし榊葉が姿も共に草隠れ。閻魔太郎は振返り、「コリヤやい、此赤子連れて行かぬかへ。斯うして置くと、熊の餌食になるぞよ」と言ひつ、、又取上ぐれば、再び姿も後ろにすつくり。ハア、また出おつた。ソレ子を戻すと、道端へ捨てれば消ゆる草の露、抱上ぐれば帚木の、ありとは見へて亡骸の、慕行くこそ儚けれ。

○斯くとは知らず月次郎は、姫を介抱しつ、、榊葉を待

（21）十五ウ

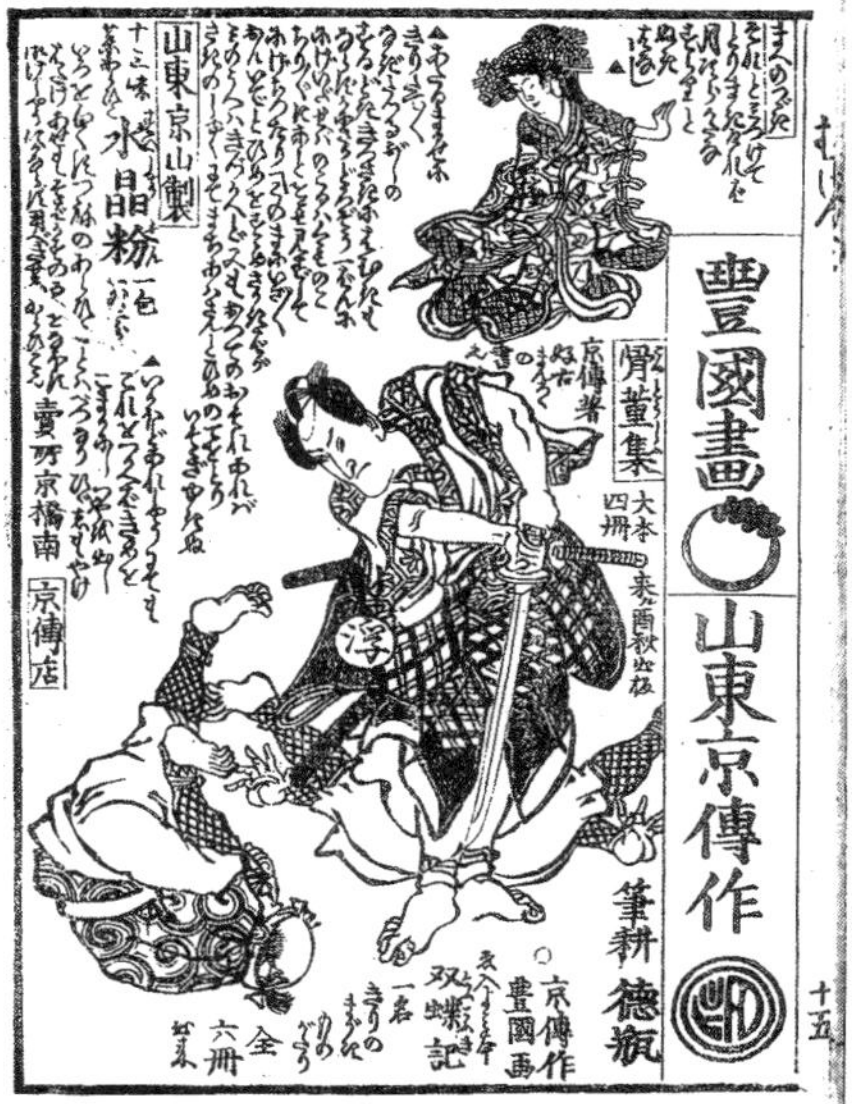

暮らしけるが、帰らざれば、案じ煩ふ折しもあれ、欲山太郎が家来共、［次へ続く］

（21）［前の続き］それと見付けて取巻きければ、月次郎、刀すらりと抜放し、当たるまかせに斬立て〳〵薙断つる。武士の鋭き切先に歯向きもならず、蟹坂泥蔵、一番に逃出せば、残るは蜘蛛の子散り〴〵に、後をも見ずして逃散つたり。この間にいざ〳〵御出と、姫を勧め、榊葉が身の上は気遣へど、又も追手の恐れあれば、先の宿にて待合はさんと、姫の手を取り急行きぬ。

豊国画㊞　山東京伝作㊞　筆耕徳瓶

［山東京山製］十三味薬洗粉　水晶粉　一包一匁二分

いかほど荒症にても、これを使へば、きめを細かにし艶を出し色を白くす。常の洗粉とは別なり。皹・霜焼・疥・汗疹・雀斑の類を治す。御化粧に必ず用べき薬洗粉也。

売所京橋南　［京伝店］

［骨董集］大本四冊　来ル酉秋出板

後編見返し

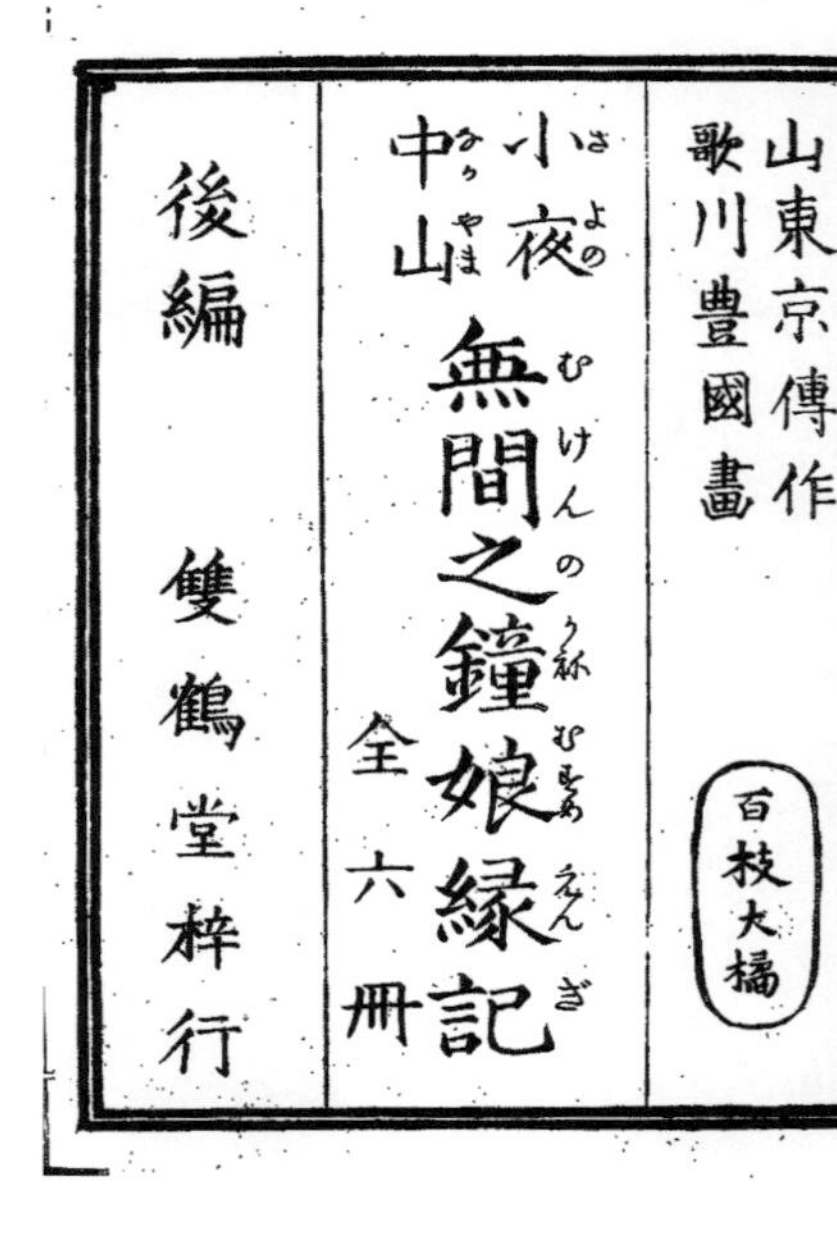

京伝著　好古漫録の書也。
◯京伝作豊国画　絵入読本双蝶記　一名霧籬物語
全六冊出来

【後編見返し】
山東京伝作
歌川豊国画
百枝大橘
小夜中山無間之鐘娘縁記　全六冊
後編　双鶴堂梓行

【後編】
【上】
(22) 後編上冊
読み始め さる程に熊捕の閻魔太郎は、殺生の罪、此世から身を避く剣の山端村、一人住する気散じに、ふんぞりかしたる昼寝の枕、側に水子の蜜柑籠、乳房慕ふて泣出す

(22)十六オ

声に目を覚まし、ヱ、やかましく吠へる餓鬼。もふ日の暮れるに間もあるまい。追付け母が来るであろ。饑くと泣止めと、寝ながら足で蜜柑籠揺すりて歌ふ子守唄。ねんねが守はどこへいたと歌ふ折しも、此村の歩きが来て、コリヤ昼寝か。ハア、鬼の様な恰幅に似合はぬ子守じやの。女房もない身でコリヤ、養子をしやつたか。イヤしやう事なしに拾つた餓鬼よと、あからさまにも言ひかねて、日坂の山道、街道端の石の側で拾つた赤子と言へば、歩きが、それで思ひ出した、さて不思議な事がある。その日坂の山道に腹の裂けた女の死骸、その美しさ、器量の良さ、死骸を見つけてから今日で十日過ぎにもなるが、今に色も変はらず、顔も手足も生き〳〵としてあるによつて、埋めるも埋めかね、今に死骸はそのまゝある。不思議な事ではないかいの。それはそれ、俺が此処へ来たのは、金儲けの話とぞ話と言ふは、撫子姫といふ姫を捕らへて出せば、褒美の金は望み次第と、欲山太郎様からの言ひ渡し、何と此方も熊や猪に骨折らふより、その姫を尋ねぬかへと、聞いて閻魔は打頷き、

次へ続く

(23)十六ウ

十七オ

(23) 前の続き ホウそりや、如何様いゝ仕事。こなたも、うそ〳〵嗅歩いて、撫子姫臭い奴があるなら、早速此処まで知らさつしやれ。ヲ、合点だ、呑込んだ。褒美は二人で山分だと、当てもないのに欲張つて、歩きは急ぎ帰りけり。

はや黄昏と入り口を引立てゝ、閻魔太郎は独言、「ヱヘ、またぎやア〳〵と喧しく吠へる餓鬼、イヤまた幽霊殿も幽霊殿だ。次へ続く

母、舟路。

村の歩き。

(24)十七ウ

十八オ

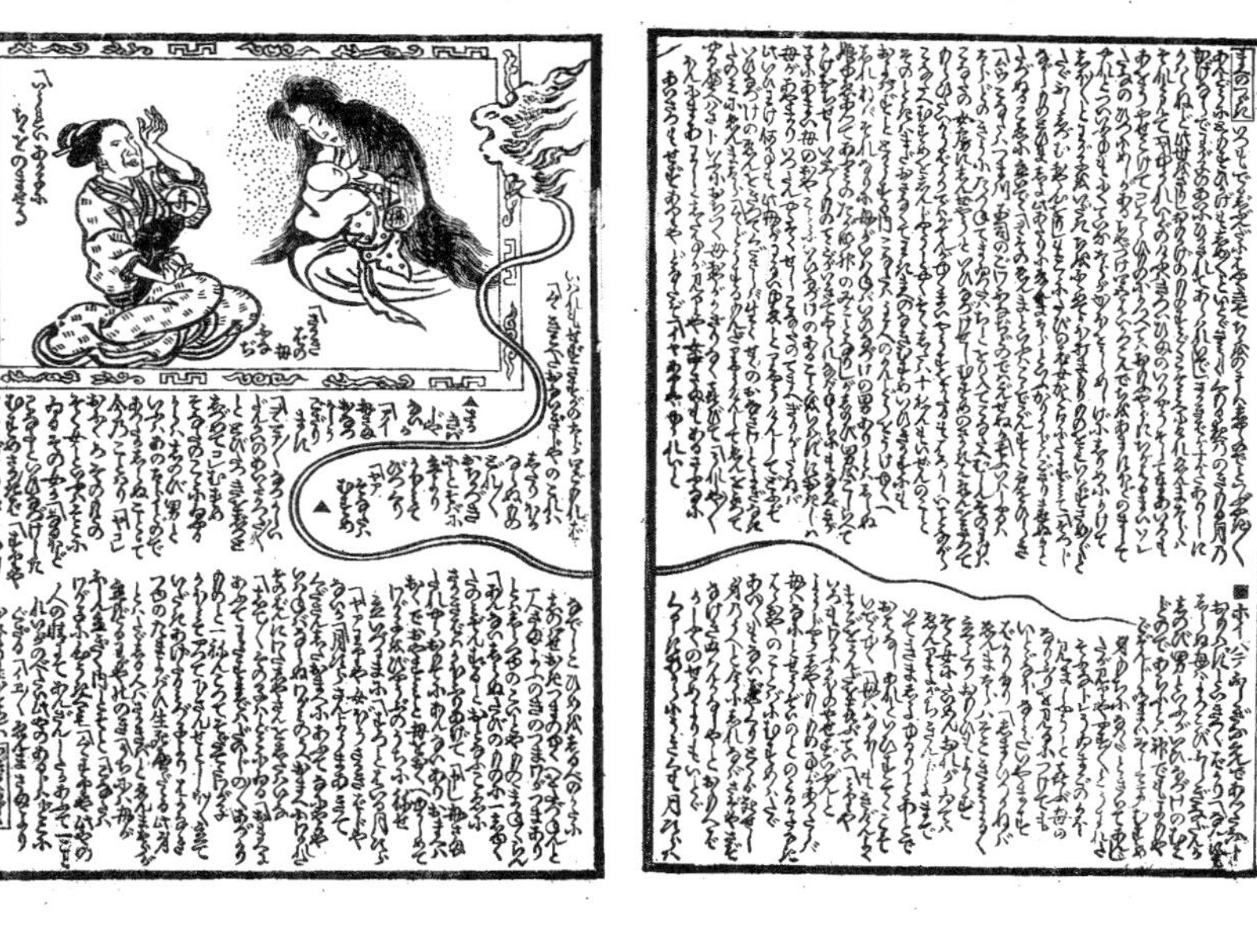

（24）前の続き　いつも出る時分だに、早く来て乳を飲ましはしやらいで」と、呟き〳〵行灯に灯す火影もしめ〳〵と、いとゞ淋しく曇る夜の、軒漏る月の影ならで、我が子の愛に引かされて、現れ出し榊葉が姿、在りしに変はらねど、此世を去りし俤の物凄くこそ見へにけれ。閻魔太郎はそれと見て、「ヤ幽霊殿、今日はきつい暇の入り様、そしてまあ、色も青う痩せこけて、コレ食らひものに飢へては、思ふ様に乳が張るまい。ソレ棚の櫃に飯がある。茶漬四五杯かつこんで、乳を余すほど飲ましてやれ」と、つい言ふ事も憎体な太郎が顔を恨めし気に尻目にかけて、しほ〳〵と我が子を抱き、乳を含めて顔打守り、物をも言はずさめ〴〵と、たゞ伏沈む親心。折しも此処に旅の老女、門口に佇みて、「率爾ながら物問ひましよ。此辺りに閻魔太郎といふ狩人はござりませぬか」と尋ぬる声に立出て、ヲ、その閻魔といふは此処でごんすと戸を開き、ムウこなたは妻川前司の後家、舟路殿ではごんせぬか。そふ言はしやるは太郎殿、急に訪ねて参つたは、ちと折入てこなたへ無心。その訳は、こなたの女房に進ぜやうと許嫁せし娘の

榊葉、縁を切つて貰ひたい。斯うばかりでは合点が行くまい。様子を語るも恥かしい事ながら、こなたへ娘を進じやうと約束したは十年も以前の事。その時はまだ幼くて、弁へのなき娘、言ひ聞かすにも及ばずと、兎角する内、こなたは主人の勘当を受け行方知れねば、それなりに母が言はねば許嫁の男ありとは知らぬ娘、故あつて近江の多賀明神の巫女となりしが、忍男を拵へて駆落ちせしいたづら者、父御が生きてゐられなば、手打にもなるべきが、子に甘い母の親、殊に許嫁のある事を言はずに置きしは母が誤り。一旦約束せしこなたの手前、義理が立たねば此言訳、何事も此母が悪い故と了見して、どふぞ許嫁の縁を切つて下さらば、生々世々の御情けと、余儀なき頼みに閻魔太郎、「ム、どうするもんだ。了見して縁を切つてやるべへはさ」と言ふに、落着く母親が限りなく喜びて、嬉しや〱、ほんにまあ、わしとした事が。見りや女中様もあるさふなに挨拶もせず、ありやどなたぞ。イヤありや幽霊と言はれもせず、さすがの太郎、口ごもれば、ム、聞こへた、御内儀じやの。これはしたり、他ならぬ者。どれ〱御近付にと、側に立寄り顔見てびつくり。ヤアそなたは娘榊葉じやないか。アイ母様、お懐かしうござります。ヲ、マア〱懐かしい段かいの。会いたかつた〱と、飛立つ気をじつと鎮めて、コレ娘、そなたの此処に居やるからは、忍男といふはあの太郎殿であつたか。知らぬ事とて今の断り。ヤ、コレお袋、其許の息女といふは、そこに居るその女か。なるほど、こなたと許嫁した娘榊葉。すりや許嫁の娘とな。ホイ、ハテ不思議な縁であつたなと、思はず吐息つくばかり。何にも知らぬ母は喜び、不思議な段か、忍男といふが許嫁の婿殿であらふとは、神でもよもや御存知有まい。そしてマア娘、身持になつたと聞いて案じたが、見りや易々と産まれたそふな。ドレ初孫の顔見ましやうと、喜ぶ母の形振を見るにつけても、いとどなほ、涙弥増すばかりなり。終ひつかねば閻魔太郎は、底気味悪く立上り、思ひもよらず息女に対面。「俺が居ては遠慮勝ち、近所まで行てきましよ、ゆるりと後でお話あれ」と言ひ捨てゝこそ出て行く。母はなほしも機嫌良く、孫を産んだを喜ぶ体。「見りや色も悪ふ顔の痩せ、随分と養生しや。もしもの事があつたらば、母は何とせうぞいの」と、残る方なき母親の言葉に、娘はたゞあい〳〵も泣いじやくり、疾くより死せし身の上と、今に知れなばさぞやさぞ、嘆き給はん悲しやと、思へば呵責の責めよりも、いとゞ苦しき折からに、浮雲月次郎は撫子姫を知辺の方に忍ばせ置き、妻の行方を尋ねんと、一人彷徨ふ軒の端、我が妻ありとは白露の、恋とや物の招くらん。

　案内知らぬ旅の者に、一宿頼み存ずると、訪ふ声に榊葉は顔振上げて、申し母様、誰やら表に案内あり。お前は奥でお休みと、母を奥へ行かしめて、我が子を屏風の内に寝せ、立出る間に、すつと入る月次郎。ヤアわりや女房榊葉じやないか。月次郎さん、ようまあ来て下さんした。お前に会ふて何やかや、言はねばならぬ我が身の上、お前に別れたその晩に、私や産をしたはいな。して〳〵その子はどこに居る。お前に会ふて渡すまでは、大事の〳〵預かりものと、一念凝つて育てた我が子、顔見てやつて下さんせとしほ〳〵立て抱上げたる水子より、儚き露の玉夜這、生死隔る此身とは、たゞ知る人は榊葉と、閻魔太郎が立戻る我が家の軒、内には母が不審立聞く内と外、こなたは我が子に心浮雲。ム、すりや此家の人の情にて安産したか。会ふて一言礼が述べたい。此家の主はどこに御座る。イヱ〳〵閻魔様より鬼よりも恐ろしい、

次へ続く

榊葉の母、舟路。

幽霊、赤子に乳を飲ませる。

(25)十八ウ

十九オ

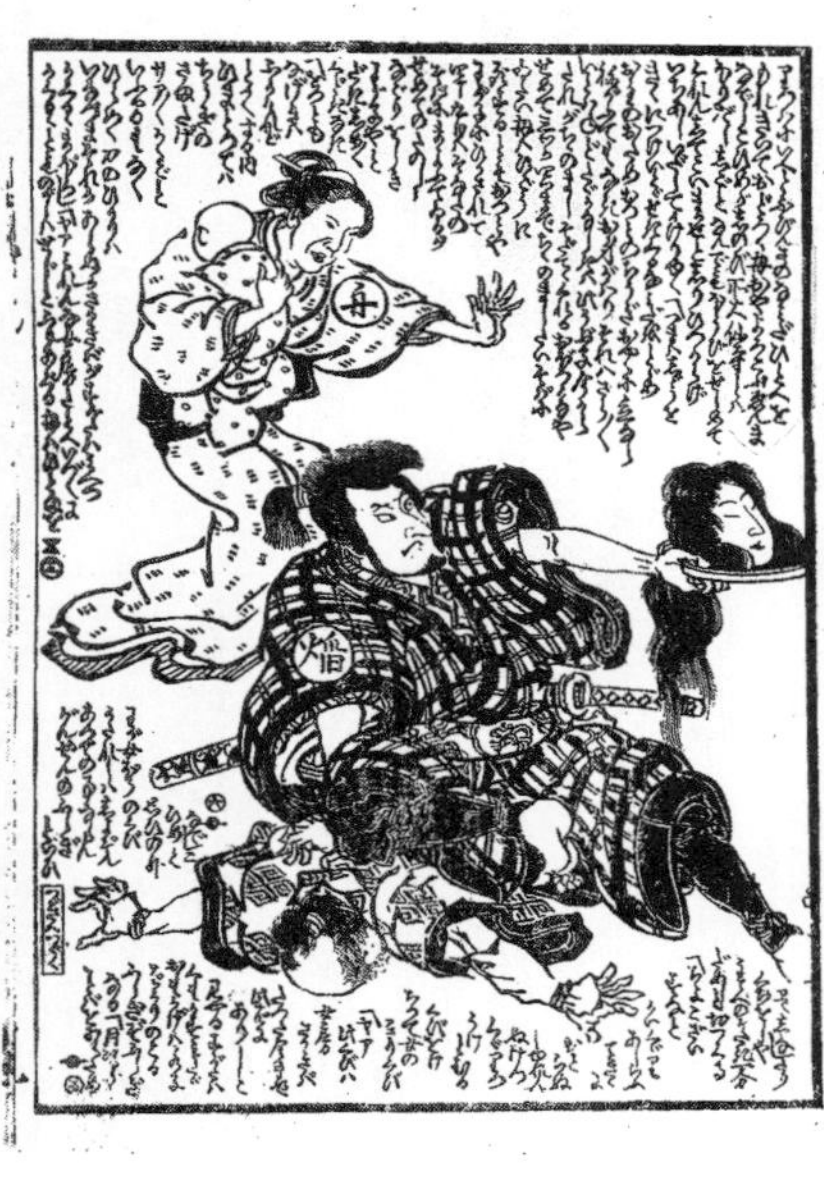

(25) 前の続き　此家の内に居る事も、此子が可愛さ。お話し申さば、びつくりさしやんすであらふと思ふて。ム、いや／＼そんな話はゆるりが良い。こつちにちつと急な相談、その訳は、女房ども命が欲しい、サアそなたの首が貰ひたい、斯うばかりでは合点がゆくまい。邪知深い欲山太郎、撫子姫を追手の大勢、行く先々を立塞げば、なか／＼容易く御供叶はず。とやせん、斯くやと思ふうち、此村末の大仙寺の住僧に縁あるを幸ひ、撫子姫を忍ばせ置き、そちが行方を尋ね探し、首打つて姫を討つたりと、一旦敵を謀り置き、心安う御供せんず我が所存。主君の身代り、死んでくれと、立派に言へど、不憫さの涙一重を漏聞いて、驚く母親、喜ぶ閻魔、撫子姫が忍所、大仙寺とは掘出し仕事、何でも褒美をせしめてくれん、してこい任せと尻ひつからげ、一足出して駆けり行く。妻は始終を聞くにつけ、いとゞ急来る涙を止め、御主の御為、夫の忠義、御役に立なら願ふてもなき御身代り、それはさら／＼厭はねど、たゞ悲しきは此初子、今から誰が乳飲まし育てゝくれる、覚束なや。せめて三つか四つまで、乳飲ましたい、側

に居たい。母は非道に死するとも、夫や我が子に引かされて、四十九日はそなたの側に迷ふて居るが、せめての楽しみ。名残惜しき我が子やと、抱きしめ〳〵口説泣き。夫も嘆きは深けれど、とかくする内、隙取つては忠義の妨げ、サア〳〵覚悟と言ふ間もなく、閃く刀の光は稲妻、それかあらぬか榊葉が姿は、見へつ隠るゝ、幻、ヤア未練な女房、たとへ何処に隠るゝとも、逃しはせじと振上ぐる。母は一間を走出で、抜身に縋り押止め、様子は残らず一間で聞いた。月次郎殿とやら、御主の立つ道理なれど、少し待つてと止むる老女。邪魔召さるなと引退け突退け、なほも立寄る表に大音。ヤア〳〵身代りに骨折るな。正真の撫子姫討取つたりと呼ばゝり〳〵、首桶小脇にひん抱へ、のさばり我が家へ立戻れば。ヤア心得ぬ一言。姫を討つたと言ふ汝は先づ何者。ホ、忝くも此家の亭主、閻魔太郎といふ狩人様じや。最前汝らが世迷言、大仙寺と抜かすを聞き、すぐに駆行き首にしたはな。褒美の金を占めやうばつかり。すりや大仙寺に御座す事を、ヱ、しなしたり、口惜しや。主人の敵、一分試と切つくる。ちよこざいすなと掻潜り、あしらふ手利に劣らぬ手練、抜けつ潜りつ受止むる。首桶散つて女の切首。ヤア此首は女房榊葉。たつた今まで此場にありしと見やる姿は雲霞みたる面影は、水子ばかり残る不思議ぞ、不思議なる。月次郎言葉を改め、「撫子姫と思ひの外、我が女房の首打たれしは、所存あつての事ならん。眼前の不思議と言ひ、

次へ続く

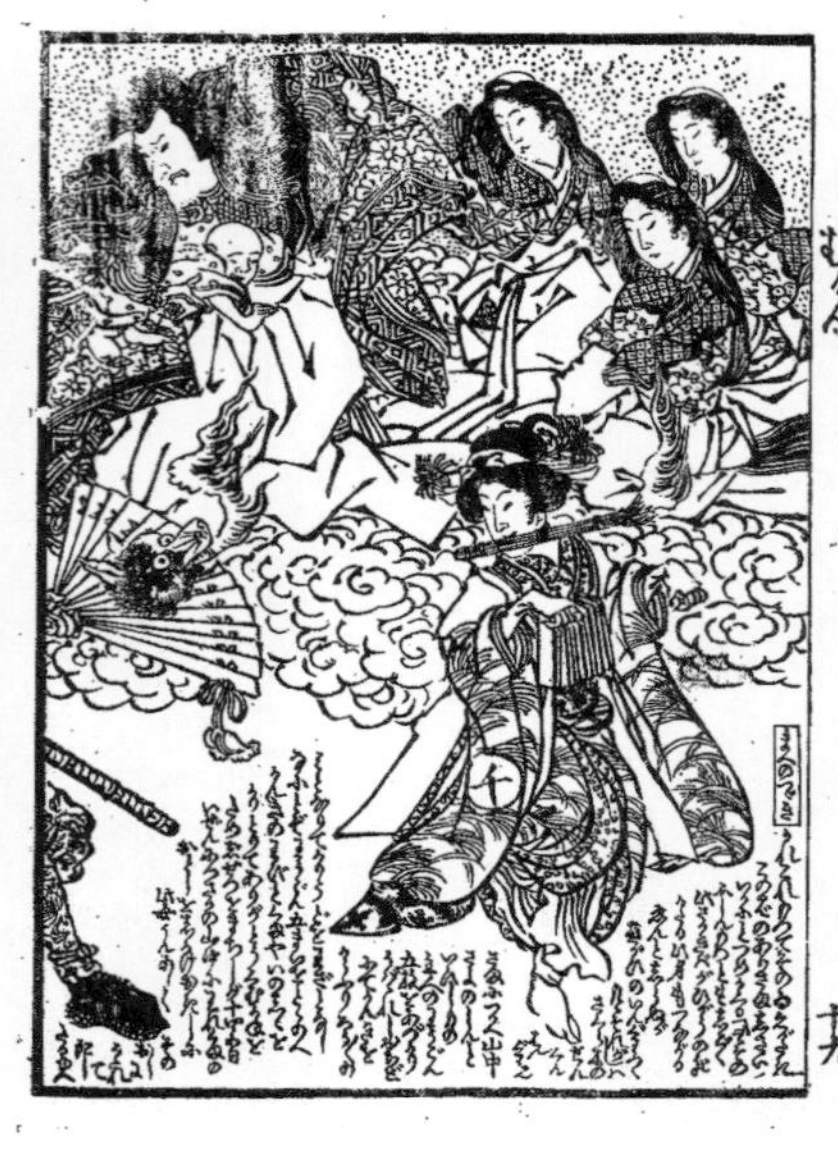

(26) 前の続き かれこれもつて、その意得難きこの場の有様、仔細いかに」と詰めかくる。ヲ、その不審、もつとも至極。此榊葉が非業の死、語る此身も繋がる縁と知らぬが互ひの因果づく。元某は桜木の先君判官様に仕へ、山中小夜之進といひし者。主人の黄金五枚を預かり、奪はれし落度にて勘気を蒙り、浪々の身となりて狩人を業となし、なにとぞ黄金五枚を調へ、勘気の詫と、熊や猪を狩取りて、蟻が塔組む金を溜め、時節を待ちしが、十四五日以前、日坂の山中に我、熊の落を仕掛置きしに、此女運悪しく、その圧に打たれて死したるゆへ、側なる石の陰に屍を隠せしが、腹の破れたる所より出生したる赤子の産声、不憫な事と抱き帰るその場より、付きまとふ女が幽霊、誰言ふともなく、その石を夜泣の石と呼ぶ事も定まれる因果にや。過ちとはいひながら、次へ続く

此所の絵の訳は六冊目にて詳しく分かる。

六条河原之院

(27) 前の続き 我が仕掛置きたる圧に打たれたれば、我

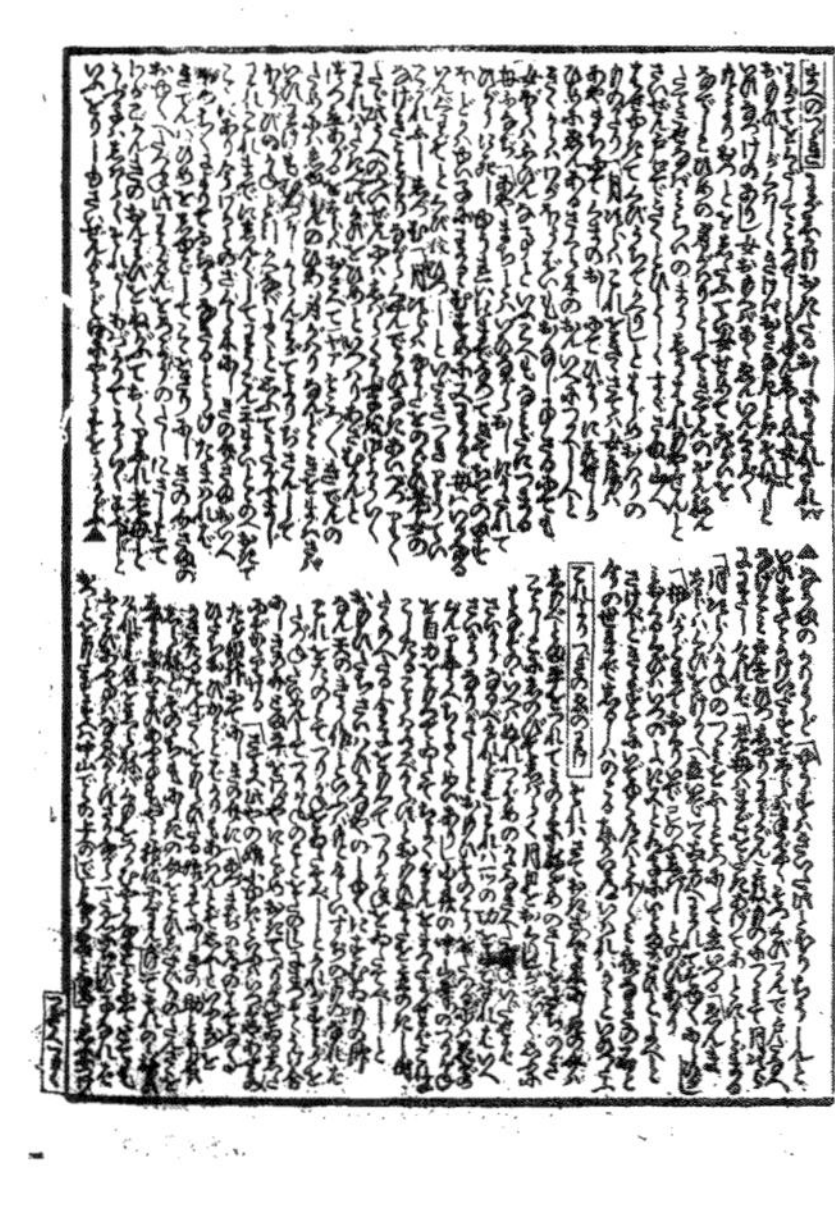

が手を下して殺せし同然。知らぬ女と思ひしが、詳しく聞けば幼き時、某と許嫁のありし女。思へば悪縁因果づく、もとより夫を慕ふ貞女。せめて死骸を撫子姫の身代りとして、貴殿の存念立てさせなば、未来の妄執晴れもやせんと、最前戸口で聞くとひとしく、すぐさま山へ馳行きて、首打ちて帰りしと、初め終りの物語。月次郎はこれを聞き、「さては女房は、過ちにて熊の圧にて非業に死せしか。姫に縁ある桜木の御家に仕へし人と聞くからは、我が傍輩も同じ事。然るにても女房は不憫な事」と言ふ声も涙に詰まる。母舟路、過ちとは言ひながら、圧に打たれて非業に死し、幽霊にまでなつて来て乳を飲ますほど、可愛い子に別るゝ、娘に、又別るゝ、母は何如なる因果ぞと、首にひつしと抱付き、流涕焦がれ臥沈む。月次郎は涙を拭ひ、老女の嘆き理ながら、悔んで甲斐なき哀別離苦。たゞ此上の追善には、暫く産子を御養育、我は敵へ此首を、姫と偽り欺かんと、突立上るを太郎は押さへて、「ヤア粗忽々々。貴殿の為には主人の姫、身代りなんどゝ気を回さば、言訳も難しからん。我が手より持参して、褒美の金と

引換へなば、欲と思ふて疑ふまじ。我これまでに辛苦して黄金三枚調置きて、こゝに有り。今、若殿桜木錦之介様、御家没落によりて流浪なさると承れば、貴殿は姫を守護してこゝを去り、錦之介様の御行方尋ね、此黄金を路用の足しに差上て、我が御勘気の御詫を願ふて贈りやれ。老母と産子は暫く某預かりて養育すべし」と言ふ折しも、最前より門口に様子を窺ふ仲間の狩人。様子は聞いた。此通り注進と言ひ捨てゝ駆出すを、太郎は手早く、素首摑んで戸棚へ投込み、戸をぴつしやり。黄金三枚、物に包みて月次郎に渡しければ、老母は孫を抱上げて後に留まる。月次郎は金の包を懐にして立出る。閻魔太郎は首桶抱へ立出つゝ、両方へ別れてぞ行く西東。母は角まで送り出で、コレのふ暫しと伸上がり見送る首は、何時の世に又と水子に暇乞と、呼べと叫べど聞捨てに、出行く道は遠江、夜泣の石と今の世まで標は残る東海道、謂れは斯くと言ひ伝ふ。

これより次の絵の訳　それはさて置き、桜木錦之介は、下部苦平を連れて美濃の国寝覚の里を立退き、こゝかしこに忍びて暫く月日を送りしが、つら〳〵思ふに、花園の家は濡燕の刀さへ尋出せば再興なるべけれども、我は一つの功を立てざれば、家再興なり難しと思ひ、その功を立つるには花園郡領へ勅命ありし、小夜の中山寺の釣鐘を自力をもつて鋳立て、勅願を全うせば、これに越したる功は有べからずと思ひ、館を立退きしを、蓄へたる金子をもつて釣鐘を鋳立てべしと思ひ立ち、幸ひ金谷の宿に住む鋳物師南天の久作といふは、元家来筋の者なれば、これを頼みて釣鐘を鋳立てべしと、彼が住処を訪ね対面して、釣鐘の事を頼みしに、早速請合、錦之介、苦平を我が家に留置きて、釣鐘を鋳る支度にぞ掛かりける。

さて又、此家の娘小雪といふは、いつぞや近江の多賀明神にて錦之介に、吾妻路の道の果てなる常陸帯かごとばかりも会はんとぞ思ふ、といふ歌を書きたる短冊を貰ひたる娘にて、錦之助とも名は知らねど、その後も錦之介を恋慕ひ、かの短冊を証拠に再び会ふ事もやと、神仏に願懸して、それのみ願ひけれども、名を知らねば雲を摑むやうなる事にて、とても再び会ふ事は成るべからず。さりな

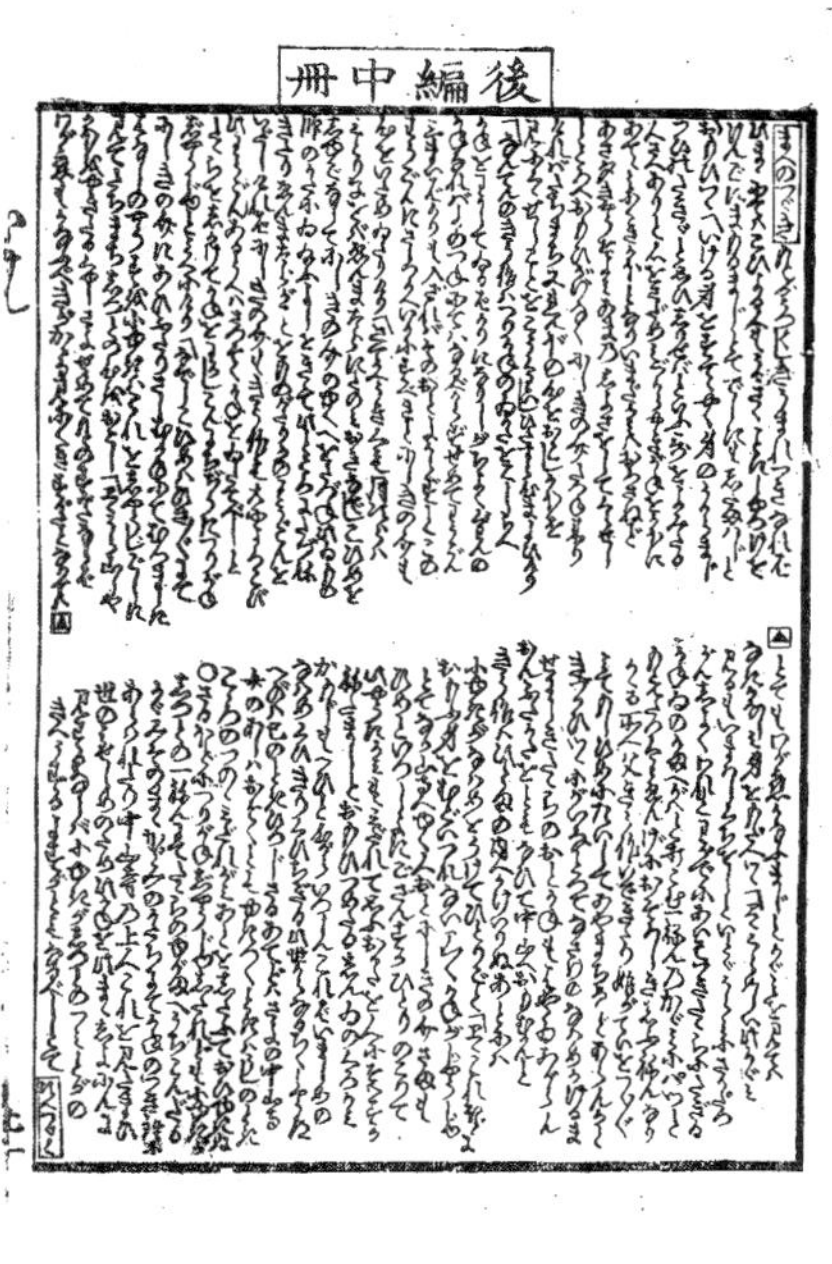

(28)二十一オ

がら一旦心に誓ひし事なれば、夫を持たず、末は中山寺の上人の弟子となり、尼となるべしと思ふにつけ、次へ続く

【中】

(28) 後編中冊

前の続き 元より美しき生れ付きなれば、此儘にては恋寄る人も煩く、殊に出家を堅固に守るまじとて、弟子にもし給はじと思ひつゝ、生ける身を捨てゝゆく身の憂からまじ終の薪と思ひ知りせば、といふ歌を詠みたる人さへありと心を定め、自ら焼鉄を顔に当てゝ、醜き顔となり、未だ髪は下さねど、朝夕経を読み、尼の所作をして暮らせしところへ、思ひがけなく錦之介訪ね来りければ、たちまち又恋慕の心を起こし、顔を見憎くせし事を後悔し、ひたすら心迷ひけり。

南天の久作は釣鐘の鋳型を拵へ、鉄を沸かして鋳るばかりになりしが、勅願の鐘なれば世の常にてはなるべからず。せめて黄金三枚ばかりも入ざれば、その音良からずと、この黄金に差支へ、何如にすべきと錦之介も心を痛め居たりけり。

さて又、浮雲月次郎は嬰子をば閻魔太郎に頼置き、撫子姫を守護なして錦之介の行方を尋ね、此鋳物師の方に居給ふ由を聞きて、此所に訪来り。閻魔太郎が事を物語り、かの黄金を出しければ、錦之介も久作も大に喜び、此黄金有る上は、早速鐘を鋳立てべしと、鑪を仕掛けて鉄を沸かし、今日中に釣鐘成就と見へにけり。

撫子姫は久々にて錦之介に会ひ、二人差向ひにて睦まじき話の様子を、小雪はこれを障子越しに見て、たちまち嫉妬の心を起こし、ヱ、うら山しや、顔を焼きたる悔しさよ。せめて元の姿ならば、我が恋も叶ふべきが、斯かる見憎き姿となりては、とても我が恋叶ふまじと、鏡を見ては泣悲しみ、身を悶へつゝ、ヱ、恨めしい、此鏡見るも忌まはし口惜しと、いとゞ恨みに逆立つ顔色、我とわがでに愛想尽き、鑪に滾る鐘鋳の竈へ、がはと打込む一念の鏡に、ぱつと燃立つ火炎、実に恐ろしき執念なり。

斯かる所へ父久作出来り、娘が体をつく〴〵見て、もし姫に対して過ちなどあらんかと気遣ひつゝ、二腕取つて情けの縄目かける間、忙しき鑪の音、鐘もはや鋳上がらん。御二方を伴ひて中山へ赴かんと久作は、一間の内へ駆入りぬ。後には小雪が縄目を受けて独言、「ヱ、これ程に思ふ身を、惨いつれない。アレ〳〵鐘が成就とて、中山寺へ行く人音。錦之介様も姫と一緒に御座んすか。一人残りて此様に髪も乱れて、思ふ御方を人に添はすか、妬まし」と、思詰めたる瞋恚の黒髪、髢も蛇と心柄一身。凝れば縛めの縄目食切り食千切る。此世からなる畜生道、蛇は巳の刻、未申、当所は小夜の中山寺。女の足は遅くとも、行着く時は丑の刻、心の角の乱れ髪、後を慕ふて追行きぬ。

○然る程に、釣鐘成就したれども、小雪が嫉妬の一念にて、鑪の湯釜へ打込んだる鏡、そのまゝ鏡の形にて、鐘の撞座に現れたり。中山寺の上人、これを見給ひ、世の見せしめのため、此鐘を此まゝ諸人に見するならば、小雪が嫉妬の罪咎の消失する便ともなるべしとて、

次へ続く

(29)二十一ウ

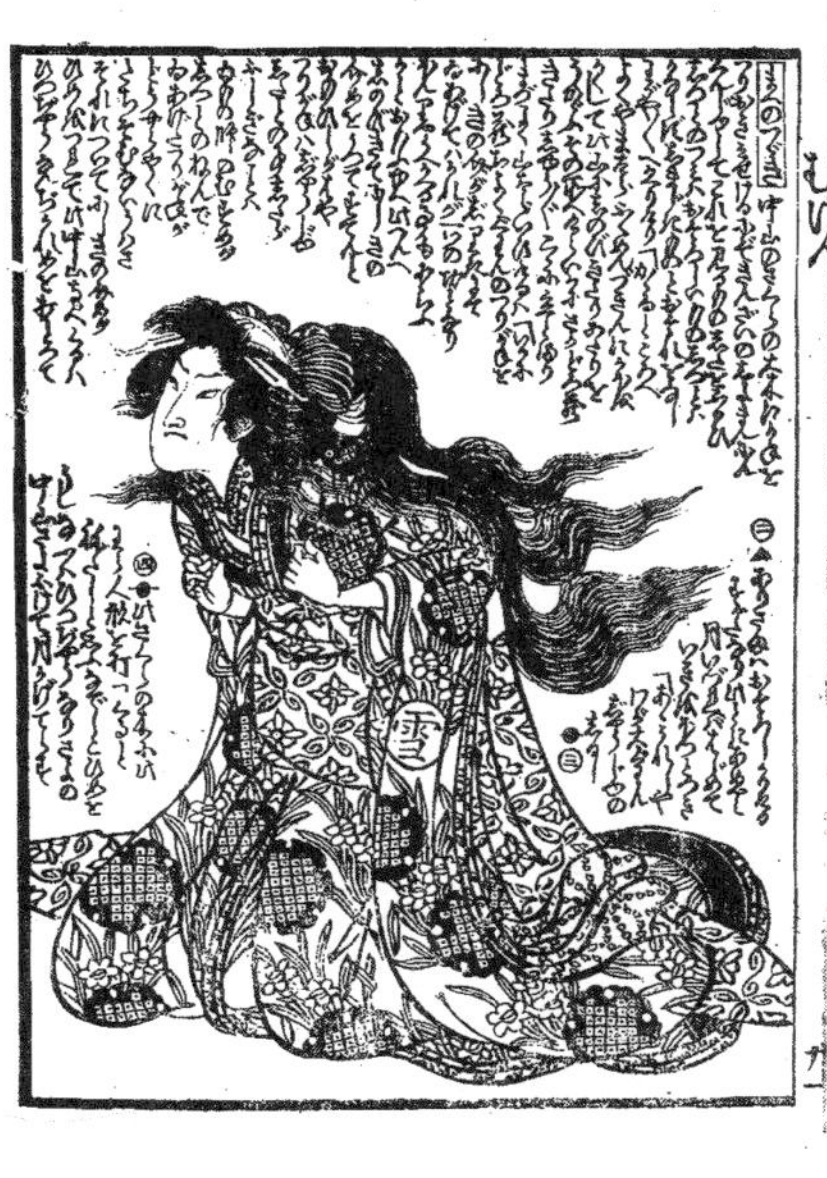

二十二オ

（29）前の続き　中山の桜の大木に鐘を釣置き見せけるにぞ、近在の諸万人群集してこれを見る者、舌を震ひ、嫉妬の罪は恐ろしいもの、嫉妬は必ずしまじきものと恐れをなし、我が家〳〵へ帰りけり。

斯かるところへ欲山太郎、覆面頭巾に顔を隠して、此山に忍来り、辺りを窺ふその所へ、家来蟹坂泥蔵来り、主従こゝに立止まり、まづ欲山太郎言ひけるは、「いかに泥蔵、勅願の釣鐘を錦之介が自力にて鋳上げては、彼が一つの功となり、本領へ帰る事もあらふかと思ふゆへ、此辺へ忍来て、錦之介めを討つて捨てんと思ひしが、はや釣鐘は成就したとの事。したが不思議な事は、鋳物師の娘が嫉妬の念で鋳上げた釣鐘が、どうやら役に立ちそむない噂。それについて錦之介めが、姫を連れて此中山寺へ来るは必定。汝、彼めを打取つて姫を奪へ。此山の麓に荒子共を伏置くゆへ、もし手に余らば、あの釣鐘を七つ撞け。それを合図に加勢を上せん。必ず共にぬかるな」と言ひ含め、己は麓へ下り行けば、泥蔵は中山寺へと上り行きぬ。

折から強き春雨に、激しき嵐、燃ゆる火は仇と恨みと嫉妬の念と三つの鉄輪を振立て、、小雪が丑の刻参り、急ぐ山路の姫躑躅、その姫故に叶はぬ恋。身は煩悩の鬼薊、見るも腹立ち妬ましと、花も小枝も丁々打つは後妻、現なく乱れし髪を漏出る、目つき異なる嫉妬の一念。道なき道を攀上れば、枯木、荊に身を裂かれ、此世からなる剣の山。山風さつと雨の足、鳴るは雷、光るは稲妻。なほも分行く奥山の桜の下に、すつくと立たる有様は、恐ろしかりける姿なり。此時、雨止み月出れば、初めて息をほつと吐き、あゝ嬉しや、我が大願成就の印、此桜の木に此藁人形を打付くると、妬しと思ふ撫子姫を失ふは必定なり。小夜の中山小夜更けて、月影照らす撞座の鏡、面影映れば、はつと飛退き、我ながら鬼女の面の映るに驚き、あらうたてや腹立ちや。鑪の竈へ打込みし鏡は湯ともなりもせず、あり〳〵撞座に現れしは、我が恥を末の世まで晒せとの事なるか。此まゝには置くまじと、撞座に手を掛取れど離れず、押せども動かず、ヱ、口惜しや。たゞ恨みこそ有明桜、鐘木の綱に手をかけて、撞潰さんと撞く鐘に、響きの応ずる麓の方、合図と覚ゆる法螺太鼓、山も崩るゝばかりなり。音に驚き木蔭より、蟹坂泥蔵飛んで出、ヱ、女郎め、此鐘を七つ撞くと加勢がこゝへ来る手筈。今撞くと工面が悪いと、次へ続く

(30) 前の続き 止めても止まらぬ妬みの念力、岩角、木の根に踏止めて、またも撞かんと引綱に取付く腕を引戻し、互ひに争ふ。泥蔵が、がつくり転ぶその上を、得たりと小雪が踊越へ、鐘を目掛けて滅多撞き。シヤ面倒なと泥蔵が刀を抜いて、肩先すつぱと切込めば、うんと仰に反返り、血潮迸る釣鐘の、燃ゆるは小雪が瞋恚の妙火、空凄まじく風吹きて、又も稲妻霹靂神、花の吹雪は雪なら

(30)二十二ウ

二十三オ

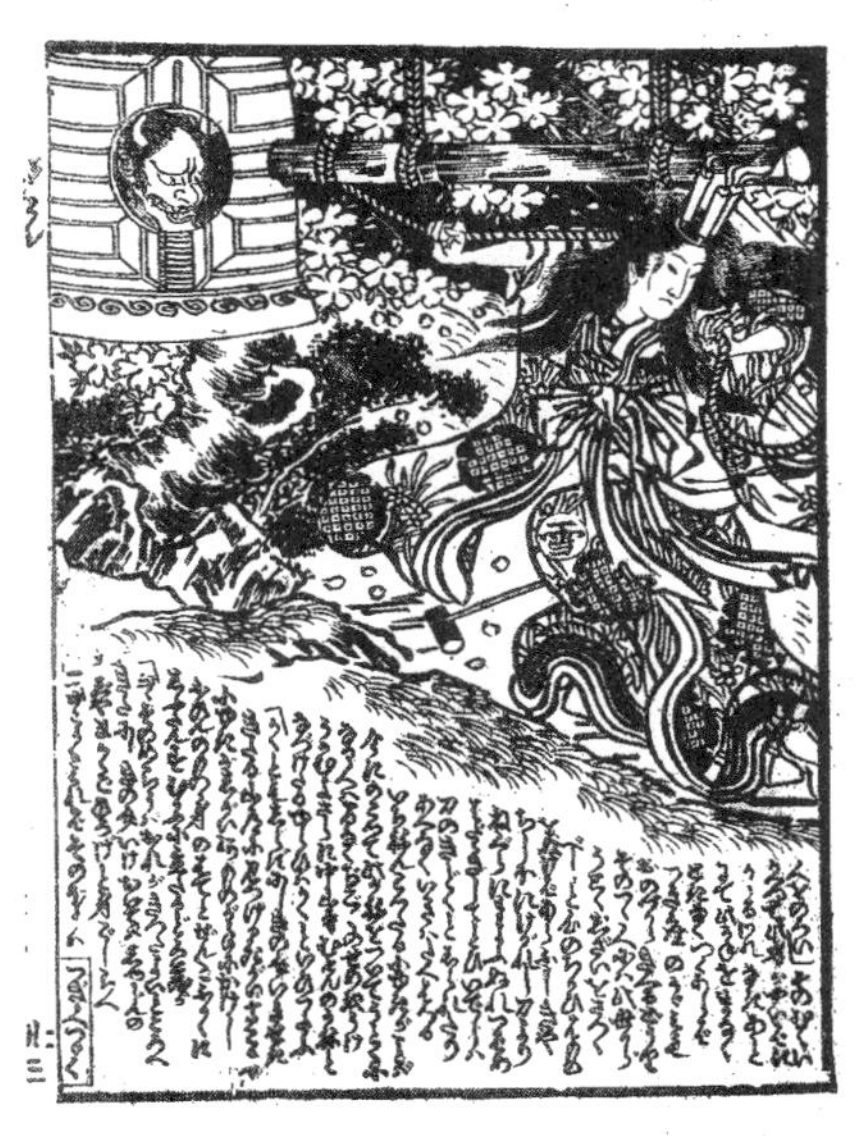

で、消へぬ鉄輪の蠟燭も、我が身を焦がす火の車、泥蔵は小雪を抱いて乳の下をぐつと突込む刃を押さへ、檜木山の火は檜木より出て檜木を焼く。我も嫉妬の心より人を呪いしその報い、返つて此身が刃にかゝる。我亡き後にて此鐘を、間なく時なく撞くあらば、撞座の鏡も自づから消へる道理。その伝へには、此世から有徳自在を授くべしと、心の誓ひ、刃物を抜けば、あら不思議や、血潮に汚れし刀より、塒に迷ふ濡燕、羽ばたきして飛出しは刀の奇特と知られたり。あへなく息は絶果つる一念凝つたる小雪が言葉、今に残つて此鐘を撞いて有徳になる人は、間なく地獄の責めを受け、浮かむよ更に中山寺、無間の鐘と名付けたる由来は、斯くと言ひ伝ふ。

斯くとも知らず錦之介、息急き来る山道に見付ける死骸、ヤアこりや小雪が死骸。何者が手にかけし不憫の者の身の果てと、前後不覚に愁嘆す。向ふに立たる泥蔵が、ヲ、その女郎は俺が斬つた。よいところへ来た錦之介、生置いては主人の邪魔。覚悟ひろげと身拵へ。ヲ、よく見ればその方は、

次へ続く

(31)二十三ウ

二十四オ

(31) 前の続き 欲山太郎が家来よな。知れた事だは。どうで生かしておかぬ奴、未来の土産に言つて聞かさふ。われを殺して撫子姫を奪取り、主人に渡して手柄にするのだ。こゝへ失せたが自業自得、観念せよと斬付くる。心得たりと抜合せ、斬結んだる折からに、宙を駆けつて月次郎、来るより早く泥蔵が体、四五寸切下ぐれば、うんと仰に反返る。ヲ、よいところへ月次郎、そいつには詮議がある。括上げて麓へ引け、と言ふ間に起きたる泥蔵が、刀の鞘で合図の鐘、麓にまたも法螺太鼓。錦之助は泥蔵が持つたる刀に目を付けて、捥離し、とつくと見て、こりやこれ、紛ひもなき濡燕の刀、思はず手に入嬉しさよ。これさへあれば舅花園郡領の家は立つと喜ぶ間もなく、欲山が加勢に伏置く荒子共、大勢来つて取巻けば、月次郎は目釘を湿し、此処に薙立て、彼処に切伏せ働けば、皆散り〴〵逃げて行く。泥蔵も駆出すを月次郎、襟首摑んでもんどり打たせ、膝の下にぞ敷きたりける。

　斯かる折しも麓より、勅使の御入と知らすれば、錦之介は思ひがけずと驚ろきて、先づ中山寺へ行きにけり。暫しありて中山寺の上人、法衣を改め、錦之助も衣服を改め、撫子姫もろともに出迎へば、程なく勅使藻勝見の水主卿、鋳物師久作が案内にて入来り給ひ、錦之助に向ひ宣はく、「この中山寺の観音、此頃、帝の御夢枕に立給ひ、桜木錦之介、此度自力をもつて勅願の鐘を鋳る。元、彼に罪無し。欲山太郎を糾明あれとの夢の知らせ、これによつて我、勅命を受けて此所に下り、先刻麓にて欲山太郎を捕らへ、糾明せしに、陰悪残らず白状せしゆゑ、縛めてこれへ引けと言ひ付け置きし」と言ふ間もなく、下部苫平、閻魔太郎もろともに欲山太郎を高手小手に縛めて引立来る。老母舟路も嬰子を抱きて、その後に付来りぬ。南天の久作は娘小雪が非業の死を嘆きければ、撫子姫も大に悲しみ、皆我が身より起りし事、不憫なる最期ぞとて、悲嘆の涙に咽びけり。水主卿再び宣はく、「欲山太郎を罪するは、錦之介が心任せ。家来泥蔵とやらんは小雪が当の敵なれば、此所にて成敗あるべし」と仰せに、ハツト錦之助試みのため、濡燕の刀を抜き、小雪が敵、思ひ知れと泥蔵が首を打てば、又燕飛出たり。泥蔵は欲山太郎より我が預かりし刀にて落命せしも、悪の報いと知られたり。さて苫平に刀の血潮を拭はせ、水主卿に奉れば、「ホヽウ手柄々々、此名剣再び出れば、花園の家に恙無し。錦之介は勅願の鐘を鋳たる功により本領に帰し給ふ。改めて撫子姫と祝言すべし。これ勅命なり」と宣へば、錦之介、姫もろとも限りなく喜びて、閻魔太郎が勘当も許しけるにぞ、月次郎も老母舟路も喜びぬ。水主卿、又宣はく、「かの撞座に鏡の形を残せしは、一心凝つたる女心、不思議に似て不思議に非ず。たゞ此まゝに此釣鐘、諸万人の目に晒さば、娘が罪障滅せん」と、残る方なき勅使の情け。ハツト御受けを中山上人、錦之介を初めとし勇みて立つが、弓取の再び国へ帰咲き、花園の家、桜木の家は再び春にあふ。欲山太郎が縄目の恥は、悪の報ひと引立て、勅使の帰京を見送りつゝ、

次へ続く

(32)二十四ウ

二十五オ

(32) 前の続き 善の報いは恙無き命なりけり。小夜明けて、中山寺の釣鐘の由来を末に残しけり。

勅使藻勝見の水主卿、善悪を分かち給ふ。

撫子姫、小雪が非業を驚く。

中山寺の上人、勅使を迎ふる。

濡燕の刀、血潮の汚れにて燕飛出る。

蟹坂泥蔵、悪の報いにて最期。

欲山太郎、陰謀露見して生捕らる丶。

小雪、嫉妬の悪念を滅し、成仏せし験にや、撞座の鏡に元の美しき顔映る。

閻魔太郎は主人の勘当を許され、榊葉が菩提のため、剃髪して、これよりすぐに諸国修行に出立ぬ。

(33) 読み始め それはさておき、先立つて六条河原の院にて荊の前の霊魂に会ひ、初めて我が素性を知つたる五尺染五郎、久しく民間に在りて、匹夫と席を同じくせしを悔しみ、その後、播磨の国法華山ンに隠れ、野武士山立の類、数多の味方を集め、斑の冠者山主といふ者を軍師と

(33)二十五ウ

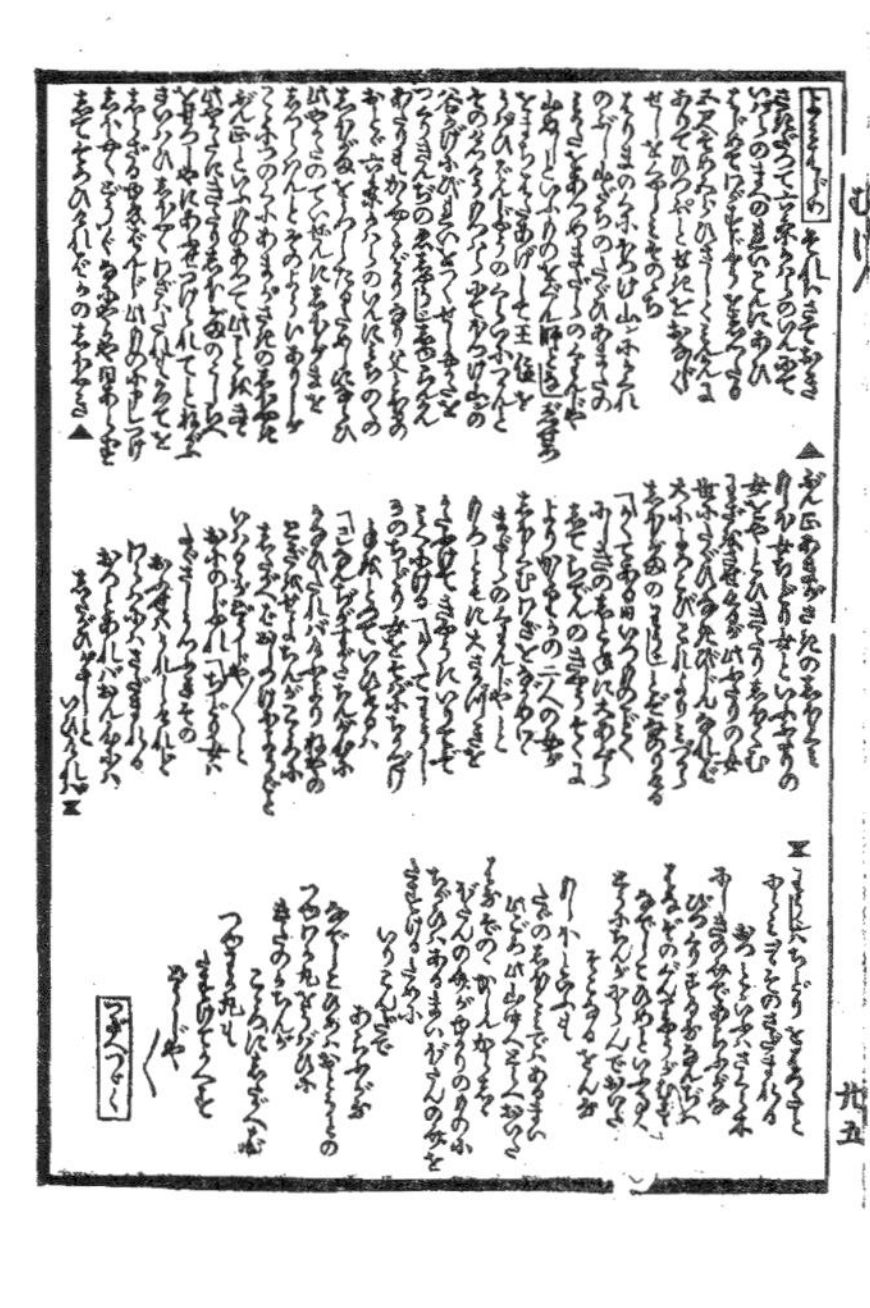

なし、時節を待ち旗揚して王位を奪ひ、万乗の位に就かんと、その結構専らにて、法華山ンの谷陰に美麗を尽くせし館を作り、金地の絵障子、朱欄干、辺りも輝くばかりなり。父融の大臣、六条河原の院に陸奥の塩竈を移したる試に倣ひ、此館の庭前に塩竈を設はんと、その用意ありしが、こゝに津の国尼崎の塩焼分正といふ者あつて、此事を聞き、此館に来り、塩竈の拵へを拙者に仰付けられてと願ふ。幸ひ塩焼く技は誰も勝手を知らざるゆゑ、万事此者に申し付け、塩焼く道具何やかや、日あらずして揃ひければ、かの塩焼分正、尼崎の塩汲、藻塩女、千鳥女といふ二人の女を雇ひ来り、塩汲む技をさせけるが、此二人の女、世に類なき美人なれば、大に喜び、これより自ら塩竈の王子とぞ名乗りける。

斯くてある日、いつもの如く錦の褥に大胡座して、螺鈿の脇息に寄りかゝり、かの二人の女が塩汲む技を眺めつゝ、斑の冠者と諸共に大盃を傾けて、興に入りてぞ見へにける。斯くて王子、かの千鳥女を側に近付け、手を取つて言ひけるは、「コレ汝が姿、朕が心に叶ひたれば、今

(34)二十六オ

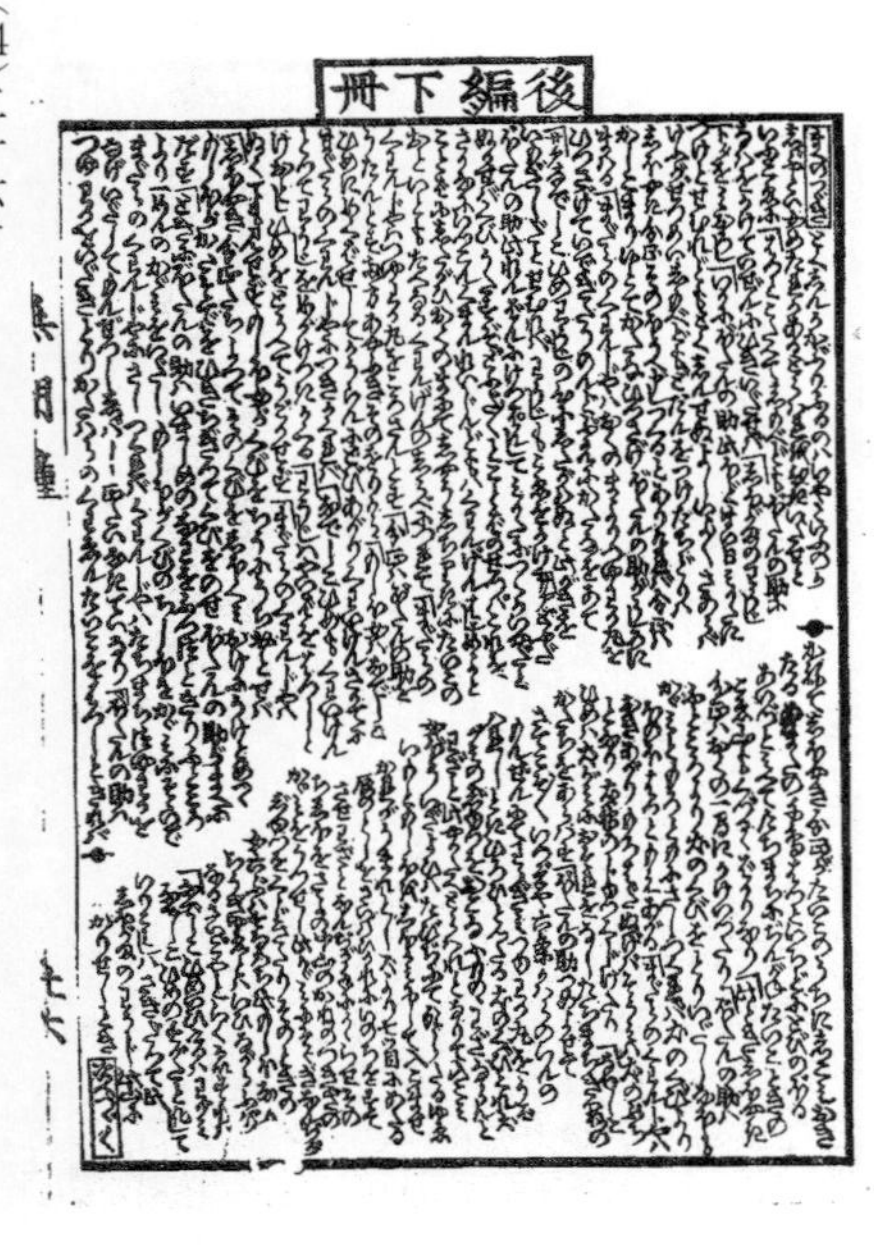

日より寝屋の伽をせよ。朕が心に従へば、追付け女御と言はるゝが、どうじや〳〵」と、鬼のじやれ。千鳥女は、たゞ差俯き、「その仰せは嬉しけれど、妾には定まれる夫あれば、御心には従ひ難し」と言ひければ、王子は千鳥をはつたと睨み、ヲ、その定まれる夫と言ふは桜木錦之介であらふがな。びつくりするな。汝は花園郡領が娘撫子姫といふ事は、疾うに朕が睨んでおいた。そこなる女藻塩といふもたゞの塩汲ではあるまい。此頃、此山中へ捕らへ置いた花園の家臣唐獅子、牡丹之介が所縁の者に違ひあるまい。牡丹之介を助ける為に入込んだであらふがな。撫子姫は弟の露若丸を奪ひに来たのか。朕が心に従へば、露若丸も助けて帰す。どうじや〳〵、次へ続く

【下】

(34) 後編下冊

前の続き 得心か。頭振るのは嫌と言ふのか。しぶとい女め。誰かある、囚はれを引出せ」と言ふ声に、はつと応へて下部共、牡丹之助に縄を掛け、庭前に引出せば、塩竈

の王子、下タを見下し、いかに牡丹之助、此ほど毎日、味方につけと責むれども得心せぬ由。いよ〳〵然あらば今日が絶命。下部共と談を付けた千鳥は、塩焼分正、その方へ申し付くるとありければ、分正はかしこまり候とて、刀引提げ牡丹之助が後ろに回る。斑の冠者は奥の間より露若丸を引提げて出来り、喉笛に刀を当て、サア撫子姫、王子の心に従はぬと、此餓鬼を芋刺だと責むれば、王子も声を掛け、「サアどふだ牡丹之助、此連判に血判して味方につくか。嫌だと抜かせば首打たすぞ。どふだ〳〵」と言葉の説破。「これを肴に一献汲まん。伶人共は管弦始めよ」と言葉に従ひ、奥の間にて笙、篳篥に太鼓の音、いとも妙なる管弦の調につれて、斑の冠者は露若丸を殺さんとす。分正は牡丹之助を打たんとす。両方危ふきその折から、藻塩女は撫子姫に目配せして、高欄に飛上がり、懐剣逆手に斑の冠者に突掛くれば、撫子姫も懐剣取つて王子を目掛け突掛くる。王子は刃をはつしと蹴落とし、姫を捕らへて動かせず。斑の冠者は抜手も見せず、藻塩女が首を宙に打落とせば、塩焼分正立寄つて、その首を塩汲桶に受止めつゝ、藻塩が片袖を引きちぎつて首を載せ、牡丹之助が前に出す。時に牡丹之助は縛めの縄をふつつと切り、懐より一面の鏡を出し、藻塩が首の血潮を鏡に注いで斑の冠者に差付くれば、冠者はたちまち露若を投出して悶絶し、暫し正体なき体なり。牡丹之助は露若を抱取り、傍らの火焔太鼓をはつしと斬れば、かねて塩焼分正が太鼓の内に仕込置きたる数多の千鳥、はつと一度に飛上る。合図と見へてたちまちに陣鉦、太鼓、鬨の声、山も崩る、ばかりなり。此時、塩焼分正は奥の一間に駆入つたり。牡丹之助は懐より犬の首を取出し、なほも鏡ともろともに差付くれば、犬の首より炎はつと燃上がる。斑の冠者は起上がり、諸肌脱げば総身は犬の斑となり、犬神の術挫けたり。撫子姫は犬神に恐れをなし、たちまち狐の形を現す。牡丹之助詰寄せて、さてこそ〳〵いつぞや六条河原の院の門前にて、若君露若丸を奪はれし時、拾取つたる犬の首、これ犬神の術を行ふ者の業ならんと、わざと此館へ囚はれとなりて入込み、女房十六夜は旅路にて死したるゆゑ、妹藻塩を塩かみにして入込ませ、彼が生

(35)二十六ウ

二十七オ

れ年犬より七つ目に当たる辰の年を幸ひ、彼に命を捨てさせ、わざと汝が手にかゝらせ、その血潮を小夜の中山の鐘の撞座の鏡を映せし此鏡に注ぎ、汝が術を挫きたり。その時の女六部はすなはち此藻塩なり。忠義故とは言ひながら、不憫なる最期やと落涙すれば、撫子姫言ひけるは、「我が身、撫子姫の姿と化して入込みしは、先立つて此塩竈の王子、此山に狩せし時、次へ続く

(35) 前の続き 千年劫経る親狐を殺されし、その仇を報はん為なり。犬神に恐れ、姿を現す浅ましさよ。いつぞや河原の院にて女巡礼と化したるは我が身なり。我が身、実は和泉の国の千草といふ女狐なり」と言ふ。斑の冠者言ひけるは、「我、犬神の術をもつて 次へ続く

(36)二十七ウ

二十八オ

(36) 前の続き 河原の院にて、その露若を奪ひ、人質となせしは牡丹之助。汝を釣寄せ、撫子姫もおびき寄せて、かねて王子の見ぬ恋を遂げさせ申さんその為なるに、姫といふは思ひの外、狐にて、七つ目の女の血にて我が術を挫かれ、ヱ、口惜しや、残念や」と怒りをなせば、塩竈の王子も牙を噛み、拳を握り、阿修羅三(ママ)の荒れたる如く、牡丹之助をたゞ一摑と怒れる折しも、奥の一間に声ありて、陸奥の忍捩摺誰故に、と上の句を吟ずれば、表の方にも声ありて、乱初めにし我ならなくに、と下の句を

次へ続く

(37)二十八ウ

二十九オ

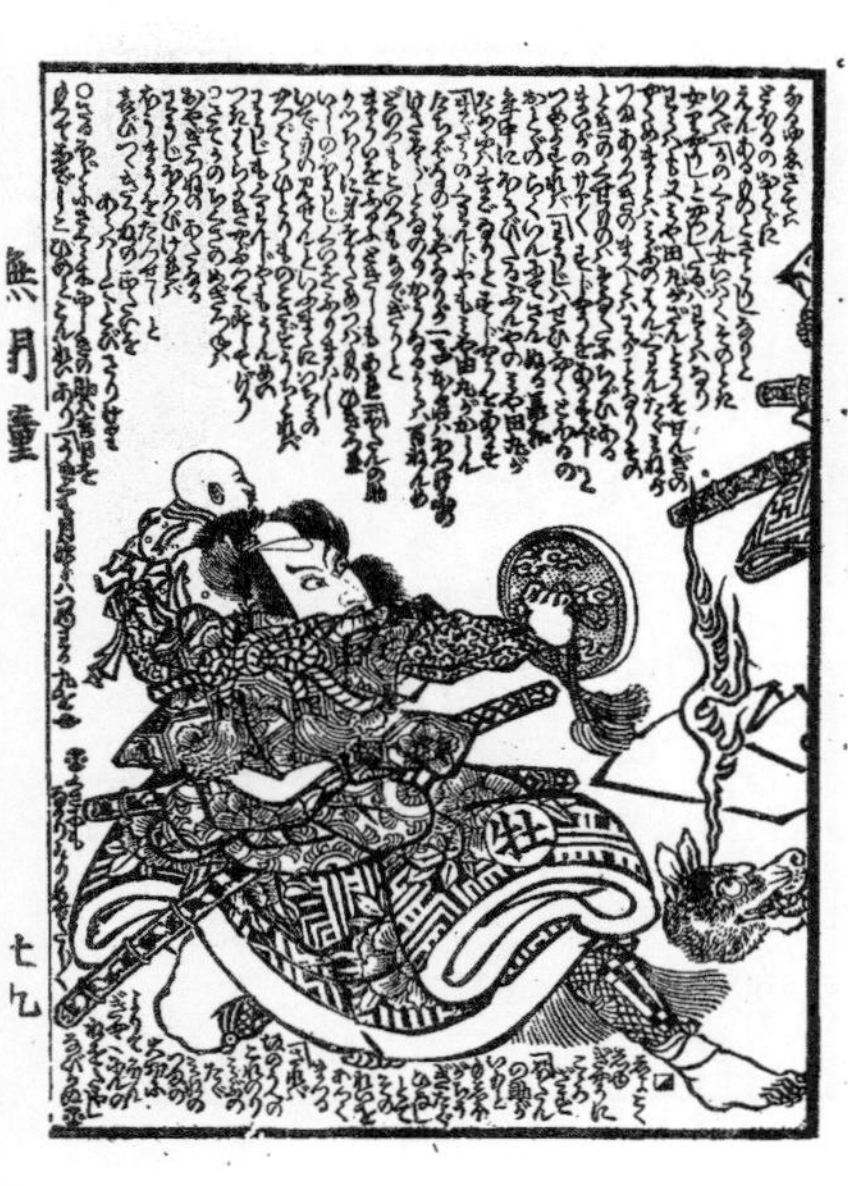

（37） 前の続き 吟じつゝ、金襴の五つ衣に緋の袴を踏みしだき、実の撫子姫を伴ひ、端折の朱傘を差しかけさせて、静々と入り来る。奥の御簾を巻上ぐれば、こは何如に、塩焼分正、衣冠正しく檜扇の上に短冊を乗せて持出れば、さしもの王子もたゞ呆れたるばかりなり。分正曰く、「不審は尤も。我、塩焼分正とは仮の名。実は郡司義景が一子坂之上是則なり。我、先立つて滅びたる文屋の宮田丸が残党を詮議のため、何時ぞや賤の男に身をやつし、六条河原の院の門前にて、怪しき曲者に出会ひし時、拾取つたる此短冊、河原の大臣融公の詠歌、自筆なるゆゑ、さては融の大臣に縁ある者と悟りしなり」と言へば、かの官女曰く、「その時、女漁師とやつしたるは妾なり。妾も又、宮田丸が残党を詮議の役目、実は壬生の判官忠岑が妻、暁の前とは我が事なり。その時の曲者はそなたに違ひあるまいがの。サア〳〵素性を明かすべし」と詰寄すれば、王子は是非なく、融の大臣の落胤にて、去んぬる承和年中に滅びたる文屋の宮田丸がためには孫なりと素性を明かす。斑の冠者も宮田丸が家臣橘逸勢が一子、

本名は法華山の袈裟太郎と名乗り、斯うなるからは百年目、どいつもこいつも撫斬と、猛威を奮ふ時しもあれ、牡丹之助、甲冑に身を固め、兵引連れ石の牓示杭を振回し、いでもの見せんと言ふまゝに、一味の奴ばら一人も残さず討取れば、王子も冠者も運命尽き、腹掻破つて死してげり。

○さて、かの千草の女狐は、親狐の仇なる王子滅びければ、本望を達せしと喜びつゝ、狐の正体を現して飛去りけり。

○然る程に、桜木錦之助は吉日をもつて撫子姫と婚礼あり。浮雲月次郎は露若丸を守立てゝ、花園の家を相続し、牡丹之助忠義抜群なりとて、数多加増あり。下部苫平は武士に取立てらる。鋳物師久作は褒美を給はり、娘が為に発心す。閻魔太郎は榊葉がために剃髪し、諸国修行に志す。牡丹之助が妹藻塩が忠義類なしとて、その霊を篤く祀る。されば坂之上是則、壬生忠岑の妻の大功によりて、叛逆人の根を絶やし、靡かぬ草木もなかりけり。目出たし〳〵。

（38）二十九ウ

三十オ

（38）是則が傘持は石地蔵の苔平なり。暁の前の傘持は古葛籠の反故八なり。両人五尺染五郎が友達となりしは、宮田丸が残党を詮議の為なりとかや。此時、王子の胸元より蜥蜴出て飛去りしは、何時ぞや六条河原の院に、その霊を現せし荊の前が魂魄也。

陸奥
千賀の塩竈

（39）河原の大臣、坂之上是則、壬生忠岑、これ皆、百人首のうちにありて、すべて子供衆御存知の名なれば、これを趣向の前後とし、小夜の中山無間の鐘の由来を中へ搗混ぜて、嫉妬の念の罪深き道理を記して子供衆の悪を懲らし、忠臣、貞女の謂れを述べて善を勧むるよすがとす。

五元集其角の句に、

文化十癸酉年新版稗史目録

小夜の中山 無間鐘娘縁記 全六冊 山東京傳作 歌川豊國画

名総角両個助六 全六冊 式亭三馬作 歌川國貞画

紙治小春 大福帳千代鑑 全六冊 山東京山作 歌川國丸画

後日話 四十八癖 二編 全一冊 式亭三馬作 歌川國直画

花容吉野 愛敬紺屋娘 全六冊 萬壽亭正二作 歌川國名画

浪花侠客 忠臣蔵 全二冊 式亭三馬作 歌川國直画

串戯教諭 六あミだ詣 三編全一冊 十返舎一九作 墨亭月麿画

大千世界楽屋探 全五冊 式亭三馬作 歌川豊國画

昔模様梅若松 全二冊 談洲楼焉馬老人作 勝川春亭画

書物並錦絵草紙問屋 江戸田所町 鶴屋金助版

たけがりやはなのさきなる歌かるた
千秋万歳目出たし〳〵〳〵。

豊国画㊞ 山東京伝作㊞
名古屋治平刀

無間鐘全六冊大尾

京伝店 裂煙草入・紙煙草入・煙管類、当年の新物珍しき風流の雅品色々仕入、別して改め下直に差上ケ申候。

京伝自画賛 扇・色紙・短冊・張交類品々。

読書丸 一包壱匁五分
○気魂を強くし物覚へを良くす。心腎を補ひ、老若男女常に用ひて延年長寿の良薬なり。近年追々諸国へ弘まり候間、別して薬種大極上を選び製法念入申候。

大極上品奇応丸 一粒十二文
大極上の薬種を使ひ家伝の加味ありて、常の奇応丸とは別なり。糊なし熊の胆ばかりにて丸ず。まことに上品の薬にて功能格別也。

京山篆刻 蠟石白字一字五分、朱字一字七分。玉石銅印、古体近体、望みに応ず。

取次 京伝店

解題

釣狐昔塗笠（つりぎつねむかしぬりがさ）
女忠信（をんなただのぶ）男子静（おとこしづか）

底本　都立中央図書館加賀文庫、棚橋正博蔵。国立国会図書館、東京大学図書館、東北大学図書館狩野文庫、林美一旧蔵（立命館大学ARC所蔵）本も参照した。

中本、前後編六巻二冊三十丁。版心「つりき（ぎ）つね」。歌川豊国画（前編上巻）、歌川国丸画（前編中巻以降）、彫工鈴木栄次。文化九年（一八一二）蔦屋重三郎板。半紙本（初刷になるか）の管見本（国会図書館本〈大物旧蔵本〉、棚橋本）には絵題簽が備わっていたと思われるが、その一部を確認するだけにとどまる。半紙本の絵題簽は前編・後編の二種あったかどうかも確認できず、今は、その一部（国会本）を図版として掲げておく。

中本の摺付表紙には五代目岩井半四郎（前編）、五代目松本幸四郎（後編）が描かれており、豊国画の口絵では、三代目中村歌右衛門、四代目沢村宗十郎、七代目市川団十郎、二代目尾上松助、二代目沢村田之助、五代目市川団十郎等の当代の人気役者たちが勢揃いで描かれている。本文における国丸が描く登場人物も多くは役者似顔絵で、例えば本文（13）においては、二代目尾上松助、五代目市川団十郎、七代目市川団十郎、四代目沢村宗十郎か?、三代目坂東三津五郎か?、五代目松本幸四郎か?、岩井家（「三つ扇」紋）の某か?、等々が描かれている。本年十九歳の国丸と師豊国の画風の、それは比較ともなっている。豊国が京伝に画工として国丸を推挙したであろう事情については『重井筒娘千代能』と同じくしよう（四七五頁参照）。本作によって国丸は、翌文化十年の京伝合巻二作に画工として起用されたものと考えられる。国丸は俗称前田文治（伊勢屋伊八）、早くから役者絵を得意としたことが本作からも窺える。

本書の作意について京伝は最後（本文（37））で述べている。曰く「此絵草子は市川の芸、粂寺が毛抜の狂言に基づき」とは、市川流の捌きを代表する粂寺禅正が使者として小野春道の館を訪ねる「毛抜」（「雷神不動北山桜」）の狂言に取材したことを述べている。本文（11）（12）における、名月姫が髪の毛の逆立つ奇病に罹かり、実はこれは天井に潜む忍びの者が操る強力磁石を使った悪企みであったとする趣向を指

半紙本表紙（国会本）

す。歌舞伎十八番の一つとなり、単純なお家騒動劇で、どこかユーモラスな味わいのある「毛抜」を構想の発端としただけであって、全編を通して残虐・陰惨な場面はほとんどなく、お家騒動に陰謀を絡めたところ、大筋として明快なものに終始している。口絵や本文に故人五代目団十郎の似顔絵を配しているところから、京伝の念頭にあった「毛抜」は五代目団十郎の舞台だったかも知れない（例えば、安永六年〈一七七七〉四月七日、市村座三番目狂言「誉使者毛抜禅正」など）。七代目団十郎の「毛抜」について、京伝が観劇したであろう舞台は知らないものの、本作の影響もあったものかどうか、本年文化九年六月市村座で七代目団十郎が「鳴神」と共に「毛抜」を演じることがあった（「京詣鳴神桜」）。京伝はまた「女忠信葛の葉の入事に」と述べる。戦いに敗れて死んだ腰元葛花に代って稲荷の森の白狐で嵯峨野の小女郎という雌狐が葛花に化身するのがそれで、さらに京伝は「殺生石の面影を写し、木に竹を接ぐ拙作」と述べるが、これは金毛九尾小狐丸、玉藻の鏡の故事来歴を知る白狐とするところに撮合させたもので、玉藻の前の九尾狐と殷紂王・妲己の着想は文化八年七月十八日、市村座所演「玉藻前尾花錦絵」を意識し、草卒のうちに稿が成った（前編文化八年八月、後編十月成稿）と考えてよかろう。これ等を構想の主柱としながら、男伊達の五尺染五郎（実は新田義貞の家臣）を登場させたのは同年刊

『升繋男子鏡』（本全集第十巻所収）と同じやり方で、しかしながら五尺染五郎の登場は通り一遍にすぎなかった。金毛九尾狐に関しても、文化五年刊の『糸車九尾狐』（本全集第六巻所収、解題参照）の焼き直しに近いやり方であったと言えなくもないし、本文(22)(23)はいわゆる「釣狐」の趣向で、それはそのまま角書と書名として使用される。京伝がむしろ本書において仕組む趣向は他にもあって、六玉川の井手の玉川にまつわる伝説に題材を仰ぐところにあったろう。諸国修行者（実は八剣左衛門雲連）と浪人神崎蜘内、女非人（実は勾当の内侍）との出会いでの太田道灌の山吹の花の故事などに加え、『伊勢物語』に見られる井手の玉水伝説から藤原俊成の和歌「駒とめて猶水かはん山吹の花の露そふ井手の玉川」、歌謡「松の葉」の「手枕」の「井手の玉川岸根蛙、今や鳴くらん浮世の中に」を踏まえた挿話で彩ることによって、当時の合巻の作柄に新風を吹き込むねらいがあり、それ故に殺伐とした場面が除かれ、全体的に穏やかな筋運びとなり、京伝の企図はそれなりに成功したと考えてよかろう。

金烏帽子於寒 鍾馗判九郎 朝妻船柳三日月

底本　鈴木重三蔵。国立国会図書館、都立中央図書館加賀文庫、早稲田大学図書館、慶応義塾大学図書館、天理図書館蔵本も参照した。

中本、前後編六巻二冊三十丁。版心「三日月」。歌川豊国画、筆耕石原知道。文化十年（一八一三）丸屋甚八板。中本書型と同時に半紙本書型でも板行されるが、所見の半紙本（国会図書館本〈大惣旧蔵本〉、早大図書館所蔵の一本）の題簽は共に褪色が甚しいながら、扇面意匠の中に「朝妻船柳三日月／全六冊／前編」

早大本（前編）

早大本（後編）

「朝妻船／後編」と判読が叶う（図版参照）。年を隔てた再板本は未見だが、かなり後刷になると憶えるものがある。それでも板行は文化十年中にて終ったものかと推定される。中本の摺付表紙に描かれる役者似顔絵は、七代目市川団十郎、二代目沢村田之助（前編）、四代目沢村宗十郎、四代目瀬川菊之丞（後編）で、顔がそっくりだと設定される天留天の内侍とお寒には五代目岩井半四郎が配されている。他に三代目坂東三津五郎、五代目松本幸四郎、二代目助高屋高助、二代目尾上松助、初代尾上松緑など歌舞伎役者のオンパレードといった趣でもある。

本作は題名通り英一蝶と朝妻舟を趣向に採った作品である。英一蝶の朝妻舟については、京伝自身、随筆『近世奇跡考』（文化元年刊。本全集二十巻所収）五巻で詳述しているが、事が英一蝶の筆禍事件にかかわるだけに、本作では口絵（（5）参照）と本文（（9）参照）で描くにとどめている。安土桃山時代、遊女との後朝の別れを詠んだ和学者中院通勝の和歌の自筆短冊を手に入れた一蝶が、それを素材に描いた烏帽子・水干姿の白拍子の舟に棹さす絵は、将軍綱吉と愛妾の舟遊びを諷したとされて三宅島へ遠島に処されただけに、英一蝶の名を一切出さずに画題として慎重に扱っている。とはいっても、浮世絵師北尾政演としても画業のある京伝にとって興味ある画題であり逸話でもあることから、早くから朝妻舟には興味が赴くところであって、黄表紙『廓中丁子』（天明五年〈一七八五〉刊。本全集第一巻所収）では真崎の渡し舟と見立て、洒落本『仕懸文庫』（寛政三年〈一七九一〉刊。本全集第十八巻所収）第二回では「禁裏様の舟饅頭」と見立てていて、滑稽本『絵兄弟』（寛政六年刊。本全集第十九巻所収）では一番として朝妻舟に乗る白拍子と三河万歳の対の見立てとしている。そうした画題に舟饅頭となったお寒の女伊達を絡ませたのを前半としている。前編末尾にて板元丸屋甚八が、「これより二番目三冊、美濃と近江、隣合せの世話狂言始まり。左様に御覧下されましやう」と述べるように、後編の前半には歌舞伎の二番目を思わせる世話物を据えている。小露が孝行のために廓に身を売り、一命を賭して孝心のため殺害される夜の梅の愁嘆場を山としている。その後は小栗判官物と太平記の世界を撮合させて話を纏めるのに忙しい印象で、口絵にある佐上入道の妾の薊の前の存在は立ち消えとなってしまっている。発端のお寒の女伊達をはじめとした愁嘆場など、「女性を活躍させてゐる女性向の作品」（小池藤五郎著『山東京伝の研究』）と評されるが、女伊達物は既に京伝の合巻としては珍らしいことではなく、むしろ序文にて「つんぼ桟敷の気どりにて。絵ばかり御らんなさるべし。此絵草紙のお徳には居ながら芝居を見るが如しと」と述べる如く、紙上歌舞伎をねらいとするところであって、それ故に歌舞伎役者の似顔絵のオンパレードだったともいえようし、それをもって女性読者へのサービス精神と考えることも可能であろう。猶、口絵（（2）参照）に載る気に入りの漢詩「当場扮作丑生姿……」は、水野稔が指摘するように（『新日本古典文学大系85　米饅頭始・仕懸文庫・昔話稲妻表紙』脚注）、読本『忠臣水滸伝』後編（享和元年〈一八〇一〉刊。本全集第十五巻所収）や同『昔話稲妻表紙』（文化三年刊。同十六巻所収）、滑稽本『捷径太平記』（文化元年刊。同十九巻所収）で夙に紹介されており、他に京伝の合巻『うとふ之俤』（文化七年刊。同九巻所収）、山東京山の合巻『信夫売対婦理袖』（文化十一年刊）・『隅田春芸者容気』（文政二年〈一八一九〉刊）や五柳亭徳升の合巻『東国奇談月夜桜』（天保七年〈一八三六〉刊）、仮名垣魯文の『安愚楽鍋』三編（明治五年刊）にも見られる（村田裕司著「早稲田大学所蔵合巻集覧稿（二十一）　朝妻船柳三日月」、『近世文芸研究と評論』第五十五号）。また、十五丁ウラ（本文（19）参照）に歌舞伎の考証『雑劇考古録』の広告が載り、この広告は他にも散見するが、その刊行は確認されていない。

おそろしきもの師走（しはす）の月（つき）　安達原氷之姿見（あだちがはらこほりのすがたみ）

底本　都立中央図書館加賀文庫、肥田皓三氏蔵。国立国会図書館蔵本（前編のみ）をも参照。

中本、前後編六巻二冊三十丁。版心「安達原」。歌川豊国画。文化十年（一八一三）鶴屋喜右衛門板。所見本が少なく半紙本書型で出されたか未確認ながら、鶴屋板だけに、その可能性は高いと考えられる。所見本の肥田本にも巻末広告は備わるものの、同年鶴屋板の合巻『菅原流清書草紙』（十返舎一九作）と同『籏本（浮世絵抄）』（振鷺亭作）から補うところがあった。その広告によると、「おそろしきもの師走の月」と角書があり、前編見返しに見える同文を角書とする。摺付表紙には五代目松本幸四郎・二代目沢村田之助（前編）、七代目市川団十郎・五代目岩井半四郎（後編）の役者似顔が描かれ、口絵及び本文には二代目尾上松助、五代目幸四郎、三代目坂東三津五郎、七代目団十郎と初代団十郎が描かれている。

本作はいわゆる安達ケ原の鬼女伝説に取材したところから書名の由来があったと考えられるが、とりわけ歌舞伎「奥州安達原」（宝暦十三年（一七六三）二月江戸森田座初演）に構想の骨子を仰いだとしてよかろう。ただ、歌舞伎の「奥州安達原」は、本作以降に活発に上演される機会があるものの、天明二年（一七八二）五月森田座で所演（不入りと伝えられる）後、途絶えているので、京伝が歌舞伎にだけ寄りかかって構想、著作したとは思われない。結局、謡曲「安達原」などの奥州説話に取材し、歌舞伎や浄瑠璃（「奥州安達原」近松半二等合作、宝暦十二年九月大坂竹本座初演）とを綯い交ぜにして、特に善知鳥安方伝説と鬼女（黒塚）伝説を援用しながら構成しようとしたものだったろう。善知鳥安方については既に読本『善知安方忠義伝』（文化三年刊。本全集第十六巻所収）と合巻『うとふ之俤』（文化七年刊。同第九巻所収）など、京伝自身において先行作があり、三度目の趣向として採ったのが本作であったと見做せよう。本作に至るまでの京伝の構想・趣向の推移は各巻の解題を参照されたい。黒塚婆（安達原九郎鬼住の妻桟）の正体を明らかにせず含みを持たせ話を進行させるところを新奇としたものだろう。新奇といえば、本文（29）（30）における詩的な美文調の言葉を並べて描写に努めているところもそうであり、案外、京伝にとってこれを本作のひとつの眼目にしようとする試みであったのかも知れない。また、「奥州安達原」に新奇を加えようと企図したものの、かならずしも構想において纏り切れず、大団円に近い本文（35）においては極端に小さな文字で画面一杯に文章を連ねて話の収束を図っているなど、本作は本来、七、八巻物の長編にする企画があったものだろうかとも推測される。鎌倉権五郎景政が立ち消えになる点なども考え併せると、話を無理に縮めて収束させた印象である。本文最後の（36）で景政を唐突に登場させ、初代市川団十郎の似顔絵人形風にしたのは、画工豊国の父が役者の似顔人形師（文化九年刊合巻『朝茶湯一寸口切』序文、本全集第十巻参照）だったことに因むと考えられる。猶、小池藤五郎著『山東京伝の研究』では、口絵を十二支に配しているのは「口絵は完全に装飾物となり、且、本文より独立してゐる」とされる通り、前編上巻をすべて口絵構成にするというのが定型化されてきたため、その弊と見るのがやはり妥当であろう。

重井筒娘千代能（かさねゐづゝむすめちよのう）

底本　鈴木重三蔵。国立国会図書館、都立中央図書館加賀文庫、東北大学図書館狩野文庫蔵本も参照した。

中本、前後編六巻二冊三十丁。版心「重井筒」「ちよのう」。歌川美丸（前編）、歌川国丸（後編）、歌川豊国（摺付表紙絵のみか）画、筆耕橋本徳瓶。文化十年（一八一三）森屋治兵衛板。中本書型と同時に半紙本書型でも板行される（初刷になるか）。その半紙本書型本（国会図書館本〈大惣旧蔵本〉）の題簽については図版に掲出する。中本の摺付表紙に描かれる役者似顔絵は、五代目松本幸四郎、五代目岩井半四郎（前編）、三代目坂東三津五郎、二代目沢村田之助（後編）で、これ等は口絵以下本文における似顔絵の画風に若干の違いのあるところから、門下の美丸・国丸が京伝に画工として抜擢されたことで師豊国がとくに摺付表紙を描いたものと推せられる。前編を画いた美丸は初め北川、小川、この時期は歌川美丸を名乗り（文化十年は二十歳）、文政十年（一八二七）に二世北尾重政を襲名、京伝合巻の本作は『釣狐昔塗笠』に続く作品になり、口絵には二代目尾上松助、三代目中村歌右衛門、四代目沢村宗十郎、七代目市川団十郎等を描く。後編を画く国丸の本文には五代目松本幸四郎、二代目尾上松助、五代目坂東三津五郎等が描かれている。

半紙本表紙（国会本）

本文（25）に「後編三冊　文化九申五月稿成」とし、本文（37）に

「後編三冊　文化九申六月稿成」として齟齬するが、前者は後編上冊までが文化九年五月の成稿、後者の文化九年六月の成稿とは後編中冊以降の成稿時と考えてよかろう。その巻末に、「重井筒の浄瑠璃を作替へたる物語」とあれば、近松門左衛門の「心中重井筒」（宝永四年〈一七〇七〉、大坂竹本座初演）を改作したと解すべきなのだろうが、重井筒屋の遊女の心中事件に取材したとされる近松のそれの面影を本作の筋に見出せない。「心中重井筒」の歌舞伎での書替狂言には「桃桜重井筒」（延享四年〈一七四七〉正月、中村座初演）、「稲穂是当蝶」（宝暦十年〈一七六〇〉八月、中村座初演）、「鳰照月恋の最中」（明和三年〈一七六六〉秋、市村座初演）があるとされるが（飯塚友一郎著『歌舞伎細見』）、これ等が文化年中に江戸で再演されたという記録を見出せない。その「重井筒」に想を構えたとする一条については後来の追考を俟つ。構想を仰いだとするなら、幸若の御家騒動物である「信田」と義太夫節「信田小太郎」を題材とした歌舞伎の「信田小太郎」物とすべきことは序文で述べる通りであり、さらにこれに歌舞伎「御堂詣未刻太鼓」を撮合させたのも序文で述べる通りであろう。本作の稿が成る直前の文化九年四月八日より中村座所演「亀山染読切講釈」に実は取材したものだった（『歌舞伎年表』――「此狂言、「亀山」の世界にて讐仇討。「お八ツの太鼓」、「岸柳島」、「伊賀越」を取くみたる趣向。市蔵大当り」）と考えられる。浄瑠璃「敵討御未刻太鼓」（長谷川千四作、享保十二年〈一七二七〉正月、竹本座初演）を下敷きにした歌舞伎の「御堂詣未刻太鼓」は文化三年九月中村座で「伊賀越乗掛合羽」と取り合わせて「初紅葉二木仇討」として上演され、それを下敷きに式亭三馬は合巻『御堂詣未刻太鼓』（文化五年刊）にしている。あるいは京伝は、三馬のそれも意識していたのかも知れない。京伝が先行作品を意識していたと考えるなら、振鷺亭の読本『千代嚢媛七変化物語』（文化五年刊）があった可能性もあろう。振鷺亭の千代能の伝記は『鎌倉志』を典拠とするが、その『鎌倉志』に拠って滑川（『鎌倉志』の滑川は青砥藤綱の事跡のみが記されるだけだが）や塔が辻の故事などとしたものであろう。

また、見返しに千代尼の句と伝えられる朝顔の句も千代能に名の通うところから引いたものだろう。文化十年刊行の京伝合巻八種のうち、濃淡の差違はあれどもすべて陰謀物であり、多少とも敵討の色彩をその内部に認め得るのはわずかに『ヘマムシ入道昔話』と、この『重井筒千代能』だけである（水野稔「京伝合巻の研究序説」、『江戸小説論叢』）とされる。そんな本作柄にあって、本文（20）～（26）において、手越太夫が切腹して小太郎の胤を宿していた子を殺す場面、兄への義理詰めで切腹せざるを得ない玉造力太郎の苦悩を描く場面が、類型的描写とはいえ本作の白眉とするねらいであったと窺わせる。なお、口絵（3）において「故人白猿狂歌」と並び登場させ、赤星冠者の妻茨木がその正体であったとする白升婆の登場はかなり唐突な印象を与えるが、こうした強悪婆の行状は後の人情本に見られる因業老婆に通うところで、この期の京伝合巻の人情本への影響については、他作品の解題でも述べるところである。全体にわたり筋と展開が分かり易い文体で終始しているが、本文（18）の千両箱を小脇に抱えるのは勅使（蜘丸・沢蟹速主）で、不審に思って呼び止めるのが佐次縞田子次郎であるところ、田子次郎の名が重複しており片方が不要と思われ、文章に混乱が見られることながら、原文のままとした。

天竺徳兵衛（てんぢくとくべゑ）お初徳兵衛（はつとくべゑ）ヘマムシ入道昔話（へまむしにうどうむかしばなし）

底本　鈴木重三、棚橋正博、都立中央図書館加賀文庫蔵。国立国会図書館、東北大学図書館狩野文庫、天理図書館、名古屋市蓬左文庫蔵本も参照した。

中本、前後編六巻二冊三十丁。版心「ヘマムシ」。歌川国直画、筆耕藍庭晋米。文化十年（一八一三）和泉屋市兵衛板。中本書型と同時に半紙本書型でも板行されるが、所見の半紙本（国会図書館本〈大惣旧蔵本〉）の題簽は褪色と破損が甚しいながらも、『ヘマムシ入道昔話』と読める如くである（図版参照）。中本の前編摺付表紙に描かれる役者似顔絵は二代目尾上松助（後三代目尾上菊五郎）、二代目沢村田之助、後編のそれは五代目岩井半四郎、四代目坂東三津五郎である。その摺付表紙に描かれる「ヘマムシ入道」の役者似顔絵は初代市川団十郎か。本文中には五代目松本幸四郎等が描かれている。

半紙本表紙（国会本）

落書き絵のヘマムシ（夜）入道からの思い付きでの題名であることは序文で触れた通りであろう。京伝自身の考証随筆『近世奇跡考』（文化元年刊。本全集二十巻所収）巻之一で紹介しているのは左の通りである。

㊆ヘマムシ夜入道

わらはべのたはふれにゑがくへまむし夜入道ふるき事にや望月の影をゑによく似たる哉と思ひ合て

山の井　絵に似たるかほやヘマムシ夜半の月　雛屋立圃

此句正保の頃の吟也

『近世奇跡考』執筆のあと、寛文二年板の『俳諧小式』の句を見つけた京伝は、さらに「貞享元年板『西鶴二代男』ニヘマムシ夜入道を屏風のむだがきすること見えたり」と記し、落書きの「ヘマムシ入道」から筆すさみの稗史を思い付いて趣向の一端にしたというわけであろう。しかしながら、挙げた『西鶴二代男』を井原西鶴の浮世草子『好色二代男』（『諸艶大鑑』）（貞享元年〈一六八四〉刊）だとされるが（『新日本古典文学大系　草双紙集』

小池正胤脚注）、該当する一文は見出せず、西鶴作かどうか存疑説のある『浮世栄花一代男』（初板刊記「元禄六年酉正月吉日」）巻三ノ四「風流の座敷踊」に、京伝の言うところの「ヘマムシ入道」の記事があり、それを次に掲げてみる。

……又はほうげたに御はらい団子書も有。鼻の上に南無観世音と書くも有。あるひは輪違十文字又は尾のない一筆がらす龍虎梅竹へマムシ入道。ほの〳〵人丸へうたんから駒の出る所。……

京伝は『近世奇跡考』のあと、『骨董集』（文化十一、十二年刊。本全集第二十巻所収）を編纂上梓するまでの間に『好色二代男』を読んでいることは確かである。というのは、『骨董集』前帙（文化十一年刊）において、「貞享元年板［二代男］詞花堂蔵本」と書名を挙げ、その『好色二代男』から再三にわたって引用考証しているからである。解題の本論より離れる故、ここは簡略に言い止めておくが、京伝が序文において『西鶴二代男』とするのは『浮世栄花一代男』との混同で、京伝の記憶違いであったと考えられるというのが一点である。それともう一点、改題再板本が多いとされる『浮世栄花一代男』は『西鶴二代男』の題名でも世に流布されていて、京伝は『浮世栄花一代男』を『西鶴二代男』と勘違いした（あるいは思い込んでいた）可能性があるということである。何れにせよ、ここは京伝の考証に杜撰さがあったと指摘されても致し方ない様相を呈しているが、しかし、『西鶴二代男』と明記し、貞享元年板の『好色二代男』と混同するやに見える点には、何等かの考慮検証が必要かとも思われる。「ヘマムシ入道」の落書きから本作の構想を思い付き、筆すさみの稗史とわざわざ断るような言い様にしたのには、既に文化六年に天竺徳兵衛物の『敵討天竺徳兵衛』（本全集第七巻所収）の刊行があって、同じく蝦蟇の妖術使いとして徳兵衛を登場させたところに、どこか安易で同巧異曲な著作姿勢に対して後ろめたさが存するためであったとも考えられよう。また知友である感和亭鬼武（本全集第十八巻、六二六頁参照）

作の読本『自来也説話』前後編（文化三、四年刊）における蝦蟇の妖術が挫き破れて奇石自来石になるという結末を、先の『敵討天竺徳兵衛』でも本作でも換骨奪胎しているわけで、演劇のいわゆる天竺徳兵衛物に構想の基本を仰ぎながら、少し毛色を変えて敵討譚として収束させるために、鬼武の読本に仰いだところは安易で陳腐な結末であるといえよう。もっとも、京伝の眼目とするところは、天竺徳兵衛物に構想を戴きながらも、男伊達物を綯い交ぜにすることでもあったろう。そこで本文（24）〜（29）にわたり、野晒悟助と粂野平内兵衛・油井駄平次の達引は、悟助（五代目松本幸四郎）、粂野（二代目尾上松助か）の役者似顔絵をもって長丁場としている。これが本作の眼目としたようで、これに近松門左衛門の『曾根崎心中』以来のお初・徳兵衛物も撮合させようとしながら必ずしもうまく嵌め込めなかったとも見受けられる。猶、本文（4）に「友人　山月古柳」、同（15）の衝立に「山月庵古柳筆」と見えるのは、前年刊『二人虚無僧』（本全集第十巻、一六四頁参照）の末尾で、「今夜は古柳さんが話に見へるはづ」とある古柳と同人と思われるものの、その伝については江戸泉町の油屋というだけで未詳である。

折琴姫（をりことひめ）宗玄（そうげん）婚礼累簞笥（こんれいかさねだんす）

底本　都立中央図書館加賀文庫蔵。国立国会図書館、東北大学図書館狩野文庫、大阪府立中之島図書館、九州大学蔵本も参照した。

中本、前編三巻一冊、後編二巻一冊二十五丁。版心「折琴姫」。歌川国直画、筆耕藍庭晋米。文化十年（一八一三）岩戸屋喜三郎板。中本書型と同時に半紙本書型の二冊本でも板行され（国会図書館本〈大惣旧蔵本〉

半紙本表紙（国会本）

に拠る。図版参照）、但し、その半紙本に備わる題簽については前編か後編か不明である。中本の摺付表紙に描かれる役者似顔絵は二代目沢村田之助、七代目市川団十郎（前編）、三代目坂東三津五郎（後編）である。男伊達幻蝶蔵は四代目沢村宗十郎（妹累には沢村田之助（口絵））などを配している。いわゆる「庵室」で宗玄が折琴姫を襲い堂助が阻止する場面（本文（16））は役者似顔を配しているかと思われるが特定できない。

題名は婚礼の嫁入道具の重箪笥をそのまま採り、それに浄瑠璃「姻袖鏡（こんれいそでかがみ）」（明和二年〈一七六五〉九月十二日、大坂竹本座初演。近松半二・三好松洛等合作）を言い掛けたものである。全体に「姻袖鏡」を下敷きにした印象が強いが、前半は宗玄と折琴姫が絡む庵室の段を意識して構成され、桜姫物も撮合させるところもあるのは、読本『勧善桜姫伝』（明和二年刊）から京伝自作の読本『桜姫全伝曙草紙』（文化二年刊）の系譜があることから（本全集第十六巻解題参照）ごく自然なことであったと考えてよかろう。「姻袖鏡」で絡ませている九州の不知火譚を遊女の名に転化させたのは京伝の創意といったところであろう。その不知火の怨念死霊が羽生の累に取り憑く場面、本文でいうならば（24）～（27）の場面は累説話と重ねて後半の白眉とするもので、前半においては、釣鐘から幻蝶蔵が折琴姫を救い出して蘇生させる場面（本文（13））は歌舞伎舞台から離れた煽情的な場面ともなっていて、これは京伝と画工国直の発明だったろうか。京伝は本作ばかりでなく、近松半二の浄瑠璃にヒントを得て取材する合巻が少なくない。本巻所収の『安達原氷之姿見』もそうであった。京伝自身は『姻袖鏡』に早くから着目していて、天明七年（一七八七）刊行の黄表紙『百文二朱寓骨牌』（本全集第一巻所収）において、

清水寺の清玄に、姻袖鏡の庵室の段をよごしにした仕打にて、無理無体に口説く。（4）

と見える。さらにまた、寛政四年（一七九二）板『桃太郎発端説話』（同第三巻所収）や翌寛政五年板の黄表紙『先開梅赤本』（同前）において、それぞれ次の様に「姻袖鏡」を引いてみせている。

「何と、俺が仕打は、袖鑑の庵室の段、軍助もどきと見へやうがや」『桃太郎発端説話』（14）

痩衰へたるその姿、袖鑑の五つ目、宗玄といふ有様なり。『先開梅赤本』（16）

「姻袖鏡」は歌舞伎要素が多い戯曲であるところから、

> 本作（「姻袖鏡」——筆者注）は、その歌舞伎的な手法が好まれたためか、翌明和三年九月に大坂中の芝居で上演され（『日本戯曲全集』第二十八巻、渥美清太郎氏解説）、以後も宗玄物として、寛政期や文久期などに上演がみられる。歌舞伎に改作される中で、本作においてやや目につく登場人物の煩雑過ぎる関係に、合理的な整理がなされている。（『叢書江戸文庫　近松半二浄瑠璃集（二）』〈解題〈阪口弘之〉〉）

とされる。しかしながら、先の京伝の引用を見ると、『歌舞伎年表』に就いて見るならば寛政十一年夏堺町中ノ芝居二番目物として上演されるとされるだけで以降については殆ど知られていないようながら、それ以前に江戸歌舞伎として安永・天明期に上演されたことは容易に推し測られよう。あるいは「姻袖鏡」をやつした趣向の歌舞伎上演があって、それを基とした「姻袖鏡」の存在を京伝は知っていて意識したのかも知れない。何れにせよ、京伝がこうして「姻袖鏡」の趣向を戴くことの多い点を鑑みると、歌舞伎と半二の「姻袖鏡」の関係について再検討すべき要のあることを本作は示唆していると見てよかろう。猶、本年の京伝作合巻のうち、五巻物は本作が唯一である。宗玄・折琴姫の構想を柱に据え、それに男伊達物と累説話を加え、例の如くお家騒動を絡ませる手法は盛沢山と言えるが、かえってそれが破綻を招くほどではなかったにしても、構成において腰折れとなり五巻物になったと考えられる。

江嶋古跡児ケ淵桜之振袖（えのしまのこせきちごがふちさくらのふりそで）

底本　都立中央図書館加賀文庫（函97―1）蔵。国立国会図書館、東洋文庫岩崎文庫、東京大学総合図書館、都立中央図書館加賀文庫（12601）、名古屋市蓬左文庫蔵本をも参照した。

中本、前後編六巻二冊三十丁。版心「ちこか淵」「ちごが（か）ふち」。歌川国貞画、筆耕橋本徳瓶。文化十年（一八一三）河内屋源七板。所見本は全て中本であり、大惣旧蔵本である国会本や東京大学本も中本書型であるところから、主に貸本屋向けに刊行されたと思われる半紙本の刊行はなかったものと推せられる。京伝が東永堂河内屋から合巻（黄表紙も含め）を刊行するのは本作が初めてのことで、この一作品だけで終わる。筆耕橋本徳瓶が京伝合巻の筆耕を担うことはしばしばで、それは問題ないとして、彫工師や摺師などに技量の拙さがあったものだろう、翻刻に際して他の京伝合巻と比較して極めて判読に苦慮した箇所が散在する。例えば十一丁ウラ・十二丁オモテ、十四丁ウラ・十五丁オモテ、二十九丁ウラ・三十丁オモテなどに、匡郭上部の印刷が欠けていたり匡郭の欠けていることが見られるのはその一端でもある。これ等は、おそらく式亭三馬の合巻によく見られる匡郭からはみ出した画面描写の新工夫を模倣したところでもあったろうと考えられるが、印刷が欠損となる憾みがあるということで、そんな製本上の技量の拙さということも理由で、京伝は本作一作品のみで東永堂河内屋からの合巻板行を控えたものと思われる。摺付表紙には五代目岩井半四郎（前編）、二代目沢村田之助（後編）以下、口絵と本文には三代目坂東三津五郎、五代目岩井半四郎、五代目松本幸四郎、七代目市川団十郎、四代目沢村宗十郎、四代目瀬川路考などの役者似顔絵で登場人物が描かれている。

書名は『鎌倉志』（貞享二年〈一六八五〉刊）の第六巻所収「江島　附児淵」に構想を仰いだことに由来するわけだろうが、本年作の『重井筒娘千代能』（本巻所収）の成立と関連するところがあるのかも知れない。京伝自身、早く黄表紙『桃太郎発端話説』（寛政四年〈一七九二〉刊。本全集第三巻所収）において、「児が淵の白菊か古池の蛙かといふ仕打にて」と、自休和尚と稚児白菊の伝説を下敷きにしており、本作におけるそれは、わずかに本文（32）での「これより江の嶋の段」に反映されているのみである。大田南畝の『南畝莠言』（文化十四年刊）にも考証が試みられているように、この時期に自休・白菊の僧と稚児の男色説話に何か話題があったのかも知れない。白雪丸を追い求める梶原に対し、錦絵姫も白雪丸を慕って江の島へ、藤の小枝を打担げて狂人のように向かう場面では、歌舞伎の狂乱物の所作で担ぐ竹笹を藤の小枝に替えたばかりでなく、藤娘の舞踊と何か関わりがある如く思われ、本書にも広告が見られる『雑劇考古録』（未刊）では、あるいはその辺の考証があって、この趣向とした可能性もあろうかと思えるが、未勘。児が淵は着想だけであるともいえ、これに歌舞伎の朝比奈を取り込んだのが趣向の柱の一つでもあった。歌舞伎荒事の「草摺引」と道化味、関東訛りのモサ詞「ありがた茄子の初夢だもサ」よろしく、「忝茄子の香の物さへなき貧家」（本文（15））に住む借金だらけの朝比奈に巴御前が金をくれてやり、娘掛取りが押しかけてくる中に、「山東」と書いた提灯が見えるところや、後半の本文（35）の朝比奈の関東べいなどは諧謔色を強くしている。そうした滑稽味から話は一転し、源義経の遺児月若丸と静御前を守護する鷲尾三郎の登場などなど、ここは『義経記』の世界を重ね、静御前は実は源九郎狐の女房狐の化身だったとするのは歌舞伎「義経千本桜」の狐忠信の趣向の撮合に他ならない。文化八年九月十六日より、市村座「義経千本桜」（『歌舞伎年表』に拠れば「此狂言不評不入」とされるが）を意識し趣向の柱の一つに加え、板額、浅利与市の登場で和田合戦物を加味して話を複雑に展開進行させようとした京伝の企図は理解できよう。もっとも、そうして話を複雑にしたことにより、大団円に至るまで説明調に追われる事態ともなり、後半から末尾にかけ、筋を追うに専らにして文章を詰め込みストーリーを進めるために挿絵のない本文だけの丁が多くなるという副産物が産まれた。先に述べた如く、東永堂河内屋の合巻作りの不馴れなこともあってか、京伝の校合も不十分であったらしく読みづらい箇所が多出するという弊害にもなっている。なお、冒頭に見られる、白雪丸と錦絵姫の恋沙汰をめぐって、梶原と巴御前が衝突する話の展開のなかで、この時期の京伝の合巻にしては珍しく女伊達や男伊達の登場もなく、梶原を懲らすにも至らず、全体に緊迫性に欠けるきらいがあり、巴御前に朝比奈三郎が勘当させられて女力持ちの口上言いになるところなどを京伝は新奇の趣向としたものであろうか。

濡髪蝶五郎（ぬれがみのてふごらう）放駒之蝶吉（はなれごまのてふきち）春相撲花之錦絵（はるすまふはなのにしきゑ）

底本　都立中央図書館加賀文庫、慶応義塾大学図書館蔵。大阪府立中之島図書館、学習院大学図書館、林美一旧蔵（立命館大学ＡＲＣ所蔵）本も参照した。

中本、前後編六巻二冊三十丁。版心「春角力」。歌川国丸、歌川国直（十六丁〜二十丁のみ）画、筆耕鈴木栄次。文化十年（一八一三）蔦屋重三郎板。所見本はすべて中本書型のみである。当時の蔦屋の刊行情況を鑑みると、半紙本体裁での刊行がなかった可能性が高かろう。摺付表紙に描かれる役者似顔絵は三代目坂東三津五郎、五代目岩井半四郎、そして二代目沢村田之助か。これ等に加え、口絵や本文中の登場人物は、他に二代目尾上松助、七代目市川団十郎、四代目沢村宗十郎、二代目沢村田之助の似顔で描かれている。猶、後編巻末の奥付に付した広告半丁は、当年蔦屋板の他作品（合巻）のものを流用した。その広告中に書名『俠客絞染五郎』（山東京伝作・全五冊）の見えるのが注目される。該書は文化五年刊行の『絞染五郎強勢談』（本全集第六巻所収）の再板本と考えて間違いあるまい。とすれば、『絞染五郎強勢談』の在坂書肆による再板に先がける蔦屋自身の再板と考えられ、この時点で刊記等が削去されたものと解せられよう（当解題を参照）。

本作は浄瑠璃「双蝶々曲輪日記」（竹田出雲等合作、寛延二年〈一七四九〉大坂竹本座初演）を下敷きにして、平将門・藤原純友の遺児・家臣の陰謀譚の世界に付会したもので、水野稔が、

　また、『春相撲花之錦絵』の如きは将門遺児の陰謀譚と双蝶々の任侠の力士との両説話がまったく分離した畸形的構成を生んでいる　（「京伝合巻の研究序説」、『江戸小説論叢』）

と称する作品といえる。「双蝶々曲輪日記」に取材した京伝合巻は『伉俠双蛺蜨』（文化五年刊。本全集第七巻所収）に続く二作目のことであった。濡髪蝶五郎（濡髪長五郎）と放駒の蝶吉（放駒の長吉）の男伊達を競う場面を作るところは、前作より本作の方が浄瑠璃をなぞる点が多い印象である。「双蝶々曲輪日記」は四世鶴屋南北による歌舞伎での書替狂言も多く、南北の「春商恋山崎」（文化五年正月市村座二番目狂言）や「当秋八幡祭」（文化七年八月市村座）を意識しながらも、元の「双蝶々曲輪日記」に回帰した印象が濃いかとするものである。そのことについて推察するに、江戸で大好評を得た安永三年（一七七四）九月、中村座初演の歌舞伎「双蝶々曲輪日記」を京伝が観劇していたのではないかと考えると、原作に立ち返って構想著作したとも考えることができよ

う。ただ、系図を見ても分るように、登場人物が他作に比べてきわめて多く、「双蝶々曲輪日記」の江戸初演から近時の歌舞伎の書替狂言まで念頭にあって、それらを意識するあまり盛沢山にしてしまった弊が出たともいえよう。それは本文（12）まで、かつて読本『善知安方忠義伝』（本全集第十六巻所収）に真似て主要人物とした平太郎（照君太郎平良門）が蝶五郎・蝶吉の二人の男伊達に巡り会い平氏再興を期す野望が失敗に終わりながら、遺児として家督と命脈は保たれるという結末は、破綻はないものの話の筋の展開が急で継ぎ合わせた憾みが強いというほかなく、そこに「畸形的構成」を見ることができよう。あるいは京伝にとって、かつて黄表紙『時代世話二挺鼓』（天明八年〈一七八八〉刊。本全集第一巻所収）で見せた平将門の六人の影武者伝説の趣向を踏まえながらの武将の陰謀譚と商家の陰謀譚の対比を趣向の柱にしようとしていたのかも知れない。すなわち、将門・純友敗軍による遺児・残党による再興を期した陰謀譚を片方とし、商家山吹屋における先代の妾だった熊手のお欲とその甥の頓八が、先代の娘お妻と養子の与五郎を茶入の鶯肩衝紛失を落度口実にいびり続けて追放しようとする陰謀のお家騒動を一方に構えた。商家の陰謀はまず二人の男伊達が解決し、やがて武家の陰謀は図らずも悪党を駆逐し許されて解決するとした。しかしながら、対照的なこの対比には登場人物を極めて多彩に登場させなければならないという陥穽が生じ、その人間関係模様を描き切れず纏まりに欠けるきらいが出たといえよう。本文（14）～（17）における、連歌茶屋での師匠以来の蝶吉と蝶五郎の出会いと対立、後に肝胆相照らして山吹屋の騒動を解決するまでが京伝の最も筆を致そうとしたところであったろうが、男伊達の描写のくどさが目につき、一方では商家のお家騒動落着の急転回に物足りなさが残る。それでも、このお家騒動・陰謀の構想は後の人情本の世界の常套となる典型的な〝形〟を提供したというところに僅かに価値を見出せよう。こうした本作の構想を思い付いたのは、文化九年春三月の午の日に王子稲荷に参詣し、菜の花に胡蝶の舞う様子を見て二つ蝶々を想起したと序文で述べ、王子稲荷の賑いを口絵に描いてもいる。参詣に同道した一人が、画工をつとめる歌川国丸であり、友人山月庵古柳子はこの期の京伝合巻にしばしば名が出て来る人物である（その伝については『ヘマムシ入道昔話』解題参照）。国丸も俳諧をよくしたと伝えられるだけに同好の仲間であろうが、残る一人の善斎主人は同年八月中までに亡くなったと考えられる人物で、蓋し常陸谷田部藩の藩儒にして漢学者の渡辺善斎（伝未詳）でもあろうか。漢学者伊藤蘭洲と親交のあった京伝だけに可能性なしとは言えまい。後来の追考を俟つ。

無間之鐘娘縁記（むけんのかねむすめゑんぎ）

底本　都立中央図書館加賀文庫蔵。国立国会図書館、京都大学図書館、天理図書館、東北大学図書館狩野文庫、早稲田大学演劇博物館本も参照した。

中本、前後編六巻二冊三十丁。版心「むけん」。歌川豊国画、彫工名古屋治平。文化十年（一八一三）鶴屋金助板。中本書型と同時に半紙本書型でも板行される（初刷になるか）が、所見の半紙本（京都大学図書館本〈大惣旧蔵本〉、表紙は図版参照）の題簽も、そして摺付表紙と見返しも「娘縁記」で、年表類は「娘縁起」とするところだが「娘縁記」とする。伝存する草稿本（『寛政の出版界と山東京伝』〈たばこと塩の博物館、一九九五年三月四日刊〉所載）もまた「娘縁記」とする。中本の摺付表紙に描かれる役者似顔絵は、二代目尾上松助（前編）、五代目岩井半四郎（後編）。本文（29）において醜悪になる小雪は役者似顔絵のままで二代目沢村田之助、他に本文中には三代目坂東三津五郎、五代目松本幸四郎、七代目市川団十郎などの似顔絵が見られ

京都大学図書館本表紙

京都大学図書館本表紙

る。

題名に採ったように小夜の中山無間の鐘の由来と壬生忠岑等の百人一首の歌人の事跡を撮合させて勧善懲悪譚に仕上げたと京伝は最後に断っている。おそらく一見、牽強付会に過ぎるようなこの構想は京伝の暖めるところであったろうが、整合一貫した勧善懲悪譚に仕上っているかとなると、必ずしも所期の構想が実現したかどうか首を傾げざるを得ない。話に整合性をもたせるために、後半末尾におけるかなり強引な登場人物達の付会に無理があることに端的に反映されているといえよう。着想を衒い盛沢山の趣向を嵌め込もうと意図するそこに、旧作の焼き直しが散見するのは致し方なかったとも言えようか。まず俠客五尺染五郎の登用は合巻『絞染五郎強勢談』（文化五年刊。本全集第六巻所収）を承けたものであり、本文冒頭（11）（12）における染五郎が女妖怪たちと出会う場面は読本『善知安方忠義伝』（文化三年刊。本全集第十六巻所収）の挿絵に既に見られるところで、京伝自身が「源頼光蜘蛛退治物語絵」と呼称するそれであり（詳細については鈴木重三「京伝合巻の絵組工夫――造本意識との関連」（本全集第六巻月報）を参照されたい）、百鬼夜行図を採り入れることは読本『浮牡丹全伝』（文化六年刊。本全集第十七巻所収）以来のことでもあった。また、本文（24）以下の殺された榊葉が幽霊となって我が子に乳を与えるという趣向は、合巻『岩井櫛粂野仇討』（文化五年刊。本全集第六巻所収）における春雨の霊魂が毎夜、小太郎に乳を飲ませるものを焼き直したと見做せよう。『絞染五郎強勢談』は再板を繰り返し（第六巻解題及び本解題四八五頁参照）、『岩井櫛粂野仇討』は当り作だったと伝えられる合巻だっただけに、そうした先行作の趣向を再度利用したと考えて間違いあるまい。殺害された母親が亡霊となって乳児に乳を与えるという趣向については、曲亭馬琴の黄表紙『小夜中山宵啼碑』（文化元年刊）のそれが夙に知られているものの、本作も東海道遠州金谷宿の佐夜の中山に伝わる無間の鐘縁起や夜泣石、子育飴に取材するところ、京伝が馬琴の先行黄表紙を意識していただろうことは疑いないわけだろうが、しかしながら、本作の趣向は中国宋代の『夷堅志』（洪邁編）の怪談話を撮合させたものか、あるいは『続太平記』（貞享三年〈一六八六〉江戸板刊。伊南芳通著）巻第十五「将軍家東国御巡見事幷還御」の「佐夜ノ中山」に見える懐妊中の小夜姫が山賊に殺害され、その腹から生まれた赤子が石の上で夜啼きして所の人が養育したという逸話に題材を仰いだ可能性もあるかと思われる。ところで、本作における主筋の一つは左大臣源融の河原院説話でもあったろう。無間の鐘ならぬ勅願の釣鐘鋳造譚は河原院の塩竈と重ねられ、これは『伊勢物語』や御伽草子『文正草子』などに京伝は典拠を求めていたと考えられる。ただ、この構想と趣向を画文一体にするためにはスペースが不足したものか、撫子姫を守護する浮雲月次郎と錦之介との再会場面などを加えたところは絵組なしでストーリーを進めざるを得なかったようで、本文だけで話の展開を図る部分が多すぎることを憾みとする。しかし、本文（13）（14）における染五郎の素性が知れて、女漁師と賤の男の立ち回りは、絵組はあっても歌舞伎のだんまり場面の描写を彷彿とさせる浄瑠璃などの美文調で読ませる工夫が見られる。口絵における四季十二ヶ月とするところは、『安達原氷之姿見』での子から亥の年までの十二支見立てと同工異曲である。なお、本文（34）における「しほかみ」は「しほくみ（塩汲）」の誤刻になろうかと思われるが、そのままとした。

山東京傳全集　第十一巻
二〇一五年五月三〇日　初版第一刷発行

編　者　山東京傳全集編集委員会
編者代表　水野　稔
発行者　廣嶋　武人
発行所　株式会社ぺりかん社
〒113-0033東京都文京区本郷一ー二八ー三六
電話　〇三（三八一四）八五一五
http://www.perikansha.co.jp/

印刷・大盛印刷　製本・小高製本工業
Printed in Japan
ISBN978-4-8315-1410-3

江戸後期を代表する戯作者・京傳の多彩な業績を集大成する画期的全集

山東京傳全集 全二十巻

[編集委員]
水野稔　延広真治
鈴木重三　徳田武
清水正男　棚橋正博
本田康雄

◆A5判／予定頁四八〇〜七二〇頁
◆予価一二六二一〜一五〇〇〇円

第一巻　黄表紙1（安永七年〜天明八年）　一九九二年刊　（品切）
第二巻　黄表紙2（寛政元年〜三年）　一九九三年刊　（品切）
第三巻　黄表紙3（寛政四年〜六年）　二〇〇一年刊　一四〇〇〇円
第四巻　黄表紙4（寛政八年〜享和二年）　二〇〇四年刊　一四〇〇〇円
第五巻　黄表紙5（享和三年〜文化三年）　二〇〇九年刊　一四〇〇〇円
第六巻　合巻1（文化四年〜五年）　一九九五年刊　一二六二一円
第七巻　合巻2（文化五年〜六年）　一九九九年刊　一三〇〇〇円
第八巻　合巻3（文化六年〜七年）　二〇〇二年刊　一三〇〇〇円

第九巻	合巻4（文化七年～八年）	二〇〇六年刊		一四〇〇〇円
第十巻	合巻5（文化八年～九年）	二〇一四年刊		一四〇〇〇円
第十一巻	合巻6（文化九年～一〇年）	二〇一五年刊		一四〇〇〇円
第十二巻	合巻7（文化一〇年～一二年）	未刊		
第十三巻	合巻8（文化一二年～一三年）	未刊		
第十四巻	合巻9（文化一三年～文政五年）	未刊		
第十五巻	読本1	一九九四年刊	（在庫僅少）	一二六二一円
第十六巻	読本2	一九九七年刊		一四〇〇〇円
第十七巻	読本3	二〇〇三年刊		一四〇〇〇円
第十八巻	洒落本	二〇一二年刊		一四〇〇〇円
第十九巻	滑稽本・風俗絵本	未刊		
第二十巻	考証随筆・雑録・年譜	未刊		

※価格は税別です。